TRÜGERISCHE GELÜBDE

EINE MAFIA- / ARRANGIERTE EHE-DARK ROMANCE

FAITH SUMMERS
KHARDINE GRAY

BLISS ROMANCE PUBLISHING

TRÜGERISCHE GELÜBDE

Eine Mafia- / arrangierte Ehe-Dark Romance

USA Today-Bestsellerautorin
Khardine Gray
schreibt unter dem Autorennamen
Faith Summers

Covergestaltung © 2021 von Book Cover Couture

Fotograf: Wander Aguiar

Titelbild Model: Soj M

Übersetzung: Frauke Besteman

Kein Teil dieses Buches darf in irgendeiner Form oder mit irgendwelchen elektronischen oder mechanischen Mitteln, einschließlich Informationsspeicher- und -Abrufsystemen, ohne schriftliche Genehmigung des Autors vervielfältigt werden, es sei denn, es handelt sich um kurze Zitate in einer Buchbesprechung.

PROLOG

MIKHAIL

New York

Ich atme schwer, als ich die Kirche betrete, in die ich von Geburt an gehe.

Ich richte meine Jacke, damit der Umriss meiner Waffe nicht so gut zu sehen ist.

Der Priester braucht keine Angst vor mir zu haben, obwohl ich weiß, dass er sie hat.

Alles ist jetzt bereit.

Alles, was ich brauche, um den heutigen Plan auszuführen.

Ich muss nur noch diese eine letzte Sache erledigen, bevor ich gehe.

Meine Beichte.

Es mag sinnlos erscheinen, weil ich so bin, wie ich bin, aber ich tue es trotzdem.

Ich bin der jüngste Sohn von Sergei Dmitriyev, dem Pakhan der Baranov Bratva. Ich bin sein Obshchak, Teil der Elite der Bruderschaft, und meine Hände waren öfter blutverschmiert, als ich in diesem Leben zählen kann. Männer wie ich haben keine Hoffnung, vor allem dann nicht, wenn wir nicht vorhaben, uns zu ändern und auf den geraden und rechten Pfad zurückzukehren, der zu einem gesegneten ewigen Leben im Himmel führen sollte.

Es gibt nur einen Ort für einen Mann wie mich. Ich weiß, dass meine dunkle Seele bereits verdammt ist, aber da ich meiner letzten Begegnung mit dem Tod entkommen bin und die Pforten der Hölle mich nicht einlassen wollten, denkt ein Teil von mir, dass ich vielleicht nicht so verdammt bin, wie ich dachte.

Vielleicht ist es auch nur so, dass der Teufel mich aus seinem Hort ausgespuckt hat, um einen letzten Auftrag zu erfüllen.

Es ist mir egal, wie ich es zurückgeschafft habe; meine Mutter und meine Schwester sollten nicht auf der anderen Seite sein, und ich sollte nicht in der Welt der Lebenden sein.

Der Plan, den ich in die Tat umsetzen will, wird die Rache für die vollführen, die noch leben sollten.

Mein Blick fällt auf das Glasgemälde von Christus zu meiner Linken, und die Nonne, die die Blumen neben dem Altar arrangiert, nickt mir zur Begrüßung zu, wie sie es jedes Mal tut, wenn sie mich sieht.

Ich nicke zurück, obwohl ich weiß, dass sie sich wahrscheinlich fragt, warum ich mir die Mühe mache. Ich schätze den nicht wertenden Blick, den sie mir zuwirft. Noch mehr schätze ich das Mitgefühl, das ich in den Tiefen ihrer Augen für das erkenne, was mir und meiner Familie widerfahren ist.

So sehr sie auch weiß, was für ein Mann ich bin, so sehr wird sie auch wissen, dass Monster nicht geboren werden. Sie werden gemacht.

Sie werden erschaffen.

Die Menschen haben sie so gemacht.

Irgendetwas ist ihnen zugestoßen, das sie auf die dunkle Seite getrieben hat, und der einzige Weg, seine Dämonen zu bekämpfen, ist, selbst ein Monster zu werden.

Ich gehe um die Ecke zum Büro von Pater Gabriel. Er erwartet mich schon. Wir benutzen den Beichtstuhl schon seit Jahren nicht mehr.

Ich ziehe es vor, jemandem in die Augen zu schauen und meine Sünden zu bekennen, anstatt mich hinter einer Mauer zu verstecken.

Seine Tür ist bereits offen. Als ich den Raum betrete, hebt er seinen ergrauten Kopf und begrüßt mich auf diese väterliche Art, wie es die meisten Priester tun.

Für mich ist sein Gruß immer bedeutungsvoller. Wenn er mich anschaut, weiß ich, dass er alles sieht, was ich erlebt habe, von dem Jungen bis zu dem Mann, als der ich jetzt vor ihm stehe.

»Guten Tag, Vater«, grüße ich ihn höflich, ohne es zu fühlen.

»Hallo, Mikhail. Setzen Sie sich und fangen Sie an, wenn Sie bereit sind.«

Ich setze mich in den Ledersessel vor ihm und stütze meine Hände auf die Schreibtischkante.

Wie beim letzten Mal schaue ich direkt in seine dunkelgrauen Augen und mache mich bereit

Diese Beichte wird sich von allen anderen unterscheiden, weil sie eine Kriegserklärung ist.

»Segne mich, Vater, denn ich habe gesündigt, und ich stehe davor, es wieder zu tun …«

1

NATALIA

La Paz, Mexiko

Mein Kopf pocht, als würden tausend Messer auf einmal durch meinen Schädel schneiden.

Noch bevor ich die Augen öffne, weiß ich, dass die Kälte, die sich an meine Wange drückt, vom Boden kommt.

Ich habe oft genug auf dem Erdboden geschlafen, um zu wissen, wie sich das anfühlt.

Was ich nicht weiß, ist, was ich auf dem Boden mache.

Ich versuche aufzuwachen, aber der Nebel, der meinen Geist umgibt, hält meine Gedanken gefangen, als ob er mich vor der Wahrheit schützen würde. Als ich meinen Kopf hin und her bewege, werden die Schmerzen stärker, und ich schließe meine Augen fester.

Was zum Teufel ist mit mir passiert? Ich bin verletzt.

Der Schmerz kommt von einer Seite meines Gesichts, die sich

taub und geschwollen anfühlt. Er breitet sich über den ganzen Kopf aus.

Es fühlt sich an, als hätte mich jemand verletzt.

Als hätte mich jemand geschlagen.

In dem Moment, in dem mir dieser Gedanke kommt, setzt sich ein düsteres Gefühl des Unheils in meinem Herzen fest und mahnt mich zum Aufwachen.

Es sagt mir, dass ich aufstehen soll, weil etwas nicht stimmt.

Etwas, das über das hinausgeht, was in meinem Leben *bereits* falsch läuft.

Als ich die Augen öffne, sehe ich die graue Umgebung, in der ich mich befinde.

Über mir befindet sich eine dunkle Decke, die in dem schwach beleuchteten Zimmer kaum zu erkennen ist.

Zimmer?

Nein, ich war schon mal hier. Das ist nicht nur ein Zimmer.

Ich würde die Decke des Kerkers unter dem Anwesen überall erkennen. Ob schlafend *oder* wach.

Mit dem Zählen der Rillen an der Decke habe ich mir die Zeit vertrieben, als Raul mich das letzte Mal hier eingesperrt hat. Und dieser seltsame Geruch von Tod und Verwesung, der meine Nasenlöcher erfüllte, war mein einziger Begleiter.

Für mich roch es immer nach dem Ende.

Am Rande dieses beißenden Geruchs klebt Blut. Als ich meine rechte Hand bewege und etwas Klebriges zwischen meinen Fingern und der kalten Betonoberfläche des Bodens spüre, weiß ich, dass ich Blut berühre.

Blut.

Woher kommt es?

Was zum Teufel ist passiert?

Warum bin ich wieder hier?

Ich mache den Fehler, mich auf die Seite zu drehen. Da bietet sich mir der groteske Anblick des kopflosen Körpers eines Mannes, der neben mir liegt.

Ein Schrei entringt sich meiner Kehle, und ein weiterer folgt, als ich meine Hände hebe und die Lache aus dunkelrotem Blut sehe, die den Raum zwischen uns ausfüllt.

Ich richte mich auf und schreie noch lauter, als ich meine Umgebung absuche und die toten, blutverschmierten Körper von Rauls Wachen auf dem Boden sehe.

Im Bruchteil einer Sekunde erinnere ich mich, was passiert ist.

Ich erinnere mich an *alles, was* passiert ist.

Der Blick auf das blutgetränkte Hochzeitskleid, das sich an meinen Körper schmiegt, bestätigt die schrecklichen Bilder, die ich vor Augen habe und die mir durch den Kopf gehen wie ein Film, der im Schnelldurchlauf läuft.

Ich erkenne auch an der Kleidung des Mannes neben mir, dass es sich um Felipe Naveed handelt. Er trägt den eleganten Armani-Anzug, den er bei der Hochzeit hätte tragen sollen.

Wenn ich an das Monster denke, welches er für mich war, und an alles, was er mir genommen hat, habe ich das Bild des Mannes vor Augen, der ihn getötet hat.

Felipe wurde zuerst erschossen, bevor … na *das* eben.

Während er erschossen wurde, rannte ich weg und versuchte zu fliehen.

Eine Hand umschließt mein Bein und lässt mich aufspringen und noch mehr schreien. In der Düsternis des Raumes erkenne ich Josés Gesicht. Er ist geschlagen worden – schlimm. Ein Auge ist geschwollen, und sein Gesicht ist mit blauen Flecken und getrocknetem Blut bedeckt.

»Schhhh«, stottert er, klopft mit einer Hand auf die Kante meines Beins und legt mit der anderen einen Finger an seine Lippen. »Bitte hör auf zu schreien.«

Als ich sehe, dass seine Beine an die Wand gekettet sind, krabbele ich zu ihm hinüber.

»Was ist hier los? Wer waren diese Männer?«

»Russische Mafiosi. Bratva-Männer.«

Das Blut gefriert mir in den Adern, und ich beginne zu zittern.

»Was wollen sie? Was haben sie mit uns vor? Was …«

Er bringt mich zum Schweigen, indem er mein Gesicht mit seinen zitternden Händen festhält. »Mein liebes Mädchen, wir haben nicht viel Zeit. Du musst mir zuhören und genau das tun, was ich dir sage. Hast du mich verstanden?«

»Ja«, antworte ich schnell. Die Schwäche in meinem Körper erinnert mich daran, wie sehr ich mich auf ihn verlasse.

Als seine dunkelbraunen Augen auf die meinen gerichtet sind und ich die Angst in ihren Tiefen wahrnehme, verwandelt sich der Schrecken, der meine Seele überflutet, in etwas, das ich nicht beschreiben kann. José Diaz ist ein Mann, der meinem Vater ähnelt, der nie etwas fürchtete. Nicht einmal den Tod.

Er war Papas bester Freund. José hat sich immer um mich gekümmert, schon lange bevor Papa getötet wurde. Danach hat er sich noch mehr um mich gekümmert. Er wirft mir wieder diesen Blick zu, der mir sagt, dass das, was er sagen will, ernst ist, und dass es den Tod bedeutet, wenn ich nicht zuhöre.

»Sie halten dich für Adriana«, erklärt er mit leiser Stimme, kaum mehr als ein Flüstern.

Ich atme tief ein. »Was? *Mich*?«

Obwohl niemand außerhalb des Anwesens Adrianas wahre Identität kennt, würde niemand ein einfaches Bauernmädchen wie mich mit der Kartellprinzessin verwechseln.

»Das Hochzeitskleid. Sie dachten, du wärst Adriana, wegen des Kleides«, erklärt er, und meine Augen werden groß, als mir die Erkenntnis wirklich dämmert. »Es ist das Einzige, was dich am Leben hält. Du musst sie glauben lassen, dass es wahr ist.«

»Wo ist Adriana?«

»Tot«, antwortet er, und mein Gehirn erstarrt. Ich kann nicht glauben, was er zu mir sagt.

Meine Lippen öffnen sich, als ich versuche, seine Worte zu verarbeiten. »Sie ist tot?«

»Sie war eine der Ersten, die starb, als die Männer das Gelände stürmten und das Feuer eröffneten. Ihr Auto hat es nicht einmal durch das Tor geschafft. Sie töteten alle anderen und brachten Raul irgendwohin.« Er schluckt schwer und packt meinen Kiefer fester. »Mija, du musst das tun. Nichts liegt jetzt mehr in meiner Hand, und ich weiß nicht, was diese Männer als nächstes tun werden. Als mir klar wurde, dass ihr Fehler dich möglicherweise retten könnte, habe ich bestätigt, dass du sie bist. Sie brauchen Adriana für etwas, sonst wärst du auch tot. Außerhalb dieser Mauern würde niemand, der Adriana gesehen hat, wissen, dass sie die Tochter von Raul ist. Das hat ihre Sicherheit gewährleistet, und das wird deine gewährleisten. Versprich mir, dass du das tun wirst. Bitte versprich es mir.«

»Ich … verspreche es«, stottere ich und verkneife mir die Tränen.

»Gracias, mi amor. Ich konnte weder deinen Vater noch deine Mutter retten. Bitte lass mich versuchen, dich zu retten. Du bist nicht für dieses Leben bestimmt.«

Als ich auf die Ketten schaue, die ihn fesseln, laufen mir automatisch die Tränen über die Wangen. Wenn er angekettet ist, hat das einen Grund, und er sagt nichts über sich selbst. Ich kann ihn nicht auch noch verlieren. Nicht ihn. Nicht so, wie ich Papa verloren habe. »Was ist mit dir, José?«

»Mach dir keine Sorgen um mich. Du musst an dich selbst denken. Sie werden mich am Leben lassen, bis es nicht mehr notwendig ist. Deshalb bin ich ja hier. Du hingegen könntest wegen dieses Kleides entkommen.«

Er wirft einen Blick auf das immer noch schöne Kleid, das sich an meinen Körper schmiegt, jetzt blutverschmiert und an mehreren Stellen zerrissen. Es ist ein einzigartiges Original, das speziell für Adriana, die Tochter von Raul Alvarez, dem Kartellkönig von Mexiko, angefertigt wurde.

Ich betrachte das trügerische Kleid und erinnere mich, wie ich dazu kam, es zu tragen.

Mit Diamanten übersät und aus feinster Seide gefertigt, würde dieses Kleid jede in eine Prinzessin verwandeln. Es würde keine Rolle spielen, woher ich komme oder wer ich bin.

Niemand kannte vielleicht Adrianas wahre Identität, aber jeder, der etwas auf sich hielt, wusste, dass Adriana in einer Woche mit Felipe verheiratet sein würde.

Es sollte ein großes Ereignis werden, vergleichbar mit einer königlichen Hochzeit, und Raul plante, seine Tochter seinem Imperium zu präsentieren. Das Ereignis sollte symbolisch für die Ausweitung seiner Herrschaft und die Kontinuität seines Erbes durch Felipe stehen.

Jetzt sind Felipe und Adriana beide tot, und die russischen Mafiosi, die uns hier unten eingesperrt haben, halten mich für sie.

Auf der anderen Seite der Tür sind Schritte zu hören, und meine Nerven liegen blank.

»Denk an dein Versprechen, mi amor.«

Ich nicke, und er lässt mich los, als die Tür aufspringt. Zuerst kommen zwei Männer mit Maschinengewehren herein, dann sehe ich *ihn*.

Der Mann von vorhin, der Felipe erschossen hat.

Ganz in Schwarz gekleidet wie der Sensenmann selbst, schreitet er mit demselben kühlen, selbstbewussten Auftreten herein, das ich nur wenige Augenblicke vor den Schüssen auf Felipe gesehen habe.

Mein Blick fällt auf den schönen Teufel, dem ich vorhin begegnet bin. Es könnte schon Stunden her sein. Ich habe keine Ahnung, wie lange ich bewusstlos war. Es könnte ein Tag vergangen sein.

Unabhängig davon, wie viel Zeit vergangen ist, durchfährt mich immer noch derselbe Schauer der Angst, und er hat mit seinem guten Aussehen, seiner Macht und seiner Dominanz dieselbe Wirkung auf mich.

Dieses gute Aussehen könnte täuschen. Er hat die auffällige männliche Schönheit und Schroffheit, die einen zum Anstarren verleitet, aber es ist die Macht und Dominanz, die in leuchtenden Wellen von ihm ausgehen, die deutlich machen, wie gefährlich er ist.

Er ist nicht die Art Mann, bei dem man in Ohnmacht fällt. Er ist die Art, vor dem man bei der ersten Gelegenheit wegläuft.

Allein sein Anblick ist erdrückend.

Seine dunkle, dominante Präsenz raubt mir die Sinne, und ich habe das Gefühl, als würde sich eine Hand um meine Lungen legen und mich von innen her fest zusammendrücken, mich ersticken.

Seine Lippen verziehen sich zu einem verruchten Lächeln, und als er näher kommt, habe ich das Gefühl, ich könnte vor Angst sterben, ehe er mich erreicht.

Ich bin vor Furcht wie gelähmt, als er sich herunterbeugt, mich an der Kehle packt und meinen zitternden Körper hochhebt.

Er grinst breit über die offensichtliche Angst, die ich zeige.

»Die Prinzessin ist wach, Jungs«, sagt er. Und jetzt weiß ich, dass der schwache Akzent, den ich vorhin aufgeschnappt habe, russisch ist. Der tiefe Bariton seiner Stimme ist kühl und heiser, mit einer nachklingenden Wirkung, die sich in mir festsetzt. »Und selbst mit dem Blut ihres Bastardverlobten im Gesicht ist sie immer noch so schön, wie es heißt.«

Seine honigfarbenen Augen verschlingen mich, und die Dunkelheit darin lässt meinen Mund trocken werden und mein Herz in der Brusthöhle galoppieren.

Diese Dunkelheit kann nur eines bedeuten.

Tod.

Dunkelheit bedeutet Tod, und ich will nicht sterben.

Im Moment weiß ich nicht, ob es mich umbringt, Adriana zu sein, oder ob es mich am Leben hält, wie José sagte. Wenn Letzteres zutrifft, für wie lange?

»Bitte töten Sie mich nicht«, flehe ich, als er seine Fingernägel in meine Haut gräbt.

»Töten? Oh, ich habe noch viel Schlimmeres für dich auf Lager, Adriana Alvarez.«

Es fühlt sich so seltsam an, dass er mich bei diesem Namen nennt. Dieser fade Name, der mein Blut immer mit Wut anheizt.

Wenn er jedoch Schlimmeres als den Tod für mich auf Lager hat, ist der Name Adriana Alvarez die geringste meiner Sorgen.

Als er sein Lächeln noch eine Stufe höher schraubt, macht sich in meinem Bauch unverhohlene Angst breit.

»Was werden Sie mit mir machen?« Ich verschlucke mich und weiß nicht, wie ich es schaffe, Wörter zu bilden.

»Fangen wir damit an, dass du mir dabei zusiehst, wie ich deinen Vater töte.«

Er redet von Raul, aber er weiß nicht, dass Raul mein Monster ist. Er ist das Monster, das mir alles genommen hat. Ihn zu töten wäre, als würde ich meinen Dämon erschlagen.

Erlösung und Gerechtigkeit flammen in meiner Seele auf, werden aber schnell wieder ausgelöscht, wenn ich zulasse, dass die Realität meine Gefühle beherrscht. Ich werde hier keine Erlösung oder Gerechtigkeit suchen, wenn ich sicher bin, dass dieser Mann nur ein weiteres Monster ist. Eines, das mächtig genug ist, um Raul auszuschalten.

Und Scheiße, wenn er mich zu Raul bringt, wird mich das verraten.

Ich zittere, wenn ich an meinen Tod denke.

Er denkt, ich sei Adriana. Wenn er herausfindet, dass ich es nicht bin, bin ich tot.

»Prinzessin, du wirst zusehen, wie ich deinen Vater töte, so wie er meine Familie getötet hat«, sagt er und bringt damit den Kern des Problems auf den Punkt, aber in meinem Kopf dreht sich alles, und die Galle steigt mir in die Kehle. »Und dann wirst du zusehen, wie dein Königreich vor deinen Augen untergeht. Wenn ich fertig bin, werde ich dich ficken und deine jungfräuliche Muschi besitzen.«

Mein Körper versteift sich, als der Schock durch mich hindurchfliegt. Ein Schock, der durch die Wellen der Beklemmung verstärkt wird, die mich immer und immer wieder treffen.

Während er mich ansieht, als könne er es kaum erwarten, mich zu verschlingen, pocht mein Herz noch heftiger, während ich ihn wortlos anstarre.

Was zum Teufel soll ich tun?

Als er mich loslässt, falle ich wie ein totes Gewicht zurück auf den Boden und zittere.

»Bringt sie raus, und den alten Mann auch. Verbrennt den Rest der Leichen. Lasst uns diesen Leuten zeigen, wie die Bratva mit Verrätern umgeht.«

2

NATALIA

10 Stunden vorher …

In meinem Magen verdrehen und verheddern sich Knoten, als ich meine Reflexion im raumhohen Spiegel in Adrianas Ankleidezimmer betrachte und das wunderschöne Hochzeitskleid, das ich trage.

Ich bin wieder in diesem Kleid.

Ihrem Hochzeitskleid.

Adriana geht um mich herum und scannt mich von Kopf bis Fuß, während sie mich eingehend mustert. Ich halte still und tue so, als wüsste ich nicht, was los ist.

Auch wenn wir praktisch die gleiche zierliche Größe haben, sind meine Hüften kurviger und meine Brüste größer. Da das verdammte Kleid eigentlich maßgeschneidert sein sollte, passt es besser zu meinem Körper als zu ihrem. Deshalb haben wir Probleme, und es wird noch mehr davon geben, die nicht rechtzeitig behoben werden können.

Ihre Hochzeit ist heute in einer Woche, aber sie will, dass ich die Anprobe mit der Schneiderin wiederhole, damit sie zu einem Date gehen kann. Nicht mit ihrem Verlobten. Oh nein. Sondern mit einem neuen Mann, den sie letzte Woche in einem Club kennengelernt hat.

Das Kleid ist wunderschön und nicht nur das umwerfendste Kleid, das ich je in meinem Leben gesehen habe. Ich habe nie jemals *etwas Schöneres* gesehen. Ich bin sicher, dass jede Frau gerne in meinen Schuhen stecken würde. Allein die Chance, es anzuprobieren, würde jede verlocken.

Jeder, der nicht ich ist.

Jedes Mal, wenn Adriana mich zwingt, es anzuziehen, fühlt es sich an wie ein Anker, der in meine Hölle fällt und wie ein Omen für die Dunkelheit und den Tod, die mich erwarten, sobald sie »Ich will« sagt.

Ich glaube, sie weiß, wie ich mich fühle, wenn ich ihr Kleid trage, und abgesehen von der Bequemlichkeit, mich hier zu haben, macht sie solche Sachen, um mich zu verhöhnen.

Sobald sie verheiratet ist, werde ich verkauft. Um der Besitz eines anderen zu werden.

Ihr Vater plant, mich als Sexsklavin auf der Jungfrauen-Auktion zu verkaufen, was Raul ein hübsches Sümmchen einbringen wird, wie ich weiß. Wenn ich also in etwa einer Woche keinen Ausweg finde – und eine Flucht ist nahezu unmöglich –, werde ich das Haustier eines reichen Bastards werden. Eine Sexsklavin. Das ist es, worüber ich mir Sorgen machen muss. Nicht das hier.

Der Gedanke daran lässt meine Augen brennen, aber ich halte die Tränen zurück. Ich weigere mich, vor diesen Menschen zu weinen. Ich weigere mich, überhaupt zu weinen, weil ich weiß, dass ich mich nicht wieder zusammenreißen kann, sobald ich zusammenbreche.

Adriana bleibt vor mir stehen, wirft ihr langes schwarzes Haar über die Schultern und stellt sich in eine Pose, die dem Cover der *Vogue* würdig wäre.

»Sag der Näherin, sie soll das Dekolleté tiefer machen und die Taille enger setzen, damit meine Hüften besser zur Geltung kommen.« In ihrer Stimme schwingt ihr starker spanischer Akzent mit.

Englisch zu sprechen ist die einzige Gnade, für die ich dankbar bin. Meine Mutter stammte aus San Francisco. Wir haben zu Hause die meiste Zeit Englisch gesprochen, obwohl mein Vater Mexikaner war und ich hier geboren und aufgewachsen bin.

Ich spreche ganz gut Spanisch, aber als mein Schicksal mit der Familie Alvarez besiegelt wurde, tat ich so, als ob ich die Sprache nicht so gut beherrschte, denn ich wollte, dass sie mit mir in der Sprache sprechen, die *ich* am besten verstehe.

Englisch zu sprechen erinnert mich an meine Mutter und die Tage meiner Kindheit, als meine Eltern noch lebten und ich frei von diesem Leben im Kartell war. Es erinnert mich an Hoffnung, obwohl mit der Bedrohung, die sich über meinem Kopf abspielt, jede Spur von etwas, das einer Hoffnung ähnelt, mit jedem Tag schwindet. Die meiste Zeit meiner neunzehn Jahre habe ich nur Schmerz und Leid gekannt.

»Bist du sicher, dass du nicht zur Anprobe gehen solltest?« Ich biete es ihr an, nicht weil es mir wichtig wäre, so oder so. Ich sage es nur, weil ich weiß, wie sie ist, wenn die Dinge nicht so laufen, wie sie es will. Am Ende lässt sie ihre Frustration an mir oder jemand anderem aus.

»Nein.« Sie wischt meine Bemerkung mit einer Handbewegung beiseite. »Ich bin natürlich den ganzen Tag weg.«

Das heißt, sie – die *angeblich jungfräuliche Braut* – wird diesen neuen Kerl wahrscheinlich bis morgen früh besinnungslos ficken. Der letzte Typ war einer ihrer Leibwächter. Raul tötete ihn, als er herausfand, was vor sich ging. Er wollte nicht, dass Felipe erfährt, dass er in ihrer Hochzeitsnacht keine Jungfrau mehr bekommt. Als ob Felipe das nicht selbst herausfinden oder wissen würde, wie seine zukünftige Frau ist.

Dieser Bastard weiß es und ist genauso ekelhaft wie Adriana.

»Wenn du fertig bist, musst du mir auch die Schuhe putzen«, fügt sie hinzu.

Ich runzle die Stirn. »Ich habe sie heute Morgen gemacht.«

Sie stemmt die Hände in die Hüften. »Du hast sie offensichtlich nicht richtig poliert, wenn ich dir sage, dass du es noch einmal tun sollst.«

Bitch.

Sie macht sich nur über mich lustig, weil sie mich hasst. Ich bin eine Witzfigur für sie. Wir wissen beide, dass man Schuhe nur eine bestimmte Anzahl von Malen polieren kann und dass man so viel tun kann, um sie zum Glänzen zu bringen. Dies ist nur eines der vielen Spielchen, die sie mit mir treibt, seit jener unglückseligen Nacht, in der ihr Vater die Tötung der Meinen befahl und mich zu ihrem Sklaven machte.

Adriana behandelt alle Bediensteten, die hier auf dem Anwesen arbeiten, wie Scheiße, und sie tun, was man ihnen sagt, weil sie die Konsequenzen kennen.

Verärgere sie, und du bist tot. So einfach ist das. Ich habe miterlebt, wie sie den Tod vieler Menschen anordnete, weil sie eine Tasche fallen ließen oder einen Staubfleck auf den Möbeln übersah, die sie angeordnet hatte zu polieren.

Das ist die Art von böser Schlampe, die Adriana Alvarez ist.

Sie spielt nur so mit mir, weil sie mich wegen der Pläne ihres Vaters nicht töten kann.

Adriana schlüpft in die Schuhe an ihren perfekt manikürten Füßen, und selbst ich muss zugeben, dass sie ihr gut stehen. Ich würde gerne ein Paar solcher Schuhe tragen, anstatt dieser zerfledderten Badelatschen, die ich in den letzten Jahren getragen habe.

»Verstanden?«, fragt sie und unterbricht meine Gedanken.

»Ja, Señorita Alvarez.«

Meine Stimme klingt viel zu ruhig für die Verärgerung, die ich empfinde. Aber ich werde die gehorsame Dienerin sein, wenn ich eine Bestrafung vermeiden kann.

Das letzte Mal, als ich mich ihr widersetzte, sperrte Raul mich einen Monat lang in den Kerker und ließ mich eine Woche lang hungern. Das war schrecklich, aber nicht so schlimm wie damals, als er mich auspeitschte, weil ich nach dem Tod meines Vaters versucht hatte zu fliehen.

Beide Vorfälle reichten aus, um mich unter Kontrolle zu halten.

»Gutes Mädchen. Die Näherin sollte in etwa fünf Minuten hier sein. Lass sie nicht warten.«

»Okay.«

Es klopft an der Tür, als sie gerade ihre kleine Prada-Tasche vom Schminktisch holt. Sie ruft auf Spanisch, dass die Person reinkommen soll, und die Tür schwingt auf.

Als ich sehe, dass es José ist, fühle ich mich ein wenig erleichtert.

»Oh, gut, dass du da bist«, sagt sie zu ihm. »Ich brauche Regale im hinteren Bereich.«

»Sicher«, antwortet er, und wir sehen ihr hinterher, wie sie davonschreitet, als würde sie über den Laufsteg laufen.

Er kommt herein, und sobald die Tür zufällt, eile ich zu ihm hinüber, in der Hoffnung, dass er Neuigkeiten für mich hat.

José hat versprochen, mir bei der Flucht zu helfen und damit den letzten Wunsch meines Vaters zu erfüllen. Er war in den letzten zwei Jahren meiner Strafe hier meine einzige Hoffnung.

Nichts kann den Schmerz erklären, den ich empfinde, die Ursache für den Tod meines Vaters zu sein.

Nachdem Raul meine Mutter vor unseren Augen vergewaltigt und getötet hatte, wollte Papa mich aus dieser Hölle befreien. Genau das wollte er tun, als unser Plan entdeckt wurde. José ist seit über zwanzig Jahren Rauls ranghöchster Leutnant, aber er konnte nichts tun, um meinen Vater zu retten, denn Raul befahl Felipe, ihn mit der Waffe meines Vaters zu töten.

Als José meine beiden Hände in seine nimmt und ein ernster Gesichtsausdruck über sein Gesicht huscht, weiß ich, dass die Neuigkeiten, die er für mich hat, nicht die sind, die ich hören will.

Mit einem Schütteln seines ergrauten Kopfes bestätigt er, dass ich recht habe.

»Lo siento, mi amor«, sagt er und sagt mir auf Spanisch, dass es ihm leid tut. Es sind Momente wie diese, in denen ich es zu schätzen weiß, dass er immer in einer Mischung aus Spanisch und Englisch mit mir spricht. Genau wie mein Vater es tat. Es ist, als wolle er die Erinnerung an ihn für mich lebendig halten. »Ich arbeite noch an einem Plan. Das verspreche ich dir. Es ist nur schwer.«

»Ich weiß«, antworte ich. Ich weiß es. Was wir hier besprechen, ist keine Kleinigkeit. Es könnte den Tod bedeuten, wenn uns jemand zuhört.

Raul würde *ihn* töten, weil er zu viel verlieren würde, wenn ich sterben würde.

Manchmal frage ich mich, ob der Tod mein einziger Ausweg aus dieser Hölle sein könnte.

Ich atme tief ein und versuche, einen klaren Kopf zu bekommen. So darf ich nicht denken. Meine Eltern würden nie wollen, dass ich so denke, also kann ich nicht einfach aufgeben. Nicht, wenn sie so viel durchgemacht haben, um mich am Leben zu erhalten.

José auch.

Er berührt den Rand meiner Wange und schenkt mir ein warmes Lächeln.

»Sei stark, mi amor.« Er senkt seine Stimme. »Eher sterbe ich, bevor ich Raul erlaube, dich zu verkaufen.«

»Ich will nicht, dass du stirbst.«

»Mach dir keine Sorgen um mich, Kind.« Seine blassbraunen Augen blicken mich mit einer väterlichen Wärme an, die mich beunruhigt, weil ich weiß, dass er ernst meint, was er sagt. Er würde sein Leben für mich geben. Ich will nicht, dass noch jemand, den ich liebe, stirbt. »Geh jetzt. Die Näherin ist schon da.«

Ich nicke, und er drückt mir beruhigend auf die Schulter.

Als ich den Raum verlasse, stähle ich mein Rückgrat und sammle Kraft. Die Näherin wird nicht erfreut sein, mich wiederzusehen.

Als ich in die Halle komme, in der wir die Anproben machen, ist ihr wütendes Gesicht das Erste, was ich sehe, als ich durch die großen Eichentüren trete. Aber ich mache mir mehr Sorgen über das scheißefressende Grinsen, das sich auf Felipe Naveeds Gesicht ausbreitet, als darüber, wie wütend die Näherin ist oder was sie zu mir sagen könnte.

Er steht in seinem Anzug neben ihr. Das lässt ihn fast wie einen Menschen aussehen. *Fast.*

Felipe ist Rauls Stellvertreter und nicht minder böse.

Ich glaube nicht, dass man mir weismachen könnte, dieser Mann sei etwas anderes als der Bastard, der er ist. Jedes Mal, wenn ich ihn sehe, denke ich daran, wie er meinem Vater die Waffe an den Kopf hielt und abdrückte.

Er tötete meinen Vater auf Rauls Befehl, aber er hasste meinen Vater so sehr, dass er keinen Befehl brauchte, um ihn zu töten.

»Wunderbar. Lass uns allein«, sagt er zu der Näherin mit einem spöttischen Unterton in der Stimme.

Für ihn bin ich auch eine Witzfigur, aber er will mich nicht töten. Er will mich auf andere Weise. Er hat mich nicht gefickt, weil er mich auch versteigern lassen will, aber das hat ihn nicht davon abgehalten, mit mir zu spielen.

Die Näherin öffnet den Mund, um zu protestieren, aber sie wagt nicht, etwas anderes zu sagen als das, was sie jetzt sagt.

»Si, Señor Naveed.«

Sobald sie zur Tür hinausgeht und mir im Vorbeigehen einen missbilligenden Blick zuwirft, wird das Lächeln auf Felipes Gesicht noch breiter.

»Komm her zu mir, Natalia«, sagt er, und ich bewege mich.

Ich zwinge mich dazu, aus demselben Grund, aus dem ich Adrianas Befehle befolge.

Aber es ist seine Schuld, dass ihre Abneigung gegen mich in Hass umgeschlagen ist. Sie hasst es, dass er mich will und sie nur will, weil sie sein Weg zum Imperium ist. So sehr sie auch mit jedem Mann rummacht, der sie haben will, sie will, dass Felipe sie will und nur sie. Sie mag seine Macht und was es für ihre Zukunft als Kartellkönigin bedeutet, wenn Raul das Königreich an Felipe übergibt.

Als ich ihn erreiche, bleibe ich ein paar Schritte von ihm entfernt stehen, aber der Mistkerl weiß, was ich vorhabe, tritt vor und schließt die Lücke zwischen uns.

Die Nähe lässt mich erschaudern, aber ich stehe mit beiden Beinen fest auf dem Boden und versuche, so zu tun, als wäre ich stärker als ich bin.

»Adriana hat dich wieder geschickt?«, fragt er.

»Ja.«

»Ich bin sicher, dass sie nicht gesagt hat, wohin sie gehen wollte.«

»Nein.«

Felipes lächelt breiter und zeigt seine geraden weißen Zähne, die mich an einen gut gekleideten Hai erinnern.

Er umschließt mein Gesicht und senkt seinen Kopf, um mit seinen Lippen über meine Stirn zu streichen.

»Ich weiß, dass sie ihre Beine für den Wichser im Club breitmacht«, flüstert er. »Macht nichts. Ich darf mit dir spielen.«

Seine große Hand umfasst meine rechte Brust und drückt zu. Als ich versuche, mich zu entfernen, legt er seinen Arm um mich und hält mich fest.

»Lass mich los«, rufe ich und versuche, mich aus seinem Griff zu befreien.

»Hör verdammt noch mal auf, dich gegen mich zu wehren.« Ein raues Lachen dröhnt in seiner Brust, und er presst seine Lippen auf meine.

Kaum hat er seine widerliche Zunge in meinen Mund gezwängt, lässt das Krachen der Tür uns auseinander springen. Oder besser gesagt, er lässt mich los, und ich entferne mich bei dem Geräusch von ihm.

Wir schauen beide zur Tür, als ein Mann hereinkommt.

Ein großer, großer Mann, den ich auf fast zwei Meter schätze, mit der Art von Muskeln, die man bei einem Mann, der gedient hat, findet. Er ist umwerfend. Atemberaubend sogar, und trotz der Gefahr, die von ihm ausgeht, bin ich von seiner Schönheit fasziniert.

Sein Gesicht mit der sonnengebräunten Haut und den tiefen Winkeln und Flächen sieht aus, als sei es von den Göttern gemeißelt worden. Und die dicken Locken aus wildem, widerspenstigem obsidianfarbenen Haar, die seinen Kopf bedecken, und ein ordentlich gestutzter Bart verleihen ihm eine raue Ausstrahlung. Der goldene Ring an seinem Ohr lässt ihn wie einen der Piratenkapitäne der alten Welt aussehen, die durch die Karibik segelten.

Was mich noch mehr beeindruckt, sind seine Augen.

Die Farbe und das Gefühl.

Sie glühen wie warmer Honig, aber es ist nichts Warmes an ihnen. Die Emotion, die ich wahrnehme, ist eiskalter Hass.

Mir sträuben sich die Nackenhaare, und ich erschaudere, als er gemessenen Schrittes auf uns zugeht.

»Unmöglich«, keucht Felipe und sieht aus, als hätte er gerade einen Geist gesehen.

Ich habe ihn noch nie so verängstigt gesehen. Sogar ich weiß, dass man, wenn das Monster, vor dem man sich fürchtet, Angst bekommt, sich um genau die Sache mehr sorgen sollte. In diesem Fall ist es dieser Mann. Ein Mann, den ich noch nie zuvor gesehen habe.

»Du«, stottert Felipe.

»Ja, ich«, antwortet der Mann und spricht mit einem leichten Akzent, den ich wegen des Trommelns meines Herzens in meinen Ohren nicht ganz zuordnen kann.

»Du solltest tot sein.«

»Offensichtlich bin ich das nicht. Aber du wirst es sein.« Der Mann zieht zwei Pistolen aus seinen Holstern, und bevor Felipe etwas tun kann, prallt das Echo der Kugeln an den Wänden ab, als der Mann ihn erschießt.

Ich schreie und weiche zurück, weil ich weiß, dass ich hier weg muss.

Der Mann sieht mich nicht an. Stattdessen schießt er weiter auf Felipe.

Ich renne zu den Türen am anderen Ende des Flurs und hoffe, dass er mich nicht abschießt, während ich weglaufe. Ich habe es gerade durch die Türen geschafft, als ich ihn kommen höre.

»Na, na, Prinzessin, lauf so schnell und so weit du kannst. Du wirst mir nicht entwischen.«

Seine Stimme ertönt auf dem Gang.

Er hat auch recht. Ich komme nicht weit und weiß, dass ich nicht entkommen werde, als ein weiterer Mann – diesmal maskiert – hinter einer der Säulen hervorspringt und mir mit dem Ellbogen so hart ins Gesicht schlägt, dass ich bewusstlos werde.

3

MIKHAIL

Jetzt

Ich halte meinen Blick auf die Prinzessin in ihrem Hochzeitskleid gerichtet, während sie mit zwei meiner Soldaten an ihrer Seite vor mir hergeht.

Der alte Mann – Rauls Oberleutnant – steht hinter mir.

Ich möchte, dass Raul sie zuerst sieht. Er muss erkennen, dass ich es mit seiner Zerstörung ernst meinte und ihm seinen einzigen Stolz nahm.

Seine geliebte Tochter, Adriana Alvarez, wird das Letzte sein, was er sieht, bevor er diese Welt verlässt.

Als ich vor drei Wochen aus dem Koma erwachte, in dem ich fast drei Monate lang gelegen hatte, war Felipes Gesicht das erste Bild, das mir in den Sinn kam.

Was dann folgte, war die volle Erinnerung an den Hinterhalt, den dieser Wichser gelegt hatte, um meine Mutter und meine Schwester vor meinen Augen zu töten. In diesem Moment wurde mir klar, dass Raul ihn geschickt hatte, weil Felipe Naveed nichts tut, was nicht von Raul angeordnet wurde.

Es war ein gut geplantes Attentat, bis auf die Tatsache, dass ich überlebt habe. Ich war die Sache, die schiefgelaufen ist.

Ich sollte nicht mehr am Leben sein, um Felipe am Tatort zu finden oder Raul etwas nachzuweisen, was das Massaker auslösen könnte, das ich heute Morgen angerichtet habe.

Tote erzählen keine Geschichten, aber ich lebe, um sie zu singen und meine Mutter und Schwester zu rächen.

Raul wird meinen Zorn zu spüren bekommen, und Adriana wird Zeuge davon sein.

Sie ist der Grund, warum er geschwiegen hat, während ich ihn gefoltert habe. Er dachte, er könnte sie retten, indem er sich weigerte zu reden und mir zu sagen, warum er tat, was er tat.

Seine Weigerung bestätigte nur den Verdacht, der mir bereits im Magen lag und mir sagte, dass er nicht allein arbeitete.

Seine Handlungen waren bereits verdammt verdächtig. Sicher, Raul Alvarez ist ein mächtiger Mann mit der Art von Eroberungsdrang wie die meisten Kartellkönige. Ich würde nicht übertreiben, wenn ich sage, dass er Mexiko regiert, aber die Baranov Bratva ist weltbekannt für ihre Niedertracht. Sie wären nicht so dumm, die Frau und die Tochter des Pakhan aus heiterem Himmel zu töten und zu glauben, sie kämen damit durch.

Aber hinter dieser Geschichte steckt viel mehr als nur der Wunsch, eine weltberühmte Größe zu erobern. Ich werde genau herausfinden, was hier vor sich geht.

Die Prinzessin stolpert, und einer meiner Männer hält sie am Arm fest.

In diesem Moment bemerke ich den blauen Fleck auf ihrer Wange, den sie bekommen haben muss, als dieser Schwachkopf sie niederschlug.

Ich habe mich danach mit ihm befasst, weil er das getan hat. Er hat sich meinen Befehlen widersetzt und ihr Schaden zugefügt.

Ich habe das ernst gemeint, was ich vorhin im Kerker gesagt habe. Trotz des Blutes, der Eingeweide und ihrer blauen Flecken, die sie übersäen, ist sie eine Schönheit, die es mit allen Engeln aufnehmen kann.

Ich wäre ein Lügner und ein noch größerer Sünder, als ich es ohnehin schon bin, wenn ich nicht zugeben würde, dass ich sie genauso wahnsinnig attraktiv finde wie meine Männer, die ich dabei erwische, wie sie einen Blick auf sie werfen.

Wie schön die Tochter von Raul Alvarez ist, hat man überall nur flüstern hören. Die Tatsache, dass Raul ein Geheimnis aus ihr gemacht hat, hat die Andeutungen über ihre Schönheit nur noch verstärkt.

Die reale Version von ihr war auf jeden Fall besser als das, was ich mir ausgemalt hatte.

Diese hellen, großen haselnussbraunen Augen im Kontrast zu ihrer lebendigen, olivfarbenen Haut sind atemberaubend. Genau wie ihr Körper.

Sie ist zierlich, keine eins-fünfundsechzig, aber sie hat die perfekte Silhouette mit den richtigen Kurven, um ihre Hüften zu definieren, und voll gerundeten Brüsten, mit denen ich gerne spielen werde.

Das seidige schwarze Haar, das über ihren eleganten Rücken fließt, ist eine Einladung, mit den Fingern hindurchzufahren. Oder sie durch die seidigen Fasern gleiten zu lassen, während ich meinen Schwanz in ihren herrlichen Mund stecke.

Das war das Erste, was ich tun wollte, als ich ihre Lippen sah.

Wie schade, dass ich bei unserer ersten Begegnung ihren Verlobten getötet habe.

Andererseits kann ich mir auch nicht vorstellen, wie ich sie sonst kennengelernt hätte. Ihre Hochzeit sollte nur zwischen den Kartellmitgliedern stattfinden, die Rauls Imperium ausmachen.

Sie ist eine Frau, die jeder Mann gerne behalten würde. Menschen wie ich nehmen Schönheit aus verschiedenen Gründen zur Kenntnis. Selbst in meinem dreckigen, schmutzigen Kopf, als ich sie zum ersten Mal sah, war mein Grund die Reinheit, aber das macht keinen Sinn. Nach allem, was ich gehört habe, hat Adriana Alvarez nichts Unschuldiges an sich und ist genauso böse wie ihr Vater. Also werde ich dafür sorgen, dass sie bekommt, was sie verdient.

Im Moment ist sie eine Trophäe, die ich sammeln will. Ein Symbol für meinen Sieg und das Band, das meine Übernahme der Führung im Kartell festigen wird. Das ist alles, was sie für mich ist, und etwas zum Ficken.

Für den Moment.

Wenn ich ihr erst einmal den harten Fick verpasst habe, auf den mein Schwanz so sehr brennt, werde ich die Faszination über ihre Schönheit und ihren Körper los.

Der einzige Grund, warum sie noch nicht tot ist, ist, dass ich sie brauche.

Es gibt jedoch etwas, das mir an ihr aufgefallen ist.

Als ich ihr sagte, dass ich ihren Vater töten würde, bettelte sie nicht um sein Leben. Sie sagte nichts.

Nicht das Geringste. Und sie sah nicht einmal erschüttert um ihn aus oder vergoss die Tränen, die ich erwartet hatte.

Das ist mir ein Rätsel, über das ich mir im Moment keine Gedanken machen will. Wir nähern uns gerade der Halle, in der Raul seine Geschäftstreffen abhält.

Dort habe ich ihn gefesselt.

Ich überließ Sebastian, meinem Stellvertreter, die Verantwortung. Im selben Raum sollten auch die Familienoberhäupter von Rauls Allianz versammelt sein und warten.

Meine Männer öffnen die Türen, und wir betreten die Halle im arthurischen Stil.

Raul ist ohne Hemd und an zwei Metallstangen gefesselt. Blut befleckt seine Haut vom Scheitel bis zum Hosenbund, und blaue Flecken zieren sein gealtertes Gesicht. Ich habe ihn übel zugerichtet, bevor ich in den Kerker hinunterging.

Ich bin noch nicht oft hier gewesen. Aber während zwei dieser Male hat er einen armen Bastard nur zur Unterhaltung zu Tode gefoltert. Deshalb sind diese Stangen da. Raul ist ein kranker Wichser mit einer Vorliebe dafür, Menschen sterben zu sehen.

Heute Abend habe ich eine Schachtel auf dem Tisch stehen, die etwas Besonderes enthält und für zusätzliche Unterhaltung sorgen wird.

Der erhoffte Effekt stellt sich ein, als Rauls Blick auf seiner Tochter ruht.

Seine Augen weiten sich vor Schreck und seine Lippen bewegen sich, aber er kann nicht sprechen, weil ich ihm die Zunge herausgeschnitten habe. Die einzigen Laute, die er von sich geben kann, sind die Stöhngeräusche, die aus seinem Mund kommen. Tränen laufen ihm über die Wangen, als ihm klar wird, dass niemand verstehen kann, was zum Teufel er sagt, und dass seine kostbare Tochter mir ausgeliefert ist. Das Geschwafel aus seinem Mund ist für mich nichts als Scheiße. Meine Mutter und meine Schwester hatten nicht einmal die Chance, um ihr Leben oder um einander zu betteln.

Außerdem habe ich ihm bereits seine Chance gegeben.

Ich habe den Wichser acht Stunden lang gefoltert, bevor ich ihm die Zunge herausgeschnitten habe.

Acht Stunden lang hat der Mann geschwiegen. Der einzige Grund, warum ich wusste, dass sein Schweigen dem Schutz seiner Tochter diente, war, dass ich diesen Teil aus ihm herausgefoltert habe, nachdem ich sein Verhalten verstanden hatte.

Seine Widerstandsfähigkeit schien aus der Liebe eines Vaters zu kommen, der seine Tochter beschützen will. Das Wissen, dass ich sie am Leben hielt, beflügelte seine Hartnäckigkeit, und ich konnte sehen, dass es ihm egal war, ob ich ihn tötete. Er war um sie besorgt. Ich hätte ihm auch die Augen ausgestochen, in echter Bratva-Manier, aber ich wollte, dass er diesen Moment miterlebt.

Der Moment, in dem sein Reich fällt.

Ihm gegenüber sitzen die zwölf Kartellchefs seiner Allianz. Wie verdammte Ritter sitzen sie um den runden Tisch in der Mitte des Saals. Als sie mich erblicken, sehen sie aus, als würden sie sich gleich in die Hose machen.

Ihre Reaktion ist nicht darauf zurückzuführen, dass sie mich kennen, sondern darauf, dass sie dachten, ich sei auch tot. Meine Familie hat mein Überleben verschwiegen.

So wie sich Raul verhält, wechseln die Männer ihre schockierten

Blicke von mir zu Adriana. Das wird ihre erste Begegnung mit ihr sein.

Während Rauls Schreie lauter werden und das Arschloch anfängt zu weinen, begrüße ich meine Gäste mit einem strahlenden Lächeln, als ob ich die Oscar-Verleihung moderieren würde.

»Guten Abend, meine Herren«, spreche ich auf Englisch, damit mich alle verstehen. Ich verstehe Spanisch und spreche es auch ein wenig, aber hier werde ich es nicht tun. Im Moment müssen sie verstehen, was passiert und was von hier an passieren wird. »Wie Sie sehen, hat es einige Veränderungen gegeben.«

»Was geschieht hier?«, fragt der Mann, der mir am nächsten steht, vorsichtig. Sein Name ist Antonio. Er handelt vor allem mit Waffen, aber wie die anderen ist er auch im Fleischhandel aktiv. Wir haben uns einmal auf einer Wohltätigkeitsveranstaltung in New York getroffen, die mein Vater organisiert hat.

»Sie werden schon sehen.« Ich greife nach Adriana und ziehe sie direkt neben mich. Dann greife ich in ihren Nacken und halte ihre seidig-glatte Haut fest. Ihr Hals ist so winzig, dass es ein Leichtes wäre, ihn zu brechen. Aber das will ich nicht tun – noch nicht. »Ich möchte Ihnen Rauls Tochter, Adriana Alvarez, vorstellen. Jetzt, wo sich alle kennen, können wir zur Sache kommen.«

Ich führe Adriana näher an Raul heran, und er strampelt aus Protest gegen die Fesseln. Nichts, was er tut, wird ihm jetzt helfen. Oder ihr.

Todesangst steht in seinen Augen Da ich die Ursache dafür bin, genieße ich die Welle der Macht, die mein Blut berauscht.

Ich bleibe ein paar Zentimeter entfernt stehen, und sie wehrt sich gegen meinen Griff. Ihre Angst kontrolliert sie jedoch und hält sie davon ab, mehr zu tun.

»Meine Herren«, verkünde ich und ziehe mein Messer aus der Scheide an meiner Seite. »Dies ist der Verräter, der meine Mutter und meine Schwester getötet hat. Isabella und Talia Dmitriyev. Heute ist der Tag, an dem ich sein Leben für ihres nehme. Sein Blut wird für das ihre vergossen werden. Dies ist auch der Tag, an dem ich sein Reich und alles, was es beinhaltet, an mich reißen werde.«

Ich schaue Raul in die Augen, und er beginnt zu zittern.

»Abgesehen von dir sind das die einzigen beiden Menschen, die ich am Leben gelassen habe«, sage ich ihm. »Wir sehen uns in der Hölle, Raul Alvarez.«

Mit einer schnellen Bewegung schneide ich ihm die Kehle durch, und Blut spritzt auf seine Prinzessin und mich. Sie schreit in einem durchdringenden Ton, und doch stelle ich fest, dass sie nie um das Leben ihres Vaters gebettelt hat.

Weil ich meiner Mutter bei ihrem Leben versprochen habe, Raul auf die gleiche Weise zu töten, wie er sie getötet hat, lasse ich das Messer fallen und ziehe meine Waffe, während Raul stottert.

Ich spanne den Hahn und drücke ab, um ihm den letzten Stoß zu versetzen.

Als sein Blut erneut auf mich spritzt, mache ich mir nicht einmal die Mühe, es zu bemerken.

Ich halte Adriana immer noch am Hals fest, richte mich auf und hebe sie hoch. Auf der Vorderseite ihres Hochzeitskleides ist nur noch wenig Weiß zu sehen. Das meiste ist entweder rot von dem Blutcocktail, mit dem es überzogen ist, oder schmutzig braun vom Kerkerboden.

Sie weint vor lauter Angst, während der alte Mann voller Ehrfurcht zuschaut.

Wenn ich ein besserer Mensch wäre, würde sie mir auch leid tun.

Als ich mich wieder meinen Gästen zuwende, sehe ich, dass sie wissen, dass ich es ernst meine.

Ich muss noch einen Schocker aus dem Ärmel ziehen, bevor ich ihnen sage, was ich als Nächstes von ihnen erwarte.

Ich öffne die Schachtel auf dem Tisch und nehme den Kopf von Felipe heraus, den ich oben am Haar festhalte. Ein Aufschrei geht durch den Raum und die Prinzessin hebt den Kopf, als müsste sie sich beim Anblick ihres geliebten Verlobten übergeben. Es sollte mich nicht irritieren, dass sie ihm gehörte oder gehören würde, aber das tut es verdammt noch mal. Das ist wahrscheinlich ein Beweis dafür, wie beschissen mein Verstand ist.

Blut rinnt meinen Arm hinunter, als ich Felipes Kopf auf den Tisch werfe. Er rollt in die Mitte, und die Männer schauen ihn an.

Felipe sollte ihr nächster Anführer werden. Jetzt ist er nicht mehr da.

Angst hält die Menschen bei der Stange. Bei Männern wie diesen muss man eine Prise Armageddon niederregnen lassen, um ihnen zu zeigen, dass man die Macht hat. Alles, was ich bis jetzt getan habe, hat diesem Ziel Vorschub geleistet. Sie wissen jetzt, auch ohne dass ich es sage, dass ich das Kommando übernehmen will.

Es wird ihnen nicht gefallen, dass die Bratva eines der größten Kartelle der Welt kontrolliert. Aber um Rauls Imperium wirklich zu übernehmen, will ich die Männer an Bord haben, ohne dass es zu einer Meuterei kommt.

Entweder sie unterschreiben den Blutschwur, oder sie sind tot. So einfach ist das.

Mit meiner blutverschmierten Hand färbe ich ihre Wangen, indem ich das Blut ihres Vaters darüber laufen lasse.

Dann wende ich mich wieder den Männern zu und schaue jedem von ihnen in die Augen.

»Ich bin jetzt euer Herrscher. Ich, Mikhail Dmitriyev, werde euer Herrscher sein, und um es offiziell zu machen, werde ich in einem Monat Adriana Alvarez heiraten.« Die Prinzessin wird schlaff, als sie meine Erklärung hört. Das wird eine interessante Wendung der Ereignisse für sie sein, aber etwas, das getan werden muss, damit ich das Kartell und das Eigentum an allen Vermögenswerten von Rauls Imperium erhalte. »Ich erwarte, dass ihr alle anwesend seid, um unserer Vereinigung beizuwohnen, genauso wie ich erwarte, dass ihr eure Treue zu mir unterzeichnet. Diejenigen von euch, die dabei sind, heben ihre Hand.«

Alle zwölf heben ihre Hand.

Das ist gut. Mission erfüllt.

Ich gebe Sebastian ein Zeichen, zu mir zu kommen. Als er kommt, übergebe ich ihm Adriana.

»Bring sie nach oben und warte«, sage ich. »Lass den alten Mann hier.«

»Nein, bitte tun Sie ihm nicht weh«, fleht Adriana.

Der schrille Ton ihrer Stimme und die Verzweiflung in ihren Augen, als sie bettelt, schockieren mich.

Nachdem sie gesehen hat, wie ich ihren Vater getötet habe, und nachdem sie Felipes Kopf gesehen hat, ist sie völlig durcheinander, aber jetzt sieht sie wirklich so aus, als würde sie gleich ausrasten.

Jetzt, wo ich das Leben des alten Mannes bedroht habe.

»Bitte töten Sie ihn nicht.«

»Schafft sie verdammt noch mal hier raus«, belle ich, und Sebastian schleppt meine zukünftige Frau zusammen mit einem anderen Mann heraus.

Ich werfe einen Blick auf den alten Mann und frage mich, wie tief ihre Beziehung zu ihm ist.

Er sieht aus, als wäre er Ende sechzig, aber das ist heutzutage nichts Besonderes mehr. Ich bin mir allerdings nicht sicher, ob die Beziehung romantisch ist. Sie schrie nach ihm, wie ein Kind nach seinen Eltern. Ich hatte erwartet, dass sie so auf Raul reagieren würde.

Ich muss ein wenig mehr mit ihm reden. Je nachdem, was er sagt, werde ich feststellen, ob er mir nützlich sein wird oder nicht.

Dann werde ich zu ihr gehen.

4

NATALIA

Mir dreht sich immer noch der Kopf.

Aber nicht mehr von den Schmerzen, die ich vorher gespürt habe.

Er dreht sich um die Antwort auf mein Schicksal und die Sorge, was mit José passieren könnte

Die Wachen brachten mich zuerst ins Bad, um das Blut von meinen Händen und meinem Gesicht zu entfernen, dann wurde ich in Rauls Schlafzimmer gebracht, wo ich mich jetzt befinde.

Sein Zimmer hat kein eigenes Bad wie das von Adriana. Hätte es eines, hätte ich gebadet, um den Geruch der Toten loszuwerden. Das bloße Waschen, das mir erlaubt wurde, war nicht genug.

Noch schlimmer ist, dass der Raum nach Raul riecht, und obwohl er tot ist, liegt seine autoritäre Präsenz noch immer in der Luft und spukt durch den Raum.

Ich kann ihn in der Luft riechen, und die Essenz seines Blutes haftet noch an mir.

Ich war noch nie hier drinnen. Ich durfte diese Seite des Hauses nicht betreten, aber ich habe einen Blick vom Balkon auf der gegenüberliegenden Seite erhascht.

Das Zimmer sieht aus, als wäre es für den Herrscher gemacht, für den Raul sich hielt. Das Kingsize-Bett in der Mitte ist mit schwarzer Seide bezogen, die zur Tapete passt, und die reinen Kristalle, die vom Kronleuchter hängen, sind genau das, was man von einem König erwarten würde.

Für mich war er jedoch immer ein Mörder.

Ich kann nicht glauben, dass er tot ist. Geschlachtet wie ein Tier im Schlachthof. Adriana ebenfalls. Raul hat sich so sehr um ihre Sicherheit bemüht und dafür gesorgt, dass die Leute nicht wissen, wer sie ist, dass es ihm zum Verhängnis wurde.

Ich bin schon seit einer Stunde hier drin. Mit dem Echo der tickenden Uhr an der Wand und der Bedrohung durch die Wachen vor der Tür, habe ich nichts anderes getan, als zu warten.

Die Tür ist nicht verriegelt. Sie ist nur geschlossen.

Ich weiß aber, dass ich nicht dumm sein und denken darf, dass ich weit kommen würde, wenn ich mich traue, wegzulaufen.

Das ist der Sinn des Ganzen. Ich kann nicht weglaufen.

Ich konnte niemals weglaufen. Nicht vor Raul und auch nicht vor meinem neuen Entführer.

Mikhail Dmitriyev.

Das ist sein Name. Der Name meines zukünftigen Mannes, der mich für jemand anderen hält.

Seit ich ihn getroffen habe, habe ich nicht mehr nur Angst, dass er mich umbringt, sondern auch, dass er mich fickt, dass er mich heiratet.

Heirat.

Was zum Teufel soll ich nur tun?

Ich versuche ständig herauszufinden, ob das gerade wirklich passiert, und ich werde verrückt vor Sorge. Ich fühle mich auch ganz krank, weil ich weiß, dass er José getötet hat.

Warum sollte er das nicht tun?

Er hat alle anderen getötet. All die Leute, die das Pech hatten, auf Rauls Anwesen zu sein, und dann hat er Raul getötet.

Ich werde nie vergessen, wie er es tat.

Es war so mühelos, ohne jeden Gedanken an Mitgefühl.

Wenn Raul etwas brabbelte, was für alle anderen unverständlicher Unsinn gewesen ist, verstand ich sein Geplapper immer. Ich bin sicher, José auch.

Das war wahrscheinlich das erste Mal, dass wir beide Raul Alvarez seine Liebe zu seiner Tochter zeigen sahen. Was wir sahen, war eine Kombination aus einem trauernden Vater und einem, der versuchte, mich mit in die Hölle zu nehmen.

Nach der Art und Weise, wie dieser Plan abgelaufen ist, bin ich sicher, dass man ihm gesagt hatte, dass Adriana noch lebt. Als er mich also in *ihrem* Kleid sah, hatte er genau gewusst, was passiert war und was vor sich ging.

Umgekehrt hatte er nicht gewollt, dass ich die Chance nutze, um zu überleben.

Als sich unsere Blicke zum ersten Mal trafen, erwartete ich, dass er die Wahrheit über mich herausschreien würde.

Genau das hat er getan.

Der Bastard versuchte es, aber er konnte nichts sagen, weil seine Zunge weg war.

Danach geschah so vieles, was sich wie eine Erlösung anfühlte.

Rauls Kehle wurde so aufgeschlitzt, wie er meiner Mutter die Kehle durchgeschnitten hatte, nachdem er sie vergewaltigt hatte. Sie starb, als sie versuchte, von ihm wegzukriechen, um zurück zu Papa und mir zu gelangen.

Heute Abend bekam auch Raul eine Kugel zwischen die Augen, genau wie mein Vater.

Erlösung, ja. Aber für diejenigen, die bereits tot sind.

Nicht für mich.

So etwas werde ich nicht bekommen. Es scheint einen anderen Plan für mich zu geben. Einen, von dem ich keine Ahnung habe, wie ich seine Einzelteile erfassen soll.

Jetzt, wo ich in diesem Raum stehe, in diesem blutigen Hochzeitskleid, das mit dem Blut der Männer bedeckt ist, die ich am meisten gehasst habe, bin ich wie die Fliege, die direkt in das Spinnennetz geflogen ist.

Ich sitze in der Falle, und jetzt, wo ich gefangen bin, weiß ich nicht, was noch schlimmer ist. Mein Leben, so wie es gestern war, als ich mich in den Schlaf geweint habe vor Sorge, eine Sexsklavin zu werden, oder die Version von mir jetzt in der beschissenen Gegenwartsform.

Wie zum Teufel soll ich dieses Monster heiraten?

Wie wird mein Leben aussehen?

Oder, verdammt …

Wie lange wird es dauern, bis er mich nicht mehr braucht?

Ich bin jung, aber die Dinge, die ich gesehen und gehört habe, haben meinen Verstand weit über seine Jahre hinaus altern lassen. Wenn etwas passiert, sind die Angestellten immer die Ersten, die das leise Geflüster über Mordkomplotte hören und Zeuge werden, wie sich diese Intrigen entfalten.

Ich habe schon von genug Ehefrauen gehört, die *versehentlich* gestorben sind. Entweder war ihr Nutzen vergangen, sie waren verbraucht und ihre Ehemänner wollten sie eintauschen, oder sie hatten etwas gesehen oder gehört, was sie besser nicht hätten tun sollen.

In meinem Fall denke ich, dass mein Nutzen begrenzt sein wird.

Genau das wird mit mir passieren. Dieser monströse Mann wird mich zwingen, ihn zu heiraten, damit er das Kartell beherrschen kann, und mich dann töten.

Ein Anflug von Panik erfasst meinen Körper, als das dumpfe Geräusch schwerer Stiefel auf der anderen Seite der Tür ertönt und sich die Klinke bewegt.

Als die Tür aufschwingt und ich ihn sehe – Mikhail Dmitrijew – springt mein Herz wie eine Gazelle in meine Kehle und schlägt dann wie eine harte Faust gegen die Wände meiner Brust.

Mikhail betritt langsam den Raum, und die Tür schwingt hinter ihm zu. Die dunkle Intensität seiner Anwesenheit zwingt mich, mich mit dem Rücken an die Wand zu stellen, als ob die schwarze Seidentapete mir den Trost und die Sicherheit bieten könnte, die ich suche.

Ein freudloses Lächeln breitet sich auf seinem Gesicht aus, aber es belebt immer noch seine hübschen Züge.

Mir fällt auf, dass kein Blut mehr an ihm klebt und dass er sich umgezogen hat. Allerdings ist er immer noch ganz in Schwarz gekleidet, mit einem Hemd und einer Hose ähnlich dem, das er gerade ausgezogen hat.

Als er näher kommt, steigen mir Sandelholz und sexy Moschus in die Nase, und ich betrachte die kunstvollen Tätowierungen, die seine Finger schmücken und seinen Hals hinaufsteigen.

In diesem Licht ist alles klarer, auch der ernste Ausdruck auf seinem Gesicht.

Gedanken und Fragen prallen in meinem Kopf aufeinander.

Gedanken, die nichts tun, um meine Ängste zu lindern, und Fragen, die er vielleicht nicht beantworten wird.

Als er noch näher kommt, denke ich an zwei Dinge.

Erstens: Er glaubt, ich sei Adriana, was mich am Leben hält.

Zweitens: Er braucht mich. Gerade jetzt braucht er mich, und auch wenn ich nicht weiß, wie lange diese Tatsache bestehen bleiben wird, muss ich aus diesem Wissen die Kraft schöpfen.

Demnach wird es mir nicht helfen, diese schwache Frau zu sein

Ich muss Kraft finden, obwohl ich Angst habe. Genau wie früher.

»Hast du Angst vor mir, Malyshka?«, fragt er und neigt den Kopf zur Seite.

»Ma... lysh... ka?«, stottere ich.

»Kleines Mädchen auf Russisch.«

Das sollte meinen Körper nicht so aufheizen, aber in den letzten vierundzwanzig Stunden war nichts normal. Sollte ich mich wundern, dass ich endgültig verrückt geworden bin?

Es ist weiß Gott genug passiert, um mich über den Rand zu stoßen. Aber da es so aussieht, als ob ich immer noch daran hänge, werde ich den Strohhalm, an dem ich mich festhalte, nicht loslassen. Ich werde so lange durchhalten, wie ich kann.

»Hast du José getötet?«, gelingt es mir zu fragen.

Neugierde macht sich in seinem Gesicht breit, und als er sich vorbeugt und seine Hände zu beiden Seiten von mir an die Wand legt, denke ich, er könnte mich küssen.

Er überragt mich, und mein Herzschlag verdoppelt sich, als ich wieder dieses erstickende Gefühl bekomme.

»Interessant, Malyshka. Du hast mehr Gefühle für den alten Mann gezeigt als für deinen eigenen Vater.«

Scheiße.

Ich habe nicht nachgedacht. Mein Geist und mein Körper reagierten einfach so, wie es jeder tun würde, wenn er seinen größten Feind fallen sieht. Ich war ich selbst – Natalia de Leon – und ich vergaß, Adriana Alvarez zu sein.

Er hat recht. Ich habe kaum ein bisschen Zerknirschtheit wegen Raul gezeigt. Jeder, der seine Eltern auf diese Weise gesehen hätte, wäre durchgedreht. Da ich beide Eltern auf gewaltsame Weise verloren habe, weiß ich genau, wie ich mich *hätte* verhalten *sollen.*

Die Hysterie hätte mich in dem Moment überkommen müssen, als er mir sagte, dass er Raul töten würde.

Ich war jedoch so besorgt darüber, dass Raul mich identifizieren würde, dass ich vergaß, so zu agieren.

Dieser Mann ist kein Narr, und was mir Angst macht, ist, dass er mich umbringen könnte, wenn er herausfindet, dass ich nicht die bin, für die er mich hält.

Was soll ich jetzt tun?

Hat er den Verdacht, dass ich ein Schwindlerin bin?

Ich muss mir schnell etwas einfallen lassen und etwas Plausibles sagen, das meinen Schock erklären könnte.

»Das ist nicht wahr. Es ging alles so schnell«, lüge ich. »Du hast meinen Vater so schnell getötet. Ich hatte kaum Zeit zu verarbeiten, was du getan hast. Du hast ihn einfach umgebracht. Du hast ihn direkt vor meinen Augen getötet.«

Meine Lippen zittern von selbst. Ich muss meinem Körper keinen Kummer einflößen. Ich muss auch nicht so tun, als ob ich weinen würde. Die Tränen sind nie weit weg. Meine Seele ist immer am Weinen.

Die Tränen, die ich jetzt hervorrufe, sind also echt, nur nicht wegen dem, wofür er denkt, dass sie fließen.

»José ist alles, was ich noch habe«, füge ich hinzu. »Er ist mein Leibwächter, seitdem ich ein Baby war.« Das ist die Wahrheit.

»Du solltest hoffen, dass das alles ist, Malyshka, oder er ist tot.«

»Also ist er am Leben?« Ich bin so gespannt auf die Aussicht, dass ich gar nicht richtig mitbekomme, was er zu mir sagt.

»Vögelst du den alten Mann? Die Antwort sollte besser Nein lauten und auch keine verdammte Lüge sein, denn ich will, dass die Knospe zwischen deinen Beinen mir gehört.«

Mein Körper erhitzt sich wieder, und ich bin entsetzt, als ich spüre, wie Feuchtigkeit zwischen meinen Schenkeln aufsteigt. Vielleicht liegt es an der Erleichterung, dass José in Sicherheit ist, denn die wilden Bilder, die mir in den Sinn kommen, wie dieser Mann mich gegen die Wand fickt, sind völlig unangebracht.

Kurz drückt er seine Stirn an meine, bevor er sich zurückzieht.

»Beantworte die Frage, Malyshka.«

»Er ist nur mein Leibwächter«, antworte ich. »Das ist alles.«

»Gut, und zu deinem Glück scheine ich dir zu glauben. Nächste Frage. Bist du so jungfräulich, wie ich es gehört habe?«

Ein Schauer durchfährt mich, als ich den Schimmer der Gier in seinen Augen entdecke.

»Ja.«

Sein Lächeln wird breiter. »Ich mag Jungfrauen. Ich mag es, der erste Mann zu sein, der sie bricht und sie trainiert, um mir zu gefallen.«

Sie. Ich frage mich, wie viele von ihnen er schon hatte. Er klingt wie ein Rattenfänger von Jungfrauen, und ich werde nur eine weitere Statistik in seiner Sammlung sein.

»War das mit der Hochzeit dein Ernst?« Ich riskiere es, das Thema zu wechseln.

Ein langsames, leichtes Grinsen erhellt sein Gesicht, und ich weiß sofort, dass ich ein Spielball für ihn sein werde. Eine weitere Person, die mich als ein Ding betrachten wird. Ein nicht-menschliches Wesen, mit dem er spielen kann.

»Ja. Es war mir verdammt ernst mit der Hochzeit.« Er streichelt mein Gesicht und drückt seinen Daumen in meinen Nacken. »Irgendwelche Einwände, Prinzessin? Du siehst aus, als hättest du viel zu sagen. Ich bin daran interessiert, es zu hören.«

»Wir kennen uns nicht. Wie können wir heiraten? Wir haben uns doch gerade erst kennengelernt.«

»So ein Scheiß interessiert mich nicht, und schon gar nicht, wenn du Felipe Naveed heiraten wolltest. Ich nehme dich für mich und breche dich nur deswegen.«

Mich brechen?

Ich könnte fast lachen.

Ich bin bereits gebrochen. Ich verstecke die Fragmente meiner Seele nur gut.

Aber ich nehme an, das ist nur ein Teil von mir. Irgendetwas in mir lässt mich weitermachen. Es ist etwas Stärkeres als Hoffnung. Es existiert tief in meinem Inneren, direkt in der Essenz dessen, was mich ausmacht. Es zwingt mich, weiterzuleben, auch wenn es nichts mehr zu geben scheint, wofür es sich zu leben lohnt.

Wenn dieser Teil von mir zerbricht, bin ich tot.

»Die Heirat wird meine Kontrolle über das Kartell besiegeln. Es ist eine Formalität und der einfachste Weg, das Reich deines Vaters ohne Rebellion zu erobern. Aber ich könnte es auch anders machen, Prinzessin. Der härtere, höllische Weg, bei dem ich dich töte und die Hölle auf Mexiko niederregnen lassen. Also, Malyshka, du hast die Wahl: Heirate mich oder stirb.«

Mein Mund wird trocken, als ob ihn jemand mit Sand gestopft hätte.

Ihn heiraten oder sterben? Das sind meine Möglichkeiten. Für mich klingt beides gleich. Wie der Tod. Es ist nur so, dass das eine mein Leben ein wenig verlängern könnte.

»Was davon soll es denn sein, Malyshka?«

»Ich will nicht sterben«, stoße ich aus, denn das ist die Wahrheit. Ich will nicht sterben, und alles, was ich jetzt tue, wird aus diesem Grund geschehen.

Er nickt und streift mit seinen Lippen so kurz über meine, sodass es scheint, als hätte der Kuss nie stattgefunden.

»Das dachte ich nicht. Jetzt, wo das geklärt ist, würde ich gerne sehen, was unter diesem Kleid ist.«

»Was?«

Er zupft am Mieder des Brautkleides an einer Stelle, die noch weiß ist. In diesem Moment erinnere ich mich an seine Drohung, mich zu ficken.

»Ausziehen. Jetzt. Zieh alles aus, Malyshka.«

5

NATALIA

Oh Gott!

Er wird es jetzt tun.

Er wird mich jetzt tatsächlich ficken.

Meine Augen weiten sich, und Wellen des Schreckens schlagen gegen die Wände meiner Seele.

Ich weiß nicht, was ich tun soll. Ich hätte nie gedacht, dass es so kommen würde, oder dass mein erstes Mal eine Vergewaltigung sein würde.

Aber was hatte ich erwartet? Ich sollte in wenigen Tagen auf einer Jungfrauen-Auktion verkauft werden. Habe ich geglaubt, dass ich auf magische Weise Gefühle für denjenigen entwickeln würde, der mich kauft?

Diese Situation ist genauso beschissen.

Er besitzt mich auf eine andere Weise.

In Anbetracht meines Zustands dachte ich, ich könnte mir etwas Zeit verschaffen, aber dieser Mann ist eindeutig eine Art Psychopath. Vielleicht ist das sein Ding, und das Blut seiner Feinde an mir macht es umso süßer, mich zu nehmen.

»Jetzt«, fügt er mit Nachdruck hinzu und tritt zurück, um mir Platz zu machen.

Ich schlucke den Kloß in meinem Hals hinunter, hebe eine zitternde Hand und ziehe den kleinen Reißverschluss an der Seite meines Kleides herunter. Sekunden später gleitet das Kleid an meinem Körper herunter und enthüllt mein hautfarbenes Spitzenhöschen und den dazu passenden BH.

»Ich habe ›Alles‹ gesagt«, erinnert er mich, als ich ihn hinhalte.

Ich weiß nicht, was ich zuerst ausziehen soll – meinen Slip oder meinen BH. Ich entscheide mich dafür, dass ich mir in beiden Fällen bewusst bin, dass er der erste Mann ist, der mich ganz nackt sieht, und beginne mit meinem BH.

Gehorsam öffne ich den kleinen Schmetterlingsverschluss an der Vorderseite, und meine Brüste fallen heraus. Er sieht zu, wie sie wackeln, und es ist mir peinlich, als er auf die straffen, festen Spitzen meiner Brustwarzen schaut. Als die kühle Luft sie trifft, spannen sie sich an, aber wegen ihm sind sie schmerzhaft hart.

Trotz meiner Verlegenheit steigt die Hitze, die durch meinen Körper fließt, als ich den hungrigen Blick in seinen Augen bemerke.

Er sieht mich an, als wolle er mich fressen.

Als ich mich bücke, um mein Höschen auszuziehen, nimmt er meine rechte Brustwarze zwischen Daumen und Zeigefinger und drückt sie sanft.

Der kranke Gedanke, dass Felipe mich betatscht, schießt mir durch den Kopf. Früher hat er das ständig gemacht. Manchmal hat er es auch seinen Freunden erlaubt. Ich habe mich gewehrt, aber sie haben mich festgehalten, bis sie bekamen, was sie wollten. Sie taten alles, was sie konnten und was nicht als Sex galt.

Diese bloße Berührung fühlt sich genauso an, aber es gibt einen Hauch von Unterschied, der mir durch die Nerven kratzt.

Das Letzte, was ich ausziehe, sind die zerrissenen Schlappen. Jetzt stehe ich völlig nackt vor ihm. Alles sehr zu seiner Zufriedenheit.

»Braves Mädchen.« Er lächelt.

Mikhail lässt meine Brustwarze los, aber er zieht seinen Finger nicht weg. Er hält seine Fingerspitzen auf meine Haut gepresst und seine Augen auf meinen Körper gerichtet, während er langsam raubtierhaft um mich herumgeht.

Mein verräterischer Körper absorbiert die Aufmerksamkeit, und meine Muschi krampft sich zusammen, als seine Augen mich verschlingen.

Mikhail fährt mit seinen Fingern über meinen flachen Bauch, wandert zu meinem Rücken und fährt mit ihnen über meinen Arsch, wo er eine Handvoll Fleisch nimmt und zudrückt, bevor er seine Hand auf meine Haut klatschen lässt. Ich schreie auf wegen des stechenden Schmerzes und versuche, mich von ihm wegzubewegen, aber er stößt mich gegen die Wand, spreizt meine Beine mit seinem Knie und stößt einen Finger direkt in meine Muschi. Eine Stelle, die noch nie ein Mann berührt hat.

Fuck, als er über meine geschwollene Klitoris streicht, strömt ein Schwall Nässe aus mir heraus, und er lächelt. Die Erregung verdrängt die Angst, als er sich nach vorne beugt und meine Brustwarze in seinen Mund nimmt. Ich fühle mich, als würde ich den Verstand verlieren, als er an meiner Brustwarze saugt und mit seinen dicken Fingern in meine Muschi zu pumpen beginnt.

»Dreckiges Mädchen. Du bist so eng und feucht für mich«, flüstert er. »Du magst meine Finger in deiner engen, feuchten Pussy, nicht wahr?«

»Nein«, schwindle ich, und wir wissen beide, dass meine Antwort eine Lüge ist.

Das verruchte, sündige Lächeln auf seinem Gesicht verrät mir, dass er das tut.

»Ja, Malyshka. Zu wissen, dass du mich willst, wird es dir leichter machen.«

»Ich will dich nicht«, sage ich. Es ist das Falsche, was ich sage, aber ich muss es ihm sagen. Es ist wichtig für mich, dass er weiß, dass ich weder ihn noch irgendetwas davon will. »Ich würde dich nie wollen.«

Statt beleidigt zu sein, sieht er amüsiert aus.

»Stimmt das, Malyshka?« Er beschleunigt das Pumpen und kichert, als ich stöhne.

»Ja«, bringe ich hervor. »Was immer du mir nimmst, wird nicht mit meiner Zustimmung geschehen.«

»Sehe ich wie ein ehrenwerter Mann aus, Prinzessin?«

»Nein.«

»Gut, also mach nicht den Fehler zu denken, dass ich es bin. Ich schere mich nicht um solche Dinge, und ich nehme mir, was ich will, egal ob die Person es mir gibt oder nicht. Aber du, du bist etwas Besonderes. Ich werde dich so sehr brechen, dass du mich irgendwann begehren wirst. Dann wirst du mich anflehen.«

»Fick dich«, belle ich gedankenlos und kann mich nicht mehr fangen, bevor der Trotz über meine Lippen kommt.

Er lacht wieder, dieses Mal überrascht. »Oh, ich habe vor, dich zu ficken, und du wirst es genießen.«

»Nein«, protestiere ich.

»Ja, Malyshka.«

Bevor ich wieder protestieren kann, schiebt er einen weiteren Finger in meine Spalte und pumpt fester, um meine Klitoris zu attackieren. Rohe Lust dringt in mich ein und raubt mir den Atem. Die Lust, die in mir brodelt, überfällt meinen jungfräulichen Körper, und ich stöhne so laut auf, dass ich weiß, dass die Männer draußen mich hören müssen. Ich bin so vertieft in seine Berührung, dass es mir egal ist, und ich will den Geschmack des Wahnsinns, in den er mich treibt.

Er fickt mich weiter mit den Fingern, und ich wölbe meinen Rücken, während ich hart um sie komme.

Ich winde mich gegen seine Finger und merke erst jetzt, dass ich mich an ihm festhalte. Ich halte mich an seinen breiten, kräftigen Schultern fest, als ob ich ihn zum Überleben bräuchte.

Mikhail lässt mich plötzlich los, und ich sacke, wie eine leblose Stoffpuppe, gegen die Wand, wobei mein Blick auf der großen Ausbeulung seines Schwanzes landet, die gegen seine Hose drückt.

»Auf die Knie jetzt, Prinzessin«, befiehlt er. »Es ist Zeit, dir deine erste Lektion darin zu erteilen, mich zu befriedigen.«

Sobald er beginnt, seine Gürtelschnalle zu öffnen, weiß ich, was er von mir will.

»Hast du schon mal einen Schwanz gelutscht?«, fragt er.

»Nein.«

»Fantastisch. Du kannst mit meinem anfangen. Ich will deine Lippen um meinen Schwanz haben. Geh auf die Knie.«

Meine Angst und meine Hilflosigkeit lassen mich gehorchen. Meine Knie schlagen auf dem Boden auf und ich habe das Gefühl, auf Autopilot zu sein.

Als Mikhail seine Hose von den Hüften schiebt und seinen gewaltigen Schwanz entblößt, kann ich ihn nur noch anstarren.

Es ist nicht das erste Mal, dass ich einen sehe, denn Felipe und seine Freunde waren alle so ekelhaft. Aber Mikhails so dick, lang und erigiert zu sehen, mit Vorsperma, das an der knolligen Schwanzspitze abperlt, macht etwas anderes mit mir.

Es erregt mich. Und das ist etwas, wofür ich mich schäme. Es ist schon schlimm genug, dass ich bei seiner heftigen Berührung gekommen bin, und das gegen meinen Willen.

Aber das …

Ich sollte nichts fühlen.

»Lutsch«, knurrt er, und wieder gehorche ich.

Der kalte Marmor auf dem Boden kriecht in meine Knie, als ich seinen Schwanz fasse und meinen Mund öffne, um zuerst das Vorsperma abzulecken. Dann nehme ich den Rest seiner Länge in den Mund, und er beginnt zu pumpen. Langsam, dann schnell und schneller, um mir einen Vorgeschmack darauf zu geben, wie es sich anfühlen wird, wenn er in mir ist.

Ich weiß nicht, was zum Teufel ich tue oder ob ich es überhaupt richtig mache, aber ich tue es.

Seine Finger fahren durch mein Haar und er umschließt meinen Hinterkopf, damit er mein Gesicht schneller ficken kann.

Ich sauge an seiner enormen Länge, spüre, wie ich wieder feucht werde und wie sich meine Brustwarzen vor lauter Wildheit zusammenziehen.

Alles Blut in mir kocht hoch, als er stöhnt und ganze Sätze auf Russisch murmelt. Er stößt tiefer in meine Kehle und ich muss würgen. Instinktiv ziehe ich mich zurück, aber er nimmt mein Haar in seine großen Hände und zwingt mich zurück, ihn zu nehmen.

Tränen kullern über mir aus den Augen, aber er hört nicht auf, mein Gesicht zu ficken, und etwas Ursprüngliches ruft tief in mir, das sich nach seiner rauen Behandlung sehnt.

Als sein Schwanz zuckt, entringt sich seiner Kehle ein wildes Knurren und Spritzer heißen Spermas treffen meinen Rachen.

Salzig und dickflüssig. So fühlt es sich an. Und es ist ein Geschmack darin, der nach Sex schmeckt – für mich jedenfalls. Vielleicht habe ich recht.

Ich komme nicht dazu, weiter darüber nachzudenken, denn er fängt mein Gesicht und hebt meinen Kiefer hoch, während sein Schwanz noch in meinem Mund steckt und abspritzt.

»Schluck«, befiehlt er.

Ich tue es und lasse die Essenz von ihm in meine Kehle gleiten. Als sie sich ihren Weg hinunter in meinen Magen bahnt, habe ich das Gefühl, dass dieses Stück von ihm in mir drin mich als seinen Besitzes markiert hat.

Er zieht seinen Schwanz aus meinem Mund, und als ich ihn dabei beobachte, wie er ihn wieder in seine Hose steckt, überkommt mich ein Gefühl der Erleichterung.

Der Moment der Leidenschaft wird jedoch jäh unterbrochen, als sich seine Augen verfinstern und er meinen Arm so fest packt, dass ich glaube, er könnte ihn mir ausreißen. Seine Nasenlöcher blähen sich auf, und ich keuche, als er mich aufrichtet und gegen die Wand drückt, wobei er meine Hände über meinem Kopf festhält, damit ich mich nicht bewegen kann.

Jesus. Was wird er jetzt mit mir machen?

»Schau nicht so erleichtert, Prinzessin. Ich habe immer noch vor, dir das Hirn rauszuficken, nur nicht, während du nach dem Blut meiner Feinde riechst.«

Mein ganzer Körper beginnt zu zittern. Ich kann mich nicht beherrschen. Ich glaube, ich könnte es nicht, selbst wenn ich es versuchen würde.

Das Verlangen in seinen Augen, das noch vor wenigen Sekunden da war, ist verschwunden, und was ich jetzt sehe, ist Hass. Hass auf die Frau, für die er mich hält. Er wird nie erfahren, dass Adriana und ich polare Gegensätze sind, so unterschiedlich wie Tag und Nacht.

»Du stinkst nach diesem Blut, Adriana Alvarez. Innen und außen.« Er steht auf und sagt mir ins Gesicht: »Es wird dich daran erinnern, wer du bist und was dein Vater mir angetan hat. Ich werde dafür sorgen, dass du deswegen leiden wirst.«

»Aber ich habe nichts getan«, stottere ich. Diesmal ist es nicht die Angst, die aus mir spricht, sondern mein Überlebensinstinkt.

»Das ist scheißegal. Du wirst trotzdem bezahlen, und Gott möge dir beistehen, wenn ich mit dir fertig bin, denn ich werde keine Gnade walten lassen.« Er starrt mich an. »Meine Regeln sind wie folgt, *Malyshka*: Verärgere mich, und ich werde dich bestrafen; widersetze dich mir, und ich werde dich bestrafen; versuche irgendetwas Dummes, wie zum Beispiel zu fliehen, und ich werde dich bestrafen. Wenn du dich jedoch mit mir oder meinen Plänen für das Kartell anlegst, werde ich dich töten. Hast du mich verstanden?«

Mein Gott, er ist ein rücksichtsloses Tier. Ich zittere so sehr, dass ich kaum meinen Mund öffnen kann.

»Ja.«

»Gutes Mädchen. Jetzt geh und mach dich sauber. Sieh zu, dass du morgen früh bereit bist, nach New York zu fliegen.«

»New York?«

»Dein neues Zuhause.«

Er zieht sich zurück, und ich verarbeite seine Worte – alle.

Ich sehe ihn gehen, und in dem Moment, in dem sich die Tür schließt, sinke ich nackt und zitternd zurück auf den Boden.

Dieses Überleben ist nur vorübergehend. Alles, was ich getan habe, ist, mir mehr Zeit auf dieser Erde zu verschaffen.

Aber ich glaube nicht, dass ich das wirklich überleben werde.

Ich glaube nicht, dass er mir das erlauben wird.

6

MIKHAIL

New York

Als ich auf meinem Motorrad die kurvenreiche Straße zum Haus meines Vaters hinunterfahre, spüre ich das Echo der Berührung der Prinzessin auf meiner Haut.

Es verhöhnt mich wie die Kälte des Wetters. So wie sie ist es nebensächlich, aber es ist eine unerschütterliche Präsenz.

Die Spuren, die ihre Fingernägel auf meinen Schultern hinterlassen haben, sind immer noch da, sie haben sich in meine Haut eingeprägt, obwohl ich mich noch nicht umgezogen habe. Sie verpasste mir diese Male, als ich sie dazu brachte, zu kommen und sich mir zu unterwerfen, indem sie sich der Lust hingab.

Das gleiche Vergnügen, das mir nicht aus dem Kopf geht.

Ich konnte sie auch nicht aus meinen Gedanken vertreiben.

Ich wollte sie sofort nehmen, nachdem ich sie gekostet und ihre

Angst und Erregung in mich aufgenommen hatte. Die tödliche Kombination war stärker als jede Droge, die ich je genommen habe.

Wie ein verdammter Süchtiger ernährte ich mich von ihrer Angst und wollte mehr.

Aber alles zu seiner Zeit.

Jetzt sind wir in New York. Wir sind in meiner Welt, und wir können nach all meinen Regeln spielen.

Letzte Nacht war sie verängstigt und von allem, was passiert ist, gefangen, aber ich erwarte, dass sie bald die verwöhnte Zicke sein wird, von der ich gehört habe.

Die Prinzessin ist vor einer Stunde gelandet, und ich nehme an, dass sie entweder noch auf dem Weg zu meinem Haus ist. Oder sie ist bereits dort.

Ich habe Mexiko gestern Abend verlassen, weil ich keine Sekunde länger in diesem Haus bleiben wollte. Es war mir egal, wie spät es war oder wie müde ich mich fühlte. Von Anfang an hatte ich vor, sofort wieder nach Hause zu fliegen.

Ich biege rechts ab und werde langsamer, als die beiden riesigen silbernen Tore in Sicht kommen, die das Haus, in dem ich aufgewachsen bin, nach außen hin schützen.

Die Wachen öffnen sie für mich, bevor ich den Eingang erreiche, sodass ich direkt in die schwer bewachte Festung fahren kann, die vor mehr als zwei Jahrzehnten zur Heimat der Bruderschaft wurde. Damals, als mein Vater der Pakhan wurde.

Als ich die Auffahrt hinunterfahre, erhebt sich das stattliche Gebäude, das den Schlössern und Herrenhäusern in Europa nachempfunden ist.

Es sieht zweifellos nach der Art Haus aus, die es sein sollte, aber es hat auch diese Ausstrahlung, die einem vermittelt, dass hier Geschäfte gemacht werden. Mein Vater hat immer gesagt, dass er es vorzog, dass Arbeit und Zuhause ein und dasselbe sind. Nicht, weil er ein Workaholic ist. Sondern weil er eine gute Führungspersönlichkeit ist, die sich ganz ihrer Verantwortung widmet.

Normalerweise finden hier wöchentlich drei Treffen zwischen der Elitegruppe, den Brigadieren und den leitenden Mitgliedern ihrer

Brigade statt. Die größeren Treffen finden bei Dmitriyev Ltd. statt, unserem Familienunternehmen in der Stadt.

Mein Vater nahm an allen Treffen teil, selbst nachdem bei ihm ein Hirntumor diagnostiziert wurde. Als er im Endstadium war, bestand meine Mutter darauf, dass er sich auf die Treffen hier vor Ort konzentriert.

Ich parke, nehme meinen Helm ab und steige von meinem Motorrad. Dann begrüße ich die Männer, die die Türen zum Eingang bewachen.

Sie verneigen sich, als ich sie passiere, und erweisen mir denselben Respekt, den sie meinem Vater und meinem Bruder entgegenbringen.

Ich mache mich auf den Weg nach drinnen und nehme wie immer die hitzige Atmosphäre wahr, als ich in den großen Flur einbiege, der zum Sitzungssaal führt. Sie geht von der Einrichtung und dem Design aus, die mein Vater für diesen Teil des Hauses gewählt hat. Die Renaissance-Gemälde, die die Wände auf beiden Seiten säumen, sind dafür verantwortlich.

Dies ist der einzige Bereich des Hauses, in dem man glauben könnte, dass man durch die Flure eines italienischen Familienhauses geht. Das ist der Weg, den unsere Männer nehmen und was sie unterwegs zu den Treffen sehen.

Als begeisterter Liebhaber großer Kunstwerke und Künstler, wählte mein Vater die Gemälde aus, die die prägnantesten Bilder von Krieg und Tod zeigen. So bevorzugte er Caravaggio wegen der Emotionen, die er mit seiner Kunst hervorruft. Die Bilder erinnern daran, dass sich die Zeiten und damit auch die Akteure zwar ändern, dass aber ähnliche Probleme immer wieder auftreten. Diejenigen, die an der Macht sind, werden versuchen, diese zu erhalten und noch mehr zu erlangen, und die schwächeren Parteien werden sich entweder mit den Machthabern verbünden oder sie stürzen. Das war bei vielen Revolutionen in der Geschichte der Fall, und oft waren es die Dinge, die die Mächtigen zu Fall brachten, die sie übersehen hatten, oder der einfache Fehler, zu glauben, sie seien unbesiegbar.

Wenn ich hier entlanggehe, ist das wie ein Spaziergang durch den Vatikan in Rom, wo ich immer das Gefühl hatte, dass die alte mythologische Welt dort irgendwie erhalten geblieben ist. Das gleiche Gefühl habe ich hier, aber heute erinnern mich die Bilder von Krieg und Tod an meine eigene Situation, denn wir befinden uns im Krieg mit einem unbekannten Feind.

Raul Alvarez war nur ein Teil des Puzzles, das mir immer noch Rätsel aufgibt, und ich muss den Dingen auf den Grund gehen, bevor sie mich und meine Familie wieder in Schwierigkeiten bringen.

Ich betrete den Konferenzraum und stelle fest, dass die Personen, mit denen ich sprechen muss, beide anwesend sind.

Am Kopfende des Tisches sitzt mein Vater, dessen Gesicht sich aufhellt, als er mich sieht. Etwas Leben kehrt zurück – ein Zeichen, dass er sich Sorgen um mich gemacht hat. Neben ihm sitzt Ivan, mein Bruder – mein *Halbbruder,* aber wie Vater immer wieder betont, fließt in unseren Adern das gleiche Blut. Es spielt keine Rolle, dass wir verschiedene Mütter haben oder zehn Jahre auseinander liegen. Wir sind Brüder.

Ich weiß, dass er möchte, dass wir zueinander stehen, wie er und sein Bruder es taten, aber im Gegensatz zu meinem Onkel würde Ivan sich niemals eine Kugel für mich einfangen.

Der flache, emotionslose Blick in seinen fast schwarzen Augen erinnert mich daran und sagt mir, dass er verdammt eifersüchtig ist, weil ich gerade etwas getan habe, was keiner von mir erwartet hat.

Sophia, meine Tante und die Schwester meines Vaters, kommt von der anderen Seite mit einem Stapel Papiere in den Händen ins Zimmer.

Als sie mich sieht, stürmt sie herbei und umarmt mich.

Sie ist das Gleichgewicht in unserer dunklen Welt. Sie ist das, was für mich einer Mutter am nächsten kommt, und, wie eine solche, war sie immer für mich da. Sie war das erste Gesicht, das ich sah, als ich aus dem Koma erwachte, und seitdem ist sie ständig in Sorge um meine Sicherheit.

»Gott sei Dank, du bist wieder da«, murmelt sie und schaut mit Tränen in den Augen zu mir auf.

»Gab es denn jemals einen Zweifel?«, fragt Vater mit der gleichen kraftvollen Stimme, mit der er die Legion der Mitglieder unserer

Bratva und unserer Verbündeten befehligt. »Das ist mein Sohn, Sophia. Natürlich, er ist zurückgekehrt.«

»Ich bin einfach froh, dass er unversehrt zurückgekommen ist«, erwidert Sophia.

»Danke, Tantchen«, entgegne ich. So nenne ich sie nur in besonderen Momenten wie diesen, wenn wir als Familie zusammen sind. Bei anderen Gelegenheiten spreche ich sie aus geschäftlichen Gründen mit ihrem Namen an.

Sophia mag aufgrund ihrer gutmütigen Art weich erscheinen, aber für meinen Vater ist sie das Äquivalent eines Consigliere der italienischen Mafia. Nichts entgeht ihr, und sie ist das Rückgrat unserer Organisation.

»Und was hast du für Neuigkeiten, Bruder?«, fragt Ivan und fährt sich mit der Hand durch seine dunkle Haarmähne, die ebenso widerspenstig ist wie meine.

Das ist vielleicht die einzige Gemeinsamkeit, die wir haben.

Ich greife in meine Tasche und ziehe Rauls Ring heraus. Ich gehe auf den Tisch zu und halte ihn hoch, damit sie ihn sehen können.

»Wir haben jetzt die Kontrolle über das Alvarez-Kartell.«

Vater nickt zustimmend. Er ist stolz auf mich. »Gut gemacht, mein Sohn.«

»Danke, Vater.«

Die Kontrolle über die Kartelle in Mexiko zu erlangen, ist ein großer Erfolg, auf den man stolz sein kann, aber der Hauptgrund, warum er so aussieht, ist aufgrund der Gerechtigkeit, die ich für meine Mutter und meine Schwester erwirkt habe.

Ich habe den Plan aufgestellt, sobald ich laufen konnte.

Entgegen der ärztlichen Anweisung verließ ich mein Krankenhausbett und machte mich im Wettlauf gegen die Zeit auf die Suche nach meiner Schwester. Ich wusste bereits, dass es ein aussichtsloser Fall sein würde, sie zu finden.

Ich hätte nie erwartet, dass sie noch am Leben ist, nachdem ich drei Monate lang außer Gefecht war und die Wahrheit darüber, wer sie entführt hat, in meinem Kopf festsaß. Ich hoffte aber immer noch, sie zu finden.

Die Zeit, die wir mit der Suche nach ihr verbrachten, war jedoch umsonst. Wir haben nur entdeckt, was wir bereits wussten. Sie war tot, aber es war noch Schlimmeres mit ihr geschehen.

Als die Bastarde, an die Raul sie verkauft hatte, mit ihr fertig waren, hatten wir nicht einmal mehr ihre Überreste zu begraben. Sie wurde als Sexsklavin verkauft, vergewaltigt und getötet. Dann haben sie sie verbrannt.

Ich hätte nie etwas gefunden.

Diese Erkenntnis hat mich erst vor wenigen Tagen getroffen, und so war mein nächster Schritt, Raul zu töten und sein Reich an sich zu reißen.

»Hast du das Mädchen bekommen?«, fragt der Vater.

»Das habe ich. Ich habe vor, sie in einem Monat zu heiraten. Die Kartellchefs werden alle hier sein, um das mitzuerleben. Ich habe Sebastian in Mexiko zurückgelassen, zusammen mit dem einzigen verbliebenen Leutnant, um die Dinge zu regeln.«

Es stellte sich heraus, dass der alte Mann doch noch nützlich war. Ich habe ihn zunächst am Leben gelassen, weil ich dachte, er könnte mir sagen, mit wem Raul zusammenarbeitet. Obwohl ich seinen Namen nicht kannte, hatte ich ihn schon mehrmals gesehen und wusste, dass er wie ein Schoßhündchen für Raul war.

Gestern Abend, nachdem ich mit der Prinzessin fertig war, habe ich auch ihn gefoltert und nur deshalb beschlossen, ihn am Leben zu lassen, weil er der Letzte ist, der über die Machenschaften des Kartells Bescheid weiß. Er wird mir alles sagen, was ich über das Kartell wissen muss, und er wird die Verbindung zwischen den anderen Köpfen herstellen.

»Wunderbar.«

»Und wann lernen wir die zukünftige Frau Dmitrijew kennen?« Ivan schenkt mir ein steifes Lächeln.

»Ich bin mir noch nicht sicher.«

»Bring sie am Sonntag zum Essen mit«, schaltet sich Vater ein.

Wir essen immer am ersten Sonntag im Monat gemeinsam mit der Familie zu Abend. Der kommende Sonntag ist dieser Tag. Ich habe also eine Woche Zeit.

»Natürlich.« Ich neige den Kopf.

Das Abendessen wird interessant werden. Wer weiß, in welcher Verfassung ich sein werde, wenn ich mit Adriana zusammen bin. In der kurzen Zeit, die ich mit ihr verbracht habe, wechsle ich ständig dazwischen so hart zu sein, dass ich sie ficken möchte, und so wütend, dass ihr Vater Raul war, dass ich sie umbringen möchte.

»Dann werden wir ja sehen, ob die Gerüchte über ihre Schönheit wahr sind«, unterbricht Ivan meine Gedanken.

Das hinterhältige Flackern in seinen Augen verrät sein Interesse an ihr, was ein Problem ist, denn er wird sie nicht bekommen.

Sie gehört mir. Ich werde nicht zulassen, dass er seine kleinen beschissenen Spielchen treibt, um sie mir wegzunehmen und meine Pläne zu durchkreuzen.

»Die Gerüchte waren sehr wahr, Bruder«, antworte ich und schenke ihm dasselbe steife Lächeln. »Ihre Schönheit übertrifft die der Göttin Aphrodite selbst.«

»Schön für dich.«

Ja, Arschloch. Das ist es.

Ich würde ihm genau das sagen, wenn unser Vater nicht dabei wäre. Vater mag die Spannungen zwischen uns nicht. Oder das Konkurrenzgehabe.

Alles war immer ein Wettbewerb zwischen Ivan und mir. Er ist in jeder Hinsicht mein Rivale. Selbst jetzt, wo ich hier stehe, ist der Wettstreit im Gange, wer der nächste Pakhan der Baranov sein wird. Er oder ich.

Ivan ist der Sovientrik, und er hat sich diesen Titel redlich verdient. Er ist schon länger im Spiel als ich, und als die Stelle ausgeschrieben wurde, war es klar, dass er sie bekommt. Es war auch klar, dass er der nächste Pakhan sein würde.

Bis unser Vater die Regeln änderte.

Wie bei den meisten Bruderschaften in unserem Bündnis wird auch bei den Baranov der älteste Sohn des derzeitigen Anführers der nächste Pakhan, wenn dieser in den Ruhestand tritt oder stirbt. Nur in Fällen, in denen es keine Erben gibt, wählt der derzeitige Anführer den nächsten Pakhan aus den anderen Mitgliedern der Bruderschaft aus. In diesem Fall erhält in der Regel der Sovientrik das Amt, da er dem Pakhan in der Führung am nächsten steht.

Es ist das erste Mal, dass ein Oberhaupt die Dinge umkrempelt und praktisch einen Wettbewerb zwischen seinen Söhnen auslöst.

Ein Wettbewerb, den Ivan hasst, denn jetzt, wo er achtunddreißig ist und ich achtundzwanzig, und wir beide schon zur Führungsriege gehören, sind wir beide gleichberechtigt, um die Führung zu übernehmen. Er hat keinen verdammten Anspruch mehr auf irgendetwas.

Ich werde ihm auch nicht erlauben, der Anführer der Baranovs zu werden, wenn das, was ich tue, mich an die Spitze bringt. Ich habe das Alvarez-Kartell im Alleingang zu Fall gebracht, und ich besitze es. Das ist ein gutes Zeichen.

»Es wird gut sein, sie persönlich zu treffen«, sagt Vater. »Ich bin sicher, das wird helfen, sie in Schach zu halten.«

»Ich stimme zu.« Jeden zu treffen – im Grunde mehr Leute wie mich – wird sie zu Tode erschrecken. Das wird sie definitiv bei der Stange halten. Aber jetzt gibt es Wichtigeres zu besprechen. Dass meine Familie auf Adriana trifft, ist das geringste Problem, um das man sich kümmern muss. »Wir müssen das Gesamtbild besprechen. Die Beseitigung von Raul war nur ein Teil des Problems.«

»Ich glaube, du hast recht, aber eins nach dem anderen, mein Sohn«, antwortet Vater, und ich verkrampfe mich. Ich wusste, dass er das zu mir sagen würde. Ich glaube, dieser Ratschlag hat mehr mit der Intensität der letzten Wochen zu tun als mit irgendetwas anderem. »Du weißt, wie die Kartellleute sind. Es wird ihnen nicht gefallen, dass wir die Macht übernehmen. Sie werden nach einem Ausweg suchen. Auch wenn das stärkste Element, das du hast, die Heirat mit Rauls Tochter ist, wirst du deine Dominanz über sie behaupten müssen. Es wäre besser, wenn du dafür deine Ressourcen nutzen würdest.«

»Vater, wir sind im Visier«, sage ich respektvoll. Wenn das der Fall ist, kann man sich nicht entspannen. Wer weiß, was in der fehlenden Zeit, in der ich unten war, alles hätte passieren können. »Was mit Mutter, Talia und mir passiert ist, war ein Attentatsversuch. Jetzt, wo jeder weiß, dass ich von den Toten auferstanden bin, stellt sich die Frage, wann sie wieder zuschlagen werden.«

»Raul war mächtig, vergleichbar mit uns, und du hast ihn ausgeschaltet. Damit wird ein großer Teil des Problems beseitigt sein. Es ist auch möglich, dass er das *einzige* Problem war. In den drei Monaten, in denen du außer Gefecht warst, ist keinem von uns noch etwas passiert.«

»Vielleicht ist nichts passiert, weil derjenige, der uns beobachtet hat, wusste, dass er nicht zuschlagen sollte, oder er hat gewartet.«

Ich glaube nicht eine Sekunde lang, dass wir nicht die *ganze Zeit* beobachtet worden sind. Oder dass mein Überleben völlig geheim gehalten wurde.

Meine Sicherheit im Krankenhaus wurde rund um die Uhr gewährleistet. Mein Vater war auch die meiste Zeit dort und beaufsichtigte meine Pflege. So wurde es mir erzählt. Aber selbst bei all dieser reglementierten Pflege bedeutet das nicht, dass wir nicht beobachtet wurden.

»Vater, mir ist klar, dass Raul mit jemandem oder mehreren Leuten zusammenarbeitet. Ich denke, es ist jemand Großes. Raul hat sich geweigert, mir Informationen zu geben, und er hat seinem Oberleutnant nie Einzelheiten über seine Pläne mitgeteilt. Ich denke, wenn es nur um ihn ginge, hätte er mir mehr als nur sein Schweigen mitgeteilt. Was auch immer er wusste, war schwerwiegend genug, um ihn glauben zu lassen, dass schweigend zu sterben den Schutz seiner Tochter gesichert hat. Das ist etwas, dem wir Aufmerksamkeit schenken müssen.«

»Ivan und Sophia, lasst uns allein«, befiehlt Vater, was bedeutet, dass er mit mir unter vier Augen sprechen möchte.

Ivan und Sophia tauschen einen Blick aus, dann gehen sie. Sobald sie weg sind, sieht mich mein Vater mit besorgten Augen an.

Als er mir zu verstehen gibt, dass ich mich ihm gegenüber setzen soll, fällt das Sonnenlicht auf sein weißes Haar und lässt ihn aussehen, als würde er bereits einen Heiligenschein tragen. Er sieht älter aus als noch vor ein paar Tagen.

Mein Vater ist achtzig. Er war fünfunddreißig Jahre älter als meine

Mutter, aber ich schwöre, er sah ungefähr so alt aus wie sie, als sie noch lebte. Jetzt sind sein Alter und seine Krankheit deutlicher zu erkennen.

Ich sitze vor ihm und stoße einen Seufzer aus, weil ich weiß, dass er mir etwas sagen wird, das mir nicht gefallen wird.

»Mikhail, du fährst eine Million km/h, und das wird dich umbringen«, sagt er.

»Ich kümmere mich um unsere Sicherheit.«

»Natürlich, und daran ist auch nichts auszusetzen, aber du musst dir einen Moment Zeit nehmen, um das Geschehene und unsere Verluste zu verarbeiten. Niemand kann auf einem Zug der Rache weiterfahren, ohne anzuhalten.« Er räuspert sich.

»Ich habe das Gefühl, wenn ich aufhöre, ist noch mehr Zeit vergeudet. Ich lag monatelang im Koma.«

»Mikhail, du kannst es nicht auf die Zeit schieben, die dein Körper gebraucht hat, um zu heilen. Du wärst fast gestorben. Bitte vergiss das nicht.«

Als ob ich das vergessen könnte. Fast zu sterben fühlt sich wie eine Schwäche an, die ich nicht hätte haben dürfen.

So rücksichtslos und stark ich auch bin, ich war nicht in der Lage, meine Mutter und meine Schwester zu schützen, als sie mich am meisten brauchten. Niemand wird je erfahren, wie ich mich dabei fühle.

»Ich erinnere mich.«

»Während du weg warst, kam das Team mit den Ergebnissen seiner Untersuchung über Raul zurück, und sie haben nichts gefunden, was wir nicht schon wissen. Ivan hat persönlich mit ihnen zusammengearbeitet, und sie haben alles dreifach überprüft.«

Dies ist dasselbe Team, das herausfinden konnte, wohin Talia gebracht wurde, nachdem ich ihnen von Felipe und Raul erzählt hatte. Vorher war es schwierig, ohne Namen zu ermitteln.

Unser Sicherheitsteam ist gründlich, und normalerweise kann man das, was sie sagen, für bare Münze nehmen, aber mein Gefühl sagt mir, dass es noch mehr zu finden gibt und die Sache noch lange nicht vorbei ist.

»Wir wollten abwarten, ob du in Mexiko mehr findest, um es zu untersuchen. Wenn das der Fall gewesen wäre, würde ich sagen, dass du dem nachgehen solltest, aber im Moment gibt es nichts«, fügt er hinzu, und ich kann ihm nicht widersprechen. »Ich möchte also, dass du dich im Moment auf das Kartell konzentrierst, denn das wirst du brauchen. Aber halte natürlich die Augen offen. Wir müssen immer wachsam sein. Ich will damit nicht sagen, dass, nur weil wir nichts gefunden haben, es auch nichts mehr zu finden gibt, aber es ist eine Möglichkeit. Ich schlage vor, dass du dich auf das konzentrierst, was du siehst und kontrollieren kannst. Außerdem müssen wir angesichts des bevorstehenden Führungswechsels auch daran denken.«

»Ich weiß«, antworte ich.

Mir wird immer ganz mulmig, wenn er über den Führungswechsel spricht.

In etwas weniger als acht Wochen ist es soweit.

So sehr ich mir auch die Chance wünsche, Pakhan zu werden, so sehr schmerzt mich der Gedanke, meinen Vater zu verlieren.

Nachdem die Ärzte ihm noch ein Jahr zu leben gegeben hatten, sagte er uns, dass er die Herrschaft weitergeben würde. Das geschah zwei Monate vor dem Unfall, sodass er nach ihren Angaben noch sieben Monate zu leben hat und sich sein Gesundheitszustand und seine geistigen Fähigkeiten allmählich verschlechtern werden. In diesem Zustand wollte er nicht in der Nähe der Männer sein.

Vater hat seine Krankheit fast vier Jahre lang versteckt gehalten. Wir haben lange und hart gekämpft, aber das ist das Ende der Fahnenstange.

»Meine Pläne, nach Russland zurückzukehren und dort zu sterben, sind dieselben. Ich werde einen Monat nach dem Wechsel in der Führung abreisen. Ich werde nur … deine Mutter nicht dabei haben.« Seine Hände zittern, wenn er von ihr spricht, und ich bin dankbar, dass er weiß, dass er mir gegenüber ehrlich sein kann. »Ich kann nicht glauben, dass sie fort ist, Mikhail.«

»Ich auch nicht.«

Ich habe zwar keinen Sinn für die Ehe, aber meine Eltern waren das beste Beispiel für wahre Liebe, die man haben kann.

In dieser dunklen, kriminellen Welt, in der wir leben, war es etwas anderes, die Liebe der beiden zu erleben.

Meine Mutter war keine Russin. Sie war Amerikanerin. Es spielte jedoch keine Rolle, woher sie kam; sie liebte Russland und wäre gerne mit meinem Vater dorthin gegangen, um den Rest seines Lebens dort zu verbringen.

»Mein wunderschöner Engel und meine Tochter sind beide tot. Als dein Vater sage ich dir jetzt, dass du vorsichtig sein musst. Es war sehr knapp, und die Art und Weise, wie es passiert ist, war beschissen, wenn man bedenkt, wer wir sind. Deshalb sage ich dir, dass du die Augen offen halten und die Dinge auf ihre eigene Weise angehen sollst, damit du dich fokussieren kannst. Hast du mich verstanden, mein Sohn?«

»Ja.« Ich nicke zuversichtlich, aber ich weiß bereits, dass ich nicht ruhen werde, weil das Gefühl in meiner Seele mir sagt, dass ich es nicht kann.

Ich verstehe seinen Kummer, aber er hatte drei Monate Zeit, damit umzugehen.

Alle haben das Gleiche getan, aber für mich ist alles noch frisch.

Es ist drei Wochen her, und ich bin der Einzige, der sich an diese Nacht erinnert, die ich nie vergessen werde.

Ich bin der Einzige, der Raul in die Augen gesehen hat und wusste, dass der Bastard Antworten verbirgt, die ich brauche, um dieses Rätsel zu lösen.

Ich habe die Beerdigung meiner Mutter verpasst und letzte Woche das begraben, was von meiner Schwester übrig geblieben ist. Also verbietet die rasende Bestie in mir, mit der Suche nach Antworten aufzuhören.

Das Einzige, was ich zulassen werde, um meinen inneren Aufruhr zu lindern, ist, Raul zu besiegen und seine Tochter für mich zu nehmen.

Ich werde es genießen, sie in Angst und Schrecken zu versetzen und zu verspotten, um sie zu brechen, und dann ihren Körper immer und immer wieder zu besitzen. Noch wichtiger ist, dass ich mich jedes Mal, wenn ich bei ihr bin, an Rauls gequälte Schreie erinnern werde, bevor ich ihm ein Ende setzte. Ich werde mich daran erinnern, dass ich ihr im Alleingang den Vater genommen habe und ihre Liebe zu diesem Bastard Felipe. Ich werde mich daran erinnern, dass ich sie und die Zukunft, die ihr Vater für sie wollte, ruiniert habe.

Ihr Gesicht wird ein Andenken an meinen Sieg über den Mann sein, der mir alles genommen hat.

Ich hoffe nur, dass dieser Sieg mir hilft, das größere Problem zu lösen.

Wenn ich das Problem nicht behebe, bin ich trotzdem tot, und alle anderen auch.

7

NATALIA

»Mr. Dmitrijew erwartet, dass Sie zu den festgelegten Zeiten essen. Sie sollen auch um alles bitten, was Sie brauchen«, erklärt Aleksander und richtet sich auf, während er mir einen Seitenblick zuwirft. »Ist das klar?«

»Ja. Ich verstehe.«

Ich schlucke schwer, um nicht zu stöhnen, und halte mein Tempo neben ihm, während wir den langen, beeindruckenden Flur mit den kahlen grauen Wänden hinuntergehen.

Aleksander ist Mikhails Hausverwalter. Sein russischer Akzent ist viel stärker als der von Mikhail, und ich habe das Gefühl, dass er nur Englisch spricht, wenn er es muss. Aleksander war die erste Person, die ich traf, als ich vor einer Stunde in dieser Festung von Haus ankam, die Mikhail gehört.

Das Erste, was mir auffiel, war, dass sowohl Aleksander als auch das Haus genauso kalt und gefühllos sind wie Mikhail selbst.

Auf den ersten Blick wirkt Aleksander wie eine Mischung aus Alfred aus *Batman* und Mr. Belvedere, denn er trägt einen gut geschnittenen Anzug. Seine eisige Persönlichkeit hat jedoch mit keinem der beiden etwas gemein. Ich wäre eher geneigt zu glauben, dass er irgendjemandes Vorstellung eines bösen Zwillings von einem der beiden entspricht.

Er hat mich gerade durch die fünfstöckige Villa geführt. Ich habe auch das Hauspersonal kennengelernt, das bisher aus drei Dienstmädchen, zwei Köchen, zwei Gärtnern, einem Bademeister und einer Reihe von Wächtern besteht, die alle Waffen tragen.

Wir gehen in den dritten Stock und bleiben auf dem Balkon stehen, wo Aleksander auf unsere Umgebung deutet und seine Hände an die Seiten legt.

»Die einzigen Orte im Haus oder auf dem Gelände, die tabu sind, sind das Büro von Mr. Dmitrijew, es sei denn, er bittet Sie ausdrücklich, ihn dort zu treffen«, sagt er. »Und der Keller.«

»Der Keller?« Ich verstehe, warum das Büro tabu ist, aber dass er mir sagt, dass es auch auf den Keller zutrifft, lässt mich denken, dass Mikhail dort alles Mögliche haben muss. Genau wie Raul es tat. *Keller* wäre das schicke Wort gewesen, das er für den Kerker benutzt hätte. Es ist nicht das erste Mal, dass ich denke, ich hätte eine Hölle gegen eine andere getauscht, oder besser gesagt, dass ich in eine solche hineingezogen wurde. Dieses Kellerproblem ist nur ein weiteres Beispiel.

»Ja. Ist Ihnen klar, dass Sie nirgendwo hingehen dürfen, wo es Ihnen nicht gestattet ist?«, fragt er.

»Ja, ist es. Wo ist er?«

Ich kann nicht einmal Mikhails Namen aussprechen. Ich will es nicht. Ich werde die letzte Nacht aus vielen Gründen nicht vergessen. Was er mir angetan hat, wird sich für immer in mein Gedächtnis einbrennen.

Ich werde nie vergessen, wie er mich kommen ließ, als ob mein Körper auf sein Kommando reagieren würde. Es machte mir Angst und das war schon schlimm genug. Sekunden später hatte er seinen Schwanz in meinem Mund und fickte mein Gesicht. Ich kann immer noch sein Sperma in meiner Kehle schmecken.

Ich bin mir sicher, dass er sich jetzt irgendwann melden wird. Ich war, gelinde gesagt, schockiert, dass er heute Morgen nicht auf dem Flug war. Ich möchte wissen, wo er ist und wann ich ihn voraussichtlich sehen werde, damit ich mich darauf vorbereiten kann.

»Mr. Dmitrijew wird Sie später sehen. Bis dahin sind Sie in meiner Obhut.«

»Okay.« Das hört sich an, als hätte ich etwas Zeit, sagt mir aber nicht viel von dem, was ich wissen muss.

»Benötigen Sie ihn für etwas?«

»Nein«, antworte ich ein wenig zu schnell.

Der prüfende Blick, den er mir zuwirft, lässt mich fragen, ob mein Tonfall schärfer war als beabsichtigt. Ich versuche vorsichtig zu sein, so vorsichtig wie möglich, aber es ist schwer, wenn ich so nervös bin. Und ich habe immer noch keine Ahnung, was mit José passiert ist.

Ich habe letzte Nacht in Adrianas Zimmer übernachtet und bestimmt zehn Mal gebadet, bis ich dachte, ich sei sauber genug, aber ich fühle mich immer noch schmutzig.

Ich konnte auch nicht schlafen. Wer könnte schon schlafen, nach dem, was passiert ist? Ich wusste auch, dass, wenn ich es wagte, die Albträume dort weitermachen würden, wo die Realität aufgehört hatte.

Ich hoffte, dass ich José sehen würde, aber das war mir nicht vergönnt. In aller Herrgottsfrühe wurde ich von zwei bewaffneten Wachen aus Mexiko eskortiert. Wir flogen mit einem Privatjet ab.

Da ich noch nie in New York gewesen war, hatte ich keine Ahnung, wie lange die Reise dauern würde, und ihre Anwesenheit verstärkte meine Angst. Alles, was ich wusste, war, dass es eine lange Reise werden würde, und ich hatte recht. Es dauerte sechs Stunden, um hierher zu fliegen, und eine weitere halbe Stunde, um das Haus zu erreichen. Insgesamt war ich also wahrscheinlich acht Stunden unterwegs.

Ich wusste auch, dass das Wetter ganz anders sein würde als in Mexiko. Auch damit hatte ich recht. Die weiteste Reise, die ich je unternommen habe, war nach San Francisco, um meine Großmutter zu besuchen, bevor sie starb. Ich war auch in Florida gewesen, als meine Eltern mich als Kind zu Orten wie Disney World mitgenommen hatten. An beiden Orten war es genauso sonnig wie in Mexiko.

Hier ist es kälter. Es ist so kalt, dass es schneien könnte, also hat man mir einen Mantel gegeben, den ich über das Kleidchen ziehen konnte, das ich trug. Ich trage den Mantel immer noch, obwohl es im Haus viel wärmer ist. Der Mantel ist mehr für die Bequemlichkeit als alles andere.

Das einzig Gute an diesem verrückten Szenario, in dem ich mich als Kartellprinzessin ausgebe, ist, dass ich Adrianas schöne Kleider und Schuhe mitnehmen konnte. Ich habe fünf Koffer gepackt, und die Männer verstauten die anderen Sachen, um sie hierher zu schicken. Es war Wut, die mich dazu brachte, zu packen, was ich konnte. Wut darüber, dass ich ihre Schuhe öfter putzen musste, als es nötig war, und ihre Kleider waschen musste, nur weil sie mich beschäftigen wollte.

Ich verließ Mexiko in dem wunderschönen babyblauen Sommerkleid, von dem sie mir sagte, es sei mehr wert als mein Leben, als sie mich dabei erwischte, wie ich es irgendwann nach dem Kauf betrachtete.

»Es gibt ein paar Dinge, die Mr. Dmitrijew von Ihnen verlangt, bevor er zurückkommt.«

Das hört sich nicht gut an.

»Was zum Beispiel?«

»Ein Arzt wird in Kürze hier sein, um Sie zu untersuchen und Ihnen eine Verhütungsspritze zu geben.«

Das Blut weicht aus meinem Gesicht. *Dieser Mistkerl.* »Mich auf was zu untersuchen?«, frage ich erbost.

»Ich glaube nicht, dass ich es buchstabieren muss.«

Nein, er muss es nicht buchstabieren, außer dass ich diesem Arschloch gestern Abend gesagt habe, dass ich noch Jungfrau bin. Das bedeutet, dass ich keine Checks brauchen sollte.

»Der Arzt wird in etwa zehn Minuten hier sein«, fährt er fort. »Wir haben das vordere Wohnzimmer für Ihre Untersuchung abgeriegelt.«

»Ich habe bereits eine Verhütungsspritze erhalten.« Ich habe sie letzte Woche bekommen, um mich auf die Auktion vorzubereiten. Natürlich werde ich diese Einzelheit niemandem erzählen. Da es sieben Tage dauert, bis die Wirkung einsetzt, wollte Raul, dass alles für den *großen Tag* bereit ist, also hat er mich vorbereitet wie einen Truthahn zu Thanksgiving.

»Darüber können Sie mit dem Arzt sprechen. Er wird Sie testen und feststellen, welche Medikamente Sie brauchen.«

»Ich verstehe nicht, warum ich einen Arzt aufsuchen muss«, führe ich an.

Er wirft mir einen finsteren Blick zu. »Ich bin mir sicher, dass Sie inzwischen wissen, dass Sie zu tun haben, was Ihnen gesagt wird, ohne Ausnahmen oder Diskussionen. Also, wenn ich Sie wäre, Miss Alvarez, würde ich mir das Leben leicht machen wollen. Vor allem, wenn man bedenkt, wer Sie sind.«

Er mustert mich von oben bis unten mit demselben Hass, den ich bei Mikhail und den Wächtern beobachtet habe.

Natürlich würde der Hass da sein. Ich vergesse immer wieder, dass alle denken, ich sei Adriana Alvarez. Also hassen mich alle wie sie, weil alle denken, dass mein Vater die Ermordung von Mikhails Mutter und Schwester angeordnet hat.

Das Beschissene daran ist, wenn die Leute wüssten, wer ich bin, würden sie mich umbringen. Sie würden mich umbringen, weil Natalia de Leon nichts wert ist. Nicht einmal das Kleid, das sie trägt.

»Verstanden?«, fragt er, und ich nicke. »Sie können im Wohnzimmer warten, wenn Sie wollen, oder im Schlafzimmer. Suchen Sie sich etwas aus.«

»Ich warte im Wohnzimmer. Ich muss nur vorher auf die Toilette.«

»Nun gut. Ich glaube, Sie kennen den Weg. Lassen Sie den Doktor nicht warten«, spricht er in demselben befehlenden Ton, mit dem Adriana die Näherin angesprochen hat.«

»Das werde ich nicht.«

Das Badezimmer auf dieser Etage befindet sich zu unserer Linken. Ich entferne mich von ihm, gehe hinein und schließe die Holztür hinter mir.

Ich muss nicht wirklich auf die Toilette gehen, ich brauche nur eine Pause. Diese wenigen Momente sind die einzige Auszeit, die ich mir stehlen kann. Das habe ich seit gestern Abend so gemacht, um meine Gedanken zu sammeln.

Im Moment muss ich einfach ein bisschen weinen.

Nur ein bisschen. Nicht zu viel, um den echten Schmerz auszulösen, der sich tief in mein Innerstes bohrt.

Ich betrachte mein Gesicht im Spiegel und bemerke den blauen Fleck auf meiner Wange.

Heute ist er im Gegensatz zu meiner Haut dunkler.

Ich atme flach ein und lasse zu, dass ein paar Tränen über meine Wangen fließen. Diese Tränen fließen, weil ich so verdammt viel Angst habe, sogar zu atmen.

Ich fürchte mich schrecklich und weiß nicht, was von einem Moment auf den anderen passieren wird. Ich weiß, dass Mikhail kein Mann ist, mit dem man sich anlegt, und ich habe Angst, dass jemand zu mir kommt und mir den Kopf wegpustet, sobald er entdeckt, dass ich nicht Adriana bin.

Und verdammt, was ist mit der Hochzeit?

Er wird mich heiraten, weil er denkt, ich sei jemand anderes.

Oh Gott. Ich habe keine Angst mehr davor, versteigert zu werden, sondern bereite mich darauf vor, einen russischen Mafioso zu heiraten.

Wie zum Teufel ist das passiert?

Ich sammle meine Kräfte, spritze mir kaltes Wasser ins Gesicht, tupfe meine Wangen ab und verlasse das Bad.

Als ich die Treppe herunterkomme und ins Wohnzimmer gehe, ist der Mann, von dem ich annehme, dass es der Arzt ist, bereits dort und richtet sich ein. Wenigstens hat Raul mir erlaubt, von einer Ärztin behandelt zu werden. Dieser Typ sieht genauso abweisend aus wie alle anderen.

»Setzen Sie sich bitte hierher«, sagt er und deutet auf den Sessel.

Wie mich alle immer wieder daran erinnern, tue ich, was man mir sagt, und setze mich.

»Ich habe die Verhütungsspritze schon bekommen«, sage ich ihm.

»Wann?«

»Letzte Woche.«

»Ich werde mich vergewissern.«

Ich sage nichts mehr, ich mache einfach die peinlichen Bewegungen mit.

Ich gebe ihm meinen Arm zur Blutentnahme und spreize meine Beine, als er zuerst prüft, ob ich noch Jungfrau bin. Dann nimmt er Proben, um mich auf Krankheiten zu untersuchen. Ich bin sicher, dass das eine das andere bestätigen wird, aber was weiß ich schon?

Wahrscheinlich tut er auch nur, was man ihm sagt. Oder vielleicht ist das ein Teil meiner Demütigung.

Das Ganze dauert etwas mehr als eine Stunde, und als er fertig ist, spricht er kaum zwei Worte zu mir, bevor er geht, und ich werde zum Mittagessen in den Speisesaal gerufen.

Nach dieser Tortur ist mir nicht nach Essen zumute, aber ich esse, weil ich seit gestern beim Frühstück nichts mehr gegessen habe. Wenigstens das Dienstmädchen, das mir das Essen serviert, scheint freundlicher zu sein, aber sie spricht nicht mit mir, und als sie wieder in die Küche zurückgeht, höre ich, wie sie sich mit den anderen auf Russisch unterhält. Ich weiß nicht, ob sie nicht mit mir gesprochen hat, weil man es ihr verboten hat, oder ob es daran liegt, dass sie kein Englisch und ich kein Russisch spreche.

Sie serviert mir einen köstlich aussehenden Hühnerauflauf mit gekochtem Reis und einer Beilage aus blanchiertem Gemüse. Das Essen riecht und schmeckt so göttlich, wie es aussieht.

Es ist definitiv besser als alles, was ich in den letzten fünf Jahren gegessen habe. Rauls Bedienstete wie ich bekamen dasselbe, was er an die Hunde verfütterte – Abfälle.

Es ist neun Jahre her, dass ich so etwas wie eine hausgemachte Mahlzeit zu mir genommen habe. Das war, bevor Raul meine Familie entführte.

Es war der Vorabend meines zehnten Geburtstags, als seine Männer unser Haus stürmten. Sie kamen nachts und zerrten uns schreiend und tretend heraus. Schwarze Säcke wurden über unsere Köpfe gestülpt, und wir wurden mitgenommen.

Damals wussten meine Mutter und ich, dass Papa seinen Job in der Stadt verloren hatte und dass er nicht nur für Raul Drogen schmuggelte, sondern ihm auch noch Geld schuldete. Sehr viel Geld.

Mir wurde nie gesagt, wie viel, aber ich glaube, der Betrag spielte keine Rolle. Selbst wenn es zehn Pesos gewesen wären, hätte Raul uns trotzdem mitgenommen.

Wir lebten dann auf der Plantage wie die anderen Männer, die auf den Opiumfeldern arbeiteten.

Ich durfte die weiterführende Schule abschließen, aber das war es dann auch schon mit meiner Ausbildung und meinen Träumen für meine medizinische Zukunft. Ich wollte Ärztin werden, wie meine Mutter es war. Das war es, was sie nach Mexiko führte und wie sie meinen Vater kennenlernte. Sie war eine Diagnostikerin. Sie kam, um in einem Forschungszentrum in Cancún zu arbeiten. Ich wollte denselben Weg einschlagen, und wenn mein Leben anders verlaufen wäre, hätte ich das auch getan. Ich weiß, dass das jetzt nur ein Traum ist, und ich sollte ihn aus meinem Kopf verdrängen.

Meine Mutter wurde gezwungen, ihren Traum aufzugeben und auf den Feldern zu arbeiten, und mein Vater handelte für Raul mit Drogen und Menschen. Alles umsonst. Sie arbeiteten, um Schulden zurückzuzahlen, die nie beglichen werden konnten.

Und um noch mehr Salz in die Wunden zu streuen, hatte Raul immer ein Auge auf meine Mutter geworfen. Er hat nur nie etwas unternommen, bis seine Frau von seinen Feinden getötet wurde.

Das geschah vor zwei Jahren.

Einige Tage, nachdem er seine Frau beerdigt hatte, begann er, meiner Mutter sexuelle Avancen zu machen, die sie jedoch ablehnte. Sein letzter Versuch war es dann aber, der den Ausschlag gab. Es war, als hätte er genug von ihrer Weigerung. Es gelang ihr, ihm zu entkommen, und sie kam mit zerrissener Kleidung und blauen Flecken im Gesicht nach Hause. Sie flehte meinen Vater an, uns wegzubringen. Bevor er sich eine Antwort überlegen konnte, kam Raul mit Felipe und seinen Wachen.

Papa versuchte, sie zu retten, aber Raul bedrohte mein Leben, als er eingriff. Sie hielten mir eine Waffe an den Kopf und zwangen ihn, sich wie bei einer Hinrichtung hinzuknien, damit er zusehen konnte, wie Raul meine Mutter vergewaltigte und dann tötete.

Wir sahen beide hilflos zu.

In dieser Nacht ging meine Welt unter und ich werde es nie vergessen. Selbst als mein Vater getötet wurde, erlebte ich nicht dieselbe Erschütterung. Nicht, weil ich ihn weniger geliebt hätte als meine Mutter. Es war nur so, dass der Tod meiner Mutter mich gebrochen hat.

In diesem Moment wurde mir klar, dass nichts stabil ist und ich nichts unter Kontrolle habe.

Ich war bereits in der Hölle, und ich erwartete, dass schlimme Dinge passieren würden. Nachdem Mama gestorben war, schwor Papa, mich da herauszuholen, weil er wusste, dass es nur eine Frage der Zeit war, bis mich das gleiche Schicksal ereilen würde. Dieser Schwur hat ihn umgebracht.

Durch die raumhohen Glasfenster fällt mir etwas ins Auge.

Als ich den Kopf hebe, sehe ich, wie Schneeflocken auf den Boden fallen.

Ich habe noch nie in natura Schnee gesehen.

Ich konzentriere mich darauf, als aus der immergrünen Hecke ein weißer Schneehund mit geisterhaften Augen herausläuft. Ich bin mir nicht sicher, aber ich denke, es könnte entweder ein Siberian Husky oder ein Alaskan Malamute sein. Ich kenne mich nicht besonders gut mit Hunderassen aus, aber ich bin mir sicher, dass es der eine oder andere ist. Und er ist außergewöhnlich schön.

Schnell esse ich das bisschen, das auf meinem Teller übrig geblieben ist, und hole dann meinen Mantel aus dem Wohnzimmer, wo ich ihn nach der Untersuchung liegen gelassen habe.

Ich ziehe ihn an und gehe durch die Schiebetür nach draußen.

Der Hund ist schon weit weg vom Weg, also beschleunige ich mein Tempo und gehe ihm nach. Ich versuche, nicht zu rennen und ihn damit zu verscheuchen.

Als ich mich ihm nähere, dreht er sich um und sieht mich, und da erkenne ich, dass seine Augen eisblau sind.

Nachdem ich mit Rauls Wachhunden zu tun hatte, die darauf trainiert waren, zu töten, wenn sie dachten, man würde fliehen, ist diese Kreatur erfrischend anders und atemberaubend. Ich hätte nie erwartet, dass ich hier etwas so Schönes sehen würde. Der Schnee fällt und schmilzt in seinem Fell, und auch in meinem Haar.

Ich kann mir nicht helfen. Ich beuge mich hinunter und berühre das weiche Fell des Hundes, als er seinen Kopf senkt, damit ich ihn weiter streicheln kann. Ich genieße das Gefühl der Weichheit und Sanftheit dieses Tieres.

Das tröstet mich ein wenig.

Als er sich bewegt, um einen Zweig vom Boden mit dem Maul aufzuheben und ihn mir reicht, wird mir klar, dass er wohl spielen will.

Ich werfe den Zweig nicht weit den Weg hinunter, und der Hund läuft los, um ihn zu apportieren.

Er macht das Gleiche noch einmal, und ich spiele im Schnee, der nun etwas schwerer fällt.

Der Hund bellt etwas hinter mir an, und als ich mich umdrehe und Mikail auf der Terrasse stehen sehe, gefriert alles in mir wie der eisige Schnee, der um uns herum fällt. Vorher konnte ich die Kälte abwehren, aber jetzt friere ich, als würde die Kälte aus meinem Körper herauswachsen.

Mikhail ist wieder schwarz gekleidet, und als er im hellen Tageslicht auf mich zugeht, fühle ich mich wie in einem surrealen Traum. Alles in meinem Kopf sagt mir, dass ich weglaufen soll, aber ich weiß, dass ich nirgendwo hinlaufen kann.

Ich vergesse nicht so schnell die Warnung, was er mir antun wird, wenn ich versuche zu fliehen. Ich bin mir sicher, dass ein bloßer Versuch das gleiche beschissene Ergebnis bringen wird.

Also bleibe ich stehen.

Ich bleibe, wo ich bin, stähle meine Wirbelsäule und beobachte ihn, wie er wie ein Todesengel auf mich zugeht.

8

NATALIA

Mikhails honigfarbene Augen und der goldene Ring in seinem Ohr sind neben dem roten Kreuz an seiner linken Hand und dem roten Schriftzug an seiner anderen Hand die einzigen Farbtupfer an ihm. Alles andere ist wie ein dunkler Schatten, der sich um ihn legt.

Jeder Schritt, den er macht, lässt mein Herz rasen, und ich muss langsam atmen, um mich zu beruhigen. Das Schlimmste, wie ich jetzt aussehen kann, ist ängstlich.

Mikhail sagt etwas auf Russisch zu dem Hund, woraufhin dieser zu ihm hinüberspringt. Er bückt sich, um den Kopf des Tieres zu streicheln, richtet sich dann auf und konzentriert sich wieder auf mich.

»Ich hätte nicht gedacht, dass ich dich hier draußen finde, wie du mit dem Hund meiner Schwester spielst«, sagt er und schaut von mir zu dem Hund.

Er ist der seiner Schwester. Das erklärt, warum er eine sanftere Präsenz hat.

»Ich war gerade … nun, ich kam hierher, als ich ihn sah. Und es hat geschneit. Ich habe noch nie Schnee gesehen.«

»Snow«, sagt er, und der Hund bellt. »Das ist ihr Name.«

»Oh«, hauche ich und schaue mir den schönen Hund an. Der Name passt sogar jetzt, während ich beobachte, wie sich die Schneeflocken mit dem Fell des Hundes vermischen.

Ich frage mich, wie seine Schwester war. Das Einzige, was ich über sie weiß, abgesehen von der Art und Weise, wie sie starb, ist, dass sie diesen Hund besaß und er jetzt ihm gehört.

Ein weiteres Kommando auf Russisch lässt Snow den Weg zurücklaufen, auf dem ich sie ursprünglich gesehen hatte. Ich möchte fragen, ob die Hündin nur auf dem Gelände herumstreunt, aber das ist eine Frage für normale Menschen. Dem Tier geht es offensichtlich gut. Mir nicht.

Während ich in seine Augen blicke, frage ich mich, was er jetzt mit mir machen wird.

Wird er sein Versprechen, mich zu ficken, einlösen?

Wird er mir wehtun, wenn er das tut?

Ich weiß nicht, ob ich das ertragen könnte. Ich glaube nicht, dass ich so viel Gewalt durchmachen und mich wieder erholen könnte, wenn mein Geist schon so zerbrechlich ist.

Was kann ich also tun, um es leichter zu machen? Mir fällt nichts ein.

»Entspann dich, Malyshka. Ich habe nicht vor, dich hier draußen im Schnee vor aller Augen zu ficken«, beginnt er und lehnt sich so nah an mein Ohr, dass er mich mit seinem Aftershave einhüllt. »Es sei denn, du willst es.«

Meine Wangen werden heiß bei seinen Worten, und die Bilder, wie er mich genau hier nimmt, flackern in meinem Kopf auf, aber ich schaffe es, mich zu beherrschen.

»Nein«, antworte ich, und er lächelt.

»Ich muss mich um Geschäfte kümmern, aber ich bin gekommen, um dir die gute Nachricht zu überbringen.«

»Welche guten Nachricht?« Ich bin mir nicht sicher, welche Bedeutung das für mich in Bezug auf ihn haben würde.

»Der Arzt sagt, du seist sauber, und deine Verhütungsspritze scheint meine Kriterien zu erfüllen, sodass du keine weiteren Medikamente benötigst.«

Was für ein Arschloch.

Sein Lächeln irritiert mich so sehr, dass ich meine Zunge nicht im Zaum halten kann.

»Musstest du mir das antun?«, frage ich.

»Was antun? Ich ficke gerne ohne Gummi und ohne die Sorge, die Tochter meines Feindes zu schwängern. Ich sehe kein Problem darin, die notwendigen Überprüfungen vorzunehmen, die ich brauche, um gewisse Wahrheiten festzustellen.«

»Ich habe dir gesagt, dass ich noch Jungfrau bin, also hättest du wissen müssen, dass ich sauber bin.«

»Ich habe keine Ahnung von sowas, und du wärst überrascht, was für einen Scheiß die Leute machen, um noch als *Jungfrau* durchzugehen. Ich bin gerne vorsichtig. Aber ich bin neugierig. Hattest du nicht vor, mit Felipe Kinder zu haben?«

Ich versuche, die in meinem Magen aufsteigende Galle unter Kontrolle zu halten und zwinge mich, so zu tun, als würde ich trauern.

»Ich glaube nicht, dass dich das etwas angeht.«

Er beugt sich wieder vor und steht mit einem spöttischen Grinsen vor mir. »Alles geht mich was an, *Malyshka*.«

Diesmal sagt er mit Nachdruck Malyshka, und ich stelle zum ersten Mal fest – und ärgere mich über die Bedeutung –, dass es einfacher ist, wenn er mich so oder Prinzessin nennt als Adriana.

Es ist einfach, weil es neu ist, und er ist es auch.

»Auf jeden Fall«, fügt er hinzu, »kann ich dich jederzeit und überall mit hinnehmen.«

»Was ist mit dir? Woher weiß ich, dass du sauber bist?«

Er lacht leise, und das Geräusch schießt durch meinen Körper. Er hebt eine Locke meines Haares an und zwirbelt sie um seinen tätowierten Zeigefinger. Ich riskiere einen Blick nach unten, um zu sehen, ob ich die Bedeutung der Tätowierung entziffern kann, aber ich glaube, sie ist auf Russisch. Ich vermute auch, dass die Tätowierungen auf seinen Händen Gefängnis-Tätowierungen sind. José hat mir ein paar Dinge beigebracht, auf die ich achten sollte.

Er ging nur nie in die Tiefe. José warnte mich und sagte, wenn ich jemals einen russischen Mafioso mit der Art von Tätowierungen sehen würde, die Mikhail trug, sollte ich ihn um jeden Preis meiden. *Lauf weg, wenn du musst.* Er hat diese Worte tatsächlich gesagt.

Und jetzt sieh mich an. Ich warte darauf, dass der besagte russische Mafioso bestätigt, dass er sauber genug ist, um mich ohne Gummi zu ficken.

Gott.

In welche Höllendimension bin ich gefallen?

Und warum zum Teufel hielt ich es für eine gute Idee, ihn das zu fragen?

Seine Lippenwinkel verziehen sich zu einem sündhaft verruchten Lächeln, das mein Inneres zusammenziehen lässt, und ein Funke der Erregung springt von meinem Bauch direkt in meine Muschi.

»Baby Girl, ich bin clean, weil ich es sage.«

Kleines Mädchen. Es ist klar, dass er mich gerade nicht Malyshka genannt hat, um etwas klarzustellen.

»Willst du noch etwas über meinen Schwanz wissen?«, fragt er grob.

»Nein, danke. Da gibt es nichts.« Ich presse meine Kiefer zusammen und zwinge mich, mich zu konzentrieren. Jetzt, wo er hier ist, kann ich die brennende Frage stellen, die mir auf der Seele lastet, und ich versuche, jedes Gespräch über Sex zu vermeiden. »Wo ist José?«

»José Diaz geht dich nichts mehr an.«

Vor Panik werden mir die Knie weich. »Was soll das bedeuten?«

»Es bedeutet genau das, was ich gesagt habe.«

»Hast du ihn getötet?«, stottere ich. Tränen steigen mir in die Augen, als ich mir vorstelle, wie er sich freut, mir zu sagen, dass er genau das getan hat.

»Noch nicht, Malyshka.«

»Ist er noch in Mexiko?«

»Ja.«

Wenigstens antwortet er auf meine Fragen.

»Wird er dort bleiben?«

»Nein.«

»Wann wird er hierher kommen?«

»Genug der Fragen über den alten Mann«, unterbricht er mich, und ich fange mich, als die Neugierde in seinen Augen intensiver flackert.

Obwohl es ärgerlich ist, verstehe ich, warum er dachte, José und ich hätten etwas miteinander. Das liegt daran, dass ich ihm gegenüber mehr Gefühle zeige als gegenüber Raul – meinem angeblichen Vater.

Ich muss wieder Adriana sein und so denken, wie sie es in dieser Situation tun würde.

»Was ist mit der Leiche meines Vaters? Was hast du mit ihr gemacht?«, frage ich in einem falschen, gehauchten Ton.

»Das würdest du wohl gerne wissen«, verhöhnt er mich.

»Natürlich tue ich das. Er war mein Vater. Hast du ihn verbrannt, so wie du es mit meinem Verlobten getan hast?«

Bei dem Wort *Verlobter* wirft er mir einen entrüsteten Blick zu.

»Ja, das habe ich. Ich habe die Leiche deines Bastard-Vaters verbrannt, so wie ich deinen geliebten Verlobten verbrannt habe. Ich wünschte, ich hätte ihm den Kopf abgehackt, so wie ich Felipe den Kopf abgehackt habe. Ich hätte ihre Köpfe an die Hunde verfüttern sollen, bevor ich ging.«

»Du Monster«, keuche ich.

Bevor ich ein weiteres Wort sagen kann, schnellt seine Hand hervor und legt sich um meine Kehle. Er drückt so fest zu, dass ich Sterne sehe und mir der Atem stockt.

»Ich bin ein Monster? Wirklich? Ich schätze, so sehe ich für dich aus, Prinzessin. Wusstest du, wie dein Vater und dein Verlobter waren? Sag es mir doch. Wusstest du es?«

Wenn ich Nein sage, wäre das eine weitere Lüge, die er schon aus einer Meile Entfernung erkennen kann.

Jeder wusste, wie Raul und Felipe waren.

Ich glaube nicht, dass er mich für eine naive Prinzessin hält, die in einem Turm eingesperrt war. Er muss die Gerüchte über Adriana gehört haben. Es wurde entweder über ihre Schönheit oder über ihre Bosheit geflüstert. Ich würde sogar sagen, dass es eine gute Mischung aus diesen Gerüchten gab, also kann ich nicht Nein sagen.

»Ja«, stoße ich hervor, und in dem Moment, in dem ich es tue, bereue ich es, denn jetzt sieht er aus, als wolle er mich umbringen.

»Hast du Felipe geliebt?«, fragt er.

Wieder muss ich eine Antwort geben, von der ich weiß, dass Adriana sie sagen würde. Leider ist es eine weitere Antwort, die ihn wütend machen wird.

»Ja.«

»Dann bist du genau so ein Monster wie er und dein verdammter Vater. Du bist genau so verdammt böse. Dein Verlobter hat meine Mutter direkt vor meinen Augen erschossen. Er schoss ihr mit einem Gewehr in den Kopf. Sie hatte keine Chance. Dann verkaufte er meine Schwester an Sexsklavenhändler, die sie missbrauchten, bis sie um den Tod bettelte. Das hat dein Verlobter meiner Familie angetan. Auf Anweisung deines Vaters. Das sind die Männer, die du liebst, Adriana Alvarez. Menschen, die Leben stehlen und Seelen töten.«

Ich wünschte, ich könnte ihm sagen, dass ich genau verstehe, was er meint, aber ich kann es nicht.

Ich wünschte, ich könnte ihm sagen, dass ich Raul und Felipe mehr hasse als er, aber ich kann es nicht.

Er würde mich jetzt einfach umbringen.

Als er mich loslässt und ich den Abscheu in seinem Gesicht sehe, verschieben sich meine Prioritäten.

Ich taumle zurück und schnappe nach Luft, während die Person in mir, die immer noch Natalia de Leon ist, gegen den Gedanken ankämpft, dass er glaubt, sie sei so böse wie diese Teufel.

Das Gefühl ist so stark, dass ich den Kopf schüttle und mich vom Instinkt leiten lasse.

»Ich bin nicht wie sie«, platze ich heraus. »Ich bin nicht böse. Ich schwöre dir, ich bin es nicht. Wenn du mich kennen würdest, würdest du es sehen.«

Ich weiß nicht, ob das, was ich sage, überhaupt eine Wirkung hat, denn er antwortet nicht. Er geht einfach weg und lässt mich dort in der Kälte stehen.

Es ist eine Wiederholung von gestern Abend, nur dass ich das Gefühl habe, er hasst mich jetzt noch mehr.

9

MIKHAIL

Ich bin nicht wie sie.

Ich bin nicht böse.

Ihre Worte dringen in mich ein, als ich weggehe und sie im Schnee zurücklasse.

Ich lasse nie zu, dass etwas länger als nötig in meinen Gedanken verweilt. Oder Menschen, die mir so unter die Haut gehen, wie sie es tut.

Nichts an dieser Frau scheint jedoch meinen üblichen Regeln zu entsprechen. Natürlich nicht, denn im Grunde ist sie meine Gefangene und ich zwinge sie, mich zu heiraten.

Morgen habe ich ihren Ring, und in zwei Tagen werde ich ihn ihr geben. Dann werden sich die Dinge noch seltsamer anfühlen, als sie es ohnehin schon sind. Zumal ich nicht damit gerechnet hatte, dass ich in absehbarer Zeit heiraten würde. Oder überhaupt. Was wir tun werden, wenn wir erst einmal verheiratet sind, weiß ich nicht, aber kommt Zeit, kommt Rat.

Ich erwarte, dass Sebastian in ein paar Tagen mit José zurückkommt. Ich werde jedoch ein paar meiner anderen Untergebenen dort lassen, um die Dinge unter Kontrolle zu halten.

Für den Moment ist das mit Mexiko erledigt. Nach der Hochzeit werde ich dorthin zurückkehren, um zu sehen, wie die Dinge laufen, und ich werde die Prinzessin mitnehmen – als meine Frau.

Aleksander begegnet mir in der gleichen geschäftsmäßigen Art und Weise, die ich an ihm mag, als ich den Speisesaal betrete.

Er arbeitet seit acht Jahren für mich und tut, was ihm aufgetragen wird, ohne sich zu äußern. Es sei denn, ich frage ihn. Ich vertraue ihm genug, das nicht oft zu tun.

Ich weiß, dass er Adriana gegenüber misstrauisch ist und die Situation hier mit Vorsicht betrachtet. Ich bin es auch, wenn ich ehrlich bin.

Die ganze Sache mit Raul macht mich nervös. Als ich meinen Vater verließ, habe ich alles in Bewegung gesetzt, um meine persönlichen Ermittlungen fortzusetzen. Meine Leute von der Straße überprüfen die Dinge, und ein Freund von der Voirik-Bruderschaft trifft mich morgen früh. Er ist das letzte Ass in meinem Ärmel. Wenn er nachforscht und mir sagt, dass es nichts mehr zu finden gibt, werde ich die Anweisungen meines Vaters befolgen und mich auf das Kartell konzentrieren, aber meine Augen offen halten.

»Hat das Mädchen Ärger gemacht?«, frage ich.

»Nein. Das hat sie nicht. Tut mir leid, dass der Hund sich losgerissen hat. Er mag es nicht, wenn man ihn allein lässt.«

»Keine Entschuldigung nötig.«

»Ich war mir nur nicht sicher, ob es für Sie in Ordnung ist, wenn sie mit Talias Hund spielt.«

»Mir ist es recht. Lass sie damit spielen. Das ist kein Problem.«

Er senkt den Kopf. »Gehen Sie wieder?«

»Ja. Ich muss die Arbeit bei Dmitriyev Ltd. beenden.« Das ist der Job, den Ivan übernommen hat, während ich außer Gefecht war.

»Sie haben eine hektische Zeit hinter sich. Sind Sie sicher, dass Sie heute wieder ins Büro gehen wollen?«

Ich nicke entschlossen, und er weiß, dass er mich nicht drängen darf. »Ja. Es ist besser, wenn ich gehe.«

Die meisten Dinge sind unter Kontrolle, aber mein Bruder ist ein Mann, der alles tun wird, um mich als inkompetent erscheinen zu lassen. Das werde ich nicht erlauben. Ich wollte nur ein paar Minuten zu Hause vorbeischauen, um meine Anwesenheit kundzutun.

Ivan kümmert sich um die hochrangigen Kunden und Investoren, die Vater mir anvertraut hat, als er mich zum ersten Mal zum Obshchak der Bruderschaft ernannte. In dieser Rolle ist es meine Hauptaufgabe, mich um das gesamte Geld zu kümmern, das in das Unternehmen fließt.

Auch wenn Dmitriyev Ltd. unser Familienunternehmen ist, hat das Unternehmen der Bruderschaft seit vielen Generationen gedient und war die Haupteinnahmequelle.

So hatte der Obshchak schon immer die Position des Finanzchefs inne.

Ich habe zwei Termine und muss Papierkram erledigen, der den Rest des Tages in Anspruch nehmen wird. Ich möchte nicht, dass jemand meine Fähigkeiten in irgendeiner Weise in Frage stellt.

»Ich bin gegen zehn zurück, oder etwas später«, lasse ich ihn wissen. »Sieh zu, dass sie etwas isst. Wenn sie Ärger macht, sag mir Bescheid.«

»Selbstverständlich.«

Ich glaube nicht, dass sie heute Schwierigkeiten machen wird, aber ich muss mich darauf vorbereiten.

Was ich getan habe, hat ihre Welt massiv durcheinander gebracht und sie in meine hineingezogen. Das Gespräch vorhin war sehr intensiv.

Ich war sehr intensiv, und ich denke, dass sie für den Rest des Tages nachgiebig sein wird.

Ich ziehe meine Lederjacke an, verlasse Aleksander und gehe wieder zu meinem Motorrad.

Sobald ich auf die kurvenreiche Straße abbiege, die mich zurück in die Stadt führt, fallen mir ihre Worte wieder ein. Sie schwirren weiter in meinem Kopf herum und verwirren mich. Es ist ein seltsames Gefühl, das ich abschütteln möchte, aber ich kann es nicht, weil ein Teil von mir ihr glaubt.

Ein Teil von mir glaubt, dass sie nicht böse ist, und das geht auf das zurück, was ich zum ersten Mal fühlte, als wir uns trafen. Ich spürte Reinheit in ihr, konnte sie aber nicht erklären, aufgrund dessen wer sie ist.

Ich habe es gerade wieder gespürt, als sie sprach, und ich habe es gesehen, als ich sie beim Spielen mit Snow beobachtete.

Männer wie ich sind wie verdammte Haie, wenn es um so etwas geht, und zwar aus dem einfachen Grund, dass wir in der Nähe von etwas sind, das wir nicht haben sollten. In meinem Fall fühlt sich Adriana Alvarez wie eine Frau an, die wegen der Dunkelheit, die ständig in mir wohnt, automatisch tabu ist.

Und das macht mir zu schaffen, denn ich werde aus ihr nicht schlau.

Sie mit dem Hund meiner Schwester zu sehen, nagte mir anfangs an den Nerven, aber nicht, weil sie mit ihm spielte. Sondern wegen der Erinnerungen, die sie an Talia weckte.

Ich habe den Hund mitgenommen, um mich an sie zu erinnern, aber die Erinnerungen sind auch ein Fluch.

Mein Vater behielt Snow bei sich zu Hause, während ich im Krankenhaus lag, aber ich kümmerte mich um sie, als ich entlassen wurde. Ich war es, der sie Talia zu ihrem einundzwanzigsten Geburtstag gekauft hat. Das war nur vier Jahre her und nachdem sie beim New York City Ballet angenommen wurde.

Meine Schwester war Primaballerina, und bevor sie ermordet wurde, hatte sie gerade die Stelle als Assistenzchoreografin bekommen, nachdem sie drei Jahre lang für das Ensemble gearbeitet hatte.

Der Hund war wie ein längst überfälliges Geschenk, und sie liebte ihn über alles.

Das tat meine Mutter auch.

In jener Albtraumnacht, als die Katastrophe hereinbrach, war Mutter die erste, die es traf. Eine Kugel in ihren Kopf signalisierte den Angriff. Eine weitere traf sie direkt ins Herz, bevor ich überhaupt den Kopf drehen konnte, um herauszufinden, woher die Kugel kam. Als ich das tat, sah ich Felipe auf dem Dach des gegenüberliegenden Gebäudes, begleitet von einer Gruppe maskierter Scharfschützen; ich wusste nur nicht, dass er es war, bis ich ihm von Angesicht zu Angesicht gegenüberstand.

Diese Nacht fand zwei Wochen vor Weihnachten statt, sodass sie das neue Jahr nicht mehr erlebten.

Talia hatte gerade ihre erste Aufführung der Saison in einem Ballett beendet, das sie mit choreographiert hatte.

Der Angriff geschah, als wir gerade auf den Parkplatz des Theaters traten. Wir gehörten zu den Letzten, die gingen. Jemand wusste das.

Jemand, der uns beobachtet hatte.

Jemand, der wusste, wo wir sein würden und um wie viel Uhr wir gehen würden.

Talia schrie, als Mutter zu Boden ging, und unsere Leibwächter fielen um wie die Fliegen. Alles, woran ich denken konnte, war, sie zu beschützen. Wir waren nicht in der Nähe unseres Autos, um der Gefahr zu entkommen. Da so viele Kugeln flogen, konnte ich nicht riskieren, dass sie getroffen wurde, also schirmte ich sie mit meinem Körper ab, während ich sie hinter eine Hecke brachte, die ich für sicher hielt.

Ich verfolgte die Scharfschützen und fand Felipe. Bei seinem Anblick wusste ich, dass Raul ihn geschickt hatte und was vor sich ging.

Das war auch der Fehler, den ich gemacht hatte. Wenn man angegriffen wird und in einen Hinterhalt gerät, wie wir es taten, sind die Überlebenschancen gleich null. Es ist, als würde man blind fliegen, während der Feind einen in eine Falle lockt.

Obwohl ich viele der Scharfschützen ausschaltete, wurde ich zweimal angeschossen, bevor ich Felipe erreichte. Er versuchte zu fliehen, aber ich verfolgte ihn. Ich erreichte ihn, als er in seinen Wagen sprang, konnte aber nicht nah genug herankommen. Ich bemerkte den Zünder in seiner Hand erst, als es schon zu spät war. Er zündete eine Bombe, die mich hätte töten sollen.

Es war ein Wunder, dass ich überlebt habe. Man sagte mir, einer unserer Verbündeten habe mich in den Trümmern gefunden. Danach, während mein Vater Nachforschungen anstellte, verschwieg er mein Überleben, um alle glauben zu lassen, ich sei tot.

Natürlich hat niemand Talia gefunden. Felipes Männer hatten sie geholt, während ich am Boden lag. Das ist der Teil, der mich gebrochen hat. Ich hatte nichts tun können, um meine Mutter zu retten. Ein Teil von mir weiß, dass ich auch nichts hätte tun können, um Talia zu retten, aber weil ich eine Chance hatte, frage ich mich immer wieder, was ich hätte anders machen können – oder was ich hätte besser machen können.

An diesem Abend sollten Vater, Ivan und Sophia bei uns sein, aber sie waren nicht da, weil mein Vater eine schlechte Reaktion auf ein Medikament gezeigt hatte und nicht kommen konnte.

Sophia kümmerte sich zu dieser Zeit um ihn, und Ivan musste ins Büro gehen, um bei den Sitzungen einzuspringen, an denen mein Vater tagsüber nicht hatte teilnehmen können.

Das Ballett war eine der wenigen Gelegenheiten, bei der wir *alle* zusammen in der Öffentlichkeit waren. Deshalb glaube ich, dass das Attentat auf die ganze Familie verübt werden sollte. Wenn wir alle dort gewesen wären, hätte man uns alle wie Tiere abschossen, was die gesamte Baranow-Führung ausgelöscht hätte.

Da es keine Erben des Dmitrijew-Vermögens mehr gibt, sind Ivan und ich die letzten verbliebenen Männer in der Blutlinie. Sophia hat nach einem tragischen Autounfall vor Jahren, bei dem ihr Mann und ihre drei Kinder ums Leben kamen, nie wieder geheiratet.

Wenn wir alle in dieser Nacht gestorben wären, hätte das zu einem Chaos geführt. Es hätte Raul und wem auch immer Tor und Tür geöffnet, um die Kontrolle über unsere Bruderschaft und den umfangreichen Reichtum, der mit unserem Unternehmen verbunden ist, zu übernehmen.

Die Dinge sind jetzt chaotisch, und das wird auch so bleiben, bis ich dieser Scheiße auf den Grund gegangen bin.

10

NATALIA

Als die Sonnenstrahlen durch das Fenster fallen, wache ich auf und schaue auf die Uhr an der Wand.

Es ist sechs Uhr, und der Raum neben mir ist so leer wie vor dem Schlafengehen. Ich kann nicht spüren, dass noch jemand hier ist.

Mikhail ist letzte Nacht nicht zurückgekommen, bevor ich schlafen gegangen bin, und soweit ich das beurteilen kann, sieht es nicht so aus, als hätte er hier geschlafen.

Ich glaube, wenn er es getan hätte, wäre es mir aufgefallen.

Ich blicke durch die hohen Fenstertüren auf die strahlende Sonne. Mein erster New Yorker Sonnenaufgang. So schön er auch ist, ich habe keine Ahnung, was heute passieren wird.

Ich fühle mich schon jetzt, als wäre ich in den letzten Tagen um hundert Jahre gealtert. Es ist schon wieder Morgen, der zweite Tag, an dem ich in diesem Haus, meinem neuen Gefängnis, bin.

Letzte Nacht habe ich zum ersten Mal in Mikhails Zimmer geschlafen, in seinem Bett.

Zum Glück allein.

Ich war mir so sicher, dass er sein Versprechen, mich zu ficken, einlösen würde, und nach der Art und Weise, wie er gestern mit mir umgegangen war, stellte ich mir vor, dass er gewalttätig und grausam sein würde.

Nachdem ich allein zu Abend gegessen hatte und die Nacht hereinbrach, dachte ich, dass ich ihn vielleicht den ganzen Tag nicht mehr sehen würde. Wieder wegen unserer letzten Begegnung. Als er nicht zurückkam, war ich dankbar für die kleine Barmherzigkeit.

Gleichzeitig ist es beunruhigend, ihn nicht zu sehen, weil ich nicht weiß, was vor sich geht.

Wenn man seinen Feind sehen kann, kann man ihn im Auge behalten und bereit sein, wenn er angreift. Wenn man ihn nicht sehen kann, hast du keine Ahnung, welche Art von Munition er gegen dich sammeln wird, um dich auszulöschen.

Ich vermute, dass er wahrscheinlich nach Hause kam und in einem anderen Zimmer schlief.

Vielleicht bin ich aber auch nur wieder naiv, weil die Alternative für Männer wie ihn bedeuten kann, dass er die Nacht im Bett einer anderen Frau verbracht hat.

Warum sollte er meinetwegen in einem anderen Zimmer in seinem Haus schlafen?

Ich muss mich zusammenreißen und auf dem Laufenden bleiben.

Ich wünschte, ich wüsste, wann José hierher kommen würde. Ihn in der Nähe zu haben, würde helfen. Im Moment weiß ich nicht, ob ich ihn wiedersehen werde. Wenn nicht, fliege ich im Blindflug und weiß nicht, wann der nächste Stein ins Rollen kommt und mein Geheimnis gelüftet wird.

Nicht nur das, ich mache mir auch Sorgen um ihn. Er ist wie Familie für mich, und ich muss mich mit der sehr realen Möglichkeit auseinandersetzen, dass diese Katastrophe ihn mir wegnehmen könnte.

Ich gleite vom Bett und gehe in den begehbaren Kleiderschrank. Gestern wurde ein Teil für mich frei gemacht, damit ich meine Sachen dort einräumen kann. Der andere Teil – im Grunde die andere Hälfte des Raumes – enthält Mikhails Kleidung.

Ich traue mich nicht, seine Sachen anzuschauen. Ich dachte daran, mich umzusehen, um herauszufinden, ob ich mehr als die wenigen Informationen, die ich über ihn habe, sammeln könnte. Aber ich habe es mir anders überlegt.

Mir war klar, dass er so etwas nicht herumliegen lassen würde. Ich weiß also nicht mehr als das, was ich gesehen und gehört habe.

Ich soll diesen Mann nächste Woche heiraten, aber ich weiß kaum etwas über ihn. Ich weiß nicht einmal, wie alt Mikhail ist. Sein raues Äußeres lässt ihn älter aussehen, wie einen gestandenen Mann, aber die Feinheit seiner Gesichtszüge lässt vermuten, dass er Mitte bis Ende zwanzig ist.

Gestern habe ich den größten Teil des Tages damit verbracht, meine requirierte Kleidung wegzuräumen. Was ich jetzt suche, ist das Einzige, was mir gehört. Es ist ein kleiner Schuhkarton, um den ich mich über die Jahre hinweg gekümmert habe.

In der Schachtel befinden sich meine Schmuckstücke. Ich habe sie unter einigen Pullovern versteckt, die ich auf das unterste Regal gelegt habe. Es ist nicht viel drin, was mich verraten könnte, aber ich bewahre sie aus dem einfachen Grund dort auf, weil ich nicht will, dass ihnen etwas passiert.

Ich möchte nicht, dass die letzten kostbaren Erinnerungen an meine Eltern getrübt werden.

Ich lasse mich auf den Boden sinken und drücke mich mit dem Rücken an die Wand, bevor ich die Tür öffne und nach dem Einzigen greife, was mich beruhigen kann.

Es ist ein Bild von meinen Eltern und mir, als ich zehn war. Wir sind in San Francisco am Strand, und wir sind glücklich.

Mamas blondes Haar glänzt in der Sonne, und ihre strahlend blauen Augen leuchten. Mein Vater hat einen Arm schützend um uns gelegt und sieht stolz aus.

Es ist ein wundervolles Bild, aus glücklicheren Zeiten, und eine wertvolle Erinnerung. Aber es macht mich traurig, weil es diese Menschen nicht mehr gibt.

Nicht einmal mich.

Ich kann nicht mehr das Mädchen von diesem Bild sein, oder ich bin tot.

Ich sitze wohl über eine Stunde lang da, starre auf das Bild und versuche, meine Ruhe wiederzufinden, indem ich mir die Schmuckstücke in meiner Schachtel ansehe. Ich verliere das Zeitgefühl und komme erst wieder zu Bewusstsein, als es drängend an der Schlafzimmertür klopft.

Schnell lege ich die Schachtel weg, schnappe mir meinen Bademantel und eile hinaus.

Ich weiß nicht, wer das ist, aber ich vermute, dass es nicht Mikhail ist. Er scheint nicht die Art von Person zu sein, die anklopft, und warum sollte er auch an seiner eigenen Schlafzimmertür klopfen?

Gerade als ich die Tür öffne, hämmert es erneut.

Es ist Aleksander, und er hat denselben verkniffenen, missmutigen Gesichtsausdruck wie gestern.

»Guten Morgen«, begrüße ich ihn.

»*Miss* Alvarez, das Frühstück wird in zehn Minuten serviert«, antwortet er, ohne sich die Mühe zu machen, die Höflichkeit zu erwidern oder auch nur etwas vorgetäuschte Wärme zu zeigen. »Ich schlage vor, Sie machen sich fertig und gehen nach unten. Mr. Dmitrijew mag es *nicht*, wenn man ihn warten lässt. Das Frühstück wird um acht Uhr serviert, weil er um Punkt acht Uhr dreißig abreisen muss.«

»Okay. Ich …«

Er wartet nicht, bis ich fertig bin, sondern marschiert einfach los und ignoriert damit automatisch alles, was ich noch zu sagen habe.

So ein Arschloch.

Er ist genauso ruppig wie Mikhail.

Ich stöhne innerlich auf und gehe zurück ins Zimmer, bevor ich die Tür schließe.

Ich schätze, wenn *Mr. Dmitrijew* nicht wartet, bedeutet das, dass Mr. Dmitrijew am Tisch sitzt. Wartend. Mikhail ist hier. Ich werde ihm gegenübertreten müssen.

Ich dusche schnell und ziehe ein langärmeliges T-Shirt und einen kleinen Wickelrock an. Beides ist nicht wirklich geeignet für das kalte

New Yorker Wetter, aber es ist das Beste, was ich finden konnte. Adriana trug keine Hosen. Ihre typischen Kleidungsstücke waren Shorts, Kleider und Röcke Dieses Kleidungsstück ist aus Strick, sodass es zumindest etwas Wärme spendet.

Ich werde heute nach draußen gehen und mit dem Hund spielen, wenn ich kann. Dann werde ich versuchen, so viel wie möglich draußen zu bleiben und nur zum Essen hereinzukommen.

Ich stecke mein Haar zu einem unordentlichen Dutt zusammen und mache mich dann auf den Weg nach unten ins Esszimmer.

Dort finde ich meinen zukünftigen Ehemann, der am Kopfende des Tisches sitzt und aussieht, als wäre er der König eines Schlosses. Dieses Schlosses.

Sein Gesicht ist ausdruckslos, und es ändert sich nicht, als er mich sieht.

Nicht einmal ein kleines bisschen.

Er ist ernst, immer ernst.

Wie soll ich mit diesem Mann zusammenleben?

Selbst wenn es mir gelingen sollte, dieses Kunststück zu vollbringen und wirklich Adriana Alvarez zu sein, was für ein Leben hätten wir dann?

Würde es wie letzte Nacht sein, wo er weg ist und ich mich frage, ob er im Bett einer anderen schläft? Würde er tagelang weg sein?

Würde mich das interessieren?

Es gibt nichts Normales an uns, aber ich hatte zumindest gehofft, dass ich, wenn ich jemals heiraten sollte, niemals jemanden wie ihn heiraten würde. Ein Symbol für alles, was ich verabscheue. Er ist Tod und Gefangenschaft in einem. Die komplette Antithese zum Leben.

»Setz dich hierhin«, befiehlt er und deutet auf den Stuhl ihm schräg gegenüber. Wie Aleksander sagt auch er nicht »Guten Morgen« zu mir.

Ich gehe zum Stuhl und setze mich, aber die Art, wie sein Blick meinen Körper abtastet, bevor ich Platz nehme, entgeht mir nicht.

Ich beruhige meinen Verstand und bereite mich auf ihn vor, in der Hoffnung, dass ich die heutige Begegnung überlebe.

Das Hausmädchen, das ich gestern kennengelernt habe und das

nett schien, aber nicht mit mir sprach, kommt mit einem Tablett mit Kaffee und herrlich duftendem Gebäck aus der Küche. Es riecht so, wie man sich ein Frühstück vorstellt. Einladend und lecker, mit allem, was nahrhaft ist.

Als sich zwei weitere Dienstmädchen mit weiteren Tabletts voller Essen zu ihr gesellen, fühle ich mich wie in einem dieser exquisiten Ferienhäuser in Europa, die ich aus dem Fernsehen kenne. Sie decken den Tisch mit allem, was dazugehört. Es gibt drei verschiedene Arten von Eiern, knusprige Speckstreifen, zwei verschiedene Arten von Würstchen, French Toast, normalen Toast und eine Auswahl an Aufstrichen. Es gibt so viel zu essen, dass ich mich frage, ob das nur für uns zwei ist oder ob noch mehr Leute kommen.

Als das Personal den Raum verlässt und niemand sonst den Raum betritt, erhalte ich meine Antwort.

Das Festmahl ist nur für uns beide, und es scheint, dass sie das jeden Tag machen. Ich bin es wahrscheinlich gewohnt, mich ansonsten von solch einer Menge an Essen eine Woche lang zu ernähren. Ich bin immer noch satt von gestern.

Das oberste Dienstmädchen, das ich gesehen habe – an dessen Namen ich mich nicht erinnern kann – kommt zurück und schenkt Mikhail Kaffee ein. Ich sehe, dass er ihn schwarz trinkt. Das ist keine Überraschung. Aber er nimmt zwei Stück Zucker.

Sie schenkt mir auch etwas ein und richtet dann ihre Aufmerksamkeit auf Mikhail, während sie auf Russisch zu sprechen beginnen. Mikhail macht die ganze Zeit ein ernstes Gesicht. Ich habe keine Ahnung, worüber sie reden, und ich kann es auch nicht herausfinden. Soweit ich weiß, könnten sie über das Wetter reden. Oder über mich.

Ich fange an zu essen, beobachte aber weiterhin ihre Interaktion und frage mich, warum er ein so ausführliches Gespräch mit seinem Dienstmädchen führt.

Mir fällt auf, wie wohl sie sich mit ihm fühlt, anders als zuvor mit mir. Da kommt mir der Gedanke, dass sie eine seiner Frauen sein könnte.

Vielleicht hat er die Nacht mit ihr verbracht. Sie ist ziemlich hübsch, auf eine natürliche Art, und ist entweder so alt wie ich oder etwas älter.

Die einfache Dienstmädchenuniform, die sie trägt, passt gut zu ihrer wohlgeformten Figur und ihr langes blondes Haar hat sie zu einem Pferdeschwanz zusammengebunden. Die Röte auf ihren Wangen macht deutlich, dass ihr Interesse an Mikhail mehr als nur beruflich ist.

Sie mag ihn. Und dem Verlauf des Gesprächs nach zu urteilen, könnte er sie auch mögen.

Großartig. Das ist ein weiterer Schnappschuss davon, wie unsere Vormittage aussehen werden. Ich werde hier sitzen und zusehen müssen, wie er mit seinen Dienstmädchen flirtet. Ich frage mich, ob ich ihn dabei erwische, wie er etwas anderes mit ihnen macht. Etwas Unappetitlicheres.

Nach einigen Augenblicken verlässt sie uns und schließt die Tür zum Esszimmer hinter sich, und die Spannung kehrt zurück.

Mikhail sieht mich an, während er einen Schluck seines Kaffees nimmt. Ich starre ihn an und weiß nicht, was ich sagen soll.

Seinem scharfen Blick entnehme ich, dass mein letzter Appell gestern auf taube Ohren gestoßen ist und er mich für böse hält.

Doch als was sieht er sich selbst?

Er hat alle im Haus von Raul massakriert. *Alle* außer mir und José.

Es gab dort Menschen, die es nicht verdient hatten zu sterben. Der Grund für ihren Tod war ihre bloße Anwesenheit auf dem Grundstück.

Wie kann er das erklären?

In meinen Augen ist das böse.

Vielleicht ist es ihm egal.

Mein Blick fällt auf seine Fingerknöchel, und meine Aufmerksamkeit richtet sich wieder auf all die Tätowierungen. Ich bin mir jetzt sicher, dass es Gefängnis-Tätowierungen sind.

Er hat in den letzten Tagen viele umgebracht. Wen hat er getötet, damit er seine Überzeugung auf sich selbst überträgt?

»Frag mich«, spricht er und erschreckt mich.

Verwirrt begegne ich seinem harten Blick.

»Was?« Ich weiß nicht, was ich ihn fragen soll, oder ob ich mich so sehr auf seine Tätowierungen konzentriert habe, dass ich etwas übersehen habe, was er gesagt hat.

»Du schaust dir meine Tattoos an und versuchst, mich zu verstehen. Prinzessin, wenn du eine Frage über mich hast, frag einfach.«

Ich starre ihn an und weiß, dass das offensichtlich ein hinterhältiger Trick ist, um mir Angst zu machen. Er weiß, dass mir jede Antwort, die er geben könnte, nicht gefallen wird. Also unterdrücke ich meine Neugierde und schüttle den Kopf.

»Ich habe keine Fragen über dich«, lüge ich, und die Millionen Fragen, die ich gerade über *ihn* habe, spielen in meinem Kopf verrückt.

»Nein? Letzte Chance, mich zu fragen, Malyshka. Willst du nicht mehr über meine Tätowierungen wissen? Sie scheinen dich so sehr zu interessieren.«

»Alles gut, danke.«

»In Ordnung. Der Fall ist abgeschlossen. Hast du sonst noch Fragen?«

Ich schaue ihn an und beschließe, es mit ein paar grundlegenden Fragen zu versuchen.

»Wie alt bist du?«

Er schmunzelt. »Achtundzwanzig.«

Ich hatte recht mit seinem Alter. Ich würde wetten, dass er ohne die Fülle seines Bartes auch jünger aussehen würde.

»Sonst noch etwas?« Er verschränkt seine Finger auf dem Tisch und schaut mich tief an.

»Wo arbeitest du?«

»Beim Familienunternehmen, Dmitriyev Ltd. Betrachte mich einfach als den Buchhalter. Sonst noch etwas?«

Das war das Einfachste, was ich tun kann. Alles andere in meinem Kopf wird mich in Schwierigkeiten bringen.

»Nein.«

Er trinkt seinen Kaffee aus, während ich mich auf mein Essen konzentriere. Ich esse viel zu viel, aber das Essen gibt mir etwas zu tun. Das ist meine ›*Alles-außer-dem-Blick-auf-ihn*‹-Sache.

Er stellt den Becher zurück auf den Tisch und räuspert sich.

»Ich möchte, dass du später einkaufen gehst«, sagt er.

»Wozu?«

»Kleidung. Du brauchst wärmere Kleidung für das Wetter hier, und was du anhast, gefällt mir nicht besonders.« Er mustert mich von oben bis unten.

»Was ist falsch an dem, was ich anhabe? Das sind doch schöne Sachen.«

»Ja. Es ist verdammt sexy, aber ich bin nicht der Einzige, der das so sieht.« Sein Blick ruht auf meinem Dekolleté, und ich schlucke hart gegen den Funken der Erregung an, der sich seinen Weg durch mich bahnen will. »Ich habe Wachen, die auf dem Gelände patrouillieren, die das auch denken werden. Das ist nur eine Sache, die mit deinem Malibu-Barbie-Look nicht stimmt.«

Malibu-Barbie? Meint er das ernst? Ich könnte gar nicht anders aussehen als Malibu Barbie, selbst wenn ich es versuchen würde.

»Was ist die andere Sache?«, frage ich.

»Dein Vater hat sie für dich gekauft, also je weniger ich sie sehe, desto besser. Ich schicke dich in den Laden, um dir eine neue Garderobe zu kaufen. Aleksander wird mit dir gehen. Betrachte deine alten Sachen als Andenken. Ist das klar?«

»Ja.« Ich kann mich nicht wirklich beschweren. Neue Kleidung zu bekommen, ist wahrscheinlich eine gute Sache. Wenigstens kann ich sie selbst aussuchen und habe nicht das Gefühl, dass ich mir das Leben von jemandem geborgt habe.

»Die Schneiderin kommt morgen auch vorbei, um dein Kleid zu besprechen. Du hast nur noch bis morgen Zeit, den gewünschten Stil auszusuchen. Also tu das unbedingt und mache ihr keinen Ärger«, sagt er.

Näherin.

Für *mein* Hochzeitskleid.

Ich.

Gott, das passiert wirklich. Wir werden wirklich heiraten.

Ich werde mein eigenes Kleid tragen, und wir werden heiraten.

Es wird nicht die märchenhafte Hochzeit sein, von der ich als kleines Mädchen geträumt habe. Es wird wie ein Albtraum sein.

Und wer wird dabei sein, wenn es passiert?

Seine Leute. Alle Menschen, die mich hassen und niemand, den ich kenne. Es sei denn, José wird da sein.

Oder auch nicht. Was ist, wenn ich ihn nicht wiedersehe?

Gestern wurde mir gesagt, er gehe mich nichts an, aber ich muss die Frage stellen, nur damit ich es weiß.

»Wann werde ich José sehen?«, frage ich schnell und bete, dass er nicht durchdreht. »Werde ich ihn wiedersehen?«

Er stützt seine Ellbogen auf den Tisch, und ich merke, dass ich das Gespräch in eine Richtung gelenkt habe, die ich nicht wollte.

»Ich habe dir schon gesagt, dass er dich nichts mehr angeht.«

»Ich weiß, aber ich wollte ihn einfach sehen. Kommt er noch nach New York?« Es wäre ein grausamer Scherz und eine kranke Wendung des Schicksals, wenn ich hier sitze und diese Fragen stelle, während Mikhail José bereits getötet hat.

»Ich sage es jetzt noch einmal, Malyshka. José hat nichts mehr mit dir zu tun«, sagt er mit Betonung auf jeder einzelnen Silbe. »Und nur damit du es weißt« – er berührt mein Gesicht und hebt mein Kinn an, sodass ich seinen Blick erwidere – »ich bin ein sehr eifersüchtiger, besitzergreifender Mann, und ich bin nicht gerade begeistert von deinem Interesse an dem Alten.«

»Ich sagte doch, er ist mein Leibwächter. Das ist die längste Zeit, die ich ihn nicht gesehen habe.«

»Das ist mir scheißegal. Für mich siehst du so aus, als würdest du ihn ficken wollen.«

Mein Kiefer klappt nach unten, und ich weiß nicht, wie ich es schaffen soll, nicht auf den Boden zu fallen.

»Du Mistkerl«, zische ich und entziehe mich seinem Griff, anders als gestern, als ich zuließ, dass er mir wehtat. Ich bin einfach so entsetzt über das, was er gesagt hat, dass es mich wütend macht und ich mich nicht mehr beruhigen kann.

Mikhail springt auf und stellt sich mir mit geblähten Nasenlöchern und glühenden Augen entgegen.

Da ich spüre, dass er gleich auf mich losgehen wird, stehe ich ebenfalls auf, trete aber ein paar Schritte zurück, um etwas Abstand zwischen uns zu bringen.

Er ist zu groß. Zu groß und furchterregend. Ich bin sicher, dass er nicht zögern würde, mich mit einem Schlag zu zerquetschen, bevor ich daran denken könnte, zu entkommen.

»Wie hast du mich gerade genannt?«, fragt er und ballt seine Hand zu einer festen Faust.

»Was ist los mit dir?«, blaffe ich ihn an und beantworte seine Frage mit einer Gegenfrage. Sicherlich ist sein Verhalten nach den Maßstäben der anderen nicht normal. Für mich ist es das nicht, und ich kann nicht glauben, was er andeutet. In Mexiko hat er dasselbe angedeutet, aber ich war so beunruhigt, dass ich das Thema nicht richtig ansprechen konnte. »Wie kann es sein, dass ich wie eine Hure aussehe, wenn ich nach einem Mann frage, der wie ein Vater für mich ist?«

»Wie. Hast. Du. Mich. Gerade. Genannt?«

»Du hast gehört, was ich gesagt habe, und ich habe dir geantwortet.«

»Mädchen, ich sage, was ich sehe. Wenn du so aussiehst, als wolltest du die Hure des alten Mannes sein, dann ist das nicht meine Schuld. Es liegt an dir. Scheiße, vielleicht hat sich der Arzt geirrt und du hast die ganze Zeit den Alten gefickt.«

»Fick dich, du verdammtes Arschloch. Wie kannst du es wagen, das zu mir zu sagen!« In dem Moment, in dem die Worte meinen Mund verlassen, bereue ich sie. Jedes einzelne von ihnen.

Oh Gott, wer hat mir gesagt, dass ich das sagen soll?

Warum habe ich so zurückgeschnauzt?

Ich komme nicht mehr zum Nachdenken, denn es dauert nur den Bruchteil einer Sekunde, bis er sich auf mich stürzt, und ich schwöre, ich sehe mein Leben vor meinen Augen vorbeiziehen. Alles stürzt auf mich ein, das Gute und das Schlechte.

Als er meine Arme packt, schreie ich und tue das Einzige, was mir einfällt, um mich zu befreien. Ich verpasse ihm einen harten Tritt gegen das Knie.

Ich habe auf seine Eier gezielt. Ich habe sie nur nicht erreicht.

Es zeigt jedoch Wirkung, und er lockert sofort seinen Griff um mich.

Aber ich glaube, der einzige Grund, warum er loslässt, ist, dass ich ihn überrumpelt habe. Ich schockiere auch mich selbst.

Ich verschwende jedoch keine Zeit damit, darüber nachzugrübeln.

Sondern renne los.

11

NATALIA

Mein Herz schlägt mir bis zum Hals, und ich nehme all meine Kraft zusammen, um vor ihm wegzulaufen. Aber Mikhail ist nur wenige Schritte hinter mir und verflucht mich auf Englisch und Russisch.

Ich stürme durch die Tür, so schnell ich kann, und renne den Flur entlang, ohne zu wissen, wohin ich gehe oder was zum Teufel ich tue.

Gott, ich habe es versaut.

Ich habe alles vermasselt, und jetzt weiß ich nicht, was Mikhail mit mir machen wird, wenn er mich erwischt.

Ich komme in eine Sackgasse und das Spiel ist vorbei. Das wäre es sowieso gewesen, denn wem mache ich etwas vor? Habe ich wirklich geglaubt, dass ich vor ihm in seinem eigenen Haus weglaufen würde?

Ein starker Arm umschließt meine Mitte und hebt mich mitten im Lauf vom Boden ab. Meine Schreie und Bitten, mich gehen zu lassen, prallen an den Wänden ab und werden durch den Flur getragen. Es nützt nichts, aber ich bemerke, dass niemand mir zu Hilfe kommt. Nicht einmal, um nachzusehen, was der Grund für die Aufregung ist.

Ich weiß, dass mich zumindest die Dienstmädchen hören können, aber ich höre nur mich selbst wimmern.

»Ich werde dir eine Lektion erteilen, die du nie vergessen wirst«, knurrt Mikhail und reißt mich herum, damit er mich über seine Schulter werfen kann.

Ich bin für ihn nicht viel mehr als eine Puppe, oder vielleicht sogar weniger als das.

Gleichgültig und mehr als der monströse Mann, der er gestern war, trägt er mich schreiend und tretend den Flur entlang in einen Raum mit doppelten Holztüren. Es ist eine der Bibliotheken.

Die Lichter gehen an, eines nach dem anderen, als wir eintreten.

Diese erdrückende Dominanz geht in Wellen von ihm aus, als er mich zu einem Tisch mit einem Stapel Enzyklopädien drauf schiebt und mich dort absetzt.

»Was wirst du mit mir machen?«

Ich bekomme meine Antwort, als er mich über den Tisch beugt und mir einen harten Schlag auf den Hintern versetzt. Mein Körper zuckt, als ob er von einer elektrischen Explosion angegriffen wird, und ich schreie auf.

Das tat höllisch weh. Aber er ist noch nicht fertig mit mir. Er reißt mir gleichzeitig den Rock und das Höschen herunter und entblößt meinen nackten Hintern.

Ich versuche zu protestieren, aber er packt mich im Nacken und drückt mich auf die Tischplatte.

Drei harte Schläge auf meinen Hintern sind so schmerzvoll, dass Sterne meine Sicht trüben und die Tränen mich blind machen.

»Ich habe dir gesagt, was mit dir passiert, wenn du dich mir widersetzt«, erinnert mich Mikhail und gibt mir drei weitere Hiebe.

Meine Haut brennt wie Feuer, und während der Schmerz durch meinen Körper rast, sehe ich Sterne.

»Stopp, bitte!«

»Nein, du hörst verdammt noch mal auf, mich nach *José* zu fragen. Oder vielleicht wäre es für uns beide besser, wenn ich ihn umbringe.«

»Nein! Bitte nicht.« Mein Gott, er ist verrückt, und ich habe es wirklich vermasselt. Ich kann nicht zulassen, dass José meinetwegen stirbt. Das kann ich nicht. »Bitte töte ihn nicht.«

»Dann hör auf, mich zu drängen.«

Bei zwei weiteren Schlägen habe ich das Gefühl, mich übergeben zu müssen, und bei einem weiteren schreie ich laut auf.

»Hör auf, Mikhail. Du tust mir weh.« Es klingt so dumm von mir, so etwas zu sagen. Er weiß, dass er mir wehtut. Das ist der Zweck der Bestrafung.

Er tut mir weh, damit ich fühle, bricht mich, damit ich gehorche und mich seinem Willen beuge.

Eine *Sache* zu sein.

Oder gar nichts.

Aber er bleibt stehen. Er hört bei meinem gequälten Schrei auf, und ich glaube fast, ich bilde es mir ein. Ich zweifle an mir selbst, als ich spüre, wie seine dicken Finger sanft über meine brennende Haut streicheln. Sanft bis hinunter zu meiner Muschi, und ich könnte nicht entsetzter über mich selbst sein, als mein Körper auf das Spielen seiner Finger reagiert.

Er streichelt meine Klitoris, und die Kakophonie aus Lust und Schmerz, die meinen Körper durchströmt, ist ein völliges Nebeneinander. Ich verstehe nicht, was zum Teufel mit mir los ist, oder warum er mich nach dem, was er gerade getan hat, so erregt.

»Böses Mädchen, du magst das«, verhöhnt er mich.

»Nein«, würge ich am Rande eines Stöhnens hervor.

»Lügnerin.«

Er dreht mich um, damit ich ihn ansehe, und ich keuche, als er mich wieder hochhebt und diesmal auf den Tisch legt. In diesem Moment spüre ich die Intensität meines Schmerzes.

Und wie nass ich bin.

Scheiße. Was zur Hölle?

»Spreiz deine Beine«, befiehlt er.

Ich gehorche, aber mein Gehirn ist so verdreht, dass ich nicht weiß, ob ich tue, was man mir sagt, weil er mir Angst macht oder weil ich mehr von dem will, was er mir gibt.

Ich öffne meine Schenkel, und er hält sie auseinander, damit er sein Gesicht in meiner Muschi vergraben kann, und Jesus Christus, ich sehe Sterne aus einem ganz anderen Grund.

Ich spüre nicht einmal mehr den Schmerz, der meinen Arsch überrollt hat. Ich spüre nur noch ihn und seine Zunge, als er in meine Spalte eindringt.

Niemand außer ihm hat mich jemals zuvor an dieser Stelle berührt, und in diesem Moment ist es mir egal, dass er ein monströser Schurke ist. Jeder Stoß seiner Zunge über meine Klitoris treibt mich höher in die Arme der Lust und über den Rand der Vernunft in den Wahnsinn.

Ich ertappe mich dabei, wie ich mich gegen sein Gesicht krümme, wie ich zulasse, dass sein Bart meine Haut zerkratzt, und ich drücke erneut seine Schultern, als ich komme.

Ich komme anders als beim letzten Mal. Wahrscheinlich, weil er mich mit seiner Zunge verwöhnt und nicht mit seinen Fingern. Das letzte Mal war nichts im Vergleich zu diesem Mal, und alles, woran ich denken kann, während die Wellen der Lust mich überrollen, ist, wie sich sein Schwanz anfühlen wird, wenn er in mir ist.

Einen Moment lang verliere ich mich und gebe mich dem Gefühl hin, gebe mich *ihm* hin.

Ich lasse mich zur Beute machen und überlasse mich dem Raubtier.

Mikhail leckt meine Muschi, nimmt jeden einzelnen Tropfen meiner Erregung auf, und als er fertig ist, richtet er sich auf und packt mein Gesicht, um den Moment zu zerstören.

»Malyshka«, flüstert er den exotischen Kosenamen, den er mir gegeben hat, und lehnt sich dicht an mein Ohr. »Ich habe dir gesagt, du sollst mich nicht verarschen. Wenn du hoffst, die Ehe mit mir zu überleben und *bestimmte* Leute am Leben erhalten willst, wirst du tun, was du tun musst, um mir zu gefallen und mich nicht zu verärgern.«

Ein bedrohliches Lächeln verdirbt jede Schönheit in seinen Zügen und erinnert mich daran, dass Mikhail Dmitrijew immer noch mein Feind ist und es auch bleiben wird. Und obendrein hat er gerade Josés Leben bedroht.

Was habe ich getan?

Jetzt habe ich wirklich etwas, worüber ich mir Sorgen machen kann.

»Wir werden das später zu Ende bringen«, verspricht er.

Ich beobachte, wie sich das Monster bückt, um mein Höschen aufzuheben. Er schockiert mich noch mehr, indem er an ihm schnüffelt. Dann steckt er mein Höschen ein, geht weg und lässt mich wieder allein.

Von innen heraus erschüttert.

12

MIKHAIL

Als Eric Markov mein Büro betritt, zwinge ich mich zurück in die Realität und denke nicht mehr an die Frau, die ich in den letzten Stunden versucht habe, aus meinem Kopf zu vertreiben.

Gestern habe ich es geschafft, meine Wut zu zügeln, indem ich weggeblieben bin. Ich habe lange gearbeitet, um den Papierkram zu erledigen und alles für die kommende Woche vorzubereiten, aber das war nicht nötig. So sehr ich auch meinen Schwanz tief in der Prinzessin vergraben wollte, ich war wieder an dem Punkt, an dem ich die Scheiße abschütteln und mich abkühlen musste.

Ich machte meine Sache gut, bis ich ihre süße Muschi schmeckte.

Der Geschmack von ihr ist immer noch in meinem Mund, und ich will nicht, dass er verschwindet.

Erics Anwesenheit ist wichtig, aber ich bin so voller Lust auf meine zukünftige Frau, dass ich nicht klar denken kann.

Ein neugieriges Lächeln legt sich auf Erics Gesicht, als er mich ansieht, und ich verdränge die letzten Gedanken an Adriana Alvarez aus meinem Kopf.

Dieser Mann ist mein letzter Trumpf. Er bietet mir die Art von Hilfe, die mir sonst niemand geben kann, um den Rest dieses Geheimnisses zu lösen und meine Familie und mein Erbe zu schützen.

Wir haben uns vor ein paar Jahren getroffen, kurz nachdem er der Bratva beigetreten war. Es ist immer schön, ihn zu sehen, weil wir uns so gut verstehen. Das könnte damit zu tun haben, dass wir in unseren Bruderschaften die gleichen Positionen innehaben oder dass unser Temperament recht ähnlich ist. Er hat allerdings eine etwas unbekümmerte Einstellung zum Leben, die mir fehlt.

Ich bin immer ernst. Immer. Mit einem Bruder wie Ivan muss ich das sein.

Eric gehört zu den Voirik, die in L.A. ansässig sind. In den USA gibt es fünf Bruderschaften, die seit Langem ein Bündnis haben, das bis in die frühen Tage der Vory zurückreicht. Die Voirik sind eine von ihnen. Sein Pakhan, Aiden Romanov, hat jedoch aufgrund ihres Logistikunternehmens und ähnlicher Geschäftsinteressen Verbindungen zu meiner Familie, die darüber hinausgehen. Wir bauen beide Diamanten ab, aber wir fördern und veredeln auch Uran. *Darauf hat sich die* Dmitriyev Ltd. spezialisiert, wobei der Diamantenabbau eine Tochtergesellschaft ist. Damit haben wir unser Vermögen gemacht.

Hier kommt auch das Logistikunternehmen ins Spiel, und deshalb trifft sich Eric regelmäßig mit uns. Wie ich kümmert er sich um das Geld, das ein- und ausgeht.

Heute wird sich sein Besuch zu meinen Gunsten auswirken, denn er ist möglicherweise die einzige Person, der ich meine Sorgen anvertrauen kann.

»Hallo, alter Freund«, sagt er und nimmt den Platz mir gegenüber ein.

»Hey. Danke fürs Kommen.«

»Keine Sorge. Wie geht es dir? Das letzte Mal, als ich dich gesehen habe, warst du an Schläuchen befestigt.«

Das ist das erste Mal seit Monaten, dass wir uns sehen. Er war einer der wenigen Auserwählten in unserer Allianz gewesen, die erfahren hatten, dass ich das Attentat überlebt habe. Und weil er einer der wenigen Menschen ist, die ich als Freund bezeichne, war er gekommen, um mich zu besuchen, während ich im Krankenhaus lag und im Koma lag.

»Mir geht es gut.« Nach medizinischen Maßstäben wahrscheinlich nicht, aber ich muss es sein.

»Schön, dass du wieder auf den Beinen bist.«

»Danke. Es ist gut, wieder da zu sein.«

»Sieht aus, als wärst du auch wieder in Aktion«, bemerkt er.

»Das bin ich.«

»Solltest du das?« Er neigt den Kopf, und sein langes dunkelblondes Haar fällt zur Seite.

Ich nicke ihm energisch zu. »Ich muss wieder in Aktion sein.«

»Deine Nachricht klang wichtig«, sagt er.

»Das ist sie.«

Sofort verdunkeln sich seine hellblauen Augen vor Sorge. »Ist noch etwas passiert?«

»In gewisser Weise, ja, und ich brauche deine Hilfe.«

»Du hast sie. Was ist hier los, Mikhail?«

Abgesehen von der Tatsache, dass ich aus dem Koma erwacht bin, und der Bestätigung von Talias Tod, weiß noch niemand, was passiert ist. Mein Vater wird morgen eine Telefonkonferenz abhalten und die Mitglieder unserer Allianz über Rauls Verrat informieren. Er wird sie auch wissen lassen, dass wir die Kontrolle über sein Kartell haben.

Eric wird jedoch der Erste sein, der alle Einzelheiten erfährt.

Ich atme tief ein und berichte ihm alles. Ich erzähle ihm viel mehr als meiner Familie, weil ich ihm gegenüber ehrlich sein kann, und in dem Moment, als ich anfange, über Raul zu sprechen, weiß ich, dass er gleicher Meinung ist.

»Scheiße«, flüstert er und streicht sich mit der Hand über den Bart, als ich fertig bin. »Mikhail, ich verstehe, was dein Vater sagt, aber da ist definitiv noch etwas anderes, das angesprochen werden muss. So klingt es jedenfalls.«

»Ja«, stimme ich zu. »Aber jetzt, wo die Ermittler nichts finden können, weiß ich nicht, wo ich noch suchen soll.«

»Du willst also, dass ich mich darum kümmere?« Er grinst, und ich nicke.

Eric ist ein Computergenie und hat die Angewohnheit, ein wenig tiefer zu graben als alle anderen.

»Ja. Ich bin ratlos. Abgesehen von dem, was ich bereits getan habe, weiß ich nicht, was ich noch tun kann.«

»Das ist in Ordnung. Ich schaue mir an, was das Team gefunden hat, und gehe alles durch.«

»Danke.« Ich entspanne mich jetzt schon.

»Und du heiratest nächstes Wochenende?« Er zieht eine Augenbraue hoch.

»Ja, ich heirate die Prinzessin und übernehme damit die Kontrolle über das Kartell«, antworte ich, und er schenkt mir ein lässiges Lächeln.

»Und zeigst damit ihrem Bündnis, dass sie beide für immer dir gehören.«

»Ganz genau.«

So sehr er seine Frau auch liebt und sich auf die rosarote Art verliebt hat, er ist genauso rücksichtslos wie ich. Also wird er mich nicht weiter über meine Meinung zu dem befragen, was ich vorhabe zu tun. Er wird wissen, dass Adriana Alvarez ein Mittel zum Zweck und ein Sinnbild der Niederlage ist.

»Glückwunsch zu deiner Eroberung.« Er lächelt. »Die Kontrolle über das Alvarez-Kartell zu haben, ist keine Kleinigkeit. Ich bin mir sicher, dass dir das bei der bevorstehenden Entscheidung über die Führung zugute kommen wird.«

»Ich hoffe es.«

Wie alle anderen weiß er um die Feindseligkeit zwischen Ivan und mir und um die zunehmenden Spannungen zwischen uns, seit wir die Pläne meines Vaters kennen.

»Ich bin sicher, das wird es«, stimmt er zu. »Nun, überlass die Ermittlungen gegen Raul mir. Wenn es noch etwas zu finden gibt, werde ich es finden.«

Daran zweifle ich nicht.

»Danke.«

Jetzt muss ich mich nur noch um die Prinzessin kümmern.

Ich schaffe es, alles zu erledigen, was ich mir für den Rest des Tages vorgenommen habe.

Als ich mich zum Gehen bereit mache, denke ich wieder an die Prinzessin. Es ist kurz nach zehn, also denke ich, dass sie schon im Bett sein könnte. Ich habe keine Anrufe von Aleksander erhalten, also muss sie das brave Lämmchen gewesen sein, von dem ich dachte, dass sie es sein würde. Nach diesem Morgen bin ich gespannt, was mich zu Hause erwartet.

Da ich über meinen Computer Zugriff auf das Sicherheitssystem des Hauses habe, beschließe ich, einen kurzen Blick darauf zu werfen. Ich finde die Kamera in meinem Schlafzimmer und sehe sie in der Ecke des Zimmers am Fenster sitzen. Sie hat die Knie an die Brust gepresst und ihren Kopf daraufgelegt.

So zusammengerollt sieht sie kleiner und hilfloser aus. Diese kindliche Haltung verdeutlicht ihre Niederlage und lässt sie jünger erscheinen als ihre neunzehn Jahre.

Da fällt mir ein, dass sie ja kaum eine Frau ist.

Es ist ein seltsames Gefühl, sie in meinem Zimmer zu sehen, aber sie ist ein hübscher Anblick, den ich unbedingt wieder erkunden und für mich beanspruchen möchte.

Armes Ding. Sie wird den ganzen Tag ängstlich gewartet und sich gefragt haben, was mit ihr passieren würde. Ich habe ihren Tagesablauf geregelt, aber die Zeit, in der sie allein ist, muss ihr wie eine Ewigkeit der Qual vorkommen, weil sie nichts über mich weiß oder was ich als nächstes mit ihr vorhabe.

Ich weiß, dass sie sich auch verdammt große Sorgen um José macht. Es ist mir egal, was für eine Beziehung sie zu ihm hat; ich mag es nicht. Ich bin ein besitzergreifendes Arschloch, aber da ist noch mehr, was mir auf die Nerven geht. Mehr, das ich nicht in Worte fassen kann.

Als sie ihren Kopf hebt, merke ich, dass sie weint.

Ich habe kein Mitgefühl für Tränen. Bei Männern wie mir funktionieren sie nicht, aber sie so zu sehen, berührt mich dennoch, und ich erinnere mich an ihre Worte von gestern.

Stimmt das?

Ist sie wirklich nicht böse?

Dieses Mädchen klang überzeugt, dass ich sie nicht für böse halten würde.

Wäre das wichtig?

Vielleicht. Vielleicht würde es eine Rolle spielen, wie ich sie behandelte. Oder vielleicht auch nicht. Ich weiß es nicht, so oder so. Was ich weiß, ist, dass ich mich zu ihr hingezogen fühle, unabhängig davon, woher sie kommt.

Was würde ich also von ihr halten, wenn ich sie kennen würde?

In Mexiko heißt es, dass Rauls Brut genauso skrupellos sei wie er. Ich habe gehört, dass sie dem Hauspersonal schreckliche Dinge angetan hat. Dinge, die man einer Frau in dem Alter nicht zutrauen würde.

Menschen aus aller Welt fürchten meine Familie ebenso wie sie sie verehren und würden sich nie mit uns anlegen, aber es gibt verschiedene Kategorien des Bösen. Wir würden nicht zum Spaß töten, oder so einen Scheiß wie einen Menschen töten, nur um zu sehen, wie er als Toter aussieht. So war es bei Raul. Er war total verrückt.

Die Leute erzählen Lügengeschichten und sagen alles Mögliche, um andere unter Kontrolle zu halten, aber das Zeug über ihn und seine Tochter ist wohl größtenteils wahr gewesen.

Ich glaube nicht, dass ich genug Informationen habe, um mir eine Meinung über sie zu bilden, aber was meine Augen mir zeigen, ist etwas ganz anderes als das, was ich gehört habe.

Was ich in ihren Augen sehe, ist Schmerz.

Ich sehe den tiefen Schmerz, den ein Mensch empfindet, der große Not und Verlust erlitten hat. Sie hat den Blick, den man am häufigsten mit einer Person assoziiert, die absolut alles verloren hat. Wie die Armen und Mittellosen. Das ist nicht das, was ich von einer Kartellprinzessin erwarte.

Der Schmerz in ihren Augen würde fast meinen eigenen Schmerz über meinen Verlust widerspiegeln. Und gleichzeitig tut er das nicht. Ihr Schmerz scheint tiefer zu gehen.

Das macht mich noch neugieriger auf sie, als ich es ohnehin schon bin. Vor allem, wenn mir etwas in meinem Inneren sagt, dass der Schmerz, den ich beobachte, nicht auf den Verlust von Raul und Felipe zurückzuführen ist, und auch nicht auf die Situation mit mir. Oder ihre Sorge um José.

Wenn es keines dieser Dinge ist, was ist dann der Grund dafür?

Wer könnte ihr etwas angetan haben?

Wer hat sie mehr verletzt als ich?

Sie starrt direkt in die Kamera, und obwohl ich weiß, dass sie keine Ahnung hat, dass ich sie beobachte, schaut sie in die Kamera, als ob sie mich sehen könnte. Sie sieht mich mit diesen hellen haselnussbraunen Augen an, die ihre ätherische Schönheit noch unterstreichen. Ich hatte in meinen Jahren schon viele schöne Frauen an meinem Arm und unter mir.

Adriana Alvarez ist nicht weniger schön als irgendeine von ihnen. Sie hat jedoch etwas an sich, das sie davor bewahrt, nur ein weiteres Gesicht in der Schar der Schönheiten zu sein, die sich an mich binden wollen, weil ich so bin, wie ich bin und was es bedeutet, mein zu sein.

Dieses Mädchen will nichts mit mir zu tun haben. Wenn ich die Tore öffnen würde, würde sie so weit wie möglich von mir weglaufen und nie zurückblicken.

Da ich das weiß, will ich sie noch mehr.

Sie gehört jetzt zu mir. Sie gehört genauso zu mir wie das Kartell und das Alvarez-Imperium, sobald wir verheiratet sind. Sie gehört mir, und es gibt nichts, was irgendjemand tun könnte, um mich davon abzuhalten, mit ihr zu machen, was ich will. *Wann immer* ich will.

Ich schließe das Fenster, als sie ihren Kopf wieder auf die Knie legt und packe zu Ende.

Als ich zu Hause ankomme, ist mein Schwanz so hart für meine Verlobte, dass ich fast explodiere, wenn ich nur an ihre enge Muschi denke. Die Beule drückt gegen meine Hose und wird nur noch größer, als ich in mein Zimmer gehe und sie schlafend auf dem Bett finde. Das Hauptlicht ist aus, aber die Lampe auf dem Nachttisch brennt.

Ich dusche schnell im Bad und gehe mit einem Handtuch um die Hüften gewickelt zurück ins Schlafzimmer.

Als ich am Fenster stehen bleibe, um die Vorhänge zuzuziehen, sehe ich sie wieder an und bemerke die Veränderung in ihrem Atemmuster. Ich weiß, dass sie nicht mehr schläft und sich meiner Anwesenheit im Zimmer bewusst ist.

Ich rieche ihre Angst, und alles was sie tut ist mich zu verführen.

Ich rieche ihre Erregung, und das weckt in mir nur noch mehr den Wunsch, sie zu ficken.

»Ich weiß, dass du nicht schläfst, Malyshka«, sage ich und durchbreche den Schleier des Schweigens, der sich über den Raum gelegt hat.

Ein sichtbarer Schauer läuft über ihre Haut und bewegt das Laken, das über ihre Schultern gezogen ist, dann dreht sie sich mit diesen schönen Augen zu mir um.

Sie sind jetzt vom Weinen rot und geschwollen, aber immer noch schön.

Und jetzt, wo ich sie ansehe, möchte ich noch mehr in ihr sein als vorher.

13

MIKHAIL

»Ich habe dich in der Dusche gehört«, murmelt die Prinzessin und schaut mich zurückhaltend an.

Immer vorsichtig.

Sie studiert meine Muskeln und Tätowierungen, von denen ich weiß, dass sie ihr Angst machen. Ich bin mir nicht sicher, ob sie alle Bedeutungen kennt, aber ich habe gesehen, wie sie heute Morgen auf meine Fingerknöchel starrte. Wenn sie vermutet hat, dass es sich bei den Ringtattoos auf meinen Fingern um Gefängnistätowierungen handelt, hat sie völlig recht. Das sind allerdings nicht die Tattoos, vor denen sie sich fürchten muss. Es sind die Bratva-Rangabzeichen auf meinen Schultern und meiner Brust, die ihr verraten, was für ein Monster ich bin. Ich bin von ihnen bedeckt, also sollte ihr das ein guter Hinweis sein.

Oder vielleicht weiß sie es. ›Monster‹ hat sie mich gestern genannt.

Sie hatte nicht Unrecht.

»Warum hast du dich mir nicht angeschlossen?«, verhöhne ich sie.

Wie erwartet, sieht sie bei dieser Frage verwirrt aus, und selbst im gedämpften Licht kann ich die Röte auf ihren Wangen erkennen.

»Ich habe schon gebadet, danke.«

Sie schluckt schwer, als mein Blick auf ihre wogenden Brüste unter dem an ihrem Körper klebenden Camisole-Top fällt. Der linke Träger gleitet über die glatte Haut ihrer Schulter und lädt mich dazu ein, sie zu berühren und zu kosten.

Ich nehme die Einladung an, aber als ich näher komme, setzt sie sich abwehrend auf, ihre zarten Hände umklammern das Laken, um ihre Brust zu bedecken, als ob sie diese Titten vor mir verstecken könnte. Ich muss fast lachen, und nur wenige Dinge amüsieren mich.

Denkt sie wirklich, dass ein Bettlaken sie vor mir schützen kann?

Oder mich davon abhalten, ihren Körper zu betrachten?

Oder vielleicht versteckt sie sich, weil sie die Erregung verbergen will, die sich in ihren festen kleinen Brustwarzen zeigt. Die rasiermesserscharfen Spitzen drücken gegen das dünne Bettlaken.

Selbst wenn ihr Körper sie nicht verraten würde, habe ich die Erinnerung an diesen Morgen und daran, wie ich ihren Körper dazu gebracht habe, sich meiner Berührung und meinem Befehl zu beugen. Ob es ihr gefällt oder nicht, sie fühlt sich zu mir hingezogen, und sie ist von dieser Anziehungskraft zwischen uns genauso erregt, wie ich es bin.

Der Unterschied zwischen uns ist: Wenn ich etwas will, dann nehme ich es mir. Ich kämpfe nicht gegen mein natürliches, ursprüngliches Verlangen an.

»Du siehst aus, als hättest du geweint«, stelle ich fest und werfe ihr einen neugierigen Blick zu.

»Mir geht es gut.«

Als ich ihre langen Finger betrachte, denke ich zum ersten Mal darüber nach, was mit ihrem Verlobungsring passiert sein muss. Ich habe nie einen gesehen.

Ich kann mich nicht erinnern, dass sie einen trug, als ich sie zum ersten Mal sah, und auch nicht, als die Wachen sie in den Kerker brachten. Ich könnte mir vorstellen, dass es etwas ist, das sie hätte tragen müssen, da die Verlobung Monate vor dem Attentat bekannt gegeben wurde.

»Was ist mit deinem Ring passiert?«, will ich wissen. Die Frage klingt seltsam, denn darüber haben wir nicht gesprochen.

»Welcher Ring?«

»Der Verlobungsring, den Felipe dir geschenkt hat.«

Ihre Wangen erröten. Ich bin mir nicht sicher, ob sie Angst hat oder sich schämt.

»Ich habe ihn ein paar Tage vorher verloren… vor dem Vorfall. Ich wollte mir nach der Probe einen neuen anfertigen lassen.«

»Ist das so?«

»Ja.«

Ich halte meinen Blick auf sie gerichtet, während ich das Handtuch von mir nehme. Ihr Blick fällt auf meinen Schwanz, erigiert und bereit, sie zu ficken.

»Steh auf und zieh dich aus«, sage ich ihr.

Mit zitternden Händen gleitet sie vom Bett und gehorcht. Ich weiß, dass die Schnelligkeit ihrer Bewegungen und ihre Bereitschaft darauf zurückzuführen sind, dass sie Angst davor hat, was ich José antun könnte. Das macht mich verdammt wütend, aber ich unterdrücke meinen Zorn.

Sie zieht ihr Oberteil über den Kopf und enthüllt so ihre wunderschönen Brüste.

Die Pyjamahose und das Höschen folgen, und, wie in Mexiko, steht sie nackt vor mir. Das war es, was ich heute Morgen wollte.

Sie, genau so.

Ich kann immer noch nicht fassen, wie perfekt sie ist. Der einzige Unterschied zwischen uns in Mexiko und heute Abend ist, dass sie nicht nach Tod riecht und das Mondlicht, das auf ihre Haut scheint, mir gehört.

Nicht ihres im Land ihres Vaters.

»Was machen wir?«, fragt sie.

»Was glaubst du, was wir hier tun, Malyshka? Ich habe dir doch gesagt, dass wir zu Ende bringen, was wir heute Morgen begonnen haben.«

Sie antwortet nicht, aber das Zittern in ihren Händen ist alles, was ich sehen muss, um zu wissen, wie viel Angst sie hat. Ihr Körper vibriert vor Angst.

Das ist nicht genug, um mich davon abzuhalten, mir zu nehmen, was ich will. Ich ernähre mich von der Angst und sehne mich nach ihr.

Schmerz ist jedoch etwas ganz anderes.

Der Schmerz in ihren Augen löst etwas in mir aus, das ich nie erwartet hätte. Wenn ich ihn direkt vor mir sehe und nicht durch die Linse einer Kamera, hat das eine größere Wirkung auf mich. Normalerweise tut es das nicht, doch dieses Mal ergreift es mich.

Mir läuft das Wasser im Mund zusammen, beim Gedanken, sie zu schmecken, und die Erregung durchzuckt mich und fleht mich an, sie zur Meinen zu machen.

Aber … der Schmerz, den ich erlebe, dämpft das Verlangen des Schurken in mir und ruft die Teile in mir wach, die noch menschlich sind.

Ich will sie ficken und die Fantasie loswerden, aber nicht so.

Wenn ich sie nehme, möchte ich Herr über ihren Körper sein, nicht über Angst oder Schmerz.

Aber das heißt nicht, dass ich mich wie ein Heiliger verhalten und nichts tun werde. Schon gar nicht, nachdem ich sie geschmeckt habe.

Ich habe meiner jungfräulichen Braut eine Menge beizubringen.

Es gibt viele Dinge, die man ihr beibringen kann.

»Leg dich auf das Bett und spreiz die Beine für mich«, befehle ich ihr. Ihr Blick wandert nervös zurück zum Bett.

Sie sieht aus, als wolle sie etwas sagen, aber sie überlegt es sich anders.

Gutes Mädchen. Sie lernt schnell, zu gehorchen und sich mir nicht zu widersetzen.

Sie legt ihre Hände zusammen und steigt wieder auf das Bett, und in meinem Inneren entflammt ein heißer Funke.

Ich drehe das Licht heller, damit ich einen guten Blick auf die Schönheit werfen kann, als sie sich auf den Kissenstapel legt und ihre Beine für mich spreizt.

Ich schwöre, ich sehe den Himmel, wenn ich meinen Blick auf ihre hübsche, rosafarbene Muschi richte und ihn ihren Körper hinaufwandern lasse.

Alles an ihr fleht mich an, sie zu berühren. Von der Geschmeidigkeit ihrer Haut bis zu den reifen Spitzen ihrer köstlichen Hügel.

Also tue ich es, um mein Verlangen nach ihr zu stillen.

Ich stelle mich zwischen ihre Beine und lobe sie dafür, dass sie ihren Blick nicht von mir abwendet.

Das sollte sie nicht. Es ist nicht klug, die Augen von einem Raubtier abzuwenden. Das ist der Moment, in dem du in seine Falle gerätst und es dich für immer verarschen wird.

Ich bewege mich seitlich ihres Halses und drücke meine Lippen auf die Haut, die weicher ist, als ich es mir vorgestellt habe. Ich fülle meine Hände mit ihren Brüsten, zwicke und rolle ihre Brustwarzen zwischen meinen Daumen und Zeigefingern.

Als ich mich zu ihren Brüsten hinunterküsse und ihre linke Brustwarze in meinen Mund nehme, entweicht ein leises Stöhnen ihren Lippen. Es ist ein hilfloses Geräusch, das von ihrem inneren Kampf spricht, dem Vergnügen zu widerstehen, von dem ich weiß, dass ich es ihr bereiten werde.

Ich sauge fester und beginne, abwechselnd an einer Brust zu saugen, was einen Chor ekstatischen Stöhnens auslöst, den sie zu unterdrücken versucht, was ihr aber nicht gelingt.

Ich schenke ihr ein verruchtes Lächeln, das sie hasst. Als sie ihre Hand bewegt, um ihren Mund zu bedecken, greife ich danach und drücke ihre Hände über ihren Kopf.

»Hör verdammt noch mal auf, so zu tun, als würde es dir nicht gefallen, was ich mit dir mache«, knirsche ich.

»Tu ich nicht.«

»Lügnerin.«

Ein harter Stoß meiner Finger in ihre Muschi bringt sie dazu, um meine Finger zu kommen und sich gegen meine Berührung zu winden.

»Ich habe dich kaum berührt, und schau dich an. Du magst das.«

»Ich … weiß es nicht.«

»Du magst es, wenn *ich* das mit dir mache.«

Ich pumpe die Finger in ihre Muschi hinein und wieder heraus und genieße das schmatzende Geräusch, das ihre Säfte um meine Finger machen.

»Ahhhh … Stopp … Ich kann nicht. Das ist zu viel.«

»Zu gut«, korrigiere ich sie.

»Mikhail.« Ihr Rücken wölbt sich vom Bett, und sie umklammert meine Finger, ihre Hüften bewegen sich gegen meine Hand, während ich ihr noch mehr Vergnügen bereite. »Mikhail!«

Mein Name auf ihren Lippen klingt wie Musik in meiner Seele. Ich möchte ihn wieder und wieder hören. Sie sagt es noch einmal, und ich lasse ihre Hände los, damit ich mich auf sie stürzen kann.

In dem Moment, in dem ich mit meiner Zunge an ihren Schamlippen vorbeigleite und in ihre Spalte eindringe, berausche ich mich am Geschmack von ihr. Der Duft der weiblichen Lust erfüllt mich, und ich lecke ihre Erregung auf, nehme so viel wie möglich in meinen Mund.

Scheiße, sie schmeckt fantastisch. Und ich merke, dass sie sich nicht mehr wehrt. Sie nimmt den gleichen Weg wie ich.

Während ich ihre Muschi lecke und an ihrem Kitzler sauge, nimmt sie es hin, und ich spüre ihr Verlangen, dass ich ihr mehr gebe.

Ich gebe ihr mehr und mehr, bis sie wieder auf meinem Gesicht kommt.

Ihr Duft und ihre Erregung machen mich wahnsinnig.

Das ist meine Vorliebe. Ich liebe es, zu riechen, wie der Körper einer Frau zur Lust erwacht und zu schmecken, wie erregt sie ist.

Bei Jungfrauen ist der Duft jedoch etwas anders. Der Duft hat etwas Ursprüngliches an sich, das das Gefühl vermittelt, dass er *für immer* zu mir gehört.

Nichts wird etwas an der Tatsache ändern, dass ich der erste Mann sein werde, der sie berührt, und dass ihr Duft und ihre Erregung in diesem Moment mir gehören.

Die Prinzessin ist so empfänglich für meine Berührungen, ich kann es kaum erwarten, zu sehen, wie sie auf meine dunkleren Vorlieben reagiert.

Als mein Schwanz so hart wird, dass er zu platzen droht, weiß ich, dass ich es zu Ende bringen muss. Auf keinen Fall werde ich mich blamieren wie ein Teenager.

Sie sieht mich an, als ich sie loslasse und meinen Schwanz streichle.

»Du weißt, was jetzt kommt, Baby Girl«, sage ich und fiste meinen Schwanz. »Geh auf deine Hände und Knie und lutsche meinen Schwanz.«

Ihre Augen verdrehen sich und ihre Wangen erröten erneut vor Verlegenheit, aber sie widerspricht nicht. Sie kommt auf mich zu, lässt sich auf Händen und Knien nieder und nimmt meinen Schwanz in den Mund. Ich weiß, dass ich nicht durchhalten werde. Ich bin schon den ganzen Tag hart und ihr Mund um mich fühlt sich zu gut an.

Ich erlaube mir nicht, das Gefühl zu genießen, dass sie mich lutscht, wie sie es in den Nächten zuvor getan hat. Stattdessen entfessle ich das Biest und fange an, ihr Gesicht zu ficken. Ich stoße in ihren Mund und greife nach ihren Haaren, als sie sich an meinen Schenkeln festhält und fester saugt, und ich will immer noch, dass sie mich tiefer nimmt. Ich stoße tief hinein. Tränen laufen ihr über die Wangen, aber sie nimmt, was ich ihr gebe.

»Härter«, stöhne ich, und sie saugt fester und schneller.

Das Vergnügen setzt meinen Körper in Brand, und ich komme. Ein weißglühender Höhepunkt durchfährt mich, und ich brülle wie ein Tier, das seine Beute verschlingt.

Mein Sperma spritzt in ihren Mund, und sie saugt weiter. Heute Abend muss ich ihr nicht sagen, dass sie es schlucken soll. Sie tut es automatisch, melkt jeden letzten Tropfen Sperma aus mir und leckt mich dann ab.

Wir atmen beide schwer, als sie fertig ist.

Ich lasse ihr Haar los, und sie richtet sich auf. Wir starren uns an, beide unsicher, was wir als nächstes sagen oder tun sollen.

Ich brauche einen Moment, um mich zu sammeln und den Machtwechsel zu vollziehen – meine Kontrolle über sie wieder zu erlangen.

Die Angst kehrt in ihre Augen zurück, und sie greift nach dem

Laken, um sich zu bedecken, als ob wir uns nicht gerade wie Tiere verschlungen hätten. Ich sie und sie mich.

Sie hat mich so gekostet, wie sie es brauchte. Jetzt, da sich der sexuelle Dunst gelegt hat, erinnert sie sich daran, dass sie sich vor mir in Acht nehmen muss.

»Leg dich hin«, sage ich ihr.

»Was?«

»Ich sagte, leg dich hin.«

Sie gehorcht und rollt sich auf die Seite, mit dem Rücken zu mir. Als sich ihr Haar über ihren Rücken schiebt, fällt mir etwas auf ihrer Haut auf. Etwas, das ich noch nie gesehen habe.

Es sind ein paar schwache Linien auf ihrem Rücken. Sie sind blass und kaum vorhanden, aber dennoch vorhanden. Ich zähle drei solcher Linien und möglicherweise noch eine darunter, aber die Hälfte davon ist so mit ihrer Haut verschmolzen, dass es kaum auffällt.

Solche Dinge fallen mir einfach auf. In Mexiko sind mir die Narben nicht aufgefallen, weil ihre Haare sie verdeckt haben.

Ich weiß, wie sie aussehen, aber es fällt mir schwer zu glauben, was sie sind.

Peitschenhiebe.

Hätte Raul ihr das angetan?

Sie ausgepeitscht?

Es sind alte Narben, also kann ich mir nicht vorstellen, dass Felipe das getan hat.

»Wer hat dich geschlagen?«, frage ich geradeheraus.

»Was?« Sie wirft einen Blick über ihre Schulter.

»Wer hat dir das angetan?«

Ihre Lippen spitzen sich, als ich mit den Fingern über die Linien fahre, die ich sehen kann.

»Das ist von einem Unfall, als ich jünger war. Ich bin in eine Hecke gefallen und habe mich gekratzt.«

Sie lügt. Ich erkenne das an der Unruhe in ihren Augen, aber ich lasse sie nicht erkennen, dass ich weiß, dass sie nicht die Wahrheit sagt. Der einzige Grund, warum sie lügen könnte, ist, um etwas zu schützen. Und dieses Etwas muss ihr verdammter toter Vater sein.

Es kann nur er sein, der ihr das angetan hat. Ich weiß nur nicht, warum sie seinen Namen schützen wollte.

Vielleicht ist das nicht der Fall.

Vielleicht ist es etwas anderes.

Etwas, das ich heute Abend nicht mehr herausfinden werde.

»Oh, richtig«, antworte ich und beschließe, sie und auch mich selbst zu erlösen, indem ich das Licht ausschalte.

Jetzt haben wir nur noch den Hauch von Mondlicht, der durch den Spalt in den Vorhängen scheint. Ich kann sie gerade noch sehen. Ich lege mich neben sie und greife nach der Decke, um sie über uns zu ziehen.

Da ich weiß, dass das ihre Nerven strapazieren wird, lege ich meinen Arm um ihre schmale Taille und ziehe sie näher an mich heran, sodass ihr Rücken an meine Brust gedrückt wird.

»Entspann dich, Malyshka.« Ich presse meine Lippen auf ihre Ohrmuschel.

»Wie kann ich mich entspannen, wenn ich nicht weiß, was du mit mir vorhast?«, murmelt sie in der Dunkelheit.

»Du entspannst dich, weil ich es dir sage. Ich werde dich heute Abend nicht ficken, wenn du es nicht willst. Dein Körper fühlt sich an, als würdest du mich wollen, aber deine Augen sagen mir etwas anderes.«

»Ich bin müde«, flüstert sie nach einem kurzen Moment des Innehaltens.

Das ist eine gute Antwort, denn sie ist sich nicht sicher, was ich tun werde, wenn sie Nein sagt. Unsere Begegnung vorhin hat die Dinge ein wenig verändert, und sie hat mehr Angst vor mir als vorher.

»Dann schlaf, Malyshka.«

Wir liegen einfach so schweigend da, bis sie einschläft.

Aber ich schlafe nicht. Die meisten Nächte schlafe ich sowieso kaum. Die Tage, die ich im Koma lag, halten mich jetzt vom Schlafen ab.

Ich bin nicht normal, das weiß ich, und ich weiß, dass ich es nie sein werde. Es sind Situationen wie die, in der ich mich befinde, die mich zu dem machen, was ich bin.

Im Moment hasse ich es, wie vage alles ist.

Das Einzige, was nicht zu verleugnen ist, ist die Anziehung, die ich für die schöne Frau in meinen Armen empfinde.

Wir fühlen uns wie ein surrealistisches Gemälde, in dem nichts einen Sinn ergibt. Und doch tut es das für diejenigen, die wissen, wie man einen Sinn daraus macht.

Ich kann mir einfach keinen Reim auf sie machen.

14

NATALIA

Ich habe das Gefühl, dass er mich immer besser durchschaut, dass er dem Wissen näher gekommen ist, dass ich nicht die echte Adriana Alvarez bin.

Wie gestern wachte ich mit der Sonne auf. Zum Glück war Mikhail nicht hier, so dass ich die dringend benötigte Zeit für mich hatte.

Ich verbrachte den ganzen Tag damit, auf Eierschalen zu laufen, mein Hintern schmerzte und mein Verstand war eine Katastrophe.

Mein Hintern schmerzt immer noch und die Nerven in meinem Körper kribbeln von einem tödlichen Cocktail aus Sorge und Erregung. Die Sorge ist jedoch die vorherrschende Zutat in dieser Mischung, und sie wird mich entweder krank machen oder töten. Die Sorge darüber, was passieren wird, macht mich verrückt, und was noch schlimmer ist, ich bin damit allein.

Ich bin ganz allein und habe keine Ahnung, was außerhalb der Mauern dieses Hauses passiert.

Welche Anhaltspunkte werden mich verraten?

Ich denke ständig darüber nach, was es sein wird.

Es gibt bestimmt viele Dinge.

Das Hauspersonal wurde vielleicht getötet, aber was ist mit den anderen Leuten, vor denen Raul Adrianas Identität nicht verbergen konnte?

Menschen wie ihr Arzt und ihre Freunde.

Auf beiden Seiten gibt es keine Verwandten, um die man sich Sorgen machen müsste, also ist das für mich in Ordnung, aber es muss andere Menschen gegeben haben, denen sie nahe standen.

Adriana benutzte auch viele Decknamen. Sie trug einen anderen Namen, wenn sie in der Schule war, und einen anderen, wenn sie in der Stadt unterwegs war. Wenn sie sich mit ihren Freunden traf, benutzte sie einen dritten Decknamen, aber ich kann nicht darauf vertrauen, dass sie ihre Identität völlig geheim hielt.

Was wäre, wenn sie es nicht getan hat?

Oder … Scheiße! Es muss nicht einmal eine Person sein. Es könnten auch Bilder sein. Raul hatte in seinem Haus Fotos von seiner verstorbenen Frau und seiner Tochter, die mir überhaupt nicht ähnlich sahen. Daran habe ich bis jetzt noch nicht gedacht.

Was ist, wenn Mikhails Männer dort etwas finden?

Jetzt, wo ein paar Tage vergangen sind, wird mir klar, dass ich nicht weiß, ob ich die Scharade aufrechterhalten kann.

Wie soll ich den Rest meines Lebens als jemand anderes leben?

Wie kann ich das tun?

Was mache ich, wenn Mikhail mich Adriana nennt und ich verzögert reagiere, weil ich nicht sie bin?

Das ist auf einer einfachen Ebene. Aber in einem größeren Rahmen könnte noch mehr passieren, um ihm Hinweise darauf zu geben, dass etwas mit mir nicht stimmt.

Gestern Abend hat er zwei Dinge aufgeschnappt, die ich gar nicht bedacht hatte. Er fragte nach dem Verlobungsring, den die echte Adriana die ganze Zeit trug, auch während sie herumgevögelt hat. Er fragte auch nach den Malen auf meinem Rücken.

Die Männer im Kartell sind skrupellose Bastarde, aber die meisten, die wie Raul Verstand haben, markieren nicht die Körper der

Frauen, mit denen sie Geld verdienen. Er hätte es sowieso nicht gewagt, Adriana zu schlagen, weil er sie liebte. Umgekehrt wäre es Felipe egal gewesen, wenn sie mit blauen Flecken übersät gewesen wäre und wie die Kreatur aus dem Sumpf ausgesehen hätte, weil er so viel daran verdienen konnte, die Kontrolle über das Kartell zu erlangen.

Raul hörte auf, mich zu schlagen und zu verprügeln, als er beschloss, mich zu verkaufen. Das war meine ›Komm-aus-dem-Gefängnis-frei‹-Karte.

Ich frage mich ständig, was als Nächstes kommt.

Was wird Mikhail als nächstes bemerken?

Dies ist der Beginn meines dritten Tages hier, und ich bin wieder völlig durcheinander.

Zu meinem Debakel kommt noch hinzu, dass ich es nicht mag, wie mein Körper reagiert, wenn ich mit ihm zusammen bin. Wenn mir gesagt wird, dass ich ihm gefallen muss, um zu überleben und José am Leben zu erhalten, ist das eine Drohung, die mich in Schach halten wird.

Er hat mein Kryptonit gefunden. Aber was mache ich, wenn ich nicht mehr das Gefühl habe, dass ich gezwungen werde?

Was sagt das über mich aus?

Ich weiß nicht, was zum Teufel mit mir passiert, wenn er mich berührt, aber es ist nichts Gutes. Oder etwas, an das ich mich gewöhnen sollte. Letzte Nacht habe ich mich nach mehr von dem gesehnt, was er mir gegeben hat, aber wenn ich ehrlich bin, habe ich mich schon seit seiner ersten Berührung in Mexiko so gefühlt.

Vielleicht bin ich tatsächlich verrückt geworden und befinde mich auf einer anderen Ebene des Wahnsinns.

Um sieben Uhr dreißig mache ich mich fertig und gehe nach unten zum Frühstück. Das Letzte, was ich gebrauchen kann, ist, dass Aleksander mich wieder herbeiruft, so wie er es gestern getan hat.

Auf dem Weg zum Speisesaal bemerke ich ihn, aber ich begrüße ihn nicht so wie gestern, und er mich ebenso wenig, was in Ordnung ist. Es ist klar, dass er mich nicht mag.

Ich bin es gewohnt, nicht gemocht zu werden, also ist das okay für mich.

Ich bin überrascht, als ich den Speisesaal betrete und Mikhail dort nicht sehe.

Das gleiche Zimmermädchen wie gestern bedient mich, spricht aber wieder nicht. Ihr Name ist Irena, und die andere, die dem Koch in der Küche hilft, heißt Shelly. So viel weiß ich jetzt. Beide sind sehr nett, aber es ist seltsam, dass sie zu keinem Zeitpunkt des Tages etwas zu mir sagen.

Zehn Minuten vergehen, ohne dass ich ihn sehe. Ich weiß nicht, ob das bedeutet, dass er das Haus früher verlassen hat oder ob er einfach zu spät kommt. Ich esse, weil ich nervös bin.

Es ist besser, wenn ich ihn nicht sehe. Das ist einfacher, aber nervenaufreibend.

Das Geräusch von schweren Schritten, die auf den Holzdielen aufschlagen, lässt mich den Kopf drehen. Ich weiß, dass er es ist und nicht Aleksander, noch bevor ich mich umschaue.

Ich habe recht, und in dem Moment, in dem sich unsere Blicke treffen, erinnere ich mich an alles, was er mir letzte Nacht angetan hat.

Eine unwillkommene Röte durchströmt meinen ganzen Körper, und die Erinnerung daran, wie er mich berührt und gekostet hat, lässt ihn lebendig werden.

Es hilft auch nicht, dass er noch besser aussieht als vor ein paar Stunden, als wir uns das letzte Mal gesehen haben. Er ist wieder ganz in Schwarz gekleidet, so wie jedes Mal, wenn ich ihn sehe. Die wilden Locken seines Haares glitzern in der hellen Morgensonne, die längsten Strähnen kräuseln sich unter seinen Ohren, und der goldene Ring in seinem Ohr erinnert mich wieder an einen Piraten. Nicht nur, weil er wie einer aussieht, sondern weil er meinen Körper gebrandschatzt und meinen Sinn für Logik aus meinem Kopf geraubt hat.

Aber was ist schon Logik, wenn man alles tun muss, was einem gesagt wird?

Diese goldenen Augen fixieren meine, und er wendet den Blick nicht ab, als er zum Tisch geht und sich neben mich setzt.

»Guten Morgen, Malyshka«, sagt er.

Gestern hat er mich nicht mit irgendeiner Form der Höflichkeit begrüßt. Jetzt, wo er es tut, frage ich mich, was los ist.

»Guten Morgen«, antworte ich und behalte ihn im Auge.

Wie gestern kommt das Hausmädchen herein, um ihm den Kaffee zu servieren, und während sie sich auf Russisch unterhalten, weiß ich immer noch nicht, ob sie über das Wetter oder über mich reden. Was auch immer es ist, es gefällt mir nicht, und es fällt mir immer schwerer, mit allem fertig zu werden, weil mein Kopf schon so durcheinander ist.

Als sie zurück in die Küche geht, nimmt er einen Schluck von seinem Kaffee und wendet sich wieder mir zu.

»Du siehst aus, als hättest du etwas zu sagen, Malyshka.«

»Du sprichst Russisch und Englisch gleichermaßen«, sage ich, weil das ein sichereres Gesprächsthema ist als alles andere, was ich ihn fragen möchte.

»Das tue ich. Meine Mutter war Amerikanerin, und wir haben zu Hause immer Englisch gesprochen.«

Das war bei mir auch so – bei mir, *Natalia*.

Adrianas Eltern waren beide Mexikaner, aber sie ging bis zu ihrem achtzehnten Lebensjahr auf ein privates Internat in L.A.. Deshalb sprach sie auch Englisch.

»Du scheinst mehr Englisch als Spanisch zu sprechen«, stellt er fest.

»Das tue ich. Ich bin in L.A. zur Schule gegangen.« Ich bin dankbar für die kleinen Schlüsselinformationen, die ich über Adrianas Leben weiß.

»Ich musste Russisch lernen, aufgrund dessen, wer mein Vater ist«, erklärt er mir, und das lässt mich sofort aufhorchen. Ich hatte mir noch nie Gedanken über seinen Vater gemacht. Wer ist er? Man sagt, der Sohn sei schlimmer als der Vater. Wenn Mikhail so ist, wie er ist, wie ist dann sein Vater?

»Wer ist dein Vater?«

Er lächelt, und ich weiß nicht, ob das bedeutet, dass ich mir Sorgen machen sollte. »Du wirst ihn am Sonntag kennenlernen.«

»Sonntag?«

»Wir haben jeden ersten Sonntag im Monat ein Familienessen. Wir gehen hin.«

So kann ich der Mittelpunkt der Aufmerksamkeit und des Hasses sein. Die Gabel, die gerade noch zwischen meinen Fingern baumelte, fällt auf den Teller. Das Geräusch lässt mich zusammenzucken.

»Mach dir keine Sorgen, Malyshka. Sie werden nicht beißen, es sei denn, du gibst ihnen Anlass dazu.«

Ich glaube, sie haben genug Gründe, mich zu verabscheuen, nur weil ich Rauls Tochter bin, und ich kann mir nichts Schlimmeres vorstellen, als mit einer Gruppe von Leuten an einem Tisch zu sitzen, die mich hassen werden. *Oh warte ... ich kann mir etwas viel Schlimmeres vorstellen. Den Tod.*

Worauf habe ich mich da bloß eingelassen?

Ich werfe einen Blick auf das unberührte Rührei auf meinem Teller, und als ich meinen Blick wieder nach oben richte, um seinen zu treffen, nimmt er mich wieder mit dieser Neugierde auf.

»Mein Vater ist der Pakhan der Baranow-Bruderschaft«, verkündet er, als ob ich nicht schon genug Angst hätte.

»Pakhan?«, murmle ich, und er nickt. »Und was bist du in der Bratva?« Ich weiß, was sein normaler Job ist, aber ich frage nach so viel mehr.

»Ich bin der Obshchak und hoffentlich der nächste in der Reihe der Pakhan, wenn mein Bruder nicht vor mir am Ziel ist.«

Ich weiß nicht, was ich sagen oder denken soll, außer dass ich mich in größerer Gefahr befinde, als ich bisher dachte. Wie ich gesehen habe, bringen Leute wie er einen nicht einfach um. Sie vernichten und zeigen keine Gnade. Ich hätte von Anfang an wissen müssen, was für ein Monster er ist.

Ich wusste von den Tätowierungen auf seiner Brust, dass einige von ihnen etwas über die Führung in der Bratva aussagen mussten, aber ich hätte nie gedacht, dass mein zukünftiger Ehemann so weit oben auf der Leiter stehen würde.

»Habe ich dich erschreckt, Malyshka?«

»Nein«, lüge ich.

Er lehnt sich zu mir. »Wenn du mich schon anlügst, könntest du dir ein bisschen mehr Mühe geben und nicht so schuldbewusst aussehen. Das verrät dich.«

Ich frage mich, ob er merkt, dass *ich* eine Lüge *bin*. Wenn er mich nach meinem Namen fragen würde, würde ich mich vielleicht verraten, indem ich schuldbewusst schaue, und er würde es wissen.

Er greift in seine Tasche und holt ein kleines schwarzes Samtkästchen heraus. Zuerst frage ich mich, was es ist, aber als er es aufklappt, erblicke ich den atemberaubenden diamantenen Verlobungsring darin. Er raubt mir den Atem.

»Gib mir deine linke Hand«, sagt er mit diesem tiefen Bariton, der sich in mir ausbreitet.

Ich strecke meine Hand aus, und er nimmt sie. Er zieht den Ring aus der Schachtel und steckt ihn mir an den Finger. Ich fühle mich sofort anders.

Ich habe noch nie etwas so Schönes und Teures an meinem Körper gehabt. Wenn Adriana das beschissene Kleid aus Mexiko für mehr wert hielt als mich, was würde sie dann wohl davon halten?

Er zeigt sofort den Unterschied im Wohlstand. Adrianas Ring sah nicht so aus, und ich hätte nicht erwartet, dass Mikhail einen so atemberaubenden Ring für jemanden wie mich gekauft hätte.

Ich bin sprachlos.

Er nimmt wieder meine Hand und hält sie fest.

»Verliere nicht den Verstand, Adriana«, sagt er und nennt mich bei ihrem Namen. Das klingt so seltsam. »Wenn du ihn verlierst, wird es dir nicht gefallen, was passiert, wenn ich es herausfinde. Ich bin nicht wie Felipe. Ich werde nicht verstehen, warum er verloren gegangen ist oder wie du ihn verloren hast. Um auf Nummer sicher zu gehen, ist es wahrscheinlich das Beste, wenn du ihn nicht abnimmst. Zumindest sollte es dich daran erinnern, zu wem du gehörst.«

Zu wem ich gehöre.

»Als ob ich das vergessen könnte.«

»Klugscheiße nicht rum.« Er schüttelt den Kopf und drückt meine Hand fester.

»Ich bin kein Klugscheißer.«

»Dann gib mir keine Widerworte.«

»Ich will damit nur sagen, dass ich nicht klugscheiße. Musst du mich ständig daran erinnern, dass ich ein Ding bin und dir gehöre?«

Seine Mundwinkel verziehen sich zu diesem sexy Lächeln. Der Anblick lässt die Erinnerungen an die letzte Nacht in meinem Inneren wieder aufflammen.

»Ja. Wenn du noch einmal so mit mir sprichst, werde ich dir deine enge Muschi versohlen. Aber vielleicht willst du das ja.« Ein gefährliches Lächeln tanzt über seine Lippen.

»Nein«, sage ich schnell.

»Bist du sicher? Letztes Mal schienst du deine Bestrafung zu genießen.«

»Habe ich nicht.«

»Lüge. Du lügst mich ständig an, Malyshka.«

Mein ganzer Körper versteift sich bei dieser Anschuldigung, und ich bete mit allem, was ich habe, dass dies nicht der Moment ist, in dem er die Lüge durchschaut, die ich bin.

»Ich lüge nicht«, murmle ich.

»Doch, das tust du.«

Als er sich näher und näher beugt, hüllt mich sein verlockender Duft ein, und das Glühen des ursprünglichen Verlangens, das in seinen Augen liegt, sagt mir, dass ich vor der Wahrheit sicher bin.

Sicher für den Moment und sicher vor der Wahrheit, wer ich bin.

Ich bin nicht sicher vor allem anderen und dem, was zwischen uns wahrnehmbar ist.

Das ist es, wovon er spricht. Diese Sache, die sich fast verboten anfühlt.

Sandelholz und Moschus umhüllen meinen Verstand und locken mich in Versuchung, als er mit einem Finger die Kante meines Kiefers entlangfährt.

Ich bin gezwungen, meinen Blick auf den seinen zu richten. Dann, ohne Vorwarnung, senkt er seine Lippen auf meine. Nicht die Art schwacher Kuss, den er mir in Mexiko gab, sondern etwas anderes, das mir Schauer über den Rücken jagt.

Er zieht sich für ein paar Sekunden zurück, nur um mir in die

Augen zu sehen, dann treffen seine Lippen wieder auf meine, um mich grausam, strafend und köstlich zu küssen.

Es ist ein Kuss, der das widerspiegelt, was er mit mir macht: Er verletzt und beglückt mich. Verzaubert und erschreckt mich. Verängstigt und fesselt.

Alles, alles auf einmal.

Mein Körper brennt vor Vergnügen, und meine Lippen öffnen sich vor Schreck, als er seine Hand hinter meinen Kopf schiebt, um den Kuss zu vertiefen. Er zwingt seine Zunge in meinen Mund, und da schmecke ich ihn.

Seine wahre, rohe Essenz. Die Dunkelheit und der Tod. Die Macht und die Dominanz. Das Verlangen und die Sehnsucht.

Alles ist da in diesem alles verzehrenden Kuss. Ich wusste nicht, dass ich mich nach ihm sehne, bis ich ihn gekostet habe.

Mikhail Dmitriyev schmeckt wie eine köstliche Sünde. Wie alles, was ich nicht haben soll, aber will.

Das Vergnügen des Kusses verschwindet im Äther, als er sich zurückzieht und mich atemlos und gierig nach mehr zurücklässt. Ein weiterer Schock für mein Gehirn.

Er steht auf, und ich starre zu ihm auf, während er sich über die Unterlippe leckt. Dann, ohne ein weiteres Wort, geht er weg, ohne sich umzudrehen.

Er verschwindet durch die Tür, und ich starre auf die leere Spur, die er hinterlässt.

Ich starre ihn an, wieder einmal schockiert über meine Reaktion auf ihn, aber diesmal bin ich auch schockiert, weil ich merke, dass ich von seiner Dominanz angezogen werde, weil sie meine inneren Wünsche und alles, was ich aus dem einen oder anderen Grund immer unterdrückt habe, zum Vorschein bringt.

Ich fühle mich zu ihm hingezogen, weil er mich in ein falsches Gefühl von Freiheit einlullt.

Etwas, das ich noch nie hatte, aber immer wollte.

15

MIKHAIL

»In Mexiko ist alles in Ordnung«, sagt José.

Ich verschränke die Finger und bestätige seine Aussage mit einem Nicken.

Wir sitzen in meinem Büro bei Dmitriyev Ltd. Er ist vor einer Stunde mit Sebastian in New York angekommen und kam direkt hierher, um mich zu treffen.

»Das ist gut zu hören, Amigo.«

»Die Männer haben auch ihre Mitarbeiter über den neuen Führungswechsel informiert und darüber, wem sie von nun an unterstellt sind.«

»Gab es irgendwelche Probleme, auf die ich achten sollte?«

»Nein.«

Das dachte ich auch nicht.

Ich befahl meinen Männern, Rauls Haus niederzubrennen, sobald sie alle wichtigen Dinge entfernt hatten. So wie die Anführer der Vergangenheit eine Botschaft an das Volk sandten, indem sie das verbrannten, was sie verehrten, wollte ich, dass das Haus als Erinnerung an Rauls Untergang und als Drohung, mir nicht in die Quere zu kommen, verbrannt wurde. Für immer.

Alles sollte jetzt Asche im Wind sein.

»Das ist gut. Alle scheinen an Bord zu sein.«

»Das sind sie.«

Ich schenke ihm ein grobes Lächeln, und er rutscht nervös auf seinem Sitz hin und her. Der Mann ist zu Recht nervös, weil er noch nicht sicher ist, ob ich ihn über die nächste Stunde hinaus leben lassen werde. Ich habe ihm auch keine Garantie gegeben. Er weiß, dass ich ihm nicht vertraue. José hat noch nichts getan, womit er auch nur ansatzweise so etwas von mir verdient hätte, und er weiß, dass er auf dem schmalen Grat zwischen Leben und Tod wandelt.

Jetzt, da wir zu Phase zwei übergehen – der Verwaltung des Kartells – muss ich entscheiden, wofür ich ihn noch brauche. Da die Frage, wer mit Raul zusammengearbeitet hat, noch nicht geklärt ist und ich mich erst dann voll und ganz auf das Kartell konzentrieren kann, könnte ich ihn noch für irgendetwas brauchen, also ist er vorerst sicher.

José würde nicht gerne wissen, dass die *vage* Möglichkeit, seinen Arsch zu brauchen, das Einzige ist, was ihn am Leben hält. Und das Einzige, was ihn bis jetzt am Leben gehalten hat.

Wenn ich ihn jetzt von Angesicht zu Angesicht sehe, würde ich ihn am liebsten umbringen, denn ich bin mir nicht ganz sicher, ob er nichts von dem Attentatsplan wusste. Es macht keinen Sinn, dass er es nicht wusste.

Seine zwei Veilchen und die gebrochene Nase erinnern jedoch daran, wie ich ihn gefoltert habe, ohne dass er mir etwas sagen konnte. Er weiß bereits, dass Adriana bei mir in Sicherheit ist, also muss er niemanden außer sich selbst retten.

Aber ich möchte ihn auch umbringen, weil ich eifersüchtig bin auf die Gefühle, die Adriana für ihn haben könnte – egal welche es sind. Ich weiß, dass es absurd ist, weil sie ihn eindeutig als Vaterfigur sieht, aber ich will nicht, dass sie für jemanden, der für Raul gearbeitet hat, irgendwelche Gefühle hegt.

Für mich ist es schwieriger, weil die Besessenheit meinen Geist beherrscht. Ich spüre, wie sie sich ihren Weg in jede Zelle meines Körpers bahnt. Wie Gift.

Der Kuss vorhin sollte ein Vorgeschmack sein.

Ich wollte ihre Reinheit schmecken. Die Sache, die für einen Teufel wie mich unerreichbar war. Ich kam auf den Geschmack, und sie war das Köstlichste, was ich je gekostet habe.

Dann sah ich diesen Blick in ihren Augen. Der Blick des gleichen Verlangens, das ich spürte und das mich anflehte, mehr zu nehmen. Also nahm ich mehr als meinen gerechten Anteil, und sie ließ mich noch hungriger zurück als zuvor.

Hungriger und sehnsüchtig.

Ich weiß, dass es daran liegt, dass ich sie noch nicht gefickt habe. Alles, was ich erreicht habe, ist, die Flammen der Fantasie zu schüren.

»Die Akten von Raul sind auch in Ordnung, damit Sie weiter nachforschen können«, unterbricht er meine Gedanken.

»Und Sie haben *alles,* richtig?« Ich überprüfe das noch einmal. Ich habe ihn von meinen Männern genau beobachten lassen, aber es ist durchaus möglich, dass er etwas versteckt hat. Ich dachte, wenn es jemals Hinweise geben sollte, dann dort.

»Das habe ich. Ich habe auch alle Dateien von Rauls Computern bei der Arbeit und zu Hause heruntergeladen. Als ich sie überprüfte, war da nichts drin, was mit Ihnen und Ihrer Familie zu tun hatte. Ich nehme an, Sie haben sie bereits durchgesehen, aber ich habe sie noch, falls etwas übersehen wurde.«

»Das ist in Ordnung. Es wurde geprüft, aber wir können sie als Referenz behalten.« Das Untersuchungsteam hat sich in das System gehackt, bevor ich nach Mexiko geflogen bin, und nichts gefunden. Ich bin sicher, dass Eric sie sich noch einmal ansehen will, denn er ist gründlich.

»Alles andere, was wir mitgebracht haben, war physisch, wie die Verträge, die er mit den Verbündeten unterzeichnet hatte. Es ist alles in der Lagereinheit unten.«

Klingt, als hätte er gute Arbeit geleistet, und ich habe wirklich alles. Ich werde die Akten persönlich durchgehen und Eric kontaktieren, wenn ich etwas finde. Sebastian wird parat stehen, wenn ich ihn brauche, um etwas zu überprüfen. Ich hoffe nur, dass das alles nicht zu lange dauern wird. Es ist nie gut, im Dunkeln zu tappen, wenn deine Feinde einen Vorsprung haben.

»In Ordnung. Das reicht für den Moment.«

»Gibt es sonst noch etwas, was ich für Sie tun soll?«, fragt er und mustert mich wieder mit diesem vorsichtigen Blick.

Clever, clever. Das Gespräch ist nun zu Ende, und das ist eine subtile Art, mich zu fragen, ob ich ihn umbringen werde.

»Ich möchte, dass du weiterhin das tust, was du für Raul mit seinen Verträgen getan hast. Aber du wirst es von hier in New York aus leiten.«

Er zieht die Stirn in Falten. »Wäre es nicht besser für mich, von Mexiko aus zu arbeiten?«

»Natürlich, aber ich möchte dich dort haben, wo ich dich sehen kann. Auf diese Weise kann ich dich besser beobachten.« Ich schenke ihm wieder dieses dreiste Lächeln, und er sieht aus, als würde er sich gleich in die Hose machen. Dieser Typ ist kein Schwächling. Raul hatte keine schwachen Leute, die für ihn arbeiteten. Was er hatte, waren starke, intelligente Männer. Das Gute an José ist, dass er weiß, wann er vor jemandem, der mehr Macht und Autorität hat als er, in die Knie gehen muss. Das ist sein Überlebensmechanismus. Mehr nicht.

»Ich kann Ihnen versichern, Señor Dmitrijew, dass ich nichts zu verbergen habe.«

»Ich bin nicht irgendein Idiot, José. Du hast Zugang zu den Machenschaften des größten Kartells der Welt. Das ist eine Art von Macht.« Dieser Wichser weiß Dinge, die nicht mal ich weiß. Er ist genauso gut, wie Felipe es war, und ein guter Ersatz. Das ist ein Grund, warum ich Felipe auf Anhieb getötet habe. »Ich werde nicht zulassen, dass du den *anderen* denselben Zugang gewährst, damit sie versuchen können, mich zu verarschen.«

»Das würde ich nicht tun.«

»Ich kenne dich nicht gut genug, um das zu glauben, José.« Ich schüttele den Kopf und schaue ihn dabei scharf an. »Und ich bin kein Mann, der mit seinem Vermögen Risiken eingeht. Ich möchte also, dass du in New York bleibst und mir hilfst, alles von hier aus zu managen. Verstehst du?«

»Si, Señor.« Er neigt ehrfürchtig den Kopf, und die auf seinen Hals tätowierte Schlange verbeugt sich ebenfalls.

»Gut.«

In seinen Augen flackert ein Anflug von Besorgnis auf, und ich weiß, dass er mich gleich nach Adriana fragen wird.

»Geht es Señorita Alvarez gut?«, fragt er. Ich rechne ihm hoch an, dass er den Mut dazu hat.

»Es geht ihr gut. Ich kümmere mich gut um ihre Bedürfnisse.«

Aus der Entrüstung, die seine Nerven verschlingt, was ich in seinen Augen sehen kann, geht hervor, dass ihm die Anspielung nicht entgeht. Er presst seine Lippen zu einer dünnen Linie des Unmuts zusammen, aber wir wissen beide, dass er, so wütend er auch darüber sein mag, was ich der Prinzessin antue, nichts zu mir sagen wird.

Ich frage mich, wie er sich fühlen würde, wenn ich ihm sagen würde, dass sie es genießt, dass ich mich so gut um sie kümmere.

»Okay.«

»Du kannst jetzt gehen.«

»Wäre es möglich, sie zu sehen?«

»Ich sagte, du kannst jetzt gehen.«

»Ich wollte nur …«

Ich ziehe meine Waffe. Das bringt ihn zum Schweigen. »Letzte Chance, José Diaz. Du kannst jetzt gehen. Ich habe dir alles gesagt, was du über meine zukünftige Frau wissen musst.«

»Ich entschuldige mich, Señor.« Mit einer weiteren Neigung des Kopfes erhebt er sich und geht.

Ich stecke meine Waffe wieder in die Tasche und stoße einen schweren Seufzer aus.

Ich muss mich verdammt noch mal beruhigen.

Es ist nur so, dass meine Geduld am Ende ist. Meine Geduld für alles schwindet in den Äther, und ich bin nicht dafür bekannt, dass ich etwas lange dulde.

Ich hasse alles, was sich meiner Kontrolle entzieht, und diese Situation ist genau das. Die Tage vergehen, und ich bin nicht annähernd in der Lage, eine Lösung zu finden, und ich habe das Gefühl, dass ich verrückt werde.

Alles begann, als ich erkannte, wie krank mein Vater war, und gipfelte in dieser Situation.

Ich beschließe, einen Spaziergang zu machen, verlasse mein Büro und gehe in den Garten des Atriums.

Der Garten war eine von Sophias Ideen zum Stressabbau angesichts der langen Arbeitszeiten, die wir hier verbringen. Er erstreckt sich vom fünfzehnten Stock bis zum Boden und hebt unser Gebäude von den anderen Hochhäusern in der Stadt ab, weil man ihn von außen sehen kann.

Ich gehe zum Trinkbrunnen und nehme einen Schluck Wasser.

In dem Moment, in dem ich die kalte Flüssigkeit hinunterschlucke, fühle ich mich etwas besser, aber mein Gehirn ist immer noch aus den Angeln gehoben. Die Ärzte sagten, das würde manchmal passieren, vor allem wenn ich mich nicht ausruhe, und das habe ich nicht.

Ich war überall, und ich weiß nicht einmal, woher ich die Kraft dazu genommen habe. Ich bin ins Koma gefallen, weil ich mir den Kopf angeschlagen habe, als ich nach der Bombenexplosion gestürzt bin. Ich erinnere mich, dass ich durch die Detonation durch die Luft geschleudert wurde. Das muss der Auslöser gewesen sein, denn danach kann ich mich an nichts mehr erinnern.

Als ich erfuhr, was mit Talia passiert ist, hat mich das umgehauen. Einige Tage bevor ich nach Mexiko aufbrach, hielten wir eine Gedenkfeier für sie ab. Es war schwer zu akzeptieren, dass meine Mutter und meine Schwester beide tot waren.

Tot und für immer verschwunden.

Nichts, nicht einmal ich, konnte sie jemals zurückbringen.

Ich habe eine Familie, aber ich könnte mich nach ihrem Tod nicht einsamer fühlen. Vater wird als nächstes gehen, und so sehr ich Sophia auch liebe und sie sich um mich kümmert, hat sie immer versucht, das Gleichgewicht zwischen mir und Ivan zu halten. Das bedeutet oft, dass sie mehr mit ihm zusammen ist.

Angesichts der Art und Weise, wie wir in sein Leben getreten sind, ist das verständlich.

Vater heiratete meine Mutter Monate nach dem Tod von Ivans Mutter. Sie hatten Probleme und waren am Ende nicht einmal mehr zusammen. Ivan war ein Kind, das das gesehen hat, und sein Groll rührt daher, dass meine Mutter, meine Schwester und ich die neue Familie sind, in die sich unser Vater verliebt hat.

Im Haus der Familie gab es kaum Bilder seiner Mutter, als ich aufwuchs, und jetzt, wo er sein eigenes Haus hat, hat er wahrscheinlich all die, die es gibt. Es war, als wäre sie aus unserer Existenz und unserem Leben verschwunden.

Sophia ist dafür empfänglich, und ich schätze, ich bin es auch, aber nur bis zu einem gewissen Grad und nur aus geschäftlichen Gründen. Sogar mein Bestreben, diesem Attentat auf den Grund zu gehen, ist rein geschäftlich, und natürlich, um Vater und Sophia zu schützen.

Was Ivan betrifft, so war mir schon vor langer Zeit klar, dass die einzige Emotion, die ich für meinen Bruder jemals empfinden würde, Hass ist.

Der Hass begann, nachdem er versucht hatte, mich im Fluss zu ertränken, als ich erst acht Jahre alt war, und viele andere *Unfälle* wie dieser.

Bastard.

Die Tür zu meiner Linken öffnet sich, und der Teufel tritt ein.

Denke an ihn, und er erscheint.

Ivan sieht mich sofort, kommt näher und geht mit der Autorität, die jeder Anführer ausstrahlt. Es ist offensichtlich, dass er bereits denkt, dass er Pakhan ist und ich sein ewiger Untergebener sein werde.

Ich richte mich auf und mache mich bereit, mir den Scheiß anzuhören, den er mir zu sagen hat.

Er schenkt mir ein falsches Lächeln und bleibt stehen, um mich anzuschauen, als wäre ich Scheiße, in die er nicht treten will.

Ivan hat Glück, dass in unseren Adern das gleiche Blut fließt. Jeder andere Mann, der es gewagt hätte, mich so anzusehen, wäre tot, bevor er daran denken könnte, es zu tun.

Aber das weiß er. Deshalb pinkelt er mir ans Bein.

»Du siehst glücklich aus, Bruder«, sagt er. »Scheint, als wäre alles in Ordnung im Nest.«

»Das ist es.« Ich bin bei ihm immer entweder absichtlich vage oder unverhohlen. Zwischen ihm und mir gibt es nie ein Zwischending.

»Hast du sie schon gefickt?«

»Warum? Warum ist das so wichtig für dich?«

»Ich bin nur neugierig. Ich hätte nicht gedacht, dass du bis zur Hochzeitsnacht warten würdest. Ich dachte auch, du würdest sie als Fickspielzeug benutzen und sie wegwerfen, sobald du fertig bist.«

»Damit du sie haben kannst?« Ich bin doch nicht blöd. Das Interesse von neulich hält an.

Er ist wahrscheinlich auch stinksauer, dass er nicht die Idee hatte, Adriana zu entführen und das Kartell zu kontrollieren.

Aber diese Rache war mein. Mein allein.

»Und wenn ich sie wollte?«

Normalerweise ist es mir egal, wenn er mich zu einer Frau drängt. Diesmal sollte es mir auch egal sein, aber irgendetwas in mir dreht durch bei seiner Bestätigung, dass er sie vielleicht will.

»Wir werden dieses Gespräch nicht führen. Also, du kannst wieder die Hure ficken, die du diese Woche fickst, und lässt mich und was mein ist in Ruhe.«

Er lacht. »Ganz schön empfindlich, Bruder. Man kann einem Mann nicht verübeln, dass er neugierig auf eine schöne Frau ist, die seit Jahren jedem Mann verboten ist. Keiner von uns hat sie außer dir gesehen, also ist meine Neugierde verständlich.«

»Ich denke schon, aber das kannst du woanders machen. Sie gehört mir, also ist sie immer noch für jeden Mann verboten.«

Die Schärfe seines Lachens deutet darauf hin, dass ich ihn wütend gemacht habe.

»Wenn ich Pakhan werde, kann ich deine Frau verlangen, wenn ich will.«

Ich bewege mich so schnell vorwärts, dass er kaum Zeit hat, es zu registrieren. Ich bin jetzt direkt vor seinem Gesicht, bereit, ihm die Zähne in den Rachen zu schlagen.

»Das will ich sehen, verdammt noch mal«, zische ich.

Ivan bewegt sich nicht, blinzelt nicht, zuckt nicht einmal mit der Wimper, obwohl wir von der Statur her nicht ebenbürtig sind. Ich habe Muskeln und Körpergröße, während er nur die Größe hat, aber nicht die Muskeln. Im Grunde ist er also ein toter Mann, wenn ich ihn in die Finger kriege.

»Glaubst du, du könntest mich aufhalten?«

»Noch bist du nicht Pakhan, *Bruder*«, spucke ich aus. »Wenn ich den Job bekomme, wird es eine höllische Umstellung geben.«

Als Vater die Bombe über seine Pläne platzen ließ, sagte er, dass wir die Führung so umstrukturieren können, wie wir wollen. Ivan weiß, wenn ich den Job bekomme, wird er nicht Mal in der Nähe der Elite sein.

Ich habe sogar vor, in jeder Hinsicht mit der Tradition zu brechen und Sophia zum Sovietnik zu ernennen, nicht Ivan. In der Bratva haben Frauen normalerweise keine Führungspositionen inne, aber sie hätte es verdient. Ich denke, Vater würde auch wollen, dass sie die Position bekommt. Sebastian wird mein Obshchak sein, also gäbe es für meinen Bruder keinen Platz außer in einer der Brigaden. Das würde ihm nicht gefallen, also würde er die Herde höchstwahrscheinlich verlassen.

»Blöder Wichser. Ich wette, du denkst, dass das passieren wird.«

»Jungs«, sagt eine zarte Stimme hinter mir, bevor ich ihm antworten kann.

Es ist Sophia.

Wir drehen uns beide um, um dem missbilligenden Blick zu begegnen, den sie uns zuwirft. Sie hat die Arme vor der Brust verschränkt, und ihre blassblauen Augen verengen sich vor Unmut.

»Das reicht«, fügt sie hinzu. Ihr russischer Akzent ist immer stärker, wenn sie wütend ist. »Es ist unangemessen, sich in aller Öffentlichkeit so zu verhalten, wo eure Mitarbeiter euch sehen können.«

»Mne zhal', Sophia«, entschuldigt sich Ivan auf Russisch und geht den Weg zurück, den er gekommen ist, ohne ein weiteres Gespräch.

In dem Moment, in dem er geht, wird ihr Gesicht weicher, und sie richtet ihre Aufmerksamkeit auf mich.

»Mne zhal', Sophia«, sage ich ebenfalls.

»Mikhail, ich wünschte wirklich, die Dinge zwischen dir und deinem Bruder wären anders. Es ist nicht gut, wenn die Familie so gegeneinander ausgespielt wird, wie ihr es tut.«

Ich werde mir nicht die Mühe machen, ihr zu sagen, dass die Spannungen von ihm herrühren, nicht von mir. Es war immer er. Das war schon so, als wir noch Kinder waren. In Jahren werden wir alte Männer sein, die mit ihren Spazierstöcken kämpfen, und die verdammte Spannung wird immer noch da sein.

Sie ist eine Friedensstifterin, die versucht, zerbrochene Bande zu heilen, also verstehe ich das. Dies ist nur ein Band, das sie nicht heilen kann.

»Du weißt, wie er ist, Sophia.«

»Das tue ich. Aber ich versuche es mit euch beiden.« Sie seufzt. »Abgesehen davon hat euer Vater jetzt eure individuellen Treffen für die Woche nach der Hochzeit angesetzt. Du bist der Erste.«

Bei diesem Treffen geht es um das Unternehmen, nicht um die Bruderschaft.

Im Moment ist unser Vater der Eigentümer, und Ivan und ich haben in etwa die gleichen Aufgaben als gemeinsame Geschäftsführer. Das wird sich auch ändern, unabhängig davon, wer Pakhan wird.

»Ich bin zuerst dran?«

»Ja. Er möchte zuerst mit dir sprechen. Deinen Bruder zuletzt. Euer Treffen findet im Haus am See statt. Einen Grund dafür hat er mir nicht genannt.«

Ich werfe ihr einen verkniffenen Blick zu. Das Haus am See war der Ort, an den er und meine Mutter sich zurückgezogen haben. Ich bin nur eine Handvoll Mal dort gewesen. Es ist seltsam, dass er mich dort treffen will.

Sehr merkwürdig.

»Ich denke, ich werde es herausfinden.«

»Ja, davon gehe ich aus. Dein Vater ist ein recht ungewöhnlicher Mann. In jeder Hinsicht bemerkenswert, aber ungewöhnlich. Ich schätze, er hat seine Art, Dinge zu tun, aus einem bestimmten Grund.«

»Das tut er.« Nichts ist wahrer als das.

»Wie kommst du klar?«

Ich nicke. »Okay.«

»Mein lieber Junge, es kann nicht sein, dass es dir gut geht. Wie kann das sein? Du hast die letzten drei Monate im Koma gelegen und bist in einer Welt aufgewacht, in der deine Mutter und deine Schwester tot sind. Ich werde nicht glauben, dass du ›*okay*‹ bist.

Ich atme tief ein. »Es muss mir gut gehen.« Denn ich kann nicht zusammenbrechen. So bin ich nicht, auch wenn mein Inneres bereits kollabiert ist.

»Bitte versuch, dich zu entspannen.« Sie legt ihre Hände auf meine Schultern und drückt mich beruhigend. »Du hilfst dir selbst nicht, wenn du ausbrennst.«

»Nein.«

Sie lässt mich los und schenkt mir ein Lächeln. »Ich bin jetzt auf dem Weg zu dir zu Hause, also werde ich wohl die Erste sein, die deine zukünftige Braut kennenlernt.«

Sie hat die Näherin ausgesucht. Ich hätte allerdings nicht gedacht, dass sie zur Anprobe geht.

»Du gehst tatsächlich zum Haus?« Ich ziehe die Brauen hoch.

»Ja. Ich dachte, ich könnte etwas früher da sein und Adriana richtig kennenlernen. Ist das okay für dich?«

Ich bin mir nicht sicher, ob es gut ist, wenn Adriana Sophia kennenlernt. Sophia hat eine sanfte Art an sich, die Spannungen abbaut, und das will ich eigentlich noch nicht in meinem Haus haben. Aber Sophia weiß, dass ich nicht Nein zu ihr sagen werde.

Das konnte ich nie.

»Das ist in Ordnung.«

»Toll. Also, wir sehen uns später.«

»Sicher.«

Wenn sie mit meiner zukünftigen Frau fertig ist, übernehme ich. Ich brauche die Ablenkung durch Adrianas Körper.

Im Moment ist sie das Einzige, was mich bei Verstand hält.

16

NATALIA

Es ist schon Stunden her, dass Mikhail gegangen ist. Doch meine Lippen brennen noch immer von seinem Kuss. Die Spirale der Ekstase und der Hunger nach mehr durchströmen mich weiterhin.

Beide sind noch sehr präsent, wie ein Geist in meinem Kopf, der mich verfolgt.

Es ist kurz vor dem Mittagessen. Ich war mit Snow draußen und habe einen Spaziergang auf dem weitläufigen Gelände meines neuen Zuhauses gemacht. Es ist viel größer als Rauls Festung in Mexiko, und obwohl ich die idyllische Aussicht an der mexikanischen Küste liebe, hat es doch etwas Bezauberndes, durch ein Winterwunderland zu spazieren.

Es hat wieder geschneit. Nicht so stark wie an meinem ersten Tag hier, aber genug.

Der Schnee hat sich gelegt, und alles ist schön, wie eine Szene aus *Frozen*, nur dass ich in einem düsteren Märchen feststecke. Eine düstere Parodie, bei der alles auf den Kopf gestellt wird, die Bösewichte regieren und es nichts gibt, was man als ›glücklich bis ans Lebensende« bezeichnen könnte.

Snow rennt zu einem großen Schneefeld an der Hecke, und ich lächle, weil sie die gleiche Farbe hat und ich nur noch ihre Augen und ihre rosa Zunge sehen kann. Vor der Kulisse wirkt sie so flauschig wie eine Wolke, die auf dem Boden vorbeischwebt.

Sie ist mir eine gute Gefährtin. Ich weiß nicht, was ich getan hätte, wenn sie nicht hier wäre. Gott weiß, dass ich im Haus verrückt werden würde, wo es nichts zu tun gibt, außer auf die Uhr zu schauen.

Mir wurde gesagt, ich könnte fernsehen, aber das tue ich nicht gern, wenn ich mich nicht wohl fühle. Aleksander läuft immer herum, und die Hausmädchen putzen und reden unentwegt, nur nicht mit mir. Ich möchte nirgendwo sein, wo die Leute hinter meinem Rücken über mich reden könnten.

Wenigstens war Adriana in Mexiko Bitch genug, um mir alles direkt ins Gesicht zu sagen.

Da ich eher auf Krimis und Thriller stehe und kein großer Fan der klassischen Literatur hier bin, bleibt mir nichts anderes übrig, als nach draußen zu gehen, und das werde ich wohl auch noch lange tun. Ich habe mir vorgenommen, ein paar Romane zu kaufen, wenn ich das nächste Mal in den Laden gehen darf.

Aber das steht ganz unten auf meiner Prioritätenliste.

Ich glaube nicht, dass ich mich in meiner momentanen Verfassung lange genug hinsetzen und entspannen könnte, um mich in einem Roman zu verlieren.

Jeder Tag ist schlimmer als der vorherige, und ich frage mich, was als Nächstes kommt oder was mit mir geschehen wird.

Die Näherin soll in ein paar Stunden hier sein, sodass ich wenigstens weiß, wie der Tag verlaufen wird. Es ist der Teil danach, um den ich mir Sorgen mache.

Da ich nicht will, dass mich jemand sucht, mache ich mich kurz vor dem Mittagsessen auf den Rückweg und bin überrascht, eine ältere Dame zu sehen, die sich mit Aleksander auf der Terrasse unterhält. Sie hat lilienweißes Haar und strahlt in ihrem weißen, halblangen Pelzmantel, einem braunen Lederrock und Stiefeletten Wohlstand aus. Die respektvolle Art, mit der Aleksander sie ansieht, sagt mir, dass sie nicht die Näherin sein kann.

Als ich näher komme, bemerkt sie mich, und ihre kristallblauen Augen glitzern, als sie mir ein freundliches Lächeln schenkt. Es ist echt und nicht gezwungen, wie das meiste, was ich bisher in diesem Haus gesehen habe.

Sie schaut wieder zu Aleksander und sagt etwas auf Russisch zu ihm. Ich bekomme die Erwähnung von Snows Namen mit, aber das ist alles, was ich verstehe.

Aleksander kommt dann auf mich zu und nimmt den Hund, während die Frau die Treppe hinuntersteigt, um mir entgegenzukommen.

»Meine Liebe, du bist so reizend, wie ich gehört habe«, bemerkt sie und ihr Lächeln erhellt sich.

»Danke.« Das ist ein tolles Kompliment, über das sich jedes Mädchen freuen würde, aber es geht mir unter die Haut, weil jeder, der es sagt, über Adriana spricht. Obwohl sie mich ansehen und mustern.

»Ich bin Sophia Dmitrijew, Mikhails Tante«, stellt sie sich mit einer eleganten Neigung ihres Kopfes vor. Gleichzeitig zieht sich mein Magen zusammen und verknotet sich noch mehr.

Mikhails Tante?

Gott. Wie wird sie nun sein?

Meine Lippen beben, weil ich noch mehr Feindseligkeiten befürchte. Ich kann mir nicht vorstellen, dass sie mich mit offenen Armen empfangen wird, wenn meine Anwesenheit darauf zurückzuführen ist, dass Raul ihre Schwägerin und Nichte getötet hat.

»Schön, dich kennenzulernen«, antworte ich vorsichtig. Ich bin sicher, dass es wohl nicht schön sein wird, sie kennenzulernen, aber ich sage es, weil ich nicht weiß, was ich sonst sagen soll.

»Schau bitte nicht so besorgt.« Sie hält beide zierlichen Hände hoch. »Ich will dir nichts Böses. Mikhail hat mich gebeten, mit der Näherin einen Termin für dich zu vereinbaren. Ich dachte, ich komme vorbei und lerne dich kennen, bevor sie hier ist. Vielleicht helfe ich dir sogar, dein Kleid auszusuchen. Das ist alles, ich verspreche es.«

»Oh, ich verstehe. Danke«, murmle ich und fühle mich etwas beruhigt, weil sie keine Bedrohung zu sein scheint. Trotzdem bin ich immer noch wachsam. Es ist ratsam, auf der Hut zu sein.

»Komm, lass uns reingehen. Ich habe die Dienstmädchen gebeten, uns das Mittagessen im Sonnenzimmer zu servieren, damit wir etwas Abwechslung haben.«

»Okay.«

Wir gehen in den Wintergarten und ziehen unsere Mäntel aus. Das heutige Mahl ist bereits auf dem Tisch angerichtet und sieht wie immer köstlich aus.

Sophia setzt sich zuerst und macht mir ein Zeichen, mich in den Korbsessel ihr gegenüber zu setzen.

Ich tue es, und sie greift nach der Cafetiere, die mit starkem, aromatischem Kaffee gefüllt ist, um zuerst etwas in meine Tasse zu gießen, bevor sie ihre füllt.

»Danke«, sage ich und nehme einen kleinen Schluck. Der Koffein- und Wärmeschub belebt mich. Genau das, was ich jetzt brauche, um meinen Kopf über Wasser und mein Bewusstsein zu behalten.

»Gern geschehen.« Sie konzentriert sich auf mich. »Es ist gut, dass du mit Snow spielst. Ich habe mir Sorgen gemacht, dass sie in diesem Haus eingesperrt sein würde, während Mikhail bei der Arbeit ist.«

»Ich mag Tiere. Ich hatte nie einen Hund.«

»Ich auch. Mein Bruder ist allergisch, deshalb hatten wir nie einen, als wir aufwuchsen. Das bedeutete natürlich, dass auch Mikhail ohne einen Hund aufwuchs. Seine Schwester, Talia, war in Hunde verliebt. Sie liebte Huskys.« Sie lächelt, aber ein Hauch von Traurigkeit drückt auf mein Herz.

»Es sind wunderschöne Hunde.«

»Auf jeden Fall. Mikhail hat Snow für sie gekauft, als sie zum New York City Ballet kam.«

»Wow, sie war eine Ballerina?« Ich bin beeindruckt.

»Die Beste. Sie war Primaballerina, und ihre Liebe zur Musik war etwas, das alle berührte. Sie kam ganz nach ihrer Mutter. Sie war auch Tänzerin.«

»Ich verstehe.«

»Was magst du?»

Es ist so lange her, dass mir jemand diese Frage gestellt hat, dass ich nicht weiß, wie ich sie beantworten soll. Aber mein Herz erinnert sich.

»Alles, was mit Medizin zu tun hat. Ich … wollte Ärztin werden.«

Sie sieht aufrichtig beeindruckt aus. »Das ist ganz außergewöhnlich, meine Liebe.«

»Danke.« Fast hätte ich mich verraten und ihr gesagt, dass meine Mutter Ärztin war, aber ich fange mich, bevor ich diesen Fehler mache und mir selber ein Bein stelle.

»Was für ein Feld?«

»Ich wollte in die Diagnostik gehen.«

»Sehr beeindruckend, aber … ich nehme an, das hat sich jetzt geändert«, sagt sie und schaut sich um, um meine Situation zu erfassen.

»Ja. Das hat sich schon vor langer Zeit geändert.« Ich muss mich nicht anstrengen, um die Rolle des Mädchens zu spielen, das seiner Träume beraubt wurde. Denn ich bin dieses Mädchen. »Ich wusste, dass nach der High-School alles anders werden würde.«

Ich wusste es schon vorher, und der Bastard Raul hat mir nur erlaubt, die Schule zu beenden, weil er bei der Auktion mehr Geld für mich bekommen würde, wenn ich eine Ausbildung hätte.

»Nun, wir leiten eine Wohltätigkeitsorganisation für medizinische Forschung und haben unseren Sitz im örtlichen Krankenhaus. Nach der Hochzeit, wenn sich die Lage beruhigt hat, werde ich sehen, ob ich für dich eine Tätigkeit dort arrangieren kann. Wenn es Mikhail recht ist und du dich entscheidest, wieder zur Schule zu gehen, bin ich sicher, dass du dort einige Erfahrungen für deine Karriere sammeln könntest.«

Ich starre sie einfach nur an. Das klingt wie ein wahr gewordener Traum. Etwas, das ich mir für mich selbst nie vorstellen könnte. Am nächsten kam ich der medizinischen Welt, als ich meiner Mutter half, die verletzten Arbeiter auf der Plantage zu versorgen. So nutzte Raul ihre medizinischen Fähigkeiten. Sie hat mir in dieser Zeit alles beigebracht, was sie konnte, und mir geholfen, eine Liebe für etwas zu finden, von dem ich nie wusste, dass ich es in solch schwierigen Zeiten finden könnte.

Ich sollte über den Vorschlag und das mögliche Angebot begeistert sein. Stattdessen werde ich aus der Bahn geworfen, denn so etwas passt nicht zu jemandem wie Sophia, die mich eigentlich hassen müsste.

So nett sie auch ist, ich fühle mich aus demselben Grund unbehaglich und muss sie fragen, was sie im Schilde führt, auch wenn ich dadurch in Schwierigkeiten gerate.

»Das wäre großartig.« Ich bereite mich darauf vor, die Frage zu stellen. »Ich will nicht unhöflich sein, aber warum … warum bist du so nett zu mir? Nicht, dass ich undankbar wäre. Ich möchte es nur wissen. Immerhin bin ich Rauls Tochter.«

Ich versuche, mein rasendes Herz zu beruhigen, während sie sich weiter auf mich konzentriert.

»In letzter Zeit sind viele schreckliche Dinge passiert. Dein Vater ist die Ursache für großen Schmerz und Leid. Er hat unaussprechlich Böses getan, das niemand verzeihen oder übersehen kann, aber ich glaube nicht, dass es irgendjemandem hilft, wenn ich dich schlecht behandle. Nicht, wenn du ein Mitglied dieser Familie werden sollst.«

Ich presse kurz die Lippen aufeinander und atme gemessen ein. »Du glaubst also nicht, dass ich auch schuld bin?«

Ein Fünkchen Hoffnung flattert in mir auf, dass diese Frau in irgendeiner Weise meine Verbündete sein könnte. Oder vielleicht ist es die Tatsache, dass ich niemanden auf meiner Seite habe. Ich weiß nicht, wie viel Macht sie über Mikhail haben könnte. Trotzdem sagt die Tatsache, dass sie hier ist, etwas aus. Auch wenn es nur etwas Kleines ist, so ist es doch etwas, das ich nutzen könnte. Wenn auch nur für ein gewisses Maß an Trost.

»Nein. Ich mache dir keine Vorwürfe. Wenn mich meine Augen nicht täuschen, bist du für mich nur ein junges Mädchen, das in einen Krieg verwickelt wurde. Habe ich recht?«

Krieg. Das ist ein gutes Wort dafür.

Ich starre sie einen Moment lang an und denke, wie sehr das auf mein ganzes Leben zutrifft. Krieg war für mich schon immer ein Thema, und ich musste immer irgendwie zwischen die Fronten geraten. Meine Jugend hat mich hilflos gemacht, und ich bin immer noch an dem Punkt, an dem ich keine Macht habe. Die Dinge sind schon so lange so, dass ich nicht mehr weiß, wie es ist, normal zu sein.

»Ja … das ist mir passiert«, antworte ich.

Sie nickt. »Das habe ich mir gedacht.«

»Es tut mir so leid, was mein Vater getan hat.« Ich komme mir vor wie ein Heuchler, wenn ich das zu ihr sage, nachdem sie so sensibel war. Gleichzeitig muss jemand sagen, dass es ihm leid tut, was Raul getan hat, und es tut mir leid. In meinem eigenen Namen. Ich frage mich wirklich, was genau passiert ist. Ich habe keine vollständigen Einzelheiten erfahren und traue mich nicht zu fragen.

Das wäre so unpassend, obwohl ich neugierig bin, es herauszufinden.

»Das akzeptiere ich, und danke dir. Iss, bevor das Essen kalt wird.« Sie schenkt mir ein freundliches Lächeln, das ich zu schätzen weiß, und wir essen beide.

Sophia erzählt noch ein bisschen mehr über das Krankenhaus, und ich höre zu, weil ich mich endlich mit etwas beschäftige, das mich interessiert. Ich ertappe mich sogar dabei, wie ich über die Möglichkeit nachdenke, dort zu arbeiten.

Es fühlt sich abwegig an, weil ich weiß, dass ich jetzt nicht an solche Dinge denken kann und auch nicht vorhabe, irgendetwas zu tun, das mich in das Leben dieser Menschen bringt. Oder in meine Träume.

Träume sind für mich etwas, das entweder warten oder in meinem Kopf bleiben muss. Ich kann mich jetzt nur noch darauf konzentrieren, mich aus dieser Situation zu befreien.

Wann auch immer das sein mag.

Es gibt nichts, was ich jetzt oder in der nächsten Woche oder im nächsten Monat tun kann. Aber ich kann meine Augen offen halten.

Ehe ich mich versehe, ist die Schneiderin da, und Sophia führt mich in die Halle, wo hundert wunderschöne Kleider auf mich warten.

Der Name der Designerin – Maria Artois – ist mir aus dem Fernsehen bekannt. Ich habe gehört, dass irgendeine Berühmtheit ihr Kleid für ihre Hochzeit in einer dieser Reality-Shows getragen hat, die Adriana immer gesehen hat.

Ich kann nicht glauben, dass ich hundert Kleider zur Auswahl habe, die alle von ihr gemacht wurden.

Ihre Näherin scheint etwa so alt zu sein wie Sophia, hat einen ähnlichen Stil und ist eine nette, gebildete Dame. Nicht wie die in Mexiko, die meinen Anblick verabscheute, weil ich nur die Hilfe war. Sie konnte es nicht ertragen, dass ich ein so schönes Kleid anzog und sagte mir sogar, dass schöne Dinge nicht für Leute wie mich gemacht seien.

Diese Näherin sagt mir, die Kleider seien für mich gemacht.

Es ist Nacht, als ich den letzten Stapel Kleider abgearbeitet habe, und ich erliege fast der Verlockung zu glauben, dass dies wirklich mein Leben ist und ich die verliebte Braut bin.

Die Versuchung wird noch größer, als ich das perfekte Kleid entdecke. Das Kleid, das ich wählen würde, wenn dies wirklich die Hochzeit meiner Träume wäre. Ein zeitloses Ballkleid wie aus dem Märchen mit wirbelnden Perlenmustern auf dem ärmellosen Spitzenmieder, das den tiefen Ausschnitt mit Jakobsmuschel ergänzt. Kaskadenförmige, mit Pailletten besetzte Rüschen ziehen sich über die endlose Länge des fließenden Rocks, der über dem Boden zu schweben scheint. Zu sagen, dass er wunderschön ist, scheint nicht genug zu sein, um ihn zu beschreiben.

»Das müssen Sie jetzt anprobieren«, sagt die Näherin mit einem entschlossenen Nicken.

Als ich es anhabe, hasse ich es, dass ich es liebe. Ich sollte nichts an diesem Tag, diesem Moment, diesem Gefühl lieben. Es ist das erste Mal, dass ich nicht das Gefühl habe, in der Haut eines anderen zu stecken oder mich in die Gedanken eines anderen zu versetzen. Ich fühle mich wie ich, als wäre ich das, und ich merke, dass ich es *bin*.

Ich gebe vielleicht vor, jemand zu sein, der ich nicht bin, aber das heißt nicht, dass ich das nicht bin.

Sophia kommt auf mich zu, streicht mir die Haare aus dem Gesicht und nickt.

»Das ist das Kleid, meine Liebe. Ich finde, du siehst wirklich umwerfend aus«, sagt sie mit einem Lächeln.

»Danke.«

»Ich finde auch, dass sie wirklich bezaubernd aussieht«, kommt eine männliche Stimme von der Tür. Eine Stimme, die ich überall wiedererkennen würde, ob schlafend oder wach.

Wir schauen alle zur Tür, als Mikhail hereinkommt und sich mit dem Ausdruck von Autorität auf uns zu bewegt.

Aus den Augenwinkeln bemerke ich, wie Sophia sich aufrichtet und nicht mehr das Kommando zu übernehmen scheint. Sie hat keine Angst vor ihm wie ich. Ihre Reaktion scheint eher respektvoll zu sein. Auch die Näherin wird aufmerksam und macht den Eindruck wachsam zu sein.

Mikhail kommt näher und geht direkt auf mich zu. Es dauert nur eine Sekunde, bis mir der innige Kuss von heute Morgen in den Sinn kommt. Ein zu intimer Kuss für uns, für ihn, für mich.

Meinen ersten Kuss bekam ich von einem von Rauls betrunkenen Soldaten, der versuchte, sich mir aufzudrängen. Ich war kaum vierzehn und er war fast fünfzig. Mein Vater hat mich zum Glück von ihm weggebracht. Wenn er das nicht getan hätte, wäre Gott weiß was mit mir passiert. Auf der Plantage gab es viele minderjährige Mädchen mit Kindern. Zwölfjährige Mädchen. Alle wurden von Rauls Wachen geschwängert.

Die unzähligen Küsse, die nach dem ersten folgten, stammten von Männern, die mir ihre Lippen aufgedrückt hatten und mich zu mehr gezwungen hätten, wenn Raul nicht klargemacht hätte, dass ich verboten war. Mich zu berühren bedeutete den Tod. Felipe kam gerade noch so davon, aber er wusste, dass Raul auch ihn getötet hätte, wenn er ihn um die Geschäftsmöglichkeit gebracht hätte, die ich war.

Mikhail ist der erste Mann, dem ich bereitwillig meinen Kuss gegeben habe.

»Ich glaube, wir sind uns einig, dass dies das richtige Kleid ist«, sagt er und sieht Sophia an, die nickt und lächelt.

»Abgesehen von deiner Mutter habe ich noch nie eine schönere Braut gesehen«, sagt sie, und dann sagt sie noch etwas auf Russisch zu ihm.

Er richtet seine Aufmerksamkeit wieder auf mich und mustert mich von oben bis unten, bevor er wieder spricht.

»Spasibo, chto byli zdes'. Ya by khotel pobyt' seychas so svoyey krasivoy zhenoy.«

Er spricht mit ihr, sieht mich aber direkt an, und ich habe natürlich keine Ahnung, was er sagt. Anders als wenn er mit dem Dienstmädchen spricht und ich nicht weiß, worüber sie reden, weiß ich, dass er über mich spricht, weil er mich so ansieht.

»Natürlich, das ist kein Problem. Wir sind in etwa fünfzehn Minuten fertig«, antwortet Sophia.

»Großartig.« Er wirft ihr einen Blick zu, dann lehnt er sich verführerisch nah an mein Ohr, ohne sich darum zu kümmern, wer uns beobachtet. »Komm nach oben, wenn du fertig bist.« Seine Stimme ist so leise, dass nur ich sie hören kann, aber ich bin mir der beiden Frauen bewusst, die uns beobachten. »Zieh keinen Schlüpfer an.«

Unsere Blicke treffen sich, und mein Atem stockt. Ich schwöre, dass ich alle Schattierungen von Rot annehme. Meine Haut ist heiß von dem verführerischen Rausch, der meinen Körper von innen heraus erwärmt. Ich erinnere mich an den Slip, den er gestern Morgen in die Tasche gesteckt hat, und daran, wie er daran geschnüffelt hat, bevor er ihn weggesteckt hat.

»Oder einen BH«, fügt er hinzu und vertieft seinen Blick.

Ich weiß, was er will.

Ich weiß, was es bedeutet, ohne Höschen oder BH nach oben zu gehen, und was als Nächstes kommt.

Er will mich, und er will, dass ich mich ihm jetzt hingebe.

Er wartet nicht auf eine Antwort, das ist auch nicht nötig.

Mikhail weiß genauso gut wie ich, dass das Wort ›*Nein*‹ für mich nie in Frage kommt.

17

NATALIA

Auf wackeligen Beinen steige ich die Treppe hinauf.

Sophia und die Näherin sind gerade gegangen, und im Haus ist es ruhig geworden. Obwohl der heutige Abend sich nicht von anderen Abenden unterscheiden sollte, scheint das Haus besonders still zu sein, so still, dass man im anderen Flügel eine Stecknadel fallen hören könnte.

Aleksander hat sich in sein Quartier zurückgezogen, sodass sich nur Mikhail und ich im Hauptbereich aufhalten.

Das einzig Gute daran ist, dass ich nicht mehr so auf der Hut sein muss, wenn ich ohne Unterhose die Treppe hochgehe.

Ich trage eine Wolltunika, die mir nur bis zu den Knien reicht.

Ich spüre auch die Feuchtigkeit, die sich zwischen meinen Schenkeln sammelt, und ich bin mir nicht sicher, ob ich mich selbst belügen und glauben soll, dass ich nicht erregt bin, denn das bin ich.

Es macht keinen Sinn zu denken, dass ich wegen etwas anderem als ihm erregt sein könnte, und ich hasse meinen Körper dafür, dass er mich betrügt. Es ist, als ob die Jahre, in denen ich mit den schlimmsten Männern zu tun hatte, nichts für meinen gesunden Menschenverstand getan haben. Aber was nützt der hier?

Welchen Kampf muss ich bestehen?

Welche Macht habe ich?

Ich brauche keinen gesunden Menschenverstand, der mir sagt, was ich bereits weiß, und die Erregung ist nur ein Problem.

Das andere ist, dass dies mein erstes Mal mit einem Mann sein wird. Ich habe keine Ahnung, was mich erwartet, oder wie das Zusammensein mit ihm danach sein wird.

Wie werde ich mich danach fühlen?

Ich habe mehr Dinge mit ihm gemacht als mit jedem anderen, und er tut mir etwas Böses an. Etwas sündhaft Verruchtes, das mich die Kontrolle verlieren lässt. Es ist, als würde man sich vom Wahnsinn dazu verleiten lassen, sich von einer Klippe zu stürzen. Man weiß natürlich, dass man sterben wird, aber man tust es trotzdem. Man lässt zu, dass der Wahnsinn einen einholt. Das ist es, was er für mich ist.

Ich finde ihn im Schlafzimmer ohne Hemd und an die Wand gelehnt zwischen der hohen Fenstertür und den Schiebetüren. Er hat das Fenster geöffnet, und die kalte Nachtluft weht herein, während er an einer kubanischen Zigarre pafft.

Ich wusste nicht, dass er raucht, aber das überrascht mich nicht.

Jetzt, wo ich es sehe, passt es zu ihm.

Er zieht an der Zigarre und stößt einen Rauchring aus, als ich den Raum betrete. Seine Augen sind jetzt auf mich gerichtet. Er mustert mich von oben bis unten. Sein Blick entblößt mich so sehr, dass ich mich bereits nackt fühle.

Als die Tür hinter mir zufällt, drückt er seine Zigarre aus, aber er schließt das Fenster nicht.

Es ist zu kalt, um es offen zu haben, aber ich bin dankbar für den Kontrast, den es zu der Hitze bietet, die mich durchströmt.

Ich beiße meine Zähne fest zusammen und zwinge mich, mich zu konzentrieren und darüber nachzudenken, warum ich das tue. Es ist nicht schwer, mich daran zu erinnern, wenn ich mir vor Augen führe, was er mir über das Überleben gesagt hat.

Diese Worte gingen mir gestern Abend durch den Kopf, als ich meine Beine für ihn geöffnet habe.

»Kluge Wahl des Hochzeitskleides«, sagt er und bricht als Erster das Schweigen.

»Ich denke, solange es dir gefällt, ist es in Ordnung.«

»Gefällt es dir?«

»Spielt das eine Rolle?«

»Gefällt. Es. Dir?« Er kommt näher und hüllt mich in seinen maskulinen Duft ein.

»Ja. Es gefällt mir.«

»Dann haben wir doch kein Problem, Malyshka, oder?« Er zieht seine Stirn in Falten.

»Nein, haben wir nicht«, stimme ich zu und beschließe, das Thema zu wechseln. »Was hast du zu Sophia gesagt, als du mich angeschaut hast?«

Seine Lippen verziehen sich zu einem beginnenden Lächeln. »Ich habe ihr gesagt, dass es Zeit ist zu gehen, weil ich Zeit mit dir verbringen möchte. Apropos, die Zeit hat gerade erst begonnen.«

So viel zum Themawechsel. Alles, was ich getan habe, war, in die Richtung zu gehen, in die er mich haben wollte.

Mein Rücken wird kerzengerade, als er nach dem Saum meines Kleides greift und es anhebt, sodass es bis zu meinen Hüften hochrutscht und meine Muschi entblößt.

»Braves Mädchen. Kein Höschen. So gehorsam.« Er berührt mein nacktes Geschlecht und streicht über meine Schamlippen.

»Als ob ich eine Wahl hätte.«

»Du hast immer eine Wahl, mein Mädchen. Es ist nur eine Frage, welche du magst oder welche Konsequenzen du verfolgen oder vermeiden willst.«

Das hört sich nach Schwachsinn an, denn wir wissen beide, dass es nach seinen Regeln geht oder gar nicht.

Mikhail kommt näher, und mein Herz schlägt schneller. Er nähert sich mehr und mehr, bis er nur noch einen Atemzug von meinen Lippen entfernt ist. Er fährt mit seiner Zunge über meine Oberlippe, schmeckt mich, während er seine Augen auf meine richtet, und in diesem Moment habe ich das Gefühl, wieder in der Höhle des Teufels zu sein, direkt in der Höhle der Bestie, und er kostet mich, bevor er mich ganz nimmt.

»Küss mich«, haucht er.

»Was?« Es ist unmöglich, dass er mich ohne Höschen hierher gerufen hat, nur um mich zu küssen.

»Küss mich, wie heute Morgen.«

Ich will das nicht, und ich will auch das andere nicht tun.

»Warum? Warum willst du, dass ich dich küsse?«

»Weil du dich mir heute Morgen hingegeben hast.«

»Nein.« Ich schüttele den Kopf.

»Lügnerin.«

»Ich habe nicht …«

Seine Lippen prallen auf die meinen und lassen mein Leugnen verpuffen. Die Sache ist die, ich weiß nicht, ob ich mich selbst belüge oder ob es die Wahrheit ist. Es ist schwer zu beurteilen, was von beidem zutrifft, wenn er mich so küsst, als wolle er mir alles wegnehmen. Meine Fähigkeit, mich zu konzentrieren, ist zum Teufel gegangen, und alles, was ich fühle, ist ihn.

Mikhail zieht sich zurück, so wie heute Morgen, und ich habe das Gefühl, dass meine ganze Energie aus mir herausgesaugt wurde.

»Du willst mich.« Er betrachtet mich mit einem kalten Blick und berührt mein Gesicht.

»Tu ich nicht«, antworte ich entschlossen.

»Ich habe dir gesagt, dass ich keine Lügen mag. Ich bin neugierig, warum du denkst, dass du mich weiter anlügen solltest, wenn dein Körper dich ständig verrät.«

»Ich will dich nicht, und was immer du mir heute Nacht nimmst, geschieht nicht mit meiner Erlaubnis oder bin nicht ich, die sich dir hingibt. Es ist Zwang. Genauso, wie du mich zwingst, dich zu heiraten.« Ich verliere wieder die Kontrolle, und er merkt es.

Als er seine Finger in meine Muschi gleiten lässt und lächelt, als er spürt, wie feucht ich bin, weiß ich, dass er die Wahrheit durch meine Worte hindurch sehen kann.

»Deine Pussy ist klatschnass, Malyshka. Verdammt nass, und

wieder einmal habe ich dich kaum berührt.« Er beginnt zu pumpen und packt mein Kinn fester.

Ich habe keine Worte. Was zum Teufel soll ich denn sagen? Und was zum Teufel *kann* ich sagen, wenn ich so sehr versuche, das Stöhnen in meiner Kehle zurückzuhalten.

Er drückt seine Wange an meine Ohrmuschel und bläst seinen heißen Atem über meine Haut.

»Warst du ein schmutziges Mädchen und hast an all die schmutzigen Dinge gedacht, die ich mit dir machen soll? Bist du deshalb so verdammt feucht? Hast du an all die Weisen gedacht, auf die ich dich berühren soll? Oder vielleicht an das, was wir schon mal gemacht haben?« Er wird schneller und fickt mich jetzt mit dem Finger. »Vielleicht hat es dir so gut gefallen, dich an meinem Schwanz zu laben, dass du es kaum erwarten kannst, dass ich dir das Hirn aus dem Leib ficke und mein Sperma in deine enge kleine Muschi spritze.«

»Hör auf.«

»Nein, Malyshka.« Ein Streicheln über meinen Kitzler lässt mich stöhnen, und der Teufel lächelt mich an, genießt meine Niederlage. »Lügnerin. So eine hübsche kleine Lügnerin. Aber weißt du was? Ich mag das. Dein Trotz lässt mich dich nur noch mehr begehren.«

Ich glaube ihm. Warum sollte ich das nicht? Ich habe ihn vielleicht von Anfang an ständig belogen, aber sprach immer nur die Wahrheit.«

»Du wirst gleich spüren, wie sehr ich dich will«, warnt er und geht mit mir zur Wand hinüber. Als er mich gegen die harte Oberfläche drückt, überkommt mich Panik, zusammen mit einer ganzen Palette von Gefühlen.

Er zerrt mir das Kleid vom Leib, und ich höre nur noch das Reißen der Fasern, bevor es durch die Luft segelt und ich nackt bin.

Ich keuche, aber dann öffnet er seinen Gürtel und schiebt sich die Hose von den Hüften.

»Warte«, flehe ich, als er seinen Schwanz herausnimmt.

»Verdammt, nein«, knurrt er.

Bevor ich wieder protestieren kann, hebt er mein Bein an und führt seinen Schwanz an meine Öffnung. Als er in meine feuchte Spalte eindringt, weiß ich, dass es kein Entkommen mehr gibt. Er wird es tun, ob ich es will oder nicht. Es ist, wie er vorher gesagt hat. Er nimmt sich, was er will. Alles andere ist unwichtig.

Er drückt mich gegen die Wand und schiebt seinen Schwanz tiefer, erzwingt seinen Weg. Seine Länge in mir ist so schmerzhaft und dick, dass es höllisch weh tut, aber ich fühle eine seltsame Kombination aus Schmerz und Lust.

Ich schreie auf, kann aber keine Worte finden. Das leichte Schärfe des Vergnügens, das sich mit dem Schmerz vermischt, verbietet es mir, ihn aufzuhalten.

»Schhhh, Baby, es wird nur eine Weile weh tun, nur eine kleine Weile.«

Ich wende den Blick ab und zucke zusammen, aber er fängt mein Gesicht auf und lenkt meinen Blick zurück zu ihm.

»Sieh mich an«, befiehlt er, während er langsam in mich hinein- und herauspumpt. »Sieh mich an, während ich dich ficke, Malyshka.«

»Ich hasse dich«, flüstere ich, während er mich zwingt, ihn anzustarren.

Er schenkt mir ein rücksichtsloses Lächeln und zieht sich für einen Moment aus mir zurück.

»Lügnerin.«

Er stößt wieder zu, spießt mich auf und nimmt mir meine Unschuld.

Für immer.

Ich spüre den Moment, in dem meine Jungfräulichkeit zerreißt, weil sich meine Wände dehnen, und ich schreie auf, weil sein massiver Schwanz in mich eindringt.

Es tut weiter weh, bis der Schmerz nachlässt. Als er beginnt, sich schneller in mir zu bewegen, fühle ich mich gut, und ich hasse mich wieder für diesen Gedanken.

Scheiße. Es fühlt sich wirklich gut an. So gut, dass ich anfange zu stöhnen.

Er fühlt sich gut an, und ich gleite wieder in ein unbekanntes Vergnügen, das mich mit dem Versprechen der Freiheit lockt.

Wie zum Teufel kann ich mich dadurch frei fühlen?

Wie kann *er* dafür sorgen, dass ich mich frei fühle?

Und doch tut er es.

Als er sieht, dass ich die unangenehme Phase der Neuheit überwunden habe, fängt er an, mich härter zu ficken. Schneller.

Schneller und schneller, bis wir beide in einen Rhythmus fallen.

Das Echo unserer aneinander schlagenden Körper und die Geräusche unseres Sexes hallen von den Wänden des Raumes wider. Sein tiefes Stöhnen und meines vereinen sich zu einer verbotenen Symphonie der Sünde, und die rohe Lust, die er mir bereitet, lässt meinen Körper sich dem süßen Gefühl beugen, beansprucht zu werden. Das bringt meinen Geist dazu, sich ihm hinzugeben, und ich lasse mich von ihm nehmen.

Ich gebe mich ihm hin, denn ich weiß, dass ich mich gegen dieses Wesen, das diese Macht über mich hat, nicht wehren kann. Es hat seine Krallen in meine Seele geschlagen, seit wir uns zum ersten Mal begegnet sind, und mich in Besitz genommen, sodass ich nur noch jedem seiner Befehle gehorchen würde.

Die Wahrheit ist, dass ich nicht sicher bin, ob ich kämpfen will, weil ein kranker Teil von mir ihn auch will. Einen Vorgeschmack auf diese Sehnsucht habe ich gestern bekommen, nachdem er mir den Hintern versohlt hat, und heute Morgen noch einmal. Jetzt habe ich die volle Portion von dem, was er zu bieten hat, und mein Körper will es.

Ich will es.

In dem Moment, in dem ich das akzeptiere, komme ich. Ich komme so heftig, dass das verruchte Gefühl mich in den Wahnsinn treibt.

Ich winde mich gegen ihn, heiß und wild, als hätte ich den Verstand verloren.

»So ist es richtig, Malyshka, gib dich mir hin«, knurrt er, während sich meine Wände um seinen unbarmherzigen Schwanz zusammenziehen.

»Mikhail«, rufe ich.

»Verdammt perfekt.« Seine nächsten Worte sind auf Russisch und klingen, als würde er fluchen, dann küsst er mich hart und grausam, und er kommt auch.

Die Gischt seines Spermas trifft auf meine Wände und überflutet dann meinen Körper, heiß und männlich.

Es ist so heiß, dass es auf mich abstrahlt, und meine Haut kribbelt von dem Gefühl. Mikhail hält mich gegen die Wand, während wir uns von der Explosion der Lust erholen, und ich beobachte das Vergnügen in seinem Gesicht. Ich nehme alles in mich auf. Das markante Gesicht, die hohen exotischen Wangenknochen, die honigfarbenen Augen mit einem Funkeln, das so schnell verschwindet, als wäre es nie da gewesen.

Dann zerbricht der Moment, als er seinen Schwanz aus mir herauszieht und ich nach vorne sacke, mit dem Gefühl, dass er mir einen Teil meiner Lebenskraft gestohlen hat.

Er hält immer noch mein Gesicht fest. Er hat seinen Griff gelockert, während er mich gefickt hat. Jetzt ist er wieder fest.

Etwas Nasses und Klebriges rinnt an meinen Schenkeln hinunter, und ich schaue entsetzt nach unten.

Es ist eine Mischung aus Blut und Sperma, ein Beweis für das, was gerade passiert ist und was es bedeutet. Ich beobachte, wie sein Sperma das Blut übertüncht, eine Metapher für uns.

Mikhail schaut auch darauf hinunter und tippt mir auf die Kinnkante, damit ich ihn ansehe.

»Das bedeutet, dass du jetzt zu mir gehörst, Malyshka. Du gehörst mir. Meine Frau. Egal was passiert, du wirst dich immer daran erinnern, dass ich derjenige war, der dir deine Unschuld genommen hat.«

Er lässt mich los, und ich sacke gegen die Wand, zu schwach, um zu stehen, zu schwach, um zu atmen oder irgendetwas anderes zu tun, als ihn anzuschauen.

»Ich habe dir deine Unschuld genommen, und ich kenne dein Geheimnis«, fügt er mit nachdenklichem Blick hinzu.

Meine Augen werden groß. »Welches Geheimnis?«

»Du wolltest, dass ich dich nehme.« Ein verruchtes Lächeln umspielt seine festen Lippen »Ich habe den Moment gespürt, als du dich mir hingegeben hast. Jetzt weißt du, dass ich es weiß.«

Ich kann nicht einmal erleichtert sein, dass er nicht über mein größeres, dunkleres Geheimnis spricht, denn was er sagt, ist wahr.

Er zieht sich zurück, und ich sehe zu, wie er zur Tür hinausgeht, ohne sich umzudrehen, während er mich wieder nackt, beschämt und frierend auf dem Boden zurücklässt.

Ich sollte mich inzwischen daran gewöhnt haben, dass er geht. Dieses Mal fühlt es sich einfach anders an.

Jeder Tag hier endete oder begann mit etwas, das mich irritierte.

Heute Abend ist es nicht anders.

Ich habe gerade ein neues Problem.

18

MIKHAIL

Sie hat jetzt Kleidung an.

Ein altrosa Camisole-Top, ähnlich dem, das sie in der letzten Nacht trug, schmiegt sich an ihren Körper. Die winzigen Träger sind von ihren Schultern herabgerutscht und entblößen die üppigen Rundungen ihrer Brüste.

Ich kann gerade noch eine Brustwarze durch den dünnen Stoff erahnen.

Wenn sie wach wäre, würde sie ihr Oberteil sofort zurechtrücken, obwohl ich sie schon mehrmals nackt gesehen habe. Aber meine Prinzessin schläft tief und fest, und sie sieht aus wie eine lebensgroße Puppe, die auf meinem Bett liegt und die Seidenlaken bedecken sie kaum.

Ebenholzfarbenes Haar liegt auf den Seidenkissen, während das Mondlicht ihre Haut so küsst, wie ich es möchte.

Ich bin genauso neidisch auf den verdammten Mond, weil er sie berührt, wie ich auf ihre Gefühle für José.

Es ist schon spät – nach Mitternacht – und ich wusste, dass sie schon schlafen würde. Sie war bereits erschöpft. Ich habe ihr gerade die letzten Reste ihrer Kraft geraubt.

Ich sehe ihr gerne beim Schlafen zu.

Ich mag es auch, sie wach zu sehen. Noch mehr, wenn sie auf dem Höhepunkt ihrer Angst ist und nicht weiß, wie sie mich einschätzen soll.

Willkommen im Club, denn ich werde auch nicht schlau aus ihr.

Ich konnte nicht hier drin bleiben, nachdem ich sie gefickt hatte. Denn ich wollte es sofort wieder tun, sobald ich mich aus ihr herausgezogen hatte. Aber sie war nicht bereit für den harten Fick, den ich ihr geben wollte.

Ich habe ein paar Stunden trainiert und war schwimmen.

Jeder würde mich für verrückt halten, weil ich in dem eiskalten Pool schwimme, aber ich mag es. Die Kälte weckt mich auf und hält mich in Kontakt mit meinen Gefühlen. Ich fühle mich fast genauso wie das Feuer, das ich in mir spüre, wenn ich mit ihr zusammen bin.

Mein Schwanz zuckt, um wieder in ihr zu sein, und die Erinnerung daran, wie mein Sperma ihr jungfräuliches Blut verschluckt, geht mir immer wieder durch den Kopf.

Das ist etwas, das ich nicht vergessen werde. Das vergesse ich nie. Ich denke, die meisten Männer würden das nicht.

Die Jungfräulichkeit einer Frau zu nehmen hat etwas Ursprüngliches, das einen nicht mehr loslässt, und ich war noch nie mit einer Frau zusammen, bei der ich sie danach noch einmal nehmen wollte.

Nicht, dass ich immer nur mit Jungfrauen zusammen gewesen wäre. Ich habe nur nie den Sinn darin gesehen, danach etwas mit ihnen anzufangen, weil die Verlockung darin bestand, ihr Erster zu sein.

Diese Frau macht mir Lust auf mehr, und meine Besessenheit treibt mich dazu, auch mehr über sie wissen zu wollen.

Ich schiebe das Laken von ihrem Rücken, damit ich die Narben noch einmal sehen kann. Ich kann sie im Mondlicht kaum erkennen, aber sie sind da.

Sie ist so müde, dass sie sich nicht rührt, als ich mit dem Finger über sie streiche und ihre seidige Haut berühre, während ich mich frage, was zum Teufel sie getan haben muss, damit Raul sie auspeitscht.

Es gibt keine anderen sichtbaren Spuren an ihrem Körper. Nur diese. Und sie haben etwas an sich, das meine Aufmerksamkeit auf sich zieht. Ich weiß nur nicht, worauf. Abgesehen davon, was sie sind und von der Lüge, die sie mir erzählte, als ich sie danach fragte.

Ich schaue auf meinen Ring an ihrem Finger und erinnere mich an sie in dem Kleid von vorhin.

Das Kleid sah aus, als wäre es für sie gemacht worden. Als ob der Designer es mit ihr im Kopf entworfen hätte. Als ich sie darin sah, konnte ich meinen Blick nicht von ihr abwenden. Ich muss gut fünf Minuten dagestanden haben, bevor ich mich zu Wort meldete und meine Anwesenheit verkündete.

Adriana ist ein Geheimnis für mich. Eines, das mich immer wieder verführt. Jetzt, wo ich ihr Geheimnis kenne, möchte ich auch ihre anderen kennenlernen. Die, die sie tief in sich vergraben hat.

Als sie sich rührt, fahre ich wieder mit meinen Fingern über ihre Haut, und als sich ihr Atem verändert, weiß ich, dass sie wach ist und mich wahrnimmt. Ich beschließe, ein egoistischer Bastard zu sein, denn ich will sie noch einmal.

Ich bin sicher, dass ihre Pussy eine gute Pause von mir bekommen hat. Es ist Zeit, sie wieder zu nehmen.

»Ich weiß, dass du wach bist, Malyshka«, sage ich. Es fühlt sich an wie ein Déjà-vu der letzten Nacht. Mit dem einzigen Unterschied, dass ich in dieser Nacht mehr Kontrolle hatte.

Jetzt, wo ich ihren Körper gekostet habe und er mir gefallen hat, bin ich bereit, zu schlemmen.

Sie rollt sich auf die Seite, und ich ziehe an ihrem Oberteil.

»Warum hast du dir die Mühe gemacht, etwas anzuziehen?«

Sie starrt mich an. In ihren Augen lodert der Zorn, aber der Zustand ihrer Brustwarzen, die gegen den dünnen Stoff drücken, sagt noch viel mehr.

»Ich trage Kleidung im Bett.«

»Das ändert sich ab heute Abend.«

»Das ist lächerlich.«

Ich drücke fest auf ihren Arm, und sie fängt sich, bevor sie noch etwas sagen kann, um mir zu trotzen.

»Muss ich dir wieder den Hintern versohlen. Gib mir einfach einen Grund.«

»Nein.«

»Gut, dann gehorche mir und tu, was ich dir sage. Zieh das Oberteil aus.« Ich ziehe das Laken herunter und sehe ihr Höschen. »Alles, zieh es aus. Ich will dich wieder ficken.«

Ihre Haut hat diese süße Farbe im silbernen Mondlicht. Die Spur von Farbe auf ihren Wangen im Kontrast zur dunklen Umgebung erinnert mich an ein Neo-Noir-Gemälde, und sie selbst ist ein Kunstwerk.

Sie beißt sich auf die Unterlippe, zieht das Oberteil und den Slip aus und versucht, sich mit dem Laken zu bedecken.

Ich ziehe es weg. Sie zuckt zusammen.

»Was ist los mit dir? Mir ist kalt.«

»In einer Minute ist es dir das nicht mehr. Runter auf die Hände und Knie.«

Ein Aufflackern von Besorgnis geht über ihr Gesicht, aber sie gehorcht. Ich nähre mich von ihrer Nervosität. Sie sollte nervös sein. Dies ist eine neue Stellung für sie, und die beste. Ich kann es kaum erwarten, ihr Stöhnen der Ekstase zu hören.

Als sie sich umdreht und auf Händen und Knien niederlässt, ruht mein Blick auf ihrem Hintern. Er hat die perfekte Form. Ihr Arsch ist voll und rund, perfekt zum Versohlen und Ficken. Das wird sehr bald kommen. Jetzt genieße ich erst einmal den Anblick.

Ich ziehe mich ebenfalls aus, und sie blickt hinter sich, um meinen Schwanz zu betrachten. Als sie meinen Blick bemerkt, schaut sie jedoch weg.

»Sieh ruhig nach, wenn du willst, Prinzessin.«

Sie antwortet nicht. Das hatte ich auch nicht erwartet.

Ich bin bereit, und als ich mit meinen Fingern über ihre süße Muschi fahre, spüre ich, dass sie auch bereit für mich ist.

Scheiße, sie ist feucht und so empfänglich für meine Berührung.

Unfähig, dem Geschmack ihres köstlichen Nektars zu widerstehen, beuge ich mich vor und lecke ihn auf. Ich genieße den Geschmack und nehme mehr, lecke über die kleine Knospe ihrer Klitoris.

Sie kann genauso wenig widerstehen wie ich, und als ein kleines Stöhnen von ihren Lippen kommt, gebe ich ihr mehr und komme näher, um mit ihren Brustwarzen zu spielen.

»Mikhail …«, stöhnt sie.

»Ja, Baby, ich habe vor, dir mehr zu geben.«

Ich richte mich auf, packe ihre Hüften und dringe in ihre enge kleine Muschi ein.

Sie ist fast genauso wie vorher, und es fühlt sich genauso gut an, in ihr zu sein.

Ich beschleunige, als mein Körper die Kontrolle übernimmt. Ich kann mich nicht beherrschen, wenn die Verlockung zum Ficken nach mir ruft. Ich lasse mich einfach treiben und erlaube der Lust, mich dorthin zu führen, wo sie mich haben will. Ich kann mich nicht einmal dazu zwingen, langsamer zu werden, um zu versuchen, länger durchzuhalten, weil sie sich in dieser Position zu gut anfühlt. Zu verdammt gut.

Das Vergnügen schaltet mein Gehirn kurz, als ich in ihren perfekten Körper stoße, während sie zum Höhepunkt kommt. Ihre Muschi umklammert meinen Schwanz wie ein Schraubstock, und ich spritze in sie hinein.

Die Wucht meines eigenen Höhepunkts lässt mich brüllen wie eine Bestie, und als ich mich aus ihr zurückziehe, packt mich wieder dieselbe Besessenheit, noch mehr von ihrem Körper zu nehmen.

Sie sackt schwer atmend in sich zusammen, und der Anblick meines Spermas, das an ihren Schenkeln herunterläuft, ist ein weiterer Stempel des Eigentums an ihrem Körper.

Schnell gehe ich ins Bad und wasche mich ab. Dann nehme ich ein Handtuch und erwärme es mit Wasser aus dem Wasserhahn für sie. Sie sieht überrascht aus, als ich damit zurückkomme, und noch überraschter, als ich auch sie abwische. Da ist wieder Blut, und ich frage mich, ob ich sie verletzt habe. Ich weiß, dass ich grob war.

»Habe ich dir wehgetan?«, frage ich, aber sie schaut weg.

»Nein.«

Es ist eine weitere Lüge, aber ich lasse sie durchgehen.

»Leg dich auf das Kissen.«

Sie lässt sich auf die Seidenkissen sinken und wirkt wieder nervös.

Ich lege das Handtuch ab, lege mich neben sie und schlinge meinen Arm um ihre Taille.

»Was willst du wirklich von mir?«

Ihre Stimme klingt in der Dunkelheit leise.

»Was meinst du, Malyshka?«

»Ich verstehe die Heirat. Heirate mich und regiere das Kartell, aber warum machen wir diesen Teil? Warum tust du es?«

Das ist eine gute Frage. Eine, die ich mir selbst stellen sollte, aber ich will es nicht, weil die Antwort offensichtlich ist.

»Weil ich es will«, beschließe ich, ihr zu sagen.

Es herrscht einen weiteren Moment Stille, bevor sie tief Luft holt.

»Was passiert, wenn du nicht mehr willst, Mikhail? Was passiert, wenn du das Kartell hast und mich nicht mehr brauchst?«

Ich weiß es nicht.

Die Antwort lautet: Ich habe keine Ahnung. Sie fragt mich, was wir nach der Heirat tun werden. Das ist die Brücke, die ich noch nicht überquert habe. Und ich werde sie heute Abend nicht überqueren.

»Schlaf jetzt, Prinzessin.«

Ich kann ihr Gesicht nicht sehen, aber ich weiß, dass sie durch meine ausbleibende Antwort verletzt ist. Sie denkt wahrscheinlich an alles Mögliche. Vielleicht fragt sie sich sogar, ob der Zeitpunkt kommen wird, an dem ich beschließe, sie und ihren kostbaren José zu töten. Wir kommen aus der gleichen Welt, und sie ist nicht naiv gegenüber der Dunkelheit, die in unserer Sphäre existiert.

Mit einem Vater wie Raul wäre sie nicht unschuldig an den Gedanken und Intrigen böser Männer wie mir, die nur Tod und Dunkelheit kennen. Die Heirat allein reicht aus, um Rauls Imperium und Vermögen zu übernehmen. Das bedeutet nicht, dass ich mit ihr verheiratet bleiben muss. Oder dass sie am Leben oder in meinem Leben bleiben muss.

Wir verharren so in der Stille, bis sie schließlich einschläft. Ich wollte, dass sie zuerst einschläft, aber ich beobachte sie noch lange danach, während mir ihre Frage durch den Kopf schießt.

Es ist noch nicht einmal eine ganze Woche her, dass sie in mein Leben getreten ist, und doch fühlt es sich für mich schon so an.

Wir werden nächstes Wochenende heiraten. Wie kann ich mir Sorgen darüber machen, was danach passiert, wenn ich in der Zwischenzeit feststecke?

Als mir die Augenlider zufallen, gebe ich mich dem Schlaf hin. Es fühlt sich an, als ob ich nur ein paar Sekunden weg bin, bevor ich Schreie höre.

Ich reiße die Augen auf und weiß, dass ich unmöglich nur Sekunden geschlafen haben kann, weil helles Sonnenlicht durch die Fenster strahlt. Und das Geschrei kommt von neben mir. Adriana wälzt sich auf dem Bett, verloren in einem Albtraum, verloren für mich. Sie schüttelt ihren Kopf hin und her und schreit wieder, diesmal lauter.

»Nein!«, schreit sie. »Nein, bitte, bitte nicht. Töte meine Mutter nicht!« – »Papa, rette sie, *bitte* rette sie. Lass nicht zu, dass er meine Mutter tötet.«

Was zum Teufel?

Als ich ihre Verzweiflung sehe, stehe ich auf, fasse sie an den Schultern und versuche, sie zu wecken.

Es dauert eine ganze Minute, bis sie die Augen öffnet und ihr die Tränen über die Wangen laufen. Sie atmet, als wäre sie gerade einen Marathon gelaufen, und ihre Haut ist noch genauso aufgeregt wie gestern, als ich sie verließ. Ihre schönen Augen sind voller Angst, die sich auch nicht ändert, als sie mich sieht.

Sie versucht, sich zu beruhigen, aber es gelingt ihr nicht. Sie atmet zu schwer und in rasenden Atemzügen, die mich an meine Jugendzeit erinnern, als ich den Scheiß mitgemacht habe, den Ivan mir angetan hat.

Ich stehe auf und öffne das Fenster, um etwas Luft hereinzulassen. Erst als der kalte Luftstrom ihr Gesicht trifft, beruhigt sich ihre Atmung und sie kommt wieder zu sich.

»Geht es dir gut?«, frage ich.

»Ja.« Sie sieht mich kaum an, und wenn sie es tut, dann mit derselben Vorsicht, die sie Tage zuvor an den Tag gelegt hat.

»Du hast von deiner Mutter geträumt?«

Ihre Lippen spitzen sich, und sie zittert. »Ja. Es war nur ein Albtraum.«

»Oder eine Erinnerung?« Ich kenne den Unterschied zwischen Albträumen und Erinnerungen.

Meine Albträume bestehen aus schlimmen Erinnerungen, und sie handeln auch von meiner Mutter. Von ihrem Sterben. Ich sehe immer wieder die Kugel in ihrem Kopf und eine weitere in ihrem Herzen. Ich erinnere mich immer wieder an die Hilflosigkeit, die ich empfand, als ich meine Mutter, eine Frau, die mein Ein und Alles war, vor meinen Augen sterben sah, und ich konnte nichts tun, um sie zu retten.

»Ja … eine schlechte Erinnerung«, murmelt Adriana.

Ich verenge meine Augen. Mir war nicht bewusst, dass sie den Tod ihrer Mutter miterlebt hat. So wie ich gehört habe, wäre sie hier in den Staaten in der Schule gewesen. Raul traf sich mit einem Verbündeten, als es passierte. Sie töteten seine Frau wegen eines schiefgelaufenen Drogendeals. Wenn das keine Lüge war, war Adriana nicht in der Nähe des Vorfalls.

Wenn sie sich daran erinnern kann, dann hat jemand irgendwann gelogen.

»Was ist passiert?« Die Neugierde überkommt mich. Ich weiß, dass es für mich so oder so keine Rolle spielt, aber ich bin neugierig, weil sie so erschüttert wirkt. Aus irgendeinem Grund muss ich auch an die Narben auf ihrem Rücken denken.

»Ich möchte nicht darüber reden.«

Natürlich gefällt mir ihre Antwort nicht. Das ist nicht das, was ich erwarte, wenn sie von mir etwas erhält, was *Freundlichkeit* sehr nahe kommt.

»Wenn ich dich etwas frage, sagst du mir, was ich wissen will.«

»Du musst nicht alles wissen«, faucht sie.

Ich fletsche die Zähne und stürze mich auf sie, packe sie an der Kehle, um sie wieder in die Schranken zu weisen.

Es sind die Tränen, die ihr über die Wange laufen, die meine Wut über ihren Trotz zügeln. Das ist definitiv das erste Mal für mich.

»Wie ich schon sagte, wenn ich dich etwas frage, sagst du mir, was ich wissen will.«

»Du hast meinen Körper genommen und meine Seele zerquetscht. Mein Verstand gehört mir. Ich muss dir nicht sagen, was in meinem Kopf oder in meinem Herzen ist.«

Ich starre sie einen langen Moment lang an und überlege, was ich sagen soll, als mir klar wird, dass ihr Verstand und ihr Herz etwas sind, das ich nicht stehlen kann.

Aber … ich will sie. Ich will sie beide.

Ich will alles, und das sollte ich nicht, denn diese Sache zwischen uns nährt nur meine Besessenheit. Es kann nichts Gutes dabei herauskommen.

Weitere Tränen laufen ihr über die Wangen, und als der Hass ihre Augen füllt, höre ich ihre Worte von gestern Abend in meinem Kopf.

Genau dort an der Wand, einige Schritte von uns entfernt, als ich meinen Anspruch auf ihren Körper erhob, sagte sie mir, dass sie mich hasse, aber ihre Augen sahen nie so aus. Als wenn sie eine Waffe hätte, würde sie mich erschießen.

Ich denke, das würde sie.

Warum sollte sie das nicht tun? Ich bin ihr größter Feind, und wenn sie die Chance hätte, mich auszuschalten, würde sie sie ergreifen. Ich würde es ihr nicht verübeln.

Das Summen meines Telefons auf dem Nachttisch durchbricht die tödliche Stille und ich wende meinen Blick von ihr ab.

Ich weiß bereits, dass diese Nachricht wichtig sein wird. Niemand ruft mich um diese Zeit an, wenn er keine Neuigkeiten hat. Ich nehme an, es wird entweder Sebastian oder Eric sein.

Ich wende mich von Adriana ab und nehme das Telefon in die Hand.

Ich hatte recht. Die Nachricht ist von Eric.

Die Vorschau sagt mir alles, was ich wissen muss.

›Ich habe etwas für dich. Triff mich um neun in dem Restaurant in den Hamptons. Es ist sehr wichtig.‹

Ich weiß, welches Restaurant er meint. Es ist ein italienisches Bistro namens La Roux. Das ist das einzige Restaurant, in dem wir uns treffen, wenn wir in den Hamptons sind, und wir gehen dort nicht oft hin.

Es ist jetzt fast acht, ich muss mich also beeilen, wenn ich den Verkehr vermeiden will.

Ich wende meinen Blick wieder der Prinzessin zu und ein sichtbarer Schauer durchfährt sie.

»Sei bereit für mich, wenn ich zurückkomme«, sage ich. »Wenn du das nicht bist, werde ich dich bestrafen.«

Das ist alles, was ich zu ihr sage, und ich schaue nicht zurück, als ich gehe.

19

MIKHAIL

Ich komme kurz vor neun im Restaurant an.

Als der Oberkellner mich zu den Tischen in der obersten Etage führt, weiß ich, dass Eric uns aus einem bestimmten Grund dort haben will. Er sitzt hinten in einer eleganten Kabine und isst ein kontinentales Frühstück. Eric nickt mir zu, als er mich sieht.

»Bringen Sie ihm bitte das Gleiche wie mir«, sagt er zum Oberkellner, der nickt und davonschlendert, um meine Bestellung zu holen.

Ich setze mich vor Eric und schaue ihn an. »Ich nehme an, wenn ich esse, werde ich eine Weile hier sein.«

»Ja, und du musst dich unauffällig verhalten«, antwortet er. »In ein paar Minuten wird hier viel los sein. Ich erwarte, dass die Leute, die du treffen sollst, ungefähr um diese Zeit hier sein werden. Ihre Reservierung ist für zehn nach, und wir sitzen hier oben, damit wir sie beobachten können.«

Das klingt vielversprechend.

»Was hast du gefunden?«

»Ich bin mir noch nicht ganz sicher. Ich habe eine Information gefunden, und wir gehen ihr jetzt nach, um die Lücken zu füllen.« Er räuspert sich. »Kennst du einen Mann namens Tony Iglesias?«

»Nie von ihm gehört.«

»Er ist einer von Rauls … wie zum Teufel soll ich den Kerl nennen? Für die Zwecke der heutigen Diskussion nennen wir ihn einfach einen Mittelsmann mit einigen überdurchschnittlichen technischen Fähigkeiten. Ich habe einen Blick auf Rauls E-Mails aus seinem Büro geworfen und etwas Interessantes gefunden, das ich schon lange nicht mehr gesehen habe, denn man muss schon eine besondere Art von Mensch sein, um diesen Scheiß zu machen.«

Mein Interesse ist geweckt. »Was?«

»Einfach ausgedrückt: Dein Untersuchungsteam hat ein paar wichtige Dinge übersehen.«

Jesus Christus, das ist alles, was ich jetzt hören muss. »Was haben sie übersehen?«

»Viele von Rauls Arbeits-E-Mails waren mit etwas verschlüsselt, das meine Leute Geisterdateien nennen. Dabei handelt es sich um eine Datei mit einer geheimen Verschlüsselung, die es ermöglicht, sie in einer anderen zu verstecken. Um sie zu lesen, muss man entweder wissen, wie man sie entdeckt, oder einen bestimmten Code verwenden, um sie zu entschlüsseln. Es sieht so aus, als hätten deine Leute diese Dateien völlig übersehen.«

»Scheiße. Heißt das, dass alles noch einmal überprüft werden muss?«

»Ja, so ist es. Ich habe die Dateien nach geheimen Verschlüsselungen durchsucht, weil ich dachte, dass die Dinge auf Rauls System viel zu sauber für einen Kartellkönig aussehen. So habe ich Informationen über dieses Treffen in zehn Minuten bekommen.« Er richtet sich auf. »Raul arrangierte für Tony ein Treffen mit jemandem namens Red Fox, um den Vertrag mit Dmitriyev Ltd. zu unterzeichnen.«

Das Blut rinnt mir aus dem Gesicht. »Der Vertrag mit Dmitriyev Ltd?«

»Ja. Ich weiß noch nicht, worum es sich handelt, aber ich möchte wissen, für wen Red Fox steht. Deshalb sind wir ja hier. Wir schauen uns das an und handeln dann.«

Ich weiß nicht, was ich davon halten soll, außer dass ich recht hatte.

»Eric, wenn sie sich wegen des Vertrags mit Dmitriyev Ltd. treffen, muss das bedeuten, dass der Plan immer noch in Kraft ist.«

Er nickt. »Ich denke schon, Mikhail. Verzeih mir, wenn ich das sage, aber ich bin mir noch nicht sicher, ob die Dateien versehentlich oder absichtlich übersehen wurden, also denke ich, wir sollten das für uns behalten. Zumindest für den Moment.«

Die Andeutung, dass die Verschlüsselung absichtlich übersehen wurde, beweist sich als ein weiteres Wespennest, welches in Betracht kam habe, als ich darüber nachdachte, wer uns beobachten könnte und wie. Aber ich habe den Gedanken beiseite geschoben, bis wir alles andere geklärt haben. Jetzt ist er wieder aufgetaucht.

»Du musst mich nicht um Verzeihung bitten, Eric, und natürlich kann das unter uns bleiben. Um ehrlich zu sein, ich glaube, das ist mir lieber so.« Das ist es. Ich bin mir sicher, dass mein Vater nicht gerne hören wird, dass ich etwas tue, was er mir verboten hat. Das war allerdings ein Befehl, den er mir als mein Vater gegeben hat, nicht als mein Pakhan, also ist es etwas anderes.

»Gut, denn oft, wenn die Kacke am Dampfen ist und niemand erklären kann, wie es dazu kam, liegt die Antwort im den eigenen Kreisen.«

Er hat recht, was mich noch mehr ärgert. Und wenn er recht hat, dass die Akten absichtlich übersehen wurden, bedeutet das, dass jemand aus unserer Bratva mit Raul zusammenarbeitete und uns töten wollte.

»Wie kommst du darauf, dass es absichtlich geschehen sein könnte?« Ich muss es wissen. Ich bin mir bewusst, dass er gleichermaßen offen wie respektvoll mir gegenüber ist.

»Ich nehme an, dass deine Leute ähnliche Fähigkeiten haben wie ich oder die Leute in meiner Allianz. Ich kann mir nicht vorstellen, dass so etwas übersehen werden kann. Der eindeutige Hinweis war, dass alles zu sauber aussah. Aber das ist nur meine Meinung. Deine

Leute wurden von deinem Vater handverlesen. Ich würde niemals respektlos gegenüber einem Pakhan sein und behaupten, dass die Leute in seinem jahrzehntealten System mangelhaft sind.«

»Ich weiß es zu schätzen, dass du mich darauf aufmerksam gemacht hast.«

»Ich weiß, dass du das tust. Deshalb werde ich alles noch einmal überprüfen. Es wird einige Zeit dauern, bis ich alles gründlich durchgegangen bin, aber ich werde es schaffen«

»Dafür schulde ich dir etwas.«

Er schmunzelt. »Wenn wir das nächste Mal nach Vegas fahren, spiel mit mir eine Runde Poker, und wir sind quitt.«

Ich lache. »Ich habe dich letztes Mal fair und anständig geschlagen.«

»Ich mag es nicht, geschlagen zu werden.«

»Ich auch nicht, aber ich spiele wieder mit dir.«

»Guter Mann.« Das Lächeln verschwindet aus seinem Gesicht, als sich die Tür öffnet, und er wirft einen Blick über meine Schulter. »Tony ist da. Jetzt wollen wir sehen, wer Red Fox ist.«

Ich beobachte einen gut gekleideten Mexikaner, der hereinkommt. Wie bei meinem Eintritt geht der Oberkellner schnell auf ihn zu und lässt ihm die VIP-Behandlung zuteilwerden.

Sie gehen in die entfernte Ecke des Raums, bleiben aber in unserem Sichtfeld.

Tony sieht aus wie Raul, wie ein kultivierter Geschäftsmann in seinem Armani-Anzug, aber seine Anwesenheit verströmt die dunkle Stimmung, die alle Männer aus unserer Welt mit sich bringen. Einen Moment später kommt der Kellner mit meinem Gericht zurück, und Eric und ich essen.

Ich bin eher angespannt als hungrig, aber ich esse, um nicht aufzufallen.

Um zehn nach neun öffnet sich die Tür erneut, und als ich erkenne, wer hereinkommt, setze ich meine Gabel ab.

Der Mann mittleren Alters, der hereinkommt, heißt Barabbas Ponteix.

Er ist ein Schwarzmarkthändler, der für hochrangige Politiker und

Männer mit Geld arbeitet, deren Geld uralt ist. Es besteht kein Zweifel daran, dass er Red Fox sein muss. Das ist die Art von Codename, die er verwenden würde, um sich dahinter zu verbergen.

Ich werfe einen Blick auf Eric, der ihn bereits genauso ansieht wie ich.

Wir beobachten ihn, bis er zu Tony geführt wird, bevor wir uns wieder ansehen.

»Mikhail, was auch immer vor Monaten passiert ist, passiert definitiv immer noch«, sagt Eric. »Wer auch immer Barabbas Ponteix angeheuert hat, ist jemand Großes. Ich vermute, dass sie deine Firma wollen und ihr alle immer noch in Gefahr seid.«

Ich kann ihn nur ansehen, denn der Anblick von Barabbas bestätigt meine Befürchtungen. Jemand will uns immer noch tot sehen, und so wie es aussieht, könnte es jemand sein, der direkt vor meiner Nase sitzt.

Ich koche innerlich, wenn ich daran denke, wie Raul sein Schweigen bewahrte, um seine Tochter zu retten. Ein so mächtiger Mann wie er würde sich nur dann Sorgen um eine Bedrohung machen, wenn die Person, die er fürchtet, mächtiger ist als er. Jemand, den er kannte und der auch nach seinem Tod noch an seine Tochter herankommen konnte.

Wer ist es?

Wer zum Teufel kann es sein?

Ich greife nach meiner Waffe und bereite mich darauf vor, hinunterzugehen und sie zu töten. Wenn ich an meine Mutter und meine Schwester denke, möchte ich genau das tun

Erics Hand liegt schwer auf meiner, als er mich davon abhält.

»Nein, alter Freund. Beruhige dich verdammt noch mal«, mahnt er.

»Warum, wenn sie genau dort sind?«

»Es sind viel zu viele lose Enden zu verknüpfen, und diese beiden Typen dort sind Fußsoldaten. Verdammte Schachfiguren. Glaub nicht, dass ein Mann wie Barabbas allein hier ist.«

Verdammt noch mal. Ich hasse es, dass er recht hat. Das ist so frustrierend.

Ich schaue mir die Leute im Restaurant an, die alle so normal aussehen. Ein Mann wie Barabbas wird Verstärkung haben. Ich kann mit einem Showdown umgehen, aber nicht, wenn ich nicht weiß, wer zu wem gehört und von wo aus sie schießen könnten.

»Ich schlage vor, dass wir das Überraschungsmoment nutzen und du mit einem kleinen Gespräch mit Tony beginnst«, meint Eric. »Dann können wir Barabbas' Bewegungen verfolgen. Manchmal muss man die Dinge beobachten, um alle Teile des Puzzles zu kennen, bevor man zuschlägt.«

»Okay, ich schicke jemanden, der Tony später abholt, dann können wir uns ein wenig unterhalten.«

Ich hoffe nur, dass ich mehr Glück habe als bei meinem Verhör mit Raul.

20

NATALIA

Heute ist der erste Tag, seit ich hier bin, an dem mir der Gang nach draußen nicht geholfen hat, die Situation zu bewältigen.

Ich entschied mich dafür, allein zu sein, weil ich nicht einmal meine übliche Energie aufbringen konnte, um den Hund zu holen. Ein Teil von mir fand es unfair, Snow meiner mürrischen Stimmung auszusetzen. Ich habe gehört, dass Hunde solche Dinge aufschnappen. Ich hielt es für das Beste, wegzubleiben, da ich nicht einmal ansatzweise in der Lage war, es in den Griff zu bekommen.

Von dem Moment an, als ich die Augen öffnete, gingen mir zwei Dinge durch den Kopf. Das erste traf mich sofort, als ich Mikhail sah. Ich erinnerte mich daran, wie rücksichtslos er mich letzte Nacht beansprucht und wie ich mich ihm hingegeben hatte.

Ich bin keine Jungfrau mehr.

Dieser Teil von mir ist verschwunden und ich fühle mich anders – verändert. Ich habe das Gefühl, dass sich mein Körper auf eine Weise verändert hat, die ich nicht ganz beschreiben kann, und dass das Licht der Unschuld, das ich in mir trug, verschwunden ist.

Er hat mich entjungfert, und ich fühle mich genau so, wie ich es befürchtet habe. *Verloren.*

Verloren im Wind und verloren in meinen Gefühlen. Das war der Auslöser für die zweite Sache. Mein Albtraum.

Ich träumte genauso vom gewaltsamen Tod meiner Mutter, wie ich es damals getan hatte, nachdem es geschehen war. Ein Mensch wird nicht Zeuge eines solchen Übels und kommt unberührt davon. Ich durchlebte alles, von Albträumen bis hin zu schweren Panikattacken und Angstzuständen, weil ich sicher war, dass Raul uns als nächstes umbringen würde.

Mit der Zeit verringerte sich der Schmerz, aber die Sorgen gingen nicht weg.

Jetzt sind die Albträume wieder da und verfolgen mich. Ich habe Angst, dass ich im Schlaf etwas sage, was mich verraten könnte.

Der Unterschied zwischen damals und heute ist, dass ich keinen Vater habe, der sich um mich kümmert, und ich habe auch keinen José.

Alles, was ich habe, bin ich selbst. Ich kann vielleicht meine Gedanken kontrollieren, wenn ich wach bin, aber was tue ich im Schlaf?

Gott weiß, was ich heute Morgen gesagt habe. Ich weiß es nicht. Ich vermute nur, dass es nicht so belastend gewesen sein kann, weil Mikhail nicht argwöhnisch aussah. Er weiß, dass Adrianas Mutter getötet wurde, aber ich weiß nicht, was er über die Umstände ihres Todes weiß. Raul hatte nicht alle Einzelheiten darüber verraten. Ich weiß also nicht, ob das Minimum, das ich ihm erzählt habe, mich heute verdammt, oder in Zukunft verdammen könnte.

Ich könnte mich heute Abend wieder verdammen.

Heute Abend ... Meine Brust zieht sich zusammen, wenn ich an heute Abend denke.

Mikhail sagte mir, ich solle für ihn bereit sein, wenn er zurückkommt.

Ich weiß bereits, dass alles, was in meinem Leben passiert, der

Auslöser für den Albtraum ist. Und *er*. Da alles andere eine Folge von ihm ist, ist das eigentliche Problem Mikhail.

Was zum Teufel soll ich tun?

Ich blicke hinaus auf das plätschernde Wasser des Sees vor mir. Seit dem Abendessen bin ich hier draußen und warte ab. Es war schon düster, als ich für einen letzten Spaziergang rauskam.

Jetzt wird es dunkler. Ich weiß, dass ich zurückgehen muss. Aleksander sagte, wenn ich nicht beaufsichtigt werde, soll ich um acht im Haus sein. Als ob ich wirklich versuchen würde zu fliehen oder so.

Ich mache mich auf den Weg zurück ins Haus. In dem Moment, in dem ich die Schlafzimmertür erreiche, weiß ich, dass Mikhail drinnen ist. Die Tür ist geschlossen, aber ich spüre ihn, und mein Körper erwacht bei der Aussicht auf seine Berührung.

Ich weiß nicht, ob ich eine weitere Nacht wie die letzte ertragen kann. Ich kann nicht damit umgehen, was er mir antut, und doch nur ein Spielzeug für ihn sein. Aber was denke ich eigentlich?

Dass ich ihm mehr bedeuten will?

Das will ich nicht.

Das kann ich nicht zulassen.

Ich traue mich nicht, das zu denken, denn das würde bedeuten, dass ich auch mehr einkalkulieren müsste, und das will ich nicht tun. Ich will mich nicht nach einem Mann sehnen, der in jeder Hinsicht falsch für mich ist.

Ich werde also das Spielzeug sein.

Ein weiteres Spielzeug in seinem Spiel. Eine weitere Schachfigur.

Ich atme tief durch und entscheide mich, die Tür zu öffnen und hineinzugehen.

Wie letzte Nacht trifft mich die Kälte zuerst, aber diesmal ist nicht das Fenster offen, sondern die Schiebetür.

Sie ist nur zum Teil geöffnet, aber es reicht aus, um die kalte Luft hereinzulassen und die Temperatur im Raum zu senken.

Ich vermute, er ist auf dem Balkon, aber ich weiß nicht, ob ich dort hingehen sollte.

Er wird wissen, dass ich hier bin. Er muss mich gehört haben.

Vielleicht ist das ein Teil des heutigen Spiels, bei dem ich anhand der Hinweise, die ich sehe, erraten muss, was er von mir will. Die geöffnete Schiebetür deutet darauf hin, dass er will, dass ich ihn draußen treffe, und wieder einmal habe ich keine andere Wahl, als seinen Regeln zu folgen.

Ich behalte meinen Mantel an und gehe hinaus auf den Balkon. Dann sehe ich ihn.

Er raucht wieder. Er raucht dieselbe Art von Zigarre wie gestern Abend.

Er hat das Hemd an seinen kräftigen Unterarme hochgekrempelt, und die Muskeln wirken noch ausgeprägter, da er sich gegen das steinerne Geländer lehnt.

Mikhail starrt noch einige Momente lang in den klaren Nachthimmel, bevor er mich anspricht. Genauso wie ich seine Anwesenheit spürte, bevor ich den Raum betrat, weiß ich, dass etwas nicht stimmt, als er mich ansieht.

Er sieht aus, als würde ihn etwas bedrücken. Ich habe keine Ahnung, was es sein könnte. Ich kann es nicht einmal erraten. Ich hoffe nur, dass es nichts mit mir zu tun hat.

»Entweder du kommst rein, bevor es dunkel wird, oder du lässt dich von einer der Wachen begleiten, wenn du länger draußen bleiben willst«, sagt er.

»Ich dachte, ich könnte bis acht Uhr draußen bleiben.«

»Die Regeln haben sich geändert.«

»Warum?«

»Ich möchte nicht, dass meine zukünftige Frau allein im dunklen Wald herumläuft.«

Es ist etwas passiert. Ich kann es jetzt definitiv spüren.

»Was ist los? Ist etwas passiert?«

Er lacht leise, dunkel und grausam.

»Du glaubst, du darfst mich so etwas fragen, wenn du mir nicht einmal die Details eines Albtraums erzählen willst?«

»Das ist etwas anderes«, erwidere ich und fühle, wie sich mein Magen verdreht. Ich kann selbst nicht zum Wohle meines Verstandes über diesen Albtraum sprechen, selbst wenn ich lügen würde; und wenn ich lügen und vorgeben soll, dass ich über den Tod von Adrianas Mutter bestürzt bin, kann ich das nicht falsch machen.

»Kleines Mädchen, was ist daran anders?«

»Es ist einfach so. Ich möchte nicht über den Tod meiner Mutter sprechen.« Das ist wahr, also kann ich aus dem Herzen sprechen. Ich habe nie mit jemandem darüber gesprochen, weil die, die mir nahe standen, gesehen haben, was mit ihr passiert ist. José war nicht da, aber Papa hat ihm alles erzählt. »Du hasst mich und die Meinen. Meine Mutter bedeutete mir alles. Sie hatte nichts mit dem zu tun, was deiner Familie zugestoßen ist, also will ich nicht mit dir über sie reden, nur damit du ihr Andenken beschmutzen kannst, oder sie.«

Er starrt mich noch ein paar Augenblicke an, dann nimmt er einen langen Zug an seiner Zigarre, bevor er sie ausmacht und im Aschenbecher ablegt.

Meine Nerven liegen blank, als er auf mich zugeht und sich mit der Hand über mir auf den Türrahmen stützt. Er kommt näher, bleibt einen Kuss entfernt stehen und schwebt mit einem bedrohlichen Lächeln vor mir.

»Habe ich dir gesagt, dass ich dich hasse, Malyshka?«, murmelt er in seinem tiefen Bariton.

Ich verenge meine Augen bei dieser Frage, weil sie so seltsam ist. So seltsam, dass ich mich frage, ob er mich verarschen will.

»Ich bin nicht dumm.«

»Dann pass verdammt noch mal gut auf, Prinzessin.« Seine großen Hände umschließen mein Gesicht mit einer Sanftheit, die mir fast unheimlich ist, denn ich bin es nicht gewohnt, dass er sanft ist.

Immer, wenn seine Hand in die Nähe meines Halses kommt, frage ich mich, ob er ihn brechen oder meine Luftröhre zerquetschen wird. Das frage ich mich auch jetzt, selbst wenn er mir sanft über die Wange streicht.

Seine Berührung lässt mich erschaudern, und ich erinnere mich sofort an gestern Abend.

»Ich passe auf.«

»Nein, tust du nicht.« Er starrt mich an. »Wenn du es tätest, wüsstest du, dass ein Mann, der dir sagt, dass er dich ficken will, es nicht tut, weil er dich hasst.«

Seine groben Worte lassen meinen Mund trocken werden. Hitze läuft mir über den Rücken, meine Wangen beginnen zu brennen und ich weiß, dass ich rot werde.

Als er meine Reaktion bemerkt, glänzen seine Augen vor Verlangen. Sie glühen regelrecht und werden mit verführerischem Feuer lebendig.

Ein weiteres Streicheln über meine Wange lässt meinen Puls in die Höhe schnellen, und mir läuft das Wasser im Mund zusammen.

Das ist nicht gut. Ich sollte nicht so reagieren. Ich möchte mich zurückziehen, aber ich kann mich nicht dazu zwingen. Der Teil von mir, der sich nach ihm sehnt, überwältigt meine Fähigkeit, klar zu denken, und ich kann mich nicht bewegen.

»Wenn ein Mann dich sein nennt, dann nicht, weil er dich hasst, Malyshka.« Er fährt mit einem Finger an meinem Hals entlang und verweilt über meinem Dekolleté. »Aber erlaube mir, dir zu zeigen, wie sehr ich dich *nicht* hasse.«

Wie gelähmt von der Intensität seiner Worte und seiner Augen, bewege ich mich nicht, als er sich zu mir beugt, um mich zu küssen. Ich empfange den Kuss, als wäre ich hungrig danach und er gibt mir eine unverdünnte Dosis Leben.

Der Kuss schickt eine Welle der Lust durch meinen Körper, und die Versuchung lockt mich, den Kuss zu erwidern. In dem Moment, in dem ich dem wilden Ruf nachgebe, mich diesem Mann hinzugeben, ist das Erste, was ich bemerke, wie unterschiedlich wir uns fühlen. *Ich* fühle mich anders.

Ich fühle mich frei. Nicht mehr aus den Angeln gehoben. Und schon das ist verrückt. Während unser Kuss hungrig wird, beugt sich mein Körper seinem Willen und bereitet sich auf ihn vor, bereitet sich darauf vor, ihm *zu gehören*, und ich spüre nicht den Hass, von dem ich sprach. Alles, was ich bei jeder Berührung und jedem Kuss von ihm fühle, ist Verlangen und Sehnsucht. Das Verlangen nach mehr und mehr.

21

NATALIA

Mikhail hebt mich hoch und trägt mich zurück ins Zimmer.

Als er mich auf dem cremefarbenen Plüschteppich absetzt, löst er sich für einen Moment von meinen Lippen und sieht mich an. Die lodernde Hitze, die in den honigfarbenen Tiefen seiner Augen lodert, lässt mich schmelzen und hält mich gefangen.

»Zieh dich für mich aus, Prinzessin«, flüstert er, seine Stimme ist voller Erregung.

Das ist es. Wir machen das noch einmal.

Ich tue das schon wieder, und wieder habe ich Angst davor, wie ich mich danach fühlen werde. Wenn ich mich jetzt so fühle – kaum in der Lage, über seine Berührung hinaus zu denken –, was wird dann mit mir passieren, wenn wir zu dem Ort gehen, zu dem er mich gestern mitgenommen hat?

Dieser Ort hat mir alles gegeben, von dem ich nie wusste, dass ich es brauche.

Ich ziehe meinen Mantel aus und dann alles andere, bis ich nackt bin.

Die Art, wie er mich ansieht, als wäre ich die schönste Frau, die er je in seinem Leben gesehen hat, werde ich nie vergessen. Ich weiß, dass ich das nicht sein kann. Ich brauche ihn nur anzuschauen, um zu wissen, dass ich nicht annähernd so sein werde wie die Frauen, mit denen er zusammen war. Aber es hat etwas Triumphales, wenn er mich ansieht, als wäre ich das, was *er* braucht.

Und es ist schon schwieriger, mich selbst davon zu überzeugen, dass ich für ihn nur ein Spielzeug bin, wenn er mich so ansieht.

»Geh zum Bett und leg dich hin.«

Ich krieche auf das Bett und sehe zu, wie er sich auszieht. Während ich so daliege, erlaube ich mir, ihn anzustarren, ihn wirklich in mich aufzunehmen.

Mein Blick wandert über kräftige Muskeln, die mit Tattoos übersät sind. Ich achte nicht auf die auf seinen Fingern, die mir Angst machen, oder auf die russisch aussehenden, die seine Führungsqualitäten anzeigen. Ich betrachte die anderen, wie den fliegenden Adler auf seinem Bauch und die japanischen Schriftzeichen, die über seine Hüften laufen.

Mein Blick wandert zu seinem erigierten Schwanz, als er seine Hose auszieht, und ich bemerke das Sperma, das sich auf der dicken Eichel sammelt.

Er ist perfekt und er weiß es. Das, und dass ich es auch weiß. Wie er da so steht, erinnert er mich an einen griechischen Gott. Ein einziger Blick genügt, um sich von seiner Macht und Stärke zu überzeugen. Noch intensiver ist jedoch die Macht und Stärke, die er über mich hat.

Als er den Ansatz seines Schwanzes packt und seine Hand zu einer Faust formt, wird die Hitze in mir zu flüssigem Feuer.

Ein böses Lächeln breitet sich auf seinem Gesicht aus, und er intensiviert seinen Blick.

»Denkst du immer noch, dass du mich nicht willst?«

Ich beiße fest auf meine Backenzähne und bete, dass er nicht auf eine Antwort drängt.

»Du solltest dein Gesicht sehen, Prinzessin«, fügt er mit einem wilden Grinsen hinzu. »Du solltest deinen Körper so sehen, wie ich ihn sehe, reif und erregt für mich.«

Ich glaube ihm. Ich spüre, wie mein Körper darum bittet, dass er zu mir zurückkehrt. Meine Brustwarzen schmerzen, meine Haut kribbelt vom Kuss, und ich bin nass, wahrscheinlich durchnässt. Meine Muschi krampft sich vor Verlangen nach ihm zusammen und ich bin hungrig nach ihm.

Mikhail pumpt fester, sodass noch mehr klares Sperma aus seinem Schwanz tropft, dann streicht er mit dem Daumen über die Eichel und wischt es ab. Er streckt seinen Finger aus, steigt ebenfalls auf das Bett und legt seinen Finger an meine Lippen, damit ich sein Sperma ablecken kann.

Ich tue es und schmecke den salzigen Geschmack von Verlangen und Sex.

Er lächelt und fährt mit demselben Finger über meine Muschi, stößt in meine feuchte Spalte und lächelt noch breiter, als er spürt, wie feucht ich bin.

»Wieder nass, Malyshka. Das wird interessant werden.«

»Warum?«, murmle ich.

Er antwortet, indem er tiefer in mich eindringt. Ich stöhne laut auf und umklammere seinen Arm, während er weiter pumpt.

»Deshalb. Du füllst deinen Kopf mit Lügen, und ich möchte, dass du die Wahrheit akzeptierst. Ich möchte, dass du akzeptierst, dass es okay ist, mich zu wollen.«

»Nein«, stöhne ich.

»Doch.«

Er zieht seine Finger aus mir heraus und ersetzt sie durch seinen Schwanz. Er presst gegen mein Geschlecht und reibt die Spitze seines Schwanzes über meine Falten, bevor er in meine Muschi eindringt.

Es tut weh, aber nicht so sehr wie letzte Nacht. Ich fühle mehr Freude als Schmerz. Ich zucke bei dem seltsamen Gefühl von beidem zusammen und suche verzweifelt das Vergnügen. Als ich mich an den Laken festhalte, zieht er sich zurück und senkt sich zu meinem Ohr.

»Es wird so lange weh tun, wie du dich wehrst. Du musst aufhören und dich mir hingeben.«

»Ich will nicht«, stöhne ich gedankenverloren.

»Das musst du, Malyshka. Mach dir das Leben leichter. Ich werde dich so oder so ficken.«

Mikhail leckt meine Klitoris, und in diesem Moment verliere ich jede Spur von Widerstand. Ich gebe nach, und die Lust, nach der ich mich sehne, kommt und verdrängt den Schmerz. Seine Zunge, die über meine geschwollene Klitoris fährt, fühlt sich so gut an, so verdammt gut, dass ich das Gefühl habe, ich könnte kommen. Er leckt ein paar Minuten lang, dann führt er seinen Schwanz wieder an meinen Eingang und gleitet leichter als zuvor hinein.

»So ist es besser. Braves Mädchen. Erlaube mir, dich zu nehmen, und du wirst den Schmerz nicht spüren.«

Aufgeputscht durch das Bedürfnis nach Vergnügen, tue ich, was er sagt, aber dieses Mal tue ich es für mich. Ich tue es, weil ich genau an dem Ort bin, an den er mich letzte Nacht mitgenommen hat, und weil ein Teil von mir gerade erwacht ist und ihn will.

Er beginnt sich in mir zu bewegen, erst langsam, dann schnell, während sich meine Wände zusammenziehen, während sie ihn aufnehmen.

In diesem Moment überschwemmt mich eine Explosion der Lust in wogenden Wellen, die mit wilder Energie auf meinen Körper einprasselt.

Er beginnt mich zu ficken. Jeder geheime Teil von mir saugt auf, was er mir gibt und fleht um mich. Geistlose, betäubende Ekstase singt durch meine Adern. Ich bin so verloren in ihm, dass ich nicht mehr zurückfinde. Ich will es auch nicht.

Die Ader an der Seite seines Halses verdickt sich und pulsiert, während er immer schneller und härter in meine Muschi stößt. Es ist zu viel. Er ist zu viel. Ich habe die Kontrolle verloren.

Mikhail dringt immer tiefer in meinen Körper ein, nimmt mich in Besitz, und als er eine Reihe von Flüchen auf Russisch murmelt, drücken sich meine Wände zusammen, und ich komme.

Ich wölbe mich mit dem Rücken vom Bett und schreie seinen Namen, als mich der gierige Orgasmus packt.

Ich habe seinen Namen immer noch auf den Lippen, als er eine Hand an meine Kehle legt und mich festhält. Nicht auf die bedrohliche Art, wie er es vorher getan hat, aber es fühlt sich so an. Ich bin so sehr in der Lust gefangen, dass mein Verstand nicht mehr über die weltbewegenden Empfindungen nachdenken kann, die in meinem Körper explodieren.

»Sag mir, dass du mich willst«, fordert er und knirscht mit den Zähnen, als er in mich eindringt.

Meine Lippen öffnen sich, aber ich halte mich zurück, kämpfe immer noch, versuche immer noch, diese letzte Bitte nicht zu erfüllen.

Jegliche Hoffnung, die ich habe, ist dahin, als er in mich hineinhämmert und wie ein Tier in meinen Körper eindringt.

»Sag mir, dass du mich willst, Malyshka«, schreit er und drückt fester zu. »Sag es mir.«

»Ich will dich«, höre ich mich sagen und merke dann, dass er mich gebrochen hat.

Er hat es getan. Er hat meinen Widerstand gebrochen und das Geheimnis in meinem Herzen bestätigt.

Als ich ihn ansehe, erwarte ich ein siegessicheres Lächeln, aber er schenkt es mir nicht.

Stattdessen zieht er sich mitten im Stoßen zurück und küsst mich.

»Ich will dich auch«, flüstert er gegen meine Lippen.

Diese Worte in diesem Moment zu hören, hat eine Wirkung auf mich, die ich nicht erklären kann.

Während er mein Gesicht streichelt, ertappe ich mich dabei, wie ich mit meinen Händen über seine Brust fahre, bis in sein Haar. Er macht das Gleiche mit mir. Er umschließt meine Brüste mit seinen großen Händen und knetet sie, bevor er seine Hände durch mein Haar streichen lässt.

Er unterbricht den Kuss wieder und schaut mit einer Mischung aus Verwirrung und Lust auf mich herab, bevor er seine Hand wieder zu meiner Muschi und dann weiter zu der engen Rosette meines Arschlochs gleiten lässt.

Ich keuche auf, als er einen Finger hineinschiebt, und bin schockiert, als ich denke, dass es sich gut anfühlt.

Ein tiefes, leises Lachen ertönt in seiner Brust, als ein leises Stöhnen von meinen Lippen kommt.

»Genau wie ich dachte. Interessant. Das wird ein Spaß.«

»Was wirst du mit mir machen?«, flüstere ich.

»Jedes Loch in deinem Körper ficken, bevor die verdammte Nacht zu Ende ist.«

Mir läuft das Wasser im Mund zusammen, als mir klar wird, was er vorhat. Ich fixiere ihn mit meinem Blick und schlucke schwer, als er vom Bett aufsteht und die Schublade des Nachttisches öffnet.

Sein Schwanz ist immer noch so steif wie zuvor, also weiß ich, dass er noch nicht mit mir fertig ist.

Ich habe diese Schublade nie geöffnet. Ich habe mich nicht getraut, weil ich Angst hatte, dass er denkt, ich würde herumschnüffeln.

Als er eine schwarze Augenbinde und eine kleine Tube mit Gleitmittel herausnimmt, wünschte ich, ich hätte nachgeschaut. Dann wäre ich wenigstens vorbereitet gewesen.

»Schau nicht so besorgt, kleines Mädchen. Ich habe dir doch gesagt, dass ich dir noch viel beibringen muss.«

Er greift nach mir und hebt mich auf meine Hände und Knie.

»Willst du mir wehtun?« murmle ich.

»Nein. Niemals. Hör einfach auf den Klang meiner Stimme, Malyshka.«

Die Augenbinde wird über meine Augen gezogen, während er mir die Augen verbindet und den Stoff hinter meinem Kopf verknotet.

Panik droht durchzubrechen, weil ich ihn nicht sehen kann, aber als ich spüre, wie seine Finger über meinen Rücken gleiten, kehrt ein Hauch von Beruhigung in mich zurück. Es ist jedoch nur für einen Moment da und verschwindet wieder, als er über mein Arschloch streicht.

Meine Nerven liegen zehnfach blank, aber je mehr er mich berührt, desto erregter werde ich. Rohe Erregung durchströmt mich, als ich spüre, wie er das, was ich mir als Gleitmittel vorstelle, in mein Arschloch reibt. Dann nimmt er etwas von meiner Nässe auf und macht dasselbe.

»Entspann dich, Prinzessin. Entspann dich für mich.« Der Klang seiner Stimme dringt in mich ein. Mit verbundenen Augen sind meine Sinne geschärft. Ich spüre ihn und höre ihn überall. In mir und außerhalb.

Er drückt seinen Schwanz an den Eingang meines Arschlochs, und ich atme tief ein.

Es fühlt sich seltsam an und als ob wir etwas tun würden, was wir nicht tun sollten. Dann stößt er tiefer hinein. Es tut weh, aber es fühlt sich zu gut an, um zu wollen, dass er aufhört.

Ich kralle mich in das Laken und zucke zusammen, stöhne und ächze, als er tiefer in mich gleitet. Ein unerwarteter Luststoß lässt meinen Körper nach vorne schnellen, und verdammt, mein Verstand fühlt sich an, als würde er in zwei Teile zerbrechen.

Er packt meine Hüften und fängt an, in mich hineinzupumpen, wobei er mit jedem Stoß meinen Verstand zersplittern lässt.

Jeder Nerv in meinem Körper zittert, wenn er mich auf diese Weise führt. Es ist eine Überdosis von allem, die mich höher und höher bringt, bis ich das Gefühl habe, zu fliegen, während sich mein Kopf dreht.

Er wird schneller, und ich spüre, wie sein Schwanz in mir steif wird. Dann komme ich, und er kommt auch. Ein Schwall heißer Sahne ergießt sich in mich. Es fühlt sich anders an als zuvor, als er in meiner Muschi kam, aber nicht weniger stark. Ich erlebe auch das gleiche Gefühl der Auszehrung wie letzte Nacht, und wie eine Stoffpuppe falle ich auf das Bett.

Er nimmt mir die Augenbinde ab.

Ich riskiere einen Blick auf ihn zu werfen, weil ich ihn sehen will. Ich will wissen, wie er aussieht, wenn die Leidenschaft uns eingenommen hat und er nicht mehr von mir weggeht.

Ich finde, er hat eine schöne Seite, die über die Schroffheit und Dunkelheit, die ihn ausmachen, hinausgeht.

Er streicht mir über das Gesicht und drückt seine Nase an meine.

»Ich will mehr, und ich will dir mehr geben, Adriana Alvarez.«

Adriana Alvarez.

Das trifft mich hart, und ich will unbedingt hören, dass er mich Natalia nennt. Während er mich umarmt, will ich, dass er mich kennt, und ich will nicht, dass er denkt, ich sei sie. Es fühlt sich an, als gehöre er zu ihr, obwohl ich weiß, dass er nicht zu mir gehören kann.

Verzweiflung, die sich von meinem Überlebensbedürfnis unterscheidet, umklammert mein Inneres, und ich merke, dass ich mich so nach ihm verzehre, dass ich diejenige sein werde, die ich sein muss, damit er mich wieder so nimmt.

»Wirst du mich lassen, Adriana?«, flüstert er gegen meine Haut.

»Ja.«

22

MIKHAIL

Während die Göttin auf meinem Schwanz auf und ab hüpft, verliere ich erneut den Verstand. Das Wasser spritzt über unsere Körper und über den Rand des Whirlpools, als wir zum vierten Mal heute Abend Sex haben.

Als ich sie zum ersten Mal nahm, redete ich mir ein, dass ich sie zur Zerstreuung benutzte, die ich den ganzen Tag gebraucht hatte, aber ich wusste, dass das eine Lüge war.

Ich habe mir auch gesagt, dass ich sie nur einmal nehmen würde, aber auch das war eine Lüge, und ich belüge mich immer noch selbst, weil ich sie wieder haben will. Ich brauche sie wieder, und doch bin ich tief in ihr vergraben.

Ich hasse Lügen. Ich verabscheue sie, deshalb belüge ich mich nicht selbst.

Wenn ich es tue, dann immer aus einem guten Grund. Dies ist das erste Mal, dass das nicht der Fall ist.

Es ist das erste Mal, dass ich zulasse, dass mich die Besessenheit einholt und mich rücksichtslos macht.

Ich bin bis zum Anschlag in ihr vergraben, sie reitet auf mir, ihre herrlichen Titten hüpfen gegen mein Gesicht, und trotzdem bin ich gierig, nach mehr, als ich bekommen kann. Mehr als das, was sie mir gibt. Mehr als das, was sie mir geben will.

Ihren Verstand und ihr Herz. Sie sagte, ich hätte ihre Seele gebrochen. Ich glaube aber nicht, dass ich das getan habe, denn ich kann es immer noch spüren. Das ist es, was mich fesselt und mich zu ihr lockt.

In ihren Augen leuchtet ein Licht, ein Kampf ums Überleben, der mich anzieht.

Das ist etwas, was ich bei ihr nie erwartet hätte.

Vielleicht habe ich zu tief geschaut, tiefer als ich sollte, und zu genau auf die Stimme gehört, die mir sagte, ich solle aufpassen.

Das tue ich verdammt noch mal, und ich kann nicht aufhören, sie zu berühren. Ich kann nicht aufhören zu versuchen, mehr zu nehmen.

Das ist die Sache, die mich in den letzten Stunden von ihr abgelenkt hat, während ich die Informationen, die ich heute erfahren habe, verdaut und auf meine Männer gewartet habe, um Tony zu holen.

Nachdem ich mich mit Eric getroffen hatte, ging ich zur Arbeit und versuchte, mich darauf zu konzentrieren, was ich als Nächstes tun sollte. Meine Familie zu warnen ist das Erste, was auf der Hand liegt, aber ich brauche mehr Informationen. Ich muss in der Lage sein, ihnen einen Hinweis zu geben, wen wir verdächtigen sollten, wenn ein verdammter Spitzel unter uns ist.

Und zu allem Übel muss ich auch noch an sie denken.

Wenn das Problem noch auf freiem Fuß ist, ist sie in Gefahr, weil sie mit mir zusammen ist. Sie ist der Schlüssel zum Alvarez-Kartell. Ein anderer Bastard, genau wie ich, wird das wissen. Er wird versuchen, sie mir wegzunehmen, und das kann ich nicht zulassen.

Nicht, wenn ich sie will.

Sie stöhnt, als sie hart kommt, und ich stütze ihren Hinterkopf, um den herrlichen Klang zu genießen, den ich stehlen möchte. Sie küsst mich zurück, und ich liebe es, wie sie sich meiner Dominanz unterwirft. Sie kämpft nicht mehr, und es sieht auch nicht so aus, als ob sie es wollte. Sie steht unter demselben verdammten Bann, der mich gefangen hält, und ich will nicht, dass der Zauber bricht.

Wir gehen vom Whirlpool zurück zum Bett, wo ich mir mehr nehme, und sie gibt es mir. Wir nehmen uns, bis wir von der Gier betrunken sind und uns nicht mehr bewegen können. Ich habe keine Ahnung, wie spät es ist, aber ich bin nicht müde, und sie auch nicht. Sie liegt in meinen Armen, an mich gepresst, als wären wir ein Liebespaar und würden unsere Nacht immer so beenden. Ich habe die Lampe an, damit ich sie sehen kann und sie mich.

Ihr Kopf ruht auf meiner Brust, aber ich kann erkennen, dass sie auf meine Knöchel schaut, auf meine Tätowierungen.

In meiner Welt ist man nur dann ein vollwertiger Teil der Bratva, wenn man seine Zeit abgesessen hat. Ich habe vier Jahre meiner fünfundzwanzigjährigen Haftstrafe für Mord in der Southport Correctional Facility abgesessen.

Wenn wir uns in der Bratva tätowieren, ist das bedeutungsvoll und ein Zeichen für andere, wer wir sind. Alle meine Tätowierungen sind bedeutungsvoll. Einige für die Ehre, andere als Erinnerung, damit ich nie vergesse.

Das ist der Fall bei meinen Gefängnistätowierungen.

»Ich habe drei Männer getötet«, sage ich und durchbreche damit die Stille.

Adriana hebt ihren Kopf und sieht mich mit ihren schönen Augen an.

»Warum?« Ihre Stimme ist kaum hörbar.

»Sie haben versucht, meine Schwester zu vergewaltigen. Einer von ihnen war ein verdammter Serienmörder. Es war seine Idee, sie mit einer Vergewaltigungsdroge zu betäuben, nachdem er sie in einem Club getroffen hatte. Er und seine Freunde verfolgten sie wochenlang.« Damals dachte ich, das wäre das Schlimmste, was Talia passieren könnte. »Wäre sie nicht die, die sie war, hätte sie nicht die nötige Cleverness gehabt, um ihnen zu entkommen, als sie sie entführten. Sie schaffte es, zu fliehen und in ein Krankenhaus zu kommen. Die Droge war Gift und hätte sie getötet. Und das war ihre Absicht. Sie hatten vor, sie zu vergewaltigen und zu töten. Als ich den Anruf bekam und erfuhr, was passiert war, bin ich ausgerastet und habe sie gejagt. Es war mir egal, wer sah, wie ich sie erledigte. Das ist genau das, was passiert ist. Jemand hat mich gesehen.«

»Was geschah danach?«

»Ich bin ins Gefängnis gegangen. Wenn die richtigen Leute Zeuge deiner Taten werden, gibt es wenig, was du tun kannst, um nicht ins Gefängnis zu kommen, aber das war mir egal.« Ich lächle, dann wird mein Lächeln schwächer. »Für mich waren die Männer, die meiner Schwester etwas antun wollten, tot.«

Ich kam früher raus, weil mein Vater ein paar Fäden gezogen hatte, als er Informationen über einige Namen auf der Abschussliste des FBI anbot. Das behalte ich allerdings für mich.

»Jetzt ist sie tot, und nichts davon ist wichtig. Ich habe ihre Dämonen nach ihrem Tod erschlagen, aber das bringt sie nicht zurück.«

Wir starren uns ein paar Sekunden lang an, dann werden ihre Augen glasig.

»Es tut mir leid.«

Ich starre sie an und erinnere mich daran, wie sie zusah, wie ich Raul tötete und nie um sein Leben bettelte. Seitdem sind immer wieder Kleinigkeiten aufgetaucht, die mich glauben lassen, dass ihr Leben nicht so rosig war, wie es die Leute behaupten.

Sie ist anders, als ich erwartet habe, und niemand hat es je geschafft, mich so lange zu verblüffen wie sie.

»Er hat dir auch wehgetan, nicht wahr? Raul?« Ich schaue sie an, und als sie nickt, löst sich ein kleiner Teil des Rätsels, das sie umgibt, in Luft auf. Wenn er sie so verletzt hat, wie ich glaube, dann ist es kein Wunder, dass sie nie um sein Leben gebettelt hat. »Die Spuren auf deinem Rücken … du bist doch nicht gestürzt, oder?«

»Nein«, flüstert sie.

»Er hat dich ausgepeitscht?«

Sie starrt mich einen langen Moment lang an, bevor sie nickt.

»Warum?«

Warum zum Teufel sollte Raul ihr das antun?

Sie schüttelt den Kopf, und als eine Träne ihre Wange hinunterläuft, weiß ich, dass das, was Raul ihr angetan hat, schlimm gewesen sein muss.

»Ich kann nicht. Ich kann nicht darüber reden.«

Das ist die zweite Sache, über die sie mir gesagt hat, dass sie nicht darüber reden kann. Beide Dinge hatten mit ihren Eltern zu tun. Mutter und Vater gleichermaßen.

Jeder Gedanke, sie zu bedrängen oder von ihr zu verlangen, mir zu sagen, was mit ihr passiert ist, wird unterbrochen, als mein Telefon klingelt. Wir sehen es beide an, wie es auf dem Nachttisch brummt.

Die Nachricht heute Morgen war wichtig genug. Wenn mein Telefon Minuten vor Mitternacht klingelt, weiß ich, dass ich das Haus verlassen muss, denn das ist der Anruf, auf den ich warte.

Ich stehe auf. Adriana setzt sich ebenfalls auf und zieht das Laken über ihre Brüste.

Es ist Sebastian, der anruft, und ich gehe ans Telefon.

»Ja«, sage ich.

»Wir haben Tony, Boss. Ich bin bei der alten Schlachterei in der Nähe der Main Street. José ist bei mir, und Eric auch.«

Perfekt.

»Ich bin in zehn Minuten da.«

Ich lege auf und sehe meine zukünftige Braut an. Der Anruf erinnert mich an das Sinnbild, das sie repräsentiert, aber ich werde daran gehindert, sie als solches zu betrachten, als ich die Sorge in ihren Augen um mich entdecke.

»Du gehst um diese Zeit weg?«

»Ich muss.«

»Was ist los?«

»Schlaf, Malyshka. Hier kreuzen sich meine und deine Welt nicht.«

Ich gehe raus, drehe mich aber noch einmal um und wünschte, ich hätte unser Gespräch noch zu Ende führen können.

Die alte Schlachterei ist der perfekte Ort, um einen Scheißkerl zu verhören, weil dort die gesamte Ausrüstung für die Folter bereit liegt.

Ich benutze sie seit Jahren für meine eigenen Zwecke. Mein Vater und mein Bruder benutzen die Standardkerker unter dem Gebäude in der Stadt, die eher wie Polizeizellen aussehen. Ich bin ein bisschen rauer als sie und von der alten Schule.

Ich möchte, dass mein nächstes Opfer in jeder Hinsicht leidet, und ich glaube nicht, dass es den Vorteil einer Zelle verdient.

Ich gehe hinein. Es sieht aus wie eine Szene aus dem Film »*Saw*«.

Als ich meine Männer um einen angeschlagen aussehenden Tony auf einem Stuhl sitzen sehe, werde ich daran erinnert, dass ich wegen etwas viel Schlimmerem als einem psychologischen Horror hier bin. Ich bin der Albtraum.

Eric lehnt an der Wand in der Nähe meines älteren Teams von Wachleuten und scrollt durch das Telefon in seiner Hand. José steht ihm gegenüber mit diesem unsicheren Gesichtsausdruck.

Sebastian sieht aus, als würde er meinen Platz warm halten und weicht zurück, als ich mich nähere.

Tony hebt den Kopf und sieht mich an. Er weiß, wer ich bin und dass ich lebe, also beschließe ich, den ganzen Eisbrecher-Mist zu überspringen und zur Sache zu kommen.

Ich muss ihm ganz bestimmte Fragen stellen, und ich hatte den ganzen Tag Zeit, mich darauf vorzubereiten.

»Tony, ich erspare dir den ganzen Quatsch und komme gleich zur Sache«, beginne ich. »Sag mir, für wen du arbeitest.«

»Ich weiß nichts darüber, wer das Sagen hat.«

Das ist genau das, was ich an solchen Wichsern hasse. Ich verpasse ihm einen Schlag in die Magengrube, woraufhin er umkippt, nur um einen weiteren Schlag ins Gesicht zu bekommen.

Als Nächstes ziehe ich meine Waffe, damit er versteht, dass ich es verdammt ernst meine, dass ich ihn umbringe, wenn er mir nicht sagt, was ich wissen muss.

»Narr, du bist ein Narr. Erwartest du wirklich, dass ich das glaube?«, brülle ich.

»Es ist … wahr.« Er hustet. »Ich schwöre dir, ich weiß nichts.«

Ich schaue Eric an, der ihn mit scharfen Augen anstarrt.

»Du hast dich heute Morgen mit Barabbas Ponteix wegen des Vertrags mit Dmitriyev Ltd. getroffen. Worum geht es dabei?«

Seine Augen werden groß, und ich weiß, dass ich einen Nerv getroffen habe. Ich habe etwas berührt, von dem ich nichts wissen sollte.

»Das Unternehmen. Es geht um die Anteile am Unternehmen und die Vereinbarung, wer was bekommt, wenn die Übernahme stattfindet.«

Ich packe ihn an den Haaren und halte seinen Kopf hoch. »Was für eine verdammte Machtübernahme? Ich habe noch nie von einer Übernahme gehört, also klär mich bitte auf.«

Er beginnt zu zittern. »Barabbas gehört zu einem Verbrechersyndikat.«

»Den Teil kenne ich. Was wollen sie?«

»Sie haben sich alle mit Raul verbündet«, stottert er. »Der Plan war, das Unternehmen zu übernehmen, damit sie die Kontrolle über die Uranproduktion haben. Das ist immer noch der Plan. Ich schreibe nur die Verträge. Barabbas hat heute Morgen seine Unterschrift gebracht, und ich habe sie angenommen.«

Das ist es also, was hier passiert. Scheißkerle.

»Wer hat das Sagen, Tony?«

»So funktioniert das nicht. Es wurde alles im Geheimen arrangiert, sodass weder Barabbas noch ich wissen, wer das Sagen hat. Wir treffen uns nur, um die Verträge zu besprechen. Ich bekomme eine Nachricht mit Anweisungen in mein Büro, und nach dem Treffen werde ich bezahlt. In der letzten Nachricht wurde ich über den Tod von Raul informiert, und ich sollte meine Arbeit wie gewohnt fortsetzen.

Das ist Scheiße, aber es ist die Art von anspruchsvoller Scheiße, die ich zugegebenermaßen erwartet habe. Es ist nur schlimmer, weil es um mich geht. Ich richte meinen Blick wieder auf Eric. Er sieht mich jetzt an.

Es ist nicht vorbei, nur weil dieser Arsch mir nicht geben kann, was ich brauche.

Ich schaue zurück zu Tony, der jetzt zittert.

»Wie lange geht das schon so?«, frage ich.

»November. Ende November letzten Jahres.«

Gerade als mein Vater seine Krankheit und seinen Ruhestand ankündigte. Ich glaube jetzt noch mehr, dass es jemand aus unserer Bruderschaft sein muss. Vielleicht einer der Brigadiere. Sie waren die Ersten, die es erfuhren. Aber das waren auch alle unsere Untergebenen.

»Wer ist noch beteiligt, Tony?«

»Das wusste nur Raul, Mikhail. Er hat es nicht einmal Felipe oder seinen anderen Leutnants gesagt. Er hat es niemandem gesagt, weil er einen Eid mit Blut unterschrieben hat und der Preis dafür, dass er sich gegen sie stellt, das Leben seiner Tochter ist. Er würde niemals Adrianas Leben für irgendetwas riskieren.«

Jetzt schaue ich José an. Er nickt mir zu, als wolle er mir sagen, dass er die Wahrheit über Raul sagt. Aber ich vertraue niemandem, solange ich keine Fakten in der Hand habe.

Verdammter Raul.

Dieser verdammte Hund. Er würde nie das Leben seiner Tochter riskieren, aber er hat sie verletzt. Es ist, als würde ich immer über zwei verschiedene Menschen reden.

»Lass mich gehen, bitte. Ich habe dir alles gesagt, was du wissen musst.«

»Dich gehen lassen, damit du zurücklaufen und alle warnen kannst?« Meine Stimme trieft vor Spott.

Eric tritt vor und reicht mir das Telefon. »Das ist sein Telefon. Ich habe es gehackt. Ich habe denselben Code gefunden, der ein paar Bilder versteckt. Mehr nicht.« Er schüttelt angewidert den Kopf. »Du musst sie dir ansehen. Du wirst ihn danach nicht mehr gehen lassen wollen.«

Tony sieht in diesem Moment aus wie der Tod selbst, und ich habe fast Angst vor dem, was ich sehen werde.

»Ich wusste nicht, dass sie deine Schwester ist«, platzt Tony heraus, bevor ich überhaupt auf das Telefon schauen kann.

Ich schaue Eric nicht in die Augen. Ich nehme nur das Telefon. Das erste Bild erschüttert meine Seele. Es zeigt Talia, nackt und mit Seilen um ihre Handgelenke und Füße gefesselt, mit fünf nackten Männern um sie herum.

Sie lächeln, während sie weint.

Meine Schwester hat das alles durchgemacht, bevor sie getötet wurde, während ich im Krankenhaus lag.

Ich konnte sie nicht retten. Ich konnte nicht verhindern, dass sie sie mitnehmen.

Das haben sie mit meiner Schwester gemacht.

»Sie war ein Geschenk …«

Ich unterbrach Tonys Worte mit einer Kugel in den Kopf, dann noch eine, und noch eine.

Und eine weiter.

Ich höre erst auf, als ich meine Waffe entleert habe.

Und trotzdem wird es sie nicht zurückbringen.

23

NATALIA

Ich werfe zum millionsten Mal einen Blick auf die Uhr an der Wand, und meine Brust zieht sich zusammen, als ich feststelle, dass es schon fast zehn Uhr ist.

Mikhail ist immer noch nicht zurück.

Ich habe ihn seit gestern Abend nicht mehr gesehen. Noch zwei Stunden, dann ist es ein ganzer Tag, an dem er nicht da war.

Ich bin mir über seine Gewohnheiten nicht im Klaren, aber mit Ausnahme der einen Nacht, in der ich ihn nicht gesehen habe, war er in dieser Woche jeden Abend weit vor dieser Zeit zu Hause.

Der Anruf, den Mikhail kurz vor Mitternacht erhielt, brach den Bann, in dem ich mich befunden hatte, und versetzte mich in einen anderen. Einen, bei dem ich mich fragte, wie ich von der verängstigten Frau, die nach einem Ausweg suchte, zu der Frau geworden war, die sich um die Sicherheit ihres Entführers sorgte.

Niemand hat irgendetwas zu mir gesagt, und alle sind ganz normal ihren alltäglichen Aktivitäten nachgegangen. Vielleicht ist alles normal, aber ich glaube nicht, dass es das ist.

Es ist schon schlimm genug, dass ich mich ihm immer wieder hingegeben habe und die Grenzen zwischen uns so verwischt sind, dass ich sie kaum noch sehen kann. Letzte Nacht habe ich vergessen, wer er ist, und ich habe ihm erlaubt, mich auf eine Weise zu nehmen, die ich mir nie hatte vorstellen können.

Ich habe den ganzen Tag damit verbracht, darüber nachzudenken, wie ich die Kontrolle über mich und meine Gedanken hatte verlieren können, als ich mit ihm zusammen war, und mir Sorgen darüber zu machen, wo er ist.

Es ist klar, dass etwas im Gange ist.

Etwas Schlimmes, das eine Fortsetzung von Mexiko sein muss. Ich glaube nicht, dass es mit Rauls Tod oder meiner Entführung zu Ende ist. Ich habe das Gefühl, dass es entweder mit dem Kartell zu tun hat oder mit den Konsequenzen von dessen Übernahme.

Oder es könnte etwas Größeres sein? Etwas, das mit Bratva zu tun hat?

Ich habe keine Ahnung, denn ich kenne nur das, was ich bisher gesehen und gehört habe.

Was auch immer vor sich geht, es macht mich nervös.

Ich habe mir gesagt, dass ich mir offensichtlich Sorgen mache, denn jetzt, wo ich Adriana Alvarez bin, habe ich eine Zielscheibe auf mich gemalt. Jeder könnte versuchen, mich für sich beanspruchen, das Gleiche tun, was Mikhail mit mir macht. Vielleicht ziehe ich einfach das Übel vor, das ich kenne, bis ich einen Plan habe, wie ich Mikhail entkommen kann.

Das habe ich mir eingeredet, obwohl ich wusste, dass es nicht ganz stimmte.

Es gab einen Moment, in dem er sich mir öffnete und nicht mehr wie eine Bestie wirkte. Es war, als er über seine Schwester sprach und darüber, was er getan hatte, um ins Gefängnis zu kommen. Ich hatte Menschen, die mich liebten, aber sie wurden mir auf eine Weise genommen, die mir zeigte, dass sie mich niemals beschützen konnten. Mikhail scheint ein Mann zu sein, der sterben würde, um die Menschen zu schützen, die er liebt, und wenn er gekonnt hätte, wäre er gestorben, um seine Mutter und seine Schwester zu retten.

Das einzig Gute an der letzten Nacht war, dass ich mit ihm über Dinge gesprochen habe, die wahr sind. Ich wusste, dass ich auf Messers Schneide tanzte, aber es gab mir ein Stückchen von mir selbst zurück.

Er wusste, dass die Spuren auf meinem Rücken von der Peitsche stammen, was es jetzt so aussehen lässt, als ob Raul ein grausamer Vater war. Das spielt mir in die Hände. Es ist eine Art unverhoffter, geheimer Segen.

Ich weiß nicht, wie lange ich das Lügen durchhalten kann, aber wenn er solche Dinge glaubt, wird mir das helfen, vor allem in Zeiten, in denen ich mich nicht wie die verwöhnte Prinzessin verhalten kann, die ich eigentlich sein sollte.

»Diese Schuhe würden gut zu dem Kleid passen, Liebes«, sagt Sophia, als sie in die Küche kommt. Ich hatte fast vergessen, dass sie hier ist.

Wir saßen im Wintergarten und sahen uns Broschüren von Hochzeitsschuhen an, als ich hierher kam, um mir ein Wasser zu besorgen.

Ich brauchte eine Pause. Ich holte es mir und verlor mich in meinen Sorgen.

Sie schenkt mir ein Lächeln, als sie die Broschüre auf die Arbeitsplatte legt und auf ein Paar zierlich aussehende, bestickte Pumps mit acht Zentimeter hohen Absätzen zeigt. Sie sehen aus wie eine aufwendige Version von Aschenputtels Glaspantoffeln.

Ich stimme zu. Die Schuhe würden wunderbar zu dem Kleid passen, das ich ausgesucht habe, aber auch zu allen anderen, die sie ausgesucht hat.

»Die mag ich auch.«

»Wir haben zu viele zur Auswahl.« Sie seufzt verzweifelt. »Hier, sie dir diese an, die ich eingekreist habe. Nur um sicherzugehen, dass du alles gesehen hast, was in Frage kommt.«

»Danke, dass du das machst.«

Ich nehme die Broschüre, um sie bei Laune zu halten. Hochzeitsschuhe anzuschauen ist das Letzte, was ich im Moment tun möchte, auch wenn ich dadurch etwas zu tun habe.

Sie ist seit Mittag hier. Sie kam mit der Näherin zur letzten

Anprobe des Kleides und um Accessoires wie meinen Schleier und meine Schuhe zu besprechen. Ich wählte den Schleier aus. Die Schuhe waren das Letzte, was übrig blieb.

Die Näherin ist schon vor einigen Stunden gegangen, aber ich glaube, Sophia hat meine Sorge bemerkt und beschlossen, noch ein wenig zu bleiben, um mir Gesellschaft zu leisten.

»Ich werde packen und mich auf den Weg machen«, erklärt sie. »Ich habe Aleksander gebeten, zurückzukommen und sich eine Stunde zu dir zu setzen.«

»Oh, das ist schon okay. Ich komme schon klar.« Ich will wirklich nicht, dass er bei mir sitzt.

»Das ist völlig in Ordnung. Ich habe ihn gebeten, zu kommen und dir ein spätes Abendessen zu machen. Vielleicht ist Mikhail bis dahin zurück.«

Obwohl ich sie eigentlich nicht fragen sollte, was los ist, ist sie die Einzige hier, die mit mir wie mit einem Menschen spricht.

»Sophia, weißt du, ob es noch etwas mit meinem Vater zu tun hat?« Es ist so schwer, diesen Teufel meinen Vater zu nennen. »Ich weiß nichts. Es tut mir leid, dass ich gefragt habe. Ich weiß, ich sollte es nicht tun, aber es ist schwer, im Dunkeln zu tappen.«

Ihr Gesicht erweicht sich, und ein Blick der Besorgnis erfüllt ihre Augen.

»Oh, natürlich. Und keine Entschuldigung nötig. Es ist eine chaotische Situation. Ich weiß selbst nichts, aber so eine Situation hat zwangsläufig Folgen.« Sie holt tief Luft. »Ich bin sicher, Mikhail will nur sicherstellen, dass jede Bedrohung, die von Raul ausging, und jedem, der mit ihm zusammengearbeitet hat, vollständig beseitigt wird.«

»Glaubst du, dass noch jemand mit meinem Vater zusammengearbeitet hat?«

Sie nickt. »Ja. Das würde Sinn machen. Aber was noch schlimmer ist, ist die Zerstörung des Vertrauens. Es ist schwer zu akzeptieren, dass ein Verbündeter, den man seit über zwanzig Jahren kennt, die Seiten wechselt und man nicht weiß, was passiert ist und warum.«

Über zwanzig Jahre?

Mein Gott, das ist länger als ich alt bin. Ich wusste nicht, dass Raul so lange mit ihnen verbündet war, oder dass er es überhaupt war. Ich hatte geglaubt, sie wären Feinde.

Obwohl … ich habe Russen in dem Haus in Mexiko gesehen und sie reden gehört. Sie haben mich nicht gesehen. Ich vermute, dass sie zu Mikhails Familie gehörten.

Es ist sehr merkwürdig, dass Raul auf diese Weise tötet und ein starkes Bündnis mit offensichtlich mächtigen Leuten bricht. Es sei denn, er hatte Unterstützung von jemandem, der ebenso mächtig ist.

Es wäre genau wie bei ihm.

»Man weiß nicht, warum er das getan hat?«

Sie schüttelt den Kopf. »Wir haben keinen Schimmer. Er hat uns einfach überfallen.«

»Wann ist es passiert?«, frage ich beiläufig.

»Ein paar Wochen vor Weihnachten.«

»Weihnachten?« Aber jetzt ist es März. »Wusstet ihr nicht, dass mein Vater dafür verantwortlich war?«

»Das haben wir nicht. Das hat sich erst herausgestellt, als Mikhail aus dem Krankenhaus entlassen wurde. Nach dem Attentat lag er im Koma.«

»Mikhail lag im Koma?« Ich dachte, der Angriff galt seiner Mutter und seiner Schwester.

»Meine Liebe, der Angriff hätte die ganze Familie treffen sollen. Es war Zufall, dass die Hälfte von uns nicht da war und er überlebte. Das Ziel war es, uns alle zu töten. Darum geht es hier.« Sie fängt an zu weinen. »In der schrecklichen Nacht des Angriffs wurde seine Schwester entführt, und wir hofften, sie habe auch überlebt, aber es sollte nicht sein. Dein Vater verkaufte sie an Männer, die sie folterten und töteten. Gott weiß, was sie ihr noch angetan haben.«

Ein Schauer läuft mir über den Rücken, als das Verständnis in meinem Kopf aufblüht. Ich erinnere mich, wie er klang, als Mikhail gestern Abend von seiner Schwester sprach. Sie wurde verkauft und gefoltert. Der gleiche Plan, den Raul für mich hatte. Verkauft zu werden bedeutet den Tod. Diese Männer machen mit dir, was sie wollen, und foltern dich, bis du um den Tod bettelst, oder sie töten dich.

Woher ich das weiß?

Ich habe es selbst erlebt.

Ich habe gesehen, wie Raul Mädchen für sich selbst gekauft und sie dann umgebracht hat, als er mit ihnen fertig war.

Kein Wunder, dass Mikhail sich in Mexiko so verhalten hat und alle getötet hat. Kein Wunder, dass er keine Gnade zeigte, als er mich entführte.

Aber wie sieht es jetzt aus?

Daran hat sich nicht viel geändert. Das Problem besteht nach wie vor.

Sophia legt eine Hand auf meine und klopft mir auf die Knöchel.

»Mach dir bitte keine Sorgen. Ich sehe, dass ich dich beunruhigt habe. Warte hier drin, bis Aleksander zurückkommt, dann iss etwas und geh schlafen, okay?«

»Ja. Danke.«

»Wir sehen uns morgen beim Abendessen.« Sie schenkt mir wieder dieses herzerwärmende Lächeln. Die Erinnerung an das morgige Abendessen und die ganze Geschichte, die ich kenne, lässt es mich speiübel werden.

Sophia mag nett sein, aber wie werden die anderen sein? Ich habe das starke Gefühl, dass sie nicht so sein werden wie Sophia. Vielleicht ist das ein weiterer Grund, warum sie hierhergekommen ist. Sie hat wahrscheinlich Mitleid mit mir.

»Wir sehen uns dann«, sage ich, und sie verneigt den Kopf zum knappen Abschied.

Fünf Minuten nachdem sie gegangen ist, kommt Aleksander mit einem finsteren Gesichtsausdruck in den Wintergarten. Er ist sichtlich verärgert, dass er irgendetwas für mich tun muss, und sieht noch verärgerter aus als sonst, als er mich bittet, in die Küche zu kommen.

Wir reden nicht, während er einen Teller mit Keksen und heiße Schokolade mit Milch und Sahne auf dem Herd zubereitet.

Bevor er sie mir reicht, sehe ich, dass er einige Gewürze hineingetan hat, wie Zimt, Muskatnuss und etwas Rotes.

Die roten Stücke schwimmen oben und blähen sich auf wie Marshmallows, aber ich glaube nicht, dass es Marshmallows sind.

»Danke, dass Sie das für mich gemacht haben«, sage ich ihm.

»Ich schlage vor, Sie gehen ins Bett, wenn Sie fertig sind«, erwidert er. »Wenn ich Sie wäre, würde ich mir keine Sorgen um Mr. Dmitrijew machen. Es ist nicht ungewöhnlich, dass er die ganze Nacht weg ist. Vor allem, wenn er *neue Gesellschaft* hat.«

Neue Gesellschaft.

Die Art und Weise, wie er das gesagt hat, kann nur bedeuten, dass er glaubt, Mikhail sei mit einer Frau zusammen.

Wenn das wahr ist, bin ich so dumm, mir Sorgen um ihn zu machen. Und noch dümmer, sie mir so offensichtlich zu machen, dass ein Mann, der mich nicht leiden kann, herbeigerufen wurde, um mir heiße Schokolade und Kekse zu bringen.

»Ich habe mir keine Sorgen um ihn gemacht«, lüge ich. »Warum sollte ich mir Sorgen um ihn machen, wenn ich mich um mich selbst sorgen muss?«

Er sagt etwas auf Russisch, von dem er weiß, dass ich es nicht verstehen werde, dann geht er weg und lässt mich allein.

Ich schaue auf die Kekse hinunter und beschließe, sie und die heiße Schokolade wegzuwerfen. Ich will nichts von diesem Mann.

Ich komme mir vor wie ein Idiot. Was zum Teufel muss er von mir denken?

Ich war so sehr damit beschäftigt, von einem Tag auf den anderen zu kommen, dass ich dem Personal nicht so viel Aufmerksamkeit geschenkt habe, wie ich es hätte tun sollen. Die Tatsache, dass noch immer keines der Zimmermädchen mit mir spricht, lässt darauf schließen, dass sie sich bereits eine Meinung über mich gebildet haben. Die Tatsache, dass Aleksander verdammt unhöflich ist, ist auch nicht gut.

Das bedeutet, dass sie keinen Grund sehen, mich zu respektieren, und der Einzige, der ihnen die Erlaubnis gegeben hätte, sich so zu verhalten, ist Mikhail.

Was mich direkt zu der Frage zurückbringt, die ich ihm neulich Abend gestellt habe, was nach der Hochzeit passieren würde.

Man behandelt Menschen nur dann so, wie ich behandelt werde, wenn sie nicht lange bleiben.

Ich mache mich auf den Weg nach oben, dusche und ziehe mich um. Ich klettere unter die Laken und versuche, den Schlaf herbeizubeschwören.

Er kommt nicht. Weitere Stunden vergehen, und statt zu schlafen, denke ich an alles, und meine Gedanken kehren immer wieder zu der Frage zurück, was ich jetzt tun werde.

Ein Gespräch mit José hätte mich ein wenig beruhigt. Ich habe mich nicht getraut, seinen Namen zu erwähnen, aus Angst davor, was Mikhail tun würde.

Und wo ist Mikhail?

Ist er wirklich mit einer Frau unterwegs?

Ist mir das wichtig?

Ich drehe mich auf den Rücken, als etwas an meinen Eingeweiden zerrt, und ich merke, dass es mir nicht egal ist. Ich bin verwirrt, weil ich so nicht empfinden sollte. Ich weiß, dass ich nur ein Spielball bin. So etwas wie meine Jungfräulichkeit zu nehmen, würde ihm nichts bedeuten. Ich bin Teil der Statistik geworden und er ist wahrscheinlich entweder hinter einer anderen Jungfrau her oder mit einer seiner Frauen zusammen. Ich bin so dumm, denn das hier ist ein Vorgeschmack darauf, wie es sein wird, mit ihm verheiratet zu sein.

Kaum ist mir der Gedanke durch den Kopf geschossen, schreckt mich das Geräusch von etwas, das unten auf der Treppe kracht, auf. Es klang wie zerbrechendes Glas. Als ob entweder etwas auf den Boden gefallen und zerbrochen wäre oder jemand es geworfen hätte.

Oder was wäre, wenn jemand die Scheibe des Fensters einschlagen würde, um einzubrechen?

Überall auf dem Gelände gibt es Wachen. Ich glaube nicht, dass jemand einfach so in dieses Haus einbrechen kann. Wer wäre denn so dumm?

Andererseits: Hat Raul nicht versucht, die gesamte Familie Dmitrijew zu töten? Wenn ihm jemand geholfen hat und dieser Jemand immer noch auf freiem Fuß ist, warum sollte er dann nicht so etwas Einfaches wie einen Einbruch in Mikhails Haus unternehmen?

Das Geräusch von schweren Schritten, die die Treppe hinaufkommen, lässt meine Nerven flattern, bis ich merke, dass ich das Klangmuster der Schritte wiedererkenne.

Wenn man so ist wie ich, wenn jede Minute eines jeden Tages ein Überlebenstest ist, dann achtet man auf solche Dinge. Geräusche, Gerüche und dieses unheimliche Gefühl, das einem die Nackenhaare zu Berge stehen lässt, sind alles Zeichen, auf die man achten sollte.

Die Schritte gehen geradewegs am Raum vorbei, und das Geräusch verklingt nach ein paar Sekunden.

Er ist wieder da und wird nicht hierherkommen.

Offensichtlich ist etwas passiert.

Ich schlüpfe aus dem Bett und öffne die Tür. Die automatische Flurbeleuchtung ist bereits eingeschaltet und zeigt Blutstropfen auf dem Marmorboden.

Ich atme tief durch, als ich merke, dass das Blut den ganzen Flur entlang fließt.

Was zum Teufel ist passiert?

Meine früheren Gedanken verblassen, und meine Sorgen kehren zurück und sagen mir, dass ich der Blutspur folgen soll.

Also tue ich es.

24

NATALIA

Ich befinde mich im dritten Stock.

Das Stockwerk, in dem sich Mikhails Büro befindet, und einer der Orte im Haus, die mir vorenthalten sind. Obwohl ich mir bewusst bin, dass ich gegen eine Regel verstoße, wenn ich hierherkomme, hat mich meine Neugierde überwältigt. Ich bin mir nicht sicher, wer nicht so fühlen würde, nachdem er die Blutspur auf dem makellosen Boden gesehen hat.

Ich habe wieder dieses Gefühl, als würde ich in einem Horrorfilm herumlaufen, und jeder Schritt bringt mich dem Unbekannten immer näher. Ich biege um die Ecke und bemerke, dass in der Halle vor mir schummriges Licht brennt. Dieser ganze Bereich sieht nicht so aus, als wäre er für Arbeitszwecke gedacht, und ein Büro habe ich noch nicht gesehen.

Da die Blutspur in die Halle führt, folge ich ihr weiter.

Ich betrete den großen Saal und mir stockt der Atem, als mein Blick auf die schönsten Gemälde und Skulpturen von Ballerinen fällt. Große und kleine Gemälde bedecken die Wände. Die gesamte Wand zu meiner Linken ist dem größten Gemälde einer Ballerina gewidmet, die, wie ich vermute, den *Schwanensee* und den schwarze Schwan darstellt. Die Skulpturen sind anmutig über den Raum verteilt. Es müssen weit über hundert sein. Einige sind aus Kristall, andere aus Stein. Alle sind wunderschön. Ich komme nicht umhin, näher heranzutreten, um sie mir genauer anzusehen.

Als ich das tue, wird mir sofort klar, dass die Ballerinen ein und dieselbe Person sind. Dieselbe Frau. Es ist auch die gleiche Frau auf den Bildern.

Die Künstlerin hat etwas in ihrem Gesicht eingefangen, das in allem sichtbar ist.

Es sind die Gefühle. Es ist Traurigkeit, aber es gibt ein Funkeln in ihren Augen. Die Emotion ist in den Gemälden ausgeprägter, weil sie eine klarere Darstellung ihres Aussehens sind.

Ich gehe näher an das Schwanensee-Gemälde heran und nehme ihre honigfarbenen Augen zur Kenntnis. Der Anblick ergreift mich, und ich denke daran, wo ich diese Augen schon einmal gesehen habe.

Mikhail.

Ist diese Frau seine Mutter?

Ist sie das wirklich?

Abgesehen von den Augen kann ich keine Ähnlichkeit erkennen, aber das heißt nicht, dass sie nicht mit ihm verwandt ist. Söhne neigen dazu, ihren Vätern ähnlicher zu werden, und Töchter ihren Müttern. Abgesehen von meinem pechschwarzen Haar sehe ich meiner Mutter sehr ähnlich, aber ich habe die Augen meines Vaters.

Die Schritte klingen wieder auf dem Boden. Sie hallen von weiter unten im Flur wider, zusammen mit dem Geräusch von sich öffnenden Türen.

Ich beobachte, wie sich die riesigen Türen vor mir auf beiden Seiten zu einem Balkon öffnen, der ähnlich aussieht wie der vom Schlafzimmer, aber von hier aus kann ich eine größere Terrasse sehen. Von dem, was ich sehe, würde ich nicht denken, dass ich mich im dritten Stock befinde.

Ich wusste, dass das Haus riesig ist, aber es scheint noch viel größer zu sein, als ich dachte.

Da ich noch nie in diesem Bereich war, habe ich keine Ahnung, wohin die Terrasse führt. Ich glaube nicht, dass ich dort mit dem Hund spazieren gegangen bin.

Als ich an einer der Kristallballerinen vorbeikomme, sehe ich Mikhail vor mir und merke auch, dass es draußen wieder leicht schneit.

Die kalte Luft weht herein und lässt mich frösteln, aber das tut er auch.

In ein paar Sekunden wird er wissen, dass ich hier bin, oder vielleicht weiß er es schon. Ich mache bedachte, vorsichtige Schritte. Meine nackten Füße sind eiskalt auf dem Boden und meine Haut ist taub von der Kälte, die sie umschmeichelt.

Ich trage nur ein Nachthemd aus Seide mit kleinen Trägern, die es an meinen Schultern befestigen.

Er ist dem Wetter entsprechend gekleidet, mit einer schwarzen Bikerjacke und einer schwarzen Hose. Dieselbe Kleidung, die er gestern Abend trug. Blut tropft von seiner Hand, viel Blut. Er ist verwundet, und wenn er sich bewegt, tropft das Blut weiter.

In diesem Teil des Saals sind die Gemälde mit Staubtüchern abgedeckt.

Ich beobachte, wie er das Laken von einem der Bilder abnimmt, die auf einer Staffelei stehen. Es ist das Gemälde, das den geöffneten Türen am nächsten ist. Das Laken schwebt auf den Boden, und er stellt sich vor das Bild. Aufgrund des Winkels, in dem es steht, kann ich noch nicht erkennen, was auf dem Bild zu sehen ist.

Aber ich kann ihn jetzt klarer sehen und weiß, dass er verletzt ist.

Er hat blaue Flecken und Blut im Gesicht und am ganzen Hals. Es ist auch auf seiner Jacke. Ich bin mir nicht sicher, ob das ganze Blut von ihm ist. Ich bin sogar geneigt zu glauben, dass es das nicht ist, so wie es über sein ganzes Gesicht gespritzt ist.

Wenn es also nicht seins ist, bedeutet das, dass er jemanden umgebracht hat.

Er hat mehr Menschen getötet.

Warum bewege ich mich dann immer noch auf ihn zu?

Ich fahre fort und sehe ihm zu, wie er seine blutige Hand über das ganze Bild schmiert. Es ist so seltsam, so etwas zu tun.

Wirklich, Natalia, findest du, dass das Wort ›seltsam‹ die beste Wahl ist, um das zu beschreiben?

Es gibt einen guten Grund, warum ich die Dinge, die ich bei diesem Mann gesehen habe, als vergleichbar mit einem Albtraum oder einem Horror beschrieben habe. Denn dort leben Monster und abgefuckte Psychos. Was ich gerade gesehen habe, ist das, was ich von einem Psychopathen erwarten würde.

Als ich näher komme und feststelle, dass es sich um das unvollendete Bild eines schönen Mädchens mit weichem braunen Haar und strahlend blauen Augen handelt, bin ich geneigt, meiner Vermutung voll und ganz zuzustimmen.

Das ist der Moment, in dem ich innehalte und beobachte.

Wer ist sie?

Es ist jemand anderes, nicht die Ballerina, aber das Mädchen trägt ein Tutu und hat ein strahlendes Lächeln im Gesicht.

Ich glaube, derselbe Künstler hat das Bild gemalt.

Ich bin mir nicht sicher.

Ein letzter Blutfleck auf seinen dicken Fingern streicht über ihr Gesicht und nimmt ihr das Lächeln. Er sagt etwas auf Russisch, als ob er mit dem Mädchen auf dem Bild sprechen würde, und schüttelt dann den Kopf.

»Ich habe sie erwischt, sie alle getötet, aber nichts wird dich zurückbringen. Weder dich noch Mutter«, sagt er diesmal auf Englisch, und mir wird klar, dass das Mädchen auf dem Bild seine Schwester sein muss. »Es gibt nichts, was ich tun kann, Talia.«

Seine Worte klingen lallend, als hätte er getrunken, und als er zur Tür geht, sehe ich eine Weinflasche in der Ecke stehen. Er nimmt sie in die Hand und nimmt einen großen Schluck, um den Inhalt zu trinken. Als er fertig ist, wirft er die Flasche in das Gemälde. Sie prallt von der Oberfläche ab und fällt auf den Boden, wo sie zerbricht.

Jetzt wird mir klar, dass es das war, was ich unten gehört habe. Es war eine weitere Flasche.

Meine Beine zittern, und ich verspüre den Drang, wegzulaufen, so weit, wie ich kann. Doch ich bin wie angewurzelt am Boden, als würden Lianen meine Füße festhalten. Ich atme langsam ein. In dem Moment dreht er sich um und sieht mich an.

»Was machst du hier drin, Malyshka?« Seine Stimme, rau und kalt, schneidet mir ins Herz. »Man hat dir gesagt, du sollst nicht hierher kommen.«

»Es tut mir leid. Ich habe Blut auf dem Boden gesehen und … Du bist seit gestern Abend verschwunden.«

»Geh wieder ins Bett, Prinzessin. Du willst im Moment nicht in meiner Nähe sein.«

»Was ist passiert?« Ich weiß nicht, ob ich den Fehler meines Lebens begehe, indem ich Fragen stelle, die ich nicht stellen sollte, aber ich muss es trotzdem tun.

»Nichts, was dich betrifft. Geh jetzt. Raus.« Er deutet auf die Tür. Mehr Blut tropft von seiner Hand.

»Du bist verletzt.«

»Ich bin immer verletzt, Prinzessin. Dies ist nur ein weiterer Tag mit neuen Schmerzen.« Ein bedrohliches Lächeln huscht über sein Gesicht. Die Bedrohung erreicht jedoch nicht seine Augen, wie es normalerweise der Fall ist.

In den Tiefen lauert zu viel Schmerz, als dass irgendetwas sie erreichen könnte. Ich weiß, ich sollte zuhören und mich verpissen, aber dieser Schmerz dringt zu mir durch. Vielleicht liegt es daran, dass ich es erkenne. Ich habe es gefühlt und in mir selbst gesehen. Ich gehe unbedacht auf ihn zu und bleibe einen Atemzug entfernt stehen. Er starrt mich mit diesen kalten Augen an und mustert mich, und ich schaue zu ihm auf.

»Was für ein Zimmer ist das?«, frage ich und versuche einen anderen Blickwinkel.

»Ein Schrein.«

Genau so fühlt es sich an.

»Es ist ein Schrein für sie«, fügt er hinzu.

Sie.

Seine Mutter und seine Schwester.

»Mikhail, lass mich deine Wunde verbinden. Du blutest.«

Er grinst schief. »Was zum Teufel weiß eine Kartellprinzessin vom Verbinden von Wunden?«

Die Antwort darauf ist, dass sie höchstwahrscheinlich nichts darüber weiß, aber *ich* schon. Ich weiß es, weil ich keine Prinzessin bin. Ich bin die Bettlerin.

Zögernd strecke ich meine Hand aus, um seine Hand zu berühren, als würde ich ein Raubtier anfassen wollen, das mich jeden Moment verschlingen könnte, aber er weicht mir aus.

»Rühr mich nicht an. Ich habe ihr Blut an meinen Händen.«

»Wessen Blut?«

»Die Männer, die ich getötet habe.«

Mein Herz gefriert in meiner Brust. Ich hatte recht. Er hat wieder getötet.

»Wen hast du getötet, Mikhail?«

»Die Männer, die meine Schwester gekauft haben und es für eine gute Idee hielten, sie so sehr zu quälen, dass sie um den Tod betteln musste.«

Mein Gott!

Sogar meine Seele zittert. Erst vor wenigen Stunden habe ich mit Sophia über Mikhails Schwester gesprochen. Vor Stunden konnte ich nur vermuten, was passiert sein muss. Jetzt weiß ich es.

Ich kann mir nur vorstellen, wie sie gelitten haben muss.

»Sieh sie dir an«, sagt er und starrt wieder auf das Bild. Das Blut hat ihr Bild völlig verunstaltet. »Sie war sechzehn, als ich das Bild von ihr gemalt habe.«

Mikhail hat das Bild gemalt?

Meine Augen weiten sich.

Ich weiß nicht, was mich mehr schockiert. Ich schaue mich im Raum um, betrachte die anderen Bilder und frage mich, ob er sie auch gemalt hat. Sie scheinen allerdings älter zu sein.

Zähneknirschend geht er um mich herum, dann geht er weg und durch eine andere Tür zu unserer Linken.

Ich folge ihm und sehe, dass es zurück in den Flur geht. Er geht weiter und öffnet die Tür am Ende.

Diese führt in ein Büro. Hier habe ich nichts zu suchen.

Er zieht seine Jacke aus, und ich erschrecke, als ich die tiefe Messerwunde an seiner Schulter entdecke. Sie hat sein Hemd durchstochen, und der ganze Ärmel ist praktisch weg.

Er öffnet eine weitere Tür auf der Rückseite, die in einen kleinen Schlafbereich führt. Dieses Büro ist zum Arbeiten und Schlafen eingerichtet. Es gibt dort auch ein Badezimmer. Dorthin geht er als Nächstes, während er seine Kleidung weiter auszieht. Das ist das erste Mal, dass ich ihn nackt sehe und nicht bemerke, wie gut sein Körper aussieht.

Was ich jetzt sehe, sind seine Wunden. Auf seinem Rücken ist eine weitere klaffende Verletzung.

Er steigt in die Dusche und stellt einen kräftigen Wasserstrahl an, der seinen Kopf und seine Wunden abspült. Blut fließt den Abfluss hinunter, während ich dastehe und beobachte, wie er sich reinigt. Ich schaue zu, bis er sich Minuten später entschließt, das Wasser abzustellen, und sich zu mir umdreht, wobei er sich gegen die Granitwand der Dusche lehnt.

»Warum bist du noch hier?«, murmelt er.

»Ich habe dir gesagt, dass ich deine Wunden versorgen will.« Die bereits wieder zu bluten begonnen haben.

Mikhail schnappt sich ein Handtuch und wickelt es um seine Hüften, bevor er aus der Dusche steigt. Er geht auf mich zu, greift dann über meinen Kopf hinweg zum Schrank und holt einen Verbandskasten heraus.

Mikhail gibt ihn mir aber nicht. Er ignoriert mich und geht zurück ins Büro, wo er die Schachtel öffnet und versucht, die Wunde selbst zu versorgen.

Ich ignoriere ihn und schaue selbst in den Kasten. Er enthält mehr als das normale Zeug, das man in einem Erste-Hilfe-Kasten findet. Es ist von allem etwas dabei, und ich finde genau das, was ich brauche, um die Wunde zu schließen, bis er in ein Krankenhaus aufsuchen kann.

Mikhail setzt sich hin und fummelt an einem Verbandspäckchen herum, aber seine Hand zittert, entweder von der Wunde oder vom

Alkohol. Es hindert ihn daran, es gut genug zu greifen, um es zu öffnen.

Ich nehme sie ihm ab. Er starrt mich an, aber sobald ich sie öffne und mich daran mache, seine Wunde zu säubern, erlaubt er mir, mich um ihn zu kümmern.

Mikhail schaut nur zu, und obwohl ich weiß, was er denken muss, will der Teil von mir, der ich sein will, weitergehen. Ich finde etwas, das ich für eine behelfsmäßige Naht verwenden kann, und verbinde dann beide Wunden.

Als ich sein Gesicht berühre, um mir die Wunde an seiner Wange anzusehen, fängt er mein Handgelenk ab.

»Lass das da«, befiehlt er, aber er lässt mich nicht gehen. Ich zittere. Ich weiß, dass er meine Angst sieht. Da ist ein Funken von etwas Unheimlichem in seinen Augen, der meine Sinne schärft. »Hast du Angst vor mir, Prinzessin?«

»Was soll ich antworten?«

»Wir werden in ein paar Wochen heiraten. Vielleicht sollten wir mit der Wahrheit beginnen.«

Er hält meinen Blick fest, und eine andere Art von Angst macht sich in mir breit, die mich daran erinnert, dass ich eine Lüge bin. Er wird mich heiraten und herausfinden, dass er die falsche Frau geheiratet hat.

Wir werden nie mit der Wahrheit beginnen.

»Noch einmal: Hast du Angst vor mir, Prinzessin?«

»Ja«, hauche ich.

»Ich glaube, du hast nicht so viel Angst vor mir, wie du eigentlich haben solltest, sonst würdest du den Kerl, der deinen Vater getötet hat, nicht pflegen, egal wie grausam er zu dir war. Du würdest mich immer noch als das Monster sehen. Die Frage ist, warum tust du es nicht?«

Ich presse die Lippen zusammen und denke über meine Antwort nach. Ich sehe ihn als das Monster, aber wenn ich daran denke, wie er Raul erschlagen hat, sehe ich ihn als meinen Retter.

Das kann ich ihm nicht sagen. Niemals. Und ich bin nur in jenen Momenten in meinem Kopf sicher, wenn ich daran denke, wie er Raul besiegt hat. Und das war's. Ich kann diese Gedanken niemals jemandem mitteilen.

»Willst du, dass ich dich für ein Monster halte, Mikhail?«, frage ich. »Willst du, dass ich das von dir denke?«

Er sieht mich an, bevor er antwortet, und sein Gesicht wird etwas weicher.

»Nein, das will ich nicht.«

Er lässt meine Hand los und starrt mich weiter an.

»Wo hast du das gelernt?« Er blickt auf seine Schulter.

»Das hat man mir beigebracht, für den Fall der Fälle.« Das ist die klügste Antwort, die mir einfällt, und sie scheint zu funktionieren.

Er steht auf und hält mir die Hand hin. »Baby, komm und leg dich neben mich.«

Ich nehme seine Hand, und er führt mich zu dem kleinen Bett. Er legt sich zuerst darauf, und ich klettere neben ihm hinein.

Er schaltet das Licht aus und legt einen Arm um mich.

Das Mondlicht ist das einzige Licht, das wir haben, damit wir einander sehen können.

Er senkt seinen Kopf, um mich kurz zu küssen, und ich erwidere seinen Kuss.

»Schlaf, Prinzessin.«

Ich schließe meine Augen, schlafe aber eine Weile nicht. Und er auch nicht.

Aber schließlich schlafe ich ein, weil mir die Gedanken an heute Abend nicht aus dem Kopf gehen.

Am nächsten Morgen werde ich von einem leichten Ruckeln meiner Schulter geweckt.

Als ich die Augen öffne und Aleksander über mir sehe, setze ich mich sofort auf und ziehe die Laken näher an mich heran, obwohl ich Kleidung trage.

Mikhail ist nicht hier. Es sind nur Aleksander und ich im Zimmer. Er richtet sich auf und wirft mir diesen angewiderten Blick zu, an den ich mich inzwischen gewöhnt habe. Wahrscheinlich, weil ich den Weg in den Ort gefunden habe, den ich nicht besuchen sollte.

»Sie haben Besuch, Miss Alvarez«, teilt er mir mit.

Ich werfe ihm einen verkniffenen Blick zu. »Ich? Ist es Sophia oder die Näherin?"

»José Diaz.«

Oh mein Gott! José. Ich darf ihn sehen.

Ich springe vom Bett, ohne mich darum zu kümmern, was ich anhabe.

»Mr. Dmitrijew hat Ihnen fünfzehn Minuten mit ihm gewährt. Er ist auf der Terrasse und wartet auf Sie«, fügt er hinzu.

»Danke.«

Ich eile aus dem Zimmer und gehe den Flur entlang, den ich gestern Abend hochgekommen bin, um meinen Mantel aus dem Zimmer zu holen.

Als ich das getan, laufe ich nach draußen auf die Terrasse. Ich muss die Tränen zurückhalten, als ich José sehe, der auf dem Balkon auf mich wartet. Ich versuche, sie zurückzuhalten, aber es gelingt mir nicht, und ich werde zu dem kleinen Mädchen, das ich vor Jahren war, als ich ihn zum ersten Mal traf, als ich mich in seine Arme stürzte. José hält mich im Arm, und zum ersten Mal weiß ich die väterliche Wärme, die er mir entgegenbringt, wirklich zu schätzen.

»Mija«, murmelt er und drückt mich enger an sich.

Als er die Anwesenheit der Wachen bemerkt, zieht er sich zurück und blickt mir nervös über die Schulter.

Ich schaue mich auch um, und da sehe ich Mikhail im Flur des Hauses stehen. Er nickt uns zu und geht weg. Das liegt vermutlich daran, was ich gestern Abend getan habe. Das muss es sein. Was auch immer der Grund ist, es ist das, was ich im Moment brauche.

»Wir haben nicht viel Zeit«, erinnert mich José. »Setzen wir uns da drüben hin.«

Wir sitzen nebeneinander auf der kleinen Bank, und mir kommt es vor, als wären Äonen vergangen, seit wir uns das letzte Mal gesehen haben.

Der Platz, an dem wir sitzen, ist privat genug, um zu reden, aber wir müssen trotzdem vorsichtig sein.

»Bist du in Sicherheit, meine Liebe?«, fragt er.

Ich nicke. »Ja.«

»Er hat dir nicht wehgetan?«

»Nein. Ich bin nicht verletzt. Aber ich habe solche Angst. Ich habe jeden Tag Angst, dass er mein Geheimnis herausfinden könnte.«

»Ich weiß. Ich wollte schon früher kommen, aber das ist das erste Mal, dass er es mir erlaubt.« Er nickt. »Das Haus in Mexiko wurde niedergebrannt. Ich habe es geschafft, alles zu zerstören, was das Geheimnis verraten könnte, bevor die Wachen es finden konnten.«

»Oh mein Gott, hast du das?«

»Ja. Ich habe alle Fotos von Adriana und die von Raul und seiner Familie entsorgt. Alles.«

»Vielen Dank.«

Er nimmt meine Hände in seine.

»Gern geschehen, mi amor, aber du weißt, dass das nicht ausreichen wird. Das wird es nicht. Du kannst nicht hierbleiben und dieses Leben leben. Ich habe mein Bestes getan, aber es ist immer noch riskant. Ich konnte nur das loswerden, was ich im Haus finden konnte. Wir wissen nicht, was von außen kommen könnte. Wir wissen nicht, was Mikhail finden könnte.«

Ich nicke. »Ich weiß. Was soll ich nur tun, José?«

»Du kannst nichts tun, also versuch es gar nicht erst. Meine Möglichkeiten sind begrenzt, aber ich versuche immer noch, dich aus diesem Schlamassel herauszuholen. Ich suche immer noch nach einem Fluchtweg. Ich kann nur sagen, sei bereit zu gehen, wenn ich einen finde. Es geschehen Dinge, die sich zu unseren Gunsten auswirken könnten.«

Mein Herz rast. »Was zum Beispiel?«

»Die Leute versuchen immer noch, Mikhail und seine Familie zu töten. Wenn das passiert, gehen wir.«

Wann. Er sagte ›*wenn*‹, als ob er sich sicher wäre.

»Glaubst du, dass das passieren wird, José?«

»Ich kenne keine Details und werde sie wahrscheinlich auch nicht erfahren. Was auch immer passiert, es ist etwas Großes, mit Leuten, die größer sind als alle, mit denen wir je zu tun hatten. Meine einzige Sorge bist du. Der einzige Ausweg, den ich sehe, ist Mikhails Tod. Bis dahin werde ich nett sein und nach einem anderen Ausweg suchen. So oder so, du musst hier raus, denn jemand wird die Wahrheit herausfinden und dich töten. Hast du mich verstanden, Natalia?«

»Das habe ich.«

Ich höre zu, und jetzt, wo mir die Situation noch bewusster wird, tut mir das Herz weh.

Jemand will Mikhail immer noch tot sehen. Wenn sein Tod meine Freiheit bedeutet, sollte ich ihn auch tot sehen wollen.

Aber … ich weiß es nicht.

Ich will auch nicht sterben.

»Sei bereit zu gehen, sobald ich dir den Befehl dazu gebe.«

»Ja.«

25

MIKHAIL

Ich bin in meinem Büro und warte auf die Ankunft von Eric. Er sollte in ein paar Minuten für einen kurzen Besuch hier sein. Wenn er geht, werde ich versuchen, die Arbeit, die ich gestern erledigen wollte, nachzuholen.

Ich stehe am Fenster.

Von hier aus kann ich Adriana und José auf der Terrasse sitzen sehen.

Als ich hier heraufkam, ging ich zum Fenster, um sie zu beobachten. Ich bin mir nicht einmal mehr sicher, wonach ich suche. Ich weiß, dass zwischen den beiden nichts Romantisches läuft und alles so ist, wie sie es sagen.

Was ich sehe, sagt mir, dass Adriana José wirklich als Vaterfigur ansieht.

Es gibt einfach etwas, das mir immer wieder durch den Kopf geht.

Wenn ich ehrlich bin, gebe ich zu, dass ich immer noch eifersüchtig bin, nur nicht so, wie sie es sich vorstellt. Ich bin eifersüchtig auf die Nähe, die sie zu ihm hat. Ich will nicht, dass sie mit jemandem so vertraut ist, der nicht ich ist.

Darin liegt das Problem.

Ich sollte nicht so über eine Frau denken, die ich als Spielfigur in meinem Spiel genommen habe.

In drei Wochen wird sie ein Bauer sein, wenn ich ihr meinen Namen gebe.

Aber jedes Mal, wenn ich mit ihr zusammen bin, erreicht sie einen Ort in mir, von dem ich nie gedacht hätte, dass ich ihn erreichen könnte. Gestern Abend war sie dort.

Ich wollte ausdrücklich nicht, dass sie in diesem Raum ist. Der Saal, in dem die Erinnerungen an meine Lieben aufbewahrt werden, weil ich nicht wollte, dass die Anwesenheit von jemandem, der mit Raul in Verbindung steht, den Saal verdirbt. Aber ihre Anwesenheit hat das nicht getan. Sie beruhigte meinen Schmerz und meine Wut.

Ich weiß nicht, was ich vorhatte, aber in dem Zustand, in dem ich mich befand, hätte ich wahrscheinlich alles in diesem Raum zerstört. Und danach hätte ich mich dafür gehasst.

Mein Vater hat alle Bilder und Skulpturen meiner Mutter gemalt. Sie sind alle von ihr. Er war besessen von ihr, und das hat er auch so gezeigt.

Alle, die die Prinzessin gesehen hatte. Die, die sie sah, wie ich sie entweihte, waren meine. Wie auch alle anderen unter den Laken.

Mein Vater schenkte mir die Gemälde und Skulpturen, als ich dieses Haus kaufte, weil er wusste, dass ich die einzige Person sein würde, die sie zu schätzen weiß. Das tat ich und tue es immer noch.

Er hat sie mir geschenkt, weil ich wie er irgendwann in meinem Leben auch mal gemalt hat.

Mein Vater hörte auf zu malen, als seine Arthritis, die er sehr gut versteckt, ihn übermannte. Aber ich habe wegen Ivan aufgehört. Es war kurz vor dem College, und meine Gründe waren dumm, wenn ich daran denke. Ivan hielt mich wegen meiner Kunst für einen minderwertigen Menschen. Seine Sticheleien setzten sich in meinem Kopf fest, was mich schließlich dazu brachte, aufzuhören. Ich wollte nie, dass mein Bruder etwas gegen mich in der Hand hat, egal wie groß oder klein. Also war ich bereit, etwas loszuwerden, das mich für eine größere Sache ausglich. Ich wusste, dass ich eines Tages gegen ihn antreten musste, so wie jetzt, und der beste Bratva-Anführer zu sein, war das Einzige, was für mich zählte.

Manchmal kehrt mein Herz an diesen Ort zurück, wahrscheinlich auf der Suche nach Frieden. Das tat es gestern Abend. Direkt zurück zu dem Bild meiner Schwester, das ich nie fertiggestellt habe.

Das habe ich nicht, weil es keinen verdammten Sinn hatte, es zu beenden.

Ein Klopfen an der Tür lässt mich den Kopf drehen.

Es ist Eric, und er sieht besorgt aus. Das ist verständlich, wenn man bedenkt, wie ich neulich Abend durchgedreht bin.

»Hast du dich abgekühlt?«, fragt er.

»Nein.« Ich habe mich nur ein wenig beruhigt, aber ich bin immer noch bereit zu töten.

Nach einem Treffen mit Tony erhielt Eric die Namen der Männer, die meine Schwester gekauft hatten, Namen, die ich vorher nicht kannte. Unserem Team gelang es, eine Adresse in Chicago und einige Zeugen zu finden.

Die Hauptzeugin war eine Frau, die in dem Haus arbeitete und Talia gefüttert und ihr Wasser gegeben hatte. Sie war es, die uns sagte, dass Talia um den Tod betteln musste, und sie bestätigte auch, dass Felipe dort war und an der Folter und Vergewaltigung beteiligt war. Sie sagte, dass es noch andere gab, aber sie hatte keine Namen.

In diesem Haus haben wir Teile von Talia gefunden. Buchstäbliche Teile. Ihren Kopf, einen Arm und ein Bein. In der letzten Woche habe ich all das vergraben. Die Stücke meiner Schwester.

Ich lehne mich an die Wand, während Eric sich hinsetzt und mich ansieht.

»Ich werde meinem Vater etwas sagen müssen, Eric«, sage ich. Es war eine Vereinbarung, die Dinge unter Verschluss zu halten, bis ich wusste, wie groß das Problem war. »Er muss wissen, was los ist.«

»Ich weiß. Das dachte ich auch sofort, als Tony anfing zu reden. Darf ich dir nur raten, im Moment nur mit deinem Vater zu reden?«, schlägt Eric vor. »Ich denke, je weniger Leute davon wissen, desto besser. Vor allem, wenn es von innen kommt.«

»Ja. Ich werde ihn heute Abend sehen. Dann werde ich mit ihm reden.« Mein Vater mag es nicht, wenn bei solchen Anlässen über Geschäfte gesprochen wird, aber dies ist eine Ausnahme von großer Bedeutung.

Wir müssen die Sicherheitsvorkehrungen verschärfen und bestimmte Dinge in die Wege leiten. Die Hochzeit wird ein Ereignis sein, an dem wir alle teilnehmen werden, aber auch unsere Verbündeten aus verschiedenen Bruderschaften und Syndikaten. Vielleicht passiert dort nichts, vielleicht aber doch.

»Ich habe keine Ahnung, wer diese Person ist.«

»Ich weiß.«

»Das Beste, was mir einfällt, ist, dass einer der Brigadiere uns vielleicht stürzen will. Das ist der einzige Weg, wie einer von ihnen aufsteigen kann. Was die Kompanie angeht, so gilt das Gleiche. Alles bleibt in der Familie.«

»Ich werde Rauls Akten weiter durchsehen. Ich habe vor, den ganzen Tag daran zu arbeiten.«

»Ich schulde dir etwas.«

»Keine Sorge, mein Freund. Wie ich schon sagte, wenn es etwas zu finden gibt, werde ich es finden.«

Und bis jetzt hat er das auch getan.

Er hat nur noch nicht den Hauptverantwortlichen gefunden.

Aber ich habe das Gefühl, er wird es tun.

26

MIKHAIL

Adriana sieht wunderschön aus.

Neulich habe ich darüber nachgedacht, mit wie vielen schönen Frauen ich zusammen war und dass sie mit den besten von ihnen mithalten konnte. Das nehme ich jetzt zurück, denn ich würde sie gerne als die schönste Frau bezeichnen, die ich je gesehen habe.

Ich kann mir vorstellen, dass die Frauen, die heute Abend beim Essen dabei sein werden, neidisch sein werden. Das Schönste an der Prinzessin ist, dass sie nicht weiß, wie schön sie ist. Das macht sie noch begehrenswerter. Ich weiß nicht, wie das funktioniert, aber es funktioniert.

Vor einigen Minuten ging ich ins Schlafzimmer und musste an der Tür stehen bleiben, um sie anzuschauen, wie sie sich im Ganzkörperspiegel betrachtete.

Adriana hat mich immer noch nicht gesehen.

Sie trägt ein schwarzes, ärmelloses Cocktailkleid, das ihre perfekte Figur unterstreicht. Ich habe dieses Kleid für sie für die Veranstaltung heute Abend ausgesucht und es vorhin liefern lassen. Sie sieht darin umwerfend aus, als wäre es wie für sie gemacht. Ihr Haar fällt in lockeren, anmutigen Wellen um ihre Schultern, und ihr Gesicht ist leicht geschminkt.

Sie ist die Art von Frau, die natürliche Schönheit ausstrahlt und nicht zu viel von allem braucht. Wenn sie überhaupt etwas hinzufügt, sei es Kleidung oder Make-up, ist es mehr als auffällig.

Am elegantesten sah sie aus, als sie ihr Hochzeitskleid anprobierte. Davor war es in Mexiko, kurz bevor ich Felipe getötet habe.

Sie könnte alle schönen Kleider der Welt haben, und ich bin sicher, dass jedes davon so aussehen würde, als wäre es für sie gemacht, aber am liebsten ist mir ihr nackter Körper.

Ich lasse meinen Blick über ihre Form gleiten und nehme jeden Zentimeter in mich auf. Es muss die Hitze meines wachsamen Blicks sein, die sie dazu bringt, sich umzudrehen. Ihre Wangen erröten, als sie sieht, wie ich sie anschaue.

Ich verberge nie meine Absichten. Das habe ich nie und werde ich nie tun. Das ist nicht mein Stil, und ich werde auch jetzt nicht damit anfangen.

Absichtlich bliebt ich den ganzen Tag in meinem Büro, weil ich nicht bereit war, mit jemandem zu sprechen.

Oder speziell sie. Adriana hat gestern Abend eine Seite von mir gesehen, von der ich nicht wollte, dass sie jemand sieht. Aber ich habe es so gewollt, weil ich die Aufmerksamkeit auf mich gelenkt habe.

So wie ich jetzt bin, nur weil ich sie anschaue.

Sie weiß, dass ich sie will, und das macht ihr weniger Angst vor mir. Aber ich meinte das, was ich gestern Abend sagte, als sie fragte, ob ich wolle, dass sie mich für ein Monster hält. Das tue ich nicht, und das ist ein Verstoß gegen das, was ich ursprünglich vorhatte.

»Danke für das Kleid«, sagt sie zuerst.

»Steht dir gut.«

»Danke. Und danke, dass ich José sehen durfte.«

»Gern geschehen.«

»Wie geht es deiner Schulter?« Sie führt ihre Hände zusammen.

Es tut immer noch höllisch weh, aber ich habe schon Schlimmeres erlebt. Was auch immer sie getan hat, hat geholfen.

»Gut. Danke, dass du mich zusammengeflickt hast, Prinzessin.«

»Du solltest trotzdem ins Krankenhaus gehen.«

Ich habe die Nase voll von Krankenhäusern. »Das brauche ich nicht. Ich komme schon zurecht. Bist du bereit?«

Nervosität zeigt sich in ihrem Gesicht. »Ich denke schon. Wer wird denn da sein? Ich … will es nur wissen.«

Ich hätte es ihr schon früher sagen sollen. »Mein Vater, Sophia, mein Bruder, eine Tante mütterlicherseits und zwei Cousinen. Das wars.«

Sie sieht noch angespannter aus als vorher, aber wir haben keine Zeit für Nervosität. Ich habe wichtige Angelegenheiten mit meinem Vater zu besprechen.

Ich reiche ihr die Hand und fordere sie auf, zu mir zu kommen. »Malyshka.«

Sie tritt vor, geht auf mich zu und nimmt meine Hand.

Die Dienstmädchen schauen uns alle an, als wir die Treppe hinuntergehen, alle sehen sie bewundernd an, auch die, die sie nicht mögen.

Ich weiß um die Spannungen, die im Haus herrschen, und ich bin mitschuldig daran, weil ich nicht wollte, dass das Personal mit ihr spricht. Das lag vor allem daran, dass ich nicht wollte, dass sie sie nachteilig behandeln. Aleksander ist mir gegenüber loyal, aber er hat eine große Klappe, die ich manchmal nicht mag.

Als wir in mein Auto steigen, wird mir klar, dass dies das erste Mal ist, dass sie mit mir irgendwohin fährt, und unser erster Ausflug als Paar.

Ein kurzer Blick in den Spiegel zeigt mir, wie gut wir zusammen aussehen und wie gut sie zu mir passt.

Auf der Fahrt zu meinem Elternhaus reden wir nicht miteinander, aber ich weiß, dass sie Fragen hat. Fragen zu gestern Abend, die ich nicht beantworten will, und sie ist neugierig auf das Zimmer.

Ich ahnte, wann sie den Raum betreten würde, lange bevor ich sie sah, und ich wusste, dass der Raum sie faszinieren würde. Er soll faszinierend sein.

Als wir am Haus ankommen, sieht sie so nervös aus, dass ihre Haut blass geworden ist, und ihre Hände zittern, als sie sie zusammenführt.

Ich kann mir vorstellen, dass sie sich wie ein Lamm auf dem Weg zum Schlachthof fühlen muss.

Selbst als wir aus dem Auto steigen und sie ihre Schultern strafft, als würde sie Kraft schöpfen, merke ich, dass sie immer noch nervös ist.

Also nehme ich ihre Hand.

Ich weiß, dass ich sie schockiere, aber ich halte ihre Hand, als wäre sie die Meine, weil sie es ist.

Als wir das Haus betreten, befinden sich alle im Wohnzimmer, wo wir uns normalerweise zuerst für die Canapés treffen. Wir sind die Letzten, die ankommen, und wir bekommen die Aufmerksamkeit, die ich erwartet hatte, denn meine Familie hält inne, um uns zu sehen.

»Hallo, alle zusammen«, sage ich. »Das ist Adriana Alvarez, meine Verlobte.«

Sogar sie schaut mich an, als ich die Ankündigung mache.

Sophia lächelt lieblich. Ich vermeide es, Ivan anzusehen, weil ich ihn in dem Moment, in dem wir durch die Tür traten, beobachtet habe und bemerkte, dass er sie so ansah, wie ich es vorher schon wusste. Ich wette, der Scheißkerl hat die Stunden gezählt, bis wir ankamen.

Vater ist der Erste, der aufsteht und zu uns herüberkommt. Ich bin mir nicht sicher, was ich von ihm erwarten soll, aber als ein kleines Lächeln über sein faltiges Gesicht huscht, fühle ich mich gleich viel wohler.

Ich glaube, Adriana war von allen am meisten wegen ihm besorgt.

»Freut mich, dich kennenzulernen, meine Liebe. Ich bin Sergej Dmitrijew, Mikhails Vater und Pakhan der Baranovs. Willkommen in meinem Haus«, sagt mein Vater und streckt seine Hand aus, um die von Adriana zu schütteln.

Sie nimmt sie und erwidert sein Lächeln. »Danke für die Einladung.«

Vater wirft mir einen Blick zu, und ich weiß, dass er mit ihr einverstanden ist. Meinen Plan hatte er schon immer bewilligt, aber dass er mit ihr einverstanden ist, ist eine ganz andere Sache.

»Ich kann mich selbst davon überzeugen, dass die Gerüchte wahr sind«, mischt sich Ivan ein, der ebenfalls auf uns zukommt. »Adriana Alvarez ist wirklich eine Schönheit.«

Ich will nicht, dass er sie anfasst. Ich will kaum, dass er sie ansieht. Aber ich würde völlig überreagieren, wenn ich jetzt etwas zu ihm sagen oder ihn aufhalten würde, als er seine Hand ausstreckt, um ihre zu schütteln.

»Ich bin Ivan Dmitrijew, der Bruder von Mikhail.«

»Erfreut, dich kennenzulernen.«

Sie schüttelt seine Hand, und ich bemerke, wie er ihre fester packt, als sie versucht, loszulassen. Das Arschloch hebt ihre Hand an seine Lippen und gibt ihr einen Handkuss.

»Ebenfalls«, antwortet er und lässt sie los.

Adriana wirft mir einen Blick zu, wahrscheinlich spürt sie meine Verachtung für die Zuneigungsbekundung meines Bruders für das, was mir gehört.

»Okay, jetzt, wo wir alle hier sind, lasst uns in den Speisesaal gehen«, verkündet Vater.

Ich bin sicher, er hat auch gemerkt, wie meine Gereiztheit zunahm.

Wenige Augenblicke später sitzen wir alle am Esstisch, Adriana neben mir und Ivan gegenüber, der sie immer noch verdammt angestarrt hat.

Der einzige Widerstand, den ich spüre, kommt von meinen beiden Cousinen Marsha und Louise, den Töchtern meiner Tante Denise, und ich weiß, dass diese Feindseligkeit nicht auf ihre Trauer um meine Mutter und meine Schwester zurückzuführen ist. Es ist Eifersucht.

Sophia mildert wie immer jegliche Spannungen und bringt uns dazu, über Dinge zu reden, die eine normale Familie besprechen würde.

Ich brauche heute Abend aus vielen Gründen Normalität, und sie gibt sie mir mit ihrem Gerede über Blumen.

Wenn sich der Abend der natürlichen Pause nähert, macht mein Vater mir ein Zeichen, dass er bereit ist zu reden. Bevor wir ankamen, habe ich ihm gesagt, dass ich mit ihm sprechen muss, damit er weiß, dass ich heute Abend über das Geschäftliche reden werde.

Ich lehne mich dicht an Adriana, und sie sieht mich an.

»Ich muss für ein paar Minuten rausgehen. Es wird nicht lange dauern«, verspreche ich ihr.

»Wohin gehst du?«, flüstert sie.

»Ich muss nur mit meinem Vater sprechen. Wenn ich zurückkomme, fahren wir nach Hause.«

»Okay.«

»Mach dir keine Sorgen. Ich werde mich gut um sie kümmern«, mischt sich Sophia ein.

»Danke, Sophia.«

Ich verlasse den Raum und folge meinem Vater, aber als ich mich umdrehe, starrt mir Adriana hinterher, und auch der verdammte Ivan sieht mich an.

Vater und ich gehen in sein Büro im Erdgeschoss, wo wir uns zusammensetzen.

Er hat wieder diesen müden Blick, als ob er genug hätte. Ich bin sicher, dass er das hat.

»Gut gemacht, mein Sohn. Sie ist ein nettes Mädchen«, sagt er. »Ich bin sicher, wir haben viele in Rauls Allianz verärgert, nur weil wir sie haben.«

»Ich bin sicher, dass wir das haben.«

»Sind deine Pläne immer noch dieselben?« Er zieht seine kräftigen Brauen hoch.

Als ich ihm meine Idee unterbreitete, Raul zu töten und seine Tochter zu heiraten, um die Kontrolle über das Kartell zu erlangen, war der Plan, Adriana entweder zu töten, sobald ich sie nicht mehr brauchte, oder sie auf andere Weise loszuwerden. Sie zu töten wäre natürlich das ultimative Ende der Rache. In nur einer Woche hat sich meine Meinung geändert.

Ich kann sie nicht töten, aber ich kann mir auch nicht vorstellen, sie zu behalten.

Ich weiß immer noch nicht, was ich tun werde, wenn ich den Pfad der Ehe betreten habe.

»Ich höre auf meinen Instinkt«, beschließe ich zu sagen.

»Ich überlasse es deinen guten Händen, mein Sohn. Was du bis jetzt getan hast, ist das Zeichen eines guten Anführers.«

»Machst du Andeutungen, Vater?« Ich beschließe, es auf die leichte Schulter zu nehmen, damit er die schweren Themen leichter nehmen kann, wenn wir darüber reden.

Er schmunzelt. »Nein, ich werde keine Andeutungen machen.«

»Aber du weißt bereits, wer der nächste Pakhan sein wird«, sage ich unverblümt, und er nickt.

»Das tue ich. Ich habe es immer getan. Schon vor Jahren. Aber dieser Teil ist notwendig, um das Geschäft zu besiegeln. Meine Entscheidung kann sich ändern wie der Wind.«

»Und du willst mich am Haus am See treffen, weil?« Ich ziehe eine Augenbraue hoch.

»Darüber werden wir heute Abend nicht sprechen. Das ist ein wichtiges Treffen, das ich mit dir erörtern möchte, nur nicht jetzt.«

»Okay, ich werde warten.«

Sein Blick wird ernst. »Du hast noch etwas anderes gefunden, worüber du dir Sorgen machst, nicht wahr?«

»Das habe ich. Das ist nicht gut, Vater.«

Ich erzähle ihm schnell, was passiert ist, lasse aber den Teil aus, dass es jemand innerhalb der Bruderschaft war. Das hebe ich mir für den Schluss auf, weil er das nicht gut aufnehmen wird. Er hat sein Leben als Pakhan damit verbracht, Loyalität in den Rängen zu schaffen. Das ist es, wofür man sich an ihn erinnern wird.

Als ich fertig bin, sieht er aus, als würde er gleich Feuer speien.

»Wir wissen also nicht mehr über diesen Vertrag?«, fragt er.

»Ich glaube, es ist jemand aus unserer Bruderschaft«, sage ich schließlich, und das Blut weicht aus seinem Gesicht.

»Unsere Bruderschaft, Mikhail?« Seine Nasenlöcher blähen sich.

»Ja, Vater. Es macht Sinn, und jetzt ist nicht die Zeit, um zu zweifeln oder um den heißen Brei herumzureden. Es muss jemand aus unserem Umfeld gewesen sein, der unsere Bewegungen kannte oder uns mit Informationen versorgt hat. Ich weiß nicht, ob es eine Person oder eine Gruppe ist, aber wir müssen auf uns aufpassen.«

»Gott im Himmel. Es wird immer schlimmer.«

»Ich weiß.«

»Wo stehen wir jetzt?«

»Ich möchte, dass das vorerst unter uns bleibt, und ich schlage eine Untersuchung aller Personen vor, die für uns arbeiten.«

»Alle.« Er sagt das mehr als Feststellung denn als Frage.

»Ja. Wir können uns keinen Fehler leisten. Eric ist noch dabei, alles zu überprüfen.«

Er nickt. »Okay. Und einverstanden. Ich werde mit Aiden Romanov persönlich sprechen und ihm dafür danken, dass er uns einen seiner besten Männer zur Verfügung stellt.«

Ich neige den Kopf. »Vater, du weißt, dass Eric auch außerhalb unseres Bündnisses mit den Bratva geholfen hätte.«

»Ja. Es ist eine Schande, dass wir kein solches Vertrauen in unsere eigenen Männer haben können. Ich kann dir gar nicht sagen, wie ich mich dabei fühle.« Er fletscht die Zähne und ballt die Hände zu festen Fäusten, die wegen seiner Beschwerden noch mehr zittern. »Jemand, den wir kennen und dem wir unser Leben anvertraut haben, hat uns beobachtet, und sie haben mir deine Mutter weggenommen.«

»Ich weiß, wie du dich fühlst, Vater.«

Er schüttelt den Kopf. »Mein Sohn, ich weiß, dass du deine Mutter und deine Schwester von ganzem Herzen geliebt hast. Es ist lobenswert, wie du dich um sie gekümmert hast. Aber du weißt nicht, wie ich mich fühle. Deine Mutter war die Liebe meines Lebens, und ihr Kinder seid das Ergebnis dieser Liebe. Ich konnte meine Liebe zu ihr nur durch meine Kunst zeigen. Als ich das nicht mehr tun konnte, fand ich Trost darin, einfach bei ihr zu sein. Wenn du die Frau triffst, die sich wie die andere Hälfte deiner Seele anfühlt, kann nichts beschreiben, wie es sich anfühlt, wenn du sie verlierst.«

Nur wenige Dinge ergreifen mich so sehr, dass ich mit meiner Seele in Berührung komme. Er scheint mich immer zu diesem Punkt zu führen. Ich habe keine Worte des Trostes für ihn, und ich fühle mich unzulänglich dafür.

»Ich habe das Gefühl, dass es nicht ausreicht, dir zu sagen, wie leid es mir tut.«

»Denn nichts ist genug, mein Sohn. Nichts wird jemals genug sein. Sie zu lieben war meine Stärke, und jetzt ist es meine Schwäche. Schwäche ist ein Fluch bei den Bratva. Schwach zu sein bedeutet, sein Todesurteil zu unterschreiben, doch ich habe mich dafür entschieden, und jetzt hat es mich zum Krüppel gemacht. In meinem Herzen ist ein Loch, das nie wieder gefüllt werden kann. Jetzt, wo sie nicht mehr da ist, freue ich mich nur noch auf den Tod.«

Der leblose Ton seiner Stimme gräbt ein Loch in mein Herz und entwaffnet mich. Er hat recht mit der Schwäche und der Liebe. Liebe ist der schnellste Weg, schwach zu werden, weil deine Feinde sie gegen dich verwenden, um dich von innen heraus zu zerstören.

Mein Vater sieht zerstört aus.

Irgendwo in meinem Hinterkopf warnt mich eine Stimme davor, das Gleiche mit mir machen zu lassen. Das ist lächerlich, denn ich dachte immer, ich sei zu einer solchen Liebe nicht fähig. Aber vielleicht winkt mir die Stimme jetzt zu, weil ich meinem Gegenstück begegnet bin. Eine Frau, von der ich besessen bin, ihren Körper zu besitzen und für mich zu beanspruchen, seit ich sie das erste Mal gesehen habe.

Das ist eine gefährliche Sache, die mich teuer zu stehen kommen könnte, und das kann ich nicht zulassen.

Vater atmet kontrolliert ein und versucht, sich zu beruhigen. Ich merke, dass er immer noch aufgeregt ist. Das erwarte ich auch von ihm, und es muss ihn innerlich auffressen, dass er nicht mehr der rücksichtslose Anführer sein kann, der er einmal war. Wäre er noch der Alte, würde er auf keinen Fall zulassen, dass außer ihm noch jemand auf der Suche nach Wahrheit und Gerechtigkeit auf die Straße geht.

»Ich verspreche dir, dass ich das in Ordnung bringen werde«, sage ich ihm und er nickt.

»Ich weiß, dass du das tun wirst. Ich bin dankbar dafür, dass du buchstäblich von den Toten auferstanden bist und dich der Sache angenommen hast.«

»Danke, Vater. Vergiss nicht, dass wir immer noch die Kontrolle über das Kartell haben. Das ist ein großer Sieg, mit dem der Feind nicht gerechnet hat. Sie haben auch nicht mit mir gerechnet. Es war nicht vorgesehen, dass ich überlebe.«

»Nein, das war es nicht.«

»Tröste dich also damit, dass ich das in der Hand habe.«

Ich brauche ihn, damit er mir glaubt und meinen Fähigkeiten vertraut. Besonders für das Ziel, das ich vor Augen habe. Ich werde ihm verdammt noch mal nicht erlauben, Ivan zum Pakhan zu wählen, wenn ich alle Fähigkeiten besitze, um die Bruderschaft so zu führen, wie es unsere Vorväter getan haben.

Deshalb muss ich konzentriert bleiben. Das muss ich *jetzt* mehr denn je tun.

Er legt mir eine Hand auf die Schulter und nickt.

»Das tue ich, Mikhail. Ich finde Trost in allem, was du tust. Und ich vertraue darauf, dass du das hinbekommst. Du hast meine Erlaubnis zu tun, was immer du für richtig hältst, und alle Mittel zu nutzen, die du brauchst, um die Aufgabe zu erfüllen, das Unternehmen und die Bruderschaft zu sichern.«

»Vielen Dank, Vater.«

Diese Woche habe ich zugelassen, dass meine Begierde nach einer Frau, die ich eigentlich benutzen sollte, die Oberhand über mich gewinnt. Ich muss meine Denkfähigkeit unter Kontrolle bringen und dieses Problem, das über unseren Köpfen schwebt, aus der Welt schaffen. Unsere Zukunft und Sicherheit hängen davon ab.

Meine Zukunft und meine Sicherheit hängen davon ab, ebenso wie alles, wofür ich so hart gearbeitet habe.

Ich kann nicht zulassen, dass irgendetwas damit kollidiert, nicht einmal Adriana.

Egal was ich für sie empfinde.

27

NATALIA

Die Frauen gehen ins Wohnzimmer, wo die Dienstmädchen uns kleine Kuchen zum Essen servieren. Ich bin dankbar, dass ich von Mikhails Bruder wegkomme. Ich weiß nicht, wo er ist, aber die Art, wie er mich angesehen hat, gefällt mir nicht. Oder sollte ich sagen: angrinst. Es ist ein großer Unterschied, ob man jemanden nur ansieht oder ob man auf seinen Körper gafft.

Er erinnerte mich an die Wächter von Raul. Die Art und Weise, wie sie mich angrinsten und mich mit ihren Augen auszogen, machte mich krank. Ich konnte nicht gerade heraus respektlos gegenüber Ivan sein, aber ich glaube nicht, dass ich mit dem, was ich gesehen habe, falsch liege.

Mir ist auch die Spannung zwischen ihm und Mikhail nicht entgangen. Das war sehr offensichtlich. Ich merke, dass Sophia versucht, uns alle zum Reden zu bringen, aber die drei Frauen bei uns scheinen mich nicht besonders zu mögen.

Sie haben über ihre Urlaubspläne für die Osterferien gesprochen, und ich habe hier gesessen und an einem Glas Fruchtpunsch genippt.

Mikhail ist noch nicht so lange weg, aber lange genug.

Die jüngste Frau, die vielleicht etwas älter ist als ich, wirft mir immer wieder böse Blicke zu und schaut dann zu ihrer Schwester, die kichert, als ob es um einen Insider geht.

Ich habe ihre Namen sofort vergessen, nachdem sie sie mir sagten, weil sie mich beide so abscheulich anschauten. Ihre Mutter scheint etwas netter zu sein, aber ich denke, sie ist wahrscheinlich nur wegen Sophia nett.

Ein weiterer Blick kommt in meine Richtung. Ich tue so, als würde ich nicht bemerken, wie sie mich ansieht, aber damit bin ich fertig, also schaue ich direkt zurück und strahle sie an, was sie so überrascht, dass sie schnell wegschaut.

Gott, ich brauche Frischluft.

Ich kann mich jetzt nicht mit so einer Scheiße beschäftigen.

Wenn wir bald wieder nach Hause fahren, sehe ich nicht ein, warum ich hier sitzen muss, während sie mich behandeln, als wäre ich eine Aussätzige.

Ich stehe auf, und Sophia schaut zu mir hoch.

»Geht es dir gut, Liebes?«, fragt sie. »Verzeih uns, dass wir uns von unseren Reiseplänen haben mitreißen lassen. Es ist schon eine Weile her.«

»Ich brauche nur etwas frische Luft. Ist es okay, auf die Terrasse zu gehen?«, antworte ich.

»Natürlich, das ist kein Problem.«

»Danke.«

Alle sehen mir nach, als ich hinausgehe, und ich bin sicher, dass ich, sobald die Tür geschlossen ist, das Gesprächsthema unter ihnen sein werde.

Es interessiert mich nicht. Es kann mich nicht interessieren. Ihr Leben ist anders als meines, und ihre Erfahrungen sind es auch. Wenn man das durchgemacht hat, was ich erlebt habe, sind Frauen, die Schlampen sind, die geringste Sorge. Außerdem werde ich nur so behandelt, wie ich es erwartet habe, als ich hierherkam.

Es ist nur gut, dass es nicht von der Person kommt, um die ich mir am meisten Sorgen gemacht habe – von Mikhails Vater. Obwohl ich nicht weiß, worüber er mit Mikhail spricht. Darüber kann ich mir auch keine Sorgen machen.

Alles, was José mir gesagt hat, geht mir durch den Kopf.

Nichts ist gut für mich, aber ich habe keine Macht. Die einzige Macht, die ich jetzt habe, ist mein gegenwärtiges Verhalten. Ich muss das, was ich tue, weiterhin tun.

Also tue ich weiterhin so, als wäre ich Adriana Alvarez.

Das Problem ist, dass man nicht weiß, wann etwas passieren wird. Es ist alles so riskant. Ich könnte diese ganze Fluchtroute im Kopf haben, aber was passiert, wenn ich zuvor entdeckt werde?

Das wird nicht gut für mich sein.

Wenigstens weiß ich, dass José mir mehr Zeit verschafft hat, indem er alles, was mir in Mexiko Sorge bereitet hat und Adriana identifizieren könnte, beseitigte. Zu wissen, dass er das getan hat, hat mich beruhigt. Allerdings nur bis zu einem gewissen Grad, denn die Gefahr der Enttarnung ist immer noch sehr groß, und keiner von uns weiß oder wird wissen, woher diese Gefahr kommen wird.

Ich wünschte nur, ich könnte etwas mehr für mich tun. Es ist nicht fair, dass José alles machen muss.

Aber was würde ich tun? Was kann ich tun?

Und was kann ich in diesem verwirrten Zustand tun, in dem ich mich immer befinde, wenn ich mit Mikhail zusammen bin?

Ich glaube, ich bin an einem Punkt angelangt, an dem ich akzeptieren kann, dass ich etwas für ihn empfinde. Ich weiß, dass ich das tue.

Ich kann spüren, wie es in mir brodelt, egal wie sehr ich mich dagegen wehre.

Das Gefühl hat mich gestern Abend wirklich mit voller Wucht getroffen, als ich einen Blick in seine Seele warf und den Mann sah, der hinter dem Monster steckte. Seitdem ist mein Herz ein einziges Hämmern.

Im Laufe des Tages, als ich an ihn und mein Gespräch mit José dachte, hat sich mein Herz umgedreht und in Verwirrung verharrt.

Ich will das alles wegschieben, aber wie die Flammen des Feuers lockt er mich zu sich. Ich berühre diese Flammen immer wieder, dringe mit meiner Hand immer tiefer in sie ein, obwohl ich weiß, dass ich mich verbrennen werde.

»Genießt du die Aussicht?«, ertönt eine Stimme hinter mir, die mir einen eiskalten Schauer über den Rücken jagt.

Als ich mich umdrehe und sehe, dass Ivan mich beobachtet, bekomme ich eine Gänsehaut. Sie verteilt sich über meinen Körper und kribbelt auf meiner Kopfhaut.

Es ist erstaunlich. Hier draußen ist es so kalt, dass mein Atem in der Luft hängt. Ich habe keinen Mantel an und meine Schultern sind nackt, aber mir war nicht kalt, bis dieser Mann mich ansprach.

Was ist es, das mir an ihm so komisch vorkommt?

Er ist unheimlich, aber es steckt mehr dahinter. In meinem Kopf schrillen alle Alarmglocken, die mir sagen, ich solle aufpassen und vorsichtig sein mit dem, was ich sage.

»Ich brauchte nur etwas frische Luft«, antworte ich, und er nimmt das als Einladung, näher zu kommen.

Auf seinem Gesicht ist die Andeutung eines Lächelns zu sehen. Kein freundliches oder humorvolles Lächeln. Es ist eines, das eine spöttische Ausstrahlung hat.

Er sieht anders aus als Mikhail. So anders, dass man sie nicht für Brüder halten würde, aber beide haben auffallende Ähnlichkeiten mit ihrem Vater. Ivan hat hellblaue Augen, blassere Haut und helleres braunes Haar. Mikhail hingegen hat dunklere Gesichtszüge, und seine Haut hat fast denselben Olivton wie meine.

Ivan ist außerdem schlanker gebaut und hat weniger Muskeln, während Mikhail Berge davon hat. Die Brüder könnten nicht unterschiedlicher sein.

»War es drinnen zu stickig? Die Frauen können ein wenig anmaßend sein mit ihrem Geschwätz.« Sein Lächeln wird breiter.

»Es lief gut mit ihnen. Sie haben über das Reisen gesprochen. Da ich noch nicht viel gereist bin, war es interessant, das zu hören.«

Ivan beobachtet mein Gesicht und verengt seine Augen für einen kurzen Moment, bevor er mich von oben bis unten mustert.

Es ist seltsam, so analytisch zu sein, wenn man jemanden direkt vor der Nase hat.

»Stimmt etwas nicht?«, frage ich, als er mich weiter mustert.

»Das glaube ich nicht. Du kommst mir nur bekannt vor, aber das würde keinen Sinn ergeben.«

Mein Mund wird trocken, und es fällt mir schwer, an dem Kloß in meinem Hals vorbeizuschlucken. Wie schrecklich wäre es, so weit zu kommen, nur damit dieser Mann mich erkennen würde. Aber wie sollte er das tun?

Raul hielt mich von seinen Geschäftspartnern fern, und wenn ich einen von ihnen sah, bekamen sie mich nicht zu Gesicht.

Ich habe Ivan zu keinem Zeitpunkt gesehen. Niemals.

Mit dieser Begründung schüttle ich den Kopf und sammle meine Kräfte, aber ich versuche immer noch herauszufinden, warum ich ihm bekannt vorkomme.

»Ich glaube nicht, dass du mich schon kennst«, sage ich ihm. Ich weiß nicht, woher ich den Mut nehme, so selbstbewusst zu sprechen, aber ich tue es. »Mein … Vater hat mich von seinen Mitarbeitern ferngehalten.«

»Natürlich«, stimmt er zu und neigt den Kopf. »Er hielt dich an der kurzen Leine, sozusagen. Ich schätze, ich habe einfach etwas an dir erkannt, aber ich muss mich wohl irren.«

In dem Moment, in dem er das sagt, fällt mir etwas auf.

Mir kommt eine Idee, und ich überlege, woher die Bedrohung kommen könnte, die ich befürchtet hatte.

Meine Mutter.

Es besteht die Möglichkeit, dass er meine Mutter getroffen hat. Meine Eltern hatten beide mit Rauls Mitarbeitern zu tun. Ich bin mir nicht sicher, auf welche Weise sie ihn gekannt haben könnte, aber es scheint möglich, dass sie sich getroffen haben.

Das Erste, was jeder sagt, der mich trifft und sie kennengelernt hat, ist, wie sehr ich ihr ähnlich sehe.

Die einzigen Unterschiede zwischen uns sind mein Haar und meine Augen. Das sind meine mexikanischen Hauptmerkmale, aber wenn man mich ansieht, kann man die kaukasischen Züge erkennen, die sie von ihren irischen Wurzeln geerbt hat.

Mein Gott, was soll ich tun, wenn er mich mit ihr in Verbindung bringt?

Er richtet sich auf und scheint die Idee mit einem Achselzucken abzutun, aber ich merke schon, dass er in Gedanken schon bei etwas anderem ist.

»Wie behandelt dich Mikhail?« Er tritt ein wenig näher und stützt seine Hände auf das steinerne Geländer.

»Gut. Er behandelt mich gut.«

Das Lächeln kehrt zurück, und in seinen Augen lauert ein böses Glitzern. »Genieße es, solange es anhält.« Er rückt näher an mich heran, und mir läuft ein Schauer über den Rücken. »Ich bin sicher, das wird sich nach der Hochzeit ändern.«

Ich taxiere ihn mit meinem Blick und merke, dass ich wieder an dem Punkt bin, an dem ich mich frage: Was wird mit mir nach der Hochzeit passieren?

Er scheint die Antwort zu haben, die ich suche.

»Inwiefern werden sich die Dinge ändern?«, frage ich mit leiser Stimme.

»Machen wir uns nichts vor. Glaubst du ernsthaft, dass mein allmächtiger, erobernder Schurke von einem Bruder sich an die Tochter des Mannes binden wird, der seine Mutter und unsere Schwester getötet hat?«

Ich bemerke, wie er von *seiner Mutter* und *unserer Schwester* spricht. Da wird mir klar, dass sie nicht dieselbe Mutter haben können. Deshalb sehen sie auch so unterschiedlich aus.

Ich denke, Ivan wollte wohl, dass ich das weiß, sonst hätte er es nicht gesagt. Oder er war sich nicht bewusst, dass er es tat. Ich habe das Gefühl, dass er keine Worte verschwendet, als ob alles, was er sagt, darauf ausgelegt ist, dort zu treffen, wo es am meisten wehtun soll.

Es klappt.

»Mein Bruder ist nicht die Art von Mann, die sich an eine Frau bindet, und das wird er bei dir sicher nicht tun.«

»Was wird er mit mir machen?« Mein Herz zieht sich zusammen, und ich versuche, das Brennen der Tränen in meinen Augen zu unterdrücken.

»Ich bin sicher, sobald du nicht mehr sein liebstes Fickspielzeug bist, wird er dich für einen hübschen Penny verkaufen.«

Mich verkaufen?

Alles in mir gefriert in der kalten Luft, die uns einhüllt.

Mikhail will mich verkaufen?

Ich soll verkauft werden. Dasselbe schreckliche Schicksal, das ich zuvor befürchtet hatte. Dasselbe schreckliche Schicksal, von dem ich dachte, ich sei ihm entkommen.

Ich wünschte, ich könnte glauben, dass dieser Mann mich nur verhöhnt, aber warum sollte er das tun? Warum sollte er so grob sein und mein Gehirn durcheinander bringen, wenn es nicht wahr wäre?

»Er wird mich verkaufen?« Ich kriege die Worte kaum heraus.

Ivan streckt seine Hand aus, um meine Wange zu berühren und lehnt sich noch näher heran. Das Aufflackern des Verlangens in seinen Augen bestätigt, dass ich mich nicht in meinen vorherigen Gedanken über sein Interesse an mir geirrt habe.

»Verkaufe dich oder gib dich mir. Ich nehme dich mit Freuden, Adriana Alvarez.« Er bewegt sich zu meinem Ohr, und sein Atem flüstert über meine Haut. »Vielleicht brauchst du bis dahin einen harten Fick von jemandem, der dich richtig ficken kann.«

Die Angst packt mich mit ihren eisigen Klauen, und es fällt mir schwer, mich von seinen gefühllosen Worten zu lösen.

Erst als sich jemand hinter uns räuspert, entfernt sich Ivan von mir.

Als ich Mikhail am Türrahmen stehen sehe, werde ich wieder aufmerksam, und mein erster Instinkt ist, zu ihm zu laufen.

Aber wie könnte ich mich so fühlen, wenn er mich verkaufen oder seinem Bruder geben würde, wenn er mit mir fertig ist?

Ich bin bei niemandem und nirgendwo sicher. Das ist das einzig Wahre und die einzige Tatsache, der ich vertrauen kann. Ganz gleich, was er für mich zu empfinden scheint.

»Leistest du meiner zukünftigen Frau Gesellschaft, Bruder?«, fragt Mikhail mit einem sarkastischen Unterton. Er hört sich an, als würde er sein Bestes tun, um sich zusammenzureißen.

»Du kennst mich«, antwortet Ivan.

Mikhail knirscht mit den Zähnen und beginnt Russisch zu sprechen. Ich habe keine Ahnung, was er sagt, aber die Schärfe und das feste Timbre, in dem er spricht, lassen vermuten, dass es nichts Gutes sein kann. Ivan antwortet in demselben Tonfall, aber ein spöttisches Grinsen erhellt sein Gesicht.

Mikhail grinst schließlich und hält mir seine Hand hin.

»Malyshka, lass uns gehen«, sagt er mit leuchtenden Augen.

Ich nehme wieder seine Hand und lasse mich von ihm von Ivan wegführen.

Bei jedem Schritt spüre ich Ivans kalten Blick auf mir. Selbst als Mikhail und ich ins Auto steigen und wegfahren, spüre ich, dass er mich wie ein schlechter Traum verfolgt.

Ich sehe Mikhail an, als wir auf die offene Straße kommen, und frage mich, wie er mich in einem Atemzug sein nennen und im nächsten verraten kann.

Vielleicht ist das einfach die Art von Ungeheuer, die er ist.

Ich muss wissen, was er vorhat.

Wenn es das ist, was Ivan gesagt hat, bin ich am Ende. Dann gibt es für mich *keinen* Ausweg mehr.

28

NATALIA

Wir fahren in der gleichen Stille nach Hause, in der wir vor Stunden losgefahren sind. Sie legt sich über uns, und ich bin so in meinen Gedanken versunken, dass ich Angst habe zu atmen. Ich merke, dass es ihm genauso geht und dass der heftige Streit oder was auch immer es war, den er mit seinem Bruder hatte, ihn in schlechte Stimmung versetzt hat.

Mikhail hat die meiste Zeit der Fahrt damit verbracht, das Lenkrad zu umklammern, als wolle er jemandem den Hals umdrehen.

Als wir zum Haus zurückkehren, schweigt er und geht mit mir die Treppe hinauf ins Schlafzimmer. Die ganze Zeit überlege ich, wie ich mit ihm reden und ihm die Fragen stellen kann, die mir schwer auf dem Herzen liegen.

Es ist spät, also erwarte ich, dass wir ins Bett fallen, aber er sieht nicht so aus, als würde er das tun. Er sieht aus, als würde er sich darauf vorbereiten, wieder rauszugehen.

Mikhail sieht mir zu, wie ich meine Stöckelschuhe ausziehe, und geht zu mir hinüber, um mir zu helfen, den Reißverschluss auf der

Rückseite meines Kleides zu öffnen. Er bleibt hinter mir stehen, und wir betrachten uns selbst im hohen Spiegel. Es macht mir Angst, wie gut wir zusammen aussehen. Das Spiegelbild zu betrachten, ist als ob man das Ergebnis eines Rezepts betrachtet, welches man sich selbst ausgedacht hat. Als ob man Spaghetti an die Wand wirft und sieht, dass sie wie Kleister kleben bleibt.

Seine warmen Finger flattern über die nackte Haut meines Rückens und bringen mich wieder auf den Boden der Tatsachen zurück.

»Ich will nicht, dass du mit meinem Bruder sprichst, wenn du es verhindern kannst«, murmelt er.

Ich drehe mich um und sehe ihn an.

»Warum?« Nach dem, was Ivan zu mir gesagt hat, klinge ich in meinen Ohren dumm, weil ich diese Frage stelle, aber ich will wissen, warum *er* nicht will, dass ich mit seinem Bruder spreche.

»Weil ich es sage.«

»Du denkst, nur weil du das sagst, ist das Grund genug für mich, unhöflich zu deiner Familie zu sein.«

Er knirscht mit den Zähnen. »Hör mir einfach zu, verdammt. Ich will nicht, dass du mit ihm redest oder mit ihm allein bist. Er ist kein guter Mensch.«

»Und du bist einer?« Ich weiß, dass ich das Biest auf die schlimmste Art und Weise reize. Ich kann mir nicht helfen. Alles macht mich verrückt, und ich hasse es, dass ich nichts tun kann, um mich aus diesem Schlamassel zu retten.

»Malyshka, lass dich nicht von mir bestrafen. Es wird dir nicht gefallen. Es wird nicht annähernd so sein, wie es dir früher gefallen hat.«

Er entfernt sich und geht zur Tür, was meine Vermutung bestätigt, dass er hinausgeht.

»Wohin gehst du?«

»Zur Arbeit.«

»Es ist spät.«

Er öffnet die Tür, und ich möchte schreien und nach ihm rufen. Ich möchte ihn anflehen, zu bleiben und mir zu sagen, was er mit mir vorhat. Ich möchte nicht an jemanden wie Ivan verkauft oder verschenkt werden.

Aus Verzweiflung hebe ich den Briefbeschwerer auf dem Tisch auf und werfe ihn gegen die Wand.

Er zerbricht, und er bleibt stehen und dreht sich zu mir um.

»Was zum Teufel ist los mit dir?«, knurrt er und seine Augen leuchten.

»Wirst du mich verkaufen?«, bricht es aus mir heraus. Allein der Gedanke, ihm diese Worte zu sagen, erfüllt mich mit Schrecken. »Ist es das, was du mit mir nach der Hochzeit machen wirst? Mich verkaufen? Oder mich verschenken?«

Eine unkontrollierte Träne gleitet mir über die Wange, und eine weitere folgt. Ich hasse es zu weinen, und am schlimmsten ist es, vor ihm zu weinen. Jetzt muss er nur noch der rücksichtslose Mistkerl sein, der er ist, und mit ›Ja‹ antworten.

Aber ich bin nicht besser, denn ich will fliehen, sobald er sich umdreht oder jemand ihm eine Kugel verpasst, um ihn zu erledigen. Die Sache ist nur die, dass ich es nicht tun könnte. Ich könnte nicht einfach weglaufen und ihn sterben lassen, um mich selbst zu retten. Aber er würde mich verkaufen, ohne mit der Wimper zu zucken.

Mikhail kommt zurück zu mir und bleibt kurz vor mir stehen, um mich mit einem starren Blick anzustarren.

»Wer hat dir das erzählt?«, fragt er.

»Das spielt keine Rolle. Du hast mir in jener Nacht nie geantwortet, als ich dich fragte, was du von mir willst. Du hast mir gesagt, ich solle wieder schlafen. Warum kannst du mir nicht einfach eine Antwort auf eine einfache Frage geben? Ich will nur wissen, ob du vorhast, mich zu verkaufen, wenn ich nicht mehr dein Fickspielzeug bin.«

»Fickspielzeug?«, murmelt er nachdenklich, und dann verhärtet sich sein Gesicht vor Verständnis. »Was hat mein Bruder zu dir gesagt, Adriana?«

Er weiß es.

»Er sagte, du würdest mich verkaufen oder ihm schenken.«

Seine Augen verfinstern sich vor Wut, und ich schwöre, dass die pochende Vene an seinem Kopf gleich platzen wird. Er drängt mich an die Wand, und als mein Rücken auf die glatte, tapezierte Oberfläche trifft, verlässt die Luft meine Lungen.

»Ist es das, was du tun wirst, Mikhail?«, flüstere ich, und er presst seinen Mund auf meinen für einen rauen, unverschämten Kuss.

Er vergewaltigt meine Lippen, küsst mich, als wolle er mich besitzen. Er ist immer intensiv. *Immer*.

Dieses Mal jedoch fühlt es sich an, als wolle er verzweifelt das letzte Stück von mir nehmen, das ich für mich zu behalten versuche. Seine hungrigen Lippen verschlingen mich, und ich nehme, was er mir gibt, wohl wissend, dass ich die Grenze der Vernunft überschritten und in den Wahnsinn übergegangen bin.

Das ist Wahnsinn. Er kriecht in meinen Kopf und spinnt ein unsichtbares Netz der Versuchung, dem ich nicht entkommen kann.

Nur er kann mir das antun.

Nur er kann mich mit einem Kuss, der mich dazu bringt, mein Herz, meinen Körper, meinen Geist und meine Seele aufzugeben, so zerbrechen.

Mikhail umschließt meinen Kiefer, und seine Lippen wandern über meine Wangen, meine Augen, mein Kinn, meine Nase. Dann streicht er über meine Lippen, während er gleichzeitig mein Kleid bis zu meinen Hüften hochhebt und seine Finger in meine Muschi schiebt. Er streift mit seiner Nase über meine und atmet mich ein, während er seine Gürtelschnalle öffnet und seine Hose herunterschiebt.

Ich hebe mein Bein, um es um seine Taille zu legen, er positioniert seinen Schwanz an meinem Eingang und reibt mein Geschlecht. Als Nächstes hebt er meinen Kiefer an und senkt seinen Kopf, sodass meine Augen mit seinen übereinstimmen. Ein verruchtes Lächeln tanzt auf seinen Lippen.

»Nein. Meine Antwort ist Nein. Malyshka. Ich werde dich nicht verkaufen oder jemandem geben, denn du gehörst *mir*.«

Ich bin bereits feucht für ihn. Als er in meine Muschi stößt, heißt mein Körper ihn willkommen.

Ich kann nicht antworten, aber das ist auch nicht nötig. Mein

Körper übernimmt das Reden für mich, als ich meine Arme um seinen Hals lege und ihn zu meinen Lippen ziehe, um ihn zu küssen.

Ich mache das. Ich.

Mikhail heißt mich willkommen, als ob er auch mir gehören würde.

Ein Ruck wilder sexueller Energie durchzuckt mich wie Feuer, und die Lust raubt mir den letzten Atem aus der Lunge. Seine Bewegungen werden schneller, brandschatzen meinen Körper, dringen tiefer und tiefer in mich ein, während er mich hart und mit Gewissheit fickt.

Jede Berührung, jeder Kuss, jedes achtlos geflüsterte süße Nichts auf Russisch lässt mich dem Höhepunkt näher kommen. Dann kommt er. Ich komme, und gedankenlose Ekstase lähmt meinen Körper, und unsere Herzen klopfen zusammen, schlagen wie eins. Unsere Körper beben, teilen sich die Erlösung, und wir beide ergeben uns der Kraft, die uns zusammengetrieben hat.

Selbst als ich spüre, dass er kommt, hört er nicht auf, mich zu küssen oder zu berühren. Wir machen einfach so weiter, und ich weiß, dass alles anders sein wird, wenn wir aufhören. Nichts wird mehr so sein, wie es einmal war.

29

MIKHAIL

»Reite mich, Baby«, sage ich ihr und drücke ihre Hüften, während sie meinen Schwanz nimmt und sich über mich bewegt. Sie sieht aus wie eine lebendig gewordene Fantasie, wenn ihr Haar dabei wippt und ihre herrlichen Titten sich vor meinem Gesicht auf und ab bewegen. »Fester, fick mich so, wie du es willst.«

Sie tut genau das, was ich ihr sage, wie das brave Mädchen, das sie ist. Das prickelnde Gefühl, das sich über meine Seele ergießt, löscht jeden Gedanken und jede Verantwortung aus meinem Gehirn aus. Ich habe dieses drogenbedingte Gefühl, dass ich an nichts denken kann, was nicht mit ihr zu tun hat.

In den Momenten, in denen ich es tue, erinnere ich mich an meine Drohungen an Ivan, er solle sich vorsehen. Sie konnte nicht gewusst haben, was ich sagte, weil ich Russisch sprach. Ich wollte nicht, dass sie von meinem schlechten Verhältnis zu meinem Bruder erfährt. Aber ich bin sicher, dass sie es erraten hat. Das war nicht schwer. Und wenn ich ihn das nächste Mal sehe, werde ich dafür sorgen, dass er laut und deutlich die Botschaft erhält, meine Frau in Ruhe zu lassen.

Ich brauche es nur es noch ein einziges Mal, bevor ich gehe.

Ein weiteres Mal.

Sekunden vergehen, dann Minuten, dann Stunden, und ich kann nicht aufhören. Es ist schlimmer als in der letzten Nacht, als wir so waren. Wir ficken, bis wir einschlafen, und alle Pläne, was ich zu tun hatte, werden in den Hintergrund gedrängt.

Als die Sonne aufgeht und wir unsere Augen öffnen, bin ich wieder in ihr. Ich mache Pausen, um uns Essen und Wasser zu holen, und dann bin ich wieder in ihr. Ich habe den Verstand verloren und mich dem Leichtsinn hingegeben, wobei ich mich damit tröste, dass mein Telefon nicht geklingelt hat, was im Allgemeinen bedeutet, dass ich nicht gebraucht werde.

Das bedeutet keineswegs, dass ich keine Arbeit habe. Es gibt so viel zu tun, aber ich kann nicht aufhören, sie zu berühren.

Die Sonne geht wieder auf, und wir sind dieselben.

Ich habe sie auf Händen und Knien und ficke sie von hinten in ihre süße Muschi und in ihr Arschloch.

Der Tag endet auf dieselbe Weise, und ich schließe die Augen, spüre die Veränderungen und den Wandel in meinem Kopf.

Am dritten Tag wache ich vor ihr auf, und als ich sie berühre, ist sie so erschöpft, dass sie sich nicht mehr bewegt, was den Bann bricht.

Das holt mich in die Realität und in meine Verantwortung zurück, und ich zwinge mich, aus dem Bett zu steigen.

Bevor ich gehe, sehe ich sie an und merke, dass sie sich anfühlt, als gehöre sie zu mir. Als ich gehe, spüre ich sie überall, ich rieche den Duft ihrer Süße und schmecke sie in der Luft. Ich kann mich nicht beherrschen, egal wie sehr ich versuche, sie aus meinen Gedanken zu verbannen. Ich kann es nicht tun.

Ich spüre jedoch, wie ein Teil von mir selbst zurückkehrt, als ich den Flur zu Ivans Büro bei Dmitriyev Ltd. hinunterlaufe.

Es ist noch früh. Er wird noch nicht da sein, aber ich kann warten.

Er wird nicht damit durchkommen, was er zu Adriana gesagt hat.

Ich werde es nicht zulassen. Meine Abwesenheit in den letzten drei Tagen hat ihm eine Atempause verschafft, die er nicht verdient hat. Jetzt wird er meinen Zorn zu spüren bekommen.

Bevor ich in sein Büro komme, höre ich ihn drinnen, und er ist nicht allein. Ich hatte auf den Überraschungseffekt gehofft, aber so ist es besser.

Ich stoße die Tür auf, ohne zu klopfen, und sehe, wie er seine neue Sekretärin über dem Schreibtisch fickt.

Verdammt typisch Ivan. Kein Wunder, dass der Wichser zu früh kommt.

Seine Sekretärin, die völlig nackt ist, schreit, als sie mich sieht, und greift nach ihrer Kleidung.

»Verpiss dich«, sage ich ihr, und sie beschleunigt ihr Tempo, um sich wieder anzuziehen.

»Hast du noch nie was von Anklopfen gehört?«, bellt Ivan mich an.

»Nein.«

Seine Sekretärin huscht an mir vorbei, und ich schlage die Tür hinter mir zu.

Er fängt an, irgendeinen Scheiß über die Privatsphäre zu erzählen, aber ich marschiere zu ihm rüber und verpasse ihm einen Schlag ins Gesicht, der ihn zu Boden schickt

Ich breche ihm die Nase und Blut spritzt auf sein weißes Hemd.

Ivan springt auf und will gegen mich kämpfen, aber ich packe ihn an der Kehle und schlage ihn gegen die Wand. Er packt mich am Hals und drückt fest zu, als ob er denkt, dass er mich töten kann. Ich habe Neuigkeiten für ihn, denn ich habe den Tod gekostet und war in der Hölle. Es wird mehr nötig sein, um mich dorthin zurückzuschicken.

»Scheißkerl«, zischt er.

»Ja, verdammt, das bin ich«, knurre ich ihm ins Gesicht. »Wie kannst du es wagen, meinem Mädchen zu sagen, dass ich sie verdammt noch mal verkaufen werde?«

Ich schlage ihm ein Knie in den Magen, woraufhin er umkippt und sich aus dem Griff löst, den er um mich hatte.

»Wie kannst du es wagen, Ivan? Bleib verdammt noch mal weg von ihr.«

Er fängt an zu lachen, und das Geräusch erschreckt mich.

»Was lachst du so blöd, du Arschloch?«, brülle ich.

Ivan lacht noch mehr, und ich stoße ihn von mir weg.

Er stolpert zurück gegen die Wand.

»Ich lache über dich, *Bruder*. Schau dich an.«

»Was zum Teufel ist an mir so lustig?«

»Du kannst es nicht einmal sehen, oder? Du hast die gleiche Macke wie unser Vater: Du bist dumm wegen eines hübschen Gesichts. Es hat nur weniger als zwei Wochen gedauert, bis du wegen einer einfachen Pussy den Verstand verloren hast, und deshalb wirst du nie ein guter Anführer sein.«

»Halt die Klappe.« Ich will noch einmal zuschlagen, aber er blockt mich ab und fängt meinen Arm ab.

»Ich habe einen Nerv getroffen, nicht wahr? Sieh nur, wie lange es her ist, dass ich dich sah und zu deinem Mädchen sagte, was ich sagte. Du hast drei Tage gebraucht, um mich zu finden. Sie war wütend, als du gegangen bist. Ich bin sicher, sie hat dir sofort erzählt, was dein großer Bruder zu ihr gesagt hat, und doch hast du drei Tage gebraucht, um hierherzukommen und mir in den Arsch zu treten.« Er hält inne und lacht. »Eilmeldung, Mikhail: Du riechst nach Sex und Liebe. Du stinkst danach. Die Liebe strömt aus deinen Augen. Du bist in sie verliebt, stimmt's?«

»Halt die Klappe.«

»Wie kannst du die Ausgeburt des Mannes lieben, der für den Tod deiner Mutter und deiner Schwester verantwortlich ist? Wie kannst du denken, dass das in Ordnung ist? Wie, Mikhail? Sieh dir an, was sie Talia angetan haben, und trotzdem kommst du hierher und schlägst mich nieder. Mich, deinen Bruder, deine Familie. Du bist gekommen, um mir wegen einer Muschi in den Arsch zu treten. Schande über dich.«

Ich reiße meinen Arm von ihm los und starre ihn an.

Ich möchte ihm noch einmal sagen, dass er die Klappe halten soll. Ich will ihm sagen, dass er sich in mir täuscht. Ich möchte sagen, dass ich sie nicht liebe und alle Gründe aufzählen, warum ich nicht das sein kann, was er mir vorwirft, aber meine Lippen bewegen sich nicht.

Ich trete zurück und fletsche die Zähne.

»Bleib weg von mir und den meinen, Bruder. Ich meine es ernst.«

Ivan antwortet mit einem leisen Lachen, und ich gehe, bevor wir uns wirklich streiten können, wie es in der Vergangenheit der Fall war.

Wir haben uns beide zurückgehalten, und wenn ich diesmal so kämpfe, wie ich es will, bringe ich ihn wahrscheinlich um.

Ich stolpere ins Atrium und suche mir eine Ecke beim Wasserspender, wo ich einen Moment für mich sein kann.

Ich kann nicht in Adriana verliebt sein.

Liebe stand nie zur Debatte, und ich weiß es besser, als mich in sie zu verlieben. Ich kann nicht verliebt sein, weil ich weiß, dass es meine Schwäche sein wird, und ich kann jetzt nicht schwach sein, oder jemals. Jetzt ist die Zeit für Stärke.

Was Ivan über unseren Vater und meine Mutter gesagt hat, stößt mir sauer auf. Ich kann nicht mit ihm streiten. Nicht, nachdem Vater mir in der Nacht zuvor seine Seele offenbart hat. Wenn jemand jemals ein Beispiel dafür brauchte, wie Liebe aussehen sollte, brauchte er nur meine Eltern anzusehen. Mein Vater sagte mir selbst, er warte auf den Tod.

Ich musste nur die Lücken ausfüllen. Bevor meine Mutter getötet wurde, freute er sich darauf, den Rest seiner Tage mit ihr zu verbringen, egal wie wenig Zeit ihm noch blieb.

Jetzt wünscht er sich den Tod, um bei ihr sein zu können.

Sie zu verlieren hat ihn zerstört.

Ich kann mich nicht so verlieren.

Die Tatsache, dass Adriana die Tochter von Raul ist, habe ich hinter mir gelassen. Das beunruhigt mich nicht mehr. Wenn mich das stören würde, würde ich jetzt nicht über irgendetwas nachdenken.

Es geht um mich. Ich kann nicht ich selbst sein, wenn ich etwas erliege, von dem ich weiß, dass es mich irgendwann zum Krüppel macht. Das geht gegen mich als Person. Das Einzige, was man tun kann, um das zu verhindern, ist, zum ursprünglichen Geschäftsplan zurückzukehren. Das Mädchen heiraten und das Kartell übernehmen.

Das ist alles, was es sein muss. Das ist alles, was es sein *sollte*. Und der einzige Weg, sie aus meinen Gedanken zu befreien, ist, sie zu meiden und die Mauer wieder aufzubauen, die ich errichtet hatte, als wir uns das erste Mal trafen.

Das ist es, was ich tun muss.

Mit diesem Gedanken gehe ich durch den Tag und arbeite bis spät in die Nacht, um mein Arbeitspensum der letzten drei Tage aufzuholen.

Kurz bevor ich meine Sachen packe und gehe, erhalte ich eine Nachricht von Eric, ob er mich zu Hause treffen kann. Mir ist klar, dass er etwas für mich dabei haben muss, aber die Tatsache, dass er mich zu Hause treffen will, erregt meine Aufmerksamkeit.

Ich fahre so schnell wie möglich nach Hause und finde ihn in meinem Büro, wo er auf mich wartet. Er hält einen braunen Briefumschlag in der Hand.

»Du solltest dich lieber hinsetzen«, sagt er, als sich die Tür schließt.

Ich stoße einen müden Seufzer aus und setze mich ihm gegenüber auf das Ledersofa.

»Was hast du gefunden?«

»Es ist nicht gut, aber ich behalte meine Meinung für mich und überlasse es dir, deine eigene zu bilden.« Er reicht mir den Umschlag. »Das war in einer der E-Mails. Sie war stark verschlüsselt. Als ich sie öffnete, sah ich den Grund dafür. Es ist der Vertrag. Rauls Kopie des Attentatsvertrags.«

Meine Kopfhaut spannt sich bei dieser Information an.

Ich öffne den Umschlag und ziehe das dreiseitige Dokument heraus.

Ich brauche nicht alles zu lesen.

Der oberste Absatz sagt mir alles und verändert das Spiel völlig.

. . .

Dieser Vertrag soll den Tod der folgenden Parteien absichern:

Elena, Talia, und Mikhail Dmitriyev.

Nach ihrem Tod werden Ihnen Anteile im gleichen Wert zugeteilt, sobald das Eigentum an der Dmitriyev Ltd. und der Baranov Bratva übertragen wurde.

Ich höre auf zu lesen, als mir ein Stein in die Magengrube fällt und mich ein Schock durchfährt.

Die ganze Zeit habe ich geglaubt, dass das Attentat auf meine Familie als Ganzes gerichtet war. Ich dachte, es ginge um uns alle. Aber das war es nicht.

Es ging nur um meine Mutter, meine Schwester und mich.

Warum?

»Es ging nie um alle.«

»Nein, Mikhail. Das tat es nicht.«

Ich starre Eric an, aber er sieht aus, als hätte er sich bereits seine Meinung gebildet.

»Meine Vergangenheit hat mich gelehrt, meinen Verstand offen zu halten. Ich habe dir gesagt, dass die Antwort manchmal direkt vor deiner Nase liegt. Du und ich sind nun schon seit einigen Jahren befreundet, und wir haben in dieser Zeit viel zusammen erlebt, also glaub mir, wenn ich sage, dass ich dir ein Freund war, und genau das bin ich auch, während ich dies sage.« Er hält einen Moment inne und presst die Lippen aufeinander. »Jemand hat dich beobachtet. Sie kannten jeden deiner Schritte. Sie glauben, dass sie die Macht haben, so etwas zu tun wie Anteile an der Firma gleichmäßig zu übertragen, aber nur, wenn das Eigentum übertragen wird. Sie wollten auch, dass du, deine Mutter und deine Schwester von der Bildfläche verschwinden. Mir fällt nur eine Person ein, auf die diese Beschreibung passen würde.«

Ich kann mir nur eine Person vorstellen, die mir das auch antun würde, aber ich kann nicht glauben, dass er das alles tun würde. *Mich* umbringen vielleicht. Aber meine Mutter und meine Schwester?

Warum nicht?

Er würde es tun, wenn er etwas zu gewinnen hätte und sie ihm im Weg stünden.

Wir waren ihm alle im Weg.

»Ivan«, murmle ich, und Eric nickt.

»Ja, alter Freund.«

30

MIKHAIL

Ich erinnere mich an meinen ersten Streit mit meinem Bruder.

Ich war acht und er war achtzehn. Wir machten einen Campingausflug, und er sollte auf mich aufpassen, während unsere Eltern ausgingen. Ivan sagte mir, ich solle am Fluss spielen, und forderte mich auf, die Schilder zu übersehen, auf denen stand, dass es gefährlich sei, dort zu bleiben.

Natürlich bin ich in den Fluss gefallen, denn der Grund für die Schilder war, dass der Boden nicht stabil war. Die Strömung war so stark, dass ich nicht dagegen anschwimmen konnte, aber Ivan stand am Ufer und sah zu, wie ich den Fluss hinuntertrieb und um Hilfe schrie. Jemand hat mich schreien gehört. Es war ein alter Mann. Er sprang rein und rettete mich.

Als unsere Eltern zurückkamen, log Ivan und erzählte allen, dass ich ihm nicht gehorcht und mich gegen seine Warnung hinausgewagt hatte. Ich bekam Ärger, aber an diesem Abend habe ich ihn wegen seiner Lüge zur Rede gestellt. Ich schlug ihn, und er brach mir den

Arm. Eine weitere Lüge wurde erzählt, wie das passiert war, und weil er älter war, glaubten ihm alle. Niemand würde glauben, dass ein Achtzehnjähriger einem kleinen Kind so etwas antun würde oder versuchen würde, es im Fluss zu ertränken.

Ich muss etwa achtzehn Jahre alt gewesen sein, bevor unsere Eltern anfingen, mir zuzuhören.

Schon damals war klar, dass mein Bruder meinen Tod wollte. Ich konnte seinen tiefen Hass auf mich einfach nicht verstehen.

Jetzt verstehe ich. Ich verstehe es wirklich und wahrhaftig.

Ich stehe auf, gehe zum Fenster und stütze meine Hände auf den weißen Holzsims.

»Mikhail.« Eric sagt meinen Namen zögernd.

Ich brauche einen Moment, um mich wieder auf ihn zu konzentrieren. Als ich das tue, weiß ich, dass ihm klar wird, dass ich gleich ausrasten werde.

»Ivan hat sich tatsächlich mit Raul und wer weiß wem zusammengetan, um meine Mutter, meine Schwester und mich loszuwerden.« Ich spreche die Worte mehr zu mir selbst als zu ihm. »Alles, damit er das Imperium übernehmen kann.«

Eric sieht, dass es mir schwerfällt, die Wahrheit zu begreifen, und nickt einfach.

»Ich könnte mich irren, aber das passiert fast nie, wenn ich einen starken Verdacht habe.« Er sieht unruhig aus. »Ich weiß, dass die Lage zwischen dir und deinem Bruder bereits angespannt ist. Das Letzte, was ich will, ist, noch mehr Probleme zu verursachen, aber ich wäre dir kein Freund, wenn ich nicht sagen würde, was ich sehe oder denke. Ich würde dasselbe mit jedem anderen tun. Ich ziehe meine Schlüsse daraus, wie die Dinge für mich aussehen.«

Wenn ich es mir recht überlege, sieht es für mich auch so aus.

Wir dachten, das Problem hätte mit jemandem zu tun, der groß und mächtig ist. Jemand, der mächtiger ist als Raul. Ivan ist genau das.

Wir dachten, jemand innerhalb der Bruderschaft würde Raul helfen. Ivan ist genau das.

Wir wussten, dass die Person jeden unserer Schritte überwachen musste und jederzeit wusste, wo wir uns aufhielten. Ivan ist genau das. Nur brauchte er niemanden zu beobachten. Er brauchte nur zu fragen, und wir würden es ihm sagen.

In der Nacht des Anschlags war es einfach, alle zu isolieren, weil Vater krank war. Das war die Gelegenheit, uns aufzuteilen.

Ivan wusste, dass Talia mich unbedingt bei der Aufführung dabei haben wollte, denn ich hatte sie die ganze Saison nicht tanzen sehen. Er wusste auch, dass weder meine Mutter noch mein Vater ihren Auftritt verpassen wollten, sodass er am besten ins Büro gegangen wäre, um Vaters Arbeit zu erledigen. Außerdem hätte Sophia angeboten, sich um meinen Vater zu kümmern.

Es wäre ein Leichtes für ihn gewesen.

Vater erzählte mir, dass das Untersuchungsteam Entwarnung in Bezug auf Raul gab, doch Eric fand Fehler und deutete die Möglichkeit an, dass sie absichtlich etwas übersehen haben. Wenn das der Fall war, macht es jetzt Sinn, denn mein Vater sagte auch, dass Ivan ihnen persönlich geholfen hat.

Entweder hat er also etwas vertuscht, oder er hat sie in der Hand.

Scheiße. Ich kann es nicht glauben.

»Ich kann das wirklich nicht glauben.«

»Das kann ich auch nicht, und ich habe keine handfesten Beweise. Nur einen Verdacht, der auf ihn hinweist.«

Ich könnte mit dieser Möglichkeit umgehen, wenn es nur um mich ginge, aber meine Mutter und meine Schwester sind tot. Sie wurden auf die schlimmste Art und Weise getötet, wegen ihm.

Weil er Pakhan sein und das Unternehmen übernehmen wollte.

»Irgendetwas passt da nicht zusammen«, fügt er hinzu.

»Was noch?«

»Ich habe das Gefühl, dass mehr dahinterstecken muss als nur die Führung und das Unternehmen. Da geht es mehr um dich. Er hätte den Tod deiner Mutter und deiner Schwester nicht gebraucht, wenn das alles gewesen wäre.«

»Nein, das hätte er nicht. Er hätte ihren Tod überhaupt nicht gebraucht. Nur mich. Ich bin derjenige, der ihn an der Führung für alle hindert.«

»Dann müssen wir uns die Gründe ansehen, warum er den Tod

von euch dreien gewollt hat. Weißt du, was im Testament deines Vaters steht?«

Ich schüttele den Kopf. »Nein. Niemand darf das wissen. Nicht einmal die Anwälte meines Vaters. Bisher nicht. Er hat es geheim gehalten.«

»Er muss jemandem etwas erzählt haben. Die tickende Uhr hängt davon ab, wann er sich entscheidet, die Führung und das Eigentum weiterzugeben. Vielleicht hat er Ivan etwas erzählt, oder Sophia, und Ivan hat es herausgefunden. Ich denke, dieser Teil ist irrelevant. Der Teil, über den wir uns Sorgen machen müssen, ist, dass du eine unerledigte Angelegenheit bist. Er wird dich immer noch tot sehen wollen.«

Gott, das ist scheiße. Alles davon.

»Ich frage mich, was ihn davon abgehalten hat, mich zu töten, während ich im Krankenhaus lag.«

Eric denkt einen Moment lang nach. »Dein Vater hat dich unter strenger Aufsicht gestellt, und die Voirik wurden zur Unterstützung hinzugezogen. Wenn die Leute aus deiner Bruderschaft mit Ivan zusammenarbeiten, hatten sie vielleicht keinen Zugang, um dich zu töten.«

»Gott. Er hat Raul auch nicht gesagt, dass ich noch lebe. Sowohl er als auch Felipe sahen schockiert aus, dass ich überlebt habe.« Sie sahen beide aus, als hätten sie einen Geist gesehen.

»Hat er dir angeboten, mit dir nach Mexiko zu gehen?«

»Hat er nicht.« Und ich war so von Wut und Trauer überwältigt, dass ich es nicht hinterfragte. Aber das würde ich auch nicht, denn er war hier und *ermittelte.*

»Vielleicht wollte er also, dass du Raul tötest. Denk darüber nach. Wenn der Plan noch lief und du im Koma lagst, dann hat er vielleicht nur darauf gewartet, dass du aufwachst und herausfindest, woran du dich erinnerst. Wenn du gestorben wärst, hätte das keinen Einfluss auf den Plan gehabt. Da du aber am Leben warst, wurden Felipe und natürlich Raul identifiziert. Also mussten sie beide sterben.«

»Mein Gott. Das alles passiert, und je mehr wir reden, desto mehr verdächtige ich ihn. Aber ich kann meinem Vater ohne Beweise nichts sagen. Das wird ihn kaputt machen.«

Er wirft mir einen mitfühlenden Blick zu. »Ich arbeite noch an den Dateien. Es gibt noch eine Menge durchzugehen, aber ich werde es schaffen und hoffentlich etwas finden. Ich schlage vor, wir konzentrieren uns darauf, Ivan zu beobachten und zu sehen, was wir auf diese Weise herausfinden können.«

»Ich werde jeden seiner Schritte verfolgen.«

»Du musst vorsichtig sein, wem du vertraust, Mikhail«, mahnt er. »Du weißt nicht, wer noch für ihn arbeitet.«

Verdammt noch mal. »Es könnte jeder sein, den ich kenne.«

Ich denke an Sebastian und hoffe inständig, dass mein Bruder ihn nicht beeinflusst hat. Ich bezweifle es, aber ich weiß es nicht. Das ist das verdammte Problem mit dem Verrat. Diejenigen, die für einen Verrat in Frage kommen, sind die, die einem am nächsten stehen. Sonst würde es nicht funktionieren.

»Lass uns die Zahl vorerst klein halten. Du und ich. Wenn wir mehr Muskeln und Köpfchen brauchen, habe ich den Zusammenschluss in L.A. Ich komme hierher, um mich mit Ihnen zu treffen. Ich glaube nicht, dass meine Anwesenheit im Büro helfen wird. Ivan muss denken, dass du allein bist. In der Zwischenzeit werde ich alle überprüfen, auch ihn.«

»Ich sage immer wieder, dass ich dir etwas schulde.«

Er grinst. »Darüber reden wir, wenn du dich revanchierst.« Er erhebt sich. »Tut mir leid für die schlechten Nachrichten, alter Freund.«

»Schon okay.«

Das muss es auch sein.

Während die Stunden vergehen, werde ich mir der beiden neuen Elemente bewusst, mit denen ich mich nun auseinandersetzen muss. Ivans Verrat und die Frau, die oben in meinem Bett liegt und sich fragt, wo ich bin.

Bei beiden besteht Handlungsbedarf.

Ich kann nicht zulassen, dass mein Bruder die Kontrolle übernimmt, und ich kann nicht zulassen, dass die Frau mich verweichlicht, sodass ich einen Fehler mache und die Gefahr nicht als solche erkenne.

Am nächsten Morgen schmiede ich einen Plan, um die Dinge in Gang zu bringen. Etwas, das mir wie ein weiterer Scherz des Universums vorkommt.

Ich frage mich, ob es das ist, als José Diaz in mein Büro kommt. Aleksander geht gerade weg, nachdem er ihn hierher gelotst hat. José fragt sich sicher, warum ich ihn gerufen habe und warum ich ihn nicht bei Dmitriyev Ltd. treffe.

»Mach die Tür zu und setz dich«, sage ich ihm.

Er gehorcht und setzt sich auf denselben Stuhl, auf dem Eric gestern Abend saß.

»Ist alles in Ordnung, Señor?«

»Nicht ganz.« Bis jetzt ist dieser Mann der einzige in diesem Spiel, der nichts zu verlieren hat.

Niemand hat ihm als Gegenleistung für seine Hilfe etwas anderes als sein Leben versprochen.

Das Einzige, was ihm wichtig ist, ist das und Adriana.

»Was ist los?«

»Ich muss Ihre Arbeit ein wenig verändern«, antworte ich. »Ich möchte, dass du deine Zeit zwischen dem Büro in der Stadt und der Arbeit hier auf dem Gelände meines Hauses aufteilen.«

Er kneift verwirrt die Augen zusammen. »Was soll ich denn hier machen?«

»Du wirst hier mit Sebastian arbeiten. Ich brauche dich, um auf Adriana aufzupassen. Aber ich brauche dich auch, um auf alle anderen aufzupassen.«

»Alle anderen, einschließlich Sebastian?« Er richtet sich auf.

»Alle, einschließlich Sebastian, und alle, die für mich arbeiten.«

In seinen Augen zeichnet sich Verständnis ab. »Sie vertrauen mir so sehr, dass ich auf Ihre Männer aufpasse, Señor?«

»Nein, ich vertraue dir nicht. Eigentlich mag ich dich nicht einmal.

Aber wenn ich dir sage, dass das Leben der Prinzessin in Gefahr sein könnte und dass jemand, der schlimmer ist als ich, sie entführen könnte, um die Kontrolle über das Kartell zu erlangen, dann weiß ich, dass du sie mit deinem Leben schützen würdest. Ist das richtig, José?«

Er nickt, ohne nachzudenken. »Ich würde es tun. Sie ist wie eine Tochter für mich.«

»Dann tu das für mich. Wenn dir etwas auffällt, sagst du es mir, und was noch wichtiger ist, du sprichst mit niemandem außer mir. Verstanden?«

»Sí.«

31

NATALIA

Ich erinnere mich an die Tage vor nicht allzu langer Zeit, als ich mir die Minuten und Stunden wegwünschte und betete, dass ich Mikhail nicht sehen würde. Ich verbrachte meine Tage mit Snow, spazierte über das Gelände seines Hauses, um mir die Zeit zu vertreiben und meine Gedanken zu sammeln.

Ich war jedes Mal, wenn ich ihn sah, völlig fertig. Jetzt bin ich ein Wrack, weil ich ihn nicht gesehen habe.

Über zwei Wochen sind nun vergangen, seit wir uns das letzte Mal gesehen haben.

Wir wollen in ein paar Tagen heiraten.

Ich weiß aber, dass er im Haus war, und das ist kein Fall, in dem er abwesend war. Aleksander hat mir Mikhails Anweisungen gegeben. Zu anderen Zeiten habe ich gespürt, dass mich Augen beobachten.

Seine Augen.

Aber jedes Mal, wenn ich mich umdrehe und nach ihm Ausschau halte, ist er nicht da. Er ist nirgendwo.

Ich weiß, dass ich ihn nicht sehe, weil wir die Grenze zu weit überschritten haben, und er ist verschwunden.

Das ist der Grund.

Wenn ich vernünftig bin, werde ich mich auch zurückziehen und mein Herz schützen. Was zum Teufel erwarte ich von einem Mann wie Mikhail Dmitriyev?

Liebe?

Kann ich wirklich Liebe erwarten, wenn alles so wild und rücksichtslos ist, wenn wir zusammen sind? Wir haben uns noch nie zusammengesetzt und ein Gespräch geführt, das nicht damit endete, dass er etwas Sexuelles mit mir machte. Das einzige Mal war vielleicht an meinem ersten Tag hier, als er mir sagte, ich sei so böse wie Raul.

Wir haben nichts gemeinsam, und ich sollte ihn für meinen Feind halten.

Er war einfach der Vernünftigste von uns beiden und hat die Verbindung gekappt, bevor sie noch stärker werden konnte.

Ich bin mir ziemlich sicher, dass ich ihn bis zu unserem Hochzeitstag nicht mehr sehen werde.

Das klingt so seltsam.

Wir werden heiraten, und wir werden eine lieblose Ehe führen.

Ich bin eine Schwindlerin und er ist mein Entführer.

Wir leben von Lügen und Geheimnissen.

Ein Hohn auf jedes Gelübde, das wir ablegen, wenn wir uns das Jawort geben. Wenn ich überlebe, wird unser Leben so sein, weil wir eigentlich nicht zusammen sein sollten. Diese Scheinehe ist eine arrangierte Ehe zu Geschäftszwecken, und das habe ich irgendwann vergessen. Als ich wiederholt unter ihm lag, vergaß ich, wer er für mich sein sollte.

Von Liebe war in diesem Zusammenhang nie die Rede. Und da ich nicht die bin, für die er mich hält, und ich nie hier sein sollte, laufen die Dinge genauso, wie sie laufen sollten.

Wenigstens weiß ich, dass er mich nicht verkaufen oder an Ivan ausliefern wird. Und das einzig Gute an dieser Zeit der Trennung ist, dass ich mehr von José sehe. Er arbeitet hier im Haus, aber weil

Sebastian auch hier ist, haben José und ich kaum Gelegenheit, miteinander zu sprechen, wie an jenem Tag vor über einer Woche.

Es tröstet mich dennoch, ihn zu sehen. Das ist wenigstens etwas, und wenn er in der Nähe ist, weiß ich, dass ich in Sicherheit bin und es in irgendeiner Form Hoffnung gibt.

Ich wünschte nur, es gäbe nicht dieses Loch in meinem Herzen oder dieses leere Gefühl in meiner Seele, wenn ich an Mikhail denke.

Am kommenden Wochenende wird es einen Monat her sein, dass er in mein Leben getreten ist. Ein Monat voller Chaos mit diesem ständigen Drängen und Ziehen in meinem Herzen.

Als ich José fragte, was los sei, sagte er, es sei alles beim Alten und Mikhail wolle hier nur mehr Sicherheit. Das machte mich natürlich neugierig, was sonst noch vor sich ging, dass Mikhail zusätzliche Sicherheit wollte. Ich drängte jedoch nicht darauf, weil ich wusste, dass José es mir gesagt hätte, wenn es mehr zu erzählen gäbe.

Ich habe den Tag wieder draußen mit Snow verbracht. Das Wetter wird mit dem Übergang zum Frühling immer besser. Es hat die ganze Woche nicht geschneit, und es liegt ein Hauch von Wärme in der Luft. Wenn man so viel Zeit draußen verbringt wie ich, bemerkt man solche Dinge.

Als es dunkel wird, gehe ich zurück ins Haus, um Snow in ihr Zimmer zu bringen. Dort sehe ich José, der auf mich wartet.

»Ich wollte nur nach dir sehen«, sagt er mit einem kleinen Lächeln. Er geht in die Hocke und tätschelt dem Hund kurz den Kopf, bevor er aufsteht. »Wie geht es dir?«

»Mir geht es gut«, lüge ich. »So gut, wie es nur geht.«

»Es tut mir leid, dass ich keine Neuigkeiten für dich habe.«

Er sagt jedes Mal das Gleiche.

»Das ist in Ordnung. Wenigstens bin ich in Sicherheit.«

Er streckt die Hand aus und tätschelt meinen Kopf, so wie er es immer tat, als ich klein war.

»Wenn wir frei sind, kaufe ich dir ein Eis. Das größte, das wir kaufen können«, verspricht er, und ich kann nicht anders, als zu lachen. Es ist so lange her, dass ich gelächelt habe, dass es mir fremd vorkommt.

»Eiscreme, José?«

Als ich klein war und das Leben normal war, trafen sich meine Eltern fast jedes Wochenende mit José. Wir gingen an den Strand, und er besorgte das größte Eishörnchen für mich. Er war es auch, der das Foto gemacht hat, das ich von meinen Eltern und mir am Strand habe. Damals kam er mit uns zu meiner Großmutter. Das sind wirklich tolle Erinnerungen.

»Man ist nie zu alt, meine kleine Chica. Du wirst immer mein kleines Mädchen sein, und ich bin dein zweiter Vater. Ich kann dir also ein Eis versprechen, wenn ich dich aus diesem Schlamassel raushole. Das ist das Erste, was wir kaufen werden, wenn wir zum ersten Mal die Freiheit genießen. Ich bin sicher, dein Papito wird mir verzeihen, dass ich seinem kleinen Mädchen etwas Süßes gebe.«

»Ja, da bin ich mir sicher, und du kannst mir alles kaufen, was du willst. Ich kümmere mich auch um dich.«

Er tippt mir wieder auf den Kopf. »Nein. Ich habe deinem Vater versprochen, dass ich mich immer um dich kümmern werde. Das ist meine Aufgabe. Es wird nichts von dir verlangt. Nur zu leben. Hast du mich verstanden?«

Ich nicke, aber ich verspreche mir, wenn wir hier rauskommen, werde ich mich auch um ihn kümmern.

»Wir müssen einfach jeden Tag nehmen, wie er kommt«, fügt er hinzu.

Das Gerede von der Abreise lässt mich wieder an Mikhail denken, und meine Neugierde wird geweckt.

»Wo ist Mikhail, José? Ich habe ihn gar nicht mehr gesehen. Ich möchte nur wissen, wo er ist oder ob er dir etwas darüber gesagt hat, wann ich ihn wiedersehen könnte.«

Er mustert mich, ohne etwas zu sagen, und ich glaube, er spürt, dass meine Fragen tiefer gehen als bloße Neugierde.

»Du hast Gefühle für ihn«, stellt er fest, und seine Augen werden von Sorge getrübt.

»Das ist es nicht.« Ich fahre mir mit der Hand über den Kopf und versuche zu lächeln, weil es mir peinlich ist, ertappt worden zu sein.

»Einen alten Narren kann man nicht täuschen, Natalia. Ich kann es sehen. Du kannst einem solchen Mann nicht dein Herz schenken, Kleines. Du wirst verletzt werden. Ich versichere dir, du wirst verletzt werden. Tu's nicht! Das ist ein Mittel zum Zweck und nicht der Weg, den einer der Menschen, die dich geliebt haben, für dich gewählt hätte. Mach bitte nicht den Fehler, dich in einen Mann zu verlieben, der dir nicht geben kann, was du brauchst.«

Er berührt meine Wange, und ich nicke zustimmend.

Ich gebe ihm recht. Nur kann ich mein Herz einfach nicht dazu bringen, auf mich zu hören.

Als am Samstag die Limousine vor der Kirche vorfährt, bemühe ich mich immer noch mein Herz davon zu überzeugen, auf mich zu hören.

Sophia sitzt neben mir. Sie ist meine einzige Begleitung und neben José die einzige Person, die für mich da sein wird. Sie scheint begeistert zu sein, aber ich bin so nervös, dass ich das Gefühl habe, mich übergeben zu müssen.

Ich bin auf Autopilot, als ich durch den Hintereingang der Kirche gehe, wo ich für den Brautmarsch reingehen soll.

Wir sind gerade noch rechtzeitig zur Hochzeit gekommen.

»Du siehst wunderschön aus, Liebes.« Sie kümmert sich um mich, glättet eine Strähne meines Haares und entfernt einen unsichtbaren Fussel von meinem Schleier.

»Danke.«

»Bist du bereit?«

Ich bin mir nicht sicher, was ich sagen soll. Ich bin nicht bereit. Das Einzige, wofür ich bereit sein könnte, ist, durch die Tür zu rennen, durch die wir gekommen sind, und in das erste Fahrzeug zu springen, das mich von hier wegbringt.

Ich will nicht durch das Portal gehen, das vor mir liegt. Dieses Portal wird zu meinem Bräutigam führen.

Ich möchte ihn nicht sehen und auch nicht die Ablehnung in seinem Gesicht.

Ich möchte nicht diese starken Gefühle für ihn haben, um die ich nie gebeten habe, nur um das Gefühl zu haben, dass ich nichts weiter als ein Geschäft bin.

Ich will nicht spüren, dass dieses Ding in mir mich dazu verleitet, ihn zu lieben, denn das würde mich dazu bringen, die Lüge zu akzeptieren, die ich für ihn immer war.

Also, nein, ich bin nicht bereit.

Aber Nein zu sagen war nie eine Option.

»Ja«, sage ich ihr, und sie lächelt.

»Dann viel Glück.« Sie öffnet die Tür, und ich werfe einen Blick auf die Leute, die auf mich warten.

Dieser Teil sollte einfach sein.

Ich habe keinen Vater, der mich zum Traualtar führt, und niemanden, der für mich da ist.

Auch unser Gelübde ist einfach. Zwei Absätze mit einer Handvoll Wörter.

Als ich in die Kirche schaue und seine Gäste sehe, kommt mir nichts an dieser Sache einfach vor.

In den Kirchenbänken auf der linken Seite sitzen die Kartellchefs und einige ihrer Familien. Die Kirchenbänke auf der rechten Seite sind mit Mikhails Gästen gefüllt. Die Bratva.

Während der Organist das traditionelle Hochzeitsmarschlied spielt, bewege ich mich und schaue geradeaus, weder nach links noch nach rechts, und ich gehe. Als ich in der Mitte der Kirche ankomme, sehe ich meinen Bräutigam an, und auch er sieht mich an. Sein Vater steht neben ihm, und er steht neben dem Priester.

Unsere Blicke treffen sich und ich möchte wegschauen, aber ich kann nicht. Ich spüre die Augen seines Bruders auf mir, als ich vorbeigehe, doch ich schaue nicht in seine Richtung. Ich nehme seine Existenz nur aus dem Augenwinkel wahr.

Ich konzentriere mich auf den Mann vor mir, der mich entführt und auch mein Herz gestohlen hat. Ein Mann, von dem ich weiß, dass ich ihn nicht lieben darf.

Ich bin immer noch sehr verwirrt, denn ich glaube, ich weiß es. Wenn ich mich nicht in ihn verliebt hätte, würde ich mich nicht so fühlen, und mein Herz würde sich nicht nach ihm sehnen.

Das letzte Mal, als wir zusammen waren, habe ich ihm alles gegeben. Alles, von dem ich sagte, ich würde es nicht tun. Er musste es nie annehmen. Ich habe es ihm quasi auf dem Silbertablett serviert, damit er es haben kann. Mich.

Die einzige Person, die hier die Schuld trägt, bin also ich.

Als ich ihn erreiche, zittern meine Beine und meine Hände so sehr, dass die Lilien im Strauß erbeben.

Im hellen Sonnenlicht grüßen mich diese honigfarbenen Augen, die mich in sich aufnehmen. Wenn er mich so ansieht, ist es schwer zu vergessen, wie wir zuletzt zusammen waren. Mikhails Augen bohren sich in mich, während ich sein hübsches Gesicht studiere.

Denkt er auch an das letzte Mal?

Wenn ja, fühlt er etwas oder nichts?

Vielleicht ist das, was ich von ihm zu bekommen glaubte, nur in meinem Kopf.

Der Priester spricht, aber ich höre nichts. Mikhail unterbricht den Blickkontakt mit mir und sieht ihn an, also nehme ich an, dass es Zeit ist, mit der Zeremonie zu beginnen.

Ich habe Pater Gabriel in der letzten Woche einmal getroffen, als er zu mir nach Hause kam, um mit mir die Gelübde durchzugehen. Er ist ein großer Mann mit lilienweißem Haar und dunkelgrünen Augen. Er schaut uns beide liebevoll an und lächelt. Als wir uns das erste Mal trafen, hatte ich den Eindruck, dass er an Mikhail gewöhnt war.

Ich habe jetzt denselben Eindruck.

»Sie können jetzt Ihr Gelübde ablegen«, sagt Pater Gabriel.

Mikhail wendet sich mir zu und schaut mich fest an. Ich frage mich, wie er sein Gelübde sprechen wird, ohne es zu meinen.

»Ich, Mikhail Yevgeny Dmitriyev, nehme dich, Adriana Maria Alvarez, zu meiner rechtmäßigen Ehefrau, die ich von diesem Tag an in guten und schlechten Zeiten, in Reichtum und Armut, in Krankheit und Gesundheit, bis dass der Tod uns scheidet, haben und halten werde.«

Adriana Maria Alvarez.

Eine Welle der Übelkeit überkommt mich bei der Erwähnung ihres Namens und ein Stich der Eifersucht. Selbst im Tod, an meinem

Hochzeitstag, verspottet sie mich noch. Sie nimmt immer noch von mir. Ich bin der Witz, weil ich nicht echt bin. Dieser Mann, für den ich keine Gefühle haben sollte, spricht sein Gelübde nicht zu mir. Er schwört es ihr. Sie ist die, die er will. Nicht Natalia Lily de Leon.

Ich werfe einen Blick auf José, den ich ganz links von uns erblickte. Ich bin mir nicht sicher, ob er die Traurigkeit in meinen Augen von hier drüben aus sehen kann, aber er nickt, und ich konzentriere mich wieder auf Mikhail.

Jetzt bin ich an der Reihe, mein Gelübde zu sprechen, und er sieht mich erwartungsvoll an.

»Ich, Adriana Maria Alvarez, nehme dich, Mikhail Yevgeny Dmitriyev, zu meinem rechtmäßigen Ehemann, um dich zu haben und zu halten, von diesem Tag an, in guten wie in schlechten Zeiten, in Reichtum und Armut, in Krankheit und Gesundheit, bis dass der Tod uns scheidet.« Ich spreche die Worte und fühle mich wie betäubt.

Wir schauen wieder zu Pater Gabriel. Es ist Zeit, uns zu verheiraten. Zeit, den Bund zu besiegeln.

Er wendet sich zuerst an Mikhail. »Mikhail Yevgeny Dmitriyev, willst du Adriana Maria Alvarez zu deiner rechtmäßigen Frau nehmen, um sie zu haben und zu halten, von diesem Tag an, in guten wie in schlechten Zeiten, in Reichtum und Armut, in Krankheit und Gesundheit, bis dass der Tod euch scheidet?«

»Ja, ich will«, antwortet Mikhail.

Dann wendet sich Pater Gabriel an mich und stellt mir die gleiche Frage.

»Ja, ich will«, antworte ich.

»Was Gott zusammenfügt, soll niemand trennen«, erklärt Pater Gabriel. Ich schalte ab und verliere mich in meinen Gedanken.

Er segnet unsere Ehe, und als wir die Ringe tauschen, kann ich meinen Blick nicht von Mikhail abwenden.

»Ich erkläre Sie jetzt zu Mann und Frau«, verkündet Pater Gabriel stolz, und mir wird klar, dass wir es geschafft haben. Ich habe es geschafft. Ich habe geheiratet.

Vor einigen Wochen sollte ich als Sexsklavin auf einer Auktion verkauft werden. Jetzt bin ich die Frau von Mikhail Dmitriyev.

»Sie dürfen die Braut jetzt küssen«, fügt Pater Gabriel hinzu.

Mikhail beugt sich vor und küsst mich, aber nicht einmal annähernd so, wie wir uns früher geküsst haben.

Dieser Kuss ist leer und hohl, genau wie dieses Gefühl in meiner Seele. Es fühlt sich genauso falsch an wie wir.

Aleksander kommt auf uns zu, und ich weiß nicht, warum, aber ich ertappe mich dabei, wie ich Mikhails Vater Sergei anstarre, als ob ich irgendwie glaube, dass er die Sache in Ordnung bringen kann. Wenigstens sieht er mich nicht so kaltherzig an, wie sein Sohn es tut. Sein Sohn, den ich gerade geheiratet habe.

»Aleksander, bitte bring meine Frau nach Hause. Ich habe noch etwas zu erledigen«, sagt Mikhail, und ich wende meinen Blick wieder ihm zu.

Er kommt nicht einmal mit mir nach Hause?

Nein, natürlich nicht. Das Geschäft ist das Kartell. Die Männer, die auf der gesamten Seite meiner rechten Seite sitzen, erinnern mich daran und daran, was ich bin. Was immer wir hatten, ist vorbei. Es ist klar, dass es vorbei ist, und in uns beiden ist keine Spur mehr davon.

Es ist vorbei, und wir haben uns gerade das Ja-Wort gegeben.

»Mrs. Dmitrijew«, nennt mich Aleksander bei meinem neuen Namen. »Kommen Sie mit mir.«

Ich bringe blamiere mich nicht weiter, indem ich etwas sage. Ich tue einfach, was man mir sagt, schaue weg und folge Aleksander, als er mich wegführt. Ich schaffe es, mich zusammenzureißen, aber bevor wir gehen, schaue ich noch einmal über meine Schulter. Ich schaue zurück zu Mikhail, aber er sieht mich nicht an. Seine Augen sind auf seinen Bruder gerichtet, der mich anstarrt wie ein Raubtier, das gerade seine Beute im Visier hat.

Das Interesse, das ich in Ivans Augen entdecke, ist nicht zu übersehen, ebenso wenig wie die Wut im steinernen Blick meines Mannes. Das bedeutet Ärger.

Mehr Ärger, als ich ohnehin schon habe.

32

NATALIA

»Möchtest du noch etwas?« fragt Sophia, als wir aus dem Laden treten.

Einer ihrer Leibwächter läuft hinter uns her und trägt unsere Einkaufstaschen, während die beiden anderen uns flankieren. Eine Erinnerung an die Situation, in er wir uns befinden.

Ich fange fast schon an, mich so sehr zu bemitleiden, wie sie es wahrscheinlich tut. Sie kam heute Morgen vorbei, um mit mir shoppen zu gehen. Wir haben den ganzen Tag damit verbracht. Ich hätte es vorgezogen, im Haus zu bleiben und meine Wunden zu lecken, anstatt allen zu zeigen, wie erbärmlich ich bin. Die erbärmliche Ehefrau, die vor fünf Tagen geheiratet und ihren Mann seitdem nicht mehr zu Gesicht bekommen hat.

»Nein«, murmele ich.

»Wie wäre es mit etwas zu essen? Du hast nicht viel zu Mittag gegessen. Wir könnten in das Restaurant gehen, das dir letzte Woche so gut gefallen hat.«

Letzte Woche habe ich wie ein Scheunendrescher gegessen, weil ich Angst vor der Hochzeit hatte. Diese Woche habe ich kaum etwas herunterbekommen, weil ich mir Sorgen mache, wie sich der Rest meines Lebens entwickeln wird.

Ich denke ständig, dass Mikhail seine Nächte mit einer seiner Frauen verbringt. Jedes Mal, wenn mir dieser Gedanke in den Sinn kommt, verdreht sich mein Magen zu einem Knoten, der fester ist als ein Makramee.

So wie jetzt. Da es schon kurz vor Einbruch der Dunkelheit ist und ich vermute, dass ich eine weitere Nacht ohne ihn verbringen werde, ist es wahrscheinlich am besten, wenn ich nichts esse, weil ich mich sonst übergeben muss.

»Ist es okay, wenn wir einfach zurückgehen. Ich bin ein bisschen müde.« Ich versuche ein Lächeln, und sie legt einen Arm um mich.

»Natürlich, das ist kein Problem. Ich habe dich müde gemacht.« Sie lacht herzlich.

»Nein, es liegt an mir.« Weil ich nicht geschlafen habe. Es ist schon komisch. Ich habe meine Nächte so verbracht, wie ich dachte, dass ich meine ersten Nächte in Gefangenschaft verbringen würde – allein und weggeschlossen.

Die Neuartigkeit meiner Person hat sich abgenutzt wie ein neues Spielzeug, das seinen Reiz verloren hat. Oder in meinem Fall bin ich eher wie ein Tier, das seinen Nutzen verloren hat und auf die Weide geschickt wurde. Mikhail kontrolliert jetzt das Kartell, und er hat sich genommen, was er von mir wollte. Er hat keine Verwendung mehr für mich. Ich frage mich, ob er sein Wort brechen und mich verkaufen oder an seinen Bruder übergeben wird.

Sophia zerstreut meine Sorgen, als sie sich bei mir einhakt.

»Nächste Woche findet im Krankenhaus ein Kuchenverkauf statt. Ich würde mich freuen, wenn du daran teilnimmst. Es gibt ein paar wichtige Leute, die du vielleicht gerne kennenlernen würdest.«

Ich werde ein wenig munter, um ihr zu gefallen. Es ist nett von ihr, dass sie Zeit mit mir verbringt. Ohne sie würde ich wahrscheinlich tagein, tagaus mit dem Hund in diesem Haus sitzen, dem einzigen Lebewesen, das mich mag. Das Personal behandelt mich immer noch wie Scheiße, und das Haus hat immer noch diese unfreundliche Ausstrahlung.

»Das klingt toll. Ich würde gerne mitkommen.«

»Ich bin sicher, dass es dir noch besser gefallen wird, wenn du meinen Freund kennenlernst. Er ist der Dekan der New York University. Ich habe ihm von deinem Interesse, Ärztin zu werden, erzählt.«

Ich kann nicht einmal die Kraft aufbringen, fasziniert zu schauen, denn ich glaube nicht, dass ich es schaffen werde, aufs College zu gehen. Ich kann nicht etwas anfangen, wovon ich immer geträumt habe, nur um dann aufzuhören, wenn die Kacke am Dampfen ist und ich entweder fliehen muss, weil die Leute herausgefunden haben, dass ich nicht die bin, für die ich mich ausgebe, oder aus anderen Gründen.

Das könnte ich mir nicht antun.

Ich kann nur hoffen, dass eines Tages etwas passiert, damit ich meine Träume auf andere Weise verwirklichen kann. Aber auch hier beruhige ich sie mit einem Lächeln, das so falsch ist wie ich selbst.

»Vielen Dank. Das wäre fantastisch.«

»Ich dachte, das würde dir gefallen.« Sie kichert. »Komm, wir bringen dich nach Hause.«

Eine halbe Stunde später kommen wir an. Bevor sie geht, kocht sie mir noch einen slowenischen Tee aus Kamille und Lavendel, um mich zu entspannen.

In der Stimmung, in der ich mich befinde, bräuchte ich aber wahrscheinlich ein ganzes Feld mit Kamille und Lavendel.

Ich verbringe die Nacht damit, nachzudenken und mir Sorgen zu machen. Nicht mit schlafen. Ich bin wieder an dem Punkt angelangt, an dem ›aus den Augen, aus dem Sinn‹ definitiv nicht bedeutet, dass ich nicht mehr daran denke. Wenn ich meinen Feind sehen würde, könnte ich mir ein Bild davon machen, was tagtäglich passiert.

Dieses Nichtstun macht mich wahnsinnig. Da hilft es auch nicht, dass ich mich mit José unterhalten kann, denn auch er kann mich nicht beruhigen.

Am nächsten Tag verlasse ich das Haus, ohne mir die Mühe zu machen, etwas zu essen. Ich nehme etwas für Snow mit, und wir verbringen den Tag im Wald. Ich verstoße gegen die Regeln und bleibe draußen, bis es spät ist, und esse nichts. Ich sehe keinen Grund, mich noch schlechter zu fühlen, wenn ich an diesem Tisch sitze und die Dienstmädchen mich entweder ignorieren oder in einer Sprache über mich reden, die ich nicht verstehe.

Ich wusste, dass mein Handeln nicht unbemerkt bleiben würde, aber ich hatte nicht erwartet, dass Aleksander an der Tür warten würde, als ich zurückkam. Mit seinem strengen Gesichtsausdruck erinnert er mich an einen meiner alten Schulleiter, den alle fürchteten, weil er so streng war.

»Mrs. Dmitrijew, Ihr Mann bittet um Ihre Anwesenheit beim Abendessen. Jetzt«, teilt er mir mit.

»Mikhail ist tatsächlich hier?« Ich hasse es, wie mein Herz für diesen Bastard flattert.

»Ja, Ma'am.«

Er fing an, mich Ma'am zu nennen, nachdem ich geheiratet hatte. Es ist entweder das oder Mrs. Dmitriyev. Ich hasse beides. Ich sehne mich danach, Natalia genannt zu werden. Mir war nie klar, wie sehr ich es vermissen würde, meinen Namen zu hören.

Aleksander nimmt Snow mit, und ich gehe ins Bad, um mir die Hände zu waschen und meinen Mantel auszuziehen. Ich werfe einen Blick auf mich im Spiegel und zucke zusammen. Ich sehe müde aus und als wäre ich um hundert Jahre gealtert. Mein Haar ist zu einem unordentlichen Dutt hochgesteckt, und meine Augen sind rot, als hätte ich geweint. Ich hoffe, Mikhail denkt nicht, dass ich hier sitze und um ihn weine.

Ich nehme all meinen Mut zusammen und gehe mit der Einstellung, dass es *mir-scheißegal-ist-wo-du-die-letzten-sechs-Tage-warst* ins Esszimmer, wo ich meinen Ehemann sehe.

Schwarz gekleidet und am Kopfende des Tisches sitzend, erinnert er mich daran, wie ich ihn vor Wochen zum ersten Mal gesehen habe und er genauso aussah.

Es kommt mir vor, als sei ein ganzes Leben vergangen, dabei fehlen nur zwei Tage, und es sind fünf Wochen. Ich kann nicht glauben, dass in so kurzer Zeit so viel passiert ist und dass ich so viel reifer geworden bin.

Es ist, als ob ich im Krieg gewesen wäre.

Seine Augen durchdringen die Distanz zwischen uns und mustern mich, als ich auf ihn zugehe.

Ich wünschte, ich könnte nichts fühlen und dass die Zeit, in der wir voneinander getrennt waren, mich weniger für ihn fühlen lässt. Aber das einzig Wahre daran, nicht mit ihm zusammen gewesen zu sein, ist, dass es ärgerlicherweise mein verdammtes Herz noch mehr an sich gezogen hat.

Mikhail hat die Frechheit, mir ein Lächeln zu schenken, das *für ihn* als freundlich durchgehen könnte.

»Malyshka, schon wieder so spät unterwegs?«, fragt er und spricht jede Silbe meines Kosenamens aus, von dem ich nie dachte, dass ich ihn jemals wieder hören würde. »Ich bin mir ziemlich sicher, dass ich dir gesagt habe, dass du jemanden mitnehmen sollst, wenn du vorhast, bis in die Nacht unterwegs zu sein.«

»Ich hatte Snow, die mir Gesellschaft leistete, danke.« Ich setze mich auf den mir zugewiesenen Platz ihm gegenüber. Mikhail sieht mich weiterhin an.

»Mir geht es nicht darum, jemanden zu haben, der dir Gesellschaft leistet. Es geht mehr um die Sicherheit. Snow ist zu wenig, um dich zu schützen.«

Sicherheit?

Es ist das erste Mal, dass wir miteinander sprechen, seit wir unser Gelübde abgelegt haben, und er redet mit mir über Sicherheit. Ich bin kurz davor, auszuflippen, weil ich wieder diese außer Kontrolle geratenen Gefühle spüre. Wenn er so um meine Sicherheit besorgt ist, warum ist er dann so lange weg gewesen?

Morgen ist es eine Woche her, dass wir geheiratet haben, und das ist das erste Mal, dass ich ihn seitdem gesehen habe. Davor waren es mehr als zwei verdammte Wochen.

»Wo bist du gewesen?« Es ist mir egal, ob er meinen Tonfall für trotzig hält oder so einen Scheiß. Ich denke, ich habe das Recht zu fragen.

»Arbeiten.« Er schenkt mir ein verkniffenes Lächeln.

»Wie kommt es, dass du hier bist?«

»Ich habe gehört, dass du nichts isst. Also dachte ich, ich schaue mal rein.«

Ich kneife die Augen zusammen. Bevor mir einfällt, was ich noch sagen könnte, kommen die Dienstmädchen mit dem Essen herein.

Das Abendessen sollte schon vor einer Stunde serviert werden. Es scheint, als hätte man ihnen gesagt, dass er heute Abend zum Essen zu Hause sein würde, denn sie bereiten die üblichen Gerichte vor, die sie machen, wenn er da ist. Für mich machen sie fast dasselbe, aber wenn er hier ist, ist es aufwändiger angerichtet und sie behandeln ihn wie den Gutsherrn.

Irena, das Dienstmädchen, das mich früher wenigstens angelächelt hat, kommt mit einer Flasche teuren Weins. Seit der Woche vor der Hochzeit lächelte sie mich nicht mehr an. Ich schätze, mein Verdacht war richtig, was ihr Interesse an Mikhail anging. Ich dachte mir, dass sie wahrscheinlich hoffte, die nächste Mrs. Dmitriyev in der Familie zu werden. Sie lächelt jetzt, als sie sich Mikhail nähert, und ich sehe, wie er das Lächeln aufrichtig erwidert.

So hat er mich noch nie angelächelt – so leicht und normal. Alles, was er mir schenkte, waren entweder finstere Blicke oder spöttische Grimassen oder irgendwie höhnisch.

Sie beginnen, sich auf Russisch zu unterhalten, wie alte Freunde, die sich seit Jahren nicht mehr gesehen haben. Ich beobachte sie und spüre, wie mein Blut heiß wird. Als sie kichert und er lacht, beschließe ich, dass ich genug habe.

Das Einzige, was ihr bleibt, ist, sich auf seinen Schoß zu setzen und ihn zu umarmen. Ich kenne ihn seit fast fünf Wochen, aber ich habe ihn noch nie lachen gehört.

Sie reden weiter, aber ich unterbreche das Gespräch, als ich auf das harte Holz des Tisches schlage.

Dann sehen sie mich beide an.

»Entschuldigt«, sage ich. »Worüber redet ihr?«

Irena und Mikhail schauen überrascht.

»Adriana …«

»Nein, vergiss es«, unterbreche ich ihn, bevor er das Vergnügen hat, mich zu bestrafen oder mich vor ihr zu blamieren. »Du.« Ich zeige auf Irena. »Du verstehst mich. Ich habe dich schon einmal Englisch sprechen hören, also weiß ich, dass du mich verstehst.«

»Ja«, antwortet sie.

Wow! Fünf Wochen in diesem Haus und doch sind das die ersten Worte, die sie zu mir spricht.

Ich richte mich auf.

»Wenn du an diesen Tisch kommst und ich hier sitze, will ich wissen, worüber zum Teufel du mit *meinem Mann* redest.« Es ist mir egal, wer ich vorgeben soll, zu sein, oder dass mir der Tod droht, wenn meine Geheimnisse aufgedeckt werden. Ich habe genug davon, dass man mich wie Scheiße behandelt. Das lasse ich mir nicht mehr gefallen. »Du kommst nicht rein und führst ein geheimes Gespräch mit meinem Mann, das ich nicht verstehen kann. Hast du mich verstanden?«

»Ja, Mrs. Dmitrijew. Ich entschuldige mich.« Sie senkt ihren Kopf und geht.

Natürlich starrt mich Mikhail mit leuchtenden Augen an, als ich ihn wieder ansehe, aber das ist mir egal. Egal was mit mir passiert, ich bin froh, dass ich das getan habe. Es ist ja nicht so, dass Irena die Warnung nicht verdient hätte.

»Was zum Teufel ist los mit dir?«, fragt er und verzieht den Mund.

»Willst du mich verarschen? Du denkst, *ich* bin das Problem? Die Dienstmädchen reden *nie* mit mir, und Aleksander ist verdammt unhöflich. Warum ist das so? Hast du ihnen gesagt, sie sollen mich wie Scheiße behandeln?«

»Nein, sie wissen nur, dass sie nicht hier sind, um Kontakte zu knüpfen.«

»Du hast dich so angehört, als würdest du dich gut mit dem Mädchen verstehen, also glaube ich das nicht.«

»Du glaubst, was ich dir sage.«

»Sie hat ein echtes Lächeln von dir bekommen«, belle ich zurück. Außerhalb meines Kopfes klingen die Worte dumm.

»Was?«

Sein blödes Handy summt mit einer Nachricht und unterbricht

unser Gespräch. Als er es aus seiner Gesäßtasche zieht, darauf schaut und aufsteht, weiß ich sofort, dass er wieder weggeht.

»Wir werden dieses Gespräch ein anderes Mal zu Ende führen.«

»Wann kommst du zurück?«

Er hält einen Moment inne, um über die Antwort nachzudenken, und schüttelt dann den Kopf.

»Ich weiß es nicht. Ich muss arbeiten.«

Damit geht er, und ich beobachte ihn wie üblich beim Weggehen.

Ich bin so erbärmlich. Und hör mir zu, ich habe mich gerade wie eine verrückte Göre angehört.

Vielleicht klinge ich aber auch nur so, als wäre ich in meinen Mann verliebt und versuche, es nicht zu sein.

33

MIKHAIL

Ich rase wie ein Verrückter mit meinem Motorrad die Straße hinunter. Ich fahre weit über dem Tempolimit und nehme die Kurven zu scharf, aber ich brauche ein anderes Gefühl als das der Verblödung.

Ich vermisse sie.

Ich vermisse Adriana und alles an ihr.

Ich vermisse es, tief in ihr vergraben zu sein, sie zu berühren, in ihrer Nähe zu sein.

Aber ich sage mir immer wieder, dass das, was ich tue, das Beste ist. Ich sage mir immer wieder, dass es das Beste ist, wenn ich mich von ihr fernhalte. Auf diese Weise kann ich mich auf meine Arbeit und das, was zu tun ist, konzentrieren. So kann ich verhindern, dass ich mich in sie verliebe, und unsere Ehe kann genau das sein, was sie sein sollte: Rein geschäftlich.

Aber zu keinem Zeitpunkt war es für mich besser, denn ich mache mich nur verrückt.

So wie jetzt.

Noch vor Wochen hätte ich nicht gedacht, dass die Prinzessin es wagen würde, mir so trotzig zu widersprechen, geschweige denn mit meinen Mitarbeitern so zu reden, wie sie Irena in die Schranken gewiesen hat.

Sie hatte recht.

Ich habe nicht gelogen, als ich ihr sagte, ich wolle kein Umfeld, in dem die Mitarbeiter Kontakte knüpfen können, aber sie hatte recht, als sie mich darauf hinwies, dass ich genau das tat.

Irena ist ein Dienstmädchen und war eine Freundin meiner Schwester. Ich habe ihr vor fünf Jahren einen Job gegeben, als sie ihn brauchte, nachdem Talia ihre Arbeit zwischen Europa und den USA aufgeteilt hatte.

Talia brauchte kein Dienstmädchen mehr, also half ich aus, als sie darum bat. Ich vergesse oft, dass Irena für mich arbeitet, weil ich sie schon so lange kenne. Wahrscheinlich bin ich ihr gegenüber nachsichtiger, was für alle anderen ein falsches Zeichen ist. Einschließlich ihr. Ich bin mir sicher, dass sie bei mehreren Gelegenheiten gedacht hat, mein Interesse ginge über das berufliche hinaus, und die interessierten Blicke sind mir nicht entgangen.

Im Gegensatz zu Ivan, der jede nackte Frau ficken würde, die bereit ist, seinen Schwanz zu reiten, tue ich das nicht. Im Gegensatz zu dem, was meine Ehefrau glaubt, habe ich kein Interesse an Irena.

Ich dachte nur nicht daran, dass ich meine ohnehin schon missmutige Frau verärgern würde, als Irena auf mich zukam, um mit mir zu sprechen.

Die ganze Zeit, in der sie mit mir sprach, fiel es mir schwer, mich zu konzentrieren, denn alles, was ich wollte, war, nach der Frau neben mir zu greifen, der ich meinen Namen gegeben hatte, und mich wieder mit ihrem Körper vertraut zu machen.

Ich habe eine Ehefrau.

Ich.

Eine Frau, die mich in einer Weise beschimpft hat, die vor ein paar Wochen eine Tracht Prügel gerechtfertigt hätte. Es gibt nur ein Problem mit dieser Art von Bestrafung. Sie funktioniert nicht mehr bei denen, die sich unterworfen haben, und schlimmer noch, sie funktioniert nicht, wenn es Spaß wird.

Dann wird es das Vorspiel zum Sex. Ich war kurz davor, Adriana direkt auf dem Tisch zu nehmen und musste mich zurückhalten.

Die Nachricht von Eric brachte mich wieder auf den Boden der Tatsachen zurück. Wir haben Ivans Bewegungen mit Argusaugen beobachtet. Bis jetzt haben wir nichts gefunden. Mein Bruder ist ein hinterhältiger Mistkerl. Es ist schwer, herauszufinden, was er vorhat.

Eric möchte, dass ich mich mit ihm treffe, weil er im System einige Zahlen und Geschäftsvorgänge gefunden hat, die nicht richtig aussehen. Er möchte, dass ich sie überprüfe, weil etwas daran nicht stimmen kann. Es ist leichter, wenn ich bei diesen Funden helfe, weil Ivan meine Arbeit machen musste, als ich im Krankenhaus war.

Es dauert nicht lange, bis ich das Hotel erreiche, in dem Eric wohnt.

Ein Blick auf die Transaktionen, die er gefunden hat, sagt mir, dass etwas nicht stimmt. Es gibt eine ganze Reihe Überweisungen, die auf ein Offshore-Konto in Russland gehen, das unter dem Namen eines mir unbekannten Empfängers geführt wird. Da kann man nur vermuten, dass Ivan die Firma bestiehlt oder jemanden für etwas bezahlt. Ich neige dazu, Letzteres zu glauben, denn ein Milliardär hat keinen Grund, sein eigenes Familienunternehmen zu bestehlen.

Ich verbringe ein paar Stunden damit, die Transaktionen durchzugehen und meine Zusammenstellung, die ich meinem Vater mitbringen möchte, zu ergänzen.

In zwei Wochen wird er den neuen Anführer wählen, die Uhr tickt also. Wenn ich keine stichhaltigen Beweise gegen meinen Bruder finde, die ihn mit den Morden an meiner Mutter und meiner Schwester in Verbindung bringen, möchte ich alles tun, um meinen Verdacht zu untermauern.

Als ich kurz vor Mitternacht nach Hause komme, gehe ich nicht in das Zimmer, das an mein Büro angeschlossen ist, sondern sehe nach der Prinzessin.

Sie schläft, aber sie ist auf dem Boden neben dem Fenster eingeschlafen. Ihr Kopf ruht an der Wand, und sie hat sich in einem ungünstigen Winkel an sie gelehnt. Ich würde sie schlafen lassen, aber ich hätte ein schlechtes Gewissen, wenn ich sie so zurücklasse. Also hebe ich sie vom Boden auf und lege sie auf unser Bett.

Unser Bett.

Es ist das erste Mal, dass ich das Bett als unseres betrachte.

Ich erwarte, dass sie sich rührt, aber sie tut es nicht. Sie bewegt sich kaum, als ich sie auf dem Kissenstapel absetze. Die dunklen Ringe unter ihren Augen deuten darauf hin, dass sie seit Tagen nicht mehr richtig geschlafen hat.

Das war das Erste, was ich dachte, als ich sie vorhin gesehen habe, nachdem ich bewundert hatte, wie schön sie ist.

Der Schlafmangel, die schlechte Laune und die Streitereien sind meine Schuld.

Ich mache das Gleiche durch. Ich quäle mich weiter, indem ich neben ihr liege und daran denke, was ich an dem Tag, an dem ich sie geheiratet habe, hätte anders machen sollen.

Ich hätte sie auf eine richtige Hochzeitsreise mitnehmen sollen. Vielleicht hätte ich sie an einen exotischen Ort fliegen sollen. Oder da sie durch ihr Leben in Mexiko wahrscheinlich an die Tropen gewöhnt ist, hätte ich sie nach Russland oder irgendwo anders hin fliegen können, wie auf die Seychellen oder Bora Bora.

Ich kann mir vorstellen, wie sie über den weißen Sandstrand von Bora Bora läuft. Ich glaube, sie wäre gerne dorthin geflogen, auch wenn sie an Tropen gewöhnt ist. Ich hätte mehr tun sollen als das Nichts, das ich getan habe.

Ich lasse meinen Blick über ihren Körper gleiten und betrachte sie wieder als ein Kunstwerk. Sie ist die Art von Frau, die man malt, um die Erinnerungen an Gefühle und Emotionen zu bewahren.

Die Art, wie mein Vater meine Mutter zu malen pflegte.

Gott.

Hör mir zu.

Ich bleibe noch eine Weile liegen, um mein Bedürfnis zu stillen, ihr nahe zu sein, bevor ich gehe.

Am nächsten Tag ist mein Vater die erste Person, die ich treffen muss, bevor ich zu Dmitriyev Ltd. fahre. Er wollte mich gleich morgen früh um Punkt neun Uhr im Haus am See sprechen.

Das am Ufer des Lamoka-Sees gelegene, aus Holz gebaute Haus sieht mehr wie eine Hütte aus als die anderen Häuser in der Nachbarschaft und hat mich immer an ein Märchen erinnert.

Ich war nicht oft dort, denn meine Eltern wollten es für sich behalten und von allen anderen fernhalten.

Niemand würde vermuten, dass es einem Multimilliardär gehört, aber mein Vater entschied sich für dieses Haus, um sich an die Menschen zu erinnern, von denen er abstammte. Damals in Russland, zu den lange vergangenen Zeiten meines Ururgroßvaters, hätten sie in Saratow in einem Haus wie diesem gelebt.

Saratow ist eine der ärmsten Städte Russlands, und sie hätten tagelang reisen müssen, um nach Westsibirien zu gelangen und in den Minen zu arbeiten, die wir jetzt besitzen.

Das Auto der Leibwächter meines Vaters steht draußen auf der Einfahrt. Sie sind nicht drinnen, ein Zeichen dafür, dass er wahrscheinlich die Nacht hier verbracht hat. Die Eingangstür des Hauses steht offen und wartet darauf, dass ich eintrete.

Ich stelle mein Bike neben dem Auto ab und mache mich auf den Weg ins Haus.

Mein Vater sitzt auf einem Holzstuhl auf der hinteren Veranda und blickt auf den schimmernden See. Er wendet seinen Blick nicht von der Aussicht ab, als ich aussteige, aber ein Lächeln umspielt seine Mundwinkel.

»Guten Morgen, mein Sohn.«

»Morgen.«

»Ist zu Hause alles in Ordnung?«

»Ist es.«

»Und deine Frau?« Er sieht mich jetzt an, aber ich weiß nicht, was ich sagen soll. Seit der Hochzeit ist er anders. Ich denke, er könnte Mitleid mit Adriana haben. Ich spüre es.

»Es geht ihr gut.«

»Das ist schon in Ordnung, mein Sohn.« Er richtet seinen Blick wieder auf den See und lächelt erneut. »Was siehst du, wenn du auf den See hinausschaust?«, fragt er.

Ich weiß, was er von mir hören will, aber ich besitze den Blick eines Künstlers schon lange nicht mehr, und ich will es jetzt auch nicht, weil ich nicht will, dass es so aussieht, als sei ich weich geworden.

»Wasser.« Ich lächle.

»Klugscheißer. Natürlich ist da verdammtes Wasser im See.« Er lacht, dann kehrt die Ernsthaftigkeit in sein Gesicht zurück. »Wir beide sehen die Dinge aber nicht so, oder?«

»Nein, Vater.«

»Dann sag mir, was du wirklich siehst. Erfreue einen alten, sterbenden Mann.«

Alter, sterbender Mann.

Ich will nicht, dass er stirbt. Es ist in Ordnung, dass er alt wird, aber ich will nicht, dass er jemals auf die andere Seite geht. Aber das kommt erst noch. Wir haben nicht mehr viel Zeit.

Wenn es so weit ist, werde ich nie wieder Tage wie diesen haben. Es wird nur noch mich geben, bis auch Sophia geht. Sie ist nicht so viel jünger als mein Vater.

Ich beschließe, ihn bei Laune zu halten und schaue wieder auf den See hinaus. Natürlich habe ich noch nie Wasser dort gesehen. Also beschließe ich, ihm zu sagen, was ich sehe.

»Im Schimmer des Sonnenlichts, das die Oberfläche berührt, sehe ich einen feuerspeienden Drachen aus dem Abgrund der Hölle aufsteigen. Er hat große schwarze Flügel und lange, scharfe Zähne und Augen, die so rot und glühend heiß sind wie das höllische Feuer, das aus seinem Maul wütet.«

Er nickt und lächelt wieder. »So ist es besser. Jetzt setz dich.«

Ich nehme auf dem Stuhl vor ihm Platz und unsere Blicke begegnen einander.

»Du hättest nicht zulassen dürfen, dass dein Bruder dich davon abhält, etwas zu tun, was du liebst. Die Malerei war genauso ein Teil von dir wie für mich.«

Die Erwähnung meines Bruders macht mich wütend, und ich

wünschte, ich könnte meinem Vater sagen, was ich von Ivan befürchte.

»Damals schien es notwendig zu sein«, sage ich.

»Das ist Blödsinn, Junge. Völliger Unsinn. Ich hoffe, du findest deine Muse eines Tages wieder, denn egal was ich für das Unternehmen und die Führung der Bruderschaft entscheide, du wirst solche Kleinigkeiten brauchen.«

»Das ist nur Kunst, Vater.«

»Willst du wissen, was das Geheimnis eines guten Pakhan ist?«, fragt er mich, und ich nicke. »Du brauchst Ausgeglichenheit. Kleine Dinge wie Kunst helfen dir, der Realität zu entkommen. Wir sind die Baranov. Es wird immer eine Bedrohung für uns geben. Das ist das Leben, für das wir uns in der Bratva entschieden haben. Kleine Dinge wie die *Kunst* helfen dabei, fit zu bleiben.« Er hält einen Moment inne. »Man kann nicht immer nehmen, teilen und erobern. Man muss wissen, wann man bestimmte Dinge tun sollte und wann nicht. Das macht dich sensibel für verschiedene Situationen. So überlistet man andere, wenn sie kommen, um einen zu Fall zu bringen, und so geht man als Sieger hervor.« Er ballt seine Hände zu Fäusten.

»Was ist, wenn das, was dich ausbalanciert, dich schwach macht?«

Er schüttelt den Kopf. »Es kann dich niemals schwach machen. Daran ist etwas anderes schuld.«

»Was zum Beispiel?«

»Furcht. In der Bratva verbringen wir so viel Zeit damit, nicht schwach auszusehen, dass wir alle Angst haben, dass jemand unsere Schwächen entdeckt. Wir fürchten uns davor, schwach auszusehen, wenn wir lieben, oder wir geben dem nach, was wir lieben. Ich bin seit über zwanzig Jahren Pakhan, und die Dinge, die mich ausbalanciert haben, haben mich nie geschwächt. Ich habe darauf ein Imperium aufgebaut und das, was ich bereits hatte, in etwas Legendäres verwandelt.«

Mein Vater hat recht. Kein anderer Pakhan hat das getan, was er für das Unternehmen und die Bruderschaft getan hat.

Er blickt wieder auf den See hinaus. Ich frage mich, was er sieht, wenn er dort hinausschaut. Er sieht so aus, als könnte er etwas sehen, also frage ich.

»Was kannst du sehen, Vater?«

Er wendet seinen Blick wieder zu mir. »Sie. Deine Mutter. Ich sehe sie immer in allem. Jetzt, wo sie nicht mehr da ist, mehr denn je. Sie hat auch mich ausgeglichen. Seit ihrem Tod habe ich es vermieden, hierherzukommen.«

»Wie kommt es dann, dass du dich hier treffen willst?«

»Wegen der Dinge, die ich mit dir besprechen möchte. Ich muss dir Dinge sagen, von denen ich denke, dass du sie wissen solltest. Dinge, die mit deinem Bruder und seiner Vergangenheit zu tun haben.«

Mein Interesse ist geweckt. »Was für Dinge?«

»Geheimnisse und Lügen, *meine* Geheimnisse und Lügen, die er mir nie verziehen hat.«

34

MIKHAIL

»Was ist in der Vergangenheit passiert, Vater?« Ich werfe ihm einen verkniffenen Blick zu.

Er intensiviert seinen Blick und sieht unruhig aus. »Es gibt einen Grund, warum Ivan dir gegenüber immer so grob und kaltherzig war. Es ist meine Schuld.«

»Wieso zum Teufel ist das deine Schuld?«

»Wegen der schlechten Beziehung, die ich zu Tatiana hatte, und weil ich deine Mutter kennengelernt habe.«

Tatiana war die Mutter von Ivan. Ihr Name wird von meinem Vater nur selten ausgesprochen, weil er schlechte Erinnerungen weckt.

»Es war meine Begegnung mit deiner Mutter, die meine Beziehung zu seiner Mutter zerstört hat«, fügt er hinzu.

Als ihm das Geständnis über die Lippen kommt, fällt mir ein Stein vom Herzen.

»Ich dachte, du hättest Mutter nach Tatianas Tod kennengelernt.«

»Nein. Das war vorher. Ich kannte sie viele Jahre zuvor. Sie war unser Dienstmädchen.«

Mir bleibt der Mund offen stehen. »Was? Was willst du mir damit sagen? Ich dachte, du hast sie bei einem Geschäftstreffen kennengelernt?«

»Nein. Sie arbeitete für Tatiana und mich, während sie eine Ausbildung zur Tänzerin machte. Ich lernte sie kennen, als sie sechzehn war. Ich weiß nicht, was du von mir denken wirst, nachdem ich dir die Wahrheit gesagt habe, aber ich denke, ich bin es dir schuldig.«

»Was ist passiert, Vater?« Ich glaube, ich weiß, worauf diese Geschichte hinausläuft, und mir gefällt nicht, was mein Bauchgefühl mir sagt. Es würde definitiv eine Menge über meine schreckliche Beziehung zu meinem Bruder erklären.

»Meine Heirat mit Tatiana war eine geschäftliche Vereinbarung wegen des Diamantenunternehmens. So wurde sie zu einer Subvention der Dmitriyev Ltd. Es kam von ihrer Familie. Um den Reichtum zu vereinen, zwang mich mein Vater, sie zu heiraten. Ich … habe sie aber nie geliebt.« Er hält wieder inne. »Alles, was sie wollte, war, dass ich sie liebe. Ich habe es versucht. Es hätte nicht so schwer sein sollen. Ich kannte sie mein ganzes Leben lang. Sie und Sophia waren beste Freundinnen, und unsere Familien standen sich so nahe, dass es selbstverständlich war, dass wir heiraten würden. Als wir Ivan bekamen, versuchte ich noch mehr, mich in sie zu verlieben, aber es gelang mir einfach nicht. Dann lernte ich deine Mutter kennen, und ich liebte sie vom ersten Augenblick an.«

»Du … hast Tatiana betrogen, nicht wahr?«, füge ich hinzu.

»Ja. Ja, das habe ich. Es gibt keine Entschuldigung, und nichts wird es wiedergutmachen. Ivan war neun, als er uns zusammen erwischte. Er hat es Tatiana erzählt, und das hat sie verrückt gemacht. Ich fand heraus, dass deine Mutter mit dir schwanger war, also bat ich Tatiana um die Scheidung. Sie hat sie mir nicht gewährt. Stattdessen hat sie sich umgebracht. Sie hat sich in der Badewanne die Pulsadern aufgeschnitten. Ivan hat sie gefunden.«

»Mein … Gott.«

Deshalb hasst mich mein Bruder.

Das ist der Grund.

Mein Mund wird trocken, als ich beginne, alles zu verstehen.

Ich bin ein Teil des Grundes, warum sich seine Eltern getrennt haben, und er gibt mir eine Teilschuld am Selbstmord seiner Mutter. Mir wurde gesagt, sie hatte einen Herzinfarkt. Er hätte auch meiner Mutter die Schuld gegeben und meine Schwester gehasst. Aber das liegt in der Vergangenheit und würde nicht erklären, warum er sie jetzt tot sehen will.

Es wäre jedoch ein Teil des Grundes.

Mein Vater hat recht. Es gibt so viele Geheimnisse und Lügen.

Ich stütze meine Ellbogen auf die Knie und beuge mich vor, während sich seine Worte weiter in meinem Kopf festsetzen.

»Deine Mutter und ich haben ein paar Monate vor deiner Geburt geheiratet.«

»Wer kennt noch die Wahrheit?«

»Nur Ivan und Sophia. Es tut mir leid, Mikhail. Ich konnte diese Geheimnisse nicht mit ins Grab nehmen. Ich glaube, ich habe ihn in mancher Hinsicht dir gegenüber bevorzugt, aber das war nicht der Fall.«

»Das habe ich nie gedacht.«

»Ich schätze, du wärst noch nicht in dem Alter gewesen, in dem es für dich von Bedeutung gewesen wäre, das zu denken. Aber das bist du jetzt. Als ich beschloss, in den Ruhestand zu gehen, wurde mir klar, dass ich nicht einfach der Tradition folgen konnte. Mehr als das, ich wollte es nicht. Du arbeitest hart, Mikhail. Ivan auch, aber er tröstete sich mit der Tatsache, dass der älteste Sohn normalerweise der Pakhan wird. Es gibt einen Unterschied zwischen dem, was ihr beide getan habt.«

Etwas drückt auf meine Brust. »Ist das deine Art, mir zu sagen, dass du ihn als Pakhan ausgewählt hast?« Wenn das so ist, würde es mir schwerfallen, ihm meine eigene Wahrheit über Ivan zu erzählen. Vor allem, wenn ich keine Beweise habe.

»Das ist es nicht, mein Sohn, aber ich wollte, dass du der Erste bist, der erfährt, wie ich alles andere geändert habe, auch mein Testament. Ich habe alles für alle geändert.«

»Alles?« Das könnte eine Antwort auf die große Frage sein.

»Alles. Anders als vor zwanzig Jahren, als das Erbe auf mich überging, war ich der Meinung, dass genug Vermögen vorhanden war, um es gleichmäßig zu teilen. Das bedeutet, dass die Kontrolle über das Unternehmen nicht nur bei dem Pakhan liegen würde.«

»Was hast du getan?«

»Ich habe Sophia das Diamantenunternehmen geschenkt und das Eigentum an der Dmitriyev Ltd. durch vier geteilt. Ich habe es zwischen dir, Ivan, deiner Mutter und deiner Schwester aufgeteilt. Es wäre also das erste Mal, dass das Unternehmen zu gleichen Teilen und mit einer horizontalen Erbfolge in der Hand wäre. Das heißt, wenn einem der Beteiligten etwas zustößt, werden seine Anteile zu gleichen Teilen auf die übrigen Begünstigten aufgeteilt.«

Und das ist Grund genug, meiner Mutter und meiner Schwester den Tod zu wünschen. Grund genug, mich auch tot sehen zu wollen. Das ist sie. Die Antwort.

Das muss es auch sein.

Wenn wir aus dem Weg wären, hätte Ivan alles ohne Probleme geerbt.

Wie es jetzt aussieht, liegt es an ihm und mir.

Scheiße.

Ich glaube auch nicht, dass er sich um das Diamantenunternehmen so große Sorgen machen würde wie um Dmitriyev Ltd. Denn das Unternehmen macht Milliarden im Jahr. Bei diesem verdammten Vertrag ging es nur darum, um nichts anderes, also sollte Sophia sicher sein.

Wer wusste, dass dies geschehen würde? Vater hätte es nur jemandem erzählt, dem er vertraute.

»Hast du irgendjemandem erzählt, dass du das mit der Dmitriyev Ltd. machen wirst?«

»Deiner Mutter. Niemand sonst, nicht einmal die Nachlassanwälte. Sie werden meine Wünsche sehen, wenn die Führung wechselt. Ich habe es Sophia auch nicht gesagt, weil ich nicht wollte, dass sie sich mit mir über die Diamantenfirma streitet. Sie ist sehr bescheiden und würde so etwas nicht für sich behalten wollen, aber sie verdient etwas, das sie ihr Eigen nennen kann.«

Mutter muss also jemandem von den Plänen für die Dmitriyev Ltd. erzählt haben.

»Was die Führung angeht, so wird einer von euch der nächste Pakhan sein. Der Pakhan bekommt alles andere.«

Das ist fast der gleiche Wert wie das Unternehmen.

»Ich denke, wir werden es nächste Woche wissen.«

»Das wirst du. Wenn ich dich nicht auswähle, vergib mir bitte. Wenn ich dich auswähle, vergib mir auch für die Folgen, die du bei deinem Bruder erleben könntest. Ich habe mein Bestes getan, um die Vergangenheit zu bereinigen, aber das kann ich nicht, und ich hoffe, du nimmst mir das nicht zu sehr übel.«

»Ich … nehme es dir nicht übel«, sage ich ihm, weil ich keinen Grund sehe, es zu tun, wenn wir nur noch wenige Monate zusammen haben.

Ich dulde nicht, was er getan hat, und es spielt keine Rolle, dass er meine Mutter geliebt hat, aber ich kann die Vergangenheit ebenso wenig ändern wie er.

»Dann ist das mehr, als ich von dir verdiene. Das ist alles, was ich für dich habe, mein Sohn. In eineinhalb Wochen wirst du wissen, wer der nächste Pakhan sein wird.«

»Weißt du schon, wen du wählen wirst?« Ich bin neugierig.

»Ja, aber ich warte noch. Mein Herz und mein Verstand müssen mir das Gleiche sagen. Ich werde in der Nacht vor dem großen Tag hierherkommen, damit ich die Anwesenheit deiner Mutter spüren kann. Sie wird mir dabei helfen, meine Antwort zu akzeptieren. Ich habe Sophia eingeladen, am Morgen hierherzukommen. Sie wird es als Erste erfahren. Meine Schwester verdient es, als Erste etwas zu erfahren, was mir so wichtig ist. Ihr beide liebt sie, und ich vermute, sie wird eine große Rolle spielen, für wen auch immer ich mich entscheide.«

»Das wird sie ganz sicher.« Ich nicke zustimmend.

Ich erhebe mich und neige meinen Kopf mit dem Respekt, den ich ihm immer erweise. Er nickt ebenfalls respektvoll, hält mich aber auf, bevor ich durch die Tür gehe.

»Eine Sache noch. Vielleicht noch eine Weisheit von einem alten Narren.«

»Was?«

»Du brauchst keine Angst zu haben, deine Frau zu lieben. Das ist nicht nötig, und niemand würde es dir verdenken. Ich tue es nicht.«

Ich spitze meine Lippen, um ihm zu sagen, dass das kein Problem ist, aber als ich in sein Gesicht sehe, weiß ich, dass er mich durchschaut. Es hat wenig Sinn, einer Person, die das kann, etwas vorzumachen, also nicke ich und gehe.

Es dauert ein paar Stunden, bis ich alles verdaut habe, was mir heute Morgen gesagt wurde. Nachdem ich von meiner ersten Besprechung zurückkomme, finde ich José vor meinem Büro, der darauf wartet, mit mir zu sprechen.

Er sollte mir einen Bericht über die Dinge im Haus und die Kartellgeschäfte vorlegen.

»Womit soll ich zuerst anfangen?«, fragt er.

»Kartellgeschäfte.« Ich lehne mich in meinem Stuhl zurück und versuche, mich zu konzentrieren. Ich brauche die einfachen Dinge zuerst.

»Alles ist erledigt. Das gesamte Vermögen von Raul ist nun auf Sie übergegangen. Die Anwälte haben gestern die letzte Transaktion abgeschlossen. Alles läuft jetzt auf Ihren Namen, und die Dinge können in gewisser Hinsicht auf Autopilot laufen«, erklärt er. »Ich muss vielleicht in einer Woche nach Mexiko fahren, um ein Projekt weiter zu besprechen, das schon vor Rauls Tod in Arbeit war. Natürlich nur mit Ihrer Erlaubnis.«

»Ja, das ist in Ordnung. Du kannst gehen.« Die Kontrolle des Kartells ist meine größte Errungenschaft und etwas, wofür man sich an mich erinnern wird, aber ich bin froh, dass dieser Teil vorbei ist. Es ist einfacher für meinen Verstand, sich auf eine Sache zu konzentrieren. Im Moment ist das nicht die wichtigste Sache. Das war es nie. Es war mehr eine Nebenaufgabe.

»Was ist mit deinem Bericht?«, frage ich.

Er sieht unruhig aus. »Sebastian und Ihre Männer im Haus scheinen sauber zu sein. Ich glaube nicht, dass Sie sich wegen ihnen Sorgen machen müssen, aber ich halte trotzdem die Augen offen. Allerdings habe ich gestern an den Docks etwas Merkwürdiges bemerkt, das mit Ihrem Bruder zu tun hat.«

Ich richte mich sofort auf. Wir haben eine Schifffahrtsgesellschaft in den Docks. Ich habe José auf eine Besorgung für mich geschickt. »Was hast du erfahren?«

»Ivan traf sich mit einem Mann, der mit Raul zusammenarbeitete, als er Waren importieren musste. Den Namen des Mannes kenne ich nicht. Raul arbeitete im Geheimen, um die Dinge im Griff zu behalten. Er ist ein Typ wie Tony, ein Mittelsmann. Ich denke, er könnte sein Ersatz sein. Was ich nicht wusste, war, warum er sich mit Ihrem Bruder traf.« Er beäugt mich misstrauisch.

José ist nicht dumm. Ich bin sicher, er hat schon zwei und zwei zusammengezählt.

»Lass das meine Sorge sein.« Ich werde nicht mit ihm über Ivan reden. »Um wie viel Uhr hast du sie gesehen?«

»Spät gestern Abend, gegen elf. Sie waren in der Gasse auf der Rückseite.«

Verdammt noch mal. In der verfluchten Gasse gibt es keine Kameras, wahrscheinlich hat Ivan den Wichser deshalb dort getroffen.

»Danke. Mach weiter so, und wenn du meinen Bruder noch einmal mit diesem Typen siehst, ruf mich sofort an.«

»Aber sicher doch. Seien Sie vorsichtig, Señor. Blut ist nicht ohne Grund dicker als Wasser. Blut kann einen schneller ertränken.«

Als ob ich das nicht wüsste.

35

NATALIA

Die sanfte Brise streichelt meine Haut, und ich kann den nahenden Regen riechen. Wütende Gewitterwolken bedecken den Himmel, aber der Himmel weigert sich, sich zu öffnen und den Regen fallen zu lassen.

Ich werde heute nicht allzu lange draußen bleiben. Nicht bevor es dunkel wird.

Ich bin allein am See spazieren gegangen, sodass ich von dort, wo ich gerade sitze, noch die Terrasse des Hauses sehen kann.

Ich brauchte einfach frische Luft.

Nach der letzten Nacht war die Stimmung im Haus eher angespannt, aber heute Morgen sagte Irena guten Morgen zu mir. Das andere Hausmädchen auch. Aleksander war genauso schroff wie immer, aber nicht so unhöflich.

Ich dachte mir, Mikhail muss mit ihnen gesprochen haben.

Ich war mir fast sicher, dass er letzte Nacht mit mir im Zimmer war und neben mir auf dem Bett lag. Ich dachte aber, ich wäre auf dem Boden eingeschlafen. Ich war so müde, dass ich mich nicht erinnern konnte.

Sein Duft lag in der Luft, als ich aufwachte. Ich muss mir seine Anwesenheit eingebildet haben, denn heute war ein weiterer Tag des Nichts.

Heute ist es eine ganze Woche her, dass wir geheiratet haben. Ich weiß nicht einmal, warum ich mir die Mühe mache, mir die Zeit zu merken. Es ist ja nicht so, dass es für irgendjemanden einen Unterschied macht. Für mich wird es auch keinen Unterschied machen. Es ist nur so, dass ich diejenige bin, die Zeit hat und zusieht, wie die Tage vergehen. Jeder Tag, der vergeht, lässt mich mit der Frage zurück, wie der nächste wohl sein wird.

Ich bin in diesem Haus eingesperrt, und obwohl ich herumlaufen und mit Sophia oder einem der Wächter einkaufen gehen darf, fühle ich mich immer noch wie eingesperrt.

Oder als wäre ich auf einer einsamen Insel ohne wirkliche Hoffnung auf ein Entkommen. Alles, was es gibt, ist das, was um mich herum ist.

Ganz zu schweigen von der Tatsache, dass ich in New York bin. Ein Ort, der für mich neu ist. Die Menschen sind anders, und ich habe eine neue Sprache im Ohr, mit der ich nicht einmal etwas anfangen kann. Manchmal können die Leute bestimmte Wörter aufschnappen und versuchen, den Sinn eines Gesprächs zu verstehen. Bei Russisch kann ich das nicht.

Ich kenne nur *Malyshka*.

Ganz gleich, in welchem Ton Mikhail es zu mir sagt, die Zärtlichkeit hat sich immer wie ein Wort der Zuneigung angehört, das mein Geliebter ausdrückt.

Gott, bin ich erbärmlich.

Liegt es daran, dass er der erste Mann ist, mit dem ich zusammen war, dass ich ihn nicht aus meinem Kopf vertreiben kann? Liegt es daran? Oder hat das Wort *Ehemann* vielleicht mehr Bedeutung für mich, als es sollte?

Ich glaube nicht, dass es an einem dieser Dinge liegt. Ich denke, es liegt an ihm.

Das Problem ist er und das, was er in mir angerichtet hat, damit ich für ihn fühle.

Ich kann mir einreden, dass ich mich gewehrt habe, aber das, was ich zu verhindern suchte, war schon da. Alles, was er tat, war, es zu entfesseln. Jetzt, da er mich verlassen hat, versuche ich, es wieder zu zügeln.

Das Schlurfen von Schritten lässt mich den Kopf drehen. Ich fahre fast aus der Haut, als ich Ivan auf mich zukommen sehe. Ich war so in meine Gedanken vertieft, dass ich ihn nicht gehört habe.

Das ist das zweite Mal, dass mir das passiert ist. Wieder einmal hat er sich an mich herangeschlichen und mich unvorbereitet erwischt. Ich stehe auf und sehe ihn an und frage mich, warum er hier ist und ob Mikhail vielleicht auch zu Hause ist.

In all den Wochen, die ich in diesem Haus bin, ist er nicht ein Mal vorbeigekommen. Was führt ihn heute hierher?

»Entspann dich, Prinzessin, ich bin nur gekommen, um meine neue *Schwägerin* zu begrüßen.« Er lächelt.

Was soll ich sagen?

Ich habe nicht mehr das Feuer, das ich gestern Abend hatte, und die warnende Stimme in meinem Kopf sagt mir, dass ich mich nicht mit diesem Mann anlegen soll.

Oder ihn zu unterschätzen.

Ich weiß noch, wie er mich bei der Hochzeit ansah, und ich kann nicht vergessen, was er im Haus seines Vaters zu mir sagte. Beide Male sagte er mir, dass ich mich vor ihm in Acht nehmen müsse.

»Hallo«, erwidere ich.

»Wie ist das Eheleben für dich?«

Ich bin mir sicher, dass er weiß, dass das Eheleben mir nicht besonders gut gefällt. Ich bin mir auch sicher, dass hinter seiner Frage mehr steckt als das, was er wirklich fragt. Es geht eher darum, wann mein Verfallsdatum erreicht ist, und mein Mann beschließt, mich zu verkaufen oder zu verschenken.

»Gut, danke.«

»Genießt du die frische Luft?«

»Ja.«

Er kommt näher und ich wünschte, er würde es nicht tun.

Die Luft in meiner Lunge gefriert, und meine Wirbelsäule kribbelt vor Unbehagen. Ich wünschte, er würde mich in Ruhe lassen. Aber es ist klar, er hat ein Ziel, und das bin ich.

»Weißt du was? Mir ist eingefallen, warum du mir bekannt vorkommst.«

Gott, nicht das schon wieder.

Nicht *das* schon wieder. Was wird er dieses Mal zu mir sagen?

Ich halte meinen Blick auf ihn gerichtet. »Warum?«

»Es gab eine Frau, die für Raul arbeitete. Wunderschön. Du erinnerst mich an sie.« Sein Lächeln wird breiter, und ich spüre, wie ich zurückschrecke. »Du hast denselben ängstlichen Blick in deinen Augen.«

Als er das sagt, fällt mir etwas ein – eine Erinnerung an etwas, das ich nicht hätte hören sollen. Es war meine Mutter, die meinem Vater erzählte, dass sie von einem von Rauls Geschäftspartnern überfallen worden war.

Vergewaltigt.

Sie sagte, er hätte sie vergewaltigt. Mein Vater wollte etwas unternehmen, aber sie flehte ihn an, es nicht zu tun. Sie wusste, was passieren würde, wenn er etwas tun würde. Es würde den Tod bedeuten.

Meine Eltern haben es mir vorenthalten.

Meine *Mutter* verheimlichte es vor mir, und ich weiß, dass es noch mindestens zwei weitere Male geschah, während mein Vater auf der Arbeit war. Er wusste nichts von diesen Malen. Ich hörte sie im Badezimmer weinen und sah die blauen Flecken an ihren Beinen.

Meine Mutter wäre sehr verletzt gewesen, wenn sie gewusst hätte, dass ich es wusste, also tat ich so, als ob ich es nicht mitbekommen hätte.

Als Raul es mit ihr versuchte, hatte sie genug davon. Deshalb war es so schlimm und wahrscheinlich war es das letzte Mal für alle.

Eine tiefe Kälte dringt in mich ein und bahnt sich ihren Weg in meine Seele. Warum sagt mir mein Bauchgefühl, dass dieser Teufel vor mir meiner Mutter etwas angetan hat?

»Das ist seltsam«, sage ich ihm.

»Vielleicht sahen alle, die in Rauls Nähe waren, so aus, nicht wahr? Eingeschüchtert und verängstigt.«

Ich weiß nicht, was dieser Teufel vermutet oder wie er sich die Wahrheit zusammengereimt hat, aber es ist klar, dass er weiß, dass etwas im Argen ist.

Nach dem, was José gesagt hat, kann Ivan nicht herausfinden, dass ich nicht Adriana bin, wenn er keine Beweise hat.

Aber er weiß, dass mit mir etwas nicht stimmt.

Ich kann nur nicht feststellen, was er wissen oder vermuten könnte. Alles, was er bisher zu haben scheint, ist die starke Ähnlichkeit mit meiner Mutter, die mich verraten wird, denn das ist ein auffälliges Element, das mich verraten könnte.

»Das reicht«, mischt sich Mikhails raue Stimme ein, genau wie in jener Nacht, und ich bin dankbar, ihn zu hören.

Ivan und ich drehen uns um und sehen ihn auf uns zukommen. Sein Haar sieht zerzaust aus, und er ist leicht außer Atem, als wäre er gerannt.

»Warum redest du mit meiner Frau?«, fragt er und blickt Ivan an.

»Beruhige dich, Bruder, ich habe ein paar Sachen vorbeigebracht, die Vater für dich haben wollte.«

»Ja, Sophia hat es mir gesagt. Mein Telefon war ausgeschaltet, als Vater anrief, also habe ich die Nachricht nicht erhalten. Das beantwortet aber nicht meine Frage, warum du mit meiner Frau sprichst.«

Ivan lacht auf. »Unglaublich. Seit wann ist es ein Verbrechen, mit jemandem zu sprechen?« Er strafft seine Schultern, als Mikhail näher kommt und das Gleiche tut.

»Was willst du, *Bruder*?«

Ich merke jetzt schon, dass es böses Blut zwischen ihnen gibt, und es spielt keine Rolle, dass sie Brüder sind. Ich habe Mikhail gesehen, wenn er wütend ist. Damals in Mexiko sah er aus, als wäre er bereit, den Weltuntergang herbeizuführen.

Aber das hier ist anders. In seinen Augen liegt ein anderer Blick, der genauso mörderisch ist, aber von Zorn und Wahnsinn angetrieben wird.

»Ich wollte mich nur wieder mit ihr bekannt machen«, erklärt Ivan lässig. »Die Hochzeit war so überstürzt. Ihr hattet nicht einmal einen Empfang oder irgendetwas für mich, um euch zu gratulieren. Du hättest wenigstens dafür sorgen können, dass es normaler aussieht und nicht wie die geschäftliche Transaktion. Wenn auch nur für die anderen Gäste, die nicht wussten, warum du dieses arme Mädchen geheiratet hast.«

Ich habe mich schon schlecht genug gefühlt. Wenn ich daran erinnert werde, was ich bin, fühle ich mich noch schlechter.

In diesem Moment tröpfelt der Regen vom Himmel herab. Der Himmel ist bereit, sich zu öffnen und es regnen zu lassen. Eine Metapher für das, was ich innerlich fühle.

»Du kannst jetzt gehen«, sagt Mikhail zu ihm.

Ivan lächelt und geht dann weg.

Mikhail ballt die Fäuste an den Seiten. Wir schauen beide auf Ivan, bis er auf der Terrasse und zurück im Haus ist.

Mikhail dreht sich wieder zu mir um, und als unsere Blicke sich treffen, bemerke ich, wie erschöpft er aussieht. Er riecht auch, als hätte er getrunken. Nicht so stark wie in der Nacht, als ich in das Zimmer mit den Gemälden ging, aber so stark, dass ich den Whiskey an ihm riechen kann.

Raul trank Whiskey. Felipe auch. Sie haben immer danach gerochen.

»Was hat er zu dir gesagt?«, fragt Mikhail und rückt näher an mich heran.

Ich nehme ihn in mich auf. Ich bin so sehr auf seine Augen konzentriert, dass ich fast den Farbtupfer am Kragen seines Hemdes übersehe.

Weil er immer schwarz trägt, sticht der rote Lippenstift hervor. Es ist die einzige Farbe, die ich an ihm gesehen habe. Der Lippenstift einer anderen Frau.

Das Loch in meinem Herzen wird größer, tiefer und schneller, und ich schüttele den Kopf. Ich stelle ihn mir mit einer anderen vor, wie er sie berührt, wie er mich berühren würde, wie er ihren Körper besitzt, wie er meinen besitzen würde, und das macht mich krank.

Bastard.

Die Nachricht, die er gestern Abend erhielt, könnte von ihr stammen. Er war die ganze Nacht weg, oder eine ganze Weile von mir weg. Scheiße, was sage ich da?

Ich komme total durcheinander mit der Zeit.

Es ist schon fast wieder dunkel. Er hätte den ganzen Tag bei ihr sein können.

Er streckt seine Hand aus, um mein Gesicht zu berühren, aber ich weiche zurück und entziehe mich seinem Griff.

»Wo warst du?«, frage ich und hasse das Zittern in meiner Stimme.

»Arbeiten.«

»Lügner«, stoße ich hervor und fühle mich wie ein Esel den anderen Langohr schimpft. Ich habe kein Recht, jemanden einen Lügner zu nennen. Ganz und gar nicht. Aber das ist mir im Moment egal. Ich komme mir so dumm vor. Während ich hier war und mir Sorgen um ihn gemacht habe, ist er draußen und vögelt herum.

»Warum glaubst du, dass ich lüge, verdammt?«

»Da ist Lippenstift an deinem Kragen, Mikhail.« Ich zeige auf ihn, aber er lässt seinen Blick nicht von mir ab. »Warst du bei einer deiner Frauen?«

Warum stelle ich eine Frage, auf die ich die Antwort bereits kenne? Wenn du nicht verletzt werden willst, tu nichts, was dich verletzt.

Ich schaufle mein eigenes Grab. Als sich sein Gesicht verhärtet und er mir nicht antwortet, tue ich das Einzige, was ich für sein Schweigen verstehen kann, und akzeptiere, dass die Antwort ›Ja‹ sein muss.

Es sollte mich nicht verletzen. Es sollte mir egal sein. Ich sollte daran denken, dass diese Vereinbarung, die wir haben, ein Mittel zum Zweck für uns beide ist, doch die Tränen, die mir über die Wangen laufen, sagen etwas anderes.

Sie sprechen aus meinem Herzen, und dagegen kann ich mich nicht wehren.

Sie sprechen auch von meiner Wut, und plötzlich fliegt meine Hand hoch und trifft ihn hart an der Wange.

»Bastardo«, rufe ich. «Ich hasse dich. Te odio diablo«, rufe ich, sage ihm auf Spanisch, dass ich ihn hasse und nenne ihn den Teufel.

Der Himmel reißt auf, als ich von ihm weglaufe.

Aber ich komme nicht sehr weit.

Ich dachte, dass ich es dieses Mal schaffen würde, weil ich nicht erwartet hatte, dass er hinter mir her ist.

Das ist mein Fehler. Ich habe ihn nicht nur geschlagen, ich habe mich ihm widersetzt. Das bedeutet Bestrafung. Der sadistische Bastard wird die Gelegenheit nutzen, um mich zu bestrafen.

Mikhail legt eine Hand um meine Taille und zieht mich an sich.

»Lass mich los«, schreie ich und trete gegen ihn.

»Hör auf, verdammt.«

»Lass mich in Ruhe. Ich hasse dich.«

Der fallende Regen macht den Boden schnell glitschig, und meine Tritte und Schläge lassen uns beide zu Boden gehen. Er greift nach mir und legt sich auf mich, wobei er meine Hände über meinem Kopf festhält, damit ich mich nicht bewegen kann.

»Ich habe dich nicht betrogen«, knurrt er.

»Das glaube ich dir nicht.«

»Habe ich nicht.«

»Das spielt keine Rolle. Ich bin eine Geschäftstransaktion, schon vergessen?« Meine Tränen fließen und verschmelzen mit den Regentropfen in meinem Gesicht. »Also ist es nicht real. Wir sind nicht echt. Ich bin nicht wirklich deine Frau, also kannst du ficken, wen du willst.«

»Ich habe dich nicht betrogen, Adriana«, knirscht er mit festerer Stimme. Wenn ich diesen Namen höre, schnappe ich nach Luft. Ich vergesse immer wieder, dass ich eigentlich sie sein sollte. Er hat mich nicht mehr so genannt, seit wir unser Gelübde abgelegt haben, und jetzt, wo er es gesagt hat, möchte ich ihn anschreien und ihm sagen, dass ich nicht Adriana Alvarez bin.

»Ich war in einer Bar und habe getrunken. Ich habe mein Telefon ausgeschaltet, weil ich etwas Zeit für mich brauchte. Deshalb konnte mich auch niemand erreichen«, fährt er fort. »Eine Kellnerin, die ich kenne, hat mich angegraben. So kam der Lippenstift an meinen

Kragen. Ich habe Nein gesagt und bin gegangen. Ich war auf dem Weg zurück zur Arbeit, als ich hörte, dass Ivan auf dem Weg hierher war. Und jetzt bin ich hier. Das ist die Wahrheit.«

Ich starre ihn an und denke darüber nach, was er zu mir sagt.

Er erzählt mir nie etwas und erklärt sich vor niemandem. Alles, was er mir bisher erzählt hat, war zufällig und wurde mir langsam eingetrichtert.

Ich weiß also, dass ich aufpassen muss, wenn er so redet.

Der Regen fällt auf uns und durchnässt uns beide, aber ich kann meine Augen nicht von ihm abwenden, während er mich anstarrt, als würde er in meine Seele blicken.

»Ich kann dich nicht betrügen, Prinzessin«, sagt er, und es ist, als bräche sein Selbstschutz von ihm weg. »Ich kriege dich nicht aus meinem Kopf.«

Ich erkenne die Wahrheit, wenn ich sie sehe. Ich erkenne die Wahrheit, wenn ich sie fühle. Ich sehe es in seinen Augen und höre es im Tonfall seiner Stimme.

»Was ist dann mit dir passiert? An dem Tag, als du vor der Hochzeit gegangen bist, hat sich alles verändert.«

»Ich habe eine Grenze überschritten, von der ich nicht wusste, dass ich sie überschreiten kann. Jetzt, wo ich es getan habe, will ich nicht mehr zurück.«

»Dann lass es«, flüstere ich, und in seinen Augen glitzert etwas.

Ein Schimmer flackert zwischen uns. Ein Wesen des Verstehens in einem Knistern von Energie. Mikhail senkt seine Lippen auf meine, und ich bewege mich ebenfalls zu ihm und küsse ihn so, wie wir uns früher geküsst haben. Nicht wie der Kuss, den wir teilten, als wir uns das Jawort gaben.

Dies ist der Kuss, der alles übertrifft, der mehr Wahrheiten offenbart, und ich erlaube mir, ihn zu lieben.

Mikhail hebt mich auf, nimmt mich in seine Arme und steht mit mir auf, aber seine Lippen verlassen meine nicht. Er geht mit mir zurück ins Haus, einfach so. Ich spüre die Augen der Dienstmädchen auf uns gerichtet. Aber es kümmert keinen von uns beiden, wer uns sieht.

Wir erreichen das Schlafzimmer, wo wir uns Schicht für Schicht entkleiden und er mich liebt.

Wir machen tatsächlich Liebe. Ich spüre den Unterschied in seiner Berührung.

Die Leidenschaft ergreift uns, sie ergreift uns, sie ergreift mich, und ich weiß, dass ich diese Grenze auch überschritten habe, und ich will nicht mehr zurück.

Es gibt nur ein Problem: Einer von uns beiden ist immer noch ein Lügner.

Ich.

Ich liebe ihn, aber ich bin nicht die Frau, für die er mich hält.

Wenn er herausfindet, wer ich bin, bin ich mir nicht sicher, ob die Liebe mich retten kann, und seine Besessenheit auch nicht.

36

MIKHAIL

Der silberne Mond strahlt auf die Prinzessin herab, als ich die großen Eichentüren in der Halle öffne, die ich den Schrein getauft habe.

So fühlte sich dieses Zimmer an, als ich aus dem Krankenhaus kam.

Alles hier drin sollte die guten Erinnerungen festhalten, die mein Vater an meine Mutter hatte. Für mich fühlten sie sich wie Erinnerungen an das an, was einmal war und was nie wieder sein wird.

Heute Abend schaue ich meine Frau an und konzentriere mich auf sie.

Ich will sie im Mondlicht sehen. Nichts als Mondlicht, das ihre Haut berührt.

Es hat etwas Bezauberndes, sie in dem silbernen Schein zu sehen, den ich einfangen möchte. Es ist das Einzige, was ich erlaube, sie zu berühren, das nicht ich bin.

Als es Nacht wurde und der Mond herauskam, beschloss ich, sie zu malen.

Ich möchte sie im Mondlicht malen und ihr zeigen, wie sie aussieht, wenn ich sie anschaue. Ich möchte, dass sie sich selbst so sieht, wie ich es tue, wenn sie mich ausbalanciert. Ich dachte, es wäre etwas anderes, als hätte sie das Biest in mir gezähmt. Aber das ist es nicht.

Das ist die andere Sache, von der mein Vater sprach.

Gleichgewicht.

Wir verbrachten die ganze Nacht und den ganzen Tag in diesem Bett, und ich ertappte mich bei dem Gedanken, dass dies vielleicht funktionieren könnte. Vielleicht würde ich nicht von der Liebe verarscht werden, und vielleicht musste ich mich nicht zurückziehen.

Wenn ich sie jetzt anschaue, wird mir klar, dass das Beschissene daran war, dass ich dachte, ich könnte mir die Erlaubnis geben, sie zu lieben. Ich hatte nie eine Wahl.

Die letzten Wochen haben mir diese Wahrheit gezeigt.

Sie war das Einzige, was ich gestohlen habe, was mir zum Verhängnis wurde. Ich habe ihr Leben gestohlen, und sie hat mein Herz gestohlen. Aber es gibt noch mehr zwischen uns beiden, was keiner von uns sagt. Wir sind weit davon entfernt, dass es uns gut geht. *Ich* bin weit davon entfernt, dass es mir gut geht, und ich entscheide mich aktiv dafür, das Schwert des Schicksals zu vergessen, das über meinem Kopf hängt und sich anschickt, mich von dieser Welt zu trennen.

Nichts an Adriana und mir wird sich gut anfühlen, solange nicht die richtigen Dinge getan werden.

Ich bin der Bösewicht in unserer Geschichte. Ich muss nicht das Richtige für andere tun, sondern für mich. Ich muss das tun, was mir nützt. Ich arbeite hart daran, zu tun bereit zu sein, was getan werden muss, um der rücksichtslose Bratva Pakhan zu werden.

Aber ich hätte mich auch nicht verlieben dürfen.

Sie auch nicht.

Selbst jetzt, wenn ich sie ansehe, ist da Liebe in ihren Augen, und ich weiß, dass sie sie in meinen sehen kann. Aber in ihr kann ich die Liebe ebenso deutlich sehen wie den Ärger, der in ihnen lauert und mir sagt, dass sie etwas beunruhigt. Etwas, das mehr ist als ich.

Wieder denke ich darüber nach, was ihre Geheimnisse sein könnten.

Im Moment bin ich egoistisch und nehme sie mit, um der Realität zu entfliehen. Fasziniert betrachtet sie die Ballerina-Skulpturen und die Gemälde im Raum. Sie weiß noch nicht, was ich mit ihr machen will. Ich bin sicher, es wird sie überraschen. Die Idee überrascht mich immer noch.

»Sie sind alle so schön«, schwärmt sie.

Ich beobachte, wie sie um die nächstgelegene Skulptur meiner Mutter herumschwebt, und ich kann nur daran denken, wie schön meine Frau ist.

Meine Frau.

»Mein Vater hat sie alle erschaffen«, sage ich ihr, und ihre Augen weiten sich.

»Dein Vater? Wirklich?«

»Ja.«

»Sie sind erstaunlich, Mikhail.«

»Ja, das hat er immer gemacht, um sich auszugleichen.« Ich leihe mir seine Worte.

Sie schaut auf das größte Gemälde am Ende des Raumes und dann wieder zu mir.

»Die Ballerina ist deine Mutter, nicht wahr?«, fragt sie zaghaft.

»Ja. Das war die Art meines Vaters, seine Gefühle für sie zu bewahren. Kunst fängt Gefühle und Visionen ein. Jedes Stück ist eine Erinnerung.«

»Das ist wunderschön. Was ist mit denen?« Sie zeigt auf die Bilder, die ich gemalt habe und die mit Laken bedeckt sind, um den Staub fernzuhalten.

Ich gehe hinüber und entferne eines. Sie erschrickt, als sie das erste Bild sieht. Es zeigt eine Schneelandschaft in Sibirien. Ich habe es gemalt, als ich sechzehn war.

»Die sind von mir«, sage ich ihr. Sie geht näher an das Bild heran.

Die restlichen bleiben verhüllt. Ich hatte ihnen gegenüber nicht den Respekt, den ich für die meines Vaters habe.

»Du warst das?«

»Ja. Mein letztes Bild war das unvollendete meiner Schwester, das du vor Wochen gesehen hast.«

»Warum hast du es nicht zu Ende gebracht?«

»Ivan. Er hat meine Liebe zur Kunst verdorben.«

»Ivan?«

»Es ist sicherlich offensichtlich für dich, dass wir uns nicht gerade gern haben.«

»Ja, das ist deutlich.«

»Er ist mein Halbbruder, und er hat es sich immer zur Aufgabe gemacht, darauf hinzuweisen, dass wir nur zur Hälfte verwandt sind. Er hat auch immer irgendeinen Scheiß gemacht, um mir das Leben schwer zu machen. Wir sind in dem Glauben aufgewachsen, dass er der nächste Pakhan sein würde. Ich wollte nicht verstoßen werden, als das geschah, also wurde ich stärker und entledigte mich all dessen, was mich schwach erscheinen ließ. Das unvollendete Gemälde war Teil dieser Entscheidung. Erst vor kurzem habe ich erfahren, dass ich die Chance habe, Anführer zu werden.« Das ist alles, was ich im Moment über Ivan sagen werde. Ich möchte auch nicht mehr über ihn sprechen. »Ich möchte heute Abend malen, Malyshka.«

Sie lächelt, und es ist ein noch schönerer Anblick.

»Was willst du malen?«

»Dich.«

Ihre zarten Lippen öffnen sich. »Mich? Du willst mich malen?«

»Ich möchte dich nackt im Mondlicht malen. Nackt auf dem Liegestuhl.« Ich zeige auf das Möbel am Fenster. Sie schaut es an.

»Ich … du willst das mit mir machen?«

Ich nicke. »Ja, Mrs. Dmitrijew. Also, zieh dich für mich aus.«

Eine sinnliche Flamme erhellt ihre Augen, als sie die Träger ihres Kleides über die Schultern gleiten lässt. Das Kleid gleitet bis zu ihren Füßen hinab. Ich beobachte, wie sie auch ihren BH und ihr Höschen auszieht und aus ihren Pumps steigt.

Alles, was sie jetzt trägt, sind meine Ringe. Der Ehering und der Verlobungsring.

»Ist es das, was du willst?«

»Du weißt, dass es so ist. Leg dich auf die Liege.«

Sie tut, was ich verlange. Als sie sich auf der Samtliege niederlässt und das Mondlicht, das durch die Türen und Fenster scheint, sie berührt, sieht sie genau so aus, wie ich es mir vorgestellt habe.

Alles an ihr ist wunderschön. Ihre olivfarbene Haut, ihre wunderschönen Augen, das lange, wallende Haar und ihr perfekter Körper.

Mir entgeht nicht, dass ich wohl wieder die Muse gefunden habe, von der mein Vater sprach.

Ich hätte nur nie gedacht, dass sie auf diese Weise zu mir kommen würde.

Ich gehe zu den unbenutzten Leinwänden, die ich vor Ewigkeiten bekommen habe, und zu meinen Farben und hoffe, dass sie noch nicht ausgetrocknet sind. In den kleinen Kisten, in denen ich sie aufbewahrt habe, sollten sie in Ordnung sein.

Die Prinzessin beobachtet mich, während ich mich an meiner Staffelei aufbaue.

Sie schenkt mir ein Lächeln, als ich mich hinsetze und anfange, sie zu skizzieren.

»Das ist das meiste, was du mir über dich erzählt hast«, sagt sie.

»Willst du mehr wissen?« Ich streiche mir eine Haarsträhne aus dem Auge.

»Ja.«

»Was willst du wissen, Babygirl?«

»Was ist deine Lieblingsfarbe? Ich glaube nicht, dass es Schwarz ist, obwohl du es immer trägst.«

»Der Himmel«, antworte ich mit einem Lächeln.

»Der Himmel?«

»Der Himmel hat zu verschiedenen Tages- und Nachtzeiten unterschiedliche Farben.«

»Ja«, stimmt sie zu.

»Deine Lieblingsfarbe ist Lila«, sage ich ihr, und sie lächelt noch breiter.

»Wie hast du das erraten?«

»Ich bin aufmerksam.«

»Was ist dein Lieblingsessen?«, murmelt sie.

»Ich habe keins. Ich esse alles. Was ist mit dir?«

»Eiscreme.«

Ich lache leise vor mich hin. »Dann kaufe ich Eis, bedecke dich damit und lecke es von dir ab.«

Sie lacht, und ich halte inne, um mir das Geräusch einzuprägen. Ich starre sie weiter an, und sie bemerkt meine Faszination.

»Was?«

»Du hast mich gerade richtig zum Lachen gebracht.« So etwas Ähnliches sagte sie neulich, als ich mit Irena sprach.

»Das habe ich. Und jetzt bleib so und sag mir, was deine Träume sind.« Eine Person zeigt immer die meisten Gefühle, wenn sie über ihre Träume spricht.

Sie hält inne und richtet ihren Blick auf mich, offensichtlich überrascht von der Frage. Dann blickt sie kurz weg, in das Mondlicht. Das Licht fängt ihre Augen ein und lässt sie heller erscheinen.

»Ich will Ärztin werden«, sagt sie nur flüsternd.

»Ärztin?« Ich überprüfe, ob ich sie richtig verstanden habe. Sie nickt.

Das überrascht mich, weil sie so ist, wie sie ist.

»Ich wollte schon immer Ärztin werden.«

»Das habe ich nicht gewusst.« Ich wusste es nicht, denn ich habe nie danach gefragt und hätte nie vermutet, dass eine Kartellprinzessin so große Träume haben könnte.

»Ich hätte nicht gedacht, dass du das wissen willst.«

»Das tue ich. Willst du immer noch Ärztin werden?«

»Ja.«

»Dann werden wir das machen.«

Ihre Haut wird vor Schreck blass. »Wirklich? Du würdest mir das erlauben?«

»Natürlich.« Ich klinge fast normal. Ich höre mir selbst zu, und ich weiß, dass ich die wichtigen Dinge, über die wir reden sollten, beschönige, aber es ist, als wollte ich alles tun, um sie glücklich zu machen. Alles, um wiedergutzumachen, wie ich ihr das Leben gestohlen habe.

»Vielen Dank.«

»Gern geschehen. Sprich mit mir darüber, Malyshka.«

Das tut sie. Sie spricht eine Stunde lang, während ich sie male.

Mein erstes Gemälde seit fast zehn Jahren. Ich habe meine Gabe überhaupt nicht verloren. Ich fange jeden Aspekt ihres Körpers ein, den ich will. Alles, was meine Besessenheit mich malen lässt und den Ausdruck auf ihrem Gesicht hervorhebt, wenn sie über ihre Träume spricht, und die Erregung, die ich in den festen, gespannten Spitzen ihrer Brustwarzen sehe. Ich halte das Glitzern des Rings an ihrem Finger fest, der sie als die Meine kennzeichnet, und die Art, wie sie mich ansieht.

Selbst als ich fertig bin, beobachte ich sie, während sie weiterredet. So lange haben wir noch nie miteinander gesprochen.

»Mein Gott, ich habe gerade ununterbrochen geredet.«

»Das ist okay. Ich bin jetzt fertig.«

»Kann ich es sehen?«

»Komm und sieh es dir an.«

Sie greift nach ihrem Kleid und wickelt es um ihren Körper, bevor sie auf mich zugeht. Als sie sieht, was ich erschaffen habe, holt sie tief Luft und legt eine Hand an ihr Herz.

»Oh mein Gott. Ich kann nicht glauben, dass ich das bin. Das sieht unglaublich aus.«

»Ich bin froh, dass es dir gefällt.«

»Das tut es.« Sie beugt sich vor und küsst mich. »Ich habe vergessen, dich zu fragen, was deine Träume sind.«

Während ich sie anstarre, frage ich mich dasselbe, und ich kenne die Antwort.

Ich greife nach dem Saum des Kleides und ziehe es ihr vom Körper.

»Im Moment will ich nur dich. Kann ich dich haben?«

»Ja.«

Ich stehe auf und hebe sie hoch, aber ich trage sie nicht zurück in unser Zimmer, wie sie dachte, dass ich es tun würde. Ich trage sie auf die Terrasse und stelle sie an die Wand, wo der Mond auf die Oberfläche und über sie scheint.

So möchte ich sie nehmen.

»Hier draußen?« Sie schaut sich nervös um.

»Es gibt nur uns. Keiner kann uns sehen. Jetzt gib dich mir hin.«

Ich beanspruche ihre Lippen und drücke sie dann gegen die Wand und beanspruche ihren Körper, ficke sie hart, so wie ich gerne ficke. Der Wahnsinn verzehrt uns schnell, und wir teilen eine dieser wilden Nächte, in die wir uns vor Wochen verirrt haben. Ich nehme sie die ganze Nacht überall im Haus. Morgens ist sie komplett ausgeknockt.

Ich muss zur Arbeit gehen, kann also nicht zu Hause bleiben. Außerdem habe ich heute noch Dinge wegen Ivan zu erledigen.

Anstatt sie so zu verlassen, wie ich es in der Vergangenheit getan habe, nämlich mit nichts, ziehe ich eine weiße Rose aus dem Strauß im Flur und lege sie auf das Kissen neben ihr, damit sie, wenn sie aufwacht, das Erste ist, was sie sieht.

Ich hinterlasse einen Zettel, auf dem einfach steht: »Bis später.«

Auf diese Weise muss sie sich nicht fragen, ob ich zurückkomme oder in wessen Bett ich schlafen werde. Sie wird wissen, dass ich zu ihr zurückkommen werde.

Noch bevor ich die Treppe herunterkomme, klingelt mein Telefon. Ich gehe schnell ran, als ich sehe, dass es Eric ist.

»Hey«, sage ich.

»Kannst du ins Hotel kommen? Ich habe etwas gefunden, das du dir ansehen musst.«

Verdammt, ich wünschte, ich könnte eine gewisse Genugtuung empfinden, weil er etwas gefunden hat, aber jedes Mal, wenn ich so einen Anruf bekomme, wird mir schlecht.

»Natürlich. Was ist es, Eric?«

»Komm einfach.« Seine Stimme hat wieder diesen vorsichtigen Ton. »Am besten, ich zeige es dir persönlich.«

»Ich bin auf dem Weg.«

Eric hat alles so eingerichtet, dass unsere Telefone nicht geortet oder angezapft werden können. Sein Zögern, mir einen Hinweis darauf zu geben, was er gefunden hat, bedeutet, dass es wieder etwas Großes ist. Etwas, von dem er will, dass ich es persönlich sehe.

Scheiße. Was zum Teufel ist jetzt los?

Eine halbe Stunde später komme ich im Hotel an, und in dem

Moment, in dem ich in Erics Gesicht lese, weiß ich, dass das, was er mir zeigen wird, noch schlimmer ist als die vorherige Scheiße.

»Was ist es?«, frage ich.

»Komm und setz dich.«

Ich tue es, und er geht zu seinem Schreibtisch, um ein Dokument zu holen. Als er zurückkommt, steht er vor mir.

»Ich habe die Durchsicht von Rauls Akten abgeschlossen. Dies war eines der letzten Dokumente, die ich gefunden habe. Es war verschlüsselt, aber es war nicht unter seinen E-Mails. Es war auf seinem Computer in einer geheimen Datei gespeichert. Es sieht so aus, als ob er noch daran gearbeitet hat, um es zu verschicken.«

Er reicht mir das Blatt Papier aus dem Dokument. Als ich es anschaue, sehe ich als erstes das schöne Gesicht meiner Frau.

Oben auf dem Blatt befindet sich ein Bild von ihr. Es ist ein normales Ganzkörperfoto von ihr, auf dem sie eine schwarze Tunika trägt. An dem Bild selbst gibt es nichts auszusetzen, aber ich bemerke ihre Augen. Sie sind das, was nicht in Ordnung zu sein scheint. In ihren Augen spiegelt sich der innere Schmerz, den ich vor Wochen gesehen habe, und sie sieht aus, als hätte sie den Lebenswillen verloren.

Als ich mir die Details unter dem Bild ansehe, bleiben meine Augen an den Angaben zu ihrem Namen hängen.

Zuerst denke ich, dass meine Augen mich verarschen, dann denke ich, dass das falsch sein muss, denn hier steht, dass der Name der Frau, die ich anschaue, Natalia Lily de Leon ist. Weiter unten wird sie in der Jungfrauen-Auktion für zwei Millionen Dollar zum Verkauf angeboten.

Meine Hände zittern, aber ich bin mir nicht sicher, was für ein Gefühl ich empfinde oder ob es möglich ist, dass ich eine Vielzahl von Gefühlen empfinde.

Ich erkenne das brennende Gefühl von Zorn und Wut, aber beides wird durch Schmerz geschürt. Als hätte mir jemand ein Messer ins Herz gestoßen und es so gedreht, dass ich den Stachel des Verrats spüren konnte.

»Was sehe ich hier, Eric? Was zum Teufel sehe ich hier wirklich?«

»Deine Frau ist nicht Adriana Alvarez. Diese Frau ist es.«

Er überreicht mir den Rest des Dokuments. Es sind medizinische Unterlagen und das Bild einer Frau, die eher wie Raul aussieht.

Ihr Name ist Adriana Alvarez.

Alles, was ich über die Frau in meinem Haus dachte und was nie einen Sinn ergab, macht jetzt Sinn. Die Narben auf ihrem Rücken, das Fehlen des Verlobungsrings, ihr Verhalten, ihre Persönlichkeit, ihr Schmerz.

Sie.

Sie bettelte nicht um Rauls Leben, aber sie machte sich Sorgen um das von José.

Ich habe die falsche Frau gestohlen.

Ich habe die falsche Frau *geheiratet*.

Und die Frau, die ich gestohlen habe, hat mich belogen.

37

NATALIA

Das Erste, was ich sehe, als ich meine Augen öffne, ist eine wunderschöne weiße Rose. Ich hebe meinen Kopf und betrachte sie. Auf dem kleinen Zettel auf einfachem weißen Papier steht »Bis später«.

Ich nehme die Rose in die Hand und atme ihren Duft ein. Er zaubert mir ein Lächeln ins Gesicht, und ich denke an die letzten Nächte, die ich mit Mikhail verbracht habe. Ich lächle noch breiter, wenn ich daran denke, dass ich aufs College gehen und meine Träume verwirklichen will.

Könnte ich das wirklich alles haben?

Könnte das wirklich funktionieren?

Könnte ich den Mann und die Träume haben und endlich ein Leben führen, in dem ich frei bin?

Ich gönne mir eine Auszeit, um zu träumen und das Gefühl zu genießen, verliebt zu sein.

Das Lächeln auf meinem Gesicht hält etwa fünf Minuten an, vielleicht auch weniger, bevor es wieder verschwindet, wenn ich wieder an die Lüge denke, die ich bin. Ich ziehe meinen Kopf aus den Wolken und klettere in die Realität zurück.

Wie kann ich den Mann und den Traum haben und mein Leben in Freiheit leben, wenn ich diese große Lüge über mir trage?

Wie kann ich das tun?

Der Plan war, bei der ersten Gelegenheit zu fliehen, aber das kann ich jetzt nicht mehr tun, und das sollte mein oberstes Ziel sein. Ich wusste bereits, dass ich mit der Lüge nicht leben konnte, also war die Flucht die einzige Option. Es war immer die *einzige* Option. Natürlich müsste sich der Weg öffnen, damit ich die Wahl habe. Im Moment habe ich nichts.

Als ich das erste Mal hierherkam, hatte ich Angst vor dem Tod. Ich hatte Angst, Mikhail würde herausfinden, dass ich nicht die bin, für die er mich hält, und mich töten, und José auch.

Darüber mache ich mir immer noch Sorgen. Aber jetzt mache ich mir Sorgen um die verlorene Liebe. Ich habe das nie in Betracht gezogen. Ich habe nie darüber nachgedacht, denn ich hätte nie gedacht, dass ich mich in ihn verlieben würde.

Jetzt weiß ich nicht, was ich tun soll, verdammt noch mal.

Soll ich es ihm sagen?

Ich schüttle den Kopf über mich selbst und die Verrücktheit dieses Gedankens. Es ihm zu sagen, wäre eine schreckliche Idee.

Und es ist zu spät. Die Zeit, es ihm zu sagen, ist schon längst vorbei, und ich wäre jetzt in der gleichen Gefahr wie damals. Ich stecke in einer Lüge fest, die sich mit jedem Tag, der vergeht, mehr und mehr verfestigen wird. Und ich kann nicht dorthin zurückkehren, wo alles schiefgelaufen ist. Die Dinge liefen für mich schief, lange bevor ich Mikhail traf.

Ich kann in seinen Augen sehen, dass er etwas für mich empfinden muss. Ich bin mir nicht sicher, ob er mich liebt, und ich bezweifle, dass er mich noch lieben würde, wenn er die Wahrheit wüsste. Ich glaube, das Kartell wäre ihm wichtiger als alles andere.

Das war mein Zweck.

Mein einziger Zweck.

Ich wusste immer, dass er mit mir machen konnte, was er wollte, nachdem wir geheiratet hatten.

Ich werfe einen Blick auf die Uhr an der Wand und stelle fest, dass ich das Frühstück völlig verpasst habe und es Mittagszeit ist.

Die letzten Tage haben mich sehr erschöpft, aber es ist ja nicht so, dass ich hier etwas zu tun hätte.

Ich ziehe mich schnell an. Als ich mich an den Schminktisch setze, um mir die Haare zu machen, klopft es an der Tür.

Ich denke, dass es Aleksander ist, der mich zum Essen nach unten schleppt, und stehe auf, um ihm zu sagen, dass ich in einer Minute unten bin.

Aber als ich die Tür öffne, steht da nicht Aleksander.

Es ist Sebastian.

Ich spreche nicht wirklich mit ihm. Vor allem, weil er unheimlich ist. Nicht so furchteinflößend wie Mikhail, aber furchteinflößend genug für mich, um vorsichtig zu sein. Er hat auch nie viel zu mir gesagt oder den Wunsch gezeigt, mit mir zu sprechen, außer um einen Befehl von Mikhail weiterzugeben. Er sieht mich mit seinen dunkelgrünen Augen an und richtet sich auf.

»Mrs. Dmitrijew, Sie müssen mit mir kommen. Ihr Mann möchte Sie sehen.«

»Er ist hier?« *Um diese Zeit?* Mikhail ist seit Wochen nicht mehr um diese Zeit zu Hause gewesen. Zumindest nicht, wenn er für den Tag zur Arbeit gegangen ist.

»Ja, kommen Sie bitte mit mir.«

»Natürlich.« Ich verlasse den Raum und folge ihm, während er vor mir hergeht.

Das ist merkwürdig.

Sebastian ist noch nie in mein Zimmer gekommen, um mich zu holen. Sowohl er als auch José sind seit Wochen auf dem Gelände des Hauses, und sie sind kaum ins Haus gekommen, geschweige denn nach oben.

Als wir die Treppe hinuntergehen und ich weder das Personal sehe noch das Essen rieche, das normalerweise um diese Zeit fertig ist, werde ich nervös.

Wo sind alle?

Ich sehe mich nach ihnen um, während ich Sebastian folge, aber es ist niemand da.

Plötzlich wünsche ich mir, ich könnte Aleksanders finsteres Gesicht oder die unhöflichen Dienstmädchen sehen, denn irgendetwas stimmt nicht.

Und … ich glaube, ich weiß vielleicht, was es ist.

Ich glaube erst recht, dass etwas nicht stimmt, als Sebastian die Tür zum Keller erreicht und sie öffnet. Dies ist der zweite Ort, den ich nicht betreten durfte, als ich zum ersten Mal hierher kam. Es sieht so aus, als hätte ich jetzt die Erlaubnis.

Aber warum?

»Nach Ihnen.« Er winkt mit der Hand und deutet mir, durch die Tür zu gehen.

Ich gehe hinein, aber ehrlich gesagt, möchte ich weglaufen.

Er ist jetzt hinter mir, und jede Hoffnung zu fliehen ist dahin. Er muss geahnt haben, dass ich fliehen wollte.

Die Treppe besteht aus Stein und ist breiter als die Stufen im Haus. Es fühlt sich eher wie ein Verlies als ein Keller an. Ich bin an Verliese gewöhnt, also sollte ich es wissen. Am Fuß der Treppe steht ein weiterer Wächter von Mikhail. Sein Name ist Levka. Er ist ein weiteres Mitglied seines hochrangigen Sicherheitsteams. Ein sicheres Zeichen dafür, dass etwas nicht stimmt.

Warum sollte ich zwei seiner besten Wachleute brauchen, um mich zu ihm zu führen, wenn es nicht so wäre?

Er weiß es.

Mikhail kennt die Wahrheit.

Ich kann es in meinen Knochen spüren. Ich spüre es überall, also mache ich mir nicht die Mühe, nachzufragen, was los ist. Ich bewege mich einfach, als würde ich zum Schafott gehen. Ich weiß, dass es keine Hoffnung mehr gibt. Dieses Mal wird mich niemand retten.

Ich werde zu einer Metalltür geführt, und der Wachmann vor uns öffnet sie.

»Gehen Sie hinein«, befiehlt Sebastian.

Ich gehorche, und da sehe ich Mikhail in der hinteren Ecke des

Raums stehen, der eher wie eine Gefängniszelle aussieht – ja, ich bin in einem Kerker.

Er steht mit dem Rücken zu mir, sodass ich sein Gesicht nicht erkennen kann. Er hat eine Hand hinter dem Rücken, die andere hält etwas.

Als sich die Tür hinter mir schließt, dreht er sich um, und ich sehe sein Gesicht.

Dann weiß ich, dass ich richtig liege.

Er weiß es.

Er kennt die Wahrheit.

Die Wahrheit über mich.

Gott. Da bin ich mir sicher.

Sein Gesicht ähnelt der Miene, die er trug, als er mich das erste Mal aus dem Kerker in Mexiko holte. Damals hatte er jedoch einen spöttischen Ausdruck, wie ein siegreicher Bösewicht. Dieser Ausdruck ist jetzt nicht mehr da. In seiner Miene lauert etwas Unheimliches, und die Augen, mit denen er mich jetzt ansieht, machen es mir schwer zu glauben, dass dies derselbe Mann wie in den letzten Nächten ist.

Das kann nicht derselbe Mann sein, der mich gemalt und mir gesagt hat, ich sei sein Traum. Es kann nicht derselbe Mann sein, der mich sein nannte und mir sagte, ich gehöre ihm. Es kann nicht derselbe Mann sein, der vor mir stand und mein Ehemann wurde.

Aber er ist es.

So sieht er aus, wenn man ihn belogen hat.

Ich muss etwas sagen. Irgendetwas.

Ich muss etwas sagen … auch wenn es dumm klingt. Es wird schlimmer sein, wenn er zuerst spricht. Ich werde noch schlimmer aussehen, als ich es ohnehin schon tue.

»Was ist los?«, murmle ich. Meine Worte sind kaum zu verstehen. »Warum sind wir hier unten, Mikhail?«

»Hierher bringe ich die Leute, um sie zu verhören. Hier unten kann sie niemand schreien oder leiden hören. Hier unten sehen sie das Licht der Welt nicht. Oft sehen sie es nie wieder.«

»Ist es das, was du mit mir machen willst?«

»Das werden wir sehen, *Ehefrau.*«

Ich kämpfe mit den Tränen und zwinge mich, stark zu sein.

»Es hat sich herausgestellt, dass eine Menge direkt vor meiner Nase passiert ist und ich die ganze Zeit verarscht wurde.« Seine Augen glühen vor Wut, und seine Nasenflügel blähen sich auf. »Ich habe eine Vorliebe dafür, zu erkennen, wenn jemand lügt, aber der Trick ist, dass es nur funktioniert, wenn ich eine bestimmte Frage stelle. Ich habe dich alles Mögliche gefragt, nur nicht das eine, das mich hätte verarschen können. Ich habe dich nie nach deinem Namen gefragt.«

Die Luft entweicht aus meinem Körper, und das Blut gefriert in meinen Adern.

»Es tut mir leid«, sage ich.

»Was war das?« Er stürmt auf mich zu und fasst mich am Arm, dann hält er den Zettel hoch, damit ich ihn sehen kann.

Er zeigt ein Bild von mir mit allen Details, die er nie hätte wissen dürfen. Mein Name und mein Startgebot zum Verkauf in der Jungfrauen-Auktion.

Er kennt die Wahrheit. Die Bestätigung macht mir den Ernst der Lage hundertfach bewusst.

Das ist der Moment, den ich befürchtet habe.

»Es tut dir leid!« Er reißt mir die Bluse vom Leib und den Rock herunter. »Es tut dir verdammt noch mal leid?«

»Hör auf!«

»Fick dich. Fick dich, dass du mir das antust.«

»Es tut mir so leid, Mikhail. Es tut mir so leid. Ich dachte, du würdest mich umbringen.«

»Du hattest recht, das zu denken.« Als Nächstes reißt er mir BH und Slip herunter und stößt mich gegen die Wand, an der Ketten durch eine Schlaufe laufen.

»Bitte, verzeih mir. Bitte … es tut mir so leid.«

»Nein.«

Ich schreie auf, als er mein Gesicht erfasst und mich festhält, während er meine Handgelenke packt und meine Hände an die Ketten über meinem Kopf fesselt.

Ich weine so sehr, dass ich kaum etwas sehen kann. Er tritt zurück und sieht mich mit Rache in seinen Augen an, und ich weiß, dass ich tot bin.

»Ich bin derjenige, dem es leid tut«, sagt er. »Du hast mich wirklich getäuscht. Hätte ich dich nur nach deinem Namen gefragt, hätte ich sofort gewusst, dass du lügst, wenn du sagst, wer du bist, Natalia de Leon.«

Die Tränen fließen immer noch wie ein Fluss aus meinen Augen, und meine Seele weint, aber meinen Namen von seinen Lippen zu hören, erweckt etwas in mir.

Wie gerne hätte ich gewusst, wie es sich anhören würde, wenn er meinen Namen sagen würde und nicht ihren. Nicht den von Adriana, sondern meinen.

Jetzt ist es egal, denn ich hatte recht.

Nichts war genug, um mich zu retten. Er will mich nicht.

Er wollte sie.

Er hat sich in sie verliebt. Nicht in mich.

Ich stehe hier und liebe ihn so sehr, aber er war besessen von der Illusion der Kartellprinzessin. Nicht der Bettlerin.

»Ich werde dich töten, aber José ist zuerst dran.«

»Nein, bitte! Töte ihn nicht!«, schreie ich.

»Er ist genauso ein Lügner wie du, Malyshka. Keiner von euch wusste, mit wem ihr euch anlegt, als ihr dieses kleine Spiel ausgeheckt habt. Das werdet ihr jetzt herausfinden.«

Die Schluchzer strömen aus meinem nackten Körper. Ich fühle mich, als würde ich gleich umkippen vor lauter Emotionen, die mich überfallen, aber er ist mit dem Reden fertig.

Das war's mit mir.

Seine schweren Schritte tragen ihn fort, und als die Metalltür zuschlägt und mich in den Kerker einsperrt, höre ich nur noch mich selbst schreien und weinen.

Er wird José umbringen.

Dann bin ich die Nächste.

Mein Verstand ist zerbrochen, aber mein Herz schmerzt noch mehr, da es in Millionen Stücke zerbricht und zersplittert.

38

MIKHAIL

Als ich die Steintreppe vom Keller hinaufmarschiere, weiß ich, dass ich völlig verrückt geworden bin und meinen Verstand verloren habe. Ich sage nichts, als ich an meinen Wachen vorbeigehe und zur Einfahrt gehe, um wieder auf mein Motorrad zu steigen.

Niemand außer Eric und mir weiß etwas.

Ich wies das Hauspersonal an, den Tag über nicht ins Haus zu kommen, und Sebastian und Levka sollten mich dort treffen.

Ich habe Eric vor fast zwei Stunden im Hotel zurückgelassen. Ich war so wütend, dass ich eine Stunde lang herumgefahren bin, bevor ich Sebastian kontaktierte und ihn dazu brachte, meine Anweisungen für das Personal und sich selbst auszuführen.

Ich fahre die Auffahrt hinunter und durch die Tore meines Hauses, als käme ich direkt aus der Hölle, und fahre hinunter zu den Docks, zur Reederei.

Dort ist José, und meine Wachen dort haben Anweisungen für diesen Wichser.

Dieser verdammte Lügner.

Er hat mich verdammt noch mal angelogen, und jetzt, wo ich von seiner Vorliebe für das Mädchen Natalia weiß, weiß ich, warum er getan hat, was er getan hat.

Natalia.

Natalia de Leon.

Das ist ihr Name. Nicht Adriana Alvarez. Sie ist nicht die Tochter von Raul.

Ich weiß nicht, wessen Tochter sie ist oder was sie für Raul ist, aber sie war höchstwahrscheinlich ein Dienstmädchen oder eine seiner Bediensteten. Ich weiß nicht, warum sie das Hochzeitskleid trug, als ich sie zum ersten Mal zu Gesicht bekam, und ich schwöre, dass sie Felipe küsste, als ich damals in Rauls Anwesen in Mexiko in den Saal stürzte.

Scheiße, Scheiße, Scheiße.

Alles ist ein verdammtes Durcheinander, und die echte Adriana könnte irgendwo in Mexiko oder in der verdammten Hölle am Leben sein.

Das heißt, ich habe kein Kartell.

Wenn die Leute das herausfinden, bin ich am Arsch. Es könnte einen Krieg auslösen, von den Männern, die ihre Treue zu mir mit Blut unterschrieben haben.

Wenn das geschieht, wird es nur noch ein Gemetzel geben, und ich werde Menschen töten müssen, die für mich von Nutzen sein könnten.

Ich habe sie vor die Wahl gestellt, mich zu heiraten oder zu sterben, weil ich wusste, dass ich das Kartell auf die harte Tour erledigen könnte, aber das wäre für niemanden ein Vorteil gewesen. Wenn man etwas so will, wie es ist, versucht man, das zu bewahren, was es gut macht.

Aber hör zu. Als ob es bei meiner Wut wirklich um das verdammte Kartell ginge.

Das ist es nicht.

Ich habe es neulich zugegeben. Das verdammte Kartell zu zerschlagen war nur eine Nebenaufgabe. Etwas, das jenen, die die Bratva über den Tisch zogen, eine Lektion erteilen sollte, die sie nie vergessen würden. Es war etwas, um die Feinde davor zu warnen, zu denken, sie könnten kommen und mich und die Meinen ohne Konsequenzen töten. Ich wollte die Sache, die sie verehrten, an mich reißen und den Mann, der sie anführte, vernichten.

Das Kartell zu übernehmen, war jedoch nie etwas, das ich brauchte. Nicht für irgendetwas. Mein Zorn richtet sich also nicht darauf.

Es geht um sie und die Lüge, die sie für mich darstellt.

Mein Zorn richtet sich gegen mich selbst, weil ich meinen Schutz fallen ließ und sie liebte.

Wenn ich ihren richtigen Namen in meinem Kopf höre, ergibt das auf verschiedene Weise einen Sinn, und ich glaube, ich wusste die Antwort die ganze Zeit. Ich glaube, ich wusste, dass sie nicht die Frau sein konnte, von der ich so schreckliche Geschichten gehört hatte.

Ich glaube, ich wusste es.

Ich fahre auf den Parkplatz der Spedition und gehe direkt nach hinten, wo ich José den Auftrag gegeben habe, ihn abzuholen. Als ich am Lagerhaus ankomme und sehe, dass er auf dem Stuhl sitzt und zwei meiner Männer mit Gewehren auf beiden Seiten stehen, stürze ich mich auf ihn und schlage ihm mit der Faust ins Gesicht.

Sowohl er als auch der Stuhl fliegen nach hinten.

Meine Männer hier wissen auch nicht, was los ist. Wenn sie also neugierige Blicke austauschen und sich wahrscheinlich fragen, was zum Teufel jetzt mit mir los ist, ist das verständlich.

»Lasst uns allein«, brülle ich, und die beiden lassen José und mich im Zimmer zurück.

José richtet sich auf, kann aber nicht viel tun, bevor ich ihm eine weitere Faust ins Gesicht schlage und ihn an der Kehle packe, um ihn gegen die Wand zu stoßen.

»Du verdammter Lügner. Du hast mich die ganze Zeit belogen und mich glauben lassen, die Frau, die ich geheiratet habe, sei Rauls Tochter.« Ich bringe es auf den Punkt und erspare uns beiden die Mühe einer Erklärung, indem ich ihm das Blatt Papier vor die Nase halte.

Seine Augen werden groß, als er merkt, was ich in der Hand halte, aber er hat einen Trotz in sich, der mich noch mehr irritiert.

Ich möchte, dass er um sein Leben bettelt und sich erklärt, aber er tut es nicht.

»Rede, verdammt!« Ich schreie ihm ins Gesicht. »Sag etwas, um dich zu erklären. Ich habe dein Leben verschont.«

»Du willst, dass ich mich entschuldige?«, entgegnet er und lächelt – mir entgeht nicht, dass er jede Höflichkeit abgelegt hat. »Dieses Wort wirst du verdammt noch mal nicht von mir hören. Ich entschuldige mich weder bei dir noch bei anderen für das, was ich getan habe. Du tust so, als würde ich dir etwas schulden, aber ich werde dir nie etwas schulden. Du hast mein Leben verschont, damit du mich benutzen kannst.«

Es ist, als würde in meinem Kopf ein Licht angehen und ich erkenne die Wahrheit in seinen Worten – in allen seinen Worten.

»Warum hast du wegen ihr gelogen?«

»Amigo, weil du der Teufel, Mikhail Dmitriyev, bist. Du bist der verdammte Teufel, el diablo, und wir waren alle Teil in einem Spiel des Überlebens. Sie ist nicht aus unserer Welt. Sie gehört nicht dazu, und ich wollte, dass sie einen Ausweg hat. Ich hätte nicht dabeigestanden und dir erlaubt, sie zu töten. Das hättest du auch getan, wenn du die Wahrheit gekannt hättest.«

»Wo ist die echte Adriana?«

»Tot. Sie war eine der Ersten, die getötet wurden. Sie war auf dem Weg nach draußen, als ihr reinkamt. Sie verließ Natalia, um die Anprobe für ihr verdammtes Hochzeitskleid zu machen, sodass sie gehen konnte, um Gott weiß wen zu ficken. Deshalb war Natalia in ihrem Kleid. Natalia war ihre Dienstmagd. Dieses Schicksal ereilte sie, nachdem Raul Felipe befohlen hatte, ihren Vater zu töten. Davor musste sie mit ansehen, wie Raul ihre Mutter vergewaltigte und ihr vor ihren Augen die Kehle durchschnitt.« Seine Augen verdunkeln sich und auch mein Herz, als seine Worte in mich eindringen.

»Natalia sollte seiner Tochter dienen, bis Adriana Felipe heiratete, dann wollte er sie verkaufen«, fährt er fort. In diesem Moment erinnere ich mich, wie sie ausflippte, als sie dachte, ich würde sie verkaufen. »Das sollte ihr Leben sein. Der Tod. Dann kamst du daher wie ein verdammter Joker, und ich sah eine Option. Entweder sie starb durch deine Hand oder durch die eines anderen. Mit dir zusammen zu sein, war das geringere Übel. Es gab mir mehr Zeit, darüber nachzudenken, wie ich sie da rausholen könnte.«

»Du wolltest sie mir wegnehmen?« Ich koche vor Wut.

»Natürlich. Das hatte ich auch noch vor, als ich sah, dass du in sie verliebt bist.«

Seine Worte stechen mich tief in meinem Innersten, als ob Säure direkt in meine Kehle gegossen würde.

»Ich bin …« Ich will ihm sagen, dass ich nicht verliebt bin.

Ich will es leugnen, aber die verdammten Worte kommen mir nicht über die Lippen.

»Du kannst es nicht sagen, oder? Dass du nicht in sie verliebt bist?«

»Halt die Fresse.«

»Du hast gesagt, ich soll reden, also werde ich singen wie ein verdammter Kanarienvogel. Du bist in sie verliebt, also sollte ihr Name keinen Unterschied machen, was du für sie empfindest. Alle wichtigen Leute halten sie für Rauls Tochter, und das Vermögen wurde auf dich übertragen. Du hast die Kontrolle über das verdammte Kartell. Zu wissen, wer sie ist, sollte also keinen Unterschied für dich machen. Alles, was du tun müsstest, ist sie zu lieben und zu beschützen. Du willst nur nicht akzeptieren, was für alle anderen so offensichtlich ist.«

Ich stoße ihn zu Boden und starre ihn weiter an, während mein Blut kocht.

Ich will nicht akzeptieren, dass er recht hat, aber das Beschissene an der Sache ist immer noch der Stachel des Verrats, und der Witz geht auf meine Kosten.

Ich habe mich in sie verliebt, aber ich weiß immer noch nicht, was sie für mich empfindet.

»Ich bringe dich um, wenn du redest«, drohe ich.

»Wenn mir der Tod etwas bedeuten würde, Mikhail Dmitrijew, hätte ich dir erlaubt, mich in Mexiko zu töten. Männer wie ich haben ihren Platz in der Hölle reserviert. Das ist eine Gewissheit, also ist mir mein Leben egal. Ich kümmere mich um ihres, aber das weißt du ja bereits.«

»Warum? Warum liegt dir so viel an ihr?"

Eine Träne läuft ihm über die Wange. »Es ist meine Schuld, dass sie in diesem Schlamassel steckt, und meine Schuld, dass Raul ihre Eltern auf so brutale Weise umgebracht hat. Wenn ich nicht gewesen wäre, hätte sie Raul nie kennengelernt. Meine Drogensucht hat ihren Vater mit Raul verwickelt. Sie war noch ein kleines Mädchen, als sie seine Sklavin wurde. Zehn Jahre alt. Erst zehn. In meinen Augen ist sie immer noch ein kleines Mädchen. Ich musste zusehen, wie sich das Leben dieses Mädchens veränderte und zur Hölle wurde. Du brauchst mir also nicht zu drohen. Du hast mein Schweigen für alles, was mit ihr zu tun hat. Ich mache mir nur Sorgen, wer sie vor dir retten wird.«

»Lass das meine Sorge sein.«

Wenn ich gehe, wird er sich sicher Sorgen machen, was ich tun werde.

Ich weiß noch nicht einmal, was zum Teufel ich hier tue, und ich will den Rest der Wahrheit nicht hören. Ich kann noch nicht zu ihr gehen, um es herauszufinden. Ich will nicht hören, wie sie mich belogen hat, um ihren Hals zu retten. Ich will nicht die Teile hören, die offensichtlich sind. Ich will nicht hören, wie sie vorgab, mich zu lieben, damit ich sie nicht töte.

Ich will nichts davon hören und fahre zum Haus am See, wo ich bis zum Sonnenuntergang bleibe und mich vom Ansturm meiner Gedanken überwältigen lasse.

39

MIKHAIL

Erst spät entschließe ich mich, nach Hause zu gehen, und das auch nur, weil ich daran denke, wie ich meine Frau nackt, allein und verängstigt im Keller zurückgelassen habe, der jetzt dunkel sein wird. Sie für den Rest der Nacht so zu lassen, würde mich noch mehr zum Teufel machen, als ich ohnehin schon bin.

Sie muss entsetzt sein. Sie war verängstigt, als ich wegging, und trotzdem bettelte sie um Josés Leben. Sie hat nicht um ihr eigenes Leben gebettelt. Sie schrie um seins, flehte um seins. Alles, was sie für sich selbst fragte, war Vergebung.

Als ich zu Hause ankomme, ist mein Geist wie betäubt. Da kein Personal da ist, fühlt sich der Ort wie ausgestorben an.

Sowie ich in den Keller betrete und die Tür öffne, höre ich nur ihr leises Schluchzen. Ich schalte das Licht ein, aber sie bewegt sich nicht. Ihr Kopf ist immer noch gesenkt und sie weint immer noch.

Ich fühle mich wie ein Bastard, weil ich sie so zurückgelassen habe. Der Anblick ist ein Zeugnis für den Teufel, der ich bin.

Ich habe sie genauso verletzt wie Raul. Ich habe ihr Elend noch vergrößert, obwohl wir die ganze Zeit einen gemeinsamen Feind hatten. Raul war unser Feind. Er hat meine Mutter und meine Schwester getötet, und er hat ihre Eltern getötet.

Ich denke an ihren Albtraum, als sie um das Leben ihrer Mutter bettelte, und dass ich glaubte, dass sie den Tod ihrer Mutter miterlebt hatte. Ich hatte recht. Die echte Adriana hatte es nicht, aber Natalia schon.

Ich erinnere mich, dass ich sie nach den Peitschenspuren auf ihrem Rücken fragte und mich fragte, warum Raul seine Tochter so behandeln würde. Ich hatte wieder recht. Er hat die echte Adriana nicht so behandelt; es war Natalia.

Als Raul schrie und sich die Augen aus dem Kopf heulte, bevor ich ihn tötete, war das nicht, weil ich seine Tochter hatte. Es war, weil er meinen Fehler erkannte und wusste, dass seine Adriana bereits tot war. Er wusste, dass die Frau, die ich hatte, die falsche war, konnte es mir aber nicht sagen, weil ich ihm die Zunge herausgeschnitten hatte.

Die Frau vor mir hat all das nicht verdient. Ich muss sie nicht lange kennen, um das zu wissen.

Sie gehört nicht in unsere Welt …

Josés Worte kehren zu mir zurück und treffen mich mit voller Wucht.

Wenn sie nicht in unsere Welt gehört, gehört sie nicht zu mir. Das ist eine Wahrheit, die ich so gut kenne wie meinen eigenen verdammten Namen.

Es tut mir aber nicht weniger weh, es zu wissen.

Ein paar Schritte in den Raum, und die Besessenheit, die ich in ihrer Gegenwart verspüre, übermannt mich.

Als ich nur noch ein paar Zentimeter entfernt bin, holt mich der Wahnsinn wieder ein, als ich daran denke, dass sie mit mir gespielt hat und mich glauben ließ, sie liebe mich.

Erst dann hebt sie den Kopf und sieht mich an. Ihr Gesicht ist rot und geschwollen vom Weinen. Ihre Lippen bewegen sich, aber es kommen keine Worte heraus.

Es ist klar, dass sie denkt, ich hätte José getötet.

Ich sehe wieder den Schmerz in ihren Augen. Diesen gequälten Blick von vor Wochen. Nur dass ich sie jetzt verstehe, und der Schmerz spiegelt meinen eigenen wider, weil sie in ihrem Leben Verluste erlitten hat.

»Ich habe ihn nicht umgebracht«, sage ich ihr, und die Besessenheit bringt die Eifersucht zurück, die ich vor Wochen verspürte.

»Hast du nicht?«, würgt sie hervor.

»Nein.«

»Was wirst du tun?«

»Ich weiß es nicht.«

»Es tut mir leid.«

Jedes Mal, wenn sie das sagt, ärgert mich das.

Ich stütze mich mit einer Hand an der Wand über ihrem Kopf ab und hebe mit der anderen ihr Kinn an.

»Was genau davon tun dir leid, Natalia?« Ich versuche ihren Namen mit weniger Angst auszusprechen. Es fühlt sich richtig an. »Die Lüge? Tut es dir leid, dass es nicht geklappt hat? Tut es dir leid, dass ich herausgefunden habe, dass du mit mir gespielt hast?«

»Ich habe nicht mit dir gespielt. Bitte glaub das nicht. Alles, was ich mit dir gemacht habe, war echt. Ich habe dich nie über meine Gefühle für dich angelogen.«

Sie hat mir nie gesagt, was das für Gefühle sind, aber ich habe sie gesehen, oder zumindest das, was ich zu sehen glaubte.

»Vielleicht habe ich nur gesehen, was du mich sehen lassen wolltest. Ich habe auf jeden Fall geglaubt, was du mich glauben lassen wolltest.«

»Nein.«

»Du hast gelogen, um deinen Hals zu retten. Wie soll ich dir irgendetwas glauben, was du sagst?«

Sie starrt mich an, und Tränen laufen ihr über die Ränder ihrer Augen.

»Frag mich. Frag mich, was ich für dich empfinde. Du hast gesagt, du würdest merken, wenn ich lüge. Also, frag mich«, fleht sie.

Ich packe sie fester an der Kehle und drücke meine Stirn an ihre. Ich überlege, worum sie mich bittet. Das wird das erste Mal in meinem Leben sein, dass ich so etwas tun würde.

»Frag mich, Mikhail, oder töte mich gleich«, murmelt sie. »Der Tod wird mein Herz weniger verletzen als das hier. Ich weiß nicht, was ich sonst tun soll.«

Ich hebe meinen Kopf von ihrem, und als ich ihr in die Augen schaue, erkenne ich die Antwort dort in der Tiefe. Ich brauche die Frage nicht zu stellen.

Was ich sehe, ist das, was ich immer gesehen habe.

Ihre haselnussbraunen Augen glänzen mit einem Glanz der Entschlossenheit, der alles in mir beruhigt und meine eigenen Gefühle verankert.

Niemand hat mich je so angesehen.

Ich erinnere mich, dass mein Vater darüber sprach, was er für meine Mutter empfand. Er beschrieb sie als die andere Hälfte seiner Seele.

Genau so fühlt sich diese Frau für mich an. Vielleicht ist das derselbe Grund, warum ich mich geweigert habe, auch nur daran zu denken, dass mit ihr etwas nicht stimmt.

Ihre Augen sprühen vor Zärtlichkeit und Leidenschaft, vor unausgesprochenen Versprechen und Liebe. Es ist kein Fehler, was ich in ihnen lese.

Oder was ich fühle.

Anstatt sie etwas zu fragen, bewege ich mich zu ihren Lippen, und auch sie greift nach mir. Die Ketten um ihre Handgelenke klirren. Ich denke daran, sie abzunehmen, aber ich will diesen Moment nicht unterbrechen.

Hungrig küsse ich ihre Lippen und verlange, dass sie mir mehr gibt, was sie auch tut. Sie hält sich nicht zurück, und alles, was sie mir gibt, lässt meinen Mund vor Feuer brennen. Ich fange ihre winzige Taille ein und fahre mit meinen Fingern zu ihrer Muschi hinunter, um zu spüren, wie feucht sie ist, wie bereit sie ist, von mir gefickt zu werden.

Die Feuchtigkeit ihres süßen Nektars in ihrer köstlichen Muschi, die über meine Finger gleitet, macht meinen Schwanz hart, und es gibt nur eine Sache, die ich in diesem Moment tun kann.

Es ist das Einzige, woran ich immer denke, wenn ich mit ihr zusammen bin.

Ich schiebe meine Hose herunter und hole meinen schmerzenden Schwanz heraus. Ich drücke sie gegen die Wand, und als ich in ihre willkommene Hitze stoße, halte ich mich nicht zurück. Ein lustvolles Stöhnen entweicht ihren Lippen, aber ich küsse sie weiter und ficke sie weiter.

Ich besitze sie weiterhin.

Sie schlingt ihre Beine um meine Taille, während ich immer schneller und härter in ihren Körper stoße. Ich lasse sie nur los, um meine Hose weiter nach unten zu schieben, damit ich sie gegen die Wand drücken kann, um sie richtig zu ficken, aber sie reibt ihre Hüften gegen meine und presst sich noch näher an mich.

»Hör nicht auf, mich zu berühren«, fleht sie und stößt sich von den Ketten ab. »Bitte.«

»Das habe ich nicht vor«, schwöre ich. Diese Worte haben mehr Kraft als die Gelübde, die ich an unserem Hochzeitstag gesprochen habe.

Ich drücke sie an mich und lasse zu, dass mich die tobende Lust versklavt. Wellen der Ekstase pochen durch meinen Körper und meinen Schwanz, während ich sie ficke.

Als sie kommt, ihren Rücken krümmt und meinen Namen schreit, meinen Schwanz mit ihren glitschigen Wänden umklammert, ziehen sich meine Eier zusammen, und ich verliere die Kontrolle.

Die Rohheit unseres gemeinsamen Höhepunkts treibt mich in den Wahnsinn, und ich halte sie fest, küsse sie noch immer, nehme sie mit mir.

Es dauert eine Weile, bis wir uns von diesem Höhepunkt der Lust wieder beruhigt haben, und selbst als ich es geschafft habe, will ich sie nicht loslassen. Dennoch bin ich derjenige, der sich zuerst bewegt, weil ich derjenige bin, der zuerst sprechen sollte.

Ich umfasse ihr Gesicht und schaue auf sie herab.

»Ich liebe dich, Natalia«, sage ich ihr.

Ein schönes, aber schwaches Lächeln ziert ihr Gesicht. »Ich liebe dich auch, Mikhail.«

»Ich weiß.«

Ich löse ihre Fesseln, hebe sie hoch und trage sie die Treppe hinauf.

Während ich gehe, erkenne ich mehr Wahrheit. Ich habe noch nie einer Frau, außer meiner Mutter und meiner Schwester, gesagt, dass ich sie liebe. Diese hier ist die Erste, und wenn ich sie ansehe, weiß ich, dass sie die Letzte sein wird.

Sie gehört nicht in unsere Welt.

Die Worte von José haben mich wieder getroffen.

Er hat recht. Das heißt, wenn ich sie liebe, darf ich sie nicht in meiner Welt behalten.

40

NATALIA

Ich liege wie in einem Kokon in Mikhails Armen.
Keiner von uns beiden hat geschlafen.

Seit dem Kerker sind wir ineinander verschlungen, lieben uns, und er hat kaum aufgehört, mich zu berühren. Jetzt liegt er neben mir. Er hält mich an seine Brust gedrückt, dass ich seinen Herzschlag spüren kann. Ich habe ihm so viel zu sagen, aber ich habe Angst, das Schweigen zu brechen und den Moment zu zerstören. Ich weiß nicht, was als nächstes passieren wird, aber ich weiß, dass er darüber nachdenkt.

Ich habe ihm gesagt, dass ich ihn liebe, und jetzt, wo ich weiß, was er für mich empfindet – für mich, Natalia – möchte ich dieses Gefühl auskosten, wenn auch nur für ein paar Stunden. Aber es ist klar, dass keiner von uns beiden schlafen kann, denn da ist noch so vieles, worüber wir uns Gedanken machen müssen.

Dass ich *ich* bin, ändert alles für uns beide.

Ich hatte solche Angst in diesem Kerker. Ich dachte wirklich, Mikhail würde José umbringen. Ich verbrachte die Zeit damit, mir

Sorgen um José zu machen und darüber nachzudenken, was meine Lüge angerichtet hatte.

Ich hätte nie erwartet, dass sich Mikhails Stimmung nach seiner Rückkehr so ändern würde. Ich weiß nicht, was passiert ist, als er José getroffen hat. Ich weiß aber, dass er mit ihm gesprochen hat und dass etwas gesagt wurde, das das Blatt gewendet hat, denn Mikhail war anders, als er zurückkam.

Im Laufe der Stunden hat er sich noch mehr verändert. Seine Berührung fühlt sich reumütig an, und er küsst immer wieder die blauen Flecken, die die Ketten an meinen Handgelenken hinterlassen haben.

Warme Finger fahren über meinen Rücken, und Mikhail drückt seine Lippen auf meine Stirn.

Ich begegne seinem Blick und seinen Lippen für einen kurzen Kuss.

»Schlaf, Prinzessin«, flüstert er. Im Mondlicht kann ich die Fülle der Sorgen in seinen Augen sehen.

»Ich kann nicht schlafen.«

»Das musst du. Mach dir keine Sorgen. Schlaf.«

Er umfasst meine Hände mit seinen, und ich bemerke seinen Ehering. Seine Finger verschränken sich mit meinen, und ich denke daran, wie er sich wieder wie ich anfühlt. Das ist es, was mich in den Schlaf lullt.

Es fühlt sich an, als wären ein paar Sekunden vergangen, aber als ich die Augen wieder öffne, ist es Morgen und er liegt nicht neben mir.

Ich setze mich auf und denke zuerst, dass er zur Arbeit gegangen ist, aber dann sehe ich die offenen Schiebetüren.

Ich greife nach meinem Morgenmantel und ziehe ihn an. Dann gehe ich hinaus auf den Balkon, wo ich Mikhail auf der kleinen Bank sitzen sehe. Er trägt kein Hemd und raucht eine kubanische Zigarre. Sein Haar ist zerzaust und wirkt dadurch ein wenig länger. Eine Locke fällt über sein Auge, als er mich ansieht. Er steckt sie hinter sein Ohr und streckt mir die Hand entgegen.

Ich gehe auf ihn zu, und er drückt die Zigarre aus.

Ich lächle, als er mich auf seinen Schoß zieht und mir einen Kuss auf den Nasenrücken gibt.

»Gut geschlafen?«, fragt er.

»Ja. Gehst du heute weg?«

»Das muss ich. Es gibt ein paar Dinge, um die ich mich kümmern muss, aber zuerst müssen wir reden.«

Reden.

Mein Herz krampft sich zusammen, und ich schaue weg. Er jedoch führt mein Gesicht zurück zu seinem.

»Natalia, du weißt, dass wir reden müssen, oder?«

Ich nicke. »Ja.«

Er hebt meine linke Hand und küsst den blauen Fleck an meinem Handgelenk. Der reumütige Blick tritt wieder in seine Augen, und er küsst noch einmal meine Haut.

»Als Erstes muss ich mich dafür entschuldigen, wie ich dich gestern behandelt habe.«

Ich bin schockiert über die Entschuldigung. Er entschuldigt sich bei niemandem.

»Ich verstehe, warum du es getan hast.«

»Das macht es nicht richtig. Du bist meine Frau. Ich … bin einfach ausgeflippt, und das hätte ich nicht tun sollen. Ich will nicht, dass du Angst vor mir hast. Ich bin kein Ungeheuer. Das bin ich nicht. Ich will nicht, dass du denkst, ich sei eins.«

»Tu ich nicht.«

»Ich danke dir. Ich habe … viel nachgedacht.«

»Weil ich nicht mehr die Prinzessin bin«, füge ich hinzu.

»Ja und nein.«

»Wie hast du das herausgefunden?«

»Ich möchte nicht, dass du dir darüber Sorgen machst.«

»Hast du mit José gesprochen?«

»Das habe ich, und er hat mir erzählt, was Raul dir und deiner Familie angetan hat.«

Ich hatte recht.

»Bist du enttäuscht, dass du das Dienstmädchen bekommen hast?«

»Ich glaube nicht, dass du mich jemals enttäuschen könntest,

Malyshka.« Er schüttelt den Kopf. »Ich denke, es ist an der Zeit, dass ich dir sage, was los ist und was passieren muss, wenn alles geklärt ist.«

»Was ist hier los?«

»Ich habe Rauls Aktivitäten mit einem Freund von mir untersucht, und bisher sieht es so aus, als hätten er und Ivan gemeinsam geplant, meine Mutter, meine Schwester und mich zu töten.«

Ich atme scharf ein.

»Ivan?«

»Ja. Ich habe noch keine Beweise, aber die Beweise, die ich bisher gefunden habe, deuten auf ihn hin. Ich weiß nicht, wer noch mit ihm zusammenarbeitet, aber das ist es, was passiert.«

»Aber er ist dein Bruder.«

»Baby, das bedeutet nichts. Er will Pakhan sein, die Bruderschaft und das Geschäft übernehmen. Nach diesem Vorfall lag ich einige Monate im Koma, und ich bin sicher, er dachte, ich würde sterben. Wenn ich aus dem Weg geräumt bin, bekommt er alles. Mein Vater wird in ein paar Tagen bekannt geben, wer der neue Anführer sein wird. Ich weiß nicht, was ich in der Zwischenzeit oder danach herausfinden werde, aber ich werde Himmel und Hölle in Bewegung setzen, um es zu finden und ihn zu eliminieren, bevor er mir und den Meinen wieder schaden kann.«

Ich fühle mich veranlasst, ihm zu sagen, was Ivan zu mir gesagt hat. »Ich glaube, er kannte meine Mutter«, sage ich, und Mikhail verkrampft sich.

»Was?«

»Als wir uns zum ersten Mal im Haus deines Vaters trafen, sagte er mir, ich käme ihm bekannt vor. Ich wusste, dass das unmöglich war, weil Raul mich von seinen Mitarbeitern fernhielt und ich nie einen von ihnen gesehen habe. Letzte Woche sagte Ivan dann, ich erinnere ihn an eine Frau, die für Raul arbeitete. Ich sehe genauso aus wie meine Mutter, Mikhail.«

»Glaubst du, er kennt die Wahrheit über dich?«

»Ich weiß es nicht. Aber er sagte, ich hätte den gleichen ängstlichen Blick in meinen Augen. Meine Mutter wurde ein paar Mal angegriffen, bevor Raul sie tötete … Ich weiß nicht, ob Ivan sie daher kannte.«

Seine Haut wird blass. »Jesus, wenn du ihn siehst, ruf mich an. Ich werde das Personal anweisen, mich zu informieren, wenn er hierherkommt. Sprich weder mit ihm noch mit anderen. Hast du mich verstanden?«

»Ja.«

»Was wird passieren, wenn er die Wahrheit über mich herausfindet?«

»Nichts. Er ist nicht dumm. Er weiß, dass die Leute denken, du wärst Rauls Tochter. Er wäre ein Idiot, sie etwas anderes glauben zu lassen, denn ich bin sicher, dass er auch das Kartell will. Um sich auf diese Weise mit Raul zu verbünden, muss er irgendeine Vereinbarung mit ihm getroffen haben, von der ich noch nichts weiß. Das Kartell zu besitzen, wird also ein Vorteil sein.«

»Aber er könnte das Kartell nur bekommen, wenn du …« Meine Stimme verstummt.

»Wenn er mich getötet hat? Ja.« Er blickt auf die Weite vor uns und wendet seinen Blick wieder mir zu. »Ich will nicht, dass du dir darüber Sorgen machst. Niemals. Oder darüber, dass dich jemand gefangen nimmt, um das zu tun, was ich mit dir gemacht habe. José sagte, du gehörst nicht in unsere Welt. Das tust du nicht. Ich habe akzeptieren müssen, dass du auch nicht zu mir gehörst.«

Meine Lippen öffnen sich, und ein schweres Gewicht zieht an meinem Herzen.

»Was meinst du?«

»Ich werde mein Bestes tun, um dich zu beschützen, und wenn ich herausgefunden habe, was mit meinem Bruder los ist, werde ich … dich freigeben.«

»Aber, Mikhail…«

»Es ist das Richtige.« Er hält meinen Blick fest, und ich kann nicht wegsehen. »Ich werde dafür sorgen, dass du alles machen kannst, was du schon immer machen wolltest, zum Beispiel Medizin studieren. Und José wird an deiner Seite sein. Das ist es, was passieren wird.«

Ich weiß nicht, was ich zu ihm sagen soll. Als ich das erste Mal gefangen genommen wurde, wäre dies ein Wunder gewesen, von dem ich nur hätte träumen können. Jetzt, wo es passiert, kann ich es nicht mehr begreifen.

Ich will nicht, dass er mich befreit.

»Du hast gesagt, ich gehöre dir«, murmle ich.

»Das tust du. Du gehörst mir, und wenn ich dich so liebe, wie ich behaupte, dann ist es meine Aufgabe, für dich zu sorgen. Es ist meine Verantwortung als dein Ehemann, dafür zu sorgen, dass du das Leben hast, das du verdienst, auch wenn es nicht mit mir ist. Ich bin kein guter Mensch, Natalia.« Er berührt mein Gesicht. »Bei mir zu bleiben, bedeutet immer mögliche Gefangenschaft und Gefahr. Du solltest dich von dem Kartell befreien, und auch von den Bratva. Du weißt, dass ich recht habe.«

Er küsst mich auf die Lippen und setzt mich auf der Bank ab.

Ich bin so betäubt, dass ich mich nicht bewegen kann.

Mikhail drückt mir noch einen Kuss auf die Stirn, bevor er geht, und als ich ihn weggehen sehe, schaut er mir noch einmal nach und schreitet dann durch die Tür.

»Hallo«, sagt José, als er auf mich zukommt.

»Hallo.«

Ich hätte nicht gedacht, dass ich ihn heute sehen würde, aber nach dem Gespräch, das ich heute Morgen mit Mikhail geführt habe, macht es Sinn, dass er vorbeikommt.

José setzt sich zu mir auf die kleine Bank am Seeufer, und ich betrachte die blauen Flecken in seinem Gesicht.

»Geht es dir gut?«, frage ich.

»Ja, ich bin ein alter, zäher Narr. Das sind nur Kratzer.« Er lacht leise. »Wie fühlst du dich?«

»Mir geht es gut.«

Er seufzt und stützt sich auf seine Ellbogen. »Wir hatten eine höllische Fahrt, du und ich, nicht wahr?«

»Das hatten wir.«

»Mikhail hat vorhin mit mir gesprochen. Wenn ich heute Abend meine Arbeit bei der Reederei beendet habe, möchte er, dass ich die ganze Zeit als dein Leibwächter hier bin. Bis wir abreisen.«

»Das hat er gesagt?«

»Das hat er. Er sagte, er habe mit dir über die Abreise gesprochen. Ich hatte das Gefühl, dass du nicht gerade begeistert sein würdest, ihn zu verlassen, wann auch immer das sein mag, also dachte ich, ich komme mal vorbei und sehe nach, wie es dir geht.«

»Ich bin damit nicht einverstanden. Ich sollte begeistert sein. Aber das bin ich nicht.« Ich blinzle ein paar Mal und schüttle den Kopf. »Wie bin ich hierhergekommen, José? Ich sollte doch glücklich sein. Am Ende ist es für uns beide gut gelaufen. Schau, wie weit wir gekommen sind und was aus uns geworden ist. Wie könnte ich mich nicht nach Freiheit sehnen?«

»Es ist nicht so, dass du die Freiheit nicht willst, mija. Das ist überhaupt nicht das Problem. Das Problem ist die verlorene Liebe. Das Opfer und was die Freiheit kostet.« Er nickt voller Überzeugung. »Mi amor, Mikhail hat allerdings recht. Du wirst aus mehreren Gründen sicherer sein, wenn du nicht hier bist. Ich weiß nicht genau, was mit seinem Bruder los ist oder was Mikhail mit ihm vorhat, aber wenn er versagt, will keiner von uns, dass du in die Nähe von hier oder den Bratva kommst. Das darfst du auf keinen Fall. Sein Bruder hat ein Auge auf dich geworfen, mi amor. Das ist nicht gut.«

Das ist es nicht.

Und das ist ein Problem, das ich immer haben werde, egal wie mein Name lautet.

41

MIKHAIL

Eric sieht mich vorsichtig an, als ich sein Hotelzimmer betrete. Er ist noch eine Nacht hier, bevor er nach L.A. zurückkehrt, und wird dann nächste Woche wiederkommen. Er hat mich gebeten, nach der Arbeit vorbeizukommen. Nur um zu reden.

Verdammt, ich muss reden, aber ich bin auch müde.

Es war ein verdammt langer Tag, und ich kann es kaum erwarten, ihn hinter mir zu lassen. Danach habe ich nur noch einen weiteren Stopp. Ich muss mich bei José am Hafen melden, bevor ich nach Hause fahre.

»Fühlst du dich besser, alter Freund?«, fragt er und gibt mir ein Zeichen, mich zu setzen.

Ich lasse mich auf den Stuhl sinken und schüttle den Kopf. »Ich weiß es nicht.«

Wir haben kurz miteinander telefoniert, und ich habe ihm erzählt, was passiert ist und was ich in Bezug auf Natalia zu tun gedenke.

So richtig es sich auch anfühlt, so seltsam ist es, an ihren neuen

Namen zu denken. Es hilft, dass ich sie für die Prinzessin oder meine Malyshka hielt.

»Ich habe einige Zeit damit verbracht, alle Unterlagen, die ich über Adriana Alvarez finden konnte, zu durchsuchen und sie zu löschen.«

Ich richte mich auf. »Kannst du das?«

»Das *habe* ich getan.« Er lacht leise. »Raul hat sich große Mühe gegeben, die Identität seiner Tochter zu verbergen, also war es nicht schwer, die wenigen Informationen zu finden, die es über sie gab. Ich habe sie einfach gelöscht. Auf diese Weise kann niemand zufällig darüber stolpern.«

»Mein Gott, Eric. Danke.«

»Keine Sorge. Ich dachte, du würdest es zu schätzen wissen, egal wofür du dich entscheidest.«

Ich neige den Kopf. »Ich weiß das zu schätzen. Klingt, als ob du denkst, ich könnte meine Meinung ändern.«

»Ich glaube, du bist im Moment in einer merkwürdigen Situation. Die Dinge könnten sich ändern und du könntest andere Dinge wollen. Vielleicht möchtest du sie behalten.«

Sie zu behalten klingt wie ein Traum, den ich mir wünsche, aber daran kann ich jetzt nicht denken.

»Ich kann nicht über diesen Ärger und Albtraum hinwegsehen. Wir hatten einen schlechten Start. Alles an unserem ersten Treffen war falsch. Sie sah zu, wie ich tötete und ihr Leben bedrohte.« Wie zum Teufel kann ich das Beste für sie wollen und sie im selben Atemzug behalten? »Ich war so voller Wut, dass ich sie wahrscheinlich getötet hätte, wenn ich gewusst hätte, wer sie ist.«

»Mikhail, ich glaube, jeder von uns hätte sich unter den gegebenen Umständen so verhalten wie du. Ich kenne niemanden, der in der Lage gewesen wäre, klar zu denken, wenn er das Gleiche durchgemacht hätte wie du.«

»Ich weiß es nicht. Es liegt nicht in meiner Natur, ruhig oder geduldig zu sein. Ich bin ausgeflippt, und wenn ich die Chance hätte, würde ich es wieder tun, weil es derselbe verdammte Schmerz ist. Sie verdient jemand besseren als das. Und was noch viel schlimmer ist: Ivan will sie.«

Seine Augen sind besorgt. »Wie kommst du darauf?«

»Ich kenne ihn. Sie sagte mir auch, dass er ihre Mutter gekannt haben könnte. Er sagte, dass es in Mexiko eine Frau gab, die für Raul arbeitete und die ihr ähnlich sah.« Das ging mir auch durch den Kopf. In dem Moment, als sie mir erzählte, dass er gesagt hatte, die Angst in ihren Augen sei die gleiche wie die der Frau, die er kannte, war ich mir sicher, dass er ihrer Mutter etwas angetan hatte.

»Scheiße. Nun, das ist weit hergeholt, aber etwas, dessen wir uns bewusst sein müssen. Ich glaube nicht, dass er etwas unternehmen würde, um ihre Identität preiszugeben, falls er jemals etwas herausfinden sollte. Es wäre dumm, das zu tun und die Besitzverhältnisse des Kartells ins Wanken zu bringen.«

»Das dachte ich auch. Aber das Wichtigste ist, dass ihm das bewusst ist. Eric, wenn mir etwas zustößt …«

»Fick dich«, unterbricht er mich, und sein Gesicht verzieht sich zu einem finsteren Blick. »Erzähl mir nicht so einen Scheiß. Wir arbeiten hart, damit dir nichts passiert.«

»Ich weiß, aber ich muss ehrlich sein. Mir ist schon einmal etwas zugestoßen. Es war knapp, Eric. Im Moment sind wir nicht näher dran als vor ein paar Tagen. Wir können nichts über Ivan herausfinden, und was auch immer mein Vater bezüglich der Führung entscheidet, wird mich immer noch mit meinem Bruder in Konflikt bringen. Ivan wird mich immer noch tot sehen wollen, weil wir dann gleiche Anteile an der Firma haben. Er plant gerade meinen Tod, während wir hier sprechen.« Das ist das realistische Bild dessen, was auf mich zukommt. »Wenn mir etwas zustößt, versprich mir bitte, dass du Ivan nicht mein Mädchen überlässt. Lass ihn sie nicht mitnehmen. Er wird nicht vorhaben, sie so zu behalten, wie ich es möchte. Wenn sie bei ihm landet, bedeutet das für sie den Tod. Das kann ich nicht zulassen.«

Dieser Mistkerl wird sie benutzen, bis sie ihm nichts mehr nützt, und dann wird er genau das tun, was ich mir in den Kopf gesetzt habe – sie verkaufen oder weggeben. Nur dass die, an die er sie verkauft oder verschenkt, dieselben sadistischen Bastarde sein werden, die Talia getötet haben.

Mein Mädchen wird das gleiche Schicksal erleiden und um den Tod betteln.

»Okay, ich werde dafür sorgen, dass sie in Sicherheit ist.« Eric seufzt. »Halte deine Ohren offen, Mikhail. Versuch, konzentriert zu bleiben. Ich reise morgen ab, aber das bedeutet nicht, dass ich nicht hinter den Kulissen weiterarbeiten werde.«

»Danke. Ich schulde dir was.«

»Das sagst du immer wieder.«

»Weil es wahr ist.«

Er lacht leise. »Das ist alles, was ich für dich habe.«

»Gut. Ich werde mit José darüber sprechen, Rauls Akten wegzusperren.«

»Gut. Wir sprechen uns morgen.«

Ich nicke ihm kurz zu und gehe.

Die Docks sind zum Glück nicht weit vom Hotel entfernt, sodass ich nicht lange brauche, um dorthin zu gelangen. Es ist auch nicht viel Personal da. Ich brauche noch etwa fünf Minuten, dann bin ich weg. Das ist auch Josés letzter Abend hier.

Ich hatte das Gefühl, dass er der beste Leibwächter ist, den Natalia haben kann.

Als ich die Tür erreiche, verlangsamen sich meine Schritte, als ich Blutstropfen auf dem Boden bemerke, die zur Tür des Lagers führen, in dem er arbeitet.

Ich greife nach meiner Waffe, als ich neben der Tür noch mehr Blut entdecke.

Vorsichtig und mit vorgehaltener Waffe stoße ich die Tür auf und erstarre auf halbem Weg, als ich José blutüberströmt am Boden liegen sehe, die Kehle von Ohr zu Ohr aufgeschlitzt.

Seine Lippen sind blau, seine Augen weit aufgerissen, leblos.

Er ist tot.

~

Im Laufe der Stunden kam eine Person nach der anderen, um herauszufinden, was zum Teufel hier passiert sein muss. Das Einzige, was mir durch den Kopf ging, war die Frage, wie ich Natalia die Nachricht von Josés Tod überbringen sollte.

Ich habe keine Ahnung, mit welchen beschissenen Worten ich ihr sagen soll, dass der Mann, der für sie wie eine Familie war, getötet wurde. Er ist tot.

Offensichtlich hat er etwas gesehen oder gehört, was er nicht hätte sehen sollen, und jemand hier arbeitet entweder für Ivan oder einen meiner Feinde. Der Tod von José bedeutet auch, dass meine Pläne, meine Frau so zu beschützen, wie ich es wollte, einfach über den Haufen geworfen wurden.

Ich hätte schon vor Stunden zu Hause sein sollen, also wird sie sich fragen, wo ich bin.

Ich habe Levka und einen anderen Wachmann zum Haus geschickt, während Sebastian hier bei mir war, um die Überwachungsdaten durchzusehen und mit Leuten zu sprechen, die José bemerkt haben könnten. Ich habe gerade die letzte Aufzeichnung beendet, während er damit beschäftigt war, den Pförtner zu befragen, die letzte Person auf der Liste, mit der man sprechen sollte.

Die verdammten Kameras in dem Lagerhaus, in dem er arbeitete, waren nicht eingeschaltet. Das passiert verdammt noch mal nicht einfach so. Hier machen wir unseren verdeckten Waffenhandel und anderen illegalen Scheiß. Die Kameras müssen also funktionieren.

Der Wachmann sagte, dass heute Morgen alles funktionierte, als er nachsah, also hat sie offensichtlich jemand ausgeschaltet.

Auf den Aufnahmen, die die anderen Kameras gemacht haben, ist mir nichts Ungewöhnliches aufgefallen. Das hatte ich auch nicht erwartet. Wer auch immer mich verarscht, er lässt mich das sehen, von dem er möchte, dass ich es sehe.

Ich gehe in das kleine Büro des Vorarbeiters, das Sebastian benutzt, um mit den Arbeitern zu sprechen. Er redet immer noch mit dem Pförtner.

Sie sehen mich beide an, als ich hereinkomme.

»Irgendetwas bis jetzt?«, frage ich.

Der Pförtner sieht aus, als würde er sich gleich in die Hose machen.

»Nichts«, antwortet Sebastian. »Er sagt, José habe das Gelände vor dem Mittagessen verlassen und niemand habe ihn zurückkommen sehen.«

Ich verenge meine Augen. Um wieder vor Ort zu sein, hätte ihn jemand sehen müssen. Es sei denn, er ist direkt zur Verladerampe des Lagers gegangen, und die verdammten Kameras funktionieren nicht, sodass wir das nicht feststellen können.

»Keiner hat ihn gesehen. Ich bin schon den ganzen Tag hier«, fügt der Pförtner hinzu.

»Das ist in Ordnung. Du kannst gehen«, antworte ich. »Wenn dir noch etwas einfällt, ruf mich an.«

»Ja, Boss.«

Der Pförtner steht auf und geht.

Sebastian schüttelt den Kopf und öffnet seine Handflächen. »Ich weiß nicht, was ich sonst tun soll.«

»Du gehst auch nach Hause. Ich brauche dich ab morgen Abend rund um die Uhr im Haus. Abwechselnd mit Levka.«

»Klar doch.«

Er geht auch.

Ich lehne mich mit dem Kopf gegen die Wand und denke über meinen nächsten Schritt nach.

Ich habe José heute Morgen gesehen. Wir haben darüber gesprochen, was ich von ihm wollte. Aleksander sagte, er sei um die Mittagszeit im Haus gewesen, und er war nicht lange dort. Ich hatte ihm die Erlaubnis gegeben, mit Natalia zu sprechen, also hatte ich erwartet, dass er zum Haus geht.

Diese Zeitspanne stimmt, aber nicht danach, und es gibt eine große Lücke, in der ihn niemand gesehen hat.

Er erledigte einige Gelegenheitsjobs für mich, wenn er nicht an der Kartellsache arbeitete. Deshalb war er hauptsächlich hier. Es ist nicht ungewöhnlich, dass jemand stundenlang im Lagerhaus selbst zwischen den Containern und Lieferungen arbeitet, ohne gesehen zu werden. Was das Ganze besonders seltsam macht, ist die Tatsache, dass ihm normalerweise ein paar Leute wegen des Jobs, den ich ihm gegeben habe, begegnet wären.

Das alles stinkt nach Ivan. Ich will nicht länger um die Wahrheit herumreden.

José hat Ivan mit einem Mitarbeiter von Raul sprechen sehen. Er hat sie hier gesehen. Vielleicht ist so etwas wieder passiert.

Ich weiß, was mein Bauchgefühl mir sagt. Es schreit mich an, dass José Zeuge war, wie Ivan irgendeinen Scheiß gemacht hat, und dass er ihn getötet hat.

Aber wann?

Wann ist es passiert?

Mein Telefon klingelt. Ich gehe sofort ran.

Das ist Eric. Er kam vorbei, als ich Josés Leiche als Erster fand. Er sah ihn sich mit dem Gerichtsmediziner an. Er schien etwas mehr zu vermuten.

»Hey«, sage ich ins Telefon.

»Hallo, bist du noch am Hafen?«

»Ja.«

»Der Gerichtsmediziner hat gerade seine erste Untersuchung beendet. Ich bin mit ihm gegangen, weil mir Josés Wunde komisch vorkam.«

»Was meinst du?«

»Als hätte er sie nach seinem Tod bekommen«, antwortet er.

Ich knirsche mit den Zähnen. *»Danach*?«

»Ja. Ich war mir nicht sicher, also dachte ich, ich frage mal beim Gerichtsmediziner nach, und ich hatte recht. Die Todesursache war nicht das Aufschlitzen seiner Kehle. Es war Gift. Da ist ein Einstich im Nacken. Außerdem sieht es so aus, als wäre er ein paar Stunden vor dem Aufschlitzen der Kehle gestorben, und ich glaube nicht, dass es an den Docks passiert ist.«

Heilige Scheiße. Wenn es nur ein paar *Stunden sind,* stimmt das mit den Aussagen überein, die ich erhalten habe.

»Jemand hat ihn also erst vergiftet und ihn dann hierher zu den Docks gebracht, damit es so aussieht, als wäre er angegriffen worden?«

»Ja. So sieht es aus.«

Scheiße. Ich habe das Gefühl, dass ich immer tiefer in ein Labyrinth hineingerate und keinen Ausweg mehr finde.

Das macht keinen Sinn.

Nichts von alledem macht einen Sinn.

Ivan, was zum Teufel hast du vor?

»Die andere Sache ist, dass ich Josés Auto gefunden habe, das ungefähr zwei Meilen von deinem Haus entfernt hinter einer Gasse geparkt war«, erklärt Eric. »Ich vermute, dass er dort getötet wurde.«

»Wenn er hinter einer Gasse war, hat er vielleicht jemanden beobachtet.«

»Ich denke schon. Ein Kollege von mir, der in der Forensik arbeitet, untersucht die Sache für mich. Ich habe ihn gebeten, die Augen offen zu halten, falls etwas anderes auftaucht.«

»Scheiße, das wird immer komplizierter.«

»Ich weiß. Ich melde mich wieder, wenn ich noch etwas für dich habe.«

»Danke.«

Er legt auf, und ich stoße einen gequälten Seufzer aus.

Es passieren immer mehr Dinge, und ich habe immer noch keine Antworten.

Jetzt muss ich Natalias Herz brechen.

42

NATALIA

Es ist fast Sonnenaufgang.

Ich bin vor ein paar Minuten aufgewacht und konnte nicht wieder einschlafen. Ich liege immer noch im Bett, das Licht ist aus, und alles, was ich tue, ist, aus dem Fenster in das helle Mondlicht zu blicken.

Mikhail ist gestern Abend nicht nach Hause gekommen, und ich hatte niemanden, dem ich Fragen stellen konnte, denn es war schon spät, als ich merkte, dass er nicht zurückkam.

Das Haus ist von außen schwer bewacht, aber in Zeiten wie diesen fühle ich mich allein.

Allein und meinen Gedanken und Sorgen überlassen, was fast so schlimm ist, wie in einem Raum voller Menschen zu sein, die nicht mit einem reden.

Das einzige Mal, dass ich diese Art von Sorgen erlebt habe, war in Mexiko, als ich klein war und auf der Plantage aufwuchs. Das Leben dort war furchtbar, einfach furchtbar. Ich habe mir immer Sorgen um meinen Vater gemacht, wenn er auswärts arbeitete. Ich machte mir

Sorgen, dass ihm etwas zustoßen könnte. Irgendetwas passierte immer mit den Männern, die die Drogentransporte durchführten, oder mit jeder Arbeit, die sie für Raul erledigten.

Ich machte mir auch große Sorgen um die Sicherheit von Mama und mir, während er weg war. Papa ging weg, und Mama und ich blieben allein in dem kleinen Plantagenhaus zurück. Die Männer auf dem Gelände waren so widerlich und ekelhaft. Sie pfiffen meiner Mutter ständig hinterher und machten ihr sexuelle Avancen. Als ich dann älter wurde, taten sie das Gleiche mit mir.

Manchmal kam José vorbei, um nach uns zu sehen, und allein seine Anwesenheit gab uns in Sicherheit, weil sie wussten, dass er Rauls Leutnant war. Sie wollten keinen Ärger mit ihm oder noch schlimmer mit Raul bekommen.

Ich setze mich mühsam auf, als sich der Türgriff dreht.

Als Mikhail den Kopf hereinsteckt, schalte ich das Licht ein. Er kommt herein, und in dem Moment, in dem ich seinen zögerlichen Gesichtsausdruck wahrnehme, weiß ich, dass noch etwas anderes passiert ist.

»Malyshka, du bist wach«, wispert er.

»Ich habe mir Sorgen gemacht.«

Ich rutsche vom Bett. Er kommt auf mich zu und gibt mir einen kurzen Kuss.

Dann setzt er mich wieder auf das Bett, und als er mein Gesicht berührt, verdunkelt ein Hauch von Traurigkeit das Licht, das normalerweise in seinen Augen leuchtet.

Ich stelle fest, dass er nicht gesagt hat, dass es keinen Grund zur Sorge gibt.

»Irgendetwas stimmt nicht«, sage ich. Als er nickt, ziehen sich mein Magen und meine Brust zusammen. »Was ist passiert?« Ich habe Angst vor der Antwort.

Er nimmt meine beiden Hände in seine und hält sie fest.

»Baby, es ist José«, antwortet er. Sein Ton ist tief und distanziert. Zu distanziert für ihn. »Ihm ist etwas passiert.«

Eine plötzliche Schwere breitet sich in meinem Inneren aus und lässt mein Herz erst zusammenziehen und dann erstarren.

»Was … ist mit ihm passiert, Mikhail?« Meine Stimme bricht.

»Es tut mir leid, Baby, er ist … tot. Er wurde umgebracht.«

Meine Hände fliegen zum Mund, und ich springe auf die Beine. Tränen steigen mir in die Augen und laufen mir über die Wangen.

»Nein.« Ich schüttele den Kopf. »Nein. Das ist nicht wahr. Das kann nicht sein. Ich habe ihn gestern gesehen. Er ist nicht … tot. Es ist nicht wahr, Mikhail. Nein.«

Mikhail kommt näher und hält mich an den Schultern fest.

»Es tut mir wirklich leid.« In seiner Stimme liegt mehr Gefühl, als ich je gehört habe.

Ich schüttle weiterhin ungläubig den Kopf und kriege mich schließlich ein, als ich merke, dass er nicht korrigiert, was er mir gerade gesagt hat.

Wenn ich an José denke und an den Mann, der er für mich ist, breche ich zusammen. Die Tränen werden stärker, rauben mir die Kraft, und ich schreie, als meine Knie nachgeben und ich zu Boden falle.

Mikhail zieht mich zu sich heran und schließt mich in eine beruhigende Umarmung ein, aber ich bin innerlich so zerbrochen, dass ich ihn nicht spüren kann.

Ich spüre nichts außer der Traurigkeit, die mich zerreißt.

»José«, flüstere ich durch meine Tränen hindurch.

Mikhail zieht mich noch enger an sich. Das schnelle Schlagen seines Herzens ist das Einzige, was mich davor bewahrt, in die Traurigkeit abzurutschen.

Ich kann nicht einmal fragen, was mit ihm passiert ist, weil mir alle Worte im Kopf stecken bleiben.

~

Ich weiß nicht, wie lange ich geweint habe. Ich erinnere mich, dass es draußen dunkel war, dann ging die Sonne auf. Dann wurde es wieder Nacht, und ich weinte immer noch. Der einzige Unterschied in der Zeit war, dass ich mich vom Boden zum Bett bewegte.

Es scheint, als ob sich all der Kummer, den ich in meinem Leben erlitten habe, aus meiner Seele ergossen hat.

Erst für Mama, dann für Papa, jetzt für José.

Ich habe jetzt niemanden mehr, der mir ans Herz gewachsen ist, und ich weiß, dass die Uhr in meinem Kopf tickt, wenn es um Mikhail geht.

Er blieb bei mir, hielt mich fest, aber ich kann immer noch nichts fühlen. Ich kann ihn nicht einmal spüren, wenn er mich berührt. Es ist, als ob die Taubheit mein Wesen durchdrungen hat und ich nie wieder etwas anderes als diese Traurigkeit fühlen werde.

Es ist schon spät in der Nacht, als Mikhail versucht, mich dazu zu bringen, etwas Obst zu essen, das Aleksander mitgebracht hat.

Ich habe nichts zu mir genommen, und ich will es auch nicht. Ich habe nur hier und da an Wasser und Orangensaft genippt. Ich kann mich nicht erinnern, wann ich das letzte Mal etwas gegessen habe.

»Natalia, bitte iss etwas. Ich möchte, dass du etwas isst, Baby.« Mikhail hält mir ein paar Weintrauben hin.

Ich schüttle den Kopf und lehne ihn zurück gegen das Kopfteil des Bettes.

»Was ist mit ihm passiert?«, frage ich schließlich. Das sind die meisten Worte, die ich gesprochen habe, seit ich die Nachricht erhalten habe. »Was ist mit José passiert?«

Ich habe Mikhail in Telefongesprächen darüber sprechen hören, aber er hat nie genug gesagt oder Informationen gegeben, damit ich begreifen konnte, was passiert ist.

Er stellt die Obstschale zurück auf den Nachttisch und sieht mich an.

»Ich denke, darüber sollten wir ein anderes Mal sprechen.«

»Ich möchte jetzt darüber reden.« Ich tupfe mit dem Handballen die Tränen weg, die herunterfallen.

»Malyshka, es gibt Dinge, die man besser nicht wissen sollte.«

Ich starre ihn lange und intensiv an, und ich kann nicht anders, als mich zu ärgern, weil er wieder für mich entschieden hat.

»Wie kann es besser sein, wenn ich es nicht weiß? Wie kannst du das zu mir sagen?«

»Ich weiß, warum ich das sage, und manchmal muss ich entscheiden, wann bestimmte Dinge für andere am besten sind.«

»So wie du entschieden hast, dass es besser für mich ist, ohne dich zu sein?«, werfe ich ihm an den Kopf und er sieht aus, als hätte ich ihn gerade geohrfeigt. »Das sind alles meine Entscheidungen.«

»Nein, das sind sie nicht. Hier geht es nicht um mich und dich. Du trauerst, und ich will den Schmerz nicht noch schlimmer machen, als er schon ist.«

Ich wende den Blick von ihm ab und drehe mich auf die Seite, um ihn abzuweisen.

»Natalia.«

»Bitte, lass mich einfach in Ruhe«, schimpfe ich, als mich ein weiterer Anfall von Traurigkeit überkommt. »Wenn du mir nicht sagen willst, was mit José passiert ist, dann lass mich in Ruhe.«

Er seufzt, und mein Herz sinkt, als seine Schritte den Boden berühren und ich höre, wie er die Tür hinter sich schließt, als er geht.

Langsam richte ich mich auf und suche in meinem Kopf nach etwas, das ich für Josés Tod verantwortlich machen kann. Ich weiß, dass Ivan offensichtlich etwas mit den Ereignissen zu tun hatte, aber ich weiß nicht, warum oder wie das einen Sinn ergibt.

Was hat José getan, dass Ivan ihn getötet hat?

Es ist schwierig, sich ein Bild zu machen, wenn Mikhail mir nicht sagen will, wie José gestorben ist. Er hat mir nur gesagt, dass José getötet wurde. Soweit ich weiß, könnte er auch ins Kreuzfeuer geraten sein oder etwas ähnlich Schlimmes erlebt haben. Ich stelle mir alle möglichen Dinge vor, eines schlimmer als das andere. Jeder Gedanke tut weh, weil ich nicht glauben kann, dass etwas passiert ist, das dazu geführt hat, dass José getötet wurde, was wahrscheinlich der Grund ist, warum Mikhail es mir nicht sagen wollte.

Ich möchte die Schuld auf die Situation schieben, in die José und ich geraten sind, aber ich weiß, dass ich das nicht tun kann. So einfach ist das nicht. Wir waren immer in dieser Situation gefangen, ob wir nun in Mexiko oder in New York waren. Sein Tod ist nur eine weitere Sache und eine Erweiterung eines andauernden Problems. Eine, bei der ich nicht weiß, wie ich sie überstehen soll.

Egal was passiert, wie soll ich das durchstehen, wenn ich mich so gebrochen fühle?

Ich schließe meine Augen, und im nächsten Moment streifen warme Finger über meine Wange.

Ich öffne die Augen und sehe, dass es wieder Morgen ist und ich mich in Mikhails Armen zusammengerollt habe. Ich erinnere mich nicht daran, dass er zurückkam oder mich in seine Arme zog.

»Willst du mit Snow spazieren gehen?«, fragt er mich. Das wird das erste Mal sein, dass wir das tun.

»Ja.«

»Komm, lass uns gehen. Nimm dir einfach einen Mantel.«

Ich tue genau das, und Minuten später laufen wir Hand in Hand am See entlang, während Snow mit einem Zweig im Mund vor uns herläuft.

Wir gehen tiefer in den Wald hinein und bleiben bei der Baumnische in der Nähe des Teiches mit den kleinen Enten stehen. Dort gibt es eine Bank, auf die mich Mikhail setzt und neben mir Platz nimmt.

»Ich habe die Beerdigungsvorbereitungen für Freitag getroffen«, sagt er.

Ich war so aufgewühlt, dass ich nicht einmal an die Beerdigung gedacht habe.

»Vielen Dank, dass du das getan hast.«

»Ist schon gut. Du musst mir dafür nicht danken.«

»Ich bin dir sehr dankbar.«

»Ich weiß, dass du das bist, und dein Verlust tut mir leid. Es ist seltsam. Schließlich war er die einzige Person, der ich zutraute, sich um dich zu kümmern. Ich wusste, dass er nichts anderes im Sinn hatte, als dafür zu sorgen, dass du in Sicherheit bist. Natalia, ich wollte nicht sagen, was mit ihm passiert ist, bis du stärker bist. Du hast recht, aber … Ich kann diese Art von Entscheidungen für dich nicht treffen. Also, ich werde dir sagen, was passiert ist.« Er hält einen Moment inne und dreht sich dann leicht, damit er mich ansehen kann. »Ich habe José mit aufgeschlitzter Kehle im Lagerhaus gefunden, aber er wurde vorher vergiftet. Das heißt, jemand hat ihn umgebracht und in das Lagerhaus gebracht, um es so aussehen zu lassen, als wäre er angegriffen worden.«

»Mein Gott.« Ich atme tief ein und lege meine Hand auf mein Herz.

»Es ist anzunehmen, dass er etwas gesehen hat. Die Dinge laufen aus dem Ruder, und ich habe darüber nachgedacht, wie ich dich am besten schützen kann.«

»Bei dir bin ich sicher, nicht wahr?«

»Nein, das bist du nicht«, antwortet er, und das Loch in meinem Herzen weitet sich. »Du warst bei mir nie sicher. Deshalb schicke ich dich weg, nachdem die Führung bekannt gegeben wurde.«

Das ist der Tag nach der Beerdigung.

»Das ist in vier Tagen.« Das ist zu früh.

»Je früher du gehst, desto besser ist es für dich. Ich schicke dich nach L.A.«

»L.A.?«

Er nickt. »Ich habe dort Freunde, die dafür sorgen können, dass du in Sicherheit bist.«

»Das ist so weit weg.«

»Das ist der Punkt, Prinzessin. So etwas ist noch nie passiert. Ich fühle mich festgefahren. Ich habe die besten Leute, die für mich arbeiten, aber alles, was ich habe, sind Vermutungen. Ich kann nicht einfach zu meinem Bruder gehen und ihn aufgrund von Vermutungen töten. Ich weiß auch, dass das Problem nicht nur mit ihm zu tun hat. Alles ist zu sorgfältig konstruiert, damit er mir einen Schritt voraus ist. Das kann kein einzelner Mensch schaffen. Es ist also nicht mehr sicher für dich, hier zu sein.«

»Aber ich liebe …«

»Nein.« Er schüttelt den Kopf und steht auf. »Du hättest mich nicht lieben sollen, Natalia. Ich bin hier der Bösewicht, also bekomme ich nicht das Glück mit der Frau, die ich liebe, oder die Zukunft, die ich mir mit ihr wünsche. Egal was irgendjemand sagt, es ist meine Schuld, was hier passiert. Ich hätte Raul und Felipe einfach umbringen können. Wenn ich kein Monster wäre, hätte ich weder dich noch José entführt. Hätte ich das nicht getan, wäre er noch am Leben. Du kannst mir nicht erzählen, dass das nicht wahr ist.«

Ich weiß nicht, was ich ihm sagen soll, denn er hat recht, und ich will nicht, dass er recht hat.

Die Wahrheit ist etwas, das ich nie ändern konnte, und er auch nicht.

43

MIKHAIL

Die Beerdigung von José fand heute früh statt.

Ich musste zusehen, wie Natalia erneut zerbrach. Nur die Zeit kann diese Art von Herzschmerz heilen. Es gibt nichts, was man tun könnte, um diese Wunden schneller zu lindern. Jeder Gedanke und jede Erinnerung an die Person, die man geliebt und verloren hat, wird sich anfühlen wie Salz, das auf klaffende Wunden gestreut wird.

Das ist bei mir immer noch so und wird auch so bleiben.

Die aufgehende Sonne startete den Countdown für die Zeit, die mir mit meiner Frau noch bleibt. Es sind jetzt zwei Tage: Morgen, den der Postenübernahme, und den größten Teil des Tages, an dem sie mich für immer verlassen wird.

Die Einzigen, denen ich erzählt habe, dass sie uns verlässt, sind mein Vater und Sophia, aber ich habe ihnen absichtlich nicht gesagt, *wohin* Natalia geht, damit ich ihren Aufenthaltsort vor Ivan geheim halten kann.

Mein Vater und Sophia sind der Meinung, dass Natalia in einem unserer Unterschlüpfe wohnen wird, bis das Problem gelöst ist. Als zusätzliche Sicherheitsmaßnahme sieht das Protokoll vor, dass keiner von uns weiß, wo sich die sicheren Häuser der anderen befinden. Sie haben also keine Ahnung, wo sie hingeht, und sie wissen nichts von meinem Plan, dass Natalia niemals zu mir zurückkehren wird.

Sie wird unter dem Schutz der Voirik stehen.

Ich habe alle Vorkehrungen getroffen. Ich bin gerade dabei, die Dinge mit Eric abzuschließen. Er ist schon früher nach New York zurückgekehrt, aber das ist die erste Gelegenheit, ihn zu treffen. Ich konnte Natalia in dem Zustand, in dem sie war, nicht früher verlassen, aber sie schien sich im Laufe des Tages zu beruhigen.

Ich konnte es mir nicht leisten, Zeit mit ihr zu verlieren, da es so wenig Zeit ist.

Eric öffnet die Tür zu seiner Hotelsuite, als ich klopfe. Als ob er auf mich gewartet hätte.

»Hallo«, sagt er.

»Hallo«, seufze ich und trete ein.

Wir betreten das Wohnzimmer, wo er mir einen Scotch einschenkt. Ich brauche ihn verdammt noch mal.

»Danke.« Das Eis klirrt gegen das Glas, als ich die bernsteinfarbene Flüssigkeit herumwirble und einen Schluck nehme. Die Bitterkeit schlägt mir in die Kehle, aber der sanfte Rausch, nach dem ich mich sehne, folgt Sekunden später.

»Wie läuft's?«, fragt er und stützt seine Hände auf die Knie.

Ich bin mir sicher, dass er weiß, dass mein Verstand im Arsch ist.

»Unverändert.« Ich beiße mir auf die Innenseite der Lippe. »Die Beerdigung war heute Morgen. Natalia ist ein Wrack.«

Er wirft mir einen mitfühlenden Blick zu. »Das kann ich mir vorstellen.«

»Läuft alles bei dir?« Ich will nie den Eindruck erwecken, dass ich ein Arschloch bin, das seine Freunde als selbstverständlich ansieht, weil sie etwas für mich tun können. Ich weiß, dass Eric nur mit geliehener Zeit hier ist. Er ist bereits länger geblieben als üblich. Ich bin sicher, seine Frau vermisst ihn.

Er ist ein Mann wie ich, also wird er immer an die Sicherheit seiner Frau denken.

Sein Gesicht erhellt sich bei dieser Frage, und ich weiß, dass er mir gleich etwas über seine Frau erzählen wird.

»Summer ist schwanger«, sagt er mit einem strahlenden Lächeln.

Ich lächle auch, denn das ist eine tolle Nachricht. »Glückwunsch, Mann.«

Ich greife nach vorne und schüttle seine Hand.

»Danke. Ich hätte nie gedacht, dass ich Kinder haben würde. Ich war der Typ, der nie an die Zukunft gedacht hat. Bis sie kam.«

Seine Worte ergreifen mich, denn die Person, die er beschreibt, bin ich.

»Du hast die richtige Frau getroffen.«

»Das habe ich, und ich weiß, dass ich Glück habe. Wir sind seit Jahren verheiratet und hatten viel Spaß zusammen. Jetzt freuen wir uns darauf, eine Familie zu gründen.«

Ich lächle noch breiter und frage mich, wie sich das anfühlen muss. Ein Baby, eine echte Erweiterung von ihnen und ihrer Liebe.

Das kommt für mich nicht in Frage. Nichts davon. Das muss ich akzeptieren.

»Ich freue mich wirklich für euch beide. Gute Nachrichten können wir alle gebrauchen. Das ist Nahrung für die Seele.«

»Das ist es.« Die Ernsthaftigkeit kehrt in sein Gesicht zurück. »Bei mir ist alles unter Dach und Fach. Natalia wird bei Summer und mir bleiben, bis sie ihr Haus fertig hat.«

»Bist du sicher, dass das in Ordnung ist?«

»Natürlich. Wir haben viel Platz, und Summer wird sich über die Gesellschaft freuen. Ich habe arrangiert, dass Aiden Natalia vom Flughafen abholt, wenn sie ankommt. Er wird anrufen, sobald er sie in Sicherheit gebracht hat. Ich glaube nicht, dass du dich danach noch um irgendetwas kümmern musst.«

»Ich kann dir nicht genug danken.«

»Nicht der Rede wert.« Er neigt den Kopf, und ich kippe den Rest des Scotch hinunter. »Was alles andere angeht, beobachte ich und warte ab, was nach morgen Abend passiert.«

Ich nicke zustimmend. Abwarten und beobachten ist alles, was wir im Moment tun können. Die Dinge haben sich beruhigt, und das hat einen Grund.

Sobald wir wissen, was mein Vater als Nächstes vorhat, werde ich wissen, was ich vorhabe.

»Wenn Ivan die Stelle bekommt, bin ich in unmittelbarer Gefahr. Wenn ich sie bekomme, habe ich wenigstens einen Vorsprung.«

»Ich hoffe auf Letzteres.«

Ich auch.

Ich komme eine Stunde später, kurz vor Mitternacht, nach Hause.

Ich hatte gehofft, Natalia würde schlafen und nicht auf mich warten, aber der Lichtstrahl unter der Schlafzimmertür verrät mir, dass sie wach ist.

Ich schiebe die Tür langsam auf. Sie sitzt hinter dem Schminktisch und fährt sich mit den Fingern durch ihr feuchtes Haar. Sie hat ein Handtuch um ihren Körper gewickelt. Nichts als das Handtuch.

Bevor ich vorhin wegging, lag sie auf dem Bett, und ich hatte ihr gesagt, sie solle sich in der Badewanne entspannen. Sieht aus, als hätte sie meinen Rat befolgt. Ich wünschte nur, der Anblick ihres geschmeidigen, perfekten Körpers würde meinen Schwanz nicht so hart werden lassen und ich würde sie nicht so sehr wollen, dass es schmerzt.

Sie dreht sich auf dem kleinen Hocker zu mir hin, sodass das Handtuch von ihrem Rücken rutscht und noch mehr von ihrem seidigen, üppigen Körper enthüllt.

Ihr Haar fällt ihr über die Schultern und fließt ihr an der Seite hinunter, und der Schimmer des Mondlichts, der durch das Fenster fällt, berührt ihr Gesicht.

Ich gehe auf sie zu, hocke mich vor sie hin und nehme ihre Hand, die auf ihrem Oberschenkel ruht.

Schweigend starren wir uns ein paar Augenblicke lang an. In meinem Kopf drehen sich die Räder, während ich überlege, was ich sagen soll, aber jedes Wort wird von meinen Gefühlen für sie verschluckt.

Sie zu fragen, wie es ihr geht, ist zwecklos.

Ich weiß, dass sie sich beschissen fühlt. Wie sollte sie sich sonst fühlen, nachdem sie einen Mann verloren hat, der wie ein Vater für sie war?

Es wird ihr nicht besser gehen als noch vor Stunden.

Das Gespräch über José zerrt auch an meiner Seele, denn ich weiß, dass ich für ihren Schmerz verantwortlich bin.

Während ich sie anstarre, will ich nicht, dass sie daran denkt, dass sie von einem Monster wie mir nicht mehr als Schmerz und Verzweiflung erwarten kann.

Nur für einen Moment möchte ich vergessen, was und wer ich bin, und dieses Gefühl auskosten, das ich empfinde, wenn es nur uns gibt. Wenn nichts anderes wichtig ist.

Nur sie und ich.

Die Schöne und das Biest.

Sie streckt die Hand aus und berührt mein Gesicht. Das ist alles, was ich brauche, um mich in ihr zu verlieren.

Ich greife nach oben, um ihre Wangen zu umfassen und drücke meine Lippen auf ihre, um sie zu küssen.

Als sie ihre Arme um meinen Hals schlingt, rutscht das Handtuch von ihrem Körper, und die riesigen runden Schwellungen ihrer Brüste offenbaren sich mir. Ich fahre mit meinen Fingern darüber, fülle meine Handflächen und fühle und knete die saftige Haut.

Ihre Nippel verhärten sich bei meiner Berührung und betteln mich an, sie zu saugen, während ihr Körper darum bittet, gefickt zu werden. Ich beschließe, mich zuerst um ihre Brustwarzen zu kümmern, als ich ihre Lippen verlasse und die diamantharten Spitzen in meinen Mund nehme und an ihnen sauge. Sie wölbt ihren Körper gegen meinen Mund, sodass ich mehr von ihrer Brust erhalte und meine Zunge um ihre Brustwarze wirble. Ich streichle die vernachlässigte Brust und gehe hinüber, um auch sie zu saugen. Als ich satt bin, klettere ich wieder zu ihren Lippen hinauf.

Ich habe sie schon so lange nicht mehr gehabt, zu lange, mein verdammter Schwanz brennt darauf, in ihr zu sein.

Sie küsst mich intensiver und übernimmt die Kontrolle, während sie mir zeigt, wie sehr sie mich will. Die Zärtlichkeit ihrer Lippen und die Gier ihrer Leidenschaft lassen mich vergessen, dass ich versuche, mein Herz davon abzuhalten, für sie zu schlagen.

Die Begierde ihrer Berührung und die Ungeduld ihres Kusses lassen mich vergessen, dass ich dem Drang, sie zu nehmen, besser widerstehen sollte.

Ich vergesse alles und lasse zu, dass der Leichtsinn meine Gedanken beherrscht, wenn ich daran denke, sie noch einmal zu haben.

Eine weitere Kostprobe.

Ein weiterer Genuss.

Eine weitere Nacht mit meiner Frau.

Nur noch ein einziges Mal, dann werde ich versuchen, vom Wahnsinn zurückzufinden.

Ihre gierigen Hände knöpfen mein Hemd auf und schieben es mir über die Schultern.

Ich richte mich auf und erlaube ihr, meinen Gürtel zu öffnen. Ich fahre mit den Fingern durch ihr Haar, als sie meinen Schwanz durch den Stoff meiner Hose streichelt.

Ich liebe das Gefühl der seidigen Strähnen, die wie Wasser durch meine Finger fließen, und auf meinen Fingerspitzen liegen, wie sie mich so berührt, wie sie weiß, dass es mir gefällt.

Ich betrachte sie und präge mir alles, was sie tut, ein, weil ich es nie vergessen will. Also beobachte ich, wie sie den Reißverschluss meines Hosenschlitzes öffnet und meine Hose herunterschiebt, um meinen Schwanz herauszuholen. Ich liebe das Selbstvertrauen, das sie dabei ausstrahlt, weil sie genau weiß, dass sie das tut, was ich will.

Ich genieße es, wie sie über die Spitze meines Schwanzes leckt und den perligen Wulst des Spermas abschleckt, bevor sie meinen Schwanz in den Mund nimmt und an mir saugt.

Scheiße. Sie ist verdammt perfekt. Verdammt perfekt und mein.

Mein Schwanz wächst in ihren Händen und in ihrem Mund und

schreit nach Befreiung. Meine Eier spannen sich an. Ich spritze fast meine Ladung, aber ich kontrolliere es gerade noch rechtzeitig. Auf keinen Fall werde ich jetzt aufhören, wo wir doch gerade erst angefangen haben.

Wenn dies unser letztes Mal ist, möchte ich alles, was ich von ihr mitnehmen kann, in meinem Herzen und meiner Seele versiegeln.

Sie hört auf zu saugen, weil sie weiß, dass mein Körper die Pause braucht, damit ich sie jetzt ficken kann. Ich hebe sie auf und wir gehen zu der Wand, gegen die ich sie zuerst gedrückt habe, als ich sie entjungfert habe.

Wir sind andere Menschen als der Mann und die Frau, die wir damals waren. Oder besser gesagt, sie war noch ein Mädchen, und ich habe sie an dieser Wand zu meiner Frau gemacht.

Ich stoße in ihren feuchten und auf mich wartenden Körper, und sie stöhnt laut auf. Ich tue es auch, weil sie sich so verdammt gut anfühlt. Sie passt perfekt zu mir, und ich wurde für sie geschaffen. Genau wie mein Körper, um ihr zu gefallen.

Unsere brennenden Körper bewegen sich gemeinsam, während ich in sie eindringe und sie unerbittlich ficke. Sie windet sich gegen mich, bewegt ihre Hüften gegen meine und fickt auch mich.

Hitze durchströmt mich und explodiert mit wilder Energie. Sie zerreißt mich und lässt meinen Geist vor Freude und allem Guten taumeln.

Sie kommt mit einem markerschütternden Schrei, ihr Körper umklammert meinen bis ins Innerste.

Ich bin jedoch noch nicht fertig mit ihr. Nicht einmal annähernd.

Als sie ihre Beine um mich geschlungen hat, bringe ich sie zum Bett, wo wir uns auf die seidigen Laken fallen lassen und ich sie in die Matratze ficke.

Der Wahnsinn berauscht mich, und wie ein Süchtiger gebe ich mich ihm hin, tiefer, härter, schneller.

Als sie wieder kommt, drehe ich sie auf ihre Hände und Knie, damit ich sie von hinten nehmen kann.

Sie schafft es gerade noch, zu Atem zu kommen, als ich mich wieder in sie stürze.

Ihre Brüste wippen bei jedem Stoß, und ich erhasche einen flüchtigen Blick auf unser Spiegelbild in den raumhohen Fenstern. Der Raum fängt den Anblick von uns ein, Fleisch, das auf Fleisch schlägt, roh und ursprünglich, mit dem Duft von Sex und Liebe.

Es trifft mich alles auf einmal, ebenso wie die Erkenntnis, was diese Frau für mich bedeutet.

Sie ist das Licht in meiner Dunkelheit.

Die Sonne, der Mond und die Sterne an meinem Himmel.

Ich kann sie nicht aus meinen Gedanken verbannen, weil sie die andere Hälfte meiner Seele ist.

Das ist die Antwort, und so lange ich lebe, wird nichts wahrer sein als das.

44

MIKHAIL

»Bist du nervös wegen später?« Natalia flüstert gegen meine Brust. Sie fährt mit ihren Fingern über meine Haut, und ich drücke meine Hand an ihre.

Wir liegen zusammen auf dem Bett. Sie ist in meinen Armen eingekuschelt.

Ich möchte sie noch einmal nehmen, aber wir brauchten eine Pause vor der letzten Runde. Die Sonne wird bald aufgehen und der Zauber wird gebrochen sein.

»Ich meine, weil du Pakhan sein willst«, fügt sie hinzu. »Wirst du überhaupt nervös?«

In ihrer Stimme liegt ein Lächeln, was bedeutet, dass ein Teil von ihr heilt. Wenn man nach einem Verlust wieder lächeln kann, und sei es auch nur ein bisschen, bedeutet das, dass sich Teile des Herzens wieder zusammenfügen, um das Loch zu füllen, das der Kummer hinterlassen hat.

»Ja, ich werde nervös, und ich bin nervös wegen später. Ich möchte Pakhan werden. Nur wenige Menschen in der Bruderschaft bekommen diese Chance, und als sie mir angeboten wurde, wollte ich alles tun, um die Gelegenheit zu ergreifen. Also, ja, ich bin verdammt nervös, dass ich nicht ausgewählt werde.« Es ist schwer, meinem Vater und Sophia zu verheimlichen, was ich über Ivan vermute. Mir ist klar, dass das, was ich weiß, ihn noch mehr zerstören würde, und das kann ich ohne Beweise nicht. Ich bin Stunden von der Verkündung entfernt und fühle mich wie ein Versager.

»Ich habe Sorge, dass Ivan etwas bekommt, das er nicht verdient«, füge ich hinzu. »Etwas, das ihm mehr Macht gibt. Aber ich bin auch nervös, weil ich befürchte, dass ich etwas vernachlässigt habe, weshalb ich mich nicht für den Job qualifiziere.«

»Du arbeitest hart, Mikhail. Ich bin nicht bei dir, wenn du im Büro bist, aber ich kenne dich.«

Ich drücke ihre Hand auf mein Herz.

»Ich arbeite wirklich hart, Baby.«

»Dann vertraue darauf.« Sie fährt mit ihren Händen durch mein Haar und über meinen Bart.

»Du willst mich wieder.« Ich sehe ihr ins Gesicht und freue mich über den verführerischen Blick, den sie mir zuwirft.

»Ja. Ich versuche zu bekommen, was ich kann. Bald wird es Frühstück geben, und ich werde eifersüchtig auf die Dienstmädchen sein müssen, die meinem Mann nachschauen und mit ihm in einer Sprache sprechen, die ich nicht verstehe.«

Ich streiche mit meinen Lippen über ihre Nase. »Es gab nie etwas, worauf du eifersüchtig sein müsstest. Du und ich sprechen unsere eigene Sprache, die niemand sonst versteht.«

»Ja«, stimmt sie zu, und wir fallen wieder in einen Kuss. Dann übereinander her.

Sekunden, nachdem wir vom Höhepunkt der Leidenschaft und des Vergnügens heruntergeklettert sind, steckt die Sonne ihren Kopf durch die dunkle Decke und mein Herz sinkt.

Auch sie sieht hin und weiß, dass der neue Tag anbricht, dass der Zauber gebrochen ist und wir uns einer neuen Realität stellen müssen.

Wir haben noch einen weiteren Sonnenaufgang, den ich absichtlich nicht mit ihr anschauen werde.

Dies ist also unser letztes Mal.

Ich kann sie nicht noch einmal so sehen und der Versuchung erliegen, sie zu behalten, noch dem Schuldgefühl, das mich jedes Mal überkommt, wenn ich sie ansehe.

Ich möchte nicht das Gefühl haben, dass ich nicht gut genug für sie bin.

Diejenigen, die es besser wissen, sollten es besser machen, also versuche ich es hier.

Und sie noch mehr zu lieben als gestern.

Als ich Dmitrijew Ltd. erreiche, bin ich überrascht, dass der Sitzungssaal praktisch voll mit den Männern der Bruderschaft ist.

Niemand kommt jemals zu spät zu einer Sitzung, aber auch nie so früh.

Wir haben etwa zwanzig Minuten, bevor die Zeremonie beginnt.

Durch die Anwesenheit aller wird mir die Bedeutung des heutigen Abends noch stärker bewusst. Sie sind alle dem Anlass und dem Veranstaltungsort entsprechend gekleidet. Ich habe immer gedacht, dass dieses Gebäude mit seinen spektakulären Kristallkronleuchtern und seinem üppigen europäischen Design zu aufwendig für Männer wie uns ist. Die meisten von uns haben mehr Zeit hinter Gittern verbracht, als wir auf dieser Erde gelebt haben, und den meisten von uns hätte es nichts ausgemacht, sich in einer Bruchbude zu treffen.

Jeder, der etwas auf sich hält, wird Zeuge dieser bedeutsamen Nacht sein. Eine Nacht, die nur wenige in ihrem Leben erleben. Diejenigen, die älter sind, werden sich daran erinnern, wie mein Vater Pakhan wurde. Diejenigen, die jünger sind, werden sich aus demselben Grund an diese Nacht erinnern.

Unabhängig davon, wie jung oder alt die Männer sind, werden sie alle begierig darauf sein, an dem teilzunehmen, was heute Abend passiert, denn es wird das erste und einzige Mal in unserer

Geschichte sein, dass eine Wahl des Pakhan auf diese Weise getroffen wird. Eine Entscheidung zwischen zwei Brüdern.

Ich trage einen Anzug, auf dessen linker Brusttasche die roten Embleme des Familienwappens aufgenäht sind. Das ist der einzige Farbklecks, den ich seit Jahren trage. Ivan wird dasselbe tragen. Ich habe ihn und Vater noch nicht gesehen.

Ich werde alles tun, um meinen Zorn zu zügeln, wenn ich Ivan sehe.

Verdammter Mistkerl.

Ich kann nicht glauben, dass er mich so überlistet hat. Er wird seine Abrechnung bekommen, verdammt.

Ich schwöre es. Ich schwöre es bei den Gräbern meiner Mutter und meiner Schwester. Ich schwöre es bei meinem. Wenn es mich umbringt, ihn vor Gericht zu bringen, werde ich das tun, und wir werden gemeinsam sterben.

Ich gehe ins Foyer und sehe Sophia auf der anderen Seite durch die Tür kommen. Das bedeutet, dass Vater auch hier sein sollte.

Sie kennt auch die Antwort auf diese Nacht. Sie lächelt mich liebevoll an. Ich weiß nicht, wie ich es auffassen soll. Lächelt sie mich an, weil ich auserwählt wurde, oder ist das ein Lächeln des Mitgefühls? Ich gehe auf sie zu, und sie öffnet ihre Arme für mich. Ich spüre ihre Wärme, bevor sie mich umarmt, wie es eine Mutter tun würde.

»Sieh dich an.« Sie strahlt vor Stolz.

»Ich kann mich sehen lassen, nicht wahr?« Ich lächle.

»Oh, Mikhail, ich denke, da wir sind uns alle einig. Ich bin stolz auf dich. Dies ist ein bedeutsamer Abend, egal was passiert. Sei stolz auf die Arbeit, die du in der Firma und für die Bratva geleistet hast.« Sie nickt.

Ich versuche, irgendwelche unterschwelligen Töne zu erkennen, die auf die Antwort hindeuten, aber ich kann nichts aufschnappen. Das ist es, was Sophia so gut in ihrem Job macht. Sie wird wahrscheinlich die einzige Frau in unserer Geschichte sein, die an unseren Sitzungen teilnimmt und Teil der Führung ist. In ihrem Leben hat sie zwei Amtseinführungen miterlebt. Dies wird ihre dritte sein.

»Danke, Tantchen.«

Sie greift in ihre Tasche und reicht mir eine kleine Khvorost – ein süßes, knuspriges russisches Gebäck in Form von Engelsflügeln. Als wir Kinder waren, hat sie sie immer für uns zu Weihnachten gebacken, aber manchmal hat sie uns damit überrascht. Sie hat schon seit Jahren keine mehr gemacht.

Ich lächle, als ich sie nehme und den kleinen Engel in meinen Händen betrachte.

»Glaubst du nicht, dass ich zu alt dafür bin? Ich bin fast neunundzwanzig, Tantchen.«

Sie streckt die Hand aus und berührt meine Wange. »Aber du bist immer noch mein kleiner Engel. Manchmal sind es die kleinen Dinge, an die wir uns aus unserer Vergangenheit erinnern, die zählen.«

Ich nicke. »Du hast recht.«

»Wie läuft es zu Hause?«, fragt sie zaghaft, als die Sorge in ihr Gesicht zurückkehrt.

»Schwer.«

»Du liebst Adriana«, stellt sie fest. Es war seltsam, diesen Namen zu hören, und seltsam zu wissen, dass ich dieses Geheimnis immer bewahren muss. Aber ich muss nicht lügen, wenn es um meine Liebe geht.

»Das tue ich.«

»Dann hoffen wir, dass sich die Sache bald erledigt hat, damit ihr wieder zusammen sein könnt.« Sie tippt mir auf die Schulter. Ich weihe sie nicht weiter in meine Pläne ein.

»Ja.«

»Es sind gefährliche Zeiten, deshalb bin ich damit einverstanden, dass du sie wegschickst. Es ist das Richtige, das zu tun. Was mit ihrem Leibwächter passiert ist, hat sie zutiefst getroffen, und bis wir herausgefunden haben, was los ist, können wir nicht die Sicherheit von irgendjemandem riskieren.«

»Genau mein Gedanke.«

Die Tür öffnet sich zu unserer Linken, und ich drehe mich zu Ivan um. Er bleibt auf halbem Weg stehen, als er mich bemerkt, und setzt seinen süffisanten Gesichtsausdruck auf.

»Es ist Zeit, sich zu setzen«, teilt er uns mit.

»Danke, mein Lieber«, antwortet Sophia.

Ich antworte nicht. Ich folge Sophia einfach, als sie vor mir hergeht.

Wir betreten den Saal, der jetzt mit den Mitgliedern des New Yorker Viertels der Bratva gefüllt ist. Ivan und ich gehen zum vorderen Teil des Raumes, wo unser Vater wie ein Richter, Geschworener und Henker am Kopfende sitzt. Er sieht heute schlechter aus. Blasser. Und seine Augen sind stumpfer als sonst, als ob das Licht der Lebenden ihn bereits verlassen hätte.

Vor seinem Stuhl gibt es zwei Pulte. Ich stehe auf der rechten Seite und Ivan auf der linken. Sophia sitzt auf der anderen Seite des Raumes, aber vor den Brigadieren. Der Raum wird still, und Vater steht auf.

Es ist an der Zeit.

Wenn ich meinen Vater ansehe, denke ich daran, wie er vor zwanzig Jahren war. Stark und trotzig, rücksichtslos, gnadenlos. All das weiß man, wenn man ihn nur ansieht.

Zu dieser Zeit wusste ich, dass ich so sein wollte wie er, und ich wusste, dass ich nicht der Pakhan sein musste, um das zu erreichen. Wenn ich das akzeptieren kann, kann ich auch akzeptieren, dass er meinen Bruder gewählt hat.

Das ändert aber nichts an dem, was ich mit Ivan vorhabe.

»Meine Brüder und meine liebe Schwester«, beginnt mein Vater und wirft Sophia einen kurzen Blick zu, worauf sie den Kopf kurz senkt. »Wir sind heute Abend zahlreich versammelt, um den Anbruch einer neuen Ära zu bezeugen. Eine neue Ära der Führung. In den Vory ehren wir den Kodex, den unsere Vorväter aufgestellt haben, und wir sind rücksichtslose Bastarde, wenn es darum geht, Reichtum zu erobern und zu vergrößern, was wir bereits besitzen. Der Pakhan ist auserwählt, euch zum Sieg zu führen, so wie ein General seine Armee anführt. Meine beiden Söhne sind würdig, die Rolle des Generals zu übernehmen, und sie können beide alles erfüllen, was man von einem Baranow-Führer erwartet. Aber nur einer kann den Titel tragen.«

Er hält kurz inne und blickt von mir zu Ivan. Als sein Blick auf

Ivan fällt, denke ich automatisch, dass er sich für ihn entschieden hat, aber dann sieht er mich an, und seine Augen werden weich.

»Das war eine äußerst schwierige Entscheidung. Wahrlich schwierig.« Er konzentriert sich auf meinen Bruder und mich. »Ich möchte, dass ihr beide wisst, dass ich alles zu schätzen weiß, was ihr für mich und die Bratva getan habt.«

»Danke, Vater«, sagen Ivan und ich und neigen kurz unsere Köpfe.

»Gern geschehen.« Er führt eine Hand an sein Herz und sieht blasser aus, hebt aber den Kopf ein wenig höher, als er sich wieder an die Männer wendet. »Der Mann, den ich zu eurem neuen Anführer auserkoren habe, ist mein Sohn Mikhail Dmitriyev.«

Ich höre, wie die Worte über seine Lippen kommen, aber sie werden erst nach einigen Sekunden in meinem Kopf wahrgenommen.

Ich sehe Ivan an. Ich weiß nicht, was ich erwartet habe, aber es ist nicht dieser gelassene Gesichtsausdruck, als wäre es ihm egal. Ich weiß, dass dem nicht so ist. Es muss ihm wichtig sein, um alles das zu tun, was er bis jetzt unternommen hat.

Die Männer stehen auf und jubeln, und mein Arschloch-Bruder kommt auf mich zu und streckt seine Hand aus, um meine zu schütteln.

Meine Haut kribbelt, als ich seine Hand ergreife.

»Glückwunsch, Bruder«, sagt er, aber ich kann ihn nur anstarren

Er müsste eigentlich noch verletzter aussehen, als er es ist. Aber er sieht aus, als hätte er bereits gewusst, dass ich ausgewählt werden würde.

»Danke, Bruder.«

Er will gerade etwas sagen, als Vater anfängt zu husten.

Wir sehen ihn beide im selben Moment an, als er sich überschlägt und ein Hustenanfall ihn einholt.

Ich bin der Erste, die zu ihm kommt, und meine Bewegungen sind von Panik getrieben. Er sinkt auf den Boden, hält sich das Herz und atmet flach.

»Mein … Herz«, stottert er.

»Vater«, stoße ich aus, während meine Gedanken rasen. Mein

Blick fällt auf Sophia, die zu uns herbeigeeilt ist. »Ruf einen Krankenwagen. Sofort.«

Sie holt ihr Telefon heraus, wählt die Notrufnummer und beginnt sofort zu sprechen. Vater packt mich am Hemd und zieht mich herunter, damit er mir ins Ohr sprechen kann.

»Sei ein Anführer, mein Sohn«, flüstert er mit hastiger Stakkato-Stimme. »Sei der Mann, zu dem ich dich erzogen habe. Ich … kenne die Wahrheit.«

Seine Augen bleiben an den meinen haften.

»Du kennst die Wahrheit?«, flüstere ich mit zusammengekniffenen Augen zurück.

»Über deinen Bruder.«

Jesus Christus.

»Du weißt es?«, zische ich.

Er nickt. »Jemand hilft ihm. Ich weiß nicht, wer. Bring sie für mich zur Strecke.« Er hustet wieder.

»Vater.«

»Auf Wiedersehen, mein Sohn. Es wird jetzt dunkel.« Er lässt mich los und lächelt. »Ich kann sie jetzt sehen, Mikhail. Deine Mutter. Meinen Engel. Die Ballerina. Die andere Hälfte meiner Seele. Ich werde jetzt bei ihr sein.«

Seine Lippen hören auf, sich zu bewegen, dann tut er es auch.

Mein Verstand ist so zerrüttet, dass ich nicht mehr klar denken kann.

Ich höre Sirenen heulen, weiß aber, dass sie zu spät kommen.

Er ist tot.

Mein Vater ist tot. Ein weiteres Elternteil ist in meinen Armen gestorben, und ich bin hilflos.

Wut erfüllt mich, als seine Worte meinen Geist erfüllen, mein Inneres verdrehen und die Wände meiner Brust zerdrücken. Ich sehe mich um, wo Ivan stand, und stelle fest, dass er nicht mehr da ist.

Der verdammte Mistkerl ist abgehauen.

45

NATALIA

Ich starre Mikhail an, als ich die Treppe hinuntergehe. Alles, was ich sehe, ist ein gebrochener Mann, der an der Wand lehnt, mit seinem Hund an seiner Seite.

Ich weiß nicht, wie ich ihn so zurücklassen soll.

Ich weiß nicht, wie ich ihn überhaupt verlassen soll, und der Tod seines Vaters hat alles noch schlimmer gemacht.

Ich weiß, wie es ist, seine Eltern zu verlieren, und jetzt hat er auch noch beide verloren. Wie ich hat er ihren Tod miterlebt.

Mikhail stößt sich von der Wand ab, als er mich bemerkt, richtet sich auf und versucht, stark auszusehen. Er hat diese Maske der Stärke getragen, seit er gestern Abend nach Hause kam, und er hat sie den ganzen Tag über getragen.

Ich glaube, er hat nicht einmal registriert, dass er der neue Pakhan ist. Er hat bekommen, was er wollte, aber im gleichen Atemzug so viel verloren.

Jetzt sind wir dabei, uns gegenseitig zu verlieren.

Hier sind nur wir beide und Snow.

Das Hauspersonal – vor allem Aleksander – und Sophia haben sich heute von mir verabschiedet.

Mikhail nimmt mir mein Täschchen ab, als ich ihn erreiche, und nimmt meine Hand, sodass wir gemeinsam händchenhaltend zum Auto gehen können. Snow trabt vor uns her.

Ich werde von Levka und drei seiner Kollegen aus dem Sicherheitsteam zum Flughafen begleitet.

Mikhail ist nicht allzu sehr ins Detail gegangen, was letzte Nacht passiert ist, aber mir ist aufgefallen, dass heute mehr Wachen hier waren, die aussahen, als ob sie etwas Großes vorhätten. Ich denke, die Tatsache, dass er mich mit drei seiner besten Sicherheitsleute zum Flughafen schickt, sagt viel darüber aus, was er mir nicht erzählt hat.

Es muss etwas mit Ivan zu tun haben.

Ich habe ein ungutes Gefühl in der Magengrube, das sich mit jeder Sekunde, die vergeht, verschlimmert.

Vielleicht rührt dieses Gefühl aber auch daher, dass ich nicht weiß, ob ich ihn jemals wiedersehen werde. Und ich weiß nicht, was hier mit ihm geschehen wird.

Wir halten am Bugatti, und er legt meine Tasche mit dem restlichen Gepäck in den Kofferraum. Er macht ihn zu, und das Geräusch hallt in meinem Herzen wider. Es ist das Geräusch des Abschieds. Endgültig und absolut.

Mikhail kommt zu mir und umarmt mein Gesicht. Als er seine Stirn an meine drückt, spüre ich das Gewicht der Last, die er trägt.

»Ich will dich nicht so zurücklassen«, sage ich ihm.

»Das musst du, Malyshka.«

Malyshka. Werde ich jemals wieder hören, dass er mich so nennt?

»Alles wird gut, wenn du zu meinem Freund kommst«, fügt er hinzu.

»Aber dir wird es nicht gut gehen«, sage ich. Er lässt mich los. »Das mit deinem Vater tut mir so leid.«

Für den Bruchteil einer Sekunde zeigt er mir einen Blick auf den Schmerz in seinen Augen.

»Obwohl ich wusste, dass er sterben würde, fühlt es sich an, als wäre die Welt untergegangen.«

»Ich weiß.« Ich weiß es nur zu gut. Nur wusste ich nicht, wann mir meine Eltern weggenommen werden würden. Ich hatte nie Zeit, mich vorzubereiten. Das macht es auch nicht leichter. Der Tod ist es nie.

Er berührt meine Wange und versucht sich an einem Lächeln. »Aber du wirst es schaffen, und ich verspreche dir, dass das Leben nicht mehr so hart sein wird wie früher. Du wirst alles haben, was du brauchst.«

Außer ihn.

»Werde ich dich jemals wiedersehen?«

Sein Gesicht spannt sich an, und er schaut kurz weg und dann wieder zu mir.

»Das glaube ich nicht, Natalia. Es ist besser, wenn das nicht geschieht. Ich kümmere mich um den Papierkram, sobald ich kann.« Er hält einen Moment inne, und ich überlege, von welchem Papierkram er wohl spricht.

Scheidungspapiere.

Das ist es, was er meint. Gott …Scheidungspapiere.

Ich weiß nicht, wie lange er in Bezug auf das Kartell mit mir verheiratet bleiben muss, aber er sieht so aus, als ob er das will. Als ob er alles überprüft hätte. Ich bin sicher, das hat er getan.

»Auf diese Weise wird es leichter sein, mich und das, was ich dir angetan habe, zu vergessen«, sagt er mit einem knappen Nicken.

Ich beiße die Zähne zusammen und verdränge die Tränen.

»Wirst du mich so leicht vergessen?« Er lässt es so klingen, als ob es so wäre, und wenn ich an die Frauen denke, die ihn umschwärmen werden, wird mir schlecht. Die Galle steigt mir in die Kehle.

»Nein, Baby. Ich kann dich nicht vergessen. Niemals«, verspricht er und senkt seinen Kopf, um mich ein letztes Mal zu küssen. Er zieht sich zurück, bevor der Ruf der Leidenschaft uns einholt, und umfasst meine Hand mit seiner.

Ich sehe mir seine Gefängnistätowierungen an und erinnere mich daran, dass ich ihn für ein Monster gehalten habe. Aber das ist er nicht. Alles, was er getan hat, war, meine Dämonen zu töten und mich zu beschützen.

»Geh jetzt.«

Er lässt mich los und nickt mir zu, damit ich ins Auto steige.

Ich bücke mich und umarme Snow, die nach mir bellt, dann steige ich ins Auto. Ich kann mich nicht von ihr verabschieden. Zeitweise war sie meine einzige Freundin.

Während ich mich auf den Rücksitz schiebe, habe ich das Gefühl, nicht wirklich in diesem Moment zu sein. Als ob ich meinen Körper auf Autopilot programmiert hätte.

Mikhail schließt die Tür, und Levka startet den Wagen.

Als wir wegfahren, drehe ich mich um und betrachte ihn durch das Fenster, bis ich ihn nicht mehr sehen kann. Als wir durch das riesige Eisentor fahren, fühlt sich alles wie das Ende an, und mein Herz sinkt weiter in den Abgrund des Nichts.

Ich fühle mich innerlich so leer. So leer, dass ich kaum atmen kann und dieses Gefühl in meinem Bauch erstickt.

Die Wachen sagen nichts zu mir, während das Auto schneller wird und wir die Straße hinunterfahren. Ich starre aus dem Fenster und beobachte die Landschaft in der schwindenden Sonne, um mich abzulenken.

Als es dunkel wird und wir auf eine der Landstraßen abbiegen, bemerke ich, wie Levka im Rückspiegel ein Auto hinter uns beobachtet, das uns zu nahe kommt.

Er wird schneller. Das Auto hinter uns auch.

Das Dröhnen eines Motorradmotors ertönt, und ich drehe mich um und sehe zwei Motorradfahrer auf beiden Seiten des Wagens.

»Mein Gott, ich glaube, sie verfolgen uns«, sagt der Leibwächter auf dem Beifahrersitz.

»Sie sind schon seit gut fünf Minuten da, aber ich war mir nicht sicher, bis wir abgebogen sind«, antwortet Levka.

Oh mein Gott! Was ist das jetzt?

Wer verfolgt uns?

Bitte, Gott, lass nicht zu, dass etwas passiert.

Wir fahren schneller, und das Auto und die Fahrräder tun das Gleiche. Es sind nur wir auf der Straße. Keine anderen Fahrzeuge links oder rechts von uns. Nichts kommt, nichts geht.

»Mrs. Dmitrijew, runter!«, schreit Levka.

Kaum hat er gesprochen, fallen Schüsse. Einer trifft den Hinterreifen. Ich beuge mich nach unten, aber weil das Auto so stark ruckelt, werde ich über den Sitz geschleudert. Der andere Wachmann tut sein Bestes, um mich zu halten, aber eine weitere Kugel kommt auf uns zu. Etwas Stärkeres, das durch das eigentlich kugelsichere Glas dringt und in seinem Kopf stecken bleibt.

Ich schreie, während das Blut überall hin spritzt.

Weitere Schüsse ertönen, und obwohl der Leibwächter auf dem Beifahrersitz das Feuer erwidert, ist es nicht genug.

Die Motorradfahrer schießen jetzt mit einem Maschinengewehr, und sie treffen erst ihn, dann Levka.

Ich schreie noch einmal, als das Auto mit mir von der Straße abkommt und in ein Dickicht von Bäumen prallt.

Ich stoße mir den Kopf, aber ich schüttle den Schmerz ab und versuche, rauszukommen.

Aber jetzt ist es zu spät. Ich kann nichts mehr tun.

Der erste Motorradfahrer hält neben dem Auto und richtet eine Waffe auf mich, während er gleichzeitig die Tür aufreißt.

Er ist maskiert. Alles, was ich sehen kann, sind seine Augen.

Scheiße. Was soll ich nur tun?

Was zum Teufel soll ich tun?

»Hallo, Prinzessin. Du kommst mit mir«, sagt er und greift nach meinem Arm.

»Bleib weg von mir!« Ich trete ihn, aber ich bin hilflos gegen einen Mann wie ihn.

Er packt mich am Arm und sticht mir dann mit einer Nadel in den Nacken. Bevor ich überhaupt darüber nachdenken kann, was er mir angetan hat, werde ich ohnmächtig.

46

MIKHAIL

Sophias Hände zittern, als sie auf die schöne Porzellantasse auf dem Tisch blickt, in der sich die Reste ihres Kamillentees befinden.

Ihr Gesicht ist fleckig und ihre Augen sind rot. So sah sie auch gestern Abend aus, als wir die Leichenhalle verließen.

Ich bin vor zwanzig Minuten bei ihr zu Hause angekommen. Ich habe versprochen, nach Natalias Abreise vorbeizukommen, um sie über die Details zu informieren, die ich über Ivan habe.

Ivan, den meine Männer und ich gesucht haben und nicht finden konnten.

Wir haben ihn auf den Überwachungskameras bei Dmitriyev Ltd. beobachtet und nichts entdeckt. Ich wünschte, ich hätte letzte Nacht meine Waffe auf ihn gerichtet und ihm den Garaus gemacht, aber da mein Vater in meinen Armen starb, konnte ich meiner innere Bestie nicht nachgeben.

Der Scheißkerl muss gewusst haben, was Vater zu mir sagte, sonst wäre er nicht gegangen. Oder er hat etwas von dem gehört, was Vater mir vor seinem Tod zugeflüstert hat.

Ich kann immer noch nicht glauben, dass er nicht mehr da ist. Dass sowohl meine Eltern als auch meine Schwester innerhalb von nicht einmal sechs Monaten gestorben sind, hat mich zerstört. Zu allem Überfluss habe ich auch noch mein Mädchen verloren.

Ich schüttle meine Gedanken an den Verlust ab und konzentriere mich auf Sophia. Sie braucht mich, und sie weiß jetzt, dass Ivan sie verraten hat.

Wir sitzen in ihrem Wohnzimmer, seit ich angekommen bin. Sie nippt an ihrem Tee, während ich sie über alles andere auf den neuesten Stand bringe.

Sie hat mir auch eine Tasse Tee gemacht. Ich habe ihn noch nicht angerührt. Ich werde etwas Stärkeres brauchen, um die Nacht zu überstehen.

Schließlich sieht sie mich an und tupft sich die Augenwinkel ab.

»Ich weiß nicht, wie ich das verarbeiten soll. Das ist zu viel, Mikhail.« Sie schüttelt den Kopf. »Innerhalb von wenigen Monaten hat sich diese Familie mehr als halbiert. Zu hören, dass einer von uns dafür verantwortlich ist, bringt mich um.«

Ihre Lippen beben.

»Es tut mir leid, dass ich dir noch mehr schlechte Nachrichten überbringe.« Das war das Letzte, was ich tun wollte. Aber sie musste sich der Gefahr bewusst sein.

Ihre Leibwächter sind hier, ebenso wie meine, zusammen mit der Geheimtruppe, die immer bei den Pakhan ist. Sie sind alle draußen und beobachten den Ort, während wir sprechen.

»Dafür kann man sich nicht entschuldigen. Alles ist einfach so bizarr. Alles.« Sie wischt sich weitere Tränen weg. »Warum bist du nicht früher zu mir gekommen?«

»Ich wollte Beweise. Ich wollte handfeste Beweise gegen Ivan. Ich glaube, ein Teil von mir wollte es nicht glauben, obwohl es glaubhaft war. Ivan ist so bösartig.«

»Als ich deinen Vater gestern Morgen sah, sah er aus, als wüsste er etwas und würde sich zurückhalten. Ich wusste nicht, dass er am Rande des Todes stand. Vielleicht hat ihm das Wissen, dass sein Sohn für den Tod seiner Frau und seiner Tochter verantwortlich ist, das Herz gebrochen.«

Der Gerichtsmediziner erklärte, der Herzinfarkt sei durch ein Aneurysma ausgelöst worden. Da sein Körper bereits so geschwächt war, hat ihn das umgehauen. Er hatte nie eine Chance.

»Vielleicht«, stimme ich zu.

»Er war glücklich für dich, Mikhail. Er sagte mir, seine Entscheidung wärst immer du gewesen, deshalb habe er sich so entschieden. Aber er wollte auch, dass es Ivan gegenüber fair ist. Er wusste, dass ihr beide hart arbeiten und euch um die Stelle bemühen würdet. Er wollte, dass jeder von euch eine faire Chance hat, aber sein Herz schlug immer wieder für dich.«

Die ganze Zeit über hatte ich keinen Grund zur Sorge.

»Danke, dass du mir das gesagt hast.«

»Schon gut, du solltest es wissen.«

»Ich wünschte, ich hätte mehr tun können. Meine Männer haben versucht, Ivan aufzuspüren, und wir waren so vorsichtig, aber wir konnten nichts finden. Jetzt wissen wir nicht, in welcher Ecke der Hölle er sich versteckt. Es macht mich völlig fertig.«

Sie greift über den Couchtisch und tippt auf meine Hand.

»Ich weiß. Und mich auch. Es zehrt auch an mir. Nimm dir einen Tee, Schatz. Ich werde uns etwas zu essen holen.«

Sie steht auf und geht aus dem Zimmer.

Ich greife nach meiner Tasse und leere den Inhalt des Tees, der jetzt kalt ist, dann stelle ich die Tasse wieder auf den Tisch.

In diesem Moment klingelt mein Telefon. Ich greife danach und bin gespannt auf Neuigkeiten.

Es ist Eric.

»Hey, hast du schon was gehört?«, frage ich.

»Nein, nichts über Ivan. Aber es ist etwas passiert, Mikhail. Natalia hat den Flughafen nie erreicht.«

In dem Moment, in dem ich das höre, schrecke ich hoch.

»Was meinst du? Ich habe sie gehen sehen.«

»Sie hat das Flugzeug nie bestiegen, und ich habe Levka und die anderen Wachen angerufen, aber niemand geht an sein Telefon.«

»Mein Gott. Mist! Vielleicht hat er sie erwischt. Woher zum Teufel sollte er wissen, wann sie abreist?«

»Das ist nicht das Einzige, Mikhail.« Ich höre ihn seufzen, und mein Puls rast vor Vorfreude. »Mein Freund im Büro des Gerichtsmediziners hat mich kontaktiert, als er feststellte, dass Teile des ersten Obduktionsberichts deines Vaters entfernt worden sind. Als er es überprüfte, fand er das Originalprotokoll, das erstellt wurde, als dein Vater eingeliefert wurde. Er stellte fest, dass dasselbe Gift, das José tötete, dort aufgeführt war.«

»Was zum Teufel?«

»Ja, genau. Es war nicht die gleiche tödliche Menge, die in Josés Blut gefunden wurde, und es gab keine Einstichspuren, aber die Dosis war genug, um ihn innerhalb von zwölf Stunden zu töten. Es muss den Herzinfarkt verursacht haben. Er sagte, der Bericht deute darauf hin, dass das Gift seit dem frühen Morgen in seinem Körper war. Ich habe ihn gebeten, sich die Sache genauer anzusehen. Ich glaube, wir sind an etwas dran.«

Mein Verstand wackelt, dann erstarrt er. Etwas, das er gesagt hat, macht in meinem Inneren klick, und die Wahrheit dämmert mir.

Früh am Morgen.

Das hat er auch gesagt.

Es … gab nur eine Person, die mein Vater gestern früh gesehen hat, und er hat den Tag mit ihr verbracht.

Dieselbe Person, die als Einzige außerhalb meines Wachpersonals wusste, wann Natalia zum Flughafen fahren würde und mit wem sie unterwegs war. Sobald ich erklärt hätte, mit wem sie fahren würde, hätten sie auch gewusst, welches Auto sie nehmen würden. Levka fährt immer den Bugatti.

Es wäre nicht so schwer gewesen, sie aufzuspüren.

»Mikhail, bist du noch da?«, fragt Eric, aber es klingt plötzlich weit entfernt, und der Raum wirkt düster.

Ich höre Schritte und drehe mich zu Sophia um, die auf mich zukommt.

Sie nimmt die Tasse in die Hand und lächelt breit.

»Gut, du hast ihn getrunken«, sagt sie und lacht dann.

Aber irgendetwas stimmt nicht mit ihrem Aussehen.

Mit allem stimmt etwas nicht, und meine Hand fühlt sich taub an. Verdammt taub. Das Telefon fällt mir aus der Hand und schlägt auf den Boden. Auch das klingt weit weg, aber gleichzeitig laut.

Der Raum dreht sich, als ich nach dem Sofa greife.

»Wenn du das Bonbon gegessen hättest, das ich dir gestern Abend gegeben habe, hättest du friedlich mit deinem Vater sterben können«, sagt sie mir in diesem gutmütigen Ton, den ich schon mein ganzes Leben lang gewohnt bin. »So ist es besser, nehme ich an. So hat es mehr Schlagkraft und du bekommst Antworten auf das Rätsel, das dich so sehr verwirrt hat.«

»Sophia, was hast du mir gegeben? Was sagst du da zu mir?«

Ich verstehe nicht, was sie zu mir sagt, aber ich verstehe, was die Wahrheit mir zusammen mit den Stimmen in meiner Seele zuruft.

Die Person, die gestern den ganzen Tag bei meinem Vater war und auch am Morgen bei ihm gewesen wäre, war sie.

Die Person, die wusste, wann meine Frau zum Flughafen fahren würde.

Sie ist es.

Es ist verdammt nochmal sie.

Meine Tante.

Sie ist die Person, die mit Ivan zusammenarbeitet. Aber warum?

Und … was habe ich gerade getrunken? Meine Sicht trübt sich, aber ich kämpfe darum, wach zu bleiben. Ich muss es tun. Ich muss von hier verschwinden und meine Frau finden.

»Es ist eine Giftmischung aus Russland, die im Krieg verwendet wurde. Ich habe diese Mischung ein bisschen weniger bösartig gemacht, wenn man so will. So kannst du langsam sterben. Genau wie dein Vater.«

»Du hast meinen Vater vergiftet? Du hast das alles getan?«

»Ich war es, mein Lieber. Ich war es.«

»Was ist mit Ivan?«

»Natürlich, er war direkt neben mir, und der einzige Grund, warum du nichts über ihn finden konntest, war, dass du die falsche Person verfolgt hast.« Sie lacht mich wieder an.

Sie setzt sich wieder hin und stellt die Tasse auf den Tisch zurück.

»Warum? Warum solltest du das tun?« Gerade von ihr hätte ich das nicht erwartet. Nicht von ihr, der letzten Person, der ich vertraute.

47

MIKHAIL

»Du armer, blinder Narr. Du bist genau wie dein verdammter Vater. Du denkst, weil du Macht hast, kannst du Menschen verletzen und kommst damit durch. Du denkst, weil du etwas sagst, sollten wir wie hirnlose Automaten nach deinen Regeln leben.« Sophias Gesicht verzerrt sich vor Wut, als sie den Kopf schüttelt. »Ivans Mutter war meine beste Freundin. Wir sind zusammen aufgewachsen. Sie war wie eine Schwester für mich, und dein Vater hat sie mit deiner Hure von Mutter betrogen. Deine Schlampe von einer Mutter kam zu ihnen nach Hause, sah, dass sie ein Kind hatten, und wollte die Familie zerstören, indem sie die Beine für deinen Vater breit machte. Meine *beste Freundin* brachte sich um, und ihr kleiner Sohn fand sie tot in der Badewanne. Und das alles nur wegen deines Vaters.«

Mein Gott! Es geht um die Vergangenheit. Die Sünden und die Geheimnisse der Vergangenheit. Ich weiß nicht, was zum Teufel ich sagen soll, denn es *war* falsch. Nichts davon *kann* richtig sein.

Ich kann nur für die Gegenwart sprechen, und es sieht so aus, als hätte es in meinem Leben nie eine Zeit gegeben, in der sie keine Maske trug. Dies ist ihr wahres Gesicht.

»Du hast die ganze Zeit gewartet, Sophia?« Ich kann es nicht glauben.

»Man nennt es auf die richtige Gelegenheit zu warten, mein lieber Neffe. Wenn man schwach ist, ist das alles, was man tun kann. Warten, beobachten und planen. Dein Vater hat mir alles anvertraut. Er dachte, ich würde seine abscheuliche Idee unterstützen, die Frau zu heiraten, die für den Tod meiner besten Freundin verantwortlich ist. Als ob ich jemals damit einverstanden sein könnte. Dann kamst du und hast mir auch vertraut. Du hast mir mehr vertraut als ihm.«

»Ich habe dir vertraut.«

»Deshalb war ich der beste Spion. Ich wusste, dass der Tag kommen würde, an dem Sergei eine Entscheidung zwischen seinen beiden Söhnen treffen musste. Das war logisch. Ich hätte nur nie gedacht, dass er so weit gehen würde, die Regeln für die Auswahl der Führungskräfte zu ändern.« Wieder schüttelt sie den Kopf. Diesmal mit Abscheu.

»Du dachtest, wir sollten alle wegen der Vergangenheit und der Veränderung leiden!« Meine Stimme klingt schwer und schwach zugleich.

»Es ist, als würde man auf Tatianas Grab und das Erbe ihres Sohnes spucken. Das ist alles, worauf er sich freuen konnte, als eine Art Wiedergutmachung für das, was seiner Mutter zugestoßen ist. Wir wussten beide, dass dein Vater dich wählen würde. Deshalb hat er die Regeln geändert. So etwas würde er nur tun, um das zu umgehen, wozu er nicht Manns genug war.«

Scheiße, sie sieht schon ganz verschwommen aus. Mein Kopf sackt zur Seite, und mein Körper neigt sich mit ihm und kracht gegen die hölzerne Armlehne des Stuhls.

Das verdammte Gift zeigt seine Wirkung und schwächt mich.

Ich kann mich nicht bewegen.

Meine Hände und Beine fühlen sich jetzt schwerer an. Aber ich werde weiter darum kämpfen, wach zu bleiben.

Ich muss von hier verschwinden.

Natalia braucht mich.

»Dann, um die Sache noch schlimmer zu machen, beschloss mein lieber Bruder, die Firma in vier Teile aufzuteilen, damit Ivan nicht die wichtigen Anteile erhält und ich keinen Anteil an der Firma bekomme, die meine Vorfahren von Grund auf aufgebaut haben. Es war deine Mutter, die mir von den Plänen deines Vaters erzählte und sein Vertrauen brach, weil sie dachte, wir wären so gute Freundinnen geworden.« Sie zischt. »Wie dein Vater dachte sie, ich würde mich freuen, wenn ich die Diamantenfirma bekomme. Sie wusste nicht, dass sie damit die Büchse der Pandora öffnete. Sergej dachte, die Diamantenfirma wäre ein ausreichendes Erbe für mich. Dieser Mistkerl.« Sie lacht, ein grobschlächtiges, schreckliches Geräusch, oder sie klingt nur so, weil mein Herz in meinen Ohren pocht. »Dmitriyev Ltd. sollte nicht zwischen Sergeis Hure von einer Frau, seinem unrechtmäßigen Sohn, seiner kleinen Schlampe von einer Tochter und dem einzigen Sohn, den er hätte haben sollen, aufgeteilt werden. Es war zu viel. Jemand musste ihn dafür bezahlen lassen.«

Ich kann nicht glauben, was ich da höre.

Ich wäre eher geneigt zu glauben, dass das Gift mein Gehör und meine Sehkraft beeinträchtigt, als zu glauben, dass das, was ich von meiner Tante Sophia höre, der Wahrheit entspricht. Aber das ist es, und ich habe es nicht kommen sehen.

»Und diese Person musstest du sein?«

»In der Tat. Ich habe die Sache selbst in die Hand genommen. Ich wusste, dass Ivan mir zustimmen würde. Ich kannte alle seine Geheimnisse und seine Schwächen. Ich wusste, wer sich mit mir zusammentun würde, um das Ziel zu erreichen. Raul stand ganz oben auf der Liste, denn ihm gefiel die Kontrolle nicht, die dein Vater über sein Kartell hatte. Er hatte immer irgendwelche Meinungsverschiedenheiten mit ihm und ließ sich daher leicht umstimmen, als wir ihm ein Angebot machten, das er nicht ablehnen konnte – Anteile an Dmitriyev Ltd. nach dem Übergang des Eigentums und Freiheit von unserer Kontrolle. Er war die einzige Person, die stark genug war, dich zu Fall zu bringen. Die anderen waren nur die Vordenker.«

»Die anderen?«, krächze ich.

»Investoren, die das Unternehmen in der großen Vision, die ich für die Zukunft von Dmitriyev Ltd. habe, zu neuen Höhen führen würden.«

Jetzt wird klar, warum sich Leute wie Barabbas Ponteix einmischten.

»Was meine Eltern getan haben, war falsch, aber was du getan hast, ist auch falsch. Wie konntest du denken, dass es in Ordnung ist, sie zu töten?« Wenn ich an Talia denke, zittert meine Seele. »Meine Schwester, was hat sie verbrochen?«

»Ihre bloße Existenz, mein lieber Neffe. Ihre Existenz war ihr Verbrechen, und ihre verdammte Liebe zum Ballett erinnerte mich daran, wie deine Mutter meinen Bruder verführt hat. Ich habe es eingefädelt, dass sie verkauft wird, um sicherzustellen, dass sie auf die schlimmstmögliche Weise stirbt.«

Es ertönt weiteres Gelächter, das zeigt, wie böse sie wirklich ist. Sie hat Talia so leiden lassen, wie sie es geplant hat.

»Wie konntest du das tun?«

»Ihr Leiden und ihr Tod waren eine Fortsetzung dessen, was ich mit deiner Mutter machen wollte.«

»Du hast meine Schwester an Menschenhändler verkauft, die sie getötet haben. Wie kannst du es wagen zu glauben, dass sie ein solches Schicksal verdient hat?!«

»Nun, Mikhail. Ich konnte deine Mutter nicht wirklich verkaufen. Eine Frau über dreißig bringt im Fleischhandel praktisch kein Geld mehr. Ich wollte deiner Mutter die Kugel in den Kopf jagen, aus demselben Grund, aus dem ich meinen Bruder vergiften wollte.«

»Was war denn das für ein Scheißgrund?«

»Beiden musste eine Lektion erteilt werden. Mit Sergei habe ich ihm jedoch eine Chance gegeben. Er lag sowieso im Sterben, und ich hatte die Aufgabe erfüllt, ihm das wegzunehmen, was er am meisten liebte. Ich beschloss, ihn nicht zu töten und ihm die Möglichkeit zu geben, so zu sterben, wie er es wollte, wenn er sich für Ivan als Pakhan entschied. Ich war der Meinung, dass das, was er mit der Firma vorhatte, eine Sache war, aber die Bratva ist das, was wir sind.

Das war seine letzte Chance. Er hat es versaut, als er dich gewählt hat.«

Ich stoße einen raschen Atemzug aus, während sich meine Lungen zusammenziehen. Es fällt mir immer schwerer zu atmen und mich zu konzentrieren. Und das merkt sie.

»Jeder hat bekommen, was er verdient hat, Mikhail«, erklärt sie, als hätte sie schon immer das Recht gehabt, über das Schicksal eines jeden zu entscheiden. »Leider hast du diese Nacht überlebt, und ich konnte dich nicht töten, als du im Krankenhaus lagst, weil mein verdammter Bruder dich von den Besten der Besten überwachen ließ. Aber das ist in Ordnung. Dein Überleben hat Raul aus dem Spiel genommen, als du ihn identifizieren konntest, und sein Tod hat das Risiko gebannt, dass er die ganze Operation auffliegen lässt. Das Ziel wurde trotzdem erreicht, und jetzt gehört uns das Kartell.«

Natalia.

Sie werden sie benutzen. Genau wie ich dachte. Oh Gott. Alles, was ich dachte, war richtig. Alles.

Jetzt wird Sophia meine Frau nehmen.

»Lass meine Frau aus dem Spiel.«

»Wenn ich du wäre, würde ich mich um mich selbst kümmern.«

»Du doppelzüngiges Miststück.«

»Ja, das bin ich. Weißt du nicht, dass es die Stillen, Lieben sind, vor denen man sich in Acht nehmen muss? Sie sind die stillen Killer. Die mit den vielen guten Ideen. Wie sonst könnte eine kleine alte Dame den neuen Pakhan der Baranovs zu Fall bringen?« Sie grinst, breit und stolz. »Wie sonst könnte eine kleine alte Dame den letzten Pakhan töten? Wie sonst könnte eine kleine alte Dame den Leutnant eines der tödlichsten Kartellchefs der Welt töten? Ich war diejenige, die José Diaz in den Hals gestochen hat, als ich diesen Trottel dabei erwischte, wie er Fotos von Ivan machte, während er sich mit Barabbas Ponteix traf. Ich war es. Ich habe das alles getan.«

»Willst du mir keine Ehre erweisen, meine Liebe?«, sagt eine Stimme von außerhalb des Zimmers, die diesen Moment noch viel schlimmer macht.

Aleksander tritt ein, und ich spüre, wie mir der Mund offen steht und sich das Messer in meinem Herzen verdreht.

»Du Mistkerl«, knirsche ich.

»Tut mir leid, Mr. Dmitriyev. Jeder muss auf sich selbst und die, die er liebt, aufpassen«, antwortet er, und zu meiner Überraschung beugt er sich vor und drückt Sophia einen Kuss auf die Lippen.

»Natürlich hast du geholfen, Aleksander. Du hast mich über die täglichen Aktivitäten meines Neffen auf dem Laufenden gehalten und bist auf die Idee gekommen, José die Kehle durchzuschneiden.«

»Ihr beide sollt in der Hölle schmoren!«, rufe ich.

»Vielleicht werden wir es, vielleicht auch nicht. Vielleicht sehen wir dich dort, lieber Neffe. Du hast vielleicht nur noch sechs Stunden zu leben.«

»Sechs … Stunden?«, stottere ich.

»Sechs Stunden, in denen du in deinem Geist gefangen bist und dich hilflos fühlst. Du wirst in diesem hilflosen Zustand sterben, unfähig, deine hübsche Frau zu retten. Das ist die schlimmste Art des Todes für einen Mann wie dich. Die Lähmung ergreift dich jetzt. Dann wird sich dein Verstand verabschieden. Wenn deine Organe versagen, war's das. Das Spiel ist aus.«

Es ist aus.

Sophia verschwindet aus meinem Blickfeld, und meine Seele schreit auf, als mich die Hilflosigkeit einholt. Ich glaube, ich höre irgendwo im hinteren Teil des Jenseits Schüsse. Es klingt, als käme es von draußen.

Ich spüre, wie ich falle, aber es ist, als ob mein Gehirn die Verbindung zu meinem Körper verliert.

Als ich zu Boden gehe, denke ich zum letzten Mal an die schöne Frau, die ich gestohlen habe, weil sie ein Hochzeitskleid trug, das ihr nicht gehörte.

Aber sie gehörte zu mir.

Ich habe ihr versprochen, dass ihr Leben besser werden würde.

Jetzt wird es nicht mehr so sein, und ich kann nichts dagegen tun.

Ich werde dich immer lieben, Natalia. Es tut mir so leid.

48

NATALIA

Mein Kopf fühlt sich taub an. Der Schleier der Erinnerung, der gegen die Wände meines Geistes drückt, sendet die Warnung aus, die mir sagt, dass ich wieder in Schwierigkeiten bin.

Als mir dieser Gedanke kommt, kehrt mein Bewusstsein zurück, aber ich bin immer noch benommen. Ich kann mich nicht erinnern, was mit mir passiert ist, und ich hoffe inständig, dass ich nicht wieder in Rauls Kerker aufwache.

Ich bin durcheinander, und meine Nerven liegen blank, als sich eine schwere Hand auf meinen Bauch legt und über meine Haut streicht.

Als die Finger zu meinen Brüsten hinaufflattern und meine linke Brustwarze drehen, öffne ich die Augen, und jeder Muskel in meinem Körper wird schwach, als ich sehe, wie Ivan auf mich herabstarrt. Er sitzt neben mir und ist derjenige, der mich berührt.

Ich springe zurück und krabbele weg, wobei ich gegen ein Kopfteil stoße. Ich befinde mich auf einem Bett.

Aber wo bin ich?

Wo zum Teufel bin ich?

Ich erinnere mich an die Ereignisse, als mir die Frage in den Sinn kommt, wo ich bin.

»Ich dachte, das würde dich aufwecken, Dornröschen«, sagt er und lässt seinen Blick über meinen Körper gleiten. »Obwohl ich mit denen schon spielen wollte, seit ich dich kennengelernt habe.«

»Du Mistkerl. Wo hast du mich hingebracht?« Ich schaue mich um. Es ist helles Tageslicht. Die Sonne strahlt hell durch das Fenster, aber es sieht anders aus.

Ich kann nicht mehr als den Himmel sehen, aber die Sonne scheint anders als in New York.

Er bemerkt meinen Blick durch das Fenster und nickt.

»Du spürst den Unterschied, nicht wahr? Das tue ich auch immer, kurz nachdem das Flugzeug gelandet ist.«

»Flugzeug? Wo bin ich?«

»Mi amor, erkennst du dein Heimatland nicht wieder?«

»Mexiko«, würge ich hervor.

Mein Gott, ich bin wieder in der Hölle, einer neuen Hölle mit diesem Teufel.

Mit einem breiten Grinsen steht Ivan auf.

»Ja, du bist wieder hier, und jetzt gehörst du mir.«

»Nein.« Ich schüttele den Kopf.

»Doch.«

Wenn er glaubt, dass ich ihm gehöre, muss er Mikhail etwas angetan haben.

»Was hast du mit Mikhail gemacht?«

»Ich habe mich um ihn gekümmert. Mein nichtsnutziger Scheißbruder sollte schon längst tot sein.«

Der Schmerz dröhnt in meinen Ohren und tobt durch meinen Körper. Ich bin so erstickt, dass ich nicht einmal atmen kann.

Mikhail ist tot? Nein.

Tränen fließen aus meinen Augen, sie kommen direkt aus meiner Seele.

»Du hast ihn umgebracht!«

»Ich persönlich nicht, obwohl ich wünschte, ich hätte es tun können.« Er nickt mit Bedauern in den Augen. »Meine Tante verdient den ganzen Ruhm.«

Ich kann nicht glauben, was er zu mir sagt. *»Sophia?«* Er muss lügen. Das kann nicht wahr sein.

»Die einzig Wahre. Sie hat ihn getötet. Sie hat eine Vorliebe für Gifte. Sie mag die Art, wie sie töten. Langsam und tödlich. Wie Lügen.«

»Warum sollte sie ihn töten? Warum, zum Teufel, sollte sie das tun? Das verstehe ich nicht. »Sophia hat sich um uns gesorgt.»

»Sophia war das, was sie dich glauben machen wollte. Ich brauchte jemanden, der ein Auge auf Mikhail wirft. Sie war die beste Wahl, weil er ihr vertraute. Das nennst man den perfekten Spion. Meine Tante hat für Mikhail dieselbe Giftmischung hergestellt, die auch unseren Vater und deinen lästigen kleinen Leibwächter das Leben gekostet hat. José bekam zwar die volle Dosis, aber es war eine Notwendigkeit. Wir mussten ihn zum Schweigen bringen. Eine Spritze in den Nacken hat ihn in Sekundenschnelle außer Gefecht gesetzt. Problem gelöst.«

Oh mein Gott!

In was für einem Albtraum befinde ich mich hier eigentlich?

»Das ist nicht wahr.« Ich vertraute ihr auch. Das tat ich. Sie ließ die schweren Tage leichter erscheinen.

»Aber es ist so. Als du auftauchtest, habe ich sie geschickt, um dich zu überprüfen, weil ich nicht anders konnte. Ich sah das Interesse meines Bruders an dir, bevor er dich überhaupt kennenlernte. Als ich dich traf, verstand ich es, und ich wusste, dass er in dich verliebt war.« Sein Lächeln hellt sich auf. »Ich wusste, dass ich dich irgendwie gegen ihn einsetzen konnte, denn du warst seine Schwäche. An den Tagen, an denen er wie besessen von seinem glänzenden neuen Spielzeug war, konnte ich so viel erledigen. Er konnte nicht erkennen, dass du nur ein Köder warst.«

»Du Mistkerl.«

»Oh, bitte, ist das die beste Antwort, die du für mich hast? Denkst du, ich wüsste nicht, dass ich ein Bastard bin? Ich weiß, dass ich einer bin, und ich gebe zu, dass ich es nicht ertragen konnte, dass mein verdammter Bruder das Kartell und die schöne Prinzessin bekommen hat, von der ich so viel gehört und die ich nie mit eigenen Augen gesehen habe. Jetzt habe ich dich.«

»Du wirst mich niemals haben.«

Er kichert, grausam und leise, gefährlich. »Das hat deine Mutter auch gesagt.«

Mir bleibt der Mund offen stehen, und ich drücke mich gegen das Kopfteil.

»Meine Mutter?« Ich flüstere die Frage, obwohl ich schon weiß, was er mir sagen wird. Mein Herz hat mir die Antwort schon vor Wochen verraten.

»Deine Mutter, Lilly de Leon.«

Gott im Himmel, Ivan kennt die Wahrheit. Er weiß, wer meine Mutter war.

Er kennt die Wahrheit.

»Das ist deine Mutter, und du bist nicht Rauls Tochter. Du bist nicht Adriana Alvarez.«

Was wird er mit mir machen?

Ich habe keine Ahnung, was ich tun soll. Ich habe niemanden. Als ich dachte, ich wäre allein, war ich es nicht.

Das ist Einsamkeit. Das ist Gefangenschaft. Das ist die Hölle.

»Du kamst mir bekannt vor, als wir uns das erste Mal trafen, und das gab mir das Gefühl, dass etwas mit dir nicht stimmte, aber ich wusste damals nicht, was«, fährt er fort. »Dann wurde mir klar, warum du mir bekannt vorkamst. Ich erinnerte mich an sie, weil ich sie jahrelang gefickt hatte. Sie war jedes Mal ein Geschenk von Raul, wenn ich zu Besuch war. Ich wollte die blonde Frau mit den strahlend blauen Augen und der Schönheit einer Göttin.«

Mein Magen kribbelt. Er hat meine Mutter vergewaltigt. Wiederholt. Über Jahre hinweg.

»Dein Gesicht sieht genauso aus wie ihres.« Er kehrt zum Bett zurück. »Ich habe mir die Wahrheit zusammengereimt, aber ich dachte immer noch, Raul sei dein Vater, bis ich sie überprüft habe. Von Adriana Alvarez ist nichts bekannt, aber wenn du Lilly de Leon suchst, findest du Informationen über sie, ihren Mann und ihre Tochter. Du wurdest offensichtlich zur Prinzessin, um deinen Hals zu retten, und mein Bruder hatte keine Ahnung davon. Es ist mir egal, ob er jemals die Wahrheit herausfindet. Du gehörst jetzt verdammt noch mal mir, und ich werde mit dir machen, was ich will.«

»Was wirst du mit mir machen?«

Er packt mein Gesicht. »Nun, Natalia de Leon, es gibt eine Menge, was ich mit dir machen möchte«, antwortet er und spricht jede Silbe meines richtigen Namens aus. »Wir haben ein paar arbeitsreiche Tage vor uns. Zunächst einmal werden wir beide dein kleines Geheimnis für uns behalten. Du wirst weiterhin Adriana Alvarez sein. Ich muss mich um Geschäfte kümmern, deshalb werde ich heute und morgen weg sein, übermorgen haben wir ein Treffen mit den Männern des Kartells. Sie müssen wissen, dass du jetzt zu mir gehörst, damit sie ihre Loyalität zu mir unterschreiben können. Wenn das erledigt ist, werde ich dich nach Strich und Faden ficken und noch mehr. Dann werden wir heiraten. Was danach kommt, weiß ich nicht. Das hängt davon ab, wie sehr du mich interessierst und unterhältst.«

Er lässt mich los und steigt aus dem Bett.

In diesem Moment öffnet sich die Zimmertür und Sophia kommt mit einem strahlenden Lächeln auf ihrem faltigen Gesicht herein.

Aleksander ist direkt hinter ihr.

Ich weiß nicht, wie viel ich noch verkraften kann.

Das ist der Untergang.

49

MIKHAIL

Sanfte Lippen streifen meine und entfachen das Feuer in meinem Herzen.

Mein Herz beginnt zu klopfen, und in mir schaltet sich etwas ein. Aber ich bin eingesperrt, irgendwo gefangen, und ich nehme nichts wahr außer dem Gefühl von weichen Lippen und meinem Herzen.

Ich scheine für immer so zu bleiben, gefangen in einem Zustand von … ich weiß es nicht. Ich habe das Gefühl, dass dies die Vorhölle sein könnte, aber ich bin noch nicht ganz so weit. Es vergeht mehr Zeit, und dann sehe ich ihre Augen.

Sanfte haselnussbraune Augen blicken mich an, und die Frau, die ich liebe, begrüßt mich mit einem Lächeln.

»Malyshka«, murmele ich. Sie nickt mit dem Kopf.

»Bleib bei mir«, antwortet sie.

Ich möchte ihr all die Dinge sagen, die ich vorher gesagt habe. Ich möchte ihr all die Gründe nennen, die ich zuvor genannt habe, warum wir nicht zusammen sein konnten.

Aber ich bringe es nicht über mich, die Worte auszusprechen.

Ich kann ihr nicht sagen, dass sie nicht mit mir zusammen sein soll, wenn ich sie so sehr will, dass ich körperliche Schmerzen habe. Ich kann ihr nicht sagen, dass ich nicht gut für sie bin, wenn ich alles sein will, was sie von mir verlangt.

Ich kann ihr all diese Dinge nicht sagen, weil ich sie liebe und nichts mehr will, als mit ihr zusammen zu sein.

»Ich liebe dich«, sage ich. Sie lächelt und weint.

»Ich liebe dich auch. Mikhail, du musst aufwachen. Bitte.«

»Aufwachen …«

Ein Piepen ertönt in meinen Ohren, dann überfluten Erinnerungen meinen Geist.

Ich erinnere mich, wie ich mein Mädchen bekam und sie praktisch verschenkte. Ich habe den größten Feind, der zwischen uns stand, nie bekämpft – mich selbst. Ich war meine größte Herausforderung, und wenn ich die Chance hätte, würde ich alles anders machen und meine Ängste überwinden. Ich würde kämpfen, um sie zu behalten.

Ich würde mich nicht hinlegen und aufgeben, nur weil ich Angst habe. Mein Vater hat mich vor der Angst gewarnt. In dem Moment, in dem ich an meinen Vater denke, stürzen Bilder von Trauer und Verrat auf einmal auf mich ein.

Der Verlust meiner Mutter, meiner Schwester und meines Vaters … und dann die, die mich verraten haben.

Sophia und Ivan.

Das Piepen ertönt erneut, und ich öffne meine Augen …

Helle Lichter begrüßen mich und reißen mich aus meinem Traum, zusammen mit einem vertrauten Gesicht, von dem ich nie dachte, dass ich es wiedersehen würde.

Eric.

Er steht über mir, und das Piepen kommt von einer Art Maschine.

Meine Augen huschen hin und her, während ich versuche festzustellen, wo ich bin. Halb erwarte ich, dass ich im Krankenhaus bin, dann erinnere ich mich, dass das schon passiert ist.

Dann erinnere ich mich an alles andere und versuche, aufzustehen.

»Warte«, sagt Eric und legt eine schwere Hand auf meine Brust.

Ich hebe meinen Arm, der an Schläuchen befestigt ist. Ich bin an die Maschinen angeschlossen.

»Sophia«, sage ich und meine Stimme klingt heiser. »Sie ist es. Sie hat Natalia. Sie arbeitet mit Ivan zusammen.«

»Ich weiß. *Wir* wissen es.«

»Wir?« Ich ziehe die Brauen zusammen.

»Plan B. Aiden ist hier, und Lucca Dyshekov von den Yurkovs auch.«

»Sie sind beide gekommen?«

»Ja, sie sind hier, um zu helfen. Niemand sonst weiß von deinem Überleben.«

Ich war noch nie in meinem Leben so erleichtert. Zwei Pakhans sind hier, von den zwei größten Bruderschaften in unserem Bündnis. Beides Verbündete von mir und Freunde.

»Mein Gott, ich muss aufstehen.«

»Mikhail, du musst dich ausruhen.«

»Wie zum Teufel kann ich mich ausruhen, Eric? Sie haben meine Frau.«

»Du hättest sterben können. Du *wärst* fast gestorben.«

Ich weiß, dass er recht hat. Ich fühlte, wie ich abschaltete. Ich spürte, dass das Ende nahte. »Wie zum Teufel bist du zu mir gekommen? Wie kommt es, dass ich am Leben bin?«

»Du musst dein Telefon fallen gelassen haben, als ich anrief und das Gift zu wirken begann. Ich war noch in der Leitung, also habe ich das meiste von dem gehört, was Sophia gesagt hat. Ich war in der Lage, dich zu verfolgen und meine Nummer zu verschleiern. Ich war gerade noch rechtzeitig bei dir, um dich ins Krankenhaus zu bringen, wo man dich mit einem Gegenmittel behandeln konnte. Noch ein paar Stunden mit dem Gift in deinem Körper, und du wärst tot. Sophia glaubt, dass du gestorben bist. Also wird Ivan das auch.«

Scheiße. »Wie lange bin ich weggewesen?« Panik befällt mich, als ich daran denke, dass Tage vergangen sein könnten und Ivan Natalia verletzt hat.

»Beinahe zwei Tage.«

Oh Gott, nein. Nicht schon wieder.

Gott, sag mir nicht, dass das schon wieder passiert ist. Ich war hilflos und unfähig zu helfen oder irgendetwas zu tun.

»Zwei Tage?« Ich räuspere mich.

»Mach dir darüber keine Sorgen.«

»Natalia kann alles Mögliche passieren.«

»Mikhail, bitte versuch, dich zu konzentrieren.«

Ich versuche, die Angst zu verdrängen, die in meinem Kopf herrscht.

»Meine Leibwächter. Ich habe Schüsse in Sophias Haus gehört. Was ist mit ihnen geschehen?« Ich denke zuerst an Sebastian, dann an die anderen, die mich begleitet haben.

Erics Gesicht verzieht sich. »Sebastian hat es geschafft, aber er musste operiert werden. Er ist immer noch im Krankenhaus. Die anderen sind tot. Als ich ankam, lagen schon tote Männer auf Sophias Rasen.«

»Scheiße. Diese verdammte Frau. Ich hätte nie gedacht, dass sie es sein könnte, Eric. Ich habe es nicht einmal in Betracht gezogen. Du etwa?«, wundere ich mich.

»Nein, und mir wurde klar, dass ich nicht wusste, wozu sie fähig ist und wer für sie arbeitet. Deshalb habe ich niemanden aus deiner Bruderschaft darüber informiert, was passiert ist, und ich habe dich zu deiner Sicherheit hierher bringen lassen.«

Ich sehe mich noch einmal um. »Wo ist hier?«

»Einer meiner Unterschlupfe. Ich habe dafür gesorgt, dass die Ärzte dich hier weiter behandeln, und sie haben alles mitgebracht, was du brauchst. Ich arbeite mit Aiden zusammen, um den Ort zu finden, an den Ivan Natalia gebracht hat. Es gibt ein Logbuch über einen der Jets nach Mexiko. Wir glauben, dass er sie dorthin gebracht hat.«

Dieser verdammte Mistkerl. »Das Kartell. Ich wette, dass er jetzt etwas dagegen unternehmen wird. Das Eisen schmieden, solange es noch heiß ist.«

»Ja, ich denke schon. Sowohl die Voirik als auch die Yurkov werden bereit sein, Natalia zurückzuholen, sobald ich weiß, wo sie sind.«

»Gut. Ich danke dir. Ich danke dir für alles.« Was zum Teufel hätte ich getan, wenn er mich nicht gefunden hätte?

Ich wäre jetzt schon tot. Jetzt, wo ich am Leben bin, habe ich ein Ziel.

Eine Mission.

Ich muss meine Frau zurückbekommen.

Ich muss mein Mädchen zurückholen, bevor sie ihr weiß der Teufel was antun. Wenn ich das tue, werde ich sie nie wieder gehen lassen.

Das werde ich nicht.

Ich setze mich auf und teste meine Kraft. Mein Gehirn ist immer noch benebelt, aber ich bin funktionsfähig und kann meine Beine spüren.

»Mikhail, ich glaube nicht, dass du irgendwo hingehen kannst.«

Ich schüttle den Kopf und halte ihn davon ab, noch mehr zu sagen. »Wage es nicht, mir das zu sagen, Eric. Du weißt, dass du an meiner Stelle diesen Rat nicht befolgen würdest. Wenn du gehört hast, was Sophia zu mir gesagt hat, weißt du, dass ich nicht *nicht* gehen kann. Ich muss es tun.«

Genau hier muss ich akzeptieren, was das Schicksal für mich bereithält.

Leben oder Tod. Beides spielt im Moment keine Rolle.

Die Tür geht auf, und Aiden Romanov kommt herein. Ich habe ihn schon eine Weile nicht mehr gesehen, aber er hat den gleichen offenen und autoritären Blick wie immer. Er ist so groß wie ich und hat meinen muskulösen Körperbau.

Er nickt mir zu, als er bemerkt, dass ich mich aufgesetzt habe.

»Wir haben einen Ort«, sagt er. »Ivan ruft Rauls Verbündete zusammen, damit sie ihm die Treue halten.«

Es gibt nur einen Weg, wie mein Bruder das tun kann, und das ist mit meinem Mädchen. Er wird mit ihr tun, was ich getan habe.

Ich werde ihn eher umbringen, bevor ich zulasse, dass ihr das passiert, denn sie gehört mir.

»Ich bin bereit zu gehen«, sage ich ihm.

»Wir fahren in einer Stunde.«

50

NATALIA

Sophia nippt auf der anderen Seite des Zimmers an ihrem Tee und lacht über etwas Lustiges im Fernsehen. Sie sieht sich eine alte Schwarz-Weiß-Sendung an, deren Namen ich nicht kenne. Ich bin sicher, dass der Name mehrmals auf dem Bildschirm erschienen ist, aber ich habe nicht darauf geachtet. Sie sitzt in einem dieser Ohrensessel, hat die Beine übereinander geschlagen und lehnt sich mit dem Rücken an die Lehne.

Ich weiß nicht, wie sie so ruhig sein kann, als ob nichts passiert wäre, als ob sie ihre Familie nicht umgebracht hätte.

Was für ein Mensch tut so etwas?

Ein absolut psychopatisches Miststück.

Ich breche innerlich zusammen und trauere um Mikhail. Die Tränen strömen nur so aus meinen Augen, und ich schreie innerlich. Ich kann nicht glauben, dass er tot ist.

Ich möchte sie packen und umbringen, aber in ihrer Gegenwart und in der aller anderen, die in den letzten zweieinhalb Tagen in diesem Raum ein- und ausgegangen sind, bin ich ruhig geblieben.

Aleksander sollte eigentlich draußen sein. Er ist immer wieder ins Zimmer gekommen, um mit ihr auf Russisch zu sprechen. Natürlich weiß ich nicht, was zum Teufel sie sich gegenseitig sagen. Ich versuche immer noch, die Worte zu entziffern, obwohl ich sicher bin, dass es mir jetzt wenig nützt.

Ich bin mir ziemlich sicher, dass alles, was von hier an passiert, ein großer Haufen Scheiße sein wird, den ich mir in meinem Kopf vorgestellt habe.

Es ist ein neuer Tag, und die Kartellchefs werden bald hier sein. Wenn Ivan mit ihnen fertig ist, bringt er mich hierher zurück und fickt mich.

Dann werde ich sterben.

Ich werde sterben, sobald er mich berührt. Wie lange und hart ich auch darum gekämpft habe, um am Leben zu bleiben, wird in mir sterben, wenn das passiert.

Wenn es passiert.

Wenn.

Ich klammere mich immer noch an die Hoffnung, dass ich dem entkommen kann.

Ich habe mich im Zimmer umgesehen, und als ich ein paar Minuten allein war, bin ich zum Fenster gegangen, um hinauszusehen. Da habe ich gemerkt, dass ich weiß, wo ich bin.

Dies ist eines der Häuser von Rauls Anwesen in El Proyecto de Lavanda. Die Plantage, auf der ich mit meiner Familie lebte, ist nicht weit von hier entfernt.

Ich erkannte einiges von der Umgebung wieder und stellte fest, dass ich schon ein paar Mal mit meiner Mutter hier gewesen war. Ich war nur noch nie in den Wohnräumen. Es ist ein riesiger Ort. Genauso groß wie das Haus von Raul. Dieses Zimmer hat die gleiche hohe Decke und die langen Fenster wie einige der Zimmer in seinem Haus. Es ist alles sehr aufwendig. Ich dachte immer, dass seine Geschäftspartner hier wohnten, wenn sie zu Besuch kamen. Es würde Sinn machen, dass wir hier sind.

Mama kam an diesen Ort, um medizinische Hilfsmittel zu holen. Hierher wurden sie geliefert.

Ich vermute, dass Ivan sie dort gesehen hat. Ich kann mir nur vorstellen, was er ihr angetan haben muss. Er ist dabei, mir das Gleiche anzutun. Es wird passieren, wenn ich nicht von hier wegkomme.

Egal was passiert, ich muss es versuchen. Denn es nicht zu versuchen, ist dasselbe, als würde ich ihm eine Waffe in die Hand geben und ihm sagen, er soll mich erschießen. Wenn ich nicht versuche zu leben, spucke ich all den Menschen ins Gesicht, die gestorben sind, um mich zu schützen, die ihr Leben verloren haben, damit ich leben kann.

Ich muss es also versuchen

Der Haupteingang befindet sich zu unserer Linken. Ich denke, dass ich Sophia leicht überwältigen kann, aber ich mache mir Sorgen darüber, was passieren wird, wenn ich draußen bin. Ich brauche eine Waffe, wenn ich überhaupt eine Chance haben will.

Aleksander hat eine Waffe. Er ist ein großer Kerl, also besteht das Problem darin, ihm die Waffe abzunehmen. Die einzige Möglichkeit, die mir dazu einfällt, ist, sie zu benutzen.

Ich weiß noch nicht, wie sich das abspielen wird.

Ich beobachte sie nur und bewerte sie, um herauszufinden, was sie tut.

Ivan war nicht mehr da, seit Sophia und dieser Mistkerl Aleksander den Raum betreten haben. Ich hätte wissen müssen, dass mit den beiden etwas nicht stimmt.

Die Art und Weise, wie er tat, was sie ihm auftrug, hätte mir einen Hinweis geben müssen. Ich erinnere mich an die Nacht, in der er mir Kekse besorgte und aus seinem Quartier kam, um das zu tun.

Sie war der Grund dafür, dass er es getan hat.

Was für ein Scheißkerl.

Ich frage mich, ob Mikhail von seinem Verrat wusste oder wer sonst im Haus ein Verräter war.

Es macht mich krank, aber ich muss solche Sorgen jetzt beiseite schieben und an mich denken.

Mikhail würde wollen, dass ich überlebe. Er würde nicht wollen, dass ich umkippe und meine Niederlage akzeptiere, also werde ich das nicht tun.

Ich werde wissen, was zu tun ist, wenn Aleksander wieder zurückkommt.

Sophia sieht mich an, und ihre Augenbrauen ziehen sich zusammen.

»Du siehst beschissen aus«, sagt sie.

»Du auch«, werfe ich zurück.

»Kleine Schlampe.« Sie greift in ihre Tasche und holt eine Spritze heraus. Sie hält sie hoch und lächelt. »Willst du auch etwas Gift? Ich werde dir etwas davon verpassen, wie ich es mit deinen Wächter getan habe.«

»Fick dich. Du weißt, dass du mich nicht um die Ecke bringen kannst.«

»Das kann ich nicht, aber ich kann die Wachen dazu bringen, dich festzuhalten. Ich kann dir gerade genug Gift geben, um deine Glieder zu lähmen, damit du dich nicht bewegen kannst, während sie dich vergewaltigen.« Sie lacht, als ob das jemals lustig sein könnte. »An deiner Stelle würde ich vorsichtig mit meinen Worten sein. Du bist nur noch am Leben, weil Ivan es so will. Das heißt aber nicht, dass ich dich nicht zerstören kann.«

Ich kann nicht glauben, dass ich mit derselben Person spreche, die mir geholfen hat, mein Hochzeitskleid auszusuchen, und mit der ich über meine Hoffnungen für meine Karriere gesprochen habe.

Das war eine Fassade aus Scheiße, die ich vergessen muss.

So ist sie eben, und sie hat mir gerade etwas gezeigt, das ich gegen sie verwenden kann.

Das Gift.

Der Türknauf dreht sich, und Aleksander kommt herein.

»Die Männer sind da. Es ist Zeit, in den Besprechungsraum zu gehen«, sagt er zu ihr und geht zu ihrem Platz.

Sie antwortet auf Russisch, und die beiden unterhalten sich weiter auf Russisch. Als er mich anschaut, weiß ich, dass sie etwas über mich gesagt hat.

Es ist mir scheißegal, was es war. Was ich suche, ist eine Gelegenheit, die sich mir bietet.

Er ist hier mit der Waffe, die ich ihm abnehmen muss, und sie hat das Gift.

Ich muss zu ihr gelangen, um zu ihm zu gelangen, und ich muss bereit sein, den Moment zu nutzen. Wenn ich in den Besprechungsraum gebracht werde, mit Ivan und all seinen Wachen, wird mir die Chance entgehen. Also muss ich *jetzt* die Augen offen halten.

Die Gelegenheit dazu bietet sich, als sie sich vom Stuhl erhebt und zur Badezimmertür geht. Aleksander nimmt die Fernbedienung des Fernsehers und schaltet den Kanal um. Er achtet also nicht darauf, als ich vom Bett springe und quasi durch die Luft fliege, um sie zu erreichen.

Und sie auch nicht.

Sophia sieht mich erst an, als es schon zu spät ist. Da habe ich sie bereits zu Boden geworfen und ihre Tasche ergriffen. Sie zappelt, um von mir wegzukommen, während ich in der Tasche nach der Spritze mit dem Gift greife.

Ich packe sie und halte sie ihr an den Hals, als Aleksander auf mich zustürmt.

»Ich werde es tun, wenn du noch näher kommst. Ich werde es tun«, rufe ich und ziehe die kleine Kappe von der Nadelspitze ab. Ich bräuchte nur einmal zu drücken, damit die Nadel in die Seite ihres Halses sticht, das Gift freisetzt und sie tötet.

Aleksander sieht entsetzt aus.

»Sei kein Narr. Schnappt sie euch«, schreit Sophia, und Aleksander stürzt sich auf mich, was ich nicht erwartet hatte.

Als ich die Hoffnung verliere, tue ich das Einzige, was ich kann, und beschließe, die Pumpe an der Spritze zu drücken, in der Hoffnung, dass er aufhört.

Er tut es nicht. Sophia schreit auf, als ich ihr den gesamten Inhalt in den Hals stoße, und als Aleksander mich erreicht, ramme ich mich mit voller Kraft gegen ihn. Er ist wie eine Wand gebaut, also geht er nicht zu Boden. Er packt mich und schlingt seine Arme um meinen Oberkörper, damit ich nicht entkommen kann.

Ich trete ihn und versuche, mich aus seinem Griff zu befreien.

Er drückt fester zu, und da spüre ich seine Pistole in seiner linken Tasche. Ich greife danach, aber aufgrund der Position, in der er mich festhält, geht die Kugel, als ich den Hahn spanne und abfeuere, direkt in seinen Fuß.

Das reicht ihm aber, um mich loszulassen, und ich feuere ihm noch einen Schuss ins Gesicht.

Blut bespritzt mich, befleckt meinen Körper, aber der Geschmack der Freiheit beflügelt mich.

Ich stehe hier mit der Waffe in der Hand, Aleksander liegt tot auf dem Boden, und ein Blick zu meiner Linken bestätigt, dass auch Sophia tot sein muss. Ihre Augen sind weit aufgerissen, und sie bewegt sich nicht.

Es ist niemand hereingekommen.

Als ich merke, dass dies meine Chance ist zu fliehen, spüre ich, wie das Adrenalin meinen Körper durchströmt, ich renne zur Tür und reiße sie auf.

Ich renne in den Flur, meine Beine treiben mich auf dem Betonboden vorwärts.

Ich stürme voran, nur um mit einer massiven Wand zusammenzustoßen, die sich als Brust herausstellt. Eine Hand schlingt sich um meine Kehle und hebt mich vom Boden auf.

Ich begegne Ivans Todesblick und schnappe nach Luft, als er mich höher in die Luft hebt.

»Was zum Teufel hast du getan!«, schreit er mir ins Gesicht.

Ich versuche, die Waffe zu heben, aber ich kann es nicht. Ich kann nicht atmen. Sein Griff ist so fest, dass meine Sicht mit Sternen übersät ist und alles um mich herum zu verschwimmen beginnt.

Er nimmt mir mühelos die Waffe ab, während ich nach Luft schnappe und das Gefühl habe, dass ich ohnmächtig werde.

Die Wachen betreten den Raum, und Sekunden später kommt einer von ihnen zurück und starrt mich an.

»Sie sind tot«, teilt er Ivan mit. »Aleksander und Sophia sind tot.«

Ivan knurrt und schleudert mich gegen die Wand. Ich schreie auf, als meine Schulter gegen die harte Oberfläche prallt.

»Du kleine Schlampe. Du hast meine Tante getötet. Das wirst du büßen.« Er schlägt mich mit dem Handrücken. Blut spritzt aus meiner Nase.

Mein Gesicht fühlt sich an, als würde es brennen, und ich halte die Luft an, aber er schlägt mich erneut und trifft meine andere Wange.

Ich schreie vor Schmerz auf, jaulend, als er mich an der Kehle hochzieht und meinen Arm festhält.

Gott, es fühlt sich an, als würde er mir den Arm abreißen.

»Lass uns verdammt noch mal gehen und es hinter uns bringen. Dann kümmere ich mich richtig um dich.« Er geht mit mir den Flur hinunter, drängt mich vorwärts, mit seinen Wachen auf beiden Seiten.

Es kommen noch mehr – zehn weitere – und mir wird klar, wie dumm ich war zu glauben, ich könnte entkommen. Ich hätte es nie geschafft, aber ich weiß, dass ich es wenigstens versucht habe.

Das hier ist größer als ich.

Ivan wird mich auch umbringen, wenn er mit mir fertig ist. Ich kann es spüren. Er wird mich töten, um sich für Sophia zu rächen.

Wir erreichen einen Versammlungssaal, wo ich denselben Männern gegenüberstehe, denen ich vor fast zwei Monaten in derselben Lage begegnet bin.

Damals war ich der Gnade eines Mannes ausgeliefert, der meine Welt verändert hat. Dieser Mann ist nicht wie jener Mann, und jener Mann ist nicht mehr.

»Willkommen, Amigos«, sagt Ivan, zieht mich näher zu sich und drückt sein Gesicht an meines. »Hier ist sie. Die Prinzessin. Die Tochter von Raul. Der Grund, warum wir heute hier sind. Mein Bruder ist tot, also werde ich seine Frau heiraten und die Nachfolge antreten. Ich bin der neue Pakhan, und ihr werdet mir mit eurem Blut die Treue schwören.«

Ein Schuss ertönt, der mich aus der Haut fahren lässt. Er kam vom Balkon am anderen Ende des Raumes und hat die Wache neben uns ausgeschaltet.

Alle Männer erheben sich mit erhobenen Waffen, aber eine Schar von Männern erscheint auf dem Balkon.

Ich jedoch habe meine Augen auf einen Mann gerichtet.

Der Mann, von dem ich dachte, ich würde ihn nie wieder sehen.

Mikhail Dmitriyev.

Er ist am Leben und steht an der Spitze der Männer, die mit zwei Pistolen auf Ivan zielen.

»Ich bin nicht tot, und ihr nehmt mir nicht meine Frau weg«, brüllt er. Daraufhin bricht die Hölle los.

Überall fliegen Kugeln. Ivan zieht mich weg, aber ich schaue immer wieder zu Mikhail, der über den Balkon läuft und die Treppe nimmt.

»Er bekommt dich nicht zurück, Prinzessin«, verspricht Ivan.

»Lass mich los.«

Er zieht seine Waffe und hält sie mir an den Kopf. »Komm jetzt, oder ich puste deinen hübschen kleinen Kopf in Stücke.«

51

MIKHAIL

Ich sehe, wie Ivan Natalia mit einer Pistole am Kopf wegzerrt, und renne los. Ich renne mit aller Kraft, die ich aufbringen kann. Ich weiß nicht, woher das kommt, denn mein Körper ist weiß Gott noch schwach, aber ich sprinte. Ich bewege mich mit nur einem Ziel vor Augen. Ich muss meine Frau zurückbekommen.

Eric und die Männer aus unseren gemeinsamen Bruderschaften folgen mir, machen den Weg durch Ivans Männer frei und geben mir Deckung, während ich den Gang hinunterstürme. Auch die Männer des Kartells, die mir ihre Treue geschworen haben, sind unten.

Ich sehe, wie Ivan mit Natalia nach draußen eilt, und folge ihm.

Sie sind mir weit voraus, sodass ich direkt im Nachteil bin.

Ich springe über die Treppe und renne weiter, um sie über das Gras zu verfolgen. Er läuft auf den Wasserfall zu.

Ivan nimmt eine Treppe, und ich kann verstehen, warum er diesen Weg genommen hat. Dort gibt es eine Brücke. Auf der anderen Seite wartet ein Lastwagen.

Er dreht sich wieder zu mir um und gibt mehrere Schüsse ab, denen ich ausweichen kann. Nur knapp.

Ich bin völlig neben der Spur.

Natalia schreit und stolpert, aber er reißt sie hoch und zieht sie mit sich. Wenn ich nur eine freie Schussbahn hätte, könnte ich ihn töten, aber mit ihr neben ihm ist es zu riskant.

Ich schieße vorwärts auf den Weg, auf den er läuft, aber er rennt weiter.

Der Bastard. Er weiß, dass ich es nicht riskieren werde, sie zu treffen. Deshalb rennt er immer noch und schirmt seinen Arsch praktisch mit ihr ab.

»Stopp, Ivan!«, rufe ich, aber es ist vergeblich.

Erst als er bemerkt, dass Aiden auf die andere Seite der Brücke rennt, auf die er zusteuerte, bleibt er abrupt stehen. Ich beobachte, wie die Verwirrung einsetzt und der Wichser beschließt, stattdessen ins Wasser zu gehen. Er flieht in den verdammten Fluss. Ivan landet auf einem staubigen Weg, der in eine Sackgasse führt. Er kann nicht weitergehen, denn es sieht aus, als würde er zweihundert Meter tief in zerklüftete Felsen und raues Wasser fallen.

Sie werden sterben, wenn sie hineinfallen. Daran besteht kein Zweifel.

Ivan hält am Ende des Weges an, wirbelt herum und hält Natalia die Waffe an den Kopf.

Ich halte inne, als ich das verruchte Grinsen auf seinem Gesicht bemerke.

Er blickt auf das Wasser und lächelt noch breiter. »Wir und das Wasser vertragen sich nicht, Bruder. Erinnerst du dich, als ich versucht habe, dich im Fluss zu ertränken?«

»Du gibst es also endlich zu«, antworte ich und fletsche die Zähne.

»Das tue ich. Aber die Leute, auf die es ankommt, können meine Beichte nicht hören. Sie sind alle tot.«

»Das sind sie. Es hätte nicht so sein müssen«, sage ich und sehe dabei Natalia an.

Sie ist verängstigt und zittert. Ihre Augen sind vor Angst geweitet.

Sie hat blaue Flecken im Gesicht, die aussehen, als hätte sie jemand geschlagen. Ich kann mir nicht vorstellen, dass es sich bei dieser Person um jemand anderen als meinen Bastard-Bruder handelt.

»Es musste genau so sein, denn du solltest nicht existieren«, spottet Ivan. »Du hättest nie geboren werden dürfen und nie mein Konkurrent sein dürfen. Es war eine Schande. Alles. Du, deine Hurenmutter und deine Schwester.«

»Lass meine Frau gehen, Ivan.« Ich bin nicht daran interessiert, mit ihm über die Vergangenheit zu reden. Ich hatte nichts damit zu tun.

Ich habe Verständnis dafür, dass er zu kurz gekommen ist, aber das gibt ihm nicht das Recht, mich und alle, die ich liebe, zu verarschen.

»Nein, ich werde sie nicht gehen lassen. Wenn du mich tötest, stirbt sie«, droht er.

»Lass sie gehen, du verdammtes Arschloch. Das ist eine Sache zwischen dir und mir.«

»Das glaube ich nicht.«

Natalias Augen wandern andeutungsweise nach rechts, und ich verstehe, was sie meint. Sie wird sich nach rechts bewegen, damit ich freie Bahn habe.

Scheiße. Das ist zu riskant. Sie sind zu nah am Abgrund. Viel zu nah. Es könnte schiefgehen, aber entweder das oder Ivan wird sie töten.

Ich beschließe, das Gespräch mit ihm fortzusetzen, um ihr die Chance zu geben, die sie braucht, und meine eigene Ablenkung zu schaffen.

»Ivan, lass sie los!«, brülle ich, und als ich merke, dass meine Worte ein Ablenkungsmanöver sind, tritt Natalia Ivan hart gegen das Schienbein und geht nach rechts.

In diesem kleinen Zeitfenster habe ich freie Schussbahn, aber ich schaffe es verdammt noch mal nur, ihm in die Schulter zu schießen.

Durch den Aufprall lässt er sie los und fällt über die Kante, aber nicht bevor er Natalia mit sich zieht.

Sie schreit, und ich stürze nach vorne, weil ich dachte, sie sei fort.

Ich danke Gott im Himmel, als ich sehe, wie sie sich an ein Gestrüpp von Wurzeln klammert, die seitlich herausragen. Ivan ist direkt unter ihr, hält sich an weiteren Wurzeln fest, und der Scheißkerl zerrt an ihrem Bein, um sie zum Absturz zu bringen.

Das wird nicht passieren.

Ich hebe meine Waffe, und als er mich ansieht, schieße ich ihm eine Kugel in die Stirn, so wie er meine Mutter töten ließ.

Binnen eines Augenblicks fällt er, seine kalten Augen auf mich gerichtet, mich mit seinem letzten Atemzug hassend.

Ich eile zu Natalia, während sie langsam abrutscht, und beuge mich vor, um nach ihr zu greifen. Ich muss sie schnell nach oben bringen, denn die Wurzel, an der sie sich festhält, wird jeden Moment ausbrechen.

»Baby, komm zu mir. Nimm meine Hand«, rufe ich ihr zu.

»Ich habe Angst.«

»Hab keine Angst. Du musst mir vertrauen. Bitte vertrau mir. Gib mir deine Hand.«

Sie blickt mich mit ihren schönen Augen an, und ich versuche, mich noch weiter herunterzulassen. Ich komme an einen Punkt, an dem ich, wenn ich mich noch weiter nach vorne beuge, über die Kante falle.

»Komm schon, Natalia.«

Sie greift nach oben, rutscht aber ab, und die Hoffnung stirbt in ihren Augen.

»Danke, dass du mich gerettet hast. Danke, dass du versucht hast, mich zu retten. Ich kann es nicht tun, Mikhail. Ich kann dich nicht erreichen.«

»Nein, wag es nicht, aufzugeben!«

»Ich liebe dich.«

Der Ast bricht, und sie schreit auf. In diesem Sekundenbruchteil fliegt ihre Hand heraus, ich packe sie und halte mein Versprechen, sie nie wieder loszulassen.

Brüllend ziehe ich sie hoch, hebe mich ebenfalls hoch und krabble mit ihr in den Armen rückwärts.

Sie hält sich an mir fest, während ich sie an mein Herz drücke und nicht mehr loslasse.

Das werde ich nicht.

Nein, niemals.

Der Albtraum ist vorbei.

52

NATALIA

Das Haus fühlt sich jetzt, wo wir zurück sind, leichter an.

Als ich gestern die lange, gewundene Auffahrt hinunterfuhr und das schöne Haus erblickte, das sich jetzt wie ein Zuhause anfühlt, war es ganz anders, als ich es mir vorgestellt hatte. Es fühlte sich wie meins an. Wie ein Ort, an dem ich neu anfangen könnte. Obwohl ich mir noch nicht ganz sicher bin, was passiert.

Ich bin nur froh, dass Mikhail und ich nicht tot sind.

Nachdem Mikhail Ivan ausgeschaltet hat, waren wir beide beim Arzt. Danach haben wir Mexiko sofort verlassen.

Es ist jetzt Morgen, und es fühlt sich an, als hätte sich der Albtraumnebel über unseren Köpfen gelichtet.

Mikhail hat noch Pläne für die Beerdigung seines Vaters, um die er sich jetzt kümmert.

Ich warte geduldig am See auf ihn, während ich Snow dabei zusehe, wie sie die Enten im Wasser jagt.

Als hinter mir Schritte zu hören sind, drehe ich mich um und erblicke den Mann meiner Träume. Er sieht aus, als wäre er bereit, mit mir darüber zu sprechen, was als Nächstes passieren wird.

Ich habe meine eigene Rede für ihn vorbereitet.

Er setzt sich neben mich auf die Bank und beugt sich vor, um mich kurz zu küssen. »Geht es dir gut?«

»Ja, und dir?«

»Ja, mir auch.« Er dreht sich zu mir um. »Wir müssen reden.«

»Ich verlasse dich nicht noch einmal«, werfe ich ein. »Ich werde es nicht tun. Wage es nicht, mich noch einmal zu bitten, mich von dir zu verabschieden. Ich werde nur gehen, wenn du mich nicht liebst.«

Er lacht leise. Der Klang erfüllt mein Herz mit Hoffnung.

»Sieht so aus, als würdest du für immer mit mir zusammenbleiben, Natalia.«

»Wirklich?«

»Ja. Ich kann dich nicht gehen lassen. Ich will es nicht. Ich kann es nicht tun. Ich weiß nicht, ob ich den Rest meines Lebens ohne dich verbringen kann. Ich glaube immer noch, dass ich nicht gut für dich bin, aber das bringt mich dazu zu versuchen, das zu sein, was du brauchst. Alles, was ich dir zu bieten habe, ist meine Liebe zu dir, also dachte ich, das ist ein Anfang."

Noch nie hat mich jemand mit solch herzlicher Bewunderung angeschaut.

»Mikhail, das ist alles, was ich brauche. Ich brauche nichts anderes. Nur dich.«

Er küsst mich auf die Nasenspitze.

»Dann heirate mich wieder. Werde wieder meine Frau. Diesmal als du. Natalia Lily de Leon. Ich möchte, dass du meine Frau wirst. Für immer. Willst du mich heiraten?«

»Ja.«

Mein Herz steigt in den Himmel, und ich beuge mich vor und küsse meinen Seelenverwandten.

EPILOG

NATALIA

Drei Monate später …

Wir haben gestern erneut geheiratet und sind heute Morgen an unserem Flitterwochenziel angekommen.

Bora Bora sieht so schön aus wie jeder Bildschirmschoner, den ich je gesehen habe.

Was noch schöner ist, ist der Mann vor mir, der mir die Jeans von den Beinen rollt, während er mich gegen die Wand unseres wunderschönen Strandhauses drückt.

Ich kichere, als er mir die Jeans auszieht, sein Hemd aufreißt, um seinen Körper gleich einem Kunstwerk zu enthüllen, und sich dann wieder hinunterbeugt, um meine Füße zu küssen. Dann folgt eine Reihe feuriger Küsse auf meine Beine und bis zu meiner Muschi, wo er den Stoff meines Höschens beiseite schiebt, damit er seine Zunge in meine Spalte schieben kann.

»Ich liebe es, wie du schmeckst, überall, Malyshka«, murmelt er.

»Ich liebe es auch, wie du schmeckst«, stöhne ich.

»Du hast die ganze Nacht Zeit, mit meinem Körper zu spielen. Jetzt ist meine Zeit, dir zu gefallen.«

Er hebt mein Bein an und drückt mich gegen die Wand, damit er mich weiter vernaschen kann. Ich umklammere seine breiten Schultern, schwindlig vor Lust. Gierig nach mehr, nach allem, was dieser Mann mir zu bieten hat.

Jedes Mal, wenn wir das tun, fühlt es sich besser an als das letzte Mal. Jedes Mal, wenn er mich berührt, fühle ich mich großartig.

Ich bin kurz davor zu kommen und werde fast verrückt von dem berauschenden Vergnügen, das er mir bereitet, als er aufhört, meine Klitoris zu lecken und eine Linie von Küssen über meinen Bauch zieht.

»Ich will die Zukunft mit dir, Natalia. Ich will alles. Babys und noch mehr Babys.«

Ich lächle ihn an. Für mich klingt nichts besser.

»Das will ich auch, Mikhail.«

Er steht auf und umarmt mein Gesicht, damit er mich heftig küssen kann. »Dann lass uns zur Übungsphase übergehen. Ich werde den Rest des Tages und die ganze Nacht mit dir Liebe machen, Ehefrau. Wir werden diesen Raum nicht mehr verlassen.«

Er schiebt seine Hose herunter und stößt seinen Schwanz in mich hinein.

»Einverstanden, Ehemann. Versprich mir nur, dass du nicht aufhörst, mich zu berühren.«

»Ich verspreche es. Ich habe nicht vor, jemals aufzuhören, Natalia.«

Ich liebe es, wenn er mich bei meinem Namen nennt. Ich werde nie müde werden, ihn auf seinen Lippen zu hören und mich daran zu erinnern, dass er mich will, wenn er ihn sagt.

Ich muss nicht jemand anderes sein als ich selbst, damit er mich liebt.

Er gibt mir das Gefühl, seine Königin zu sein.

Ich werde auch nie aufhören, ihn zu berühren.

Nein, niemals.

Der Mann meiner Träume. Der Mann, der mich aus meinen Albträumen erlösen und meine Träume wahr werden lassen wird.

Der Mann, der mein größter Beschützer und Beschützer sein wird.

Mikhail Dmitriyev.

Mein Mann.

MIKHAIL

2 Jahre später …

Ich schaue Natalia an.

Sie spielt mit Lilly, unserem kleinen Mädchen, das genau wie sie ist.

Ich dachte, mein Leben hätte sich verändert, als ich die Frau meiner Träume heiratete – gleich zweimal. Das tat es auch, aber es änderte sich noch mehr, als ich Vater des schönsten kleinen Mädchens der Welt wurde.

Wir haben sie nach Natalias Mutter benannt. Das schien passend. Dann gaben wir ihr zwei weitere Vornamen. Isabella nach meiner Mutter und Talia nach meiner Schwester.

Lilly Isabella Talia Dmitriyev ist also ein sehr gesegnetes kleines Mädchen.

Sie ist erst ein Jahr alt, aber ich kann mir vorstellen, wie diese kleinen Füße so zart wie die einer Ballerina laufen. Es würde mich nicht überraschen, wenn sie sich dafür interessieren würde, weil es ihr im Blut liegt.

Wenn sie das tut, werde ich sicher ein Bild von ihr malen, so wie all die anderen, die ich von meiner Frau und meinem Kind habe. Meine Besessenheit erstreckt sich jetzt auf beide.

Wir machen gerade eine Pause im Haus am See, und ich male sie jetzt. Das ist es, was mich ausbalanciert.

Wenn ich jetzt hierher komme, erinnere ich mich an das letzte Gespräch, das ich mit meinem Vater hatte. Je mehr Jahre vergangen sind, desto mehr Bedeutung hat es für mich. Nachdem Natalia und ich geheiratet hatten, begann ich wieder zu malen, und ich dachte daran, wie sehr mein Vater es liebte und wie sehr er es liebte, meine Mutter zu malen.

Endlich habe ich verstanden, was er meint. Als Pakhan ist meine Welt dunkel, und meine Frau und mein Kind sind meine Schätze, die meinen Weg erhellen und mich vervollständigen.

Ich konzentriere mich für ein paar Sekunden auf meine Frau während ich die Pinselstriche über das Bild von ihr beende, und ich muss lächeln, denn sie ist eine tolle Frau.

Ich liebe alles an ihr, aber die beiden Dinge, die mich nicht loslassen, sind ihre Stärke und ihr Ehrgeiz.

Sie hat sich diese zwei Jahre Zeit genommen, um bei mir und Lily zu sein, und im September wird sie ihr Studium an der New York University beginnen. Ich kann jetzt schon sagen, dass sie das Feuer, das sie in sich trägt, in die medizinische Welt einbringen wird.

Wenn sie mich ansieht, erinnere ich mich daran, dass ich ihr versprochen habe, ihr Leben würde besser werden.

Das ist es.

Das ist es wirklich.

Ich bin jetzt fast fertig mit diesem Bild, also lege ich die Pinsel weg, um eine Pause zu machen und zu meiner Familie zu gehen.

Das Bild ist erst vollständig, wenn ich bei ihnen bin.

Das Universum ist der Künstler dieses Meisterwerks.

Ich gehe auf sie zu, küsse meine Frau und nehme dann mein kleines Mädchen hoch.

»Lass uns spazieren gehen«, sage ich.

»Das klingt nach einer guten Idee.«

»Ja, dann kann ich dich noch länger anschauen.«

Ich lächle sie an, und wir gehen am Seeufer entlang, während ich alles, was mir auf dieser Welt wichtig ist, in meinen Händen halte.

Meine Frau und mein Kind – die beiden großen Lieben in meinem Leben.

Und alles begann, als ich die Prinzessin traf.

Vielen Dank fürs Lesen

Printed in Germany
by Amazon Distribution
GmbH, Leipzig

27336938R00248

Dr. Thomas Hoffmann

RITAM®

–

Das Geheimnis der wahren Gesundheit

Entdecken Sie das fehlende Element
in Medizin und Naturheilkunde

Julia White

Bibliografische Information der Deutschen Bibliothek:
Die Deutsche Bibliothek verzeichnet diese Publikation in der Deutschen Nationalbibliografie; detaillierte bibliografische Daten sind im Internet über <http://dnb.ddb.de> abrufbar.

Haftungsausschluss:
Die in diesem Buch vorgestellten Informationen und Methoden sind sorgfältig recherchiert und werden nach bestem Wissen und Gewissen weitergegeben. Dennoch können weder der Autor noch der Verlag irgendeine Form der Haftung für ihre richtige oder unrichtige Anwendung übernehmen.

Rechtschreibung:
Julia White Publishing betrachtet das Schriftzeichen 'ß' als überflüssig gewordenes Relikt der Geschichte, dessen gänzliche Abschaffung im Zuge der Neuregelung der deutschen Rechtschreibung leider versäumt worden ist. Daher wird in diesem Buch die neue deutsche Rechtschreibung in der für die Schweiz geltenden fortschrittlicheren Fassung verwendet, die schon seit mehreren Jahren die vollständige Ersetzung von 'ß' durch 'ss' vorsieht.

Die Namen der in diesem Buch vorgestellten Fallbeispiele, die nicht den Medien entnommen sind, wurden zum Schutz der persönlichen Privatsphäre geändert.

Einbandgestaltung: Julia White
Gesamtherstellung: Bertelsmann Media on Demand

Julia White Publishing
Internet: www.julia-white.com
eMail: info@julia-white.com

ISBN 3-934402-20-8

Inhalt

Samuk Deda gewidmet

–

in tiefer Dankbarkeit

Vorwort

Liebe Leser,

Was ist eigentlich Gesundheit? Ist man tatsächlich gesund, wenn der Arzt bescheinigt, dass alles "ok" ist? Und was ist, wenn man sich dennoch schlecht fühlt? Sind der übliche Abbau und die zunehmenden Krankheiten mit fortschreitendem Alter wirklich normal? Sind also Vorstellungen von einem langen, vitalen, von Weisheit und Reife gekrönten Leben utopische Hirngespinste? Sicherlich haben auch Sie sich diese oder ähnliche Fragen schon einmal gestellt – und keine befriedigenden Antworten darauf gefunden.

In diesem Buch werden Sie nun Schritt für Schritt dazu geführt, diese Antworten selbst in sich zu finden. Wir treten nämlich gemeinsam eine Entdeckungsreise in die Geheimnisse unserer Existenz an, die uns weit über das hinausführen wird, was heute unter "Gesundheit" verstanden wird. Dazu sollten Sie allerdings möglichst unvoreingenommen an die Lektüre herangehen, um gerade auch die weiterreichenden Hinweise wahrzunehmen und zu verfolgen. Ausserdem können Sie dieses Buch als einen reinen Reisebericht verstehen oder sich darüber hinaus von ihm zu einer eigenen Expedition inspirieren lassen, indem Sie einige der Empfehlungen und Ratschläge umsetzen und ausprobieren. Auf diese Weise machen Sie möglicherweise selbst Erfahrungen, die über die hier geschilderten weit hinausgehen.

Auf jeden Fall ist es entscheidend zu betonen, dass niemand Sie dazu auffordern wird, den Boden der Realität zu verlassen. Im Gegenteil: Das Buch soll Ihnen helfen, die wirkliche Realität zu erfahren und dann selbst zu beurteilen, inwieweit sie mit der heute üblichen Sichtweise übereinstimmt. Sollten sich dabei irgendwelche Veränderungen ergeben, so können diese nur zum Positiven sein. Denn die Grundlage von allem sind hier einzig und allein die Naturgesetze.

Der Autor

1. Die vergessene Gebrauchsanleitung

Vergangene Woche kam Gabriel bei uns vorbei, ein guter Bekannter, den wir schon eine ganze Weile nicht mehr gesehen hatten. Er sah schlecht aus, übermüdet, verquollen, richtiggehend fertig. Er fing auch sofort an, von seinen Problemen zu erzählen ohne danach gefragt zu werden, was eigentlich ungewöhnlich für ihn war. Er habe es mit den Ohren, vor allem mit dem linken, auf dem ihm der Arzt 60% Hörverlust bescheinigt habe. Und das alles als Folge einer wahnsinnigen Grippe, mit der er vier Wochen zu kämpfen gehabt habe. Er fühle sich elend und wisse einfach nicht mehr weiter. Seit zwei Wochen nehme er bereits vom Arzt verschriebene Medikamente, doch die brächten überhaupt keine Besserung. Wenn sich bis nächste Wochen nichts getan habe, wolle sein Arzt ihn an einen Spezialisten im Klinikum überweisen.

Meine Frau bot ihm an, ihm den Kopf ein bisschen abzudrücken, was Gabriel auch gerne annahm. So bat sie ihn, sich auf das Sofa zu legen, kniete sich dann neben seinen Kopf und begann, mit sanften Strichen seine Lymphe zu entstauen. Dabei spürte sie richtiggehend feste Knoten, die sich bei der Massage auch schmerzhaft bemerkbar machten. Dennoch entspannte Gabriel sich zusehends, und als er wieder aufstand, sah er erheblich besser aus: viel frischer und straffer im Gesicht und mit klareren Augen. Bei seinem Abschied bat meine Frau ihn dann, in den nächsten Tagen nochmal zu kommen, um das Ablymphen zu wiederholen. Das tat er dann jedoch nicht, weil er keine Zeit hatte. Ausserdem schien er wohl die Notwendigkeit nicht mehr als so dringend zu empfinden. Eine Woche später berichtete er jedenfalls am Telefon, dass es ihm seit seinem Besuch bei uns wieder blendend gehe. Er habe in der Nacht darauf ganz hervorragend geschlafen, und sein Gehör sei wieder ganz normal. Das sei eindeutig das Resultat der Massage, denn die Medikamente habe er seither nicht mehr genommen.

Was war hier geschehen? Sind wir Zeugen oder gar Verursacher einer Wunderheilung geworden? Für Gabriel jedenfalls scheint es das gewesen zu sein, denn wie wir mittlerweile von anderen Bekannten erfahren haben, machte er ihnen gegenüber solche Bemerkungen. Aus seiner Sicht heraus ist das auch verständlich und nachvollziehbar, hatte er doch nach vier langen Wochen Grippe und zwei endlosen Wochen mit stark eingeschränkter Hörfähigkeit innerhalb kurzer Zeit nicht nur Linderung, sondern Heilung erfahren. Und das eigentlich nur durch ein paar banal aussehende Berührungen durch meine Frau, ohne Medikamente, ohne Eingriffe oder andere langwierige Prozesse, mit denen jeder Heilungsprozess in der heutigen Medizin sonst immer verbunden ist. Sein Arzt hatte ihm ja auch nicht helfen können, und die Medikamente, die er ihm verschrieben hatte, noch viel weniger. Also ein Paradebeispiel für eine Wunderheilung?

Aus unserer Sicht sieht die Sache ganz anders aus. Meine Frau hat kein Wunder vollbracht, zumindest nicht im Sinne einer Aufhebung oder Abänderung der Naturgesetze. Ganz im Gegenteil, sie handelte völlig im Einklang mit den Naturgesetzen, indem sie mit ihren Händen der Lymphe in Gabriels Kopf wieder zum ungehinderten Fliessen verhalf. Diese Lymphe war durch die langanhaltende Grippe, Gabriels falsches Verhalten und zudem aufgrund der Belastung durch die eingenommenen Medikamente gestaut worden. Dadurch wurden zum einen die natürlichen Immun- und Reinigungsreaktionen stark behindert und zum anderen die normalen Mechanismen, wie beispielsweise die Hörfähigkeit, beeinträchtigt. Somit war es die einzig richtige Handlung, diesem gestörten Fluss wieder zum Fliessen zu verhelfen. Alles weitere ergab sich dann ganz von selbst aufgrund der Selbstheilungs- und Selbstregenerationsmechanismen des Körpers. Der gute Schlaf in der darauffolgenden Nacht, der jetzt wieder ungestört möglich war, tat den Rest. Wir haben es also hier nicht mit dem Beispiel einer Wunderheilung zu tun, sondern vielmehr mit einem Beispiel des richtigen Verhaltens dem Körper gegenüber. Mehr ist in der Tat auch nicht nötig, denn heilen kann sich letztlich sowieso nur der Körper selbst. Kein Arzt, kein Medikament, kein Eingriff der Welt kann heilen. Das Ziel besteht immer nur darin, die Selbstheilungsmechanismen des Körpers zu unterstützen, sie zu fördern oder Behinderungen für sie zu beseitigen. Wenn wir es schaffen würden, diese Selbstheilungsmechanismen und das Immunsystem immer ungestört auf dem höchsten Stand zu halten, dann wäre sogar jeglicher Krankheit der Boden entzogen.

Warum tun wir das also nicht? Nun, weil wir nicht wissen, wie das geht. Und warum tun das unsere Ärzte nicht? Weil auch die leider nicht zu wissen scheinen, wie das geht. Diese traurige oder gar schockierende Schlussfolgerung muss man aus Fällen wie dem von Gabriel unweigerlich ziehen, wo ein Arzt zwei Wochen lang den ohnehin durch die Krankheit geschwächten Körper durch chemische Präparate zusätzlich belastete, anstatt ganz einfach mit wenigen Handgriffen dort Entlastung zu bringen, wo es klemmte, und so dem Körper zu helfen, alles weitere selbst zu erledigen.

Solche Beispiele sind leider keine Einzelfälle und finden sich auch bei viel gravierenderen, ja sogar bei unmittelbar lebensbedrohenden Krankheiten immer häufiger. Es gibt mittlerweile in der Medizin sogar den Fachbegriff "iatrogene Symptome" für vom Arzt hervorgerufene Störungen, welche neueren Statistiken zufolge schon einen erschreckend grossen Teil der Krankenhauseinweisungen ausmachen. Bis auf sehr wenige Ausnahmen merkt das leider niemand, denn wir haben alle das Wissen verloren, wie unser Körper richtig funktioniert und wie er korrekt handzuhaben ist. So nimmt man zwangläufig hin und befolgt, was die Ärzte tun und verschreiben, in der hoffnungsvollen Meinung, dass sie durch ihr Studium besser um die Funktion des Körpers Bescheid wissen. Doch erstreckt sich deren studiertes Wissen leider auch nur auf eine sehr schmale Bandbreite mechanischer und chemischer Funktionsmechanismen. Von der globalen Funktionsstruktur unseres Körpers und unseres Geistes wissen sie nur äusserst wenig – und oftmals scheinen sie auch gar nicht viel mehr wissen zu wollen. Denn gibt es nicht immer wieder Fälle und Beispiele unerklärlicher Spontanheilungen, sogar bei schwerwiegenden, angeblich unheilbaren Fällen, die von den Schulmedizinern mit lapidaren Bemerkungen in die Schublade geschoben werden? Wer hat nicht schon selbst erlebt oder von anderen erfahren, dass irgendwelche alten Hausmittelchen oder auch merkwürdig anmutende alternative Verfahren viel wirksamer und letztlich erfolgreicher waren als die Methoden der Schulmedizin? Wenn es solche Fälle gibt, wenn ein Geschwür innerhalb kürzester Zeit ohne äussere Eingriffe verschwinden kann, wenn langanhaltende, chronische Leiden durch die Anwendung einer speziellen aussergewöhnlichen Prozedur fast über Nacht gelindert und geheilt werden können, sollte man dann nicht neugierig werden, welche Mechanismen und Prozesse dem zugrunde liegen und versuchen, ihnen auf die Spur zu kommen? Wenn ein gewisser

Vorgang in einem Körper stattfindet, dann bedeutet das, dass er prinzipiell in jedem Körper stattfinden kann. Also wäre es nur logisch, solche "Sonderfälle" nicht verständnislos in die Schublade zu stecken, sondern ihnen auf den Grund zu gehen, anstatt Unsummen an Forschungsgeldern in Projekte zu stecken, bei denen die schädlichen Nebenwirkungen die positiven Effekte fast übertreffen.

Wer die immer wieder auftretenden "unerklärlichen Sonderfälle" mit wachem Geist verfolgt, kommt unweigerlich zu dem Schluss, dass in unserem Körper und in unserem Geist eine geradezu unendlich viel grössere Bandbreite von Funktionen und Mechanismen angelegt sind, als wir bisher wissen, ja als wir uns bisher vorstellen können. Dieser Spur wollen wir hier nachgehen. Wir wollen uns auf die Suche nach der verlorenen Gebrauchsanleitung für unseren Körper und unseren Geist machen. Denn dass wir sie verloren haben, ist wohl unzweifelhaft, sonst gäbe es weniger Krankheiten, Störungen und Probleme, oder wir könnten zumindest leichter mit ihnen fertig werden. Dennoch ist die Vorstellung einer Gebrauchsanleitung oder eines Benutzerhandbuchs für unseren Körper sicherlich auf den ersten Blick etwas befremdend, meinen wir doch trotz allem, dass wir ganz gut mit ihm zurecht kommen. Immerhin leben wir ja, erreichen sogar ein immer höheres Alter und haben auch einen beachtlichen Stand der Zivilisation erreicht. So schlimm kann es also doch gar nicht sein! Nun, wir werden auf diese Punkte im weiteren Verlauf des Buches noch näher eingehen – und dabei so manche Überraschung erleben.

Doch zunächst wollen wir uns ein uns besser vertrautes Beispiel betrachten: das Auto. Beim Auto weiss jeder, dass es eine Gebrauchsanleitung gibt und dass sie für die richtige Funktion und die Lebensdauer des Autos entscheidend ist, auch wenn die meisten sich in dieser Beziehung auf die Fachleute in den Autowerkstätten verlassen. Hier muss man jedoch bereits eine wichtige Unterscheidung treffen. Es gibt nämlich den ersten Teil der Gebrauchsanleitung, der sich mit dem täglichen Umgang, mit der Handhabung befasst, und den zweiten, der beschreibt, wie eventuell auftretende Probleme zu beheben und zu reparieren sind. Wer den ersten Teil kennt und befolgt, der muss den zweiten Teil viel weniger in Anspruch nehmen. Das können alle Autobesitzer bestätigen, die sich selbst regelmässig um ihr Auto kümmern und Acht geben, dass es korrekt bedient und gewartet wird. Sie sparen sich dadurch einiges an Reparaturkosten und erhöhen gleichzeitig die Lebensdauer ihres Gefährts zum Teil erheblich. Aber auch alle anderen achten darauf, die Kupplung nicht schleifen zu lassen, nicht mit angezogener Handbremse zu fahren oder das Licht beim Aussteigen auszuschalten. Denn sie wissen – manchmal aus leidvoller Erfahrung –, dass bei Nichtbeachtung dieser Grundregeln die Funktion erheblich beeinträchtigt wird. Am sorgfältigsten achtet wohl jeder Autofahrer darauf, immer rechtzeitig zu tanken, und zwar ausschliesslich den richtigen Kraftstoff für sein Fahrzeug. Denn hier wirkt sich ein falsches Verhalten am direktesten aus, indem man einfach nicht weiterfahren kann. Bei anderen Verhaltensmassregeln, deren Missachtung sich zunächst nicht direkt äussert, sind viele dann schon eher zum Schludern geneigt, und einige sind sich dessen nicht einmal bewusst. Denn sie bringen die immer wieder anfallenden Reparaturkosten aus Unwissenheit nicht mit ihrem fehlerhaften Verhalten in Verbindung, z. B. beim Fahren mit zu geringem Reifendruck oder mit zu wenig Öl oder Kühlwasser.

Zusammenfassend können wir an diesem Beispiel festhalten, dass es wichtig ist, eine Gebrauchsanleitung zu haben, sie zu kennen und sie zu befolgen, und zwar in optimaler Weise so, dass man durch die korrekte Anwendung des ersten Teils über das alltägliche Verhalten den zweiten Teil über die Reparatur von Störungen möglichst überflüssig macht. Dieser zweite Teil sollte eigentlich nur für den Ausnahmefall da sein.

Genauso muss auch eine Gebrauchsanleitung für unseren Körper und unseren Geist existieren, die uns Aufschluss über das korrekte alltägliche Verhalten und über die Behebung von Störungen gibt. Denn so wie es für das Auto bestimmte geeignete Kraftstoffe gibt, so gibt es sicherlich auch für den Körper geeignete, seine Funktion fördernde und ungeeignete, seine Funktion schädigende Nahrungsmittel. Oder so wie es beim Auto wichtig ist, dass der Ölstand nicht zu niedrig, aber auch nicht zu hoch ist, oder dass dem Kühlwasser Frostschutzmittel im Winter, nicht aber im Sommer zugegeben wird, so gibt es sicherlich auch für den Körper Richtlinien über Menge und Zeitpunkt der Nahrungsaufnahme allgemein oder der Zufuhr bestimmter Nahrungsmittel, die seiner Funktion förderlich oder abträglich sind.

An dem Erlebnis mit Gabriel haben wir zwei Beispiele von Verhaltensweisen dem Körper gegenüber kennen gelernt, die im einen Fall der

Gebrauchsanleitung entsprachen, im anderen Fall jedoch nicht. Dabei war die Folge des korrekten Verhaltens aus der subjektiven Sicht von Gabriel eine “Wunderheilung”. Würde das zugrunde liegende Wissen zum Allgemeingut gehören und von jedermann angewandt werden, dann wäre das nichts Besonderes gewesen, sondern eine ganz normale Störungsbehebung. Wenn ein Auto, das sich partout nicht mehr von der Stelle bewegt, nach Lösung der Handbremse wieder ganz normal fährt, dann ist das auch für niemanden ein Wunder – ausser vielleicht für denjenigen, der aus Unwissenheit eine Ewigkeit an der falschen Stelle nach der Ursache des Problems gesucht hat.

Was wäre im Fall von Gabriel jedoch geschehen, wenn er früher zu uns gekommen wäre, oder wenn er oder zumindest sein Arzt das entsprechende Kapitel der Gebrauchsanleitung gekannt hätten? Nun, dann hätte er sicherlich keine zwei Wochen unter dem Gehörverlust zu leiden gehabt, bei rechtzeitiger Be-Hand-lung wäre das Problem mit seinem Ohr sogar überhaupt nicht zum Tragen gekommen. Dadurch wären seinem Organismus die Nebenwirkungen der verabreichten Medikamente erspart geblieben und seiner Psyche – und auch seiner Umwelt – die missmutige Qual unter der körperlichen Beeinträchtigung. Bei noch früherer Be-Hand-lung und weiteren korrekten Verhaltenselementen wäre sein Körper wahrscheinlich sogar viel früher mit der Grippe fertig geworden oder sie wäre nur als kleiner Schnupfen oder überhaupt nicht zum Ausbruch gekommen.

Wir sehen, welchen Unterschied es machen kann, ob man sich richtig verhält oder nicht und ob man nur den Reparaturteil der Gebrauchsanleitung zur Anwendung bringt oder auch den allgemeinen Verhaltensteil. Aus diesen Gründen ist es nicht nur äusserst wichtig, unsere verloren gegangene Gebrauchsanleitung wieder zu finden, sondern sie zum absoluten Allgemeingut werden zu lassen. Sie sollte zum wichtigsten Fach in allen Schulen werden, damit niemand mehr in den bedeutendsten Fragen des Lebens, nämlich der Gesundheit und des Wohlergehens, allein gelassen wird oder auf Fachleute angewiesen ist, die ihm letztlich auch nicht richtig oder nur zu spät helfen können.

Nun gibt es natürlich erhebliche Unterschiede zwischen unserem Körper und einem Auto. Immerhin ist unser Körper weitaus komplexer, steht in enger Verbindung zu unserem Geist und unserer Seele und hat damit Funktionen, die weit über das Mechanische hinausgehen. Ausserdem war Gabriels Problem ja ein vergleichsweise harmloser Fall, der sich auch ohne Arzt und ohne unsere Hilfe irgendwann wieder aufgelöst hätte. Kann man da überhaupt global an eine Gebrauchsanleitung denken, und ist es nicht utopisch, danach zu suchen?

Diesen beiden häufig geäusserten Argumenten sind jedoch mehrere Dinge entgegenzuhalten. Zum einen macht es gerade die komplexe Struktur unseres Körpers noch viel dringlicher, richtig mit ihm umzugehen. Denn wir haben ja nur einen und können uns nicht wie beim Auto immer wieder ein neues kaufen. Zum anderen ist unser Körper ein wichtiges Hilfsmittel für unseren Geist und unsere seelische Entwicklung, weshalb falsches Verhalten bei ihm sofort viel weitreichendere Auswirkungen hat. Andererseits ist es durch die Einheit von Körper und Geist und durch die zahlreichen intelligenten Strukturen und Kreisläufe in unserem Körper fast zwingend, dass diesem eine Struktur zugrunde liegt, die sich in einem Handbuch des richtigen Verhaltens äussert und dieses auch viel weniger kompliziert macht, als man zunächst denken könnte. Schliesslich sind gerade die angeblich so harmlosen Fälle wie in unserem Eingangsbeispiel diejenigen, die unser Wohlbefinden und unsere Funktion am stärksten und nachhaltigsten beeinträchtigen und durch Wiederholung und Summierung über längere Zeit zu ernsthaften Dauerschädigungen führen. Aus diesem Grunde wäre es bereits wünschens- und erstrebenswert, nur für solche "harmlosen Kleinigkeiten" einen angemessenen Verhaltensratgeber zu haben.

Wie wir im weiteren Verlauf dieses Buches sehen werden, gibt es viele Hinweise in uns selbst, in der Natur und in alten Überlieferungen, die andeuten, dass es alles andere als utopisch ist, nach der Gebrauchsanleitung für unseren Körper und unseren Geist zu suchen. Diese Hinweise zeigen jedoch auch, dass wir nicht nur vergessen haben, wie wir mit unserem Körper und Geist richtig umgehen sollten, sondern auch, welche Funktionen und Mechanismen in ihnen überhaupt angelegt sind.

Das lässt sich am besten veranschaulichen, wenn wir unser Beispiel mit dem Auto noch erweitern. Stellen wir uns dazu vor, wir seien in einem Land oder in einer Zivilisation, in der Autos unbekannt sind. Eines Tages bekommen die dortigen Einwohner ein Auto geschenkt, allerdings ohne Anleitung und mit leerem Tank. Die Menschen gehen jetzt natürlich daran, das geheimnisvolle Geschenk genau zu untersuchen und auszuprobieren. Nach einiger Zeit haben sie herausgefunden, dass man die Türen öffnen und es sich darin bequem machen kann, dass man damit leuchten und einen schrillen Ton erzeugen kann. Dann dreht einer der Experimentatoren den Zündschlüssel, und da ein Gang eingelegt ist, macht das Auto einen Satz nach vorne. Nach dem ersten Schreck sind alle begeistert und verstehen jetzt, dass man sich mit dieser Maschine fortbewegen kann. Solange man den Schlüssel gedreht hält, bewegt man sich ruckweise nach vorne. Eine tolle Sache!

Natürlich sind die nächsten Schwierigkeiten abzusehen, sobald die Batterie ihren Geist aufgibt. Doch schon zuvor haben die Experimentatoren bemerkt, dass die Vorwärtsbewegung etwas mit diesem speziellen Kasten unter der Motorhaube zu tun haben muss. Denn wenn man eines der Kabel von ihm abklemmt, funktioniert das Ganze nicht mehr. Da sie sich mit Elektrizität auskennen, haben sie das Batterieproblem bald im Griff, und so benutzen sie die geschenkte Maschine als Fortbewegungsmittel, vor allem zum Transport schwerer Gegenstände.

Nun kommt eines Tages ein Fremder, der sie beim Gebrauch ihres Autos beobachtet und nach einer Weile den Chef der Mannschaft zu sich bittet. Er wolle ihm ein Geheimnis anvertrauen, durch das sie ganz andere, geradezu unglaubliche Kräfte in ihrer Maschine erwecken könnten. Der Chef zeigt sich interessiert, und so berichtet der Fremde ihm von der korrekten Funktion und Handhabung des Autos. Das klingt zwar alles etwas kompliziert, aber versuchen wollen sie es doch. So lässt der Chef den Tank mit Treibstoff füllen, setzt sich selbst ans Steuer, drückt die Kupplung und dreht den Zündschlüssel. Nichts! Es tritt zwar das bekannte Geräusch auf, aber das Auto bewegte sich nicht mehr wie bisher nach vorne. Er versucht es noch einmal, dieses Mal etwas länger. Plötzlich fängt das Auto an zu brummen, zu wackeln und zu rauchen. Vor Schreck lässt er die Kupplung los und schiesst wie eine Rakete davon. Der Fremde hat Recht gehabt. Diese geheimnisvollen Prozeduren haben eine solche Steigerung der Funktionsweise des Autos bewirkt, dass es mit der bisher bekannten nicht mehr zu vergleichen ist. Man kann mit Fug und Recht von einem Quantensprung sprechen.

Doch kommen wir zurück zu unserem Thema der wahren Gesundheit. Was hat diese kleine Geschichte mit uns zu tun? Sollte es etwa möglich sein, dass auch wir nicht nur die Gebrauchsanleitung für unseren Körper und Geist verloren haben, sondern auch das Bewusstsein für ihre wirklichen Funktionsmechanismen? Unmöglich! Oder vielleicht doch? Hat nicht schon Einstein behauptet, wir nützten nur 5 - 10% unseres geistigen Potentials? Sagen nicht die Mediziner und Biologen, die unser Gehirn erforschen, dass die Aufgabe und Funktion seines grössten Teils noch nicht geklärt sei? Halten nicht die modernen Genforscher mehr als 90% unserer DNA, also unserer Gene, für bedeutungslosen – zumindest für unverständlichen – Datenmüll? Gibt es nicht Organe, wie die Mandeln oder den Blinddarm, die die heutige Medizin für funktions- und bedeutungslos hält und daher sogar oft vorbeugend herausoperiert? Hört man nicht immer wieder von Menschen mit besonderen, aussergewöhnlichen oder gar übernatürlichen Fähigkeiten? Könnte es etwa sein, dass diese Fähigkeiten genauso wenig paranormal sind wie das korrekt gehandhabte Auto in der obigen Geschichte? Wenn das so wäre, dann wären wir in unserem gegenwärtigen Dasein vielleicht ebenso weit vom eigentlichen, normalen Menschsein entfernt wie das dahinhopsende Auto von seiner Funktion als Fahrzeug. Dann läge in all dem, was die gegenwärtige Wissenschaft als ungeklärt, unerforscht, unverständlich oder bedeutungslos deklariert, das Potential für einen Quantensprung ins Unvorstellbare. Ja, und wenn das so wäre, dann hätten wir heute allesamt – Bevölkerung, Medizin, Naturheilkunde – nicht einmal den Schimmer einer Ahnung, was wirkliche Gesundheit tatsächlich bedeutet.

Kann das möglich sein? Horchen wir in uns hinein, prüfen wir unser Gefühl und nehmen wir dabei alle jetzigen oder früheren Ahnungen ernst, dass das Leben doch etwas anderes für uns sein sollte, als das, was wir heute erleben.

Doch egal, wie Ihre Antwort jetzt auch aussehen mag, kommen Sie mit auf die abenteuerliche Entdeckungsreise nach dem Geheimnis der wahren Gesundheit. Das wird die interessanteste und die lohnendste Reise, die Sie je machen können, und am Ende werden Sie selbst – nicht das Buch – die Antwort geben.

2. Freund oder Feind?

“Unmöglich!” meldete sich eine resolut aussehende Dame zu Wort. “Völlig unmöglich! Ich bin Geschäftsfrau, wissen Sie! Ich habe einen Laden, und da kann ich mir meine Zeit nicht einfach so einteilen.”

Ich befand mich im Musikzimmer der Gemeindeschule eines kleinen Ortes in den Schweizer Alpen, wo ich vor einer Gruppe von etwa 20 Zuhörern einen Vortrag über die *Ritam-Samation* hielt. Ich hatte in aller Ausführlichkeit die Technik und vor allem den Zweck der Samation erläutert, war auf den Unterschied zwischen Samation und Meditation eingegangen und erklärte nun gerade, wie das Ganze praktisch im Alltag aussieht. Das Entscheidende sei, so betonte ich, die regelmässige und kontinuierliche Ausübung der Ritam-Samation zweimal pro Tag für je etwa 30 Minuten.

Bei diesen Worten war mir die Dame – nennen wir Sie Elli – ins Wort gefallen. Sie sass vorne rechts, mochte so Mitte 40 sein, war etwas rundlich und strahlte eine grosse Dynamik und Resolutheit aus. Sie blickte sich im Raum um und erntete von einigen Seiten zustimmendes Kopfnicken. Ruhig ging ich auf ihre Bemerkung ein:

“Nichts ist unmöglich. Es ist nur die Frage, ob wir es wollen oder nicht. Für wie viele Dinge gelingt es uns auch unter den schwierigsten Bedingungen genügend Zeit zu finden, wenn wir es nur wollen! Wie viel Zeit verbringen wir jeden Tag vor dem Fernseher oder der Zeitung, letztlich nur um unser Bewusstsein mit Belanglosigkeiten oder Unsinnigkeiten zu belasten! Wir haben alle unseren freien Willen. Daher möchte und werde ich Sie hier zu nichts zwingen oder überreden. Ich möchte Ihnen einzig und allein Informationen geben, aufgrund derer Sie dann mit Ihrem eigenen freien Willen eine Entscheidung treffen können. So oder so – das liegt an Ihnen. Doch dazu sollten Sie sich auch klar machen, was Sie im Leben wollen. Denn Sie haben zwar Ihren absolut freien Willen, den Ihnen niemand nehmen kann, doch Sie müssen dann auch die Folgen Ihrer freien Entscheidung tragen. Diese Verantwortung kann Ihnen ebenso niemand abnehmen. Und dazu ist es gut, Informationen zu haben und sich über die Dinge Klarheit zu verschaffen.

Wenn Ihnen Ihre Gesundheit am Herzen liegt – wahre Gesundheit – dann müssen Sie dafür etwas tun. Von nichts kommt nichts. Und nach all den Fehlern, die wir in der Vergangenheit an unserem Körper und unserem Geist begangen haben – und für die wir auch immer Zeit hatten – sollten wir so bald wie möglich anfangen, eine andere Richtung einzuschlagen. Sie können nicht erwarten, dass das, was sich über lange Jahre und Jahrzehnte peu à peu angehäuft hat, plötzlich über Nacht verschwindet. Auch die Ritam-Samation ist bei all ihren wunderbaren Wirkungen keine Wundertechnik, die per Fingerschnipp alles wieder gut macht, was wir durch unser Verhalten verbockt haben."

Ich wiederholte daraufhin nochmals die technischen Einzelheiten, gab den Beginn des Kurses bekannt, und beendete den Vortrag.

Zwei Tage später begann der Kurs, Elli war dabei. Sie hatte sich Gedanken über ihre Prioritäten gemacht und wollte es zumindest versuchen. Am darauffolgenden Tag kam sie zu einem *Darshana*, einem Einzelberatungsgespräch, zu mir und berichtete mir von ihren Verdauungs- und Gewichtsproblemen. Sie habe schon alle möglichen Diäten und Ernährungsrichtungen ausprobiert, aber ihre paar Kilo zuviel seien einfach hartnäckig. Ausserdem habe sie oft mit Blähungen zu kämpfen, vor allem, wenn sie vermehrt frische Nahrungsmittel zu sich nehme. Auch ihre Verdauung lasse sehr zu wünschen übrig. Sie habe nur zwei- bis dreimal pro Woche Stuhlgang, manchmal noch seltener. Was denn die richtige Ernährung für sie sei? Oder ob sie einmal fasten solle?

Die Essenz der Ratschläge, die ich ihr in diesem Darshana gab, lassen sich mit zwei alten Volksweisheiten zusammenfassen:

1. Iss nur, wenn du wirklichen Hunger hast, und höre auf, wenn es am besten schmeckt.

2. Dein Essen sollst du trinken, und dein Trinken sollst du essen.

Diese zweite Regel soll besagen, dass man die Nahrung so gut kauen und einspeicheln soll, dass sie flüssig wird, bevor man sie hinunterschluckt, bzw. dass man auch Getränke gut einspeicheln, also geradezu "kauen" soll.

In Wirklichkeit gab ich ihr noch einen dritten Rat. Doch auf den möchte ich erst an späterer Stelle eingehen.

Nach einer Woche sah ich Elli wieder, und sie berichtete mir stolz und voller Freude, dass sie bereits 3 kg abgenommen und täglich ein- bis zweimal Stuhlgang habe. Am Tag zuvor seien es sogar drei Mal gewesen.

Das wiederum war nun ein Angabe, wegen der vor einigen Monaten eine junge Frau aus Süddeutschland mit ihrem zweijährigen Sohn zum Darshana kam. Sie erzählte, dass sie zwei Wochen bei Bekannten in der Osttürkei verbracht hatten. Dort sei es jedoch schrecklich gewesen, denn ausser Brot, Joghurt, etwas Gemüse aus dem Garten und Wasser habe es nichts zu essen gegeben. Ihre Kinder hätten über dauernden Hunger geklagt. Und seit dieser Reise mache ihr Kleiner nun regelmässig dreimal täglich seine Windeln voll. Nach jeder Mahlzeit müsse sie ihn wickeln. Sie befürchtete, dass er sich eine Darminfektion geholt habe, und auch ihr Kinderarzt habe sie aufgefordert, wieder zu ihr zu kommen, wenn sich das innerhalb der nächsten Woche nicht ändere. Nachdem ich feststellen konnte, dass es sich nicht um Durchfall handelte und dass die Konsistenz des Stuhls ganz normal war, fragte ich:

“Konnten Sie beobachten, was die anderen Kinder dort in der Türkei assen und wie deren Stuhlgang war?”

“Die haben dort alle nicht viel zu essen, manche stehen sogar mit Hunger wieder vom Tisch auf. Und jetzt, wo Sie es sagen, erinnere ich mich. Die mussten alle so oft aufs Klo, wenigstens die Kleineren, von denen man das so mitbekommt!”

Ich beglückwünschte sie jedenfalls zu der Verdauung ihres Sohnes und ermahnte sie, darauf zu achten, dass es so bleibe, gemäss der Regel: So oft wir am Tag Nahrung zu uns nehmen, so oft muss Stuhlgang stattfinden. Als sie mich daraufhin etwas verduzt anblickte, erklärte ich ihr die Zusammenhänge. Begleiten Sie uns doch auf diesem kleinen Exkurs in unser Verdauungssystem. Elli werden wir später wieder begegnen.

Die Menschen in den ärmeren Gebieten der Osttürkei, von denen gerade die Rede war, leben – was die Ernährung angeht – so wie die meisten Menschen vor ein paar Hundert Jahren oder wie die Tiere in freier Wildbahn. Sie alle denken überhaupt erst ans Essen, wenn sie Hunger haben. Sie leben nicht in einer Überflussgesellschaft wie wir, wo das Essen zu einem Zeitvertreib und zu einem sozialen Ereignis geworden ist, und nicht mehr der Hunger, sondern der Appetit, die Langeweile, gesellschaftliche Anlässe, der Glockenschlag der Uhr, verlockend duftende oder appetitanregend angebotene Snacks für zwischendurch bestimmen, ob und wann wir Nahrung zu uns nehmen. Der Hunger ist darüber bei uns in Vergessenheit geraten, ja er wird geradezu als Feind bekämpft. So ist man peinlichst darauf bedacht, immer etwas Essbares griffbereit zu haben, für den Fall, dass es beginnt in der Magengegend zu rumoren. Physiologisch betrachtet ist das jedoch grundverkehrt. Denn der Hunger ist alles andere als ein Feind. Das sehen wir am besten bei wilden Tieren oder Naturvölkern, die erst ans Essen denken, wenn sie Hunger bekommen, und die dann auch erst auf Nahrungssuche gehen, was ein Höchstmass an Energie, Ausdauer und Sinnesschärfe erfordert. Bei Raubtieren kann es beispielsweise mehrere Tage dauern, bis sie eine Beute aufgespürt haben, die sie dann noch erlegen müssen. Und das alles im Zustand des "Bärenhungers"! Haben sie dann jedoch gefressen, ist es aus mit der Energie und Sinnesschärfe. Ein vollgefressener Löwe schläft beispielsweise bis zu 24 Stunden am Stück.

Offensichtlich ist der Hunger somit weit mehr als nur ein Hinweissignal, dass der Körper nach Nahrung verlangt. Tatsächlich bereitet er auch das Verdauungssystem auf die nächste Nahrungsaufnahme vor, indem er eine Ausschleimung von Dünn- und Dickdarm einleitet und dadurch eine Darmentleerung anregt. Gleichzeitig mobilisiert er im Körper Kraft und Energie und versetzt Geist und Sinne in höchste Wachheit. Dazu kommt, dass das Verdauungssystem nur im Zustand des Wolfshungers in der Lage ist, aus der Nahrung alles optimal herauszuholen und zu verstoffwechseln, was der Körper braucht. Stellen wir uns dazu unsere Verdauungskraft als ein Feuer vor, so lodert es bei "brennendem" Hunger so stark, dass es wirklich alles verbrennen kann, sogar nicht so gute oder etwas überreichliche Nahrung. In diesem Zustand baut der Stoffwechsel sogar Schlack- und Schadstoffe im gesamten Körper ab, die sonst unserer Gesundheit abträglich werden. Glimmt das Feuer jedoch nur schwach und ist es kurz vor dem Verlöschen, dann entsteht selbst aus dem besten Brennmaterial, also der besten, reinsten, biologischsten, vollwertigsten Nahrung nur Qualm und Rauch, umso mehr wenn sie in zu grosser Menge zugeführt wird. Das ist der Fehler, den fast alle Ernährungssysteme und -theorien begehen. Sie konzentrieren sich einzig und allein auf das “Was”, vergessen jedoch das “Wie”. Doch was nützt letztendlich all die kostbare – und oftmals teure – vegetarische, makrobiotische, säuren-basen-ausgeglichene, getrennte oder nicht getrennte, vollwertige, energetische Lichtnahrung, wenn das Verdauungssystem überhaupt nicht darauf vorbereitet und in der Lage ist, sie korrekt zu verwerten?

Daher liegt im Hunger der Schlüssel zur richtigen und gesunden Ernährung. Isst man mit wirklichem Hunger, dann wird die Nahrung optimal und vollständig aufgeschlossen und alle Inhaltsstoffe werden verwertet. Gleichzeitig sind unsere Sinne so wach und scharf, dass sie uns wieder als verlässliche Wegweiser zu unserer richtigen Nahrung dienen. Im gegenwärtigen Zustand der Dumpfheit gaukeln sie uns ja in ihrer Degeneration leider nur allzu oft einen Wohlgeschmack oder Wohlgeruch ausgerechnet bei den Nahrungsmitteln vor, die ungesund oder gar schädlich sind. Da der Hunger auch eine Ausreinigung und Entleerung des Darmes anregt, beendet er automatisch jegliche Verstopfungsprobleme, und es ergibt sich der natürliche Rhythmus, bei dem spätestens kurz nach jeder Nahrungsaufnahme eine Darmentleerung erfolgt. Nur so wird im Verdauungssystem ein Stau verhindert. Daher hat der kleine Junge durch seinen Türkeiurlaub ohne Süssigkeiten und Zwischendurchmahlzeiten tatsächlich entgegen aller Unkenrufe von angeblichen Fachleuten, die sich jedoch selbst falsch ernähren, zu einem urnatürlichen Rhythmus im Einklang mit den Gesetzmässigkeiten des Verdauungssystems gefunden, bei dem so oft am Tag ein Stuhlgang stattfindet, wie er Mahlzeiten zu sich genommen hat.

Betrachtet man all diese Punkte, dann ergibt sich die Frage, warum wir den Hunger eigentlich als Feind betrachten. Ist er nicht vielmehr einer unserer besten Freunde, der uns so viele gesundheitsförderliche Wohltaten bringt? Die Antwort liegt wie so oft in unserer Unwissenheit, darin dass wir unsere Gebrauchsanleitung vergessen haben. Dabei hatten alle Kulturen dieser Erde ihre Aufbau- und Blütephase unter spartanischen Bedingungen, wo Hunger zur Tagesordnung gehörte. Als man dann “endlich keinen Hunger mehr leiden musste” und der Überfluss einsetzte, begann stets der Niedergang. Auch wir heute, die wir uns aus

Angst vor dem Hunger quasi ohne Unterbrechung im Zustand des vollgefressenen Löwen halten, stellen eher ein Paradebeispiel der Degeneration dar als ein strahlendes Beispiel der Krone der Schöpfung. Die Wurzel dieser Schizophrenie liegt bereits einige Generationen in der Vergangenheit. Denn obwohl die Menschen in jeder Notzeit am eigenen Leibe erfuhren, welche Vitalität und Kondition sie in solchen Situationen hatten, und obwohl die Adligen ihnen in ihrem Überfluss schon immer mit ihren Zipperlein und ihrer Degeneration genau das Gegenteil vorlebten, prägte sich beim "gemeinen Volk" der Wunsch tief ein, einmal so wie die Adligen, wie "Gott in Frankreich" leben zu können. Heute ist uns die Erfüllung dieses Wunsches beschieden worden, und heute sind wir genauso krank und degeneriert wie es die Adligen schon immer waren. In dieser bedauernswerten Lage sind wir natürlich über jede Erleichterung oder Hilfe froh, auch wenn es gar keine wirkliche Hilfe ist, und benutzen hemmungs- und gedankenlos all die Mittelchen und Pülverchen, die uns die Medizin bietet, ohne zu erkennen oder wahrhaben zu wollen, dass sie uns nur noch weiter in den Teufelskreis hineinspiralisieren. Bei näherem Hinsehen entpuppen sich so unsere angeblichen Freunde als Feinde und unser angeblicher Feind als Freund.

Hier ist der Punkt, wo es gilt aufzuwachen, sich über den momentanen Zustand bewusst zu werden und Prioritäten zu setzen. Wenn diese Prioritäten anders sind, als sich weiter so bis an das selige Ende dahin treiben zu lassen, dann müssen auch die entsprechenden Handlungen folgen. Und die erste, wichtigste und zum Glück auch einfache Handlung besteht darin, den Hunger wieder zu kultivieren. Dazu müssen wir nicht hungern, oder gleich irgendeine Fastenkur machen. Nein! Wir fasten einfach dreimal täglich, indem wir mit jeder Nahrungsaufnahme so lange warten, bis der Hunger sich gemeldet hat, und ihn dann auch eine gute halbe Stunde "geniessen". Welch tiefgreifende Auswirkungen diese simple Handlung auf unser Wohlbefinden und auf unsere Gesundheit hat, kann man sich nach den obigen Ausführungen vielleicht ansatzweise vorstellen. Richtig nachvollziehen kann man es jedoch erst, wenn man es ausprobiert hat, aber nicht nur für ein paar Tage, sondern mindestens für ein halbes Jahr. Denn nicht bei allen geht es so schnell und einfach wie bei Elli. Doch nach einem halben Jahr kann jeder selbst für sich anhand seiner eigenen Erfahrungen beurteilen, ob es richtig ist oder nicht.

Selbstverständlich kommen bei vielen jetzt die einen oder anderen Bedenken oder Gegenargumente. Vor allem die Hausfrauen werden sich mit Schrecken vorstellen, wie jedes Familienmitglied zu einer anderen Uhrzeit mit Hunger ankommt und essen will. Doch selbst wenn dem so wäre, müsste die Frage erlaubt sein, was wichtiger wäre: ein geregelter Essensrhythmus oder eine gesunde Familie. Aber zum Glück kommen uns auch hier die Naturgesetze zu Hilfe. Denn wenn man mit wirklichem Hunger isst und aufhört, wenn es am besten schmeckt, dann kommt der nächste Hunger nach etwa fünf Stunden, wie die Erfahrung zeigt. Das ist unabhängig davon, ob man körperlich oder geistig arbeitet, ob man dick oder dünn ist, alt oder jung. Dieser Rhythmus, der sich natürlich nicht gleich am ersten Tag einstellen wird, wird also nach einiger Zeit die Grundlage für einen neuen Essensplan der Familie darstellen, dann jedoch im Einklang mit dem Essensrhythmus eines jeden einzelnen Familienmitglieds.

Mit anderen Worten: Man kann sein Essverhalten auch vorausplanen. Wenn die Mittagspause in der Firma keine flexible Essenszeit zulässt, dann passt man eben die Menge und die Zeit des Frühstücks so an, dass der Hunger spätestens eine halbe Stunde vor der Mittagspause kommt. Das Gleiche gilt für Einladungen, Geschäfts- oder Festessen oder andere unausweichliche Essenstermine.

Sieht das nicht bereits wie die ersten Elemente einer Gebrauchsanleitung aus? Und ist sie nicht erheblich einfacher als erwartet? Das liegt daran, dass wir uns einzig und alleine nur um unser Verhalten kümmern müssen, den ganzen Rest übernimmt die Intelligenz unseres Körpers. Im übernächsten Kapitel werden wir noch ausführlicher erkennen, wie grossartig sie ist und auf welch unglaubliche Weise selbst die kleinsten Vorgänge zusammenspielen.

Kommen wir jetzt aber noch einmal zurück auf das korrekte Verhalten der Nahrung gegenüber. Die erste Grundregel besagte diesbezüglich, dass wir nur essen sollen, wenn wir wirklichen Hunger haben. Dazu müssen wir jedoch zunächst den Hunger wieder kennen lernen. Denn wer aus der Nachkriegsgeneration hat in seinem Leben schon wirklichen Hunger erfahren? Dieser “Bärenhunger”, der hier gemeint ist, ist nun einmal deutlich verschieden von Appetit, den wir heutzutage gemeinhin mit Hunger verwechseln. Appetit ist beispielsweise sehr schnell verflogen, wenn wir uns vorstellen, wir hätten nur trockenes Brot zu essen, oder wenn wir ein Glas Wasser trinken. Richtiger Hunger dagegen lässt sich von so etwas nicht beeindrucken. In diesem Zustand würden wir alles essen, was uns zwischen die Zähne kommt. Auch Magenknurren hat nicht immer mit Hunger zu tun. Generell kann man sagen, dass wir in dem Moment, in dem wir uns fragen, ob wir Hunger haben oder nicht, sicherlich keinen Hunger haben. Denn wirklicher Hunger, Bärenhunger, ist über jeden Zweifel erhaben. Er ist ein ganz charakteristisches Gefühl, das man so schnell auch nicht mehr vergisst. Daher genügt es, einige Male zu üben und unsere Erfahrungen zu machen, indem wir beispielsweise ohne Frühstück loslaufen oder loswandern, bis nach spätestens fünf Stunden das unverkennbare Gefühl des Hungers kommt.

Wir sollten vor allem auch die Angst vor ihm verlieren und ihn ganz ruhig zulassen, beobachten und uns in ihn hineinfühlen. So schnell werden wir dabei nicht verhungern oder abmagern. Diese Sorge ist völlig unberechtigt. Aber wir werden eine neue Erfahrung machen, einen bisher unbekannten Aspekt unseres Körpers kennen lernen und feststellen, dass tatsächlich nichts Feindliches daran ist. Alles andere war und ist nur ein anerzogenes Hirngespinst. So sind die wenigsten Verhungerten wirklich am Hunger gestorben. Meist sind sie an ihrer Angst und Einbildung zugrundgegangen oder wurden durch ihre eigenen Giftstoffe vergiftet, die sich durch die langanhaltende Nahrungsenthaltung aus ihrem Darm gelöst haben. Ist es denn nicht paradox, wenn ein Mensch nach ein paar Wochen ohne Nahrung stirbt, während ein anderer sich freiwillig für 30 oder 40 Tage der Nahrung enthält, um sich zu reinigen und Erleuchtung zu erlangen? Warum stirbt der zweite nicht auch, bzw. warum erlangt der erste nicht die Erleuchtung? Weil sie sich verschieden programmiert haben. Ändern wir also unsere Programmierung dem Hunger gegenüber. Es ist völlig ungefährlich, den Hunger für eine halbe Stunde vor jeder Mahlzeit zuzulassen. Wir können sogar hin und wieder mal einen Fastentag einlegen, an dem wir nur Wasser zu uns nehmen. Der Hungertod droht erst nach dem Gewebshunger, der nach vier oder fünf Wochen des Nahrungsverzichts auftritt und den normalerweise niemand freiwillig übergehen kann. Alles andere ist gänzlich unbedenklich, wird uns jedoch neue Erfahrungen über unseren Körper – und unseren Geist! – vermitteln, sowie unserer Gesundheit grosse Dienste erweisen. Grosse Fastenaktionen sollten wir jedoch nur unter fachkundiger Anleitung und Überwachung vornehmen, und auch erst dann, wenn wir unseren Körper durch das korrekte Verhalten der Nahrung gegenüber mindestens ein Jahr lang gut darauf vorbereitet haben.

Haben wir den Hunger also wieder kennen und schätzen gelernt, so steht die zweite Grundregel der Nahrungsaufnahme an, nämlich aufzuhören, wenn es am besten schmeckt. Das ist deswegen so wichtig, weil wir den Magen nicht gänzlich füllen dürfen, damit die Verdauung noch genügend Platz hat, um optimal vonstatten gehen zu können. Sonst muss der Magen sich dehnen oder aber unverdaute Nahrung zurück in die Speiseröhre schieben, was wir dann als "Sodbrennen" zu spüren bekommen. Der Magen sollte generell nach dem Essen noch zu etwa 1/4 leer sein, und das ist ziemlich genau dann erreicht, wenn "es am besten schmeckt". Zu Beginn wird es wahrscheinlich nicht leicht fallen, den richtigen Zeitpunkt zu erwischen. Doch kann uns auch hier unsere Gebrauchsanleitung wieder helfen. Lässt nämlich der nächste Hunger länger als 5 Stunden auf sich warten, dann haben wir zu viel gegessen. Kommt er jedoch schon erheblich früher, dann war es zu wenig. So können wir im Laufe der Zeit durch Beobachtung unseres Hungergefühls zum korrekten Empfinden und Verhalten zurückgelangen. Ausserdem wird uns die Regel des ausführlichen Kauens und Einspeichelns eine weitere wertvolle Hilfe sein. Denn eins der grössten Probleme beim Essen liegt in der Geschwindigkeit. Die meisten Menschen essen heute nämlich so schnell, dass sie in der Zeit, die das Sättigungssignal des Magens bis zu unserem Bewusstsein benötigt, den Magen bereits überfüllt haben. Das kann jedoch nicht passieren, wenn wir ausführlich und genüsslich kauen. Dann können die Impulse des Verdauungssystems rechtzeitig umgesetzt werden, und so kommt es viel seltener zu einer Überfüllung des Magens.

Natürlich ist das Kauen auch aus einem anderen Grund wichtig. Denn die Nahrung kann nur dann optimal verstoffwechselt werden, wenn sie mechanisch fein genug zerkleinert ist. Ausserdem muss sie so gut wie möglich mit Speichel durchmischt sein, der neben seiner Vorverdauungsfunktion vor allem eine Informationsübertragung an das Verdauungssystem vornimmt, von der der weitere korrekte Ablauf entscheidend abhängt. All diese Prozesse können nicht stattfinden, wenn wir die Nahrung – oder auch Getränke – einfach hinunterschlingen, in der Meinung, der Magen mache das schon. Wäre dem so, dann bräuchten wir keinen Speichel und auch keine Mahlzähne. Und wenn wir sie nicht bräuchten, dann hätten wir sie auch nicht.

Damit haben wir das erste wichtige Kapitel der Gebrauchsanleitung unseres Körpers hinter uns und haben jetzt auch verstanden, warum Elli "nur" durch diese einfachen Ratschläge so raschen Erfolg hatte. Jeder kann – und sollte – nun sofort mit der Umsetzung beginnen, damit eigene Erfahrungen folgen. Sonst bleibt alles graue Theorie, die man einfach so akzeptiert oder ablehnt. Wirklich ändern kann sich jedoch nur dann etwas, wenn eigene Erfahrungen hinzu kommen. Im nächsten Kapitel werden wir sehen, wie solche Erfahrungen auf lange Frist aussehen können.

3. Der Mythos des ewigen Lebens

Unsterblichkeit! Ein uralter Traum der Menschheit. In allen Kulturen und zu allen Zeiten gab es mythologische Berichte von Menschen, die versuchten, das Geheimnis des ewigen Lebens zu ergründen, von Heiligen oder "Gottessöhnen", die sehr lange auf der Erde weilten, von Jungbrunnen oder geheimnisvollen Verjüngungskuren, die den Menschen wieder ihre jugendliche Frische zurückgaben und ihnen zu einem längeren Leben verhalfen. In der heutigen, rationalen Zeit werden solche Zeugnisse allenfalls als unterhaltsame Sagen oder psychologisch zu interpretierende Märchen betrachtet. Doch auch heute hat der Mythos des ewigen Lebens noch seinen Platz in unseren Köpfen und Herzen. Meist wird er aber nicht mehr auf den Körper bezogen, sondern auf andere Ebenen verlagert. In den vergangenen Jahrhunderten konnten zumindest die Religionen und die Spiritualität den meisten Menschen noch eine Aussicht auf eine Existenz über die stark begrenzte Zeit auf Erden hinaus bieten. Doch diese Dimensionen werden heute immer weniger ernst genommen, weshalb neuere wissenschaftliche Theorien die Diskussion der Langlebigkeit auf unsere Gene verlagern. Danach bestehe das Ziel unseres Daseins auf der Erde darin, unseren Genen zum maximalen Überlebenserfolg zu verhelfen. Somit sichern sich diejenigen ihr "Leben nach dem Tode", die durch möglichst viele Kinder und Kindeskinder ihre Gene den nachfolgenden Generationen erhalten. Vielen Menschen ist das jedoch nicht genug oder zu unpersönlich, weshalb sie sich durch politische Handlungen, schlimmstenfalls durch Kriege oder Diktaturen, "verewigen". Andere tun dies durch wissenschaftliche oder künstlerische Werke, wieder andere durch finanzielle Investitionen, die in Form von Stiftungen oder humanitären Organisationen die Zeit überdauern sollen. Neuerdings haben sogar die kleinen Leute, die sich weder politisch, noch wissenschaftlich oder künstlerisch und schon gar nicht finanziell einen Namen machen können, die Möglichkeit, durch irgendeine aussergewöhnliche – und sei es noch so absurde – Einzigartigkeit im Guinness-Buch der Rekorde der Nachwelt in Erinnerung zu bleiben. Einigen wenigen ist jedoch auch das alles zu abstrakt und so verlegen sie ihr uneingeschränktes Vertrauen auf die Wissenschaft und die Technik, und zwar die der Zukunft. Sie lassen ihren Körper – manche auch nur ihren Kopf – nach ihrem Tod tiefgefrieren, in der Hoffnung, dass die Fortschritte der Menschheit in künftigen Jahrzehnten oder Jahrhunderten es erlauben werden, ihren tiefgefrorenen Leichnam zu neuem – dauerhafterem – Leben wieder zu erwecken.

Woher kommt diese tiefe Sehnsucht des Menschen, länger oder gar ewig zu leben? Ist sie nur ein Hirngespinst, oder hat sie eine ernsthafte Grundlage? Nun sicherlich hat sich jeder schon einmal Gedanken gemacht über die merkwürdige Zeitverteilung, die das Leben eines Menschen heute normalerweise kennzeichnet. So beginnen wir nach einer aussergewöhnlich langen Kindheit, in der wir mehr oder minder stark von der Fürsorge unserer Eltern abhängig sind, erst nach ca. zwei Jahrzehnten auf eigenen Beinen durchs Leben zu gehen. Dann folgt die Phase, in der wir unseren Platz im Leben suchen und finden und während der wir in körperlicher und geistiger Höchstform sind. Diese Phase dauert jedoch erstaunlicherweise weniger lang als die erste Entwicklungsphase. Denn in Übereinstimmung mit den meisten Fachleuten beginnt zwischen 28 und 35 bereits der körperliche Abbau, der bei manchen Menschen sogar recht rapide vonstatten geht. Die geistige Leistungsfähigkeit bleibt uns im allgemeinen ein paar Jahre länger erhalten, beginnt dann jedoch auch abzunehmen. Die Kräfte lassen nach, die Kondition wird schlechter, die ersten Zipperlein stellen sich ein, Krankheiten werden unser ständiger Begleiter. Wir werden alt. Ab 40 ist jeder Stammkunde beim Arzt, ab 50 hat jeder mindestens eine Operation hinter sich, ab 60 beginnt man, als Pflegefall wieder auf die Betreuung anderer angewiesen zu sein und schliesslich zu sterben. Das scheint die traurige Realität zu sein, die jeder am eigenen Leibe und noch viel mehr am Beispiel der Bekannten und Verwandten, ja der gesamten Menschheit erfährt. Und doch wollen sich einige nicht so einfach damit abfinden. Zu Recht! Denn schon alleine der Vorgang des langsamen Abbaus, des Verfalls ist ein in der Natur ungewöhnlicher Prozess. Alle Lebewesen in der freien Natur – Pflanzen wir Tiere – wachsen, gedeihen und entwickeln sich ständig weiter, ihr ganzes Leben lang bis zu dem Zeitpunkt, wo sie – eventuell nach einer kurzen Abbauphase – sterben. Kein Baum, kein Wolf, keine Antilope bauen ab wie der Mensch, und das gut für die Hälfte ihres Lebens. Warum also der Mensch, die Krone der Schöpfung?

Ein anderes Fragezeichen ergibt sich, wenn wir die Lebensspanne, vor allem die Phase der vollen körperlichen und geistigen Leistungsfähigkeit, mit der Aufbau-, Entwicklungs- und Lernphase der Kindheit in Relation setzen. Ist es nicht geradezu eine Energieverschwendung der Natur, einen Menschen 20 Jahre lang unter der engen Obhut seiner Eltern zu dem heranwachsen zu lassen, was einen Menschen ausmacht, nur um ihn nach weiteren 10 - 15 Jahren dem Abbau und Verfall zu übergeben und ihn am Ende nach einigen Jahren des Siechtums und der Pflegebedürftigkeit, die oftmals die Ausmasse des Kleinkindalters noch übersteigt, in einem meist jämmerlichen körperlichen und geistigen Zustand sterben zu lassen? Nirgends findet man auch nur eine ähnliche Relation in der Tierwelt der freien Natur. Zwar gibt es durchaus viele Tiere, die eine kürzere Lebensspanne haben, doch haben die im Verhältnis auch eine erheblich kürzere Kindheits- und Entwicklungsphase. Die Relation ist stets eine ganz andere, produktivere und sinnvollere. Also auch hier die Frage: Warum fällt der Mensch, die Krone der Schöpfung, so negativ aus dem Rahmen?

Die wissenschaftliche Forschung gibt uns darauf leider keine Antwort. Denn sie geht ja gerade von dem bestehenden "Normalfall" aus, analysiert ihn statistisch und beschreibt höchstens die zugrundeliegenden Vorgänge als normale und unabänderliche Realität. Nur einige wenige – wohl die "grösseren Geister" – scheinen über den Tellerrand der Normalität hinauszuschauen und sich tiefergehende Gedanken zu machen. So schreibt der bekannte Arzt und Stressforscher Dr. Hans Selye:

"Bei all meinen Autopsien (und ich habe über 1.000 durchgeführt), habe ich nie eine Person gesehen, die am Alter gestorben ist. Überhaupt denke ich nicht, dass überhaupt schon jemals jemand am Alter gestorben ist. Wir sterben unweigerlich, weil ein lebenswichtiger Teil des Körpers im Verhältnis zum Rest zu früh abgenützt ist."

Erinnert das nicht wieder an unseren Vergleich mit dem Auto? Tatsächlich gehen die wenigsten guten Autos aufgrund von fehlerhafter Konstruktion oder falscher Montage kaputt, sondern weil lebenswichtige Teile durch falsche Benutzung oder unzureichende Wartung ihren Geist aufgeben. Seinen Anfang nimmt das nur allzu oft mit unterlassenem Ölwechsel, zu geringem Ölstand, verschmutzten Filtern oder ähnlichen "Kleinigkeiten".

Hier stossen wir jedoch auch an die Grenze unseres Vergleichs. Denn wenn in einem Auto ein mechanischer Defekt aufgetreten ist – sei es durch falsche Behandlung oder durch einen Unfall – dann ist eine Reparatur unumgänglich. Selbst wenn man stattdessen zu einer absolut vorschriftsgemässen Pflege und Wartung nach jedem einzelnen Paragraphen der Gebrauchsanleitung übergeht, so ist der Schaden nicht von alleine zu beheben und wird sich meist sogar noch weiter verschlimmern, bis das Auto eben irreparabel kaputt ist. Bei unserem Körper ist das jedoch anders. Denn er ist mit ausgeklügelten Selbstreparaturmechanismen ausgestattet, die normalerweise alle Teile und Funktionen stets in einwandfreiem Zustand halten, wenn man ihnen nicht ins Handwerk pfuscht. Diese Mechanismen gehen sogar weit über die reine Reparatur und Korrektur von Schäden hinaus. So ist unser Körper nämlich in einem aufwendigen Prozess ständig damit beschäftigt, seine sämtlichen Bestandteile zu erneuern – Atom für Atom. Auf diese Weise sorgt er auf äusserst intelligente Weise dafür, dass die empfindlicheren und stärker strapazierten Gewebe in einem schnellen Rhythmus, die robusteren und weniger stark beanspruchten etwas langsamer ausgetauscht werden und somit insgesamt alles stets in neuer, unverbrauchter Form zur Verfügung steht. Nach etwa einem Jahr sind so fast alle Atome unseres Körpers durch neue ersetzt – ein geradezu unvorstellbarer Vorgang. Probleme oder Störungen aufgrund von Abnutzung oder Degeneration dürfte es daher also überhaupt nicht geben.

Stellen wir uns zur Verdeutlichung vor, wir lebten in einem Haus, bei dem sämtliche Bestandteile – Backstein für Backstein – jedes Jahr ausgetauscht würden. Eine unsichtbare Kraft wäre ständig damit beschäftigt, einen Ziegel nach dem anderen herauszunehmen und ihn sorgfältig durch einen neuen zu ersetzen, bis das ganze Haus aus neuen Bauelementen bestünde, und doch nach wie vor seine alte Gestalt besässe. In einem solchen Haus müssten wir uns nie Sorgen um Abnützung oder gar Zerfall machen. Selbst Schäden, die doch irgendwann durch äussere Einflüsse auftreten, wären nicht von Dauer. Spätestens nach einem Jahr wären sie im Laufe des automatischen Erneuerungsprozesses wieder verschwunden. Eine phantastische Vorstellung, nicht wahr? Viel phantastischer jedoch ist die Tatsache, dass wir in einem solchen Haus wohnen, in unserem Körper. Denn unser Körper ist heute nicht mehr derselbe, der er vor einem Jahr war, jedes seiner Atome ist in der Zwischenzeit durch ein neues ersetzt worden. Und er wird in einem Jahr nicht mehr derselbe sein, der er heute ist. Jedes kleinste Teilchen wird dann neu sein, erneuert, ausgetauscht. Also werden dann auch alle Störungen, alle Degenerationen, Abnützungen, ja selbst Beeinträchtigungen durch unsere verunstaltete Umwelt verschwunden sein!

Aber Halt! Hier scheint irgendwo ein Fehler zu liegen. Denn wir haben ja Krankheiten, Probleme, Schäden, die wir letztes Jahr auch schon hatten, und vor zwei Jahren. Ja, sie scheinen nicht besser zu werden, sondern eher immer schlimmer. Irgendwo muss da ein Fehler liegen. Doch wo? Den Wissenschaftlern, die diesen Austauschprozess nachgewiesen haben, kann man sicherlich trauen, denn in solchen quantitativen Messreihen sind sie sehr gut. Und selbst wenn sie sich um ein paar Monate in der Länge des ganzen Vorgangs vertan hätten, wäre das nicht ausschlaggebend. Also müssen wir woanders suchen.

Ausgehend von unserem Vergleich mit dem Haus kann man sich eigentlich nur drei mögliche Ursachen für diesen Widerspruch vorstellen:

1. Der gesamte Austauschprozess wird falsch oder unsachgemäss gesteuert. Wenn etwa einzelne Teile des Hauses irrtümlicherweise ausgelassen werden, oder aber der Austauschprozess so durchgeführt wird, dass Risse in der Wand nicht behoben, sondern sorgfältig beibehalten werden, dann wäre das Haus nach einem Jahr natürlich nicht "neu".

2. Das neue Rohmaterial, das zum Austausch des alten verwendet wird, ist mangelhaft. Dann wäre es gar keine Verbesserung, unter Umständen sogar eine Verschlechterung des gegenwärtigen Zustands, wenn beispielsweise ein poröser Backstein durch einen defekten oder noch poröseren ausgetauscht würde, oder wenn schlicht und einfach gewisse Bauelemente fehlen und nicht erneuert werden können.

3. Die Schädigungen treten schneller auf als die Reparatur. Wenn zum Beispiel jede Woche ein Fenster eingeschlagen, aber nur alle vier Wochen eins ausgetauscht wird, dann hat der Erneuerungsprozess keine Chance, dem nachzukommen. Genauso wenig wenn ein Loch im Dach bei jedem Windstoss und bei jedem Regenfall grössere Ausmasse annimmt und weitere Teile des Hauses in Mitleidenschaft zieht.

Was heisst das alles in Bezug auf unseren Körper?

Nun, der dritte Fall ist klar. Wenn wir einen schweren Unfall haben oder wirklich akut und lebensbedrohlich krank sind, dann ist es unsinnig, auf den jährlichen Erneuerungsprozess zu vertrauen und nicht sofortige Notmassnahmen zu ergreifen. Von solchen Fällen haben wir hier aber auch nicht geredet.

Der zweite Fall bezieht sich offenbar auf unsere Ernährung. Da werden wir wohl schon eher fündig. Denn ganz offensichtlich kann das Resultat der Erneuerung unseres Körpers nur so gut sein wie die Rohstoffe, die dafür zur Verfügung stehen. Wenn wir unserem Körper also vorwiegend minderwertige Nahrungsmittel zuführen, die womöglich auch noch einige essentielle Stoffe gar nicht enthalten, dann können wir nicht erwarten, dass der Austauschprozess zur vollständigen Erneuerung führt. Bei diesem Punkt brauchen wir nicht lange zu suchen, um Hinweise, Beispiele und Empfehlungen, auch von Seiten der Schulmedizin zu finden, welche zeigen, dass die heute allgemein übliche Ernährung eine grosse Rolle bei den meisten degenerativen Erkrankungen spielt. So essen wir zu viel Fett, zu viel Eiweiss, zu viel Zucker, zu wenig Faserstoffe, zu wenig Vitamine und Mineralien, um nur einige Beispiele zu nennen. Zudem werden die Inhaltsstoffe durch die industrielle Herstellung und Verarbeitung, durch die Zubereitung und Kombination mit anderen Nahrungsmitteln nochmals beeinflusst und verändert. Dabei sprechen wir hier momentan nur von der stofflichen, molekularen Zusammensetzung unserer Nahrung, den Informationsgehalt haben wir noch gar nicht berücksichtigt. Auf ihn werden wir aber später noch ausführlich eingehen müssen.

Als ob unsere eigenen Erfahrungen nicht schon schlimm genug wären, wurden zu diesem Thema auch noch Experimente an unschuldigen Ratten durchgeführt. Wir wollen sie dennoch erwähnen, da sie vielleicht für den einen oder anderen zusätzlich aufschlussreich sein können. So wurde verschiedenen Gruppen von Laborratten über einen längeren Zeitraum hinweg jeweils die typische Nahrung einer bestimmten Gesellschaft verabreicht, bei sonst identischen Rahmenbedingungen. In dem Alter, das beim Menschen 50 Jahren entspricht, wurden die Ratten dann getötet und einer Autopsie unterzogen. Das Ergebnis zeigte, dass jede Gruppe genau die Krankheiten aufwies, die in der entsprechenden menschlichen Gesellschaft zu finden waren. So zeigten beispielsweise die Ratten mit der typisch britischen Ernährung ungefähr dieselbe Verteilung von Herzkrankheit, Krebs, Diabetes etc. wie die britische Bevölkerung. Das sollte selbst für die Uneinsichtigsten Beweis genug sein, dass das heute üblich gewordene Fast-Food, die industriell hergestellten Fertignahrungsmittel und die anderen Unsitten, die auch in unsere eigenen Küchen Einzug gehalten haben, unserer Gesundheit und unserer Lebenserwartung mehr als abträglich sind.

Nun gibt es aber auch Menschen, die das erkannt haben und versuchen, sich bewusster zu ernähren, die mehr Obst, Gemüse und frische Nahrungsmittel in ihren Speiseplan einbauen, die aber dennoch nicht die unverwüstliche, ewig jugendliche Gesundheit haben, die eigentlich Folge des Erneuerungsprozesses sein müsste. Woran liegt das? Ein Teil des Problems, das allerdings nicht nur diese Menschen betrifft, liegt in unseren Nahrungsmitteln selbst. So zeigen umfangreiche Untersuchungen von Inhaltsstoffen, dass beispielsweise ein heute gekaufter Blumenkohl oder eine Karotte nur noch einen Bruchteil der Mineralien enthält, die dasselbe Gemüse vor 30 oder 40 Jahren hatte. Selbst wenn man sich also gesund und bewusst ernährt, findet der Körper gar nicht mehr die Inhaltsstoffe vor, die eigentlich zu erwarten wären. Die Ursache dafür liegt in unserer modernen industriellen und chemischen Landwirtschaft, die die Böden so stark ausgelaugt hat, dass ein grosser Teil des Gemüses im Supermarkt eigentlich nur noch durch Spritzmittel vor dem Verfall geschützter farbig verpackter Kunstdünger ist. Eine Alternative bietet hier sicherlich der biologische Landbau, der für ein viel naturnaheres Wachstum der Pflanzen sorgt. Allerdings muss dabei gerade auch wegen der hohen Preise genau geprüft werden, ob tatsächlich das drin ist, was draufsteht. Denn nicht jeder "kontrollierte Anbau" ist biologisch. Ein anderes Problem stellt sich meist bei kontrolliert biologischem Obst oder Fruchtgemüse. Hier ist nämlich wegen der hohen Preise und der noch immer oft unzureichenden Lagerungs- und Transportbedingungen in den Bioläden der Ausschuss ein grosser Wirtschaftlichkeitsfaktor. Deshalb werden die Früchte oftmals noch unreifer geerntet als im konventionellen Handel, so dass sich die kostbaren natürlichen Inhaltsstoffe überhaupt nicht bilden können. Im Endergebnis hat man dann einen Apfel oder eine Tomate, die zwar sehr naturnah wachsen konnte, schliesslich aber geerntet wurde, bevor sie all die Stoffe entwickelt hatte, die für unsere Gesundheit so wichtig sind.

Als Ausweg aus dieser Problematik sehen immer mehr Menschen sogenannte Nahrungsergänzungsprodukte. Das sind Präparate, meist in Tablettenform, die eben all das enthalten sollen, was unserer Nahrung fehlt. Dieser Ansatz ist in seiner Grundidee sicherlich nicht unvernünftig. Er geht unter anderem auf den zweifachen Nobelpreisträger Linus Pauling zurück, der sich bereits Anfang der siebziger Jahre Gedanken über die notwendigen Rohstoffe für unseren Stoffwechsel machte. Ihm hatte es vor allem das Vitamin C angetan, und er ging daran, in einem Selbstexperiment zu beweisen, dass die regelmässige Zufuhr von Vitamin C die Lebenserwartung erhöht. Als er 1994 im Alter von 93 Jahren starb, schien ihm dieser Beweis wohl geglückt zu sein. Allerdings hatte er auch behauptet, Vitamin C wirke vorbeugend gegen Krebs, und war trotzdem 1991 an Prostatakrebs erkrankt. Was er wie die meisten Menschen heute eben nicht erkannt hatte, und was er als Repräsentant unseres modernen wissenschaftlichen Systems vielleicht auch gar nicht erkennen konnte, war, dass es weder im menschlichen Körper noch in der belebten Natur isolierte Stoffe gibt. Alles ist ein Zusammenspiel, eine Verbindung, eine Kombination der verschiedensten Elemente, die aber eben nur in dieser Verbindung und Kombination ihre Wirkung erbringen. Einzelne isolierte Bestandteile sind daher viel weniger oder sogar überhaupt nicht wirksam.

Damit sind wir schliesslich bei dem vielleicht wichtigsten Punkt, wenn es um unsere Nahrung geht, nämlich bei unserem Stoffwechsel. So haben wir auf den letzten Seiten zwar viel über Inhaltsstoffe gesprochen, über ihre Notwendigkeit für unseren Körper und ihr Vorhandensein in der Nahrung. Doch was nützen all diese Inhaltsstoffe in selbst unendlicher Menge, wenn unser Verdauungssystem die Fähigkeit verloren hat, sie der Nahrung zu entziehen? Dann essen wir gesunde Nahrungsmittel, teures Bio-Gemüse, noch teurere Nahrungsergänzungsprodukte, und scheiden sie – mehr oder weniger unverarbeitet – beim nächsten Stuhlgang einfach wieder aus. Unserem Körper fehlen die dringend benötigten Rohstoffe aber noch immer. An diesem Punkt gilt es zuallererst anzusetzen, denn ohne funktionierenden Stoffwechsel brauchen wir uns um den einen oder anderen Stoff in unserer Nahrung keine Gedanken zu machen. Sind wir da jedoch nicht in einem aussichtslosen Teufelskreis gefangen? Denn wie können wir je ohne gesunden Stoffwechsel unserer Nahrung die nötigen Inhaltsstoffe entziehen, die unser Stoffwechsel andererseits benötigt, um wieder gesund zu werden? Aber keine Angst! Das Problem ist hier nicht ein Zuwenig, sondern ein Zuviel. Um unser Verdauungsfeuer, von dem wir schon im letzten Kapitel gesprochen haben, wieder zum hellen Lodern zu bringen, müssen wir ihm nämlich nicht irgendwelche Stoffe zusätzlich zuführen, sondern wir müssen es entlasten. Denn die eben beschriebene Problematik unseres Verdauungssystems entspricht der Situation, in der das Feuer nur noch schwach glimmt, fast am Ausgehen ist, und dann durch einen Berg von Brennmaterial zugehäuft wird. Nur wenn wir es entlasten, wird es aufhören zu qualmen und zu rauchen und wird wieder an Stärke gewinnen. Unser Verdauungssystem hat durch jahrelange Über- und Fehlbelastung seine Kraft eingebüsst. Bedenken wir nur, dass der eigentliche Normalzustand der leere Magen und der leere Darm sind, die nach einer Nahrungsaufnahme kurzzeitig ihre Kräfte mobilisieren, die aufgenommene Nahrung verarbeiten, und dann wieder zur Ruhe übergehen. Dagegen ist die gegenwärtige Realität der meisten Menschen ein ständig gefüllter und beanspruchter Magen, dem wir oft nicht einmal nachts Ruhe gönnen. Zahllose Zwischenmahlzeiten, kleine Snacks, Versucherchen, hier ein Häppchen, dort ein Bissen bedeuten für unser Verdauungssystem konstante Beanspruchung, und das oftmals nicht gerade mit leicht verdaulichen Stoffen. Dazu kommen die vielen sich gegenseitig widersprechenden Nahrungsmittel, die wir miteinander mischen oder durcheinander zu uns nehmen. So müssen unser Magen und unser Darm ständig jonglieren und können an keiner Verdauungsarbeit bis zum Ende dran bleiben, weil dauernd neue unangeforderte und meist unpassende Sachen dazu kommen. Ist es da noch verwunderlich, wenn die Leistungsfähigkeit im Lauf der Zeit immer mehr nachlässt? Von psychischen Belastungen durch Stress haben wir dabei noch nicht einmal gesprochen.

Die einzige Lösung liegt in unserem neuen Freund aus dem letzten Kapitel, dem Hunger. Wir müssen konsequent und regelmässig den richtigen Hunger wieder kultivieren und so unser Verdauungsfeuer so stark wie nur möglich zum Lodern bringen, damit die darauffolgende Nahrung optimal und vollständig aufgeschlossen, verarbeitet und verstoffwechselt wird. Dann ist auch das Problem der nötigen Rohstoffe fast von selbst behoben. Denn in gesunder, abwechslungsreicher, naturbelassener Nahrung sind nach wie vor die wichtigen Rohstoffe in ausreichender Menge enthalten, die unser Körper benötigt, um seinen Reparatur- und Erneuerungsprozess durchzuführen. Auch hierzu gibt es ein sehr interessantes Experiment, das am Massachusetts Institute of Technology (MIT) durchgeführt wurde. Dort bekam eine Gruppe von Mäusen im Vergleich zu einer normal ernährten Vergleichsgruppe 40% weniger zu essen (gemessen an der Kalorienzahl). Die Folge war die doppelte Lebenserwartung! Sollte uns das nicht zu denken geben und uns den Hunger nicht noch sympathischer machen?

Um es noch einmal zu betonen: Es geht nicht darum zu hungern. Es geht nur darum, den Hunger zu einem regelmässigen Bestandteil unseres alltäglichen Verhaltens zu machen. Dafür wird er uns mit besserer Gesundheit und einer höheren Lebenserwartung belohnen.

“Aber was ist denn das noch für ein Leben! Wenn man gar keinen Genuss mehr haben darf, pfeife ich auf die paar Jahre mehr!” Solche Einwände höre ich häufig bei Vorträgen oder Beratungen, wenn wir auf dieses Thema zu sprechen kommen. Doch leider handelt es sich hierbei um ein grosses und geradezu tragisches Missverständnis. Denn die ständige Übersättigung und Überfütterung, in der die meisten von uns momentan leben, führt nicht nur zu mehr Krankheiten und zu einer verstärkten Degeneration. Sie macht uns vor allem dumpf, körperlich wie geistig, beraubt uns der Lebensfreude, der Vitalität, der Leichtigkeit und sogar eben jener Sinnesfreuden, wegen denen wir das eigentlich alles machen. So werden unsere Geschmacks- und Geruchsempfindungen dermassen abgestumpft, dass sie immer stärkere Reize benötigen, um überhaupt noch etwas wahrnehmen zu können. Von richtigem Genuss kann man da schon fast nicht mehr reden! Im Gegensatz dazu erfährt jeder, der seinen Hunger wieder kultiviert, wie seine Sinne schärfer werden, wie er vermehrt feinere Gerüche und Geschmäcker wahrnimmt, wie ihm Speisen plötzlich schmecken, die er vor noch nicht allzu langer Zeit abschätzig mit Styropor und Pappe gleichgesetzt hat. Erst dann lernen wir wieder feine Geschmäcker, zarte Düfte, wirklichen Genuss kennen, und das nicht nur aufs Essen bezogen. Denn bei der richtigen Ernährung wird der gesamte Körper sensibler, und jeder darf mehr als gespannt darauf sein, welche körperlichen und auch sexuellen

Hocherfahrungen ihn erwarten, wenn er seinen Körper durch das richtige Verhalten dahin führt. Kurzum ist es so, dass die Genüsse und die Lebensfreude nicht weniger werden, wenn wir den Hunger kultivieren, sondern dass genau das Gegenteil eintreten wird: Dann erst werden wir den wahren Genuss kennen lernen, dem wir momentan krampfhaft, aber vergeblich hinterher jagen.

Zu diesem Thema möchte ich Ihnen von einer Frau erzählen, die in den 70er Jahren durch alle Medien ging. Sie hiess Eula, lebte in Kalifornien, war 81 Jahre alt, 160 cm gross und hatte schon seit 40 Jahren ihr Standardgewicht von 45 kg. Sie litt unter Bluthochdruck, Herzbeschwerden und Arthritis. Ihr Hauptproblem war jedoch die sogenannte Schaufensterkrankheit. Sie konnte nämlich höchstens etwa 30 m weit gehen und wurde dann von solch starken Wadenschmerzen befallen, dass sie stehen bleiben musste – meist zur Tarnung vor irgendeinem Schaufenster. Oft waren die Schmerzen sogar so unerbittlich, dass sie nach Hause getragen werden musste. Die Ursache dafür waren Durchblutungsstörungen in den Beinen, hervorgerufen durch Arteriosklerose, durch Ablagerungen in ihren Blutbahnen. Das gleiche Problem trat auch in ihren Händen auf und war dort so stark, dass sie im Sommer Handschuhe tragen musste. Ferner litt sie bereits seit 15 Jahren an Angina Pectoris und war 6 Jahre zuvor wegen eines Herzinfarkts ins Krankenhaus eingeliefert worden. Im Alter von 81 hörte sie nun von einem System, das durch Ernährungsumstellung und leichte aufbauende dynamische Bewegung Herz-Kreislauf-Erkrankungen und sogar Arthritis beseitigen sollte. Sie liess sich informieren, stellte daraufhin ihre Ernährung um und begann mit dem Programm. 4 Jahre spätere – Eula war jetzt 85 – ging es ihr wieder so gut, dass sie an der Seniorenolympiade teilnahm und im Parcours über ½ und über 1 Meile jeweils die Goldmedaille gewann. Im Jahr darauf nahm sie wieder teil und gewann erneut 2 Goldmedaillen. Noch mit 90 rannte sie jeden Tag eine Meile.

Dieser Fall zeigt uns in beeindruckender Weise, dass die natürlichen Reparatur- und Regenerationsmechanismen unseres Körpers selbst bei sehr fortgeschrittenen Erkrankungen und in hohem Alter in der Lage sind, den Körper nachhaltig zu erneuern – wenn wir ihnen die richtigen Voraussetzungen geben. Die wichtigste und grundlegendste Rolle spielt dabei unsere Ernährung, aber auch die richtige Bewegung ist von grosser Bedeutung.

Wir können aus diesem Beispiel aber noch etwas anderes ersehen. Und damit kommen wir auf den ersten Punkt unserer vorigen Überlegungen zurück, wo wir uns fragten, ob vielleicht auch der gesamte körperliche Austauschprozess fehlerhaft ablaufen und falsch gesteuert werden könnte. Denn wer steuert diesen Prozess eigentlich? Es ist unser Geist. Neben all den körperlichen Faktoren, über die wir bereits gesprochen haben, spielt der Geist also eine entscheidende Rolle. Denn er beeinflusst nicht nur unser Verhalten, das ja letztlich indirekt für unsere körperlichen Funktionen mit verantwortlich ist, sondern er steuert direkt und unmittelbar die ständige Erneuerung unseres Körpers. Wenn er nun also einen "Riss in der Wand" irrtümlicherweise für normal hält, dann wird er den Austausch der Backsteine so steuern, dass dieser Riss tatsächlich erhalten bleibt und nicht verschwindet. Oder wenn er gewisse Schäden für nicht mehr behebbar hält, dann wird er bei ihnen auch keine Erneuerung veranlassen.

Eula hätte sich bei all den Gebrechen, die sie hatte, sagen können, dass sie immerhin schon 81 Jahre alt sei und damit nicht schlechter als der amerikanische Durchschnitt dastehe. Die meisten ihrer Mitmenschen und sogar die Ärzte hätten sie darin wahrscheinlich bekräftigt, denn in diesem Alter ist es eigentlich normal, schon gestorben zu sein. Wenn man dann noch lebt, sind altersbedingte Krankheiten auf alle Fälle an der Tagesordnung. Hätte sie so gedacht, dann hätte ihr Geist auch genau diese Realität an ihren Körper weitergegeben, denn es wäre ja auch ihre Realität gewesen. Sie hätte dann wahrscheinlich noch eine Weile mehr schlecht als recht mit ihren Problemen gelebt und wäre gestorben – ein ganz normaler Fall. Doch Eula hat nicht so gedacht. Irgendetwas in ihr hat sie daran glauben und somit auch danach suchen lassen, dass selbst in ihrem Alter und mit ihren Erkrankungen eine Verbesserung möglich sein müsste. So begann sie, ihrem Körper auf der materiellen Ebene durch ihre Ernährung und durch Bewegung, sowie auf der geistigen Ebene durch ihre Einstellung eine andere Grundlage zu geben. Das Resultat haben wir gesehen.

Die Frage, die sich daraus jetzt ergibt, ist die, was nun eigentlich "normal" ist. Diese Frage geht weit über den rein wissenschaftlichen oder philosophischen Charakter hinaus. Denn durch die Antwort, die wir auf sie geben, formen wir unser eigenes Schicksal, unsere eigene

Zukunft. Allerdings muss jeder einzelne diese Frage für sich selbst beantworten, auch wenn man sich dabei sehr wohl an der grossen Mehrheit orientieren kann – oder aber an den wenigen, die durch ihr Beispiel beweisen, dass etwas anderes möglich ist, dass der Zustand der Mehrheit in Wirklichkeit nur einen bedauernswerten Irrtum darstellt. Wenn eine Eula im Alter von 81 Jahren noch zu solch einer Wendung fähig ist, wie inzwischen viele Hunderte und gar Tausende anderer dokumentierter Fälle auch, dann sollte uns klar werden, dass der Abbau ab dem Alter von 28 - 35 kein Irrtum der Natur, sondern ein Irrtum des Menschen ist. Dann wissen wir, woher die undefinierbare Sehnsucht nach einem langen Leben in Gesundheit und Vitalität, ja letztlich nach Unsterblichkeit kommt. Und dann sollten wir uns auch konkret klar machen, dass wir durch unser eigenes Verhalten zumindest den bestehenden Jahren mehr Leben, ja sogar viel mehr Leben hinzufügen können als bisher für normal gehalten wurde. Doch können wir dem Leben auch mehr Jahre hinzufügen? Können wir nicht nur die Qualität, sondern auch die Quantität unseres Lebens durch unser Verhalten beeinflussen?

Betrachten wir dazu nochmals das oben erwähnte Experiment mit den Ratten, die die typische Nahrung verschiedener menschlicher Kulturen bekamen. Es wurde bereits in der ersten Hälfte des vorigen Jahrhunderts von dem britischen Wissenschaftler Sir Robert McCarrison durchgeführt, der lange Jahre in Indien verbrachte und über die erstaunliche Gesundheit und Langlebigkeit einiger Volksgruppen überrascht war, allen voran der Hunza, einem kleinen Volksstamm, der damals noch völlig isoliert im Himalaja lebte. Die Hunza wurden im Laufe der Jahre von mehreren Wissenschaftlern, Globetrottern und Journalisten besucht, so dass einige Berichte über ihr Leben vorliegen. Übereinstimmend wird von ihrer grossen Vitalität, ihrem imposanten Aussehen und ihrer hervorragenden Gesundheit berichtet. Irgendwelche degenerative Erkrankungen, wie sie bei uns allgegenwärtig sind, waren dort nicht zu finden. Für sie war es normal, über 100 Jahre alt zu werden. Die übliche Lebensspanne betrug sogar 110 bis 120 Jahre, wobei einige auch älter als 130 wurden. Selbst im Alter genossen sie noch eine hervorragende Gesundheit und waren mit 100 noch im Vollbesitz ihrer Sehschärfe und ihrer Zähne. Frauen mit 80 sahen angeblich so aus wie 40jährige Amerikanerinnen, und Männer zeugten mit 90 und 100 noch

Kinder. Übergewicht war dort unbekannt, und bis zum Ende ihrer Tage war es für sie normal, täglich auf dem Feld zu arbeiten.

Wie ist so etwas möglich? Oder besser: Wie war so etwas möglich? Denn heute scheinen auch diesen zurückgezogenen Volksstamm die "Errungenschaften" der Zivilisation eingeholt zu haben. Neuere Reiseberichte schreiben von erschreckenden Degenerationserscheinungen und Entwicklungen, wie sie bei uns bereits "normal" geworden sind. Eben dieser Frage wollte McCarrison mit seinen Rattenexperimenten auf den Grund gehen. Als er die Ratten mit Hunza-Ernährung im entsprechenden Alter eines 50jährigen Menschen einer Autopsie unterzog, fand er – nichts: keine Anzeichen von Herzerkrankungen, Krebs, Diabetes, Schlaganfall, Osteoporose, Fettleibigkeit, Darm-, Nieren- oder Lebererkrankungen, nichts, aber auch gar nichts. Man kann sich vorstellen, wie sehr ihn das überraschte, vor allem im Vergleich mit den anderen Rattengruppen, bei denen Krankheitssymptome und degenerative Erscheinungen im Überfluss aufgetreten waren. So begann er ein zweites Experiment, in dem er eine Gruppe von Ratten gemäss den Hunza ernährte, dies für ihre Nachkommen fortführte und nur immer mal wieder einige Ratten als Stichproben entnahm und einer Autopsie unterzog. Auf diese Weise beobachtete er den Fortgang über mehrere Generationen hinweg und konnte selbst auf lange Sicht keine Anzeichen einer Degeneration feststellen.

Ein wesentlicher Faktor für die aussergewöhnliche Gesundheit und Langlebigkeit der Hunza scheint also ihre Ernährung gewesen zu sein, die zum überwiegenden Grossteil aus frischen Zutaten bestand, fast kein Fleisch enthielt und auch nicht zu üppig war. Es wird sogar berichtet, dass sie oft im Frühjahr für einige Wochen fasten mussten, wenn ihre Vorräte ausgegangen waren, bevor die neue Ernte kam. Der zweite Faktor war ihr Bewusstsein. Für sie war es einfach normal, in vollkommener Gesundheit alt zu werden. Wenn bei ihnen jemand mit 80 krank geworden wäre, dann hätten alle sich gewundert und hätten nach den Ursachen gesucht, um sie zu beseitigen. Wenn bei uns dagegen jemand mit 80 krank wird, dann ist das normal. Da sucht niemand nach Ursachen, im Gegenteil stellt sich jeder darauf ein, dass der Betreffende vielleicht bald sterben wird. Denn "normalerweise" ist man ja in diesem Alter schon tot.

Sicherlich waren und sind auch die Hunza nicht das Paradebeispiel für perfektes Verhalten im Einklang mit den Naturgesetzen. Auch sie haben Fehler gemacht, was sich nicht zuletzt in ihrem raschen Niedergang nach dem Kontakt mit der Zivilisation zeigte. Doch immerhin haben sie vieles besser gemacht als wir heute und bieten uns daher ein Beispiel dafür, was möglich ist. Vielleicht stimmt es ja, was der herkömmliche Ayurveda sagt und was auch in der Bibel steht, dass die normale Lebensspanne des Menschen 120 Jahre beträgt. Doch steht in der Bibel nicht auch, dass Adam 930 Jahre alt wurde und im Alter von 130 seinen Sohn Set zeugte, der 912 Jahre alt wurde, usw. bis zu Noah, der immerhin 600 Jahre alt gewesen sein soll, als die Sintflut kam? Was ist von diesen Altersangaben zu halten? In der Ramayana aus der Vedischen Tradition gehen die Altersangaben sogar in die Tausende von Jahren! Dabei sind wir heute doch so stolz darauf, dass sich Jahr für Jahr unsere Lebenserwartung erhöht, und mittlerweile von 30 Jahren zur Römerzeit auf etwa 80 Jahre angestiegen ist. Welch grossartiges Verdienst der medizinischen Wissenschaft! Wenn sie uns schon nicht die vollständige Gesundheit oder zumindest wirkliches Wohlbefinden bringt, so lässt sie uns doch zumindest immer länger leben! Oder etwa nicht? Versetzen wir uns doch einmal für einen Augenblick in die Römerzeit zurück, oder auch ins Mittelalter, wo die Lebenserwartung immer noch etwa 30 Jahre betrug. Im alten Griechenland betrug sie sogar unter 20 Jahren. Wer hat eigentlich damals die Kinder grossgezogen, wenn die meisten Eltern schon wenige Jahre nach deren Geburt das Zeitliche gesegnet haben? Die Menschen wurden zu jener Zeit ja nicht früher erwachsen als heute, und die Geschlechtsreife erreichten sie sogar noch später. Seine Grosseltern hat damals wohl niemand gekannt, denn ein 60-, 70- oder gar 80jähriger Mensch muss so exotisch gewesen sein wie heute ein 110- bis 130jähriger. Dennoch tauchen in allen literarischen Werken alte Leute auf, als ob sie an der Tagesordnung gewesen wären. Irgendetwas scheint da nicht zu stimmen.

Der Sache sollten wir aber einmal nachgehen, bestimmt sie doch nicht unerheblich unsere heutige Vorstellung von Normalität. Wie kommt man eigentlich auf die Lebenserwartung, oder korrekter: die durchschnittliche Lebenserwartung? Nun, wie der Name es bereits besagt, handelt es sich dabei um einen Durchschnitt, und zwar durch die

Lebensjahre, die die Menschen erreichen, wenn sie sterben. Nehmen wir ein Beispiel: Der Einfachheit halber betrachten wir eine kleine Volksgruppe, in der in einem bestimmten Jahr 13 Menschen sterben. Einer wird 100, die anderen 12 werden nur einen Monat alt. So abwegig ist das nicht einmal, denn die Kinder- und Säuglingssterblichkeit war in früheren Zeiten ja erheblich höher als heute. Nun addieren wir alle erreichten Lebensalter auf und kommen auf die Summe von 101 Jahren. Dies müssen wir noch durch die Gesamtzahl der Verstorbenen dividieren, um den Mittelwert zu erhalten: $101 \div 13 = 7{,}77$. Die durchschnittliche Lebenserwartung betrug in dieser Volksgruppe in dem betrachteten Jahr also 7,77 Jahre, d. h. die Menschen starben im statistischen Mittel im Alter von 7,77, obwohl der einzige erwachsene Verstorbene 100 Jahre alt wurde. Das ist völlig korrekt berechnet und entspricht genau den Tatsachen, nur die Interpretation dieser Zahl muss eine ganz andere sein als die, die wir normalerweise auf die Lebenserwartung anwenden. Sie ist nämlich nicht das Alter, in dem die Menschen normalerweise sterben, sondern nur ein statistischer Mittelwert aus allen Verstorbenen! Und eine hohe Kindersterblichkeit drückt diesen Durchschnitt natürlich erheblich, wie wir soeben an unserem kleinen Beispiel selbst gesehen haben.

Nicht anders war es in der Vergangenheit! Die Griechen, die Römer, die Menschen im Mittelalter sind ganz normal alt geworden wie wir heute auch – sofern sie die ersten Lebensjahre überlebt haben. Die meisten sind eben leider bei oder kurz nach der Geburt gestorben und haben dadurch den rechnerischen Durchschnitt nach unten beeinflusst. Waren die Kinder aber einmal 4 oder 5 Jahre alt, dann waren sie aus der Gefahrenzone heraus und wurden im Durchschnitt genau so alt wie wir heute auch. Das kann aus allen alten Chroniken und literarischen Dokumenten zweifelsfrei nachvollzogen werden. Die Erhöhung der Lebenserwartung drückt damit nicht aus, dass die Menschen ein immer höheres Alter erreichen, sondern dass immer weniger – vor allem Kinder – vorzeitig sterben. Und das wiederum ist weniger ein Verdienst der medizinischen Forschung als der erhöhten Hygiene bei der Entbindung.

Was die allgemeine Gesundheit betrifft, so ist eher sogar eine gegenläufige Tendenz zu verzeichnen. Wurden in früheren Jahrhunderten die Menschen nämlich gesund alt und behielten sie vor allem ihre geistige

Frische, so werden die Menschen heute immer früher ernsthaft krank. Herz-Kreislauf-Probleme, Herzinfarkte und Krebserkrankungen kommen immer mehr bereits in den Dreissigern und Zwanzigern vor, ja selbst Kinder sind davon immer häufiger betroffen. Während es vor einigen Jahrzehnten noch "normal" war, in fortgeschrittenem Alter Krebs zu bekommen und dann vielleicht auch daran zu sterben, so ist diese Altersbarriere mittlerweile nach unten durchbrochen worden und man hört sogar immer wieder von jungen Leuten, die an Krebs sterben. Statistisch wirkt sich diese Entwicklung wahrscheinlich noch nicht aus, weil im gleichen Zuge die technischen Verfahren zur künstlichen Aufrechterhaltung des Lebens immer weiter perfektioniert werden. Doch sind Wochen oder Monate an der künstlichen Lunge und der künstlichen Niere wirklich das, was wir unter einem längeren Leben verstehen? Sicherlich nicht, und nicht umsonst winken aus diesen Gründen viele junge Menschen ab, wenn man von langem Leben spricht. Sie wollen lieber früher sterben, als so dahinzusiechen und dann auf menschenunwürdige Weise aus dem Leben geschaltet zu werden.

Betrachten wir zum Abschluss noch ein äusserst denkwürdiges Beispiel aus dem England des 17. Jahrhunderts, als die durchschnittliche Lebenserwartung noch ca. 30 Jahre betrug. Im Jahre 1635 lud der damalige König Charles I. einen Bauern namens Thomas Parr aus dem County Shropshire nach London an seinen Hof. Thomas Parr war nachweislich im Jahre 1483 getauft worden, war also 152 Jahre alt. Es existieren Dokumente, die beweisen, dass er 1518 im Alter von 35 den Hof von seinem Vater erbte, dass er 1563 im Alter von 80 zum ersten Mal und 1605 im Alter von 122 zum zweiten Mal heiratete. Mit seiner ersten Frau hatte er einen Sohn und eine Tochter, die jedoch beide im Kleinkindalter starben. Ferner gibt es ein Kirchendokument, das belegt, dass er im Alter von 105 öffentliche Sühne ableisten musste, weil er seine Frau betrogen und ein uneheliches Kind gezeugt hatte. Sein Ratschlag für ein langes Leben lautete: "Halte deinen Kopf kühl durch die Temperatur und deine Füsse warm durch Bewegung. Steh früh auf, geh früh zu Bett, und wenn du es zu etwas bringen willst, dann halte deine Augen offen und deinen Mund geschlossen."

Charles I. war sehr angetan von der lebhaften Intelligenz und dem hervorragenden Gedächtnis von Thomas und lud ihn ein, bis ans Ende seiner Tage im Palast in London zu wohnen. Thomas nahm das Angebot an, verkaufte seinen Hof, fiel jedoch bereits wenige Wochen später während eines Hofbanketts tot um. Charles I. befahl daraufhin in seiner grossen Verwunderung seinem Hofchirurgen William Harvey, eine Autopsie vorzunehmen, welche als Todesursache eine "akute Verdauungsstörung" ergab, die durch "ungewohnten Missbrauch der Nahrung" hervorgerufen worden war. Auf Anordnung des Königs wurde Thomas in der Westminster Abbey bestattet. Er war 152 Jahre und 9 Monate alt geworden und hatte in seinem Leben 10 Amtsinhaber des Königsthrons erlebt.

Diese wahre Geschichte gibt uns einen erheblich authentischeren Einblick in das Leben der vergangenen Jahrhunderte als die missinterpretierten durchschnittlichen Lebenserwartungen. Vor allem zeigt sie uns beispielhaft den Unterschied zwischen der einfachen Bevölkerung und dem Adelshof. So waren die einfachen Leute, die nicht viel hatten und auch nicht im Überfluss lebten, gesund, vital und erreichten schon immer ein gutes Alter, und zwar in körperlicher und geistiger Frische. Der Adel jedoch, der im Überfluss und Überdruss lebte, wurde schon immer bereits in jungen Jahren von allerlei Beschwerden heimgesucht, durchlebte eine erhebliche körperliche und geistige Degeneration, bis er relativ frühzeitig starb. Die 10 Könige, die Thomas überlebte, zeigen dies in Deutlichkeit.

Das Fatale war und ist nun allerdings, dass die Normalität nicht vom Volk, sondern vom Adel geprägt wurde und das Volk sich schon immer gewünscht hatte, so wie die Adligen leben zu dürfen. Thomas musste diesen Irrtum bereits nach kurzer Zeit mit seinem Leben bezahlen, und auch uns heute sollten endlich die Augen über diese vertauschte Realität aufgehen. Es ist höchste Zeit zu erkennen, wo Freund und wo Feind ist.

Zusammenfassend können wir sagen, dass unser Körper und die Natur alle Voraussetzungen dafür bieten, den Traum von einem langen Leben in Gesundheit und Weisheit Realität werden zu lassen. Nur müssen wir dazu unsere Einstellung und unser Verhalten grundlegend ändern. Selbst verschiedene Wissenschaftler sprechen davon, dass es physiologisch gesehen möglich sein müsste, 130 oder sogar bis zu 150 Jahre zu erreichen. Dabei gehen sie von dem gegenwärtigen Funktionszustand unserer Physiologie aus, ohne Berücksichtigung unseres Bewusstseins und möglicher, bisher unentdeckter Entwicklungspotentiale. Ziehen wir jedoch die Möglichkeit in Betracht, dass in uns Mechanismen verborgen sind, die nicht nur eine graduelle Verbesserung des momentanen Zustandes bewirken können, sondern einen regelrechten Quantensprung, dann rücken die Überlieferungen aus alten Traditionen zwar nicht in den Bereich des Vorstellbaren, aber doch in den Bereich des Denkbaren.

Um dieses Denkbare greifbar werden zu lassen, sind viele tiefreichende Entwicklungen in Körper und Geist notwendig, die jedoch alle mit dem selben ersten Schritt beginnen. Tun wir also diesen ersten Schritt und lassen wir ihm zur rechten Zeit den zweiten und dann den dritten usw. folgen, dann begeben wir uns auf einen Weg, der uns mit Sicherheit zu besserer Gesundheit, erhöhter geistiger Klarheit und einem längeren und erfüllteren Leben führen wird. Wohin es dann weiter gehen wird, wie viele Jahre wir erreichen werden, welche Anlagen in uns wieder zum Leben erweckt werden, das hängt stark von unserer Konsequenz, unserem Willen und unserer Überzeugung ab. Grenzen setzen wir uns dabei nur selbst, durch unser Verhalten und unser Bewusstsein. Denn von der Natur aus ist alles in unserer Hand – auch die Ewigkeit. In unserer wirklichen Existenz als Krone der Schöpfung, als Ebenbilder Gottes sind wir durch unseren Körper keinen Einschränkungen unterworfen und können ihn selber im Vollbesitz unser körperlichen Vitalität und unserer geistigen Klarheit zum gegebenen Zeitpunkt im Einklang mit unserem Schicksal bewusst ablegen. Darüber hinaus haben wir uneingeschränkten Zugang zur wahren Ewigkeit jenseits unserer materiellen Hülle. Doch um dies alles zu erfahren und zu verwirklichen, ist eine tiefgreifende Änderung unseres Bewusstseins und unseres Verhaltens unabdingbar.

4. Bewusst sein

Nach einem Vortrag über Meditation in einer kleinen Stadt auf der Schwäbischen Alb kam eine junge Frau zum Darshana. Sie hiess Martha, war Ende 20, mittelgross, hatte eine gute Figur, ein hübsches Gesicht, machte aber einen traurigen Eindruck. Sie erzählte, dass sie sich schlecht fühle, ihr fehle die Lebensfreude. Obwohl sie eigentlich alles habe und kein erkennbarer Grund vorhanden sei betrübt zu sein, sei sie depressiv. Ihr Arzt sprach von endogenen Depressionen und hatte sie schon zu einem Psychiater überwiesen. Bevor sie diesen Schritt ging, wollte sie jedoch hören, was AyurVeda Ritam in diesem Fall empfiehlt. Ich beglückwünschte sie zu diesem Schritt, denn die klassische Medizin steht dem Phänomen der endogenen Depressionen ratlos gegenüber, und das einzige, was ihr dazu einfällt – wie bei so vielen Problemen, die Körper und Geist betreffen – ist, versuchsweise irgendwelche Medikamente, in diesem Fall Psychopharmaka, zu verabreichen, die dann im allgemeinen das Nervensystem jedoch erst richtig durcheinander bringen. Einen Namen für eine Krankheit zu haben, bedeutet eben noch lange nicht, sie zu verstehen oder gar Hilfe zur Heilung bieten zu können.

AyurVeda Ritam jedoch versteht dieses Problem sehr gut. Ich erklärte ihr, dass es ein Ausdruck der Seele ist, die sich im Körper nicht wohlfühlt, weil er ihr nicht die Funktionsgrundlage bietet, die sie eigentlich braucht, oder weil sie in ihm nicht ihrer Bestimmung nachgehen kann. Da die Seele die Gefühlswelt als Funktionsmechanismus hat, drückt sie dieses Unwohlsein über die Gefühle aus, in der Hoffnung, dass der Geist erkennt, dass etwas nicht in Ordnung ist und auf die Suche nach einer Lösung geht. Das eigentliche Problem ist also der Geist, der sich in irgendeine Richtung verfahren hat oder so vernebelt ist, dass er den Gefühlsäusserungen der Seele keine Bedeutung schenkt oder aber sie durch Verstandesargumente überordert. Dadurch hält er an Verhaltensweisen fest, die schlecht für uns sind, weil er intellektuell eine andere Überzeugung hat. Somit müssen wir dem Geist helfen loszulassen, wieder offen und frei zu werden, um unbelastet seine Einstellung und sein Verhalten neu ordnen zu können und es in Einklang mit den Bedürfnissen von Körper und Seele zu bringen. Dafür ist die Ritam-Samation die perfekte Hilfe, wie ich ja bereits in dem Vortrag am Vortag erläutert hatte, denn sie lässt zuallererst den Geist aus der bewussten Denkebene los, wo er tagein - tagaus gefangen ist, führt dann zur Eliminierung alter unverarbeiteter Eindrücke, die das normale unbelastete Funktionieren stören, und gibt schliesslich Impulse zur Neu-Orientierung und Umstrukturierung unserer Denk- und Bewusstseinsmuster. Meine Empfehlung für Martha lautete also, unbedingt an dem Ritam-Samations-Kurs teilzunehmen, der 14 Tage später stattfinden sollte.

Daneben empfahl ich ihr aber noch etwas Zweites. Denn endogene Depressionen haben oft eine ganz konkrete, direkt greifbare Ursache: den Verzehr von Fleisch. Wird ein Tier nämlich zum Schlachten geführt, so fühlt es genau, was ihm bevorsteht. Daher schüttet es in den Minuten vor seinem Tod eine riesige Menge von Stress- und Angsthormonen aus, die überall in seinem Körper zirkulieren. Isst ein Mensch dann diesen Körper, so isst er diese Hormone mit, die in seinem Körper natürlicherweise ihre Wirkung fortsetzen: Stress und Angst – und das ohne erkennbaren äusseren Grund. Daher lautete meine zweite Empfehlung, Fleisch, Fisch, Eier, Pilze und Algen aus ihrer Ernährung zu streichen, am besten ab sofort.

14 Tage später fand dann der Ritam-Samations-Kurs statt. Martha erschien pünktlich zu ihrer Unterweisung und betrat mit einem Lächeln den Raum. Ohne dass ich sie danach fragte, erzählte sie mir sofort, wie gut es ihr gehe. Sie habe seit einigen Tagen ein Lebensgefühl, wie sie es schon lange nicht mehr gehabt habe. Gleich nach dem Darshana habe sie meine Empfehlung in die Tat umgesetzt und kategorisch Fleisch, Fisch, Eier, Pilze und Algen aus ihrem Speiseplan gestrichen.

“Am Anfang musste ich zwar ganz schön herumüberlegen und suchen, was ich nun essen soll und kann,” berichtete sie, “doch seit ich festgestellt habe, welche verlockende Vielfalt an anderen Nahrungsmitteln es gibt, bin ich voller Freude am Probieren und Kennenlernen und weiss gar nicht, ob ich jemals alles essen kann, was die Natur so bietet.”

Das Entscheidendste aber sei gewesen, dass sie sich bereits ein paar Tage später viel leichter gefühlt habe. Als ob ihr ein Stein von der Seele rutschte, habe sich von Tag zu Tag ihr psychischer Zustand verbessert, und es seien tatsächlich immer wieder Glück und Freude in ihr aufgekommen.

"Ich muss Ihnen gestehen," erzählte sie mit einem verschmitzten Augenaufschlag, "dass ich ein paar Tage lang sogar dachte, dass ich ja jetzt gar nicht mehr an dem Kurs teilzunehmen brauche. Denn meine Depressionen waren ja so gut wie weg. Doch dann überlegte ich mir: 'Wenn dieser kleine Ratschlag, kein Fleisch mehr zu essen, schon solch eine Wirkung hat, was wird dann die Meditation erst bringen!' Und so bin ich eigentlich noch mehr bestärkt mitzumachen. Denn jetzt weiss ich aus direkter Erfahrung, dass Sie nicht zu viel versprechen!"

Ich konnte mir ein Schmunzeln nicht verkneifen. Die herzerfrischende Art, in der sie das sagte, liess überhaupt nicht mehr vermuten, in welchem Zustand ich sie erst wenige Tage zuvor kennen gelernt hatte.

Ja, ein kleiner Ratschlag mit einer grossen Wirkung! Oder umgekehrt: Ein kleiner Fehler mit einer verheerenden Wirkung. Deswegen messen die meisten Menschen dem Fleischkonsum keine so grosse Bedeutung bei, nach dem Motto: "Ein bisschen Fleisch oder Wurst kann doch nicht so schlimm sein!" oder "Wenn man nicht übertreibt und keine Unmengen isst, dann ist doch sicher nichts dagegen einzuwenden!" Doch wir dürfen nicht vergessen, dass wir dieses "Bisschen" dreimal täglich zu uns nehmen, 7 Tage pro Woche, 52 Wochen im Jahr, und das seit 30, 40, 50, 60 Jahren! Auf diese Weise führt selbst die kleinste Menge Gift zu einer tödlichen Vergiftung.

"Aber Fleisch ist doch kein Gift! Dieser Vergleich führt einfach zu weit!" Ich höre jetzt förmlich die Einwände, die bei jedem Vortrag an dieser Stelle vorgebracht werden. "Man muss doch nicht fanatisch sein! Alles in Massen! Ich kann ja gerade noch einsehen, dass Sie der Ernährung eine so grosse Bedeutung geben, aber warum ist es nötig, das Fleisch dermassen zu verteufeln?!" Bei solchen Worten muss ich immer an einen Vortrag denken, den Samuk Deda, der Begründer von Ayur-Veda Ritam, vor einigen Jahren in einer bayerischen Kleinstadt hielt. Als es um die Ernährung ging, sprach er von "Kadaveressern" und löste dadurch einen wahren Aufruhr unter den Zuhörern aus. Mit groben Ausdrücken und wütenden Gesten machten die Leute ihrem Unmut über diese "Verteufelung des Fleisches" Luft. "Fleisch gibt Kraft!", "Wir wollen ja nicht wie so ein schwacher Körndlfresser dastehen!" und ähnliche Rufe schallten durch den Saal. Einige besonders Ereiferte waren aufgestanden und forderten Samuk Deda geradezu heraus.

Jeder andere Vortragsredner hätte in dieser Situation wohl die Flucht ergriffen, doch Samuk blieb ungerührt stehen. Ihm war klar, dass er nur durch eine Offensive wieder Herr der Situation werden konnte. So zog er ruhig sein Jackett aus und gab den Zuschauern durch eine Geste zu verstehen, dass sie jetzt aufpassen sollten. Denn sich mit Worten Gehör zu verschaffen, war angesichts der Geräuschkulisse nicht mehr möglich. Dann machte er einen Handstand, blieb einige Minuten in dieser Stellung stehen und lief sogar ein paar Schritte auf den Händen herum. Der Saal verstummte. Damit hatte niemand gerechnet. Diese Stille nutzte Samuk und forderte die Zuschauer auf, ihm dies nachzutun. Als niemand reagierte, fragte er nach einem Freiwilligen, der sich wenigstens mit ihm im Armdrücken messen wollte. Nach kurzem Schweigen meldete sich tatsächlich ein stämmiger bärtiger junger Mann. Samuk bat ihn nach vorne, und als sie sich zur Begrüssung die Hände schüttelten, wirkte Samuk, der gut einen Kopf kleiner und deutlich schmächtiger war, neben ihm geradezu verloren. Er fragte ihn nach seinem Namen, dann setzten sie sich an einem Tisch gegenüber, legten die Hände ineinander und die Ellbogen auf die Tischfläche. In dem Saal herrschte eine atemlose Spannung. Im Gegensatz zu einigen Minuten zuvor hätte man jetzt eine Stecknadel fallen hören können. Dann ging es los. Die beiden drückten, was das Zeug hielt, doch ihre Arme bewegten sich keinen Millimeter. Nach einigen Augenblicken jedoch begann der Mann aus dem Publikum leicht nachzugeben, immer stärker, und kurz darauf hatte Samuk ihn auf den Tisch gedrückt. Ein Raunen ging durch den Saal. Die beiden wiederholten das Ganze mit dem anderen Arm, und das Ergebnis war das gleiche. Dann richtete Samuk das Wort an die Zuhörer:

"Wir wollen jetzt keinen richtigen Wettkampf aus dieser kleinen Herausforderung machen. Dazu sind auch die Bedingungen nicht optimal. Ich möchte mich aber bei Hans bedanken. Er hat hervorragend gedrückt, und ich bin auch gerne später für eine Revanche bereit. Was ich Ihnen eigentlich demonstrieren wollte, ist, dass Fleisch nichts mit Kraft oder gar Ausdauer zu tun hat. Wie alt bist du, Hans?"

"25," kam es zurück.

"Sehen Sie," fuhr Samuk fort, "Ich bin 60."

Damit hatte er die Lage wieder im Griff. Die Anwesenden hörten ihm jetzt sogar mit noch viel grösserer Offenheit zu als zuvor, und so konnte er in aller Ausführlichkeit erklären, dass der Begriff “Kadaveresser” zwar vielleicht nicht normal, aber dennoch korrekt ist. In der Tat bedeutet “Kadaver” nichts anderes als “Tierleiche”, und das ist es ja, was die Menschen allenthalben verzehren. Streng genommen müsste man sogar den Begriff “Aasesser” anwenden, denn das Fleisch ist ja nicht frisch, wenn es auf den Tisch kommt, sondern mindestens Tage, meist jedoch Wochen alt, in Würsten und Schinken noch viel älter.

Was sind das für Mechanismen, die bei den meisten Menschen bei den Wörtern “Kadaver” oder “Aas” Ekel und Widerwillen hervorrufen? Und warum funktionieren diese Mechanismen nur bei den Wörtern und nicht, wenn die Tierleichenteile tatsächlich auf dem Teller liegen und in den Mund geschoben werden? Dabei geht es überhaupt nicht darum, irgendetwas zu verteufeln, sondern einzig und allein darum, die Dinge beim Namen zu nennen, Information darüber zu vermitteln, was Fleisch für den Körper bedeutet, und was Fische, Eier, Pilze und Algen damit zu tun haben. Schlussfolgerungen, Entscheidungen muss jeder einzelne selbst daraus ziehen. Dazu haben wir alle unseren freien Willen. Niemand soll zu irgendetwas gezwungen werden, doch sicherlich kann man nur dann frei entscheiden, wenn man die nötigen Informationen hat. Das hat auch etwas mit Bewusstsein zu tun. Denn erst wenn wir wissen, was wir tun und was die Folgen dieses Tuns sind, können wir bewusst handeln, bewusst sein. Vorher folgen wir aus Unwissenheit, Gedankenlosigkeit oder schlichter Gewohnheit irgendwelchen Verhaltensmustern, über deren Konsequenzen wir uns gar nicht im Klaren sind.

Wollen wir also einmal ganz vorbehaltlos und nüchtern die Sache mit dem Fleisch beleuchten und gemeinsam Einblick gewinnen, was da in unserem Körper so abläuft. Dazu beginnen wir aber an einem ganz anderen Ende, nämlich bei Kleinstlebewesen, die überall in unserer Umgebung, in der Luft, im Wasser und auch in der Nahrung vorhanden sind, bei Bakterien und Pilzen. Diese mikroskopischen Lebewesen sind so allgegenwärtig, dass es fast unmöglich ist, sich ihnen zu entziehen. Jede verwertbare Substanz wird sofort und unmittelbar von ihnen befallen, so dass sich schon nach kurzer Zeit die Spuren ihrer Stoffwechsel- und Vermehrungsaktivität zeigen. Das sind bei organischen Substanzen entweder mit blossem Auge sichtbare Schimmelpilzkulturen oder Gärung und Fäulnis. An Wunden oder Körperöffnungen machen sie sich dagegen durch Infektionen bemerkbar. Der moderne Mensch hat bis ins 19. Jahrhundert gebraucht, um zu erkennen, dass solche Erscheinungen nicht aus dem Nahrungsmittel oder der Körperöffnung selbst kommen, sondern von aussen, und damit auch durch desinfizierende Massnahmen verhindert werden können. Das war die Geburtsstunde der Hygiene, einer der grössten Durchbrüche in der Steigerung der allgemeinen Gesundheit, der Bekämpfung von infektiösen Krankheiten und der Erhöhung der Lebenserwartung. Wir haben ja bereits im Zusammenhang mit der Kindersterblichkeit darüber gesprochen.

Unser Körper geht mit diesen Lebewesen sehr pragmatisch um. Diejenigen, die ihm nützlich sind, lässt er gewähren, ja er lässt sie sogar in den Körper eindringen und bietet ihnen dort ideale Lebensbedingungen. Diejenigen dagegen, die ihm schaden, hält er durch sein Immunsystem in Schach. Dazu sind alle Körperflächen, die mit der Aussenwelt in Verbindung stehen, von einem feinen energetischen Abwehrfilm überzogen, dem sogenannten *Ojas*. Dieses Ojas bemerkt man gewöhnlich erst dann, wenn es irgendwo zusammenbricht oder irritiert ist. Denn dann werden die betreffenden Stellen von Pilzen, Bakterien oder Viren befallen oder reagieren abnormal auf andere Stoffe. Man spricht dann bekanntlich von Allergien. Dass solche Probleme immer häufiger auftreten, haben wir uns durch unser Verhalten selbst zuzuschreiben. Denn den zahlreichen Giftstoffen in unseren Textilien, Wasch- und Körperpflegemitteln kann auf Dauer kein Abwehrsystem standhalten.

Bei kleinen Kindern kommt häufig der sogenannte Soor vor, eine Pilzerkrankung im Mund und Afterbereich, die meist gleichzeitig an beiden Stellen auftritt. Ähnliche Erfahrungen machen viele Menschen mit Herpes, einer Virusinfektion im Mund- und im Genitalbereich. Daran erkennt man, dass diese diametral auseinanderliegenden Körperbereiche doch immunologisch miteinander verbunden sind, und zwar über den Verdauungstrakt.

Entscheidend ist, dass auch der Körper es nicht schafft, die schädlichen Kleinstlebewesen oder Viren fernzuhalten. Denn sie sind wirklich allüberall. Er kann sie nur in Schach halten, wozu allerdings ständige Kontrolle nötig ist. Tritt jedoch auch nur eine kleine Schwäche auf, so können die Störenfriede sofort Fuss fassen und sich ausbreiten. Diese Erfahrung haben viele Menschen schon mit dem Herpes-Virus gemacht, bei dem eine kleine Schwächung von Ojas im Mundbereich genügt, durch zuviel Sonne, aggressive Nahrungsmittel oder chemische Substanzen, und schon "hat man einen Herpes". In Wirklichkeit war er die ganze Zeit da, nur eben durch unser Ojas in Schach gehalten. Ähnliche Erfahrungen machen Frauen oft mit Pilzbefall in ihrer Scheide. Dort genügt eine Kleinigkeit, oft so wenig, dass frau die Ursache gar nicht erkennt, und schon wird die natürliche vaginale Flora gestört, so dass sich Pilze ansiedeln können.

An diesem Beispiel können wir jedoch auch ein weiteres wichtiges Prinzip verstehen. Die wirksamste und gleichzeitig schonendste Abhilfe bei solchen vaginalen Pilzinfekten besteht nämlich nicht in der Bekämpfung des Pilzes, sondern in der Stärkung der natürlichen Vaginalflora durch Zufuhr von Milchsäurebakterien. Das kann in Form von Zäpfchen geschehen, aber auch ganz einfach durch das Einführen von etwas frischem Naturjoghurt. Gleichzeitig ist darauf zu achten, dass nicht länger die für den Pilz optimalen Lebensbedingungen geboten werden. Pilze brauchen nämlich Feuchtigkeit und Stauwärme, und die bekommen sie unter Slips und Strumpfhosen aus Synthetikfasern zur Genüge. Gegen frische Luft und Sonne sind sie dagegen empfindlich. Deshalb sind das auch die besten "Bekämpfungsmethoden" für Pilze aller Art, sei es an den Füssen, im Genitalbereich oder sonst wo auf der Haut. Dieses Prinzip regelt generell die Ausbreitung der Kleinstlebewesen. Denn dadurch dass alle Arten – Milchsäurebakterien, Fäulnisbakterien, Hefepilze, Schimmelpilze – ständig und überall vorhanden sind, wird auch jegliche organische Substanz von allen gleichzeitig befallen. Diejenigen, die dabei die besten Lebensbedingungen vorfinden – in Bezug auf Nährstoffkombination, Luft, Licht, Temperatur, Umgebung etc. – vermehren sich dann am schnellsten und dominieren. Alle anderen gehen unter und werden verdrängt. Das macht sich der Mensch schon seit Jahrhunderten beim milchsauren Einlegen von Nahrungsmitteln, allen voran bei der Herstellung von Sauerkraut zunutze. Dort sind die gewünschten Kulturen Milchsäurebakterien, weshalb in der ersten Phase alle anderen durch ausreichende Salzzugabe, strengen Luftabschluss, die richtige Temperatur etc. unterdrückt werden müssen. Haben die Milchsäurebakterien dann erst einmal Fuss gefasst, so besteht für die anderen keine Chance mehr. Geht in der ersten Phase jedoch etwas schief, dann ist das Kraut unrettbar verloren.

Betrachten wir nun mit diesem Verständnis verschiedene Nahrungsmittel und andere organische Substanzen. Dabei ist zunächst klar, dass Pilzbefall – sei es Schimmel oder Hefe – nur dann stattfinden kann, wenn eine feuchtwarme Umgebung mit geringer Luftzirkulation gegeben ist. Sorgen wir also für Bedingungen mit frischer Luft und Helligkeit, dann sind Pilze von vornherein benachteiligt. Das Rennen machen unter solchen Umständen bei ausreichender Wärme und Feuchtigkeit bei den meisten Nahrungsmitteln die Milchsäurebakterien – vorausgesetzt, es sind keine Immunmechanismen mehr aktiv. So werden intakte Früchte überhaupt nicht befallen, denn ihre Schale garantiert ihnen Schutz, bis eben ihre Integrität gestört wird, durch eine Verletzung, durch Aufschneiden oder ähnliches. Dabei ist auch zu beachten, dass die eigentliche Milchsäuregärung nur unter Luftabschluss erfolgt. Im Beisein von Sauerstoff verläuft der Prozess dagegen etwas anders, und es entsteht keine Milchsäure. Daher treten an der Oberfläche und im Inneren der Nahrungsmittel immer verschiedene Vorgänge auf.

Die Beobachtung zeigt nun, dass es nur fünf Nahrungsmittelkategorien gibt, die nicht von Milchsäure-, sondern von Fäulnisbakterien befallen werden. Das sind Fleisch, Fisch, Eier, Pilze und Algen. Lässt man diese einige Tage offen stehen, so beginnen sie zu stinken und zu faulen, und wer sie dann noch isst, erleidet eine akute Nahrungsmittelvergiftung. Das alles ist das Resultat der Stoffwechseltätigkeit der Fäulnisbakterien, die überall in der Natur für die Verwesung verantwortlich sind und Ptomaine – Leichengifte – produzieren.

Wie wir zuvor gesehen haben, findet der Befall mit Bakterien sofort und unmittelbar nach der Zerstörung des natürlichen Immunschutzes statt. Sobald also eine Frucht verletzt, ein Pflanzenteil abgerissen, ein Tier getötet, ein Ei geöffnet, ein Pilz oder eine Alge gepflückt werden, setzen sich alle Arten von Bakterien und Sporen auf ihnen fest, wobei sehr rasch diejenigen die Oberhand gewinnen, die die besten Bedingungen und die beste Nahrungsgrundlage vorfinden. Das sind bei fast allen Nahrungsmitteln Milchsäurebakterien, bei Fleisch, Fisch, Eiern, Pilzen und Algen hingegen Fäulnisbakterien. Essen wir nun solche Nahrungsmittel, so finden die darauf angesiedelten Kulturen in unserem Darm ideale Lebensbedingungen vor: Wärme, Feuchtigkeit und Nahrung. Dabei spielt es keine Rolle, um welche Bakterien oder Pilze es sich handelt. Denn ein grosser Teil von ihnen passiert relativ unbeschadet unseren Magen. Ebenso wenig Unterschied macht es, wie lange sie schon auf unserer Nahrung sitzen. Denn spätestens in dem Augenblick, wo wir die Nahrung zu uns nehmen, zerstören wir ihre Integrität und ermöglichen es den Mikroorganismen, sich auf ihr anzusiedeln. Auf diese Weise wird der Darm eines jeden Menschen nach seiner Geburt nach und nach besiedelt, so dass wir normalerweise 10-mal so viele Bakterien im Darm haben wie Zellen im Körper. Dabei setzt sich eine gesunde Darmflora aus etwa 400 verschiedenen Bakterienstämmen zusammen, von denen die Milchsäurebakterien zu den wichtigsten gehören. Grundsätzlich sind jedoch alle Arten von Mikroorganismen vertreten, da sie ja über die Nahrung immer wieder in den Darm gelangen, und es gilt dasselbe Prinzip wie oben erwähnt, dass sich einfach diejenigen am besten durchsetzen, die die besten Bedingungen vorfinden. Somit hat unsere Nahrung einen enormen Einfluss auf unsere Darmflora, denn zum einen bietet sie für gewisse Arten Nahrung, für andere jedoch nicht, zum anderen kann sie in Form von Antibiotika, Konservierungsstoffen und anderen Lebensmittelzusätzen auch Gifte enthalten, die einige Arten stark dezimieren.

Welche Aufgabe hat die Darmflora nun für unseren Körper? Denn die Darmbakterien bekommen nicht umsonst von uns Nahrung und ideale Lebensbedingungen. Sie leisten uns dafür auch ihre Dienste. So etwas nennt man Symbiose, eine wechselseitige Abhängigkeit zu beiderseitigen Nutzen. Nun, die Darmbakterien sind ein ganz wesentlicher Bestandteil unseres Verdauungssystems. Denn sie verstoffwechseln einiges, was unser Magen und unser Darm nicht aufgeschlossen haben oder auch gar nicht aufschliessen konnten. So bilden zum Beispiel die eigentlich unverdaulichen Ballast- und Faserstoffe eine wichtige Nahrungsquelle für die Darmflora, die als ihre Stoffwechselprodukte wertvolle Vitamine daraus bildet. Gerade die wichtige Gruppe der B-Vitamine wird so in einem gesunden Darm durch die Darmbakterien erzeugt.

Probleme treten allerdings auf, wenn die Darmflora gestört wird. Denn dann nehmen Bakterien oder gar Pilze überhand, die für unseren

Körper schädliche Stoffwechselprodukte erzeugen und so ständig Giftstoffe abgeben. Diese Giftstoffe haben ihre erste Wirkung auf das Immunsystem des Darms und auf die Darmschleimhaut. Etwa 10% der Zellen im Darm sind nämlich lymphatische Immunzellen, die dafür sorgen, dass Fremdkörper und Schädlinge unschädlich gemacht werden. Werden sie durch die entstandenen Giftstoffe geschwächt oder zerstört, so bedeutet das eine erhebliche Beeinträchtigung unseres Immunschutzes. Als nächstes schwächen die Gifte die natürliche Kontroll- und Filterfunktion der Darmwand selbst, die so immer mehr Stoffe hindurchlässt, welche sie eigentlich zurückhalten müsste, da sie für unseren Organismus schädlich sind. Schliesslich treten die Toxine sogar durch die Darmwand hindurch und gelangen über das Blut und die Lymphe in den gesamten Körper, wo sie zu Ablagerungen, entzündlichen Prozessen oder allergischen Immunreaktionen führen. Das Schlimme dabei ist, dass dieser gesamte Prozess schleichend vor sich geht. So werden im allgemeinen keine so grossen Mengen an Toxinen in Umlauf gebracht, dass wir sofort akut erkranken und merken, dass etwas falsch läuft. Stattdessen bleiben die kleinen Mengen lange Zeit unbeachtet, haben aber dennoch ihre Wirkungen, die sich im Laufe der langen Zeit der stetigen Anhäufung immer weiter ausbreiten und verschlimmern, bis dann plötzlich irgendwo Störungen auftreten, die wir jedoch meist nicht mit ihrer eigentlichen Ursache in Verbindung bringen. Für gewöhnlich betrachten wir sie eben als unausweichliche Begleiterscheinungen des Alterungsprozesses oder als normale Abnutzung durch langzeitige Belastung. Da wir uns aufgrund solcher Erklärungen auch gar nicht weiter auf die Suche nach den Ursachen begeben, ändern wir natürlich nichts an unseren Fehlern und der Prozess schreitet fort bis zum bitteren Ende.

Verfolgen wir nun einmal, was mit einer Fleischmahlzeit in unserem Verdauungssystem geschieht. Dabei ist zunächst festzustellen, dass Fleisch im Gegensatz zu Früchten und Gemüse keinerlei Verdauungsenzyme enthält, so dass unser Magen starke Salzsäure erzeugen muss, um es zu zersetzen, was ihm mehr oder weniger gut gelingt, je nachdem wie das Fleisch zubereitet, wie gründlich es gekaut und mit welchen anderen Nahrungsmitteln es zusammen gegessen wurde. Da Fleisch im Gegensatz zu den meisten pflanzlichen Nahrungsmitteln sehr trocken ist, wird die Säure allerdings bereits im Magen durch die nötige Flüssigkeit, die zusätzlich zum Essen getrunken wird, wieder verdünnt, so dass die Zersetzung meist nur unvollständig abläuft. Im weiteren Fortgang der Verdauung muss die Säure dann wieder neutralisiert werden, wodurch dem Körper Kalzium entzogen wird.

Im Darm bietet das Fleisch nun Nahrung für die Fäulnisbakterien, die in ihm ihre Fäulnisaktivität entfalten und Leichengift produzieren. Vor diesen Giften versucht sich der Darm zwar durch eine erhöhte Produktion von Schutzschleim zu schützen, dennoch erleiden die Darmflora und auch die Darmwand Schädigungen. Dadurch kann ein hoher Prozentsatz der vor allem sauren Stoffwechselprodukte aus dem Fleischeiweiss, der sehr langen gesättigten Fettsäuremoleküle, des Cholesterins und auch des Leichengifts durch die Darmwand hindurchtreten und stellt eine hohe Belastung für die Leber dar, die versucht, das alles noch weiter zu verarbeiten und abzubauen. Dabei entsteht Harnsäure, zum Teil auch Harnstoff, welche wiederum die Nieren enorm belasten und bei ihrer Eliminierung dem Körper erhebliche Mengen an Mineralien rauben. Da jedoch bereits ein Pfund Fleisch mehr als doppelt so viel Harnsäure erzeugt wie unser System an einem Tag abbauen kann, bleibt ein Grossteil davon im Körper zurück und bildet aufgrund der sehr geringen Wasserlöslichkeit an den verschiedensten Stellen Kristalle, die wie scharfe Nadeln die umliegenden Gewebe beschädigen und Schmerzen verursachen. Folgen sind Nierensteine, Rheuma und Gicht. Weiterhin verdicken die langen gesättigten Fettsäuremoleküle und das körperfremde Cholesterin das Blut und führen so zu erhöhtem Blutdruck und verringerter Fliessfähigkeit. Ausserdem neigen sie dazu zusammen zu kleben und lagern sich bevorzugt an den Innenwänden der Blutgefässe ab, wo diese durch die erzeugten Säuren geschädigt worden sind. Auf diese Weise entstehen Gefässverengungen und -verhärtungen. Längerfristig führt all das zu Gallensteinen, Arteriosklerose, Herzinfarkt, Hirnschlag und insgesamt einer beeinträchtigten Nährstoffversorgung vieler Körperteile.

Im Darm wird das Stück Fleisch währenddessen langsam weiterbewegt, wobei es wegen des gänzlichen Fehlens von Faserstoffen nur recht schleppend voran kommt. Ausserdem bleiben dadurch auch stets einige unverdaute Reste zusammen mit dem sich verhärtenden Schutzschleim an den Darmzotten hängen, wo sich so im Laufe der Zeit eine immer dicker werdende undurchdringliche, klebrige Kotschicht bildet, die es den Nährstoffen immer schwerer macht, durch die Darmwand in den Körper zu gelangen. Autopsien haben gezeigt, dass es schon normal geworden ist, 4 bis 5 kg alter Kotreste in den Darmzotten kleben zu haben. Diese bilden natürlich ideale Brutstätten für Parasiten und erschweren die Passage der Nahrung durch den Darm, was wiederum zu chronischer Verstopfung führt. Insgesamt schafft der regelmässige Verzehr von Fleisch, Fisch, Eiern, Pilzen und Algen eine stabile Nahrungsgrundlage für Fäulnisbakterien im Darm und drängt daher die natürliche Darmflora immer weiter zurück, so dass deren Aufgabe der Produktion von Vitaminen nicht mehr erfüllt werden kann.

Beenden die Fleischreste schliesslich nach vielen Stunden und mit gehöriger Anstrengung ihre Reise durch den Darm, dann ist ihre Ausscheidung stets mit dem schon charakteristisch gewordenen, durch die Fäulnis hervorgerufenen Gestank verbunden. Ausserdem scheidet der Körper auch im Lauf der Zeit einen Teil der aufgenommenen Giftstoffe über die Haut wieder aus, wodurch sich zusätzlich die für Fleischesser typische Ausdünstung ergibt.

Betrachten wir im Gegensatz dazu pflanzliche Nahrung, so zeichnet diese sich bereits dadurch aus, dass sie viel leichter verdaulich ist und zum Teil sogar noch verdauungsförderliche Enzyme enthält. Dadurch ist viel weniger Anstrengung von Seiten des Magens, der Bauchspeicheldrüse und der Leber notwendig, um diese Nahrung aufzuschliessen. Im Darm wird sie vorwiegend von der gesunden Darmflora verstoffwechselt, welche keine schädlichen Substanzen erzeugt und – bei gesundem Darm – sogar wertvolle Vitamine herstellt. Die Stoffwechselprodukte sind hier überwiegend alkalisch, so dass auch keine Säurebelastung des Körpers entsteht und kein Kalzium zur Neutralisierung vonnöten ist. Ausserdem wirkt diese Nahrung durch ihren natürlichen Ballaststoffgehalt wie ein Besen und reinigt die Darmwände, anstatt sie durch Ablagerungen zu belasten. Dadurch findet gleichzeitig auch eine schnellere und leichtere Ausscheidung statt.

Wenn man sich das alles vergegenwärtigt, dann gibt es tatsächlich keinen Grund, das Fleisch zu verteufeln. Denn es verteufelt sich selbst, zumindest als Nahrung für den Menschen. Wem seine Gesundheit wichtig ist und wer gar die wahre Gesundheit kennen lernen will, der wir auf der Spur sind, der muss Fleisch, Fisch, Eier, Pilze und Algen kategorisch meiden. Dabei reicht es nicht, sie nur zu reduzieren, denn so bekommen die Fäulnisbakterien in unserem Darm doch immer wieder Futter. Und da sie bei Nahrungsentzug nicht verhungern, sondern nur ihre Stoffwechsel- und Vermehrungsaktivität einschränken, können sie geduldig auf die nächste Mahlzeit warten, die ihnen wieder Nahrung bietet. Daher besteht die einzige Möglichkeit, sie dauerhaft in Schach zu halten, darin, ihnen absolut nichts mehr zu fressen zu geben. Dann kann sich die normale Darmflora langsam aber sicher regenerieren und ihre Stoffwechselaktivität wieder aufnehmen. Bis dieses Gleichgewicht allerdings wiederhergestellt ist, vergehen mindestens 1½ Jahre, wobei sich diese Zeit bei jedem erneuten Verzehr von Fleisch, Fisch, Eiern, Pilzen oder Algen weiter verlängert. Es ist eben leider so, dass jeder Bissen Fleisch, jedes Ei, jeder Pilz Nahrung für die Fäulnisbakterien bieten, sie so wieder zur Vermehrung anregen und die gesunde Darmflora schwächen.

Umgekehrt dauert es allerdings keine 1½ Jahre, bevor man die Auswirkungen der Ernährungsumstellung erfährt. So können sich deren erste Anzeichen schon sehr bald einstellen, wie wir bei Martha gesehen haben, deren Psyche bereits nach wenigen Tagen aufatmete. Dabei waren es wahrscheinlich nicht nur die Angst- und Stresshormone aus dem Fleisch, die ihr zuvor zu schaffen gemacht hatten, sondern allgemein die Belastung durch die Giftstoffe und vor allem das verdickte Blut, das überhaupt nicht mehr in die feinsten Arterien fliessen kann. Dadurch werden viele Bereiche des Körpers und insbesondere des Gehirns nicht ausreichend mit Nährstoffen und Energie versorgt, was zu einer regelrechten psychischen Beklemmung und zu Angstzuständen führen kann. Auch Elli, der ich neben der Kultivierung des Hungers und der Ritam-Samation auch den Verzicht auf Fleisch, Fisch, Eier, Pilze und Algen empfohlen hatte, machte sehr schnell ihre ersten Erfahrungen, wie wir bereits gesehen haben.

Bei manchen jedoch sind die Erfahrungen zunächst scheinbar entgegengesetzt. Sie berichten, dass ihnen etwas fehle, dass sie nicht satt würden oder dass sie nicht mehr so viel Energie hätten, und sind deswegen geneigt, das Experiment gleich wieder abzubrechen. Solche Erfahrungen sind jedoch meist auf Fehler bei der Umstellung zurückzuführen, auf die wir gleich eingehen werden. Insgesamt sollte sich daher jeder mindestens ½ Jahr Zeit geben, bevor er über den Erfolg oder Misserfolg einer Ernährungsumstellung entscheidet. Erst nach dieser Zeit kann man seine Erfahrungen verlässlich beurteilen und Bilanz ziehen. Dabei ist das auch völlig ohne Risiko, denn man kann ja ohne weiteres zu seiner alten Ernährungsweise zurückkehren, wenn die eigenen Erfahrungen dies nahe legen. Ebenso wird niemand in dieser Zeit einen Mangel erleiden, eher eine Bereicherung durch eine neue Erfahrung.

Aber wie ist das denn eigentlich mit den Mangelerscheinungen, vor denen immer wieder – auch von Ärzten – so eindringlich gewarnt wird? Und müsste es nicht noch andere Hinweise in der Natur geben, dass wir in Wirklichkeit Vegetarier sind, wenn Fleisch tatsächlich für den Menschen so schlecht ist? Betrachten wir dazu einfach einmal typische Fleischfresser und typische Pflanzenfresser im Tierreich und schauen wir, welcher Kategorie wir Menschen eher zuzuordnen sind. Bei den Pflanzenfressern müssen wir dabei allerdings streng genommen nochmals zwischen Früchtefressern und Grasfressern unterscheiden.

Zunächst fällt äusserlich sofort ins Auge, dass Fleischfresser das sämtliche für ihre Nahrungsversorgung nötige Rüstzeug am Körper haben: Klauen, Krallen, Reisszähne. Ihr Gang ist waagerecht für eine schnelle Fortbewegung, und sie können bei Nacht gut sehen. Bei Pflanzenfressern ist das anders. Sie haben keine Krallen und keine Reisszähne und sehen bei Dunkelheit nichts. Früchteesser haben dahingegen einen aufrechten Gang und Greifhände, um ihre Nahrung von den Bäumen pflücken und sammeln zu können.

Im Maul gehen die Unterschiede weiter: Fleischfresser haben spitze Backenzähne, die sich beim Beissen nicht berühren, also optimal für das Zerfasern von Fleisch sind, wenig Speicheldrüsen und sauren Speichel ohne das stärkeabbauende Enzym Ptyalin. Ausserdem können sie ihren Kiefer nur auf- und abwärts bewegen. Früchteesser hingegen haben abgeflachte Backenzähne zum Zermahlen der Nahrung, viele Speicheldrüsen und alkalischen Speichel für die Vorverdauung von Stärke. Sie können ihren Kiefer auch seitlich bewegen und so einen richtiggehenden Mahlvorgang erzeugen. Interessanterweise haben typische Allesfresser wie Bären beide Arten von Backenzähnen gleichzeitig, spitze und flache.

Weitere deutliche Unterschiede findet man erwartungsgemäss beim Verdauungssystem: So haben Fleischfresser einen kleinen runden Magen mit 10-mal mehr Salzsäure im Magensaft. Ihr Darm ist kurz – nur 3 - 5-mal so lang wie ihr Körper – und glatt, so dass die Nahrung nicht lange darin verweilt, und ihre Leber kann viel mehr Urikase bilden und damit mit 10 - 15-mal mehr Harnsäure fertig werden. Ausserdem können sie Vitamin C, das unter anderem für die Aufnahme von Eisen wichtig ist, selbst bilden. Früchtefresser hingegen haben einen länglichen Magen mit einer komplizierten Struktur und nur wenig Salzsäure und eiweissverdauende Pepsine im Magensaft. Ihr Darm ist 10 - 12-mal so lang wie ihr Körper, sehr verschlungen, sowie durch viele Zotten in der Darmwand mit einer grossen Oberfläche versehen, und ihre Leber kann nur die vom Körper selbst gebildete Harnsäure abbauen. Vitamin C muss bei ihnen regelmässig über die Nahrung zugeführt werden.

Bezüglich der Ausscheidung fällt auf, dass Fleischfresser sauren Urin haben und keine Poren oder Schweissdrüsen in der Haut besitzen. Sie regulieren ihre Temperatur über die Zunge. Früchteesser dagegen haben alkalischen Urin und Millionen von Poren und Schweissdrüsen in der Haut.

Bereits aus diesen wenigen Eigenschaften können wir ersehen, dass typische Fleischfresser die oben erwähnten Probleme mit Fleischnahrung nicht haben. Sie können das Fleischeiweiss und darüber hinaus sogar Sehnen und Knochen vollständig zersetzen, können mit der entstehenden Harnsäure fertig werden, brauchen wegen ihrer glatten Darmwände keine Faserstoffe zur Verdauung und kommen aufgrund ihrer geringen Darmlänge auch mit dem Fäulnisprozess besser zurecht, davon abgesehen, dass das Leichengift für sie viel weniger oder überhaupt nicht giftig ist. Die sauren Stoffwechselprodukte sind für ihren Organismus normal, wie man an ihrem Urin erkennt, und auch gesättigte Fettsäuren und Cholesterin stellen für sie kein Problem dar, wie eine Untersuchung an der University of Iowa zusätzlich zeigt. Dort wurde Hunden nämlich über einen längeren Zeitraum zu ihrer Fleischration jeweils ½ Pfund Butter gegeben, was für sie jedoch offenbar kein Problem war, da sie keinerlei Anzeichen von Arteriosklerose entwickelten. Kaninchen hingegen zeigten bereits nach kurzer Zeit Veränderungen an den Arterienwänden, wenn man Cholesterin zu ihrer Nahrung hinzufügte. Auch Affen, die Eigelb zu essen bekamen, entwickelten schnell verkrustete Arterien.

Im Gegensatz zu den typischen Fleischfressern des Tierreiches hat der Mensch jedoch mit all dem seine Probleme und geht sogar langsam aber sicher an ihnen zugrunde. Diese Tatsache unterstreicht eindrucksvoll seine eindeutige Übereinstimmung mit den physiologischen Charakteristika von typischen Früchtefressern. Ausserdem müsste andernfalls wie bei allen typischen Fleischfressern der Geruch von Blut und frischem Fleisch appetitanregend für uns sein, und der Anblick eines getöteten Tieres müsste uns das Wasser im Mund zusammenlaufen lassen. Ganz im Gegenteil ist es jedoch so, dass rohes, ungewürztes, ungekochtes, ungebratenes Fleisch niemandem schmeckt, sondern sogar Widerwillen bis Brechreiz hervorruft. Fleisch wird erst dadurch "geniessbar", dass es mit Feuer und Gewürzen in Berührung kommt. Also ist es gar nicht das Fleisch, was schmeckt, sondern die Zutaten und die Zubereitung. Die kann man jedoch auch mit viel weniger gesundheitsschädlichen Nebenwirkungen bekommen!

Ist damit jetzt also jeder überzeugt, dass der Mensch kein Fleischesser ist, dass Fleisch sogar schädlich für ihn ist und er es gänzlich aus seinem Speiseplan streichen sollte?

Eigentlich schon, aber ...

Ja, jetzt kommen wir zu den Argumenten und Beweggründen, die selbst die vernünftigsten – und oftmals auch die kränksten – Menschen daran hindern, vom Fleischverzehr abzulassen. Im Grunde genommen sind es jedoch nicht diese Argumente, sondern es ist die fehlende Überzeugung und der fehlende Wille im eigenen Bewusstsein. Um dies zu rechtfertigen, sucht der Verstand dann nach allen Arten von Alibis, worin er leider auch noch tatkräftig durch die heutige Medizin, die Wissenschaft und die Fleischindustrie unterstützt wird. Deshalb sollten wir trotz allem auf die wichtigsten und häufigsten Argumente oder Zweifel eingehen und zeigen, dass "beim besten Willen" kein Weg an der Wahrheit vorbeiführt.

Zunächst ist da die Sache mit der Darmlänge. So ist der menschliche Darm zwar 6 - 7 m lang, also nur 3 - 5-mal so lang wie die Körpergrösse, was genau der Relation entspricht, die bei typischen Fleischfressern zu finden ist. Bei dieser Berechnung wurde allerdings nicht beachtet, dass bei Tieren niemals der Abstand zwischen Kopf und Füssen, sondern immer der zwischen dem Kopf und dem unteren Ende der Wirbelsäule zugrunde gelegt wird. Tut man das auch beim Menschen, so erhält man eine Relation von 8 - 12, also die von typischen Früchtefressern.

Daran können auch die Urmenschen nichts ändern, die ja gemeinhin als Jäger und damit Fleischesser dargestellt werden und somit für ein weiteres beliebtes Alibi herhalten müssen. Doch gerade in Bezug auf die Geschichte der Menschheit gibt es noch so viele grundlegende Fragezeichen, dass sich hier jeder seine Argumente so hindrehen kann, wie es ihm in den Kram passt. Stellen wir uns doch nur einmal vor, die alten Mythen und Überlieferungen seien keine Hirngespinste und unsere fernen Vorfahren hätten in voller Funktion aller ihrer körperlichen und geistigen Anlagen ein einfaches, gottergebenes Leben geführt, ohne die Notwendigkeit von Eisenwerkzeugen oder von monumentalen Gebäuden für die Nachwelt. Was könnten wir denn von solch einer Hochkultur heute noch finden? Nicht die geringste Spur! Somit geben archäologische Funde nur ein äusserst beschränktes Bild von der Vergangenheit ab, und ob die eisernen Waffen und Höhlenmalereien tatsächlich etwas mit unseren Ursprüngen zu tun haben oder aber bereits Anzeichen für eine frühe Degeneration bilden, bleibt weiterhin unklar. Auf alle Fälle könnten wir mit demselben Argument auch den Kannibalismus als die gesunde Ursprungsernährungsweise des Menschen propagieren, oder aber ganz von solchen fadenscheinigen Argumenten ablassen und uns lieber an geistig, spirituell und kulturell hochstehenden Persönlichkeiten der Vergangenheit orientieren, die allesamt Vegetarier waren. Unsere heute noch lebenden nächsten Verwandten im Tierreich, die Menschenaffen, sind jedenfalls beeindruckende, vor Kraft und Vitalität strotzende Beispiele reiner Früchteesser.

In die gleiche Kategorie von Alibis fällt die neu konstruierte Theorie der blutgruppenspezifischen Ernährung. Sie stützt sich nämlich auf das genetische Alter der verschiedenen Blutgruppen und auf das Bild, das uns die Archäologen und Anthropologen von unseren Vorfahren geben. Deshalb "muss" die älteste Blutgruppe also beispielsweise zu Fleischessern gehören. Jeder Hinweis, der nun statt der primitiven Jäger die oben erwähnte spirituell hochstehende Zivilisation bestätigen würde, würde diese gesamte Ernährungstheorie auf den Kopf stellen und dieselbe Blutgruppe reinen Fruchtrohköstlern zuordnen. Bleiben wir also doch lieber bei den handfesten Hinweisen und Erfahrungen als bei willkürlich aus dem Hut gezauberten Theorien. Und diese Erfahrungen zeigen unmissverständlich, dass die Menschen quer durch alle Blutgruppen hindurch durch Harnsäure, Leichengift und die übrigen Stoffwechselprodukte des Fleisches krank werden und sterben. Fleisch, Fisch, Eier, Pilze und Algen sind und bleiben keine Nahrungsmittel für den Menschen, auch nicht in kleinen Mengen. Wenn jemand durch die jahrzehnte- bzw. generationenlange Gewöhnung zu Schwierigkeiten mit vegetarischer Vollwertkost neigt, dann ist das kein Zeichen einer genetischen Anpassung, sondern einer erbbiologischen Degeneration höchsten Ausmasses, der schnellstens entgegen gewirkt werden sollte. Ausserdem liegen solche angeblichen Schwierigkeiten meist am falschen Umgang mit der Nahrung und nicht an einer prinzipiellen Unverträglichkeit. So ist es doch wirklich kein Wunder, dass frisches Obst im Verdauungstrakt zu gären beginnt, wenn es stundenlang darauf warten muss, bis der Weg für seine weitere Verdauung frei wird, da er von schwerstverdaulichen fett- oder eiweissreichen Nahrungsmitteln versperrt wird. Haben sich zudem durch starken Zucker- und Weissmehlgenuss grosse Kulturen von Gärungsbakterien und Hefepilzen im Darm etabliert, dann werden sie auch das Obst sofort in Kohlendioxid und Alkohol verstoffwechseln.

Somit stossen wir hier wieder auf das Problem, das wir bereits im 2. Kapitel angesprochen haben, dass nämlich die meisten sich ausschliesslich auf das “Was” beim Essen konzentrieren und nicht auf das “Wie”. Wer aber ohne Hunger ist, der richtet unweigerlich Chaos in seiner Verdauung an, egal, ob er vegetarische Nahrungsmittel oder Fleisch, Rohkost oder Gekochtes, Industrie- oder Naturnahrung zu sich nimmt. Denn wenn der Magen noch mit der vorigen Mahlzeit beschäftigt ist, wie soll er es dann schaffen, die Verdauungssäfte so herzustellen, dass sie auf die neue und auf die alte Nahrung passen? Besonders drastisch macht sich das bei den leicht und schnell verdaulichen frischen Lebensmitteln bemerkbar, die das Verdauungssystem eigentlich sehr rasch durchlaufen. Werden sie aufgehalten, weil vor ihnen zunächst schwerer verdauliche Nahrungsmittel aus der vorigen oder aus derselben Mahlzeit verarbeitet werden müssen, dann beginnen sie leicht zu gären und verursachen Blähungen und üble Gerüche. Schuld daran ist jedoch nicht das Obst oder das Gemüse, sondern die falsche Essreihenfolge oder das Essen ohne Hunger. Daher ist nochmals eindringlich zu betonen – und die Erfahrung wird es bei jedem bestätigen – dass es keine Probleme mit vegetarischer Vollwertnahrung gibt, wenn man nur mit wirklichem Hunger ist, ausreichend kaut und aufhört, wenn es am besten schmeckt. Das gilt für jede Blutgruppe und für jeden Konstitutionstyp, denn es handelt sich dabei um universelle Naturgesetze unseres Verdauungssystems.

Selbstverständlich ist es richtig – und diesem häufigen Einwand muss auch jeder zustimmen – dass vegetarische Nahrung alleine noch keine gesunde Ernährung bedeutet. Dazu ist der Begriff "vegetarisch" auch viel zu allgemein und zu dehnbar. Ausserdem berücksichtigt er wieder nur das "Was" und nicht das "Wie". Zunächst einmal muss daher vegetarische Nahrung neu definiert werden, und zwar im Einklang mit den Prinzipien des menschlichen Verdauungssystem. Demnach sind – wie wir soeben ausführlich gesehen haben – alle Nahrungsmittel vegetarisch ausser Fleisch, Fisch, Eier, Pilze und Algen, also in anderen Worten alle, die nicht von Fäulnisbakterien, sondern von Milchsäurebakterien befallen werden. Milchprodukte gehören demnach dazu, denn sie werden ja sauer und faulen nicht. Dennoch müssen wir über sie später noch einige Worte verlieren. Der Begriff "Ovo-Vegetarier" (d. h. Vegetarier, die auch Eier essen) ist dagegen ein Widerspruch in sich, denn Eier sind geradezu als flüssiges Fleisch zu bezeichnen. Auch Pilze, die ja in fast jedem populären vegetarischen Gericht vorkommen, gehören dort überhaupt nicht hin, da sie im Darm dieselben Reaktionen wie Fleisch auslösen. Dadurch ist andererseits jedoch auch zu verstehen, warum sie gerade bei denjenigen so beliebt sind, die Fleisch aus ihrer Ernährung gestrichen haben. Leider ist ihnen aber nicht bewusst, wie sie da den Teufel mit dem Beelzebub austreiben.

Als nächstes muss definiert werden, was gesunde Nahrung ist, denn das ist wiederum nur ein kleiner Teil der vegetarischen Palette. Wirklich gesund ist nämlich nur reine, naturbelassene, unverarbeitete Nahrung, die im Einklang mit den körperlichen Bedürfnissen aufgenommen wird

Demnach ist grundsätzlich alles ungesund, was nicht mit wirklichem Hunger, in zu grosser Menge oder ohne ausreichendes Kauen gegessen wird. Weiterhin muss uns klar sein, dass jegliche Form der Verarbeitung eine Denaturierung bedeutet, welche die Nahrung entwertet, bzw. unerwünschte Nebenwirkungen im Körper hervorruft.

Nun ist es allerdings so, dass unser Verdauungssystem, unsere Darmflora, ja unser gesamter Körper eine gewisse Zeit benötigen, um sich auf eine andere Ernährungsweise umzustellen. Am meisten Zeit braucht dazu wahrscheinlich sogar unser Kopf, der durch unsere langjährigen Gewohnheiten programmiert ist. Deshalb sollte niemand versuchen, die zehnte Sprosse der Leiter vor der zweiten zu erklimmen. Das wird immer zu bösen Rückfällen, Frustration und schliesslich womöglich zu gänzlichem Scheitern führen. Nehmen wir lieber Schritt für Schritt eine Stufe nach der anderen, und gehen an die nächste, wenn wir uns auf der gegenwärtigen stabilisiert haben. Kommen dabei Schwierigkeiten auf, so lassen wir uns eben ein bisschen mehr Zeit, gehen vielleicht auch nochmal eine Stufe zurück, nehmen aber bei der nächsten Gelegenheit erneut Anlauf. Nur so werden wir stabil und mit bestem Erfolg weiterkommen.

Unser Orientierungspunkt sollte dabei stets unser Körper und seine Rückmeldungen sein, also zuallererst der Hunger als unabdingbare Voraussetzung für jede Nahrungsaufnahme und als zuverlässiger Verbrenner jeglicher Verdauungsprobleme. Weiterhin achten wir auf die Signale und Impulse unseres Körpers, zu welchen Gerüchen und Geschmäckern er sich hingezogen fühlt, und – und das ist von grösster Bedeutung! – welche Gerüche er nach dem Essen erzeugt, auf der Toilette und bei der Ausdünstung. Denn jeder üble Geruch ist ein natürliches Warnsignal, jeder angenehme eine anziehende Verlockung. Wenn wir uns selbst nicht riechen können, dann bedeutet das, dass in unserem Körper etwas nicht in Ordnung ist und wir schleunigst etwas verändern müssen. So ist der allüblich gewordene Gestank auf der Toilette ein klares Zeichen für ungesunde Stoffwechselprozesse im Darm, die entweder auf die Tätigkeit von Fäulnisbakterien oder von ungesunden Gärungsbakterien oder Hefepilzen zurückzuführen sind. Die können aber wiederum nur dann auftreten, wenn wir ihnen Nahrung gegeben haben. Und da ist der Punkt, an dem wir ansetzen können und müssen.

Diejenige Nahrung oder Nahrungskombination, die wir bei der betreffenden Mahlzeit zu uns genommen haben, ist durch unseren eigenen Körper als falsch entlarvt worden, und diesen Fehler sollten wir in Zukunft nicht wieder machen. So einfach ist das! Und da wir jetzt wissen, dass Fleisch, Fisch, Eier, Pilze und Algen die Nahrung für Fäulnisbakterien und Zucker und Weissmehl die Grundlage für Gärung bilden, können wir schon von vornherein die Hauptproblemfaktoren eliminieren.

Dabei ist die so oft geäusserte Sorge vor einer einseitigen Ernährung völlig unbegründet. Denn wenn man sich kreuz und quer durch den Obst-, Gemüse-, Kräuter- und Getreidegarten der Natur ernährt, dann bekommt man alles, was der Körper braucht und das in ausreichender Menge und perfekter Zusammenstellung. Nehmen wir uns dazu ruhig einmal die Zeit und betrachten wir die am häufigsten zitierten angeblichen Problempunkte einer vegetarischen Ernährungsweise etwas genauer, nämlich die ausreichende Versorgung mit Proteinen, mit Kalzium, Eisen und mit Vitamin B12. Dabei wollen wir uns jedoch mehr auf unseren gesunden Menschenverstand und auf den elementaren Dreisatz stützen als auf offizielle Empfehlungen, die eher von der Geisteshaltung der Wissenschaftler, von der Lobby-Aktivität der betroffenen Industriezweige oder von der für normal gehaltenen Krankheit unserer Gesellschaft geprägt sind. So ist beispielsweise in den letzten 50 Jahren die offizielle Empfehlung für den täglichen Eiweisskonsum auf ein Fünftel (!) gesunken, was seine Ursache wohl nicht in einer veränderten Funktionsweise unseres Körpers hat, sondern in dem langsamen Dämmern der Verantwortlichen aus tieferen Bereichen der Unwissenheit.

Für die Abschätzung der allgemein nötigen Protein- und auch Kalziummengen bietet sicherlich die Muttermilch eine gute, von der Natur vorgegebene Richtschnur. Denn sie ist die natürliche Nahrung für den Säugling, der sein Körpergewicht innerhalb von 6 Monaten verdoppelt und der für die dafür nötige Aufbauarbeit wohl eine höhere Proteinkonzentration in der Nahrung benötigt als in seinem gesamten späteren Leben.

Um allerdings die Werte für verschiedene Nahrungsmittel miteinander vergleichen zu können, taugen die üblichen Inhaltsstofftabellen leider nur sehr wenig. Denn in ihnen werden die Inhaltsstoffe immer im Verhältnis zum Gewicht des betreffenden Nahrungsmittels angegeben, also in g oder mg pro 100g oder pro kg. Niemand richtet sein Essverhalten jedoch nach dem Gewicht einer Mahlzeit aus, sondern vielmehr nach seinem Hunger- und Sättigungsgefühl, das wiederum dem Energiegehalt der Mahlzeit entspricht. Mit anderen Worten: Jeder isst durchschnittlich an einem Tag so viel, wie viel Energie er an diesem Tag verbraucht. Und die Ernährungstabellen werden ja auch im allgemeinen dahingehend interpretiert, wie viel ein Mensch pro Tag von Stoff x über seine Nahrung aufnehmen würde, wenn er sich nur von dem Nahrungsmittel y ernähren würde. In diesem Fall würde er also seinen Energiebedarf ausschliesslich durch das Nahrungsmittel y decken und deshalb soviel von ihm essen, bis sein Hunger gestillt wäre. Daher brauchen wir die Inhaltsstoffe in Relation zur Energiemenge dieses Nahrungsmittels, also in g oder mg pro kcal, und nicht in Relation zu seinem Gewicht. Die üblichen irreführenden Angaben sind auch der Grund dafür, dass in den herkömmlichen Tabellen wasserhaltige Nahrungsmittel gegenüber trockenen zum Teil stark benachteiligt werden. Denn bei den letzteren müsste man eigentlich die später zum Durstlöschen getrunkene Wassermenge zu ihrem Gewicht noch hinzuaddieren, während sie bei den ersteren ja von vornherein enthalten ist.

Rechnet man nun die verfügbaren Daten dementsprechend um, so erhält man überraschende Resultate. So enthält Muttermilch als Richtwert ca. 15 mg Eiweiss pro kcal, das ist in etwa der gleiche Wert wie bei Papayas, Pflaumen oder Mandarinen. Wassermelonen enthalten 1,3-mal soviel Eiweiss pro kcal, Karotten 1,6-mal so viel, Tomaten 2,7-mal so viel und Kürbisse 3,3-mal so viel.

Wohlgemerkt: Unser Richtwert war die Proteinkonzentration für einen Säugling, der innerhalb kurzer Zeit enorm viele Zellen aufbauen muss, während wir Erwachsene nur das Eiweiss zur Instandsetzung und Erneuerung unseres Körpers benötigen. Natürlich brauchen wir absolut gesehen mehr Eiweiss für unseren grösseren Körper, der immerhin um die Grössenordnung 100 schwerer ist. Doch verbrauchen wir auch mehr Energie, so dass der prozentuale Eiweissbedarf geringer ist.

Selbst ein Säugling könnte also seinen Proteinbedarf problemlos aus Früchten bestreiten. Auch das übrige Obst liegt in seinem prozentualen Proteingehalt etwas oberhalb oder unterhalb der Muttermilch. Weitere Überraschungen erfährt man, wenn man den oberen Bereich der Skala untersucht. So enthalten Eier 68 mg Eiweiss pro kcal, Edamer Käse 70, weisse Bohnen 71, Rindfleisch 83 – genau so viel wie Eisbergsalat! –, Sojabohnen 88, Salat 99, Broccoli 107, Lachs 111, Pilze 116, Spinat 130, Alfalfa-Sprossen 137, Schweinefleisch und Huhn je 150 und Spirulina-Algen 228. Man ersieht aus diesen Zahlen leicht – vor allem am Beispiel von Eisbergsalat, Broccoli, Spinat und Alfalfa-Keimlingen –, dass das Vorurteil des viel höheren Eiweissgehalts von Fleisch, Fisch, Eiern, Pilzen und Algen nur bedingt stimmt. Natürlich sind sie die Spitzenreiter der Tabelle und tragen bei ihrem grossem Anteil an der heutigen Durchschnittsernährung erheblich zu der allgemeinen Eiweissüberversorgung bei, doch kann man bei rein vegetarischer Ernährung ohne Schwierigkeiten ähnlich hohe Proteinwerte erzielen. So wäre der Eiweissbedarf eines durchschnittlichen Erwachsenen mit leichter körperlicher Bewegung gedeckt, wenn er sich nur jeweils von Honigmelonen, Kartoffeln oder Aprikosen ernähren würde, der eines durchschnittlichen Sportlers und sogar der eines Bodybuilders mit 75 kg Körpergewicht, der täglich 3 Stunden mit Gerätetraining zubringt, wenn er sie sich nur jeweils von Sellerie, Kürbis, Gurken oder Kohl ernähren würde. Es zeigt sich sogar, dass man sich regelrecht anstrengen müsste, wollte man die empfohlenen Proteinmengen unterschreiten. So enthalten beispielsweise 3000 kcal Pumpernickel oder Nudeln ohne Ei bereits über 100 g Protein. Wer also ausreichend Kalorien zu sich nimmt, erhält automatisch auch genügend Eiweiss.

Natürlich wäre das alles eine sehr einseitige Ernährung, und es sollte hier ja auch nicht eine realistische Ernährungsweise aufgezeigt werden. Es sollte nur klar werden, dass die so oft zitierte Eiweissarmut von Gemüse und Früchten nichts weiter als ein Märchen ist. Ebenso steht es mit der sogenannten Wertigkeit des Eiweisses, durch die zum Ausdruck gebracht werden soll, wie viele der essentiellen Aminosäuren, die der Körper nicht selbst synthetisieren kann, in einem speziellen Nahrungsmittel enthalten sind. Auch hier liegen Fleisch, Fisch und vor allem Eier an der Spitze, doch ist diese Angabe für die tägliche Ernährung ohne grossen praktischen Wert, da sich niemand über längere Zeit hinweg gezielt einseitig nur von einem oder wenigen Nahrungsmitteln ernährt. Isst man aber verschiedene Nahrungsmittel mit geringerer Wertigkeit, so ergänzen sich die jeweils enthaltenen essentiellen Aminosäuren und erlauben dem Körper problemlos die Zusammensetzung seiner eigenen Proteine. Dabei ist es entgegen einiger Empfehlungen auch überhaupt nicht nötig, alle essentiellen Aminosäuren in derselben Mahlzeit oder gar am gleichen Tag zu sich zu nehmen, denn der Körper ist intelligent genug und legt sich einen Vorratsspeicher an, auf den er bei Bedarf zurückgreift.

Oft hört man die Aussage von Fleischessern, dass ihnen das ganze Kombinieren und Abwechseln zu kompliziert sei und dass sie deswegen lieber auf der sicheren Seite blieben, indem sie eben regelmässig das stark proteinreiche Fleisch ässen. Dieses Argument beruht jedoch ganz klar auf mangelndem Nachdenken (bzw. auf der krampfhaften Suche nach einem Alibi). Denn Abwechslung auf dem Speiseplan ist eine ganz natürliche Sache, die jeder Menschen von sich aus ohne Anstrengung allein aus Geschmacksgründen anstrebt. Gerade Fleisch verlangt ja aufgrund seiner Einseitigkeit nach abwechselnden Beilagen. Niemand würde es auch nur eine Woche mit purem Fleisch aushalten – ohne ein Stück Brot, eine Kartoffel oder ein Gemüse, um das Fleisch besser hinunter zu bekommen und besser zu verdauen. Von reinem Obst und Gemüse kann man dagegen problemlos ein ganzes Leben lang leben – wie es ja viele tun – ohne Mangelerscheinungen, ohne ständiges Nachdenken oder kompliziertes Kombinieren.

Entgegen der weitverbreiteten Besorgnis und der zahlreichen Warnungen hat es sich leider gezeigt, dass uns die heute übliche Ernährung keinen Mangel, sondern einen erheblichen Überschuss an Eiweiss beschert. So isst der Durchschnitt der Bevölkerung 2 - 3-mal so viel Protein wie offiziell empfohlen – und dieser offizielle Wert ist bereits stark überhöht. Zuviel Eiweiss ist nun aber leider nicht einfach ein Zuviel, das der Körper leicht entsorgt. Nein, es stellt ein echtes Problem dar und ist die Ursache zahlreicher degenerativer Erkrankungen. So beschleunigt Eiweissmast zum einen grundsätzlich das Wachstum und die Entwicklung von Mensch und Tier, was wir ja auch tatsächlich beobachten: Die Menschen in den westlichen Industrienationen werden immer grösser, und das Alter der Geschlechtsreife von Mädchen hat sich in den Hundert Jahren von 1875 bis 1975 von 17 auf 12 Jahre gesenkt. Gleichzeitig setzt sich diese Entwicklung jedoch auf das gesamte Leben fort und verkürzt damit auch die Lebensdauer erheblich. So haben die Eskimos und die russischen Kurgi-Stämme den höchsten Anteil von Fleisch und Fisch an ihrer Nahrung und die geringste Lebenserwartung von zum Teil nur 30 Jahren. Im Gegensatz dazu haben wir bereits die Hunza kennen gelernt, die fast vollständig vegetarisch lebten und für uns unvorstellbare Lebensspannen erreichten. Das Hauptproblem ist aber der Proteinstoffwechsel selbst, da ein Zuviel an Eiweiss nicht als Struktur-bausteine, sondern als Energielieferant verwendet wird. Diese Eiweissverdauung stellt für Leber und Nieren jedoch eine erhebliche Belastung dar, die zu ihrer Vergrösserung, sowie zu Erkrankungen wie Diabetes, Hypoglykämie, Hepatitis, Nierenproblemen und generell übersäuertem Blut führt. Die dabei entstehenden sauren Stoffwechselprodukte können nur unter grossem Mineraleinsatz neutralisiert und ausgeschieden werden, wodurch der Körper enorme Mengen an Kalzium verliert. So ist es kein Zufall, dass Osteoporose ausgerechnet dort verstärkt auftritt, wo Übermengen an Eiweiss konsumiert werden. Paradoxerweise wird jedoch gerade das Kalzium immer wieder als Argument gegen eine rein vegetarische Ernährungsweise angeführt, vor allem wenn sie auch Milchprodukte ausschliesst.

Betrachten wir also einmal das Kalzium, und nehmen wir auch hier wieder die Muttermilch als Messlatte, die den Säugling für sein Knochenwachstum und seine Zahnbildung ausreichend versorgt. Sie enthält 0,46 mg Kalzium pro kcal. Das ist in etwa der gleich Wert wie in Erdbeeren, frischen Feigen oder Kiwis. Papayas und Karotten enthalten 1,3-mal so viel, Orangen und Kürbisse 1,8-mal so viel, Gurken und Radieschen 2,3-mal so viel. Spirulina-Algen enthalten etwa gleich viel Kalzium pro kcal wie die Muttermilch, Eier hingegen nur 60% davon. Pilze 45% und Fleisch sogar nur zwischen 6 und 15%. Die Spitzenreiter sind Sesam und Broccoli mit 1,7 mg pro kcal, Milch mit 1,9 mg – genauso viel wie in Kohl (!) –, Käse mit 2 mg, Sellerie mit 2,5 mg, Salat mit 3,8 mg, Rhabarber mit 4,1 mg und Spinat mit 4,5 mg, dem zehnfachen Gehalt von Muttermilch. Auch hier lässt sich also der Mythos von der Notwendigkeit von Milchprodukten und Fleisch nicht aufrechterhalten. Im Gegenteil ist es so, dass das hochkonzentrierte und schwer verdauliche Eiweiss in Milchprodukten dem Körper für seine Verdauung mehr Kalzium entzieht als gleichzeitig geliefert wird.

Zuletzt wollen wir noch einen Blick auf die Eisenwerte werfen, die ebenfalls häufig als Argument für Fleisch in unserer Ernährung herhalten müssen. Rechnen wir auch hier die Nahrungsmitteltabellen auf den Energiegehalt um, so kommen wir aus dem Staunen nicht mehr heraus. Muttermilch enthält nämlich nicht mehr als 0,43 μg (=0,00043 mg) pro kcal, Kuhmilch nur 0,78 μg. Jedes Obst enthält mindestens 5-mal so viel, manche Früchte und Samen sogar noch viel mehr. Beispielsweise enthalten Erdbeeren 30-mal so viel Eisen wie Muttermilch, rote Paprika 40-mal so viel, Gurken 47-mal so viel, Kürbisse 70-mal so viel, Zucchini und grüne Bohnen 86-mal so viel, Maulbeeren 100-mal so viel und grüne Erbsen 115-mal so viel. Betrachten wir die Spitzenreiter, so finden wir Kartoffeln mit 55,9 μg pro kcal, Salat mit 77,8 μg, Spirulina-Algen mit 107 μg, Spinat mit 123 μg und Petersilie mit 172 μg. Rindfleisch liegt bei 8,4 μg – das sind etwa $^2/_3$ des Wertes von Erdbeeren –, Schweinefleisch und Huhn sogar nur bei 5,5 μg, ungefähr so viel wie Wassermelonen. Lachs ist mit seinen 3,9 μg so eisenhaltig wie Trauben, Eier mit ihren 7,8 μg enthalten etwas mehr als Haselnüsse. Besser schneiden da immerhin noch die Pilze ab, die 42 μg Eisen pro kcal enthalten, aber selbst damit erreichen sie noch nicht einmal ganz die Maulbeeren. Zu all dem kommt noch hinzu, dass der Körper Vitamin C benötigt, um das Eisen aus der Nahrung richtig aufnehmen zu können, und gerade die allgemein so hochgepriesenen Eisenlieferanten aus der Tierwelt enthalten davon fast nichts.

Wir kommen somit auch hier wieder zu dem Punkt, dass die Nährstoffe, die der Körper aufnimmt, nicht primär von ihrer Menge in der Nahrung, sondern von der Funktion des Verdauungssystems abhängen. Die wiederum wird direkt durch Rotwein, Schwarztee, Kaffee und Kakao (auch in Schokolade) in ihrer Absorptionsfähigkeit von Eisen behindert, zusätzlich zu den bereits erwähnten negativen Begleiterscheinungen unserer Fehlernährung. So sollte es doch zu denken geben, dass ausgerechnet die USA, die weltweit beim Pro-Kopf-Fleischverzehr eine der Spitzenpositionen innehaben, auch bei der Anzahl der Anämiefälle führend sind. Aus dem gleichen Grund sollten auch die offiziell empfohlenen Eisenmengen in unserer Nahrung einer ernsthaften Prüfung unterzogen werden. Es wurde nämlich bereits eine besorgniserregende Korrelation zwischen erhöhten Bluteisenwerten und Herzinfarkt festgestellt. Ausserdem ist bei an Alzheimer erkrankten Menschen ein abnorm hoher Eisengehalt im Gehirn feststellbar.

Zum Abschluss dieser Betrachtung kommen wir nun noch zu dem vielzitierten Vitamin B12, dem grössten und komplexesten aller Vitaminmoleküle. Es wird ausschliesslich von Mikroorganismen synthetisiert, in unvergiftetem Erdreich, bei der Gärung pflanzlicher Produkte, sowie im Verdauungssystem von Tieren und Menschen. In der Nahrung findet man es daher in den Wurzeln von biologisch angebautem Gemüse, in Sauerkraut, Tofu, Soja-Sauce oder ähnlichen fermentierten Nahrungsmitteln, sowie in Fleisch. Die eigentliche Versorgung mit diesem Vitamin erfolgt jedoch natürlicherweise durch die Tätigkeit der Darmflora in einem gesunden Darm. Dort produzieren die Darmbakterien, von denen wir zuvor bereits gesprochen haben, vor allem im Dickdarm aus unserer Nahrung die für unseren Körper lebenswichtigen Vitamine in ausreichender Menge. Ein Mensch, der sich gesund vegetarisch ernährt, braucht sich daher über Vitamin B12 keine Gedanken zu machen, da er seine Darmflora durch seine Ernährung aufs Beste kultiviert. Wer jedoch Fleisch, Fisch, Eier, Pilze oder Algen isst, nährt damit Fäulnisbakterien in seinem Darm, die sich auf Kosten der normalen gesunden Darmflora ausbreiten und somit deren Funktion stören und teilweise sogar zum Erliegen bringen.

Damit erkennen wir eine tragische Paradoxie in der gesamten Ernährungsdiskussion. Ausgerechnet das, wovor die meisten Menschen Angst haben und weswegen sie nicht zu einer vegetarischen Ernährungsweise übergehen wollen, erzeugen sie selbst durch ihre Nahrung: eine Mangelernährung und Unterversorgung mit eben denjenigen Stoffen, für die angeblich Fleisch und Milchprodukte notwendig sein sollen. So werden gerade durch Fleisch, Fisch, Eier, Pilze und Algen die Fäulnisbakterien im Darm kultiviert, die die natürliche Vitamin B12-Synthese durch die gesunde Darmflora zerstören. Weiterhin wird gerade durch die Einseitigkeit der Fleischnahrung ohne ausreichendes Vitamin C die Absorption von Eisen erschwert, und die Verarbeitung der Proteine aus Fleisch, Fisch, Eiern und Milchprodukten verbraucht mehr Kalzium, als diese Nahrungsmittel liefern, führt also langfristig sogar zu einer Unterversorgung. Ausserdem bewirkt das durch die Fäulnisbakterien erzeugte Leichengift auf Dauer eine erhebliche Störung der Darmfunktion, und die allmählich immer dicker werdende Schicht aus verhärtetem Schleim, Eiweiss, Fett und verschiedenen Verdauungsrückständen an den Darmwänden macht es für das Verdauungssystem immer schwieriger, die notwendigen Nährstoffe überhaupt noch aus dem Darm in den Körper zu schleusen. Unterversorgungen auf allen Ebenen sind die Folge. Wir verhungern buchstäblich an vollen Töpfen. Damit ist der eigentlich Schuldige an etwaiger Mangelernährung identifiziert, und einmal mehr haben wir einen angeblichen Freund als Feind entlarvt.

Entgegen aller Angstmacherei besteht nur durch eine natürlich abwechslungsreiche vegetarische Ernährungsweise im oben definierten Sinn überhaupt eine Chance, alle Stoffe in der richtigen Menge und Kombination aufzunehmen, die unser Körper für seine Funktion und noch viel mehr für seine Entwicklung benötigt. Wenn man sieht, welche unbeschreiblichen Reichtümer die einfache Natur uns liefert, dann ist es ein Zeichen bodenloser Ignoranz, sie nach Manier der Adligen voriger Jahrhunderte als minderwertig abzutun und sich lieber an die krankmachenden Fleischtöpfe und denaturierten Industrieprodukte zu halten. Werfen wir dazu zum Kontrast noch einen kleinen Blick auf Pflanzen, die überall weitgehend unbeachtet in Hülle und Fülle wachsen, die heute aber schon gar nicht mehr als Nahrungsmittel gelten, oder allerhöchstens als Arme-Leute-Essen, die uns dabei aber an die Hunza oder an Thomas Parr erinnern, die uns im vorigen Kapitel begegnet sind: Bärlauch enthält beispielsweise genauso viel Eisen pro kcal wie unser Spitzenreiter Petersilie und übertrifft beim Kalzium unseren Spitzenreiter Spinat um 100%. Sauerampfer enthält mit 150 mg genauso viel Eiweiss pro kcal wie Schweinefleisch, gleichzeitig aber auch 199 μg Eisen – das ist das 36fache des Schweinefleischs und sogar 16% mehr als die Petersilie – und 3 mg Kalzium, das Hundertfache des Schweinefleischs. Ein wahrhaft unglaubliches Gewächs ist jedoch die Brennnessel, die mit ihren ca. 185 mg Protein pro kcal, 20 mg Kalzium – über 600-mal so viel wie Schweinefleisch! – und 245 μg Eisen alle Rekorde schlägt. Dabei liefert sie gleichzeitig auch noch über 10 mg Vitamin C pro kcal, das 8fache von Orangen. Aber auch der allgegenwärtige Löwenzahn schneidet mit seinen 60 mg Eiweiss, 4,2 mg Kalzium und 69 μg Eisen pro kcal im Vergleich mit den so sehr gepriesenen – aber krankmachenden – tierischen Nahrungsmitteln hervorragend ab.

Wer also meint, mit vollwertiger vegetarischer Kost Schwierigkeiten zu haben, sie nicht zu vertragen oder ihr keinen Geschmack abgewinnen zu können, der sollte seiner Gesundheit zuliebe umso mehr daran gehen, aus dieser Degeneration heraus zu kommen. Man kann sich leider an so vieles gewöhnen, auch an Dinge, die uns langsam, aber sicher zerstören. Sobald man das jedoch erkannt hat, sollte man alle Anstrengung und allen Willen daran setzen, aus dieser Ver-Wöhnung wieder zu den richtigen Verhaltens- und Funktionsweisen zu gelangen, und die bedeuten – wie wir jetzt in aller Ausführlichkeit herausgefunden haben – kategorischen Verzicht auf Fleisch, Fisch, Eier, Pilze und Algen.

Doch damit ist es leider noch nicht genug. Wir Menschen haben uns nämlich über die Generationen so viele Unsinnigkeiten ausgedacht, die uns heute geradezu wie ein Fluch verfolgen, und von denen wir uns nur mit allergrössten Schwierigkeiten wieder befreien können: Zigaretten, Alkohol, Drogen, raffinierter Zucker, Weissmehl, raffinierte Fette und Öle, Geschmacksverstärker, Konservierungsstoffe, und vieles anderes mehr. Diese gezielt "design-ten" und "ge-tune-ten" cremigen, crunchigen oder rrrröstigen Geschmäcker und Mundgefühle, die es so in der Natur gar nicht gibt, sind für viele das letzte und oft wichtigste Argument, ihre Ernährung nicht zu ändern. Sie brauchen Fleisch, weil vegetarische Nahrungsmittel nicht denselben "Biss" haben. Mit anderen Worten: Sie sind bereit, ihre Gesundheit und sogar ihr Leben für diese flüchtigen Illusionen zu opfern.

Zum grossen Teil beruht das auf Unwissenheit, doch selbst bei der Berührung mit der Wahrheit lassen sich die meisten gerne von den Argumenten der interessierten Industriesparten oder anderer Interessengruppen überzeugen, nur um ihre liebgewonnen Gewohnheiten nicht ändern zu müssen. Dabei geht es ja gar nicht darum, etwas zu müssen, es geht nur darum, sich darüber im Klaren zu sein, welche Konsequenzen das eigene Verhalten haben wird. Der Rest unterliegt dem freien Willen eines jeden einzelnen – ohne Wenn, allerdings auch ohne Aber. Verantwortungslos und gefährlich wird das Ganze jedoch leider, wenn es um Personen geht, die nicht so einfach nach ihrem freien Willen handeln können, wie Kinder, oder die dabei von ihrem gesellschaftlichen Umfeld geradezu mit Ausschluss und Ächtung gestraft werden, wie die allermeisten von uns. Dieses Problem sieht man am deutlichsten beim Alkohol. Obwohl jeder weiss, dass Alkohol die normalen Körperfunktionen verändert und beeinträchtigt und zu Suchtverhalten führt, das Gesundheit und Leben ruinieren kann, wird der Alkoholkonsum nicht nur toleriert, sondern sogar gesellschaftlich gefördert. So gibt es kein feierliches Ereignis in der Politik, im geschäftlichen, kulturellen, ja selbst im religiösen Leben, das nicht als Anlass für einen "guten Tropfen" oder ein Gläschen Sekt genommen wird. Und wer da nicht mitmachen will, dem wird unterstellt, er könne nicht feiern, sei ein Spassverderber oder habe ein gestörtes Verhältnis zu dem Anlass der Feier. Mit Bemerkungen, dass er kein richtiger Mann, ein Waschlappen oder eben noch nicht erwachsen sei, oder alles viel zu ernst sehe, wird er dann zum Aussenseiter abgestempelt. Und das alles nur, weil er sich weigert, seine Gesundheit durch ein Gift zu beeinträchtigen, das nur deswegen nicht verboten ist, weil alle, einschliesslich der Verantwortlichen süchtig danach sind. Man stelle sich eine ähnliche Situation einmal mit den sogenannten harten Drogen vor! Doch auch hierfür findet man Beispiele. So ist in Bolivien oberhalb 2.000 m Höhe der Anbau, Verkauf und Gebrauch von Koka völlig legal. Warum? Weil dort alle es verwenden.

Die selben Mechanismen sind beim Rauchen und auch bei der Ernährung wirksam. Erst wenn jemand auf ärztliche Anordnung hin darauf verzichten muss, wird es widerspruchslos und mit grossem Mitgefühl von seiner Umwelt akzeptiert. Nicht krank werden zu wollen, ist dagegen offenbar nach wie vor kein gesellschaftlich akzeptiertes Argument. Dabei SIND wir doch alle krank, ob mit ärztlichem Attest oder ohne. Wir sind meilenweit von der wahren Gesundheit entfernt, und deshalb sollten wir uns nicht länger einlullen lassen. Auch wenn es angeblich "nur ein bisschen" ist, oder "nur ab und zu", der gesundheitliche Zustand unserer Gesellschaft zeigt, wohin uns unser Ess- und Konsumverhalten geführt hat und weiter führen wird. Das sollte sich jeder klar machen und daraufhin seine Prioritäten setzen. Der Geschmack wird dabei noch das geringste Problem sein, auch wenn er uns jetzt so bedeutend erscheint. Denn wem hat schon sein erstes Bier geschmeckt oder seine erste Zigarette? Wie viele Versuche und Gewöhnungsanstrengungen waren vielmehr nötig, um es zu schaffen und zur "normalen" Gesellschaft dazu zu gehören! Heute haben sich die Geschmacksorgane daran gewöhnt – leider zu unserem Nachteil. Sollte es aber nicht möglich sein, sie genauso auch wieder zu unserem Vorteil umzugewöhnen? Sicherlich – doch nur wenn es uns wichtig ist. Das ist eine Frage des Bewusstseins, des bewussten Seins. Wer sich entschieden hat, sein Leben, seine Gesundheit, seine Zukunft und damit sein Schicksal wieder selbst in die Hand zu nehmen, dem wird nichts unmöglich sein. Ausgerüstet mit der richtigen Information wird er es schaffen, sein Verhalten wieder in Einklang mit den Naturgesetzen zu bringen, und dabei vielleicht sogar denjenigen wertvolle Anstösse geben, die ihm diese Änderungen anfangs so schwer gemacht haben. Wir wären nicht Homo sapiens, die Krone der Schöpfung, wenn wir uns darauf versteiften, unseren Körper auch dann weiterhin falsch handzuhaben und zu bedienen, wenn wir die Gebrauchsanweisung wieder gefunden haben. Zumindest sollten wir sie testen, und zwar nicht nur für ein paar Tage. Da die Umstellung Zeit braucht, ist eine Frist von wenigstens einem halben Jahr unabdingbar. Doch dann werden wir wissen – jeder für sich – ob sie stimmt oder nicht.

Bewusst zu sein bedeutet nun einmal nicht nur, sich schöner Sonnenauf- oder -untergänge zu erfreuen oder Kleinigkeiten wahrzunehmen, an denen die meisten anderen achtlos vorüber gehen, sondern auch sich jeder seiner eigenen Handlungen bewusst zu sein, ihrer Wirkungen und ihrer Tragweite. Dazu gehört Wissen, Information und vor allem Offenheit. Gegenwärtig ist es so, dass wir eimerweise Wasser in ein Fass schütten und uns dann wundern, wenn es irgendwann – "plötzlich" – durch einen Tropfen überfliesst. Das geschieht zum grossen Teil aus Unwissenheit, zu einem immer grösser werdenden Teil jedoch auch aus Verbohrtheit, Uneinsichtigkeit und Unwillen. Es ist aber wichtig, sich dabei bewusst zu werden, dass die eigentliche Tragweite noch weit über die Gesundheit hinausgeht. Denn so wie bei menschlichen Gesetzen Unwissenheit nicht vor Strafe schützt, so schützt auch bei den Naturgesetzen Unwissenheit oder Bewusst-Losigkeit nicht vor den Folgen. Das universelle Gesetz von Ursache und Wirkung ist nämlich genauso unfehlbar, aber auch genauso unerbittlich wie jedes andere Naturgesetz auch.

Wie kommt es denn, dass sich die meisten von uns überhaupt nicht bewusst sind, dass das Stück Fleisch, das sie sich gerade in den Mund stecken, Teil eines Tieres war, das Menschen nur zu dem Zweck aufgezogen und ernährt haben, um es schliesslich zu töten, zu zerteilen und aufzuessen? Warum denken die meisten Menschen, wenn sie in einer

Metzgerei oder der Fleischabteilung eines Supermarkts anstehen, überhaupt nicht daran, dass dort überall die Produkte einer grossindustriellen Tötungs- und Vernichtungsindustrie zum Verkauf – und Verzehr! – angeboten werden, welche die Konzentrationslager Hitlers oder Stalins weit in den Schatten stellen, ausser dass es sich hier eben nicht um Menschen, sondern "nur" um Tiere handelt? Wissen wir wirklich nicht, was wir tun, oder denken wir vielleicht doch daran und machen trotzdem weiter?

Ein Teil von uns zumindest weiss es: unser Innerstes, unsere Seele. Und sie leidet darunter. Denn sie weiss, dass wir lebende Geschöpfe, unsere Brüder im Tierreich quälen, misshandeln und töten, um unseren Gaumen zu befriedigen, des Bisses willen. Unser Körper hat sich jedoch daran gewöhnt, und unser Geist ist davon überzeugt, dass es richtig und notwendig ist, und so hat sie keine Chance, sich Gehör zu verschaffen. Und dennoch weiss sie es – und leidet. Mit dieser inneren Stimme, mit diesen ins Unterbewusste verdrängten Gefühlen sollten wir endlich beginnen, uns auseinandersetzen – unserer eigenen Entwicklung, unserer eigenen Zukunft, unserem eigenen Seelenfrieden zuliebe. Stattdessen haben die meisten jedoch Angst vor der Erkenntnis und der Wahrheit und ziehen es vor, unbewusst zu bleiben, ja ihr Bewusstsein regelrecht zu verschliessen und mit der Mehrheit weiter ins Verderben zu rennen. Das ist der tiefere Grund, warum sich unser Geist alle möglichen Arten von Argumenten, Gründen und Alibis ausdenkt, um unsere Seele zu überordern und die Wahrheit gar nicht an uns heranzulassen. Selbst die Bibel, die Grundlage einer ganzen Weltreligion, wurde nach dem Konzil von Nicäa 325 n. Chr. "korrigiert", um Konstantin "dem Grossen" zu ermöglichen, weiterhin dem Fleisch und Wein zu frönen und doch gleichzeitig dem Christentum anzugehören. Das ist auch der Grund, warum viele Menschen verschüchtert reagieren und verharmlosend abwiegeln oder aber sich fast aggressiv rechtfertigen, wenn man sie auf das Fleischessen anspricht. Und schliesslich ist das der Grund für so manches psychische Problem, wo die Seele – wie im Fall von Martha – über die Gefühle eben doch zum Ausdruck bringt, dass etwas Grundlegendes nicht in Ordnung ist.

Jeder ist frei in seinen Handlungen – das kann nicht oft genug betont werden –, doch muss auch jeder die Verantwortung für sie übernehmen. Gesundheit jedenfalls ist auf diese Weise nicht erreichbar, nicht einmal in dem heute gebräuchlichen verflachten Sinne. Deshalb sollte niemand diese unrealistische Erwartung weiter hegen. Auch auf dem Weg und der Suche nach der wahren Gesundheit werden wir erst weiterkommen, wenn wir diese Hürde genommen haben. Öffnen wir uns also für diese Informationen und setzen wir sie für mindestens 6 Monate um, um sie durch unsere Erfahrung zu prüfen. Das wird ein zweifacher Test für uns sein. Denn zum einen testen wir, ob vegetarische Vollwerternährung tatsächlich Unterschiede erbringt und gar besser ist. Zum anderen testen wir dadurch aber auch, ob uns unsere Entwicklung und die Suche nach einem höheren Sinn im Leben wichtiger sind als unsere liebgewonnenen Angewohnheiten.

Dabei können – und sollten – wir unserem Geist noch zusätzlich helfen, denn er gleicht in seiner momentanen Verwirrung einem Computer, der sich in einer Endlosschleife verfangen hat. Aber darauf kommen wir an späterer Stelle noch ausführlich zu sprechen. Jetzt wollen wir erst einmal weitere Kapitel in der verloren gegangenen Gebrauchsanweisung für unseren Körper erforschen.

5. Wer rastet, der rostet

"Langlaufschuhe? Im ersten Stock bitte, in der Wintersportabteilung." Klaus musste die Verkäuferin erst aufklären, dass er laufen, rennen wollte, nicht Ski fahren. Das war im Jahr 1977 in Berlin. Obwohl der Waldlauf gewissermassen zur guten deutschen Tradition gehört, war das Laufen nicht mehr üblich. Es bedurfte erst eines Mega-Booms aus den USA, um es unter dem Namen "Jogging" wieder in Mode kommen zu lassen. Dieser Boom war zu jener Zeit auf der anderen Seite des grossen Teichs bereits in vollem Gange, nachdem ihn Dr. Kenneth Cooper durch sein Buch "Aerobics" 1968 ausgelöst hatte. So waren dort Ende der 70er Jahre mehr als 25 Millionen Menschen regelmässig auf der Strasse, um zu laufen, bzw. zu joggen, und gleichzeitig sank die Anzahl der Todesfälle aufgrund von Herzerkrankungen innerhalb eines Jahrzehnts um 14% – ein Effekt, der allgemein dem von Dr. Cooper ausgelösten Boom zugeschrieben wird.

Nach Deutschland war diese Welle jedoch auch bis 1977 noch nicht übergeschwappt, wie die Erfahrung von Klaus Haetzel, Chef vom Dienst im Senatspresseamt der Stadt Berlin, zeigte, der damals gerade begann, sich mehr für den Laufsport zu interessieren. Er fing an, regelmässig zu laufen und sogar intensiv zu trainieren, und nahm zwei Jahre später an seinem ersten Marathon teil, den er aber noch nicht bis zum Ende durchstand. Dann wurde er jedoch mit einer Diagnose konfrontiert, die für viele Menschen noch heute einem Todesurteil gleichkommt: Krebs, Darmkrebs im fortgeschrittenen Stadium. Er musste sich einer Operation unterziehen, bei der ihm eine kinderfaustgrosse Geschwulst zusammen mit einem Teil seines Darms entfernt wurde. Klaus wollte sich jedoch von dieser Krankheit nicht unterkriegen lassen, und von Radio- oder Chemotherapie noch viel weniger. Im Gegenteil: Er beschloss, ihr einfach davonzulaufen. Bereits im Krankhaus begann er wieder mit Lauftraining, indem er sich über die Flure und Treppen schleppte. Nach seiner Entlassung machte er dann weiter mit strengem Gehen und konnte so seine Kondition langsam aber sicher steigern. Bereits ein halbes Jahr später lief er wieder einen Marathon, den er dieses Mal in weniger als 3½ Stunden beendete, und danach rannte er, wo und wann er nur konnte. Es gab keinen Marathon, den er ausliess, bis er sich drei Jahre später auf das Triathlon verlagerte. Inzwischen hat er mehrere Male den Ironman durchgestanden, einen Triathlon-Wettkampf, bei dem die Teilnehmer hintereinander zuerst 3,8 km schwimmen müssen, dann 180 km Fahrrad fahren und schliesslich 42 km laufen – und das alles in höchstens 17 Stunden. Und wo ist der Krebs dabei geblieben? Auf der Strecke.

Dies ist nur ein Beispiel von vielen, wo Menschen einer lebensbedrohenden Erkrankung regelrecht entfliehen, indem sie ihrem Körper höchste Leistungen abverlangen. Sie beweisen dadurch, wozu der Körper alles fähig ist, welche Kräfte er selbst bei schlimmsten Fehlfunktionen mobilisieren kann, und dass er dadurch sogar in der Lage ist, lebensbedrohende Krankheiten zu heilen. Eigentlich zeigen sie jedoch am deutlichsten – wie wir im nächsten Kapitel sehen werden – dass es auf das Bewusstsein ankommt, auf das, was unser Geist für möglich hält, und das, wozu er sich entschliesst. Denn anders als bei Klaus ist für viele Tausende anderer Menschen bereits die Diagnose “Krebs” ein Todesurteil, das sie dann selbst vollziehen.

Doch kehren wir zurück zum Jogging, zum Laufen, zu Dr. Cooper in Amerika. War das wirklich alles sein Verdienst? Sicherlich nicht. Er hat eigentlich nur ein ganz elementares Naturgesetz unseres Körpers wieder aufgegriffen und zur Anwendung gebracht. Was aber zweifelsohne sein Verdienst war, ist die Tatsache, dass er es verstanden hat, viele Menschen rund um den Erdball davon zu überzeugen, dass dieses Naturgesetz ein unverzichtbarer Teil der Gebrauchsanweisung unseres Körpers ist und dass es gesundheitliche Vorteile auf der ganzen Linie mit sich bringt, wenn man sich daran hält. Dieses Naturgesetz ist wie alles in der Natur sehr simpel, es ist geradezu so einfach, dass man es für selbstverständlich und nicht für der Rede wert hält. Es lautet: Unser Körper ist für Bewegungen gemacht, und alle seine Mechanismen funktionieren umso besser, je mehr sie beansprucht und trainiert werden. Das klingt in der Tat wie eine Binsenweisheit. Und dennoch scheinen die meisten Menschen der Überzeugung zu sein, dass ihnen ihr Körper mit seinen Funktionen stets voll zur Verfügung steht, auch wenn sie den ganzen Tag nur sitzen, sogar zum Briefkasten an der nächsten Strassenecke das Auto benützen und grundsätzlich nur mit dem Aufzug in höhere Etagen fahren. Wenn dann der Körper aber seine Aufgaben immer weniger gut erfüllt und immer öfter versagt oder überfordert ist, dann schreibt man das dem Alter zu oder irgendeiner unerklärlichen Krankheit – nicht jedoch der Tatsache, dass alle Mechanismen verrostet sind. Dabei achtet jeder Besitzer einer Maschine, die lange nicht benutzt worden ist, darauf, dass alle ihre Teile geölt und gereinigt werden, bevor sie wieder in Betrieb genommen wird. Denn Sand im Getriebe macht alles kaputt.

Dr. Cooper hatte nun während seiner 13 Jahre bei der U.S. Air Force an über 15.000 Menschen ausgiebige wissenschaftliche Untersuchungen über verschiedene körperliche Übungen gemacht und dadurch so eindrucksvoll bewiesen, dass regelmässige dynamische Bewegung positive Auswirkungen auf die Gesundheit hat, dass das weltweit von vielen Millionen von Menschen und selbst Vertretern der Medizin anerkannt und übernommen wurde. Darüber hinaus hat er ein Punktesystem eingeführt, anhand dessen jeder das für ihn nötige Mass an Bewegung bestimmen und überwachen können soll. Die Grundlage dieses Systems ist jedoch eher fragwürdig, da es zum einen auf einem Durchschnitt durch den gesellschaftlichen Status quo beruht und sich zum anderen an einem Ziel orientiert, dem nicht näher definierte Massstäbe zugrunde liegen. Denn was ist eigentlich "Fitness" oder "gute Kondition"? Die einen setzen sie mit einem schlanken Körper gleich, die anderen mit einem muskulösen. Eine weitere Definition besagt, dass Fitness der Zustand des Körpers ist, in dem er seine Aufgaben effektiv und ohne unnötige Belastung oder Ermüdung erfüllen kann. Wir sehen, dass hier bereits grosse Unterschiede vorzufinden sind, die jedoch sicherlich das als nötig angesehene Mass an Bewegung eines jeden einzelnen erheblich beeinflussen.

Lassen wir also das wissenschaftliche Rätselraten und gehen wir wieder auf die Ebene der Naturgesetze, wo wir sicherlich die universell gültigen Antworten finden werden. Zunächst einmal ist wohl jedem klar, dass Beweglichkeit und Muskelaktivität zurückgehen, wenn sie nicht trainiert werden. Das wissen zumindest diejenigen aus eigener leidvoller Erfahrung, die ein Bein oder einen Arm für einige Wochen im Gips hatten, oder die insgesamt für längere Zeit das Bett hüten mussten. Danach ist die Beweglichkeit auf ein Minimum geschrumpft, und auch die

Kraft ist geschwunden. Durch intensive Beanspruchung der Mechanismen ist ihr Ursprungszustand dann aber auch recht schnell wieder hergestellt. Dieses Prinzip gilt nicht nur für Gelenke, Sehnen und Muskeln, sondern für sämtliche körperlichen – und geistigen – Mechanismen, ja es regiert sogar unsere gesamte Entwicklung. So lernt ein kleines Kind beispielsweise nur dadurch sehen, dass es etwas zu sehen gibt, was das Kind auch zu sehen versucht. Durch diese Anforderung an die Augen, die Sehnerven und das Sehzentrum im Gehirn entwickeln sich die entsprechenden Mechanismen erst so, dass tatsächlich das korrekte Sehen dabei herauskommt. Bindet man einem Baby in den ersten Lebensmonaten ein Auge permanent zu – solche Versuche wurden mit Katzenbabies tatsächlich gemacht –, so bleibt es auf diesem Auge blind oder zumindest sehbehindert. Das liegt daran, dass die Ausbildung der entsprechenden Mechanismen nur während einer bestimmten Entwicklungsphase stattfinden kann. Ist sie dort nicht möglich, so kann sie nicht mehr nachgeholt werden. Ähnliches gilt auch für alle anderen Mechanismen des Körpers. Es ist die Sehnsucht des Kindes – unterstützt durch die Erwachsenen in seiner Umgebung – es seiner Umwelt gleich zu tun, welche ihm die nötigen Impulse gibt, sich zu bemühen, seinen Körper und seinen Geist herauszufordern und zu trainieren. So positiv dieses Prinzip für unsere Entwicklung ist, so gefährlich und negativ kann es natürlich auch sein, wenn die Umgebung – Elternhaus, Mitmenschen, Gesellschaft – ungünstige oder gar schädliche Ideale erzeugen, denen das Kind ebenfalls nachzueifern sucht. Ebenso negativ ist es, wenn gewisse Anstösse gänzlich fehlen. Denn dann wird das Kind die entsprechende Entwicklung auch nicht durchführen.

Das erinnert stark an das Thema der “Normalität”, über das wir zu Beginn bereits gesprochen haben. Wenn nämlich niemand etwas Bestimmtes für möglich oder erreichbar hält, dann lebt es auch keiner vor, niemand strebt es an, und es wird tatsächlich nicht realisiert. Das ist der Punkt, an dem wir gerade stehen und uns fragen, was eigentlich möglich und realistisch ist, bzw. was die normalen Eigenschaften und Fähigkeiten unseres Körpers eigentlich sind.

Doch kehren wir zurück zu unseren körperlichen Mechanismen. Wenn sie wirklich alle in ihrer Funktion darauf angewiesen sind, dass wir sie beanspruchen, dann hängt es ganz konkret von uns ab, wie gut, wie zuverlässig und wie ausdauernd sie arbeiten. Dabei haben wir nicht nur in der Hand, welche Mechanismen wir trainieren, sondern auch in welchem Masse. Davon wird der Umfang ihrer Funktionsfähigkeit abhängen. Kleine Kinder machen uns das auf vorbildliche Weise vor: Sie sind ständig damit beschäftigt, alles zu versuchen – jede Bewegung, jede Fähigkeit, jede Fertigkeit – und wollen dabei stets das Beste erreichen. Irgendwann jedoch gehen diese Impulse verloren, und wir Erwachsenen streben keine neuen Fähigkeiten mehr an, ja wir nutzen nicht einmal mehr diejenigen, die wir bereits erworben haben, so dass sie nach und nach immer mehr verkümmern. Das wäre an sich nicht so schlimm, wenn wir noch die Lebensweise unserer fernen Vorfahren hätten, die alleine durch ihre tägliche Aktivität fast sämtliche körperlichen Mechanismen regelmässig beanspruchten. Wir heute haben das alles aber "nicht mehr nötig", wir haben uns durch unsere technischen Errungenschaften so viele Erleichterungen geschaffen und besitzen so viele mechanische Helfer, die alles für uns erledigen, dass wir selbst dabei buchstäblich einrosten. Dabei geht es nicht nur um die Muskeln, die unsere Kraft und unser Aussehen bestimmen, sondern auch um die sonst unbemerkten Muskeln, um unseren Blutkreislauf, unseren Lymphkreislauf, unsere Atmung, unseren Stoffwechsel, unsere Sinne, unser Drüsensystem, unsere inneren Organe, unsere sexuellen Funktionen, unsere Gelenke, unsere Ausscheidungsorgane, unsere Nervenfunktion, letztlich wirklich um jeden einzelnen körperlichen Mechanismus.

Doch wie ist dieses Training durchzuführen, und wie bestimmen wir das richtige Mass? Beginnen wir dazu bei den Muskeln, denn das sind die Körperteile, die am häufigsten gezielt trainiert werden. Hier gibt es verschiedene Möglichkeiten: Zunächst kann man sie einfach immer wieder anspannen und loslassen, ohne sie zu bewegen. Das sind sogenannte *isometrische* Muskelkontraktionen. *Isotonische* Muskelkontraktionen dagegen sind solche, die Bewegungen erzeugen. Beide erhalten oder erhöhen – je nach Intensität – die Muskelkraft und die Muskelmasse. Dabei hängen diese beiden Grössen nicht unmittelbar voneinander ab, d. h. grosse Muskeln können weniger Kraft haben als kleine. Denn entscheidend ist hierfür, wie viele der Muskelfasern bei einer Kontraktion gleichzeitig zum Einsatz kommen. Normalerweise sind dies höchstens 65 - 70%, was auch erklärt, warum in Extremsituationen, wie z. B.

in Todesangst, plötzlich unerwartete Kraftreserven zur Verfügung stehen. Durch das Trainieren von Muskeln wird nun zunächst die intramuskuläre Koordination erhöht, durch welche mehr Fasern gleichzeitig zur Kontraktion gebracht werden, und dann erst erfolgt bei weiterer Steigerung der Anforderung eine Querschnittsvergrösserung der Muskelfasern, also eine Zunahme der Muskelmasse. Die intramuskuläre Koordination ist nun aber eine Sache der Nerven, und so ist ein interessantes – und auf den ersten Blick erstaunliches – Experiment zu erklären, das der Neurophysiologe Guang Yue von der Cleveland Clinic Foundation in Ohio vor kurzem durchgeführt hat. Er gab 10 Freiwilligen zwischen 20 und 35 Jahren den Auftrag, sich fünfmal pro Woche ganz intensiv das Training ihrer Bizepsmuskeln vorzustellen. Dabei durften sie jedoch die Muskeln selbst nicht anspannen, was von den Forschern durch Beobachtung der elektrischen Impulse an den Nervenzellen der Armmuskulatur kontrolliert wurde. Alle 14 Tage wurden dann die Bizepsmuskeln der Testpersonen gemessen, und bereits nach wenigen Wochen war ein Kraftzuwachs von 13,5% festzustellen, der sogar noch drei Monate nach Ende der Übungen anhielt. Hier sieht man deutlich, wie Geist und Körper zusammenhängen und sich beeinflussen, wobei das allerdings nur ein recht grober und oberflächlicher Effekt ist. Im Zusammenhang mit der Ritam-Samation werden wir darauf noch einmal zurückkommen.

Neben den eben beschriebenen einfachen Kontraktionsübungen kann man die Muskeln auch durch dynamische Bewegung trainieren, wie beim Laufen, Schwimmen, Radfahren, Rudern etc. Diese Art der Bewegung zeichnet sich dadurch aus, dass sie – wenn sie auf Leistung und Ausdauer hin ausgeführt wird – unter hohem Sauerstoffeinsatz abläuft, also mit *aeroben* (d. h. unter Gegenwart von Sauerstoff stattfindenden) Stoffwechselprozessen verbunden ist. Daher rührt der Name "Aerobics", den Dr. Cooper seinem Buch und damit einer ganzen Klasse von Trainingsmethoden gegeben hat. Führt man solche Bewegungen allerdings nur langsam und für kurze Zeit aus (wie beim normalen Gehen), dann findet nur geringer Sauerstoffeinsatz statt. Das Gleiche gilt für kurze Einsätze mit äusserster Intensität (wie Sprinten oder Springen), die keine ausreichende Sauerstoffversorgung gestatten. Hier spricht man von *anaeroben* (d. h. ohne Sauerstoff stattfindende) Stoffwechselprozessen. Der wesentliche Unterschied liegt dabei in der Energieversorgung der Muskelzellen, wofür es prinzipiell drei Möglichkeiten gibt: aus Fett, aus Kohlenhydraten (Glykogen) oder aus Blutzucker (Glukose). Am meisten Energie kann aus Fett freigesetzt werden, wozu allerdings Sauerstoff notwendig ist. Am schnellsten kann Energie dagegen aus Glukose und aus Glykogen gewonnen werden, und zwar sowohl mit, als auch ohne Sauerstoff. Bei normaler leichter Beanspruchung beziehen die Zellen ihre Energie aus dem Blutzucker oder aus den Fettvorräten. Steigt die Belastung, so wird mehr Fett verbrannt, da es mehr als doppelt so viel Energie enthält wie Kohlenhydrate, bzw. Zucker. Bei weiter steigender Beanspruchung wird dann jedoch mehr Glykogen verbraucht, da bei ihm der Sauerstoffbedarf für die gleiche Energiemenge geringer ist. Deshalb ist es bei intensiver Belastung der Hauptenergielieferant, allerdings nur solange der Vorrat reicht. Glykogen wird auch dann herangezogen, wenn sehr starke und plötzliche Energieschübe benötigt werden, für die das Blut nicht genügend Sauerstoff zur Verfügung stellen kann. Es wird dann anaerob, also ohne Sauerstoff, in Energie umgesetzt, ein Prozess, der durch die dabei entstehende Milchsäure jedoch stark begrenzt ist.

Somit hängt also das, was passiert, wenn ein Muskel trainiert wird, stark von der Art des Trainings ab. Bei mittlerem Trainingsniveau – sei es in Form von nicht zu starken gezielten Kontraktionsübungen oder von dynamischer Bewegung – wird bei ausreichender Sauerstoffversorgung durch das Blut die Energie durch die Verbrennung von Fett geliefert. Bei sehr starker Belastung oder erhöhter Bewegungsintensität gehen die Zellen vermehrt zur Glykogenverbrennung über und bauen es schliesslich bei Extrembelastungen sogar ohne Sauerstoff ab.

Wie bereits erklärt, verbessert sich dabei allgemein die Koordination der Muskelfasern, so dass die Kraft des Muskels und nach einiger Zeit auch seine Masse wächst. Neben dieser Erhöhung der Muskelkraft hat regelmässiges intensives Training aber vor allem einen Einfluss auf den Stoffwechsel der Muskeln. So wird die Schwelle, ab der Glykogen verbrannt werden muss, immer weiter nach oben hinausgeschoben, ebenso die Schwelle zum anaeroben Glykogenabbau. Auch enthalten trainierte Zellen bereits im Ruhezustand vermehrt die Enzyme, die sie für den Fett- und Glykogenstoffwechsel benötigen und erhöhen zudem ihre

Brennstoffvorräte. Ausserdem wird ihre Fähigkeit, den Blutsauerstoff auszunützen, gesteigert, zum einen, indem sie dem Blut mehr Sauerstoff entziehen können, zum anderen indem die Anzahl der Versorgungsarterien erhöht wird. Das alles macht sich auch im Normalzustand bemerkbar, dadurch dass die Zellen insgesamt mehr Energie aus Fett als aus dem Blutzucker gewinnen. Auf diese Weise bleibt mehr Blutzucker für die Nervenzellen und das Gehirn übrig, die ihre Energie sowieso ausschliesslich auf diesem Wege beziehen können. Ausserdem wird eine ausreichende Sauerstoffversorgung bereits mit weniger Blut erreicht, was wiederum Herz und Kreislauf deutlich entlastet. Ein weiterer Effekt ist die Erhöhung der Ausdauer, da erst später auf die Glykogenvorräte zurückgegriffen werden muss und auch die sehr stark zeitbegrenzten anaeroben Prozesse erst später – oder gar nicht – einsetzen.

Dr. Cooper hat den Einfluss auf den Fettstoffwechsel in einem einfachen, aber doch sehr eindrucksvollen Experiment nachgewiesen. So gab er zwei Gruppen von Männern, die einen gut trainiert, die anderen untrainiert, einen Dreiviertel Liter Sahne zum Frühstück und sonst nichts. Dann wurden ihnen im Laufe des Tages in regelmässigen Abständen Blutproben entnommen. Nach der Mahlzeit war bei allen eine erhöhte Konzentration von mikroskopischen Fetttröpfchen im Blut festzustellen. Bei der trainierten Gruppe war das Blut jedoch bereits nach 4 Stunden wieder klar, während die untrainierten Männer 10 Stunden dazu brauchten, da ihr Fettstoffwechsel im Normalzustand deutlich geringer war.

Natürlich wird der erhöhte Fettstoffwechsel vermehrt auch ältere Depots und Ablagerungen von Fetten und Cholesterin verbrennen, wenn über die Nahrung nicht ständig Nachschub kommt. Bei einer gesunden Ernährungsweise lässt sich die Reinigung der Gefässe also durch regelmässige dynamische Bewegung erheblich beschleunigen. Das haben wir ja an dem Beispiel von Eula in Kapitel 3 deutlich gesehen.

Somit sind wir auch bei diesem Thema wieder bei der Ernährung. Da nämlich das Fett eine so grosse Rolle als Energielieferant spielt, könnte man meinen, es sei wichtig, viel Fett zu sich zu nehmen. Dem ist jedoch nicht so, im Gegenteil. Denn zum einen wandelt der Körper problemlos nach Bedarf Kohlenhydrate aus der Nahrung in Fett um, zum anderen sind Nahrungsfette meist problematisch oder sogar schädlich, sofern sie nicht natürlicher Bestandteil von Früchten oder Gemüse sind. Sobald man Fette extrahiert oder Öl herstellt – auch wenn es auf schonendste Weise geschieht –, werden die Moleküle nämlich verändert und haben dann nur noch in den seltensten Fällen dieselbe Wirkung wie die in dem unveränderten Naturnahrungsmittel. Tierische Fette sind generell schädlich, da sie schwer zu verdauen sind, gesättigte Fettsäuren enthalten und daher zum Klumpen neigen. Ausserdem verursachen falsche Fette globale Funktionsstörungen im gesamten Körper, da Fettsäuren zum Teil auch als Strukturbestandteile der Zellmembranen dienen.

Ebenso sind tierische Proteine für den Körper höchst problematisch und sollten aus der Nahrung gestrichen werden, da sie durch ihre sauren Stoffwechselprodukte den Körper belasten, eine sehr schlechte Energiequelle darstellen und zudem – und das ist gerade im Zusammenhang mit dynamischer Bewegung und Sport wichtig – dem Körper viel Wasser und Mineralien für ihre Ausscheidung entziehen. Die Gefahr einer Dehydrierung, d. h. eines Flüssigkeitsmangels, ist aus diesem Grund bei eiweissreicher Ernährung erheblich stärker gegeben.

Diese Tatsachen werden nun sicherlich viele überraschen, denn noch immer ist die Meinung im öffentlichen Bewusstsein fest verankert, dass Sportler und Sporttreibende unbedingt Fleisch und Milchprodukte benötigen, was auch von offizieller Seite – und selbstverständlich von der Fleisch- und Milchwirtschaft – immer wieder zur Genüge unterstrichen wird. Schaut man sich dann jedoch aktive Sportler an, so stellt man fest, dass diese in ihrer allergrössten Mehrheit vorwiegend Kohlenhydrate zu sich nehmen. Viele verzichten zumindest einige Wochen vor wichtigen Wettkämpfen sogar gänzlich auf Fleisch und Fisch. Darüber hinaus gibt es eine immer länger werdende Liste von rein vegetarisch lebenden Sportlern, die sich zum Teil sogar vegan, d. h. ohne Fleisch, Fisch, Eier und Milchprodukte, ernähren. Dabei handelt es sich keineswegs um unbedeutende Provinzsportler, sondern im Gegenteil befinden sich die grössten und bedeutendsten, die richtiggehend Sportgeschichte geschrieben haben, darunter, wie der legendäre “Fliegende Finne” Paavo Nurmi, der über 12 Jahre hinweg 25 Weltrekorde im Langstreckenlauf und 9 olympische Medaillen errang, oder Edwin Moses, viermaliger Weltrekordinhaber und zweimaliger Olympiasieger im 400m-Hürdenlauf. Einige sind dabei erst im Laufe ihrer Karriere Vegetarier geworden, wie der sechsmalige Schweizer Meister im Zehnkampf Beat Gähwiler, andere hingegen ernährten sich bereits fast ihr ganzes Leben vegetarisch, wie Murray Rose, der im 400m- und 1.500m-Freestyle-Schwimmen 15-mal den Weltrekord aufstellte, und 4 olympische Gold-, eine Silber- und eine Bronzemedaille erwarb. Er war mit 2 Jahren Vegetarier geworden und gewann im Alter von 17 seine ersten drei Goldmedaillen.

Ein weiteres Beispiel ist Sixto Linares, der 1985 den Weltrekord im 24h-Triathlon aufstellte. Er erzählt, dass er im Gymnasium begann, sich vegetarisch zu ernähren, eine Weile mit Eiern und Milchprodukten herumexperimentierte, dann jedoch sämtliche tierischen Produkte wegliess. Seine Eltern seien darüber in grosser Sorge gewesen, und selbst als er sich innerhalb der folgenden 14 Jahre als einer der fittesten Männer der Welt zeigte, seien sie nur schwer dazu zu bewegen gewesen, von ihren Bedenken hinsichtlich seiner fleischlosen Ernährungsweise abzulassen. 1985 brach Linares dann den Weltrekord des Ein-Tages-Triathlon, indem er innerhalb von 24 Stunden 7,7 km schwamm, 298 km mit dem Fahrrad fuhr und 84 km rannte – und das alles ohne die angeblich so kraftspendende tierische Nahrung. Seinen Ruf als fittesten Mann der Welt hat ihm mittlerweile wohl Dave Scott abgelaufen, der sechsmal den harten Ironman von Hawaii gewann, zweimal den von Japan, sowie im Alter von 40 noch den zweiten Platz und im Alter von 42 noch den fünften Platz im Hawaii-Ironman errang. Auch er ist Vegetarier.

Es ist interessant und nach allem, was wir bisher über die Ernährung erfahren haben, sicherlich kein Zufall, dass gerade die Sportler, die ihre Höchstleistungen nicht nur ein- oder zweimal, sondern über viele Jahre hinweg aufrecht erhalten konnten, Vegetarier waren. So ist Martina Navratilova, die mit ihren 18 Grand Slams und 9 Wimbledon-Siegen allgemein als die grösste Tennis-Spielerin aller Zeiten bezeichnet wird, Veganerin. Ebenso der "schnellste Mann der Welt", Carl Lewis, der im 100m- und 200m-Lauf, sowie im Weitsprung und 4×100m-Hürdenlauf 9-mal die olympische Goldmedaille und 13 weitere Goldmedaillen in anderen internationalen Wettkämpfen errang. Er berichtet selbst, dass er schon immer viel Gemüse gegessen habe, seit 1990 aber ganz auf Fleisch verzichtete und sogar zum Veganer wurde. Das Jahr darauf wurde dann mit 4 Weltrekorden und seinem 65. Sieg in Folge zum besten seiner gesamten sportlichen Laufbahn, die er 1996 mit einer Goldmedaille bei den Olympischen Spielen von Atlanta abschloss.

Doch auch wenn es um reine Muskelmasse geht, ist allen Vorurteilen zum Trotz Fleisch nicht nötig. Das bewies der Vegetarier Bill Pearl sehr eindrucksvoll, der immerhin 5-mal den Titel "Mister Universum" erhielt. Es ist sogar so, dass gerade für Sportler und Sporttreibende nicht-vegetarische Ernährung erhebliche körperliche Risiken mit sich bringt. Zwar ist es richtig, dass die häufige und intensive Bewegung dem Körper hilft, viele Stoffwechselschlacken schneller wieder loszuwerden, doch macht sich andererseits "Sand im Getriebe" bei hohen Belastungen sehr viel stärker und negativer bemerkbar. So sind beispielsweise die Verschleisserscheinungen, die in den Gelenken von Sportlern nach einigen Jahren auftreten, nur zum Teil auf die starke Beanspruchung zurückzuführen. Ein weiterer wesentlicher Faktor sind vielmehr Harnsäureablagerungen in ihren Gelenken, die aufgrund ihrer spitzen kristallinen Struktur bei jeder Bewegung reiben, bis es zu Arthritis und Arthrose kommt. Selbstverständlich würden bei den extremen Bedingungen der modernen Leistungssportarten auch bei rein vegetarischer Ernährung Verschleisserscheinungen auftreten, doch bei gesunder Ernährung stellt starke – auch aussergewöhnlich starke – Bewegung für den Körper kein Problem dar. Der Vergleich mit einer Maschine, die sich im Lauf der Zeit unabwendbar abnutzt, ist hier einfach falsch. Denn unser Körper hat ein kompliziertes und ausgefeiltes Schmier-, Puffer- und Regenerationssystem, das sich jeglicher normaler Belastung und Beanspruchung anpasst und so die Leistungsfähigkeit ohne Einschränkungen gewährleistet. Wenn sich allerdings in den Gelenken nadelspitze Harnsäurekristalle ablagern, dann können die beste Knorpelschicht, die beste Gelenkschmiere und alle Schleimbeutel der Welt nicht verhindern, dass es bei jeder Bewegung zu Verletzungen kommt, die irgendwann die Reparaturfähigkeit des Körpers überschreiten. Wird darüber hinaus die Konsistenz der Schmiere durch falsche Bestandteile der Nahrung verändert und wird die Nähr- und Rohstoffversorgung des Gelenks durch Ablagerungen aus tierischem Eiweiss, gesättigten Fettsäuren und Cholesterin in den Versorgungsarterien erschwert oder gar ganz unterbunden, dann ist das Problem nicht mehr aufzuhalten. Auf ähnliche Weise kommt es auch zu Veränderungen der Knorpelstruktur, die vor allem bei den

Bandscheiben fatale Folgen nach sich ziehen können. Denn wenn sie ihre Elastizität und Flexibilität einbüssen, dann können sie bei normalerweise harmlosen Bewegungen aus ihrer Stellung rutschen oder sogar reissen. Daraus resultieren die immer häufiger werdenden Bandscheibenprobleme, die nicht darin begründet sind, dass die Menschen immer akrobatischere Verrenkungen machen, sondern dass sie ihren Stützapparat immer weniger trainieren und ihn gleichzeitig durch falsche Ernährung in seiner Struktur verändern. Kommen dann noch Harnsäurekristalle in der Nähe des Rückenmarks hinzu, dann wird es wirklich gefährlich. Denn dann können ernsthafte Verletzungen der Nervenfasern erfolgen, die im Extremfall zu Lähmungen führen können. Einen kleinen Eindruck von solchen Beeinträchtigungen des Nervengewebes erfährt so mancher in Form des bekannten Hexenschusses oder von Ischiasproblemen. Denn dabei erfolgt eine Reizung und Verletzung des Nervengewebes durch kristalline Ablagerungen, die meist längere Zeit völliger Ruhe benötigen, um wieder zu heilen.

Auch im übrigen Gewebe kommt es teilweise zu Harnsäureablagerungen und dadurch zu rheumatischen Beschwerden bei Bewegung und Beanspruchung aller Art. Weitere häufige Ablagerungsstellen sind die Arterien, was sich zusammen mit einer Verdickung des Bluts durch gesättigte Fettsäuren und Cholesterin äusserst negativ auf die Leistungsfähigkeit und Ausdauer der Muskeln auswirkt. Denn dafür ist – wie wir zuvor gesehen haben – eine optimale Blutversorgung entscheidend. Ist diese nicht gewährleistet, so müssen die Zellen aus Sauerstoffmangel früher auf den anaeroben Glykogenstoffwechsel umschalten, der durch die freigesetzte Milchsäure und das Aufbrauchen des Glykogenvorrats nach relativ kurzer Zeit zu Muskelschmerzen und einem Abfall der Leistung führt. Gleichzeitig versucht das Herz jedoch, durch vermehrte Pumpaktivität die Sauerstoffversorgung zu verbessern, wodurch es zu einem gefährlichen Anstieg des Blutdrucks und des Pulses kommt. Ist zusätzlich noch die Versorgung des Herzmuskels durch Ablagerungen beeinträchtigt, so kann es rasch zu einem Angina-Pectoris-Anfall oder gar zu einem Herzinfarkt kommen.

Ähnliche Probleme hat der Körper mit dem nötigen Abtransport der in den Muskeln entstehenden Wärme. Denn auch hierzu ist eine gute Durchblutung nötig, durch welche die Wärme zur Haut befördert wird, wo die Verdunstungskälte des Schweisses dann die nötige Abkühlung verschafft. Werden nun jedoch aufgrund von Ablagerungen in den Arterien und von verdicktem Blut gar nicht alle Zellen erreicht und haben sich zudem unter der Haut isolierende Schichten aus Ablagerungen gebildet, so wird der Temperaturausgleich enorm erschwert. Der Körper versucht das wiederum durch erhöhten Herzschlag und durch verstärktes Schwitzen auszugleichen, schafft es jedoch nur bedingt, belastet dadurch aber den Kreislauf gehörig. Das gleiche Problem ergibt sich beim Abtransport der in den Muskeln entstandenen Stoffwechselabfallprodukte.

Diese arteriellen Ablagerungen werden noch verschlimmert, wenn man der Entwässerung und Entmineralisierung des Körpers aufgrund der Verdauung und Ausscheidung der tierischen Proteine durch den Konsum mineralhaltiger Getränke entgegenwirken will. Denn dadurch ersetzt man körpereigene Mineralstoffe durch künstliche, körperfremde, die für den Körper meist nicht ihren Zweck erfüllen können und gleichfalls abgelagert werden. Auf diese Weise nimmt die Verkalkung im wahrsten Sinne des Wortes ihren Lauf. So ist nicht nur der körperliche Verschleiss, sondern auch der geistige Abbau keine normale Erscheinung des Älter-Werdens, sondern eine degenerative Folge falscher Ernährung. Selbst die für Männer so normal gewordene Glatze im Alter rührt nur davon her, dass die Haarzellen durch Ablagerungen nicht mehr ausreichend versorgt werden und ihre Funktion einstellen.

Wer also einen ansehnlichen, wohlproportionierten Körper haben möchte, und zwar bis ins hohe Alter, der tut gut daran, nicht nur das äussere Bodybuilding zu praktizieren, sondern sich gleichzeitig um die innere Schönheit und Reinheit seines Körpers zu kümmern. Die mag man zwar vielleicht lange Zeit unter Normalbedingungen nicht sehen, doch unter erhöhter Belastung und bei zunehmendem Alter macht sie sich ganz deutlich bemerkbar. Gemäss dem Leitsatz der alten Griechen "Mens sana in corpore sano – Ein gesunder Geist in einem gesunden Körper" gewährleistet sie dann sogar geistige Klarheit und Flexibilität ohne Vergreisungserscheinungen bis ins hohe Alter. Dazu muss jedoch jegliches Rosten vermieden werden, indem man den Körper nicht durch falsche Ernährung belastet und gleichzeitig jedes Körperteil und jede Körperfunktion ausreichend und regelmässig trainiert.

Was aber ist in diesem Zusammenhang ausreichend? Und was ist zu viel des Guten? Die Antwort auf diese Fragen gibt uns wie immer wieder unser Körper selbst. So haben wir gesehen, dass er von Natur aus ein bewegungsfreudiges und bewegungsabhängiges System darstellt. Für unsere Vorfahren war Bewegung eine alltägliche, dauernde Begleiterscheinung des Lebens. Jede Suche nach Nahrung, Wasser oder einer Schlafstelle war mit dynamischer Bewegung verbunden. Ebenso musste jeder ständig in der Lage sein, vor einer Gefahr wegzurennen oder wegzuklettern. Darüber hinaus wurden im Laufe der Zeit grosse Strecken zurückgelegt, sei es des Nahrungsangebots, des Klimas oder der Kommunikation wegen. Heute hingegen befindet sich für uns alles in Reichweite, und wir müssen für die meisten Vorgänge nicht einmal mehr aufstehen oder das Haus verlassen. Ist das jedoch einmal nötig, dann haben wir durch Fahrstühle, Laufbänder, automatische Garagentore und das Auto alle technischen Mittel geschaffen, um uns nur noch im absoluten Mindestmass bewegen zu müssen. Gefahren, vor denen wir weglaufen müssten, gibt es heute sowieso kaum noch – und das ist auch gut so, da wir es sicherlich nicht mehr schaffen würden. Doch genauso wenig würden wir es schaffen, wenn das Leben unseres Kindes davon abhängen würde, dass wir im Sprint einige Hundert Meter zurücklegen, um Hilfe zu holen, oder um es vor etwas Schrecklichem zu bewahren. Und solche Situationen sind auch heute bei all der Technik noch jederzeit möglich oder sogar angesichts der zahlreichen neuen Gefahren und unserer immer unpersönlicher werdenden Gesellschaft noch wahrscheinlicher geworden. Somit ist es trotz allem – unserer Gesundheit und unserer körperlichen Bereitschaft zuliebe – sinnvoll und angebracht, uns zumindest ansatzweise an der Lebensweise unserer Vorfahren zu orientieren, die sich zudem sicherlich weit mehr im Einklang mit den Naturgesetzen befand als unsere heutige.

Demnach sieht das richtige Trainingsprogramm so aus, dass wir uns jeden Tag mindestens einmal dynamisch bewegen, und zwar so dass wir richtig schwitzen. Es gibt leider noch immer einige Vertreter der Meinung, dass man es nicht zum Schwitzen kommen lassen solle. So warnen beispielsweise Repräsentanten des herkömmlichen Ayurveda allen Ernstes davor, dass durch schweisstreibende Bewegung Giftstoffe im Körper in Umlauf geraten. Doch das ist ja gerade gut! Wir wollen ja, dass sich etwaige Ablagerungen wieder lösen und ausgeschieden werden. Und dazu brauchen wir die dynamische Bewegung und das Schwitzen unbedingt. Denn zum einen verlassen die Abfallstoffe über den Schweiss unseren Körper, zum anderen müssen auch die Schweissdrüsen und insgesamt die Temperaturregulierung des Körpers trainiert werden. Wer Angst vor dem Schwitzen hat, weil er meint, dass sein Schweiss nicht gut riecht, der sollte gerade umso mehr schwitzen. Denn der Schweiss riecht nur dann unangenehm, wenn er voller Giftstoffe ist. Haben diese Stoffe unseren Körper einmal verlassen – und kommen keine neuen nach –, dann riecht unser Schweiss nicht mehr auffällig und schon gar nicht unangenehm. Er wird sogar, wenn wir Früchte zu uns genommen haben, angenehm nach diesen Früchten duften. Damit ist bereits das nötige Mass an dynamischer Bewegung festgelegt, und zwar individuell für jeden. Denn der Zeitpunkt, zu dem man richtig schwitzt, wird bei jedem je nach dem Zustand seines Stoffwechsels, seines Kreislaufs und seiner Muskeln verschieden sein – aber bei jedem unfehlbar genau richtig.

Ebenso liefert uns unser Körper auch ein unmissverständliches Signal, wenn es droht, zu viel zu werden. Das ist nämlich dann, wenn wir bei normaler Nasenatmung nicht mehr genügend Luft bekommen und beginnen wollen, durch den Mund zu atmen. Wir haben ja zuvor gesehen, dass die Sauerstoffversorgung der Muskeln der begrenzende Faktor ist, der über Ausdauer und Leistungsfähigkeit entscheidet. Bekommen wir also nicht mehr genug Luft, dann ist die Grenze erreicht, ab der entweder die Muskeln nicht mehr genügend Energie produzieren können, das Blut nicht mehr genügend Brenn- und Sauerstoff heranschaffen kann, der Kreislauf nicht mehr mitmacht oder aber mehrere dieser Faktoren zusammen kommen. Auf alle Fälle bedeutet das unmissverständlich, dass wir sofort langsamer machen oder aufhören müssen. Dann kann auch nichts passieren. Die Voraussetzung ist selbstverständlich, dass wir generell ausschliesslich durch die Nase atmen, wie das auch ihrer natürlichen Funktion entspricht. Probleme mit Herz und Kreislauf treten bei dynamischer Bewegung nämlich nur dann auf, wenn wir diese naturgesetzgegebene Schwelle überschreiten, durch den Mund atmen und so jegliche Warnsignale überschreiten und ausser Kraft setzen.

Damit sind wir bei einem sehr wichtigen Element der Gebrauchsanweisung für unseren Körper angelangt, der korrekten Atmung, bei der heute leider fast überall und gerade auch im Zusammenhang mit körperlicher Bewegung gravierende Fehler gemacht werden. Betrachten wir nämlich unsere Nase und die Luftwege, die von ihr zur Lunge führen, so sehen wir, dass sie das ideale Einatmungsinstrument ist. Denn sie enthält zahlreiche Härchen, die Fremdkörper zurückhalten, und mit den Nebenhöhlen ist der Luftweg lang genug, dass die Luft stets durch die darin enthaltenen Schleimhäute optimal auf die richtige Temperatur und Feuchtigkeit für die Lunge gebracht wird. Der Mund dagegen, der keine dieser Vorrichtungen besitzt, ist daher nur im Ausnahmefall für das Einatmen zu verwenden. Das merkt jeder, der unbewusst nachts längere Zeit durch den Mund atmet und dann mit einem fürchterlich trockenen Gefühl und üblen Geschmack im gesamten Mund-Rachen-Raum aufwacht. Aber auch zum Ausatmen, wofür auf den ersten Blick die Vorrichtungen der Nase nicht nötig zu sein scheinen, kommt nur die Nase in Frage. Denn die feuchte und warme Luft aus der Lunge führt zu einer Erwärmung und Rückfeuchtung der Nasenschleimhaut, so dass diese für das nächste Einatmen optimal vorbereitet wird. Atmet man dagegen durch die Nase ein und durch den Mund aus, so fällt dieser Vorgang fort, und die Schleimhäute des Nasenkanals kühlen bei jedem Atemzug mehr ab und trocknen aus, wodurch sich verhärteter Schleim bildet, der zusätzlich noch die Reinigungsfunktion der Nasenhärchen beeinträchtigt. Durch den Mund wird die Wärme und Feuchtigkeit der ausgeatmeten Luft also nutzlos abgegeben. Daher sieht die korrekte Atmung so aus, dass wir generell nur durch die Nase ein- und ausatmen. Das gilt überall, insbesondere bei dynamischer Bewegung und beim Sport. Gerade hier werden allerdings die häufigsten Fehler gemacht, die nicht nur zu Kreislaufproblemen führen können, sondern auch die Lunge beeinträchtigen, da sie durch die erhöhte Atemfrequenz stark mit zu kühler, zu trockener und gegebenenfalls schadstoffbelasteter Luft konfrontiert wird. Dabei hat sie schon genug mit den Giftstoffen und Stoffwechselabfällen zu schaffen, die der Körper über die Atemluft ausscheidet. An dieser Stelle wird aber häufig ein weiterer kapitaler Fehler begangen, indem diese verbrauchte und giftstoffbelastete Luft länger als nötig in der Lunge festgehalten wird. So denken viele Menschen, dass sie die Sauerstoffausbeute der Atemluft erhöhen, indem sie nach dem Einatmen eine Pause machen, bevor sie die Luft wieder herauslassen. Doch der Stoffaustausch in der Lunge benötigt nur Bruchteile von Sekunden, so dass die Luft, die in der Lunge gehalten wird, keinen Sauerstoff mehr enthält, sondern im Gegenteil mit den vom Körper abgegebenen Stoffwechselabfällen angereichert ist. Diese müssen den Körper jedoch sofort verlassen, und dann erst ist eine Pause angesagt. Die leere Lunge ist nämlich der Normalzustand, der nur durch das Ein- und Ausatmen unterbrochen wird. So ist der Einatmungsvorgang ein Reflex, der genau dann automatisch stattfindet, wenn der Körper wieder Sauerstoff benötigt. In entspanntem Zustand können sich auf diese Weise längere Atempausen ergeben, die völlig natürlich sind. Aber auch beim Laufen auf gerader Strecke pendelt sich bei gut trainierten Läufern ein entspannter Atemrhythmus mit längeren Pausen nach dem Ausatmen ein. Das ist der Zustand, wo man endlos weiterrennen könnte – und tatsächlich auch kann.

Damit sind wir wieder bei der dynamischen Bewegung, und zwar der besten und natürlichsten, dem Laufen. Selbstverständlich kann man sich auch anderes dynamisch bewegen, durch Schwimmen, Fahrradfahren, Ski-Langlauf, Rudern etc. Doch das Laufen ist aus vielerlei Gründen die beste Art. Dabei ist jedoch nicht so sehr das träge monotone Traben auf Betonstrassen gemeint, sondern der abwechslungsreiche Lauf über Wiesen, Feldwege und durch Wälder, berauf, bergab, Rechtshang, Linkshang, langsamer, schneller etc. Denn zum einen werden durch den harten und unflexiblen Beton und Asphalt die Gelenke übermässig belastet, zum anderen werden beim Waldlauf auf natürlichem unebenen Boden Muskeln und Gelenke abwechselnd und variabel beansprucht. Dadurch wird insgesamt die Flexibilität gefördert, auch die des Oberkörpers, wenn man vor seitlichen Zweigen ausweichen, sich zwischen Büschen hindurchschlängeln, unter herabhängenden Ästen ducken oder über Gräben und Baumstämme springen muss. Das Laufen ist die natürliche Fortbewegungsart des Menschen und somit allen Mechanismen optimal angepasst. Es fördert die natürliche Darmbewegung, die Peristaltik, und ist damit auch eine wirksame Vorbeugung gegen Verstopfung. Da von Natur aus das Laufen immer zur Nahrungssuche gehörte, sollte es idealerweise sogar zusammen mit der Kultivierung des Hungers praktiziert werden. Ein kleiner Lauf mit richtigem Hunger im Bauch und danach schweissgebadet ein heiliges Bad in frischem klaren Wasser: Besser kann man sich nicht aufs Essen vorbereiten. Und wie die Nahrung dann schmeckt und verdaut wird, das kann sich sicherlich jeder vorstellen. Wer diese Erfahrung einmal gemacht hat, der wird wissen, was wirklicher Hochgenuss beim Essen ist und dass er nichts mit kulinarischem Gaumenkitzel zu tun hat.

Auch für alle anderen inneren Organe bewirkt das Laufen durch die dadurch verursachten federnden Bewegungen eine wohltuende und anregende Massage. Das gleiche gilt für die Wirbelsäule und die Muskeln des Halteapparats, die sich durch leichtes und lockeres Laufen wunderbar entspannen. Daneben wird durch die Muskeltätigkeit der venöse Blutkreislauf und der Lymphfluss in Schwung gebracht, und das nicht nur in den Beinen. Hätte Gabriel beispielsweise, den wir in Kapitel 1 kennen gelernt haben, regelmässig Waldlauf gemacht, dann hätte er keine Probleme mit den Ohren bekommen und das manuelle Entstauen von aussen wäre gar nicht notwendig gewesen. Ebenso gibt es kein besseres Mittel, um eine freie Nase zu erhalten, als das Laufen. Bereits nach wenigen Metern fängt die Nase nämlich an mit zu laufen, bis sie sich allen Schleims entledigt hat. Damit wirkt das Laufen nicht nur positiv bei bestehenden Erkältungskrankheiten, sondern sogar vorbeugend, so dass es überhaupt nicht zu Erkrankungen kommt.

Schliesslich ist das Laufen ebenso wie andere Arten von dynamischer Bewegung durch die Steigerung des Blutkreislaufs und die erhöhte Sauerstoffversorgung des gesamten Körpers auch für den Geist ein unschätzbares Plus. Denn mit einem gut versorgten und von Schlacken befreiten Gehirn lässt es sich einfach besser denken, und vor allem lassen sich leichter ausgetretene Pfade verlassen und neue Denkrichtungen finden und gehen.

Insgesamt werden Körper und Geist wacher, leistungsfähiger und flexibler – ein wichtiger Schritt zur Erhaltung und Steigerung von Gesundheit und Wohlbefinden. Diese Tatsachen wurden auch von einer Institution der amerikanischen Regierung, dem Zentrum für die Kontrolle und Vorbeugung von Krankheiten, bestätigt, das einen Bericht veröffentlichte, der zahlreiche Forschungsergebnisse mehrerer Jahrzehnte über den Zusammenhang von körperlicher Aktivität und Gesundheit ausgewertet hat. Das Hauptresultat war, dass Menschen, die gewöhnlich nicht körperlich aktiv sind, ihre Gesundheit und ihr Wohlbefinden dadurch steigern können, dass sie regelmässig körperlich aktiv werden.

Dabei sind die gesundheitlichen Verbesserungen umso grösser, je länger, häufiger und intensiver die körperliche Aktivität ist. Im einzelnen stellte der Report eindeutig fest, dass verstärkte regelmässige dynamische Bewegung mit einer verringerten Sterblichkeit einhergeht, und zwar unabhängig vom Lebensalter. Diese Aussage ist wichtig für all diejenigen, die aufgrund ihres fortgeschrittenen Alters und ihrer angeschlagenen Gesundheit nicht mit dynamischer Bewegung beginnen wollen, aus Angst vor einem Herzinfarkt oder Kreislaufkollaps. Gerade solchen Fällen ist dieser erste Punkt des Berichts nachgegangen und hat klar festgestellt, dass die Sorge unberechtigt ist, dass sogar das Gegenteil der Fall ist – vorausgesetzt natürlich, dass man sich an die Empfehlungen und an das Körpergefühl hält und nicht versucht, von Null aus einen Marathon oder einen olympischen Sprint hinzulegen. Immerhin muss auch unser Herzmuskel als in diesem Zusammenhang wichtigster Muskel erst wieder langsam trainiert werden, nachdem wir ihn über Jahre und Jahrzehnte hinweg gewissermassen wie in einem Gips gehalten haben und verkümmern liessen. Konkret sagt der Bericht, dass regelmässige dynamische Bewegung die Sterberate aufgrund von Herz-Kreislauf-Erkrankungen und insbesondere von Erkrankungen der Herzkranzgefässe verringert. Weiterhin verhindert, bzw. verbessert sie Bluthochdruck, vermindert das Risiko einer Erkrankung an Diabetes, Darmkrebs und Depressionen, hilft bei der Gewichtskontrolle, bei dem Aufbau und der Aufrechterhaltung von gesunden Knochen, Muskeln und Gelenken, und fördert psychisches Wohlbefinden.

Dynamische Bewegung alleine ist jedoch noch nicht ausreichend, um den Körper optimal in Schuss zu halten. Wichtig ist darüber hinaus auch die Beanspruchung, Dehnung und Streckung jedes beweglichen Körperteils. So sollte im Idealfall jeder Muskel täglich nicht nur beansprucht, sondern bis an seine Grenze belastet werden. Dasselbe gilt für seine Dehnung, wie auch für die unserer Sehnen und Bänder. Wer meint, er habe genug Kraft und brauche deshalb seine Muskeln nicht zu trainieren, der muss sich klar darüber werden, dass viele Muskeln bei mangelnder Beanspruchung nicht nur schwächer, sondern vor allem auch kürzer werden. Resultat ist dann die nur allzu bekannte Steifheit, wenn man sich nicht mehr so gut bücken, in die Hocke gehen, drehen oder andere Bewegungen ausführen kann. Bei unvorsichtigen Bewegungen oder Stürzen kann das sogar zu ernsthaften Verletzungen führen. Der Einfachheit halber schiebt man das dann allerdings alles auf das Alter, doch der wirkliche Schuldige dafür ist keineswegs die Zeit oder unser Körper – was letztlich einer Schuldzuweisung an den Schöpfer gleichkäme, dass er uns einen mangelhaften Körper geschenkt habe –, sondern wir mit unserer jahrelangen Trägheit und Bequemlichkeit.

Für solche Dehn- und Streckübungen ist die optimale Trainingsvorrichtung ein Klettergerüst, auf dem man täglich nach Herzenslust herumklettert und dabei gezielt und bewusst jeden Muskel einsetzt, anspannt und dehnt, sowie jede Sehne und jedes Gelenk vollständig fordert. Nur wenn wir unsere Grenzen immer weiter hinausschieben, werden wir erfahren, wozu unser Körper eigentlich in der Lage ist. Geben wir uns dagegen mit dem Status quo zufrieden, so werden wir auch dabei bleiben und eher noch Rückschritte machen, so wie ein Bewohner der Tropen bei 10° C bereits erheblich friert und sich nicht vorstellen kann, dass man bei Frosttemperaturen überhaupt überleben kann. Zieht er dann jedoch in ein entsprechendes Klima um, so gewöhnt sich sein Körper an die neuen Bedingungen und hat bald keine Schwierigkeiten mehr damit. Dass auch das jedoch noch lange nicht das Äusserste der Leistungsfähigkeit des menschlichen Körpers ist, beweisen indische Yogis, die nackt im Himalaja leben und den Stand ihrer Entwicklung nicht etwa daran messen, wie lange sie es im Schnee aushalten können, sondern bis zu welchem Abstand um sich herum sie ihn zum Schmelzen bringen, wenn sie sich nackt auf den Boden setzen.

Wer keine solchen Klettermöglichkeiten hat, dem bieten die Yoga-Stellungen, die AyurVeda Ritam als Grundprogramm zur täglichen Ausführung empfiehlt, eine gute und praktikable Basis. Sie beziehen die wichtigsten Muskeln und Sehnen mit ein und trainieren in einer festgelegten Abfolge von Spannung und Entspannung deren Flexibilität. Darüber hinaus sollte aber jeder auch das sogenannte *Alltags-Yoga* praktizieren, das darin besteht, jede Bewegung in voller Bewusstheit bis zum Ende, d. h. bis zur Grenze der Beweglichkeit oder Belastbarkeit durchzuführen. Das bedeutet beispielsweise, dass man sich nicht nur einfach so bückt, um etwas vom Boden aufzuheben, sondern dass man sich dabei vielmehr bewusst aus der Hüfte heraus nach unten beugt, bis man in den Kniekehlen ein Ziehen spürt, oder dass man nicht nur den

Arm nach oben streckt, um einen Gegenstand aus einem Regal zu nehmen, sondern sich vielmehr bewusst aus der Schulter heraus nach oben streckt und so die ganze Bandbreite der Beweglichkeit ausschöpft. Darüber hinaus kann man zu jeder Zeit und an jedem Ort den einen oder anderen Muskel isometrisch, d. h. ohne Bewegung, anspannen und wieder loslassen, oder kurz ein paar mal mit den Schultern, dem Kopf, den Füssen oder Händen kreisen, die Augen rollen, die Nase, Augen oder Ohren massieren und so den gesamten Alltag zu einem Training der Flexibilität und Geschmeidigkeit des ganzen Körpers machen. In AyurVeda Ritam heisst das *Svayamkarana*, Selbst-Hilfe oder Selbst-Tun. Das Entscheidende ist dabei nicht, irgendeine Form von Akrobatik anzustreben, sondern alle Mechanismen regelmässig zu beleben und sie an ihre Funktionsgrenze zu führen. Auf diese Weise bleibt alles in bester Funktionsfähigkeit und wird sogar langsam aber stetig immer mehr gesteigert.

So wirkungsvoll diese Übungen sind, so einfach sind sie gleichzeitig. Eigentlich ist es nur nötig, das Bewusstsein für unseren Körper zu beleben. Es kann nämlich unmöglich zu Gesundheit führen, wenn wir nur zweimal pro Woche für zwei Stunden im Fitness-Studio an ihn denken und ihn sonst vergessen oder sogar durch falsche Kleidung und mangelnde Bewegung misshandeln. Dagegen lernen wir ihn durch einen bewussteren Umgang mit ihm erst richtig kennen und entwickeln eine andere – gesündere – Beziehung zu ihm. So sind sich die meisten Menschen überhaupt nicht bewusst, wo in ihrem Körper Muskeln sitzen und welche Funktion sie erfüllen. Beispielsweise sind auch unsere Augen von kleinen Muskeln umgeben, die sie bewegen und halten, die jedoch gleichzeitig den Augapfel verformen, wenn sie verspannt sind, und so Fehlsichtigkeit verursachen. Lernt man es, an sie "heranzukommen", sie bewusst zu beeinflussen und vor allem zu entspannen, dann kann man auf diese natürliche Weise Fehlsichtigkeit verbessern und beheben, und das ohne Brille. Ebenso wenig sind sich die meisten Menschen bewusst, dass es Muskeln in unserem Körper gibt, die wir willentlich nur wenig oder gar nicht steuern können. Lernen wir dies dagegen, so können wir sie bewusst einsetzen, wie etwa im Fall der Beckenbodenmuskulatur, wo das sehr positive und angenehme Auswirkungen auf die Geschlechtsfunktionen haben kann.

Für das vollkommene Funktionieren im Sinne des “Erfinders” ist nun einmal nicht nur der körperliche Mechanismus nötig, sondern auch die richtige Steuerung durch den Geist. So haben wir ja beim Muskeltraining bereits gesehen, dass die nervale Koordination der Muskelfasern eine entscheidende Bedeutung für die tatsächlich zur Verfügung stehende Kraft besitzt. Andere Beispiele sind die Erfahrung von Menschen mit amputierten Gliedmassen. Sie fühlen sich meist so, also ob der betreffende Körperteil nach wie vor da wäre, und meinen, sie könnten ihn bewegen. Auf der Ebene des Geistes und des Bewusstseins ist er also tatsächlich noch immer vorhanden. Ist hingegen der zu einem Körperteil gehörige Gehirnsektor durch eine Verletzung oder einen Schlaganfall beschädigt, so ist keine Steuerung mehr möglich. Für den Betroffenen ist es dann so, als ob das Glied entfernt und durch einen unförmigen Sack ersetzt worden wäre.

Hier kommen wir in Bereiche, die wir im nächsten Kapitel näher behandeln werden, wo wir sehen werden, welche enorme Bedeutung der Geist für unsere Gesundheit und vor allem für unsere Entwicklung besitzt, und dass wir durch die Ritam-Samation eine Technik in der Hand haben, um gezielt und effektiv unser Geist-Körper-System zur optimalen Funktion zu trainieren. Eine wichtige Rolle spielt dabei die Entspannung, das Loslassen. Viele Menschen sind nämlich der Meinung, dass körperliches Training umso bessere Resultate liefert, je länger und intensiver man es betreibt. Wenn man ständig rund um die Uhr trainieren würde, dann hätte man die besten Erfolge. Dem ist jedoch nicht so. Denn wie alle Phänomene in der Natur unterliegt auch unser Körper der Dualität von Ruhe und Aktivität. Aktivität ist zwar wichtig, Anregung, Impulse. Das hatten wir im bisherigen Verlauf des Kapitels gesehen. Doch Ruhe und Entspannung sind genauso wichtig, damit der Körper die Impulse umsetzen kann. Die Muskelkraft oder Muskelmasse, die zusätzlichen Arterien, die erhöhten Nährstoffdepots, die vermehrte Gelenkschmiere und all die anderen erwünschten und wichtigen Effekte der dynamischen Bewegung entstehen nämlich nicht während der Bewegung selbst, sondern in der Ruhephase danach. Deshalb kann kein Muskel wachsen, wenn er ständig nur im Einsatz ist und keine Gelegenheit bekommt, das Wachstum durchzuführen. Je tiefer dabei die Entspannung ist, desto wirkungsvoller werden die körperlichen Impulse umgesetzt. Daher gehört zu einem optimalen Training neben der optimalen Bewegung auch die optimale Entspannung. Doch auch darauf werden wir im nächsten Kapitel ausführlicher eingehen. Dort werden wir gleichzeitig sehen, dass nicht nur der Geist wichtig für die Funktion des Körpers ist, sondern auch der Körper für den Geist. Denn die geistigen Mechanismen hängen entscheidend davon ab, dass sie die richtigen physiologischen Grundlagen bekommen. So benötigen sie ein einwandfrei funktionierendes Nervensystem, das wiederum von allen anderen körperlichen Mechanismen und Systemen abhängig ist. Deswegen ist es doppelt wichtig, alles im Körper gut in Schuss zu halten und regelmässig zu trainieren. Das gilt selbst für Mechanismen wie das Schwitzen, die Schmierung der Gelenke, das Herz, die Lunge, die inneren Organe, die Durchblutung der Haut, die Sinnesorgane und die Geschlechtsfunktionen.

Wie wir das Schwitzen, die Gelenkschmierung, sowie Herz- und Lungenfunktion trainieren können, das haben wir bereits ausführlich bei der dynamischen Bewegung gesehen. Wie jedoch sollen wir an unsere inneren Organe herankommen? Hier hilft uns unser Körper zum Glück mit einem wunderbaren Mechanismus, den Reflexen. Unsere Gelenke fungieren nämlich neben ihrer reinen Bewegungsaufgabe gleichzeitig auch als Impulsgeber für das vegetative Nervensystem und die gesamten Stoffwechselfunktionen. In ihnen sind quasi Schalter eingebaut, die ansprechen, wenn sie vollständig gebeugt oder gestreckt werden, und die dann Anregungsimpulse an den gesamten Körper senden. Dies ist ein weiterer Grund für das regelmässige Üben der Yoga-Stellungen und des Alltags-Yogas, durch das nicht nur direkt die Gelenke selbst, sondern indirekt alle körperlichen Mechanismen stimuliert werden. Besonders wichtig sind in diesem Zusammenhang die Füsse. Denn die Fusssohlen sind dicht besät mit Reflexzonen, die dem gesamten Körper mit allen seinen Organen entsprechen. Durch sie haben wir also die Möglichkeit, auch sonst nicht zugängliche Organe und Mechanismen anzuregen, was die Grundlage der Fussreflexzonenmassage bildet, vor allem aber die Bedeutung des Barfuss-Gehens zeigt. Unser Körper ist so fantastisch strukturiert, dass beim natürlichen Barfuss-Gehen buchstäblich auf Schritt und Tritt stimulierende Impulse für alle Körperteile erzeugt werden. Dies machen wir uns heutzutage leider viel zu wenig zunutze, und dementsprechend ist es auch um unsere Gesundheit bestellt. Daher sollten wir unbedingt bei jeder nur denkbaren Möglichkeit unsere Schuhe und Strümpfe ausziehen und barfuss gehen, möglichst in der freien Natur auf natürlichem Untergrund. Die beste Gelegenheit bietet dazu – nach einiger Zeit der langsamen Gewöhnung – unser täglicher Waldlauf. Das klingt heute für die meisten sicherlich eher befremdlich – so sehr sind wir durch unsere gesellschaftlichen Wertmassstäbe verzogen! Dabei war es noch vor und während des zweiten Weltkriegs nicht unüblich, im Sommer barfuss zu gehen, was Angehörige dieser Generation bestätigen werden. Erst in den Nachkriegsjahren wurde es im Zuge der neuen Zivilisationstrends aus Amerika verpönt, sich ohne Schuhe zu zeigen. Allerdings war keinem damals bewusst, welche Einbusse dieser Schritt für unsere Gesundheit bedeuten würde. Dabei hatte Pfarrer Kneipp noch nicht einmal Hundert Jahre zuvor genau das Gegenteil praktiziert. Er liess die degenerierten adligen Damen ihre Korsetts, Schuhe und Strümpfe ausziehen und jagte sie barfüssig über die taunassen Wiesen zurück zur Natürlichkeit. Und in einer alten Chronik im Wendland aus dem 16. Jahrhundert steht zu lesen, dass "in diesem Winter auch der letzte Bauer Schuhe angezogen" habe, was zeigt, welche Vitalität und welche gesunde Durchblutung die einfachen Menschen zu jener Zeit noch hatten. Bei ihnen war jedoch auch die Nahrung simpel und spärlich, die Bewegung hingegen vielseitig und üppig. Bei uns heute verhält es sich genau entgegengesetzt, und dementsprechend fällt auch die Quittung aus.

Tatsächlich sind das beste Schuhwerk, das wir uns nur vorstellen können, unsere natürlichen angeborenen Barfuss-Schuhe. Sie sind mit einer dynamischen Federung, Sensoren für Temperatur, Feuchtigkeit und Bodenbeschaffenheit, einem ausgefeilten Differentialprofil mit Greif-Funktion, sowie einer sensiblen und doch robusten Lederhaut ausgerüstet. Ausserdem vermitteln sie bei jedem Schritt eine direkte Reflexpunkt-Massage durch Mutter Erde. Ihr einziger Nachteil ist, dass wir sie nicht als chic empfinden und sie deshalb nicht benützen. Stattdessen zwängen wir unsere Füsse in enges unnatürliches Schuhwerk, wo sie schwitzen und verkümmern – und mit ihnen unser gesamter Körper. Daher sollte sich jeder wieder das Barfuss-Gehen anerziehen, zunächst auf weichem Gras oder Waldboden, dann aber auch immer mehr auf härterem Untergrund. Mit der Zeit werden sich die Fusssohlen wieder daran gewöhnen und abhärten, so dass man sich dann auch an längere Strecken heranwagen kann. Bei Wanderungen kann man ja anfangs zur Sicherheit ein paar Schuhe im Rucksack mitnehmen. Wie war Thomas Parr's Empfehlung für ein langes Leben? "Halte die Füsse warm" – aber nicht durch Schuhe, sondern durch Bewegung. Er muss es wohl gewusst haben!

Im Winter, wenn es für unsere untrainierten Füsse zu kalt ist, können wir uns durch regelmässiges Steinchentreten behelfen, und zwar abwechselnd in einem Bottich mit warmem und einem mit kaltem Wasser. Dadurch erhalten wir weiterhin unsere Fussreflexzonenmassage und darüber hinaus einen wertvollen durchblutungssteigernden Effekt durch die wechselwarmen Anwendungen. Diesen Effekt sollten wir uns für unseren gesamten Körper zunutze machen, indem wir regelmässig heiss-kalte Wechselbäder oder Wechselduschen machen oder aber in die Sauna gehen und danach ein kaltes Bad nehmen. Solche "heiligen" Bäder in frischem klaren Wasser, möglichst direkt aus der Quelle, sind unschätzbar für die Reinigung von Ausscheidungen der Haut, stimulieren aber gleichzeitig auch die Temperaturregulierungsmechanismen des Körpers. So sollte ein solches heiliges Bad als Abschluss jeder dynamischen Bewegungsübung, sowie morgens zum Frischwerden oder als körperliche Vorbereitung für die Samation zum festen Bestandteil des Tages werden. Eine kalte Dusche ist dabei allerdings nur eine minderwertige Alternative.

Zum Abschluss dieses Kapitels kommen wir schliesslich noch zum Training der Sexualorgane, was jedoch nicht bedeuten soll, dass dies der unwichtigste Teil wäre. Für manche mag es anstössig sein, im Bereich der Sexualität zu trainieren, für andere erstaunlich, dass es da überhaupt etwas zu trainieren geben soll. Doch dazu ist einfach festzuhalten, dass die Sexualorgane und die sexuellen Funktionen ganz normale Bestandteile unseres Körpers und seiner Mechanismen sind. Und da der Körper der Tempel unserer Seele ist, den wir vom Schöpfer zum Geschenk erhalten haben, gibt es nichts Unnatürliches oder gar Schmutziges daran – es sei denn, wir machen es dazu.

Genau wie jedes andere Körperteil verlangen natürlich auch die Geschlechtsteile die nötige regelmässige Anregung, um optimal funktionieren zu können. Das weiss jede frisch gebackene Mutter schmerzlich zu berichten, die die Flexibilität ihrer Scheide nicht für eine Geburt ohne Dammriss trainiert oder ihre Brustwarzen nicht rechtzeitig auf ihr nuckelndes Baby vorbereitet hat. Darüber hinaus zeigt aber auch gerade die seit Jahrhunderten ungebrochene und in neuerer Zeit immer stärker werdende Nachfrage nach lusterzeugenden oder potenzsteigernden Mitteln, dass hier ein erhebliches Defizit bestehen muss. Dabei ist das beste lusterzeugende und gleichzeitig potenzsteigernde Mittel ein attraktiver Partner und eine optimal funktionierende Physiologie. Dazu gehören geschärfte Sinnesorgane, sensible, ablagerungsfreie Haut, ein optimal funktionierendes Nervensystem, ein gesundes Herz, unverdicktes Blut, ablagerungsfreie Arterien, normal arbeitende Schleim- und Hormondrüsen, die optimale Funktion der beteiligten Muskeln und Körperteile, sowie ein ungestörter Energiestoffwechsel im gesamten Körper. All das kann – und sollte – durch regelmässiges Training verbessert werden. Dabei bezieht sich dieses Training auf den gesamten Körper, aber auch speziell auf die sexuellen Funktionen und die beteiligten Körperteile, wobei auch hier die Regel gilt, dass möglichst täglich trainiert werden sollte. Falls dafür der geeignete Partner fehlt, ist es besser, mit sich selbst zu trainieren, als die Mechanismen eintrocknen zu lassen. Das trifft besonders auf Frauen zu, die es noch immer zum grossen Teil aufgrund ihrer Erziehung als unschicklich empfinden, sich selbst "unsittlich" zu berühren. Doch da gerade sie ein Defizit in diesem Bereich bevorzugt durch Essen zu kompensieren versuchen, gerät man/frau sehr schnell in einen Teufelskreis, in dem sie von ihm nicht das bekommt, was sie braucht, dies durch Essen kompensiert und so immer mehr an Attraktivität verliert, so dass er immer weniger Lust bekommt, ihr das zu geben, was sie beide brauchen, was sie wiederum durch Essen kompensiert usw., bis die Mechanismen gänzlich eingetrocknet sind. Gleichzeitig führen die ungesunde Ernährung und der ungesunde Lebenswandel dazu, dass er oft schon in mittleren Jahren nur noch selten "kann", später sogar überhaupt nicht mehr. Dabei wäre es gerade für die Frauen nach den Wechseljahren endlich möglich, sich ohne Angst vor Schwangerschaft der Sexualität widmen zu können. Doch die Männer dieser Altersklasse sind dafür meist nicht mehr zu haben.

Aus diesem Kreislauf führt nur regelmässiges Training und ein gesundes Leben heraus, und zwar auf allen Ebenen. Dazu gehört auch ein besseres Kennenlernen des eigenen Körpers sowie des Partners. So können beispielsweise Mann und Frau dem Geschlechtsverkehr erheblich mehr abgewinnen, wenn sie regelmässig ihre Beckenbodenmuskeln trainieren. Dadurch bekommt die Frau nämlich Kontrolle über die Kontraktion oder Entspannung ihrer Vagina, und der Mann über seinen Samenerguss. In der modernen Physiologie werden diese Muskeln zwar gewöhnlich als "ohne Funktion" bezeichnet, doch ein solcher Irrtum wäre ja wohl schwer vorstellbar bei dem grandiosen Meisterwerk, das wir in unserem Körper haben. Vielmehr handelt es sich hier um das konkrete Beispiel einer körperlichen Funktion, die zwar in alten Schriften erwähnt wird, heute jedoch fast gänzlich in Vergessenheit geraten ist. Und da es keiner vorlebt, lernt es auch keiner und niemand kann es. Dabei ist das bei den Männern ähnlich wie beim Urinieren. Würde niemand den Kindern sagen, dass sie nicht einfach lospinkeln dürfen, so würde auch niemand lernen, den Urinfluss zu kontrollieren, und wir hätten noch einen funktionslosen Muskel mehr. Genauso können die Männer lernen, ihren Samenfluss zu kontrollieren, und dadurch endlich auch aktiv Einfluss auf die Verlängerung des Geschlechtsverkehrs nehmen, nicht nur auf seinen Abbruch.

Auch hier sind wir also wieder zu dem Punkt gelangt, wo der entscheidende Faktor darin besteht, was unser Geist für möglich hält und anstrebt. Deswegen ist es nun an der Zeit, uns näher mit dem Geist und seinen natürlichen Gesetzmässigkeiten zu befassen. Dabei werden wir gleichzeitig feststellen, dass sich uns ganz neue unerwartete Dimensionen eröffnen.

6. Die Sache mit dem Geist

Wir haben bereits an mehreren Stellen im bisherigen Verlauf des Buches festgestellt, dass unser Geist eine entscheidende Schlüsselposition bei unserem Versuch innehat, das Geheimnis der wahren Gesundheit zu lüften und herauszufinden, wie unser Körper eigentlich funktionieren sollte und wozu er wirklich geschaffen worden ist. In der Tat spielt er selbst bei den einfachsten alltäglichen Vorgängen eine so zentrale Rolle – und das, ohne dass wir uns dessen bewusst sind –, dass man sich immer wundern muss, wie alles so reibungslos funktioniert.

Betrachten wir nur einmal als ein kleines Beispiel eine Autofahrt mit der Familie ins Grüne. Dabei hat der Fahrer trotz der Geschwindigkeit des Autos stets alle Verkehrszeichen, Querstrassen, den Gegenverkehr und auch die Fahrzeuge im Rück- und Seitenspiegel voll im Überblick. Gleichzeitig bremst er, schaltet er und gibt Gas je nach Notwendigkeit – und das, ohne darüber nachzudenken. Welche Leistung allein dies ist, wird uns bewusst, wenn wir uns wieder an unsere Fahrschulzeiten zurück erinnern, wo jedes Schalten ein Abenteuer war, mit Gehoppel und Geruckel und gelegentlich auch unter Abwürgen des Motors. Jetzt aber geht alles ganz nebenbei. Der Fahrer hört sogar Radio, unterhält sich mit seiner Frau neben ihm, weist immer wieder die Kinder zurecht, die sich auf dem Rücksitz streiten, und lässt sich die unleidliche Diskussion mit seinem Chef vom Vortag nochmals durch den Kopf gehen. All diese Vorgänge unterliegen der Aktivität seines Geistes. Doch ist das bei Weitem noch nicht alles. Denn gleichzeitig steuert und überwacht der Geist die Verdauung des Mittagessens, die korrekte Verteilung der Nährstoffe, die Entsorgung der unerwünschten Stoffwechselschlacken, die Atmung, den Herzschlag, die Funktion der Leber und der Nieren, das Immunsystem, die Funktion der Hormondrüsen und ihre Abstimmung mit der Gefühlswelt, koordiniert die Heilung des Fingers, in den der Fahrer sich am Vorabend geschnitten hat, und des Schnupfens, der noch immer nicht ganz vorbei ist, sowie das durch das gestrige Training stimulierte Wachstum der Muskeln und leitet schliesslich auch noch den kontinuierlichen Erneuerungs- und Austauschprozess des Körpers. All das – und noch viel mehr, was wir hier gar nicht alles aufzählen können – ständig, gleichzeitig und ohne den geringsten Fehler!

Doch ist das wirklich wahr? Hatte er nicht soeben die Bemerkung seiner Frau falsch verstanden? Und vorhin das Auto von rechts, das hatte er doch erst verdammt spät bemerkt! Ausserdem hat er förmlich Magenschmerzen wegen diesem Idioten von Chef, und der Schnupfen sollte eigentlich auch schon längst vorbei sein. Zudem haben wir in Kapitel 3 ja bereits gesehen, dass auch dieser Austausch- und Erneuerungsprozess nicht ganz so funktioniert, wie er sollte. Irgendetwas ist also wohl doch nicht völlig in Ordnung.

Wenn wir uns diese beeindruckende Auflistung von Aufgaben nochmals vor Augen führen und im Geiste noch all diejenigen hinzufügen, die wir hier gar nicht erwähnt haben, dann drängt sich der Vergleich mit einem Computer auf, bei dem zu viele Programme geöffnet sind und der dann irgendwann anfängt zu "spinnen". Dies kann sich darin äussern, dass einige Programme "hängen", also einfach nicht mehr weiter ausgeführt werden, dass er sich bei einem Programm in einer Schleife verfangen hat und immer wieder die gleiche Operation ausführt, ohne dass man ihn davon abbringen könnte, oder dass er sogar Fehler macht, also andere Befehle ausführt als die, die man ihm gegeben hat. Auf jeden Fall wird er langsamer, die Leistung pro Programm sinkt, und wenn alles schief geht, dann bleibt er stehen und es rührt sich überhaupt nichts mehr. Was wir bei einem Computer in solch einem Fall tun, das wissen wir: Wir müssen ihn neu booten. Dafür gibt es sogar spezielle Tastenkombinationen und Schaltknöpfe. Doch was machen wir mit unserem Geist?

Beispiele solcher Aussetzer, also hängender Programme, kennt wahrscheinlich jeder aus eigener Erfahrung, und die längerfristigen körperlichen Folgen der chronischen Überlastung des Geistes sind allenthalben zur Genüge erkennbar. Ein Beispiel einer endlosen Programmschleife war Herta, eine Frau mittleren Alters, die zu einem Ritam-Samations-Kurs in einer kleinen ländlichen Gemeinde in Deutschland erschien. Sie war bereits beim Informationsvortrag aufgefallen, da sie ständig unregelmässig und unkontrolliert mit dem Kopf zuckte. Dieses Problem habe sie schon seit ihrer Jugend, berichtete sie, und es sei gerade in letzter Zeit immer schlimmer geworden. Sie nahm an dem Kurs teil, und bereits nach ihrer ersten Samation, also nach der Unterweisung, waren ihre Zuckungen erheblich zurückgegangen. Noch im Laufe des Kurses erzählte sie, dass sie immer wieder von Bekannten angesprochen werde, die sie verwundert fragten, was sie denn mache, dass sich ihr Problem so enorm verbessert habe. Nach etwa einem Monat kam sie dann noch einmal, um sich ausdrücklich für die geradezu wunderbare Hilfe zu bedanken. Ein Zucken war bei ihr nicht mehr zu bemerken.

“Nur wenn ich sehr aufgeregt bin, kommt nochmal so etwas durch,” sagte sie, “doch das werde ich auch noch wegbekommen.”

Wieder eine Wunderheilung durch AyurVeda Ritam? Einen ähnlichen Eindruck hat sicherlich ein Computer-Neuling bei seinem ersten “Absturz”, wenn ein Profi kommt, den Computer durch eine magisch anmutende Tastenkombination neu bootet, und danach alles wieder wie reibungslos funktioniert. So vereinfachend diese Analogie ist und so viele Unzulänglichkeiten sie sicherlich hat, so kommt sie doch der Realität in vielen entscheidenden Punkten recht nahe, so dass sie es ermöglicht, eine ganze Reihe geistiger Prozesse besser zu verstehen. So ist auch unser Geist in zahlreichen Schleifen und Spiralen gefangen, und kann andererseits einige seiner Programme nicht oder zumindest nicht korrekt ausführen, weil wir ihn permanent auf der Ebene des bewussten Denkens festhalten und überfordern. Es gelingt ihm – und uns – nicht, ihn aus dieser Ebene loszulassen, ihn “herunterzufahren”, bzw. “neu zu booten”. Immer mal wieder mag dem einen oder anderen sporadisch für kürzere oder längere Augenblicke spontan ein solches “Abschalten” gelingen – was auch stets als überaus angenehm und erstrebenswert geschildert wird – doch im entscheidenden Augenblick fehlt uns die richtige “Tastenkombination”, um wieder Ordnung in unseren Programmsalat zu bringen.

An dieser Stelle versuchen nun Techniken und Methoden aller Art anzusetzen, um den Geist aus seiner bewussten Denkebene zu entlassen, ihm einen “Neustart” zu ermöglichen. Dabei werden alle möglichen Tricks und Kniffe eingesetzt. So versucht das bekannte Autogene Training beispielsweise, den Geist über eine körperliche Beeinflussung auszutricksen. Die zahlreichen Meditationstechniken setzen gezielt spezielle Musik, visuelle Effekte, bestimmte Texte, Zitate oder Refrains ein, um den Geist zu entspannen und dadurch zu einer Verbesserung des Problems zu führen. Manche versuchen, den Geist einfach auszuschalten, d. h. aufzuhören zu denken. Und die Psychologie geht mit ihrer

Psychoanalyse den ganz anderen Weg, sich rational die Blockaden bewusst zu machen und sie so zu neutralisieren. Dabei scheinen sich jedoch alle nicht darüber im Klaren zu sein, dass diese Techniken sich gerade auf die bewussten Funktionen des Geistes stützen, die ja überlastet sind und daher gar nicht fehlerfrei arbeiten. Ausserdem ist es ein Widerspruch in sich, den Geist aus der bewussten Denkebene befreien zu wollen, indem man ihn gerade auf dieser Ebene beschäftigt, durch Hören, Sehen, Rezitieren, Denken, Chanten, Analysieren oder Beeinflussen des Körpers. In unserer Computer-Analogie würde dem die Methode entsprechen, zu den bereits abgestürzten Programmen noch ein zusätzliches starten zu wollen, das die Sache wieder in Ordnung bringen soll. Es mag sein, dass diese Techniken bei normaler Funktion des Geistes eine gewisse Wirkung hätten, nicht jedoch, wenn er sowieso bereits überlastet ist. Davon abgesehen, dass diese Wirkung sicherlich nicht ein Abschalten wäre, sondern nur eine angenehmere Beschäftigung, aber eben doch der weitere Verbleib auf der bewussten Denkebene. Die Psychoanalyse verschlimmert dabei durch ihr Vorgehen die Situation sogar noch mehr, da sie – in unserer Analogie – immer wieder die Operation ausführen lässt, an der der Computer abgestürzt ist. Auf diese Weise verheddert er sich nur noch mehr, anstatt dass irgendeine Form der Besserung herbeigeführt würde. Ebenso wenig von Nutzen sind in der akuten Fehlfunktion alle Arten von Entspannungstechniken. Denn sie streben nicht das “Neu-Booten” an, sondern schliessen lediglich einige Programme. Das ist sicherlich ein sinnvoller und empfehlenswerter Schritt während der normalen Arbeitsweise. Ist das System jedoch erst einmal abgestürzt, läuft also irgendwo eine Endlos-Schleife oder ist ein Teil des Speichers überhaupt nicht mehr verfügbar, dann hilft nur das Herunterfahren und Neustarten. Das merkt man spätestens dann, wenn man mit dem Computer weiterarbeiten will und die alten Probleme sofort wieder da sind.

Wir sehen, dass offensichtlich sehr weitgehend die Funktionsweise des Geistes überhaupt nicht verstanden wird. Sonst kämen nicht solche nutzlosen oder gar widersinnigen Techniken auf den Markt. Leider haben sie es aber bereits geschafft, durch ihre endlosen Beschreibungen in den Medien und ihre marktüberschwemmende Stellung fast generell eine völlig falsche Vorstellung von den Zusammenhängen zu erzeugen.

So nahm beispielsweise Walter, ein älterer Herr um die 60, an einem Ritam-Samations-Kurs teil. Er hatte starke körperliche Probleme und litt aufgrund einer Knochenerkrankung fast permanent unter Schmerzen. Sein grösstes Problem war jedoch, dass er absolut nicht abschalten konnte. Er war ständig mit Grübeln, Nachdenken, Konstruieren, Philosophieren und ähnlichem beschäftigt und hatte sich so richtiggehend in eine Gedankenwelt voller Probleme hineinspiralisiert. Bereits nach seinen ersten Samationen während des Kurses hatte sich sein Gesichtsausdruck jedoch sichtlich verändert. Er wirkte längst nicht mehr so verkrampft, und einige tiefgefurchte Falten auf seiner Stirn hatten sich deutlich geglättet. Er selbst war sich dessen zwar nicht bewusst, bestätigte aber, dass er sich irgendwie ruhiger fühlte.

In den ersten Wochen nach dem Kurs meldete er sich dann mehrmals wöchentlich und klagte, dass er es einfach nicht schaffe, richtig zu meditieren. Auf die Frage, was er denn als richtig betrachte, beschrieb er sodann seine Vorstellungen, die er sich aus irgendwelchen Büchern oder Berichten angeeignet hatte. Als besonders schlimm empfand er, dass er regelmässig nach der Samation tief einschlief und zum Teil erst mehrere Stunden danach wieder aufwachte. Er wollte sich partout nicht davon überzeugen lassen, dass dies gerade ein Erfolg der Samation war, wo er doch normalerweise über Schlafprobleme geklagt hatte. Bei einigen persönlichen Treffen konnte ich selbst feststellen, dass er erheblich besser aussah als am Anfang, und in den Gesprächen zeigte sich auch eine viel grössere Gelassenheit. Darüber hinaus berichtete er selber, dass er in letzter Zeit weniger Schmerzmittel brauche. Doch von seinem "Misserfolg" mit der Samation war er nicht abzubringen, bis er sie nach einem Vierteljahr tatsächlich nicht mehr weiter praktizierte.

Hier haben wir ein bedauernswertes Opfer der Medien vor uns, bzw. von denjenigen, die ohne ausreichendes Wissen und vor allem ohne echte eigene Erfahrung von Dingen reden, von denen sie gar nichts verstehen. Natürlich ist es angenehm, sich mit geschlossenen Augen von einer sanften meditativen Musik berieseln zu lassen, dabei angenehme Räucherdüfte im Raum zu verbreiten und sich auf seine Atmung, den Solarplexus oder das dritte Auge zu konzentrieren, anstatt permanent um seine nichtigen Alltagssorgen zu kreisen. Doch das ist leider genauso oberflächlich wie wenn man bei einem Computer einige Programme schliesst und einen angenehmen Bildschirmschoner startet. Momentan fühlt sich das zwar nach einer enormen Erleichterung an, doch wenn man selbst nach stundenlangem Praktizieren dieser "Entspannungstechnik" versucht, mit dem Computer weiterzuarbeiten, merkt man, dass sich nichts verändert hat und das alte Problem sofort wieder da ist.

Es soll hier nichts gegen all die vielfältigen schönen und wohltuenden Entspannungsmethoden gesagt werden. Sie sind in unserem hektischen Alltag sicherlich wichtig und nützlich. Doch es muss jedem klar werden, dass sie nichts mit wirklichem Abschalten, mit echter Meditation, mit *Samation* zu tun haben. Eine entspannende Beschäftigung und Tiefenentspannung sind eben zwei völlig verschiedene Dinge, so wie das Sich-Nass-Machen an einem See und das völlige Eintauchen zwei vollständig andere Erfahrungen sind, die vor allem ganz andere Wirkungen nach sich ziehen.

Dabei sind "Meditation" und "Samation" von ihrer Wortbedeutung her recht ähnlich. So kommt das erste vom lateinischen Wort für "Mitte", das zweite vom Sanskrit-Wort für "zusammen". Doch das, was heute darunter verstanden und praktiziert wird, liegt leider auf zwei völlig verschiedenen Ebenen. So bestehen die sogenannten Meditationstechniken darin, den Inhalt der geistigen Aktivität von den normalen Alltagsinhalten wegzuziehen oder abzulenken und auf andere, angenehmere oder wesentlichere Inhalte – zur Mitte – hin zu orientieren. Die Samation dagegen bringt den Geist selbst, nicht nur seinen Inhalt, aus seiner normalen Alltagsfunktionsweise in den Bereich geringerer geistiger Aktivität bis hin zu seiner absoluten Ruhe. Dieser Unterschied wird in unserer Computer-Analogie wahrscheinlich noch deutlicher. Hier bleibt bei der "Meditation" der Computer in normalem Betrieb, es werden nur statt der üblichen Programme schönere und angenehmere geöffnet. Bei der "Samation" hingegen wird der Computer selbst, d. h. sein Zentralprozessor, sein Arbeitsspeicher etc. heruntergefahren, um dann von Grund auf neu starten zu können.

Um es nochmals zu wiederholen: Dies soll keine Abwertung von Meditations- und Entspannungstechniken aller Art sein – allerdings nur, wenn es um die Entspannung und die Beschäftigung des Geistes mit angenehmeren Inhalten geht. Um den Geist wirklich abzuschalten und die damit verbundenen Reinigungs- und Regenerationsprozesse in

Gang zu setzen, dafür sind diese Methoden nicht geeignet. Dazu muss eine andere Ebene, eine andere Dimension ins Spiel gebracht werden, deren Erfahrung uns im Alltag gänzlich verloren gegangen ist. Einige Mystiker und spirituelle Sucher aus den verschiedensten Kulturen, die dieser Suche ihr ganzes Leben widmeten, schafften es irgendwann, zu der besagten Ebene vorzudringen, und konnten sogar zum Teil diesen Erfolg willentlich reproduzieren. Doch selbst bei vielen von ihnen blieb es bei einigen wenigen punktuellen Erfahrungen, die sie für den Rest ihres Lebens zu wiederholen versuchten. Trotzdem genügten diese wenigen Momente, um ihr Leben, ja ihr gesamtes Wesen, tiefgreifend zu verändern. Was kann man also erst erwarten, wenn man dem Geist regelmässig den Zugang zu dieser Ebene ermöglicht!

Vor längerer Zeit rief Thomas, ein junger Student, an und fragte nach dem nächsten Samations-Kurs. Er habe bereits einige Bücher über Meditation gelesen, habe auch nach diesen Büchern schon etliches selbst ausprobiert, doch jetzt wolle er wirklich das Meditieren erlernen. Er erschien dann zum Kurs, machte alles ordnungsgemäss mit, verhielt sich jedoch recht einsilbig und gab auch keine weiteren Kommentare zu seinen Erfahrungen ab. Nach gut einem Jahr meldete er sich wieder und erzählte jetzt etwas mehr über sich.

“Ich war ganz schön enttäuscht über die Samation. Nach der Unterweisung fuhr ich nach Hause und ärgerte mich regelrecht über mich. Ich weiss noch genau, wie ich immer wieder zu mir sagte, dass ihr mich ganz schön rangekriegt habt. Die Erfahrungen, die ich bei dem Kurs hatte, waren nicht besser oder anders als die bei meinen Selbstversuchen aus den Büchern. Und so billig war der Kurs ja nun nicht gerade. Doch dann beschloss ich, das Ganze einfach mal regelmässig zu machen und quasi einer naturwissenschaftlichen Überprüfung zu unterziehen. Nach so einer kurzen Erfahrung wollte ich noch kein endgültiges Urteil fällen. Das wäre unwissenschaftlich gewesen.

Ja, und jetzt vor zwei Wochen hatte ich meine zweite Vordiplomsprüfung. Die erste hatte ich damals kurz vor dem Kurs. Das war für mich ein willkommener Test. Und tatsächlich – die beiden Prüfungen verliefen total verschieden. Nicht von den Ergebnissen her, sondern von meinem Gefühl und meinem Zustand. Ich war dieses Mal so 'was von sicher und hatte nicht den Anflug von feuchten Händen. Das letzte Mal dagegen brauchte ich extra mehrere Taschentücher für meine Hände! Und schon während der Prüfungsvorbereitung hatte ich eine interessante Erfahrung: Dreimal bekam ich nämlich einen regelrechten Panikanfall, weil die Zeit mir ausging und ich sah, dass ich niemals mehr alles würde schaffen können. Doch ich setzte mich dann einfach hin und samierte, und danach war ich wieder die Ruhe selbst und konnte noch einige Stunden produktiv und effektiv lernen."

Auf die Frage, wie es ihm sonst so ergangen sei in diesem Jahr, erzählte er weiter:

"Eigentlich ganz gut. Vor einem dreiviertel Jahr habe ich meine Ernährung umgestellt, und das tut mir sehr gut."

"Wie kam das? Und wie ernährst du dich jetzt?"

"Na ja, das war eigentlich ein Zufall. Ich bekam ein Buch in die Hand, bei dem ich in dem Kapitel über Ernährung hängen blieb. Was ich da las, schockierte mich dermassen, dass ich sofort beschloss, alles Mögliche zu ändern. Das Witzige ist, dass ich jeden Tag ein Stück weiter las und daraufhin meine Ernährung jeden Tag weiter über den Haufen schmiss. Zuerst liess ich das Fleisch weg, dann Eier, dann Milchprodukte. Bis dahin ging ich noch in die Mensa. Als ich dann aber das Kapitel über Kochen und Gewürze las, setzte ich ab dem nächsten Tag keinen Fuss mehr da hinein. Es war wie eine abenteuerliche Odyssee. Ich musste mir ja auch erst mal klar werden, was ich überhaupt noch essen konnte und wo ich das herbekommen sollte. Nach vierzehn Tagen war ich jedenfalls veganer Rohköstler, und in der Zeit danach erforschte und entdeckte ich erst richtig die Welt des Essens. Ja, es tat sich wirklich eine völlig neue Welt für mich auf, eine Welt der Fülle, der unendlichen Vielfalt und der fantastischen körperlichen Erfahrungen. Allerdings fand ich im Laufe der Zeit auch ein paar Dinge heraus, die in dem Buch nicht richtig beschrieben oder erklärt wurden und die mir dann auch einige Schwierigkeiten bereiteten. Doch jetzt bin ich stabil, und es geht mir hervorragend."

Dieses Beispiel ist hier absichtlich ein bisschen ausführlicher geschildert, da es mehrere Dinge auf eindrucksvolle Weise zeigt. So hatte auch Thomas Bücher gelesen und hatte bereits vor dem Kurs eine Vorstellung über Meditation und wie sich das anfühlen müsste. Deshalb war er nach dem Kurs auch ent-"täuscht" – zu Recht, denn seine Täuschung, die er selbst verursacht hatte, war weg. Doch machte er zum Glück nicht denselben Fehler wie Walter, der seine Enttäuschung auf die Samation projizierte und meinte, sie sei wirkungslos. Thomas liess in seinem Bewusstsein die Möglichkeit zu, dass er selbst sich geirrt hatte und dass eine andere Erfahrung möglich sein könnte. So blieb er dabei und erfuhr nach einiger Zeit sehr positive Auswirkungen. Dabei war jedoch auch seine Perspektive – wie bei den meisten Menschen – vorgeprägt. Denn er betrachtete sein verändertes Verhalten bei der Prüfung als die epochale Wirkung der Samation, während er seine Ernährungsumstellung gar nicht mit ihr in Zusammenhang brachte. Das lag wahrscheinlich daran, dass seine erste Prüfung wohl mit ein Anlass für ihn war, den Kurs überhaupt zu machen. Die Sache mit der Ernährung war dagegen zuvor noch keine Thema für ihn gewesen, und doch schaffte er innerhalb weniger Wochen eine totale Kehrtwendung, wie sie drastischer wohl nicht möglich wäre, und das ohne nennenswerte Probleme. Er fand sogar noch Fehler in dem Ernährungsbuch heraus und konnte sie für sich korrigieren. Hätte er sich allerdings von den vorgeformten Bildern aus seinen Büchern beeinflussen lassen und mit der Samation wieder aufgehört, dann wäre ihm das alles nicht zuteil geworden. Walter und alle anderen, die ähnlich wie er entschieden haben, wissen daher gar nicht – ja ahnen nicht einmal – welche Entwicklung sie für sich abgebrochen haben.

Das entscheidende Kriterium für die Beurteilung der Samation ist somit nicht die subjektive Erfahrung während der Ausübung, sondern die Wirkung danach, die meist sogar objektiv feststellbar ist. Das ist wiederum wie beim Computer, bei dem der Neustart dann als erfolgreich gewertet wird, wenn danach alles wieder anstandslos funktioniert, auch wenn er beim Herunter- und Wieder-Herauffahren selbst besorgniserregend rattert, klickert und blinkt.

Ebenso verhält es sich bei der Ritam-Samation, genauer gesagt: bei ihrem ersten Teil, dem *Samarina*. Denn wenn unser Geist aus seiner Gefangenschaft auf der bewussten Denkebene befreit wird und er endlich dahin strebt, wohin er schon seit undenklichen Zeiten möchte, nämlich zur absoluten anregungslosen Ruhe seines Grundzustandes, dann wird er feststellen, dass das doch nicht ganz so einfach ist. Immerhin haben sich in den Schichten unterhalb des normalen Alltags-Bewusstseins enorme Berge von Gedankenmüll, Gefühlsschrott und Informationsabfall angesammelt, die diese Bereiche für uns so unzugänglich machen, dass die Psychologie sogar von "Unterbewusstsein" spricht. Auf seinem Weg zum Urgrund wird der Geist also mit all diesen Eindrücken und Ablagerungen konfrontiert, was eine gehörige Dynamik auslöst, die sich auch auf der bewussten Ebene bemerkbar macht, sei es durch gedankliche, gefühlsmässige oder körperliche Vorgänge. Das ist der Grund, warum man oftmals bei der Ausübung von Samarina subjektiv gar nicht die tiefe entspannende Ruhe empfindet, die immer als charakteristisch beschrieben wird. Das ist jedoch andererseits der unschätzbar wertvolle Prozess, der bei regelmässiger Ausübung unser Bewusstsein aufräumt und uns von all den Altlasten befreit, die uns immer wieder in den unmöglichsten Situationen psychisch in die Quere schiessen. Dort sind nämlich die Ursachen zu finden, warum wir beispielsweise immer wieder auf die gleiche Art von Bemerkung hin patzig reagieren oder depressiv werden, warum wir immer wieder in der gleichen Art von Situation Angstzustände bekommen oder an bestimmte Kindheitserlebnisse erinnert werden, oder warum wir zu gewissen Typen von Menschen einen guten Draht haben, mit anderen hingegen auf keinen grünen Zweig kommen. Insgesamt ist das der Bereich, der uns unbewusst steuert, konditioniert und damit unfrei macht. Wenn der endlich ausgemistet wird, dann bedeutet das eine enorme Entlastung und Befreiung, geradezu ein neues Aufleben, bei dem man sich erst richtig kennen lernt und endlich so wird, wie man wirklich ist – nicht, wozu man bisher von den unbewussten Altlasten manipuliert wurde.

Im Prinzip ist das das gleiche Ziel, das auch die Psychoanalyse anstrebt. Doch leider geht sie auf die völlig verkehrte Weise vor. Sie holt die alten Ablagerungen aus dem Unterbewusstsein ins Bewusstsein hoch und setzt sich dort nochmals bewusst mit ihnen auseinander. Dadurch wird jedoch in den meisten Fällen derselbe Eindruck nochmals erzeugt und somit intensiviert, anstatt vermindert. Wenn jemand beispielsweise einen unverarbeiteten Schock mit sich herumschleppt, dann verschwindet dieser doch nicht, indem man ihn nochmals durchlebt. Das Gegenteil ist vielmehr der Fall, ganz abgesehen davon, dass das bewusste Beschäftigen mit den alten Problemen meist auch noch die Gegenwart trübt und durcheinander bringt. Wie viele Eltern-Kind- oder

Partnerbeziehungen gingen erst wirklich in die Hose, als sich die Betroffenen nochmal so richtig bewusst machten, was da in der Vergangenheit eigentlich abgelaufen war!

Deshalb sollten wir auch und gerade hier lieber auf die natürlichen Mechanismen unseres Geist-Körper-Systems vertrauen, die ganz sanft, Bröckchen für Bröckchen, die alten Ablagerungen aus uns herausspülen, ohne dass wir uns dessen konkret bewusst sind. Erst wenn sie weg sind, merkt man, dass sich etwas verändert hat – wie Thomas, der erst eine neue Prüfungssituation brauchte, um zu merken, dass seine Prüfungsangst verschwunden war. Wie und wann sie tatsächlich verschwand und was eigentlich die Ursache für sie war, bekam er dagegen überhaupt nicht mit. Die gewisse Turbulenz, die wir oben als Begleiterscheinung der Reinigungsreaktionen beschrieben haben, hat nämlich nichts direkt mit dem Eindruck zu tun, an dem der Geist gerade arbeitet. Sie äussert sich vielmehr einfach in kurzzeitig verstärkter Gedankentätigkeit oder Geräuschempfindlichkeit mit banalem Inhalt.

Zwischen diesen ganzen Aufräumarbeiten erreicht unser Geist aber trotzdem sehr wohl sein Ziel, die Ur-Stille an seinem Ursprung, doch manchmal nur für ganz kurze Augenblicke, die nichtsdestotrotz eine solch intensive und nachhaltige Wirkung haben, dass man es kaum beschreiben kann. In diesen Augenblicken berührt er nämlich eine andere Ebene, geht in eine andere Dimension über und nimmt Kontakt mit der Matrix auf, mit jenem globalen unendlich-dimensionalen Informations- und Strukturfeld, das wir in Kapitel 7 noch kennen lernen werden. Gleichzeitig ist er dort in seinem Zustand der geringsten Anregung und vollführt in Bruchteilen von Sekunden Reparatur-, Regenerations- und Entwicklungsoperationen an Körper und Geist, die ihm im normalen Alltagsbewusstseinszustand nicht möglich sind. An dieser Stelle liegt der Zugang zu sogenannten Wunderheilungen, zur Herstellung des globalen Gleichgewichts von Körper, Geist und Umfeld, zur wahren Gesundheit. Wir sehen jedoch leider, dass in unserem momentanen Zustand der Zugang zu dieser Ebene weitgehend verschüttet ist. Das erklärt auch, warum sich die meisten Menschen nicht einmal mehr an sie erinnern oder sich zumindest sehr schwer tun, zu ihr vorzustossen. Wir können eben nicht erwarten, dass sie uns sofort vollständig zur Verfügung steht. Zuerst müssen wir unser Bewusstsein entrümpeln, und zwar in regelmässiger intensiver Kleinarbeit. Hier ist unser Geist aber glücklicherweise dem mechanischen Computer weit überlegen. Denn dieser schaltet beim Neu-Booten einfach ab, leert seinen Arbeitsspeicher und fährt dann von Null aus wieder hoch. Irgendwelche fehlgespeicherten Datenbrocken auf der Festplatte oder gar Programmierfehler des Betriebssystems werden dabei nicht berührt. Unser Geist dagegen arbeitet wie eine Flaschenbürste und reinigt bei jedem Herunterfahren und Herauffahren ein Stückchen mehr von den angesammelten Altlasten, wodurch sogar immer grössere Bereiche unserem Bewusstsein zugänglich und verfügbar werden. Er bewirkt also im wahrsten Sinne des Wortes eine Bewusstseinserweiterung und erhöht auf diese Weise seinen eigenen Spielraum beträchtlich. Gleichzeitig wird er selbst durch seinen Kontakt mit der Ebene der Matrix einer Neu-Orientierung unterzogen, die seinen gesamten Programmaufbau langsam aber sicher in Einklang mit den in der Matrix strukturierten Naturgesetzen bringt. Doch dazu ist – wie bei der Flaschenbürste – das regelmässige Praktizieren von Samarina, dem ersten Teil der Ritam-Samation, nötig.

Die Aufgabe des Geistes besteht eigentlich darin – von seinen ganzen Alltagspflichten einmal abgesehen – uns dabei zu helfen, unserer Bestimmung zu folgen, unser Ziel zu finden und zu erreichen. Aus diesem Grund ist er stets auf der Suche, greift neue Ideen, neue Impulse, neue Entwicklungen sofort auf und will generell mehr, mehr, mehr ... So sind der heutige Fortschritt in Technik und Wissenschaft, aber auch die Informations- und Unterhaltungsflut in den Medien eine direkte Folge dieser ureigenen Tendenz des Geistes. Leider liegt all das jedoch auf der falschen Ebene, so dass der Geist nicht fündig und damit nicht zufriedener, sondern im Gegenteil immer noch rastloser wird. Mittlerweile ist es sogar so, dass sich die Tätigkeit unseres Geistes fast schon in das Gegenteil seiner eigentlichen Aufgabe pervertiert hat. So sucht er in völlig falschen Richtungen, die uns mehr schaden als nützen, und hat sich dabei zum unumschränkten Beherrscher der seelischen und körperlichen Funktionen aufgeschwungen. Er ist es, der bestimmt, was gut und was schlecht ist, während unser Gefühl und unsere körperlichen Impulse da kaum noch etwas zu sagen haben. Wir haben ja bereits gesehen, wie seine Vorstellungen von Gesundheit, von Alterung, von richtiger Ernährung, ja überhaupt von der korrekten Handhabung unseres Körpers allbestimmend geworden sind. Dadurch ist der Mensch das einzige Lebewesen auf der Erde, das nach dem Kopf isst und trinkt, sich nach dem Kopf bewegt, Bücher braucht, um zu wissen, wie man richtig Sex macht, sich nicht ausruht, wenn er müde ist, sondern aufputschende Drogen zu sich nimmt, sein eigenes Nest mit Giftstoffen beschmutzt und seine Atemluft absichtlich mit giftigem Rauch anreichert. All das macht er allerdings nicht zu seiner Verbesserung, sondern zu seinem Nachteil. Er macht sich systematisch krank und alt und sägt gleichzeitig auch sämtliche verfügbaren Äste der Natur mit ab. Ein deutlicheres Bild von der völligen Verwirrung, Überlastung und Fehlorientierung unseres Geistes kann nur noch ein Blick in die Realität unserer zivilisierten Gesellschaften zeichnen. Dabei ist die Selbstprogrammierung dermassen stark, dass unser Geist nach wie vor davon überzeugt ist, alles habe im Wesentlichen seine Richtigkeit. So suchen die Menschen zwar nach Entspannungs- oder Meditationstechniken, nicht jedoch um ihren Geist endlich zum Kapitulieren und zu einem Neubeginn zu bringen, sondern um ihn in den von ihm selbst festgelegten Werten und Disziplinen noch weiter zu stärken und zu fördern oder um ihren Körper in noch selbstzerstörerischer Weise überfordern zu können. Dazuhin benutzen sie Hypnose- und Selbst-Programmierungstechniken, um ihrem sowieso schon fehlgesteuerten Geist noch zusätzlich die von ihm ersonnenen Muster aufzuprägen.

Wie konnte das alles so weit kommen? Und vor allem: Wie kommen wir da wieder heraus? Nun, wir haben bereits gesehen, dass ein wesentliches Element des Problems die Überlastung unseres Geistes ist. Bereits im Kleinkindalter und zum Teil noch früher wird er mit Erlebnissen und Erfahrungen konfrontiert, die er nicht verdauen kann und als Eindrücke abspeichert – positive wie negative. Dazu kommt die Überflutung mit Reizen und Informationen, für deren Verarbeitung der normale Schlaf nicht mehr ausreicht und die somit mit zu dem Berg von Ablagerungen hinzu kommen. Auf diese Weise entsteht ein richtiggehender Teufelskreis. Denn je mehr unser Bewusstsein von solchen Eindrücken belegt ist, desto mehr werden Geist und auch Körper in ihrer normalen Funktion beeinträchtigt. So wird der Schlaf immer schlechter, kann also geistig immer weniger verarbeiten, und der Körper liefert nicht mehr die nötige physiologische Grundlage, sondern durch seine eigenen Fehlfunktionen sogar noch zusätzliche Belastungen für den Geist. Dies führt schliesslich unweigerlich zum Absturz, der sich bei jedem an einer anderen Stelle äussert. Doch im Unterschied zum Computer bleibt das System dabei in den seltensten Fällen einfach stehen. Es funktioniert weiter, aber eben nur noch mit einem Bruchteil seiner Ressourcen, oder mit mehr oder weniger offenkundigen Macken. Bei Herta war die Macke für jeden offensichtlich, und deswegen suchte sie auch nach Hilfe. Doch wie viele Menschen laufen mit ähnlichen oder noch schwerwiegenderen Macken herum, die jedoch nicht so sichtbar sind, und kommen gar nicht auf die Idee, Hilfe zu brauchen und zu suchen!

Hier gesellt sich nun noch ein zweiter Faktor zu dem Problem hinzu, und zwar unsere innere Programmierung, in unserer Computer-Analogie: unser Betriebssystem. An diesem Grundprogramm haben viele Generationen und Existenzen, unzählige menschliche Begegnungen, Meinungen, Bilder, Bücher, Filme, Erfahrungen, Wünsche, Ideale, ja eigentlich alles mitgewirkt, was auf irgendeine Weise Eingang in unser Bewusstsein gefunden hat. Deshalb basiert es auf so vielen im Grunde sich widersprechenden Elementen, dass es in sich selbst hochgradig widersprüchlich und schwer durchschaubar ist. In den meisten Fällen ist es heutzutage sogar selbstzerstörerisch geworden. In dieses Betriebssystem haben wir programmiert, was normal für uns ist, was richtig ist oder falsch. Und unser System arbeitet so präzise, dass dies alles auch exakt umgesetzt wird. So ist es beispielsweise "normal", dass es ab Mitte 30 bergab geht, dass wir ab 40 Stammkunden beim Arzt sind, ab 50 Operationen über uns ergehen lassen müssen und ab 60 beginnen zu sterben. Ebenso "normal" ist es, dass die körperliche Leistungsfähigkeit, Kraft, Beweglichkeit und Fitness mit zunehmendem Alter abnehmen und auch der Geist gehörig abbaut. "Unnormal" ist es dagegen, zu meinen, durch anderes Verhalten könne man an diesen Tatsachen grundlegend etwas verändern. Und sicherlich ist es "falsch", sich ohne Fleisch ernähren zu wollen, denn dann fehlen ja viele notwendige Stoffe. Diese Programmierung ist so stark, dass der Geist tatsächlich sogar Nachrichten und Informationen ihr gemäss ausfiltert. Alles, was das Programm bestätigt, ist eine Bestärkung, und alles, was ihm widerspricht, hat er eben nicht gehört. Ist die "Anti"-Information allerdings zu stark, um sie einfach übersehen zu können, dann wird sie sogar häufig mit einem Feindbild belegt, nur um das eigene Grundprogramm zu schützen. Wie oft mussten aus diesem Grund in der Geschichte der Menschheit wirkliche Neuerer zuerst auf dem Scheiterhaufen sterben, bevor ihre Erkenntnisse dann als richtig und bahnbrechend auf ihre Denkmäler geschrieben wurden!

Hier sind wir wieder an dem Ausgangspunkt unserer Erkundung angelangt, jedoch unter einem völlig anderen Blickwinkel. Denn hier stellt sich die Frage, ob wir Antworten auf unsere Suche, Hinweise auf die wahre Gesundheit und den Weg dorthin wirklich als solche erkennen und akzeptieren würden, oder ob wir sie unter irgendwelchen Alibis wegdiskutieren und verneinen würden, nur um unser Betriebssystem nicht zu gefährden. Denn es kann nicht anders sein, als dass die Antworten, die wir suchen, unserem Grundprogramm widersprechen werden. Sonst würden wir mit unserer Programmierung ja die wahre Gesundheit erreichen und hätten es gar nicht nötig, nach ihr zu suchen. Bei der Frage nach der richtigen Ernährung, insbesondere der Problematik von Fleisch, Fisch, Eiern, Pilzen und Algen haben wir bereits erkannt, wie tiefsitzend und unerbittlich wir durch unser bisheriges Fehlverhalten geprägt sind und an ihm festhalten wollen, koste es, was es wolle. Es muss uns daher klar werden, dass wir unter der akuten Gefahr stehen, unsere Entwicklung unserem jetzigen Betriebssystem zu opfern. Ja wir hindern uns auf diese Weise sogar daran zu erfahren, was eigentlich noch vor uns liegt, was möglich und erreichbar wäre.

Wie absurd diese Haltung ist, vermag vielleicht eine kleine – wenn auch nicht ganz realistische – Analogie zu verdeutlichen. Nehmen wir für einen Moment an, die allgemein übliche Interpretation der Lebenserwartung sei tatsächlich richtig – im Gegensatz zu dem, was wir in Kapitel 3 herausgefunden haben –, dass die Menschen also wirklich nur das errechnete Alter erreichen. Nehmen wir weiter an, wir befänden uns in einer fernen Steinzeitzivilisation, in der die durchschnittliche Lebenserwartung nur 13 Jahre beträgt, wo die Menschen also alle mit 13 sterben. Für diese Menschen ist somit die Pubertät der höchste Entwicklungszustand, mehr gibt es für sie nicht. Wenn nun jemand käme, der ihnen erzählen würde, dass es in Wirklichkeit ganz anders ist, dass der Mensch 60 oder 70 Jahre alt werden und sich viel weiter entwickeln kann, und ihnen auch sagen würde, wie das zu erreichen wäre, würden sie ihm glauben und seine Information umsetzen? Oder würden sie ihn vielleicht eher verlachen und verjagen, weil seine Aussagen in völligem Widerspruch zu ihrem Grundprogramm stehen?

Würden nicht auch wir heute jeden für verrückt erklären, der behauptet, dass der Mensch mehrere Hundert Jahre oder noch länger leben könne, und das bei bester Gesundheit und geistiger Klarheit, dass ihm sogar natürlicherweise Fähigkeiten zu eigen seien, die wir höchstens für Religionsgründer gelten lassen, und auch da erst, wenn wir sie ans Kreuz genagelt haben? Dabei ist unser Geist aber gleichzeitig auf der Suche nach mehr, nach einem Ausweg aus unseren beengenden Unzulänglichkeiten, und müsste jeden solchen Hinweis mit Freude aufnehmen und sofort umsetzen oder zumindest einer Prüfung unterziehen. Doch dazu ist er nicht mehr fähig, solange er unter dem Einfluss seiner extremen Ver-Programmierung steht und sich gleichzeitig durch seine selbsterzeugte Überlastung kurz vor dem Zusammenbruch befindet. Dabei gibt es immer wieder beeindruckende Beispiele, die zeigen, was alles möglich ist, wenn wir uns nur ein wenig von unserer Grundprogrammierung lösen und für den ordnenden Einfluss der Naturgesetze öffnen. So war es beispielsweise für Klaus die Rettung, dass er seinen Geist voll auf die Bewegung, das Laufen, den Marathon programmiert hatte. Dadurch war sein Fokus auf Fitness, Leistung, körperliche Verbesserung gesetzt, und nicht auf Krankheit, Leiden, Medizin etc. Die Folge haben wir gesehen: Der Körper eliminierte die Krankheit und erreichte eine ungeahnte Kraft und Ausdauer.

Ich erinnere mich in diesem Zusammenhang an ein Gespräch mit Samuk Deda, das mir sehr stark im Bewusstsein verankert geblieben ist. Wir sassen damals vor seinem kleinen Häuschen auf einem Berg im Balkan. Es war ein warmer sonniger Sommertag, und Samuks Kinder spielten alle auf der Wiese vor dem Haus. Sein zweitältester Sohn G. führte mit seinen kleineren Geschwistern eine Trainingsstunde durch und machte ihnen gerade einen Handstandüberschlag aus dem Stand vor. Es war beeindruckend, seinen ebenmässigen muskulösen Körper in der Sonne glänzen zu sehen.

Da sagte Samuk wohl mehr zu sich selber als zu mir:

“Kaum vorstellbar, dass G. Kinderlähmung hatte!”

Ich glaubte, nicht richtig gehört zu haben. Und wie um diese Aussage ad absurdum zu führen, vollführte G. gerade in diesem Augenblick einen bravourösen Salto rückwärts aus dem Stand.

"Habe ich richtig gehört? Polio?"

"Ja, das war schlimm! Vier Wochen wich der Kleine keinen Millimeter von mir. Er wollte nur Hautkontakt, nichts als Hautkontakt ... und schwitzte unglaubliche Mengen. Ich machte die ganze Zeit nichts anderes als Schlafen und Samation mit ihm an meiner Brust."

"Und die Folgen?"

"Keine, siehst du ja! Bis vor einigen Jahren war er empfindlich gegen zu grosse psychische Belastung. Er bekam dann leicht Kopfweh, und bei grossem Stress versagten ihm hin und wieder die Beine. Aber das ist jetzt alles weg."

"Woher wusstest du, was du tun musstest?"

"Sein Körper wusste es. Ich habe nur gefolgt, und durch die Samation habe ich Ordnung in der Atmosphäre geschaffen."

"Warum hattest du ihn nicht impfen lassen?"

"Das fragst du?"

Er schaute mich erstaunt an und hielt mir dann einen langen Vortrag über das Impfen, den er mit den Worten schloss:

"Das Impfen ist eine enorme Belastung für das Immunsystem und macht meistens mehr kaputt als es hilft, besonders bei kleinen Kindern. Vor allem die Konservierungsstoffe für die Impfmittel sind geradezu Nervengifte, die bei vielen Kindern das geistige Entwicklungspotential enorm beschneiden und auch zu ernsthaften Lern- und Konzentrationsstörungen führen. Du weisst, welche geistigen Fähigkeiten G. heute hat. Die hätte er wohl kaum, wenn er als Kind geimpft worden wäre."

"Wäre das nicht ein neuer Therapieansatz für Polio, den man veröffentlichen müsste?" fragte ich ihn schliesslich.

"Thomas, vergiss nicht, dass wir uns schon seit Jahrzehnten im Einklang mit den Naturgesetzen und dem Wissen verhalten. Nur deswegen hatte sein Körper die Kraft und sein Geist die Fähigkeit, diesen Virus zu besiegen. Das ist der eigentliche Therapieansatz. Bevor der nicht verwirklicht ist, ist alles andere nur eine Gefahr. Man kann nicht die zwanzigste Stufe einer Leiter vor der ersten besteigen."

Er hatte Recht. Und da die erste Stufe offenbar für die meisten die schwierigste ist, erklären sie stattdessen die ganze Leiter für eine unrealistische Einbildung.

Damit sind wir wieder bei unserer Grundprogrammierung und haben noch von einem weiteren Bestandteil erfahren, über den ähnlich erbitterte Glaubenskriege geführt werden wie über das Fleischessen: die Impfung. Obwohl bis auf wenige Ausnahmen durch keine Impfstatistik der immer wieder dargestellte grosse Erfolg von flächendeckenden Schutzimpfungen bestätigt wird, ja viele Statistiken ihn sogar widerlegen, und obwohl immer mehr Fälle von Impfschäden aufgedeckt werden, sowie die Zahl der erklärten Impfgegner ständig wächst, ist die Impfung doch für die meisten ein unverzichtbarer Grundbestandteil unseres Gesundheitssystems, an dem unter keinen Umständen gerüttelt werden darf.

Wir haben hier das Beispiel eines Bewusstseins-Virus vor uns, wie es sie in grosser Zahl in unserem Grundprogramm gibt. Diese Viren breiten sich wie in der Computer-Welt epidemieartig von Bewusstsein zu Bewusstsein aus und setzen sich überall meist unbewusst fest. Unsere gesamte Gesellschaft lebt sogar von solchen Bewusstseins-Viren, denn sie sind es letztlich, die Kaufverhalten, Wahlentscheidung oder ähnliche Handlungsweisen bestimmen. Im Grunde genommen sind wir schon gar nicht mehr wir selbst, sondern unser Geist führt Programmbefehle aus, die wir selber gar nicht wollen, die wir auch nicht programmiert haben, die jedoch in Form eines Virus Fuss gefasst haben und geradezu bis zur Selbstzerstörung jedem Versuch einer Umprogrammierung standhalten. Man sieht dies beispielsweise deutlich an Magersüchtigen, die sogar bei bereits gefährlichem Untergewicht noch auf Abnehmen programmiert sind und sich so buchstäblich zu Tode hungern. Doch auf solche Extrembeispiele muss man gar nicht zurückgreifen: Wie viele Menschen wollen abnehmen oder ihre Ernährung ändern und schaffen es nicht, weil andere Elemente ihres Grundprogramms dem zuwider laufen! Wie viele möchten mit dem Trinken oder Rauchen aufhören und schaffen es nicht, obwohl sie genau wissen, was das für ihre Gesundheit bedeutet! Wie viele Neujahres- oder Geburtstagsvorsätze rühren von solchen Erkenntnissen her, die jedoch dann meist bei den ersten Umsetzungsversuchen kläglich scheitern!

Und noch ein Beispiel: Wie viele Kinder mögen heute die Erdbeeren aus dem eigenen Garten nicht mehr, weil sie nicht so schmecken wie sie es von ihrem Lieblings-Fruchtjoghurt her kennen! Wir sehen, wie verschiedenartig diese Bewusstseins-Viren und die zugehörigen Fehlprogrammierungen sein können. Eins haben sie jedoch alle gemeinsam: Sie sind nicht im Einklang mit den Naturgesetzen und manipulieren uns in eben diese Richtung.

Nachdem wir jetzt in aller Deutlichkeit beleuchtet haben, wo die Ursachen und Mechanismen der kolossalen Verirrung unseres Geistes liegen, wollen wir uns nun konkret der Abhilfe zuwenden, dem Ausweg aus diesen Teufelskreisen. Unsere Analogie mit dem Computer kann uns dabei bis zu einem gewissen Grad wertvolle Fingerzeige liefern. So haben wir bereits gesehen, dass es als erstes notwendig ist, den Computer neu zu booten, bzw. den Geist aus der bewussten Denkebene auf die Ebene der absoluten Ruhe zu entlassen. Das ist tatsächlich auch nur ein Entlassen, ein Loslassen, denn der Geist ist ja von Natur aus auf der Suche nach mehr, nach Grösserem, nach Erfüllenderem. Daher braucht er nicht auf die Ebene seines Ursprungs gelockt oder gedrängt zu werden, er geht dort freiwillig ganz von alleine hin – wenn er aus der Ebene seiner bewussten Alltagsaktivität entlassen wird. Dieses Loslassen ist der Schlüssel, und wir haben bereits gesehen, dass hier fast alle Ansätze scheitern. In ihrem ersten Teil, dem Samarina, benutzt die Ritam-Samation dafür spezielle Wortklänge, die individuell auf den momentanen körperlich-geistigen Zustand jedes einzelnen abgestimmt werden. Auf diese Weise bekommt jeder einen seiner gegenwärtigen Konstitution entsprechenden Schlüssel, der den Geist aus seiner bewussten Denkebene entlässt und ihm hilft, in die Versenkung zu gehen.

Was bei diesem Prozess geschieht, haben wir bildlich bereits beschrieben. Doch auch die objektiven Methoden der experimentellen Psychologie haben in den letzten Jahrzehnten beeindruckende Feststellungen zu diesem Thema gemacht. Allen voran sind hier die bahnbrechenden Arbeiten von Prof. Jacobo Grinberg zu nennen, der leider 1994 auf mysteriöse und bisher ungeklärte Weise spurlos verschwand. Er hatte in aufwendigen und grossangelegten Messreihen gezeigt, dass sich die Gehirnwellen im meditativen Zustand deutlich von denen im normalen Wachzustand unterscheiden. Sie sind kohärenter, geordneter, harmonischer. Andere Schwingungsmuster treten auf und andere Frequenzen sind beteiligt. Dabei wies er eindeutig nach, dass diese Veränderungen rascher und ausgeprägter auftreten, je mehr Erfahrung die betreffende Person mit den meditativen Zuständen hat. Das bedeutet mit anderen Worten: Je länger jemand regelmässig die Ritam-Samation ausübt, desto intensiver sind die Wirkungen, was genau der subjektiven Erfahrung entspricht, die wir zuvor durch das Bild der Flaschenbürste beschrieben haben. Immer mehr Ablagerungen und Hindernisse werden aufgelöst, und der Weg nach innen wird breiter und leichter. Physiologisch gesehen zeigt sich das durch Umstrukturierungen im Gehirn, die eine andere Funktionsweise mit veränderten Hirnwellenmustern begünstigen. Darüber hinaus stellten Prof. Grinberg und seine Kollegen an verschiedenen Universitäten fest, dass im meditativen Zustand auch eindeutige körperliche Reaktionen festzustellen sind. So verringern sich die Herz- und Atemfrequenz, der Hautwiderstand nimmt zu, ja selbst die Zusammensetzung des Blutes verändert sich. Insgesamt ähneln diese Werte denen eines Menschen im Tiefschlaf, gehen jedoch zum Teil noch erheblich darüber hinaus. Die Schlussfolgerung ist, dass der Körper sich im Zustand der tiefen Meditation in noch tieferer Ruhe befindet als im Tiefschlaf. Das ist in der Tat erstaunlich, denn subjektiv empfindet man das durchaus nicht so. Man spürt zwar eine tiefe Ruhe und Entspannung, doch ist man die ganze Zeit über voll bewusst. Man bekommt alles mit, was um einen herum geschieht, und registriert es dennoch nicht, weil man sich auf einer anderer Ebene befindet. Sobald man jedoch die Augen öffnet und aufhört, den Wortklang zu benutzen, ist man wieder da. Es besteht also kein Grund zu der Sorge, die immer wieder vorgebracht wird, dass man "irgendwohin abtaucht", von wo man nicht mehr zurückgelangt.

Die Resultate von Prof. Grinberg gehen jedoch noch weiter. Angeregt durch die festgestellte Kohärenz im Gehirn und zwischen den beiden Gehirnhälften sowie durch subjektive Erfahrungen von Schamanen und Meditationsgurus, machte er auch Experimente mit mehreren Personen gleichzeitig. Dabei stellte er fest, dass eine Person im Zustand der tiefen Meditation die Gehirnwellen einer anderen Person sogar in einem anderen Zimmer beeinflusste, und das aus einem Faraday-Käfig heraus. Mit anderen Worten: Wenn wir die Ritam-Samation praktizieren, schaffen wir nicht nur Ordnung und Kohärenz in uns selbst, sondern auch um uns herum. Das erinnert an die Worte von Samuk Deda, dass er während der Erkrankung seines Sohnes durch die Samation "Ordnung in der Atmosphäre" schaffte.

Doch kehren wir zurück zu unserem hilfebedürftigen Geist. Nachdem wir durch Samarina einiges an altem unverarbeitetem Müll aus unserem Bewusstsein entfernt haben, ist damit die Arbeit leider noch nicht getan. Denn diese Bewusstseinseindrücke hatten auch eine physiologische Entsprechung in Form von fehlgesteuerten Hormonen oder Ablagerungen im Nervensystem. Diese Substanzen wurden nun zwar freigesetzt, befinden sich aber noch immer im Körper, wo sie irgendwo mit dem Blut herumzirkulieren. Wenn wir also jetzt nicht dafür sorgen, dass sie gänzlich ausgeschieden werden, dann war die Reinigung durch Samarina unvollständig. Diese Aufgabe übernimmt nun *Samaya*, der zweite Teil der Ritam-Samation. Sie dient dazu, durch eine einfache, aber äusserst wichtige Prozedur die gelösten Abfälle den Ausscheidungsorganen zuzuführen und so die Reinigung wirkungsvoll abzuschliessen. An dieser Stelle scheitern alle anderen Techniken, bei denen es dem Zufall überlassen bleibt, ob eventuell gelöste Substanzen den Körper verlassen oder sich wieder irgendwo ablagern, um nur darauf zu warten, bei ihrer nächsten Freisetzung erneut physische oder psychische Probleme zu erzeugen.

Wir sehen an dieser Stelle ganz konkret, wie eng Körper und Geist zusammenhängen, und zwar in beiden Richtungen. Jede Gefühlsregung und jeder geistige Impuls haben ihre direkte Umsetzung in der Produktion und Ausschüttung eines bestimmten Hormons oder der Aktivität spezieller Nervenzellen. Umgekehrt lösen aber auch eingeschleuste oder freigesetzte Hormone, bzw. induzierte Nervenanregungen klar definierte Gefühls- und Geistesregungen aus. Auf diese Weise sind Gefühlsschwankungen zu verstehen, die eigentlich überhaupt keinen äusserlichen Anlass haben, aber trotzdem unmissverständlich auftreten. Gerade Frauen kennen solche Erfahrungen im Zusammenhang mit ihrem Monatszyklus nur allzu gut. Deshalb ist alles, was wir bisher über den Körper herausgefunden haben, gleichzeitig von entscheidender Bedeutung für den Geist. Denn wenn der Körper unter falscher Ernährung, Bewegungsmangel oder Krankheit stöhnt, dann beeinflusst er dadurch auch direkt den Geist. Dies weiss jeder aus eigener Erfahrung, der morgens mit Kopfschmerzen aufwacht oder akute Magenschmerzen hat. In diesem Zustand sind selbst beim besten Willen und den grössten Anstrengungen geistige Exkursionen oder gefühlsmässige Höhenflüge nicht möglich. Daher überrascht auch die Schlussfolgerung des amerikanischen Reports aus dem letzten Kapitel nicht mehr, dass regelmässige intensive dynamische Bewegung das psychische Wohlbefinden steigert. Denn wenn das Gehirn besser durchblutet ist, das Blut mehr Sauerstoff und Blutzucker zur Verfügung stellt, sowie vermehrt Giftstoffe über den Schweiss abgegeben werden, dann kann das Nervensystem besser funktionieren und der Geist hat eine ganz andere Grundlage für seine Aktivität.

Eine ebenso grosse Bedeutung hat der Schlaf. Denn er ist eigentlich von Natur aus der Entlastungs- und Aufarbeitungsmechanismus für den Geist und gleichzeitig der Regenerationsmechanismus für den Körper. Doch um das alles leisten zu können, braucht er bestimmte unabdingbare Voraussetzungen, die wir ihm schon lange nicht mehr geben. So ist alles in der Natur in einem Wechselspiel von Ruhe und Aktivität strukturiert, wofür auch Tag und Nacht geschaffen sind. Und tatsächlich waren die Menschen, als sie noch mit den Hühnern ins Bett und mit den Hühnern auch wieder raus sind, erheblich gesünder und leistungsfähiger. Heute jedoch haben wir es uns angewöhnt, die Nacht zum Tage zu machen, was sogar so weit geht, dass viele sich ernsthaft einbilden, Nachtmenschen zu sein. Das ist jedoch nicht mehr als ein weiteres Beispiel der Fehlprogrammierung unseres Bewusstseins. Es gibt weder Tag- noch Nachtmenschen, sondern nur solche, die im Einklang mit den Naturgesetzen leben, und solche, die sie verletzen. Dabei nützt es auch wenig, wenn man, um seine nötigen Schlafstunden zu erreichen, am nächsten Morgen länger im Bett bleibt. Denn es ist nun einmal nicht jede Zeit gleich gut für das Schlafen geeignet. So spricht der Volksmund schon von alters her von der Kostbarkeit des Schlafs vor Mitternacht, und AyurVeda Ritam präzisiert das sogar noch zum Schlaf vor 22 Uhr. Es ist tatsächlich so – und das kann jeder selbst feststellen – dass der Schlaf eine andere Qualität hat, wenn man vor 22 Uhr ins Bett geht, als danach. Selbstverständlich müssen die sogenannten Nachtmenschen das über eine etwas längere Zeit testen, denn beim ersten Mal werden sie wahrscheinlich gar nicht so früh einschlafen können.

Doch leider gibt es noch viel mehr gravierende Fehler, durch die wir uns den gesunden regenerierenden Schlaf unmöglich machen, den wir so dringend bräuchten. Da sind neben dem Bett selbst, der Matratze, der Bettdecke, dem Kopfkissen, vor allem die Schlafrichtung, Spannungsquellen oder strahlende Antennen im Schlafzimmer, sowie zu schweres und zu spätes Essen oder unverdauliche geistige Aktivität vor dem Schlafengehen zu nennen. Es würde leider zu weit führen, an dieser Stelle ausführlicher auf all die genannten Punkte einzugehen. Deshalb sei hierfür auf die weiterführende Literatur verwiesen. Doch kann nicht zu sehr betont werden, wie wichtig der Schlaf für unsere körperliche und geistige Gesundheit ist. Wir sollten ihm daher einen ganz hohen Stellenwert in unserer Tagesroutine einräumen, anstatt uns zu bemühen, ihn auf ein Minimum zu reduzieren. So gibt es leider immer wieder Menschen, die sich für Meditation interessieren, um damit ihr Schlafbedürfnis reduzieren zu können. Für sie ist der Schlaf nichts als eine unnötige und unerwünschte Zeitverschwendung. Doch das ist ein grosser Irrtum. Denn ohne die nötige Ruhe geht nichts, weder körperlich noch geistig. Und es ist nicht verwunderlich, dass einer der ersten Wirkungen der Ritam-Samation nur allzu oft darin besteht, dass die Leute während Samarina oder Samaya einschlafen. In dem Augenblick, wo der Geist von seiner einprogrammierten Einbildung ablässt und die Führung den Naturgesetzen überlässt, holt sich der Körper das, was er braucht, und füllt so seine jahrelangen Defizite wieder auf. Für den Geist sollte dies jedoch das Signal sein, insgesamt mehr zu schlafen, damit die Ritam-Samation ihre wertvolle Aufräumaufgabe im Bewusstsein optimal bewerkstelligen kann, anstatt als reine Schlafpille herhalten zu müssen.

Wir haben es also auch bei der Samation mit unserem Verhalten selbst in der Hand, welche Wirkungen erreicht und welche Ziele angesteuert werden. So werden durch Samarina und Samaya ständig wichtige Regenerationen, Reparaturen und Weiterentwicklungen auf körperlicher und geistiger Ebene durchgeführt. Gleichzeitig erhält der Geist durch seine Berührung mit der Matrix und seine damit verbundene tiefe Entspannung auch wertvolle Impulse. Dennoch haben wir nach wie vor unseren freien Willen und können selbst entscheiden, wie und wofür wir das alles einsetzen. So könnten wir gerade wegen der Ritam-Samation bei unseren Fehlern und Lastern bleiben, da diese ja bei jeder Samation zu einem grossen Teil wieder ausgebügelt werden. Dabei muss uns jedoch gleichzeitig klar sein, dass dann die ganze oder überwiegende Kraft der Samation dafür eingesetzt wird, die Stoffwechselschlacken unserer falschen Ernährung, die schädlichen Wirkungen von Zigaretten und Alkohol, sowie andere Umweltbelastungen und Stresse etc. zu neutralisieren – sofern sie das überhaupt alles schafft – und dass dann nichts oder nur sehr wenig für irgendeine Form der Weiterentwicklung übrigbleibt. Wer also mehr will und mehr erwartet, der darf sich nicht auf die "Wunderpille" Ritam-Samation verlassen, sondern muss gleichzeitig durch Veränderungen in seinem eigenen Verhalten die Voraussetzungen dafür schaffen und immer weiter verbessern.

Der optimale und wirksamste Weg sich weiterzuentwickeln ist demnach ein paralleler Ansatz auf körperlicher und auf geistiger Ebene. So schaffen richtige Ernährung und intensive körperliche Bewegung die Voraussetzungen dafür, dass die Ritam-Samation bestmöglich wirken kann und die Regeneration, Reparatur und Weiterentwicklung verstärkt vorantreibt, anstatt sich mit den ständigen Alltagsbelastungen abmühen zu müssen. Gleichzeitig schafft die Ritam-Samation ihrerseits die Voraussetzungen dafür, dass man sich mit der Ernährungsumstellung leichter tut, nicht das Gefühl des Verzichts oder der Einschränkung, sondern das des Gewinns und der Erfüllung vorherrscht, dass der "innere Schweinehund" nicht so oft die guten Vorsätze durchkreuzt, und dass jegliches körperliches Training durch die richtigen geistigen Prozesse und vor allem durch die nötige Entspannung unterstützt wird. So helfen sich die körperliche und die geistige Ebene also gegenseitig von einer Stufe auf die nächste, und recht schnell bekommt die ganze Entwicklung solch eine Eigendynamik, dass man sowieso nicht mehr zurück will und stattdessen immer faszinierter darauf gespannt ist, was sich noch alles tun wird.

Mit dieser in Gang gesetzten Entwicklung sollte dann natürlich auch die Samation Schritt halten, und in der Tat ist die Ritam-Samation ein fortlaufender Prozess, der in regelmässigen Abständen durch sogenannte *Sampranchas* mit der individuellen Entwicklung abgeglichen wird. Dabei wird jedes Mal eine Bestandsaufnahme des aktuellen Entwicklungszustands gemacht und dementsprechend der Wortklang angepasst.

Dies mag nun diejenigen überraschen, die sich schon einmal mit dem herkömmlichen Ayurveda und der dortigen Konstitutionstheorie beschäftigt haben. Danach hat jeder Mensch nämlich eine bei seiner Geburt festgelegte Grundkonstitution, die nicht veränderbar ist, und auf die sämtliche Methoden des herkömmlichen Ayurveda zugeschneidert werden. Bei dieser Auffassung handelt es sich jedoch nur um eine Variante des weitverbreiteten Bewusstseins-Virus, der in ähnlicher Form in Bezug auf die Gene kursiert. In Wirklichkeit ist nämlich nichts in unserem Körper und unserem Geist prinzipiell unveränderbar. Das haben wir in negativer Richtung leider im Laufe der vergangenen Generationen und Jahrhunderte selbst bewiesen, wo sich eine bis dato für unmöglich gehaltene Degeneration nach der anderen tatsächlich manifestiert hat. Dasselbe gilt jedoch auch in positiver Richtung. Nur müssen wir dafür erst die nötigen Voraussetzungen und Grundlagen schaffen. Wenn die Gene oder auch die Konstitution tatsächlich nicht veränderbar wären, woher kommen dann die immer häufiger auftretenden vererbten Krankheiten oder die immer chaotischer werdenden Konstitutionsdegenerationen? Dieser unfassbare Mythos wird jedoch leider sehr häufig als Grund dafür hergenommen, nichts an seinem Verhalten zu ändern, da die Probleme ja sowieso vererbt seien. Dabei ist genau das Gegenteil angebracht. Denn hier ist es entscheidend zu verstehen, dass es gerade bei vererbten oder konstitutionellen Problemen wichtig ist, etwas dagegen zu tun. Eine angeborene Schwäche tritt nämlich nicht notwendigerweise auch zu Tage, wenn wir uns dementsprechend verhalten. Tun wir jedoch nichts oder unterstützen wir die Schwäche sogar noch, dann wird sie mit Sicherheit ausbrechen, und zwar schlimmer und eher als bei anderen Menschen. Eine vererbte Schwäche ist somit kein Freischein für falsches Verhalten, sondern im Gegenteil geradezu ein Verpflichtung zum korrekten Verhalten, damit die Schwäche nicht ausbricht und auch nicht mehr an die nächsten Generationen weiter gereicht wird.

Es ist also nicht nur möglich, sondern sogar nötig, unsere Gene und unsere Grundkonstitution zu verändern, um all das rückgängig zu machen, was unsere Vorfahren und wir selber angerichtet haben. Das ist auch genau ein wesentlicher Effekt der Ritam-Samation, wo der Geist durch seine Berührung mit der Matrix solche Ordnungsimpulse aufnimmt, dass er den gesamten Körper umstrukturieren kann. Immerhin ist die Matrix das globale Informations- und Strukturfeld der Schöpfung, das wie eine Gussform die Grundlage des gesamten Universums mit der belebten und unbelebten Natur bildet. Und unser Geist ist der universelle Koordinator und Operator aller Prozesse in unserem Körper, den er sogar – wie wir in Kapitel 3 gesehen haben – jedes Jahr von Grund auf erneuert. Wenn er nun durch die regelmässige Praxis der Ritam-Samation von seiner Überlastung und seinen Fehlfunktionen befreit wird und gleichzeitig durch den Kontakt mit der Matrix seine Grundprogrammierung langsam aber sicher wieder in Einklang mit der globalen Ordnung der Naturgesetze bringt, dann geschehen in unserem System Dinge, die zwar nach den Massstäben unserer heutigen Gesellschaft nicht normal sind, aber dennoch realer als all die Bewusstseins-Viren, die uns beherrschen. Wie sollen die 13-jährigen pubertären Steinzeitbewohner denn erfahren, ob jenseits der Pubertät noch etwas anderes im Leben möglich ist, ausser indem sie versuchen, es zu erreichen? Und wie sollen wir erfahren, ob es möglicherweise noch eine zweite – vielleicht geistige – Pubertät gibt, die wir mit unserer momentanen Lebensweise gar nicht erreichen oder sogar vereiteln, so wie Frauen, die durch die Einnahme künstlicher Hormone ihre Menopause sabotieren, aus Angst vor dem Kalziummangel, den sie durch ihre falsche Ernährung selbst erzeugen?

Wir haben zu Beginn des Buches bereits erwähnt, dass unseren Forschern selbst heute noch der grösste Teil unserer Gene unverständlich ist. Genauso verhält es sich mit unserem Gehirn, von dem noch immer nur vereinzelte Sektoren einer Funktion zugeordnet werden können. Von einem Verständnis sind wir dabei noch Lichtjahre entfernt. Doch genau an diesen Punkten müssen wir ansetzen, nicht durch mühsame und endlose analytische Forschung, sondern durch das Befolgen der Naturgesetze und das Hinarbeiten auf einen möglichen Quantensprung, wie er von einzelnen Individuen der Menschheitsgeschichte in allen Kulturen immer wieder vorgelebt wurde. Dabei müssen wir uns auch grundsätzlich klar werden, dass der Geist nicht nur aus dem Intellekt besteht und eine Erweiterung unseres Bewusstseins nicht gleichbedeutend mit der Verbesserung unserer intellektuellen Fähigkeiten ist. Eine Erhöhung unseres geistigen Potentials wird nicht nur dazu führen, dass wir besser im Kopfrechnen werden oder irgendwann Einsteins Relativitätstheorie begreifen, sondern es werden sich darüber hinaus ganz neue Dimensionen eröffnen, die für uns noch unvorstellbarer sind als ein heutiger erwachsener Mensch für die 13-jährigen pubertären Steinzeitbewohner. Gehen wir also den Weg der unverfälschten Natur, ob wir daran glauben oder nicht, und wir werden am eigenen Leibe feststellen, dass sich vieles verändern wird, nicht nur unsere Konstitution. Letztlich gibt es überhaupt keinen anderen Weg, denn woran sollten wir uns sonst orientieren angesichts der gegenwärtigen verheerenden "Normalität"?

Die Ritam-Samation hilft uns jedenfalls auf die bereits beschriebene Weise, um uns auf diesem Weg bestmöglich zurecht zu finden. Gleichzeitig wird sie selber bei den Sampranchas der fortschreitenden Entwicklung individuell angepasst, so dass der gesamte Prozess optimal voranschreitet. Nach einem Jahr der regelmässigen Praxis von Samanna und Samaya kommt dazu noch der dritte Teil *Samshobha* hinzu, der gezielt da ansetzt, wo ein Computerbenutzer sich irgendwann ein neues Betriebssystem besorgt. Denn im Unterschied zu unserem Geist verändert sich das Betriebssystem eines Computers nicht von selbst. Deshalb bleiben trotz regelmässigen Neu-Bootens die Fehler darin erhalten und verursachen immer wieder dieselben Probleme – bis der Benutzer eben auf eine neue Version umsteigt, in der wenigstens einige Programmfehler behoben sind. Während der Ausübung von Samshobha entsendet der Geist nun in einem exakt strukturierten Wechsel von tiefer Ruhe und Bewusstseinsaktivität Impulse, sogenannte *Manas*, die über das Resonanzprinzip Fehlprogrammierungen eliminieren und dann eine Umprogrammierung bewirken. Dabei zielen diese Manas nicht auf die Verwirklichung irgendwelcher Wünsche oder angestrebter Verhaltensmuster ab, sondern drücken einfach grundlegende naturgesetzgemässe Funktionsprinzipien aus und aktivieren diese gleichzeitig auf der Ebene der Schwingung, des Verstandes und der Gefühle. Somit unterscheidet sich Samshobha grundlegend von Techniken wie Hypnose, Mentaltraining oder Positives Denken, die auf der Ebene unseres Alltagsbewusstseins operieren und somit auch nur die dort überhaupt mögliche Effektivität zur Verfügung haben. Mit anderen Worten: Diese Techniken schreiben nicht das Grundprogramm neu, sondern benutzen es nur, um zusätzliche Programmelemente zur Ausführung zu bringen. Hat das

Grundprogramm jedoch bereits Probleme, dann schaffen diese zusätzlichen Elemente keine Abhilfe, sondern eher noch eine weitere Komplikationen. Samshobha hingegen erweitert und verbessert das Grundprogramm, um dem Geist ein besseres Grundgerüst für seine Programme zur Verfügung zu stellen. Dabei werden die Manas nach einem fortschreitenden Prinzip in grösseren zeitlichen Abständen vergeben, so dass auch hier eine enge Anpassung an die individuelle Entwicklung erfolgt.

Selbstverständlich gibt es auch hier noch viele Einzelheiten, die den Rahmen dieses Buches sprengen würden und für die daher auf die weiterführende Literatur verwiesen sei. Doch leider – oder Gott sei Dank? – ist es bei diesem Thema wie bei einem Apfel: Man kann eine fünfhundertseitige Abhandlung über ihn in allen Details studiert haben, und weiss doch erst, wie er schmeckt, wenn man hineingebissen hat. Dann jedoch erübrigen sich mindestens ¾ der Abhandlung aufgrund der eigenen Erfahrung. Deshalb sei jedem auch hier wieder empfohlen, einfach einmal die Probe aufs Exempel zu machen. Zweimal pro Tag eine halbe Stunde sollte es uns wert sein, uns der unbekannten Seite des Lebens zu widmen, nachdem wir die restlichen 23 Stunden uneingeschränkt für die üblichen wichtigen oder nichtigen Dinge zur Verfügung haben. Und am Beispiel von Elli haben wir ja gesehen, dass selbst bei anfänglichen Vorbehalten der subjektiv empfundene Gewinn so gross ist, dass man sich mit Vorfreude und Erfüllung gerne diese kleine Auszeit für sich selbst nimmt. Warum also nicht zweimal täglich Urlaub machen und auf eine Safari in das unbekannte, aber verlockende Land unseres Bewusstseins gehen? Ein Verlust ist dabei nicht zu befürchten, eher ein gewaltiger Gewinn. Denn wir haben im vorigen Kapitel bereits gesehen, dass wir aufgehört haben zu lernen und uns weiter zu entwickeln, weil uns die Impulse dazu fehlen. In den Tiefen unseres Bewusstseins jedoch, da, wo sich unser individuelles Bewusstsein mit dem kollektiven und sogar mit der Matrix der Schöpfung trifft, da gibt es Impulse in unendlicher Vielzahl und Vielfalt. Von dort steigt auch immer mal wieder in seltenen Augenblicken eine zarte Ahnung in uns auf, die uns wie eine ferne Erinnerung zuflüstert, dass es noch eine andere Realität gibt, als die, die wir momentan leben.

Wegen dieser Erinnerung sind wir jetzt auch hier – auf der Suche nach der wahren Gesundheit, nach der Entwicklung zum Ziel des Lebens. Gehen wir ihr nach, sammeln wir Informationen, die sie konkretisieren, lassen wir diese zu Wissen werden und leben wir dieses Wissen. So wird die Ahnung zur Realität, unumstösslich durch unsere eigene Erfahrung, ein Fundament für eine neue Zukunft.

7. Ist Information alles?

“Noch weitere Fragen, bitte?”

Samuk Deda liess seinen Blick suchend über den vollbesetzten Vortragssaal schweifen. Er hatte gerade einen einstündigen Vortrag über AyurVeda Ritam gehalten, mit dem Schwerpunktthema “Ernährung”, und bot nun noch die Möglichkeit, direkte Fragen an ihn zu stellen.

Ein junger Mann machte sich in der dritten Reihe durch Handzeichen bemerkbar und begann, nachdem Samuk ihn mit einer Geste dazu aufgefordert hatte:

“Ich ernähre mich seit fast zwei Jahren vegetarisch – also richtig vegetarisch, so wie Sie es vorhin erklärt haben, ohne Fleisch, Fisch, Eier, Pilze und Algen – und mir geht es sehr gut dabei, in jeglicher Beziehung. Ich muss sagen, dass alles, was Sie heute Abend vorgetragen haben, vollständig stimmt. Ich kann das nur bestätigen. Aber ein Problem habe ich, und dazu hätte ich gerne Ihren Rat: Jeden Tag, wenn ich von der Arbeit nach Hause gehe, komme ich an einer Würstchenbude vorbei, und das riecht so verlockend. Da muss ich wirklich an mich halten, dass ich nicht schwach werde. Aber ich weiss ja, was so ein Würstchen in meinem Körper anrichtet, deswegen laufe ich dann immer ganz schnell weiter.”

Die Leute im Saal lachten.

“Trotzdem fürchte ich,” fuhr er fort, “dass ich es irgendwann einmal nicht mehr schaffe mich zurückzuhalten. Können Sie mir da einen Rat geben?”

“Ja, selbstverständlich,” antwortete Samuk, “beissen Sie rein und geniessen Sie!”

“Wie bitte?” gab der junge Mann verdutzt zurück, “Sie meinen ...?”

“Ja, kaufen Sie sich eine und beissen Sie rein! Und nächste Woche berichten Sie uns, wie es Ihnen ergangen ist.”

Der junge Mann war sichtlich verwundert. Mit dieser Antwort hatte er wohl nicht gerechnet.

Eine Woche später, bei dem Vortrag über das Schwerpunktthema “Haltungs- und Bewegungsapparat” kam er dann wieder und meldete sich am Ende auch zu Wort:

"Also, Sie hatten mir ja letzte Woche gesagt, ich sollte von meiner Erfahrung berichten. Ich bin tatsächlich gleich am Tag nach dem Vortrag zu dem Würstchenstand hingegangen und habe mir eins gekauft. Ich hatte ein richtig schlechtes Gewissen dabei, aber Sie hatten mich ja ausdrücklich dazu aufgefordert. Es roch wirklich lecker, und voller Genuss biss ich hinein. Doch dann geschah etwas Komisches: Schon beim Reinbeissen spürte ich, wie das schwere Fett sich in meinem Mund ausbreitete, und insgesamt schmeckte das Würstchen ganz anders, als ich es von früher kannte. Als ich den Bissen dann hinunterschluckte, fühlte ich richtig, wie er im Magen alles verstopfte. Mir wurde ganz komisch, und ich hatte keine Lust, nochmal hineinzubeissen. Deshalb warf ich den Rest einfach in den Abfall. An meiner Verdauung merkte ich dann, wie schwer sie sich mit der Wurst tat, und ich war wirklich froh, als sie endlich wieder draussen war. Der Geruch dabei erinnerte mich natürlich auch an früher."

"Und was ist jetzt, wenn Sie an der Würstchenbude vorbeigehen?" fragte Samuk.

"Sie werden lachen, ich gehe gar nicht mehr daran vorbei. Ich den Tagen danach wurde mir jedes Mal so übel, wenn ich nur den Geruch in die Nase bekam, dass ich seitdem einen grossen Umweg mache."

"Sehen Sie," wandte sich Samuk bei diesen Worten an die Zuhörer, "so ist das, wenn aus Information Wissen wird. Ich hatte Ihnen ja gesagt, dass richtige Ernährung nichts mir Verzicht oder Verboten zu tun hat, sondern nur mit dem richtigen Bewusstsein. Und unser Freund hier wird sicherlich nie mehr ein Verbot oder irgendeinen Zwang brauchen, um auf seine Würstchen verzichten zu können."

Was war hier geschehen? Und was soll der Satz mit dem Wissen und der Information bedeuten?

Lassen Sie uns zunächst ein bisschen ausführlicher auf Information allgemein eingehen, und betrachten wir dazu die üblichen Informationsübertragungswege, wie Sprache, Radio, Fernsehen, Telefon, Zeitung, Bücher u. ä. Dabei sehen wir, dass eine Information erst dadurch wirklich zu Information wird, dass ein Empfänger da ist, der sie aufnimmt und versteht. So schwirren zwar ständig Radio-, Fernseh- und Mobilfunkwellen aller Arten und Frequenzen um unsere Köpfe, ohne Radio-,

Fernseh- oder Mobilfunkgerät können wir sie jedoch nicht einmal wahrnehmen. Und dazu müssen die Empfangsgeräte auch noch auf die richtige Frequenz eingestellt sein, bzw. in dem Handy muss eine Telefonkarte mit der richtigen Nummer stecken. Wird die Information dann allerdings in einer Sprache übermittelt, die wir nicht verstehen, so ist es für uns auch wieder keine Information. Daher ist für die meisten Deutschen ein Buch in Chinesisch genauso wenig wert wie ein Buch in Arabisch oder ein gänzlich unbedrucktes Buch. Information scheint also nichts Objektives zu sein, sondern in höchstem Masse abhängig vom Empfänger und seiner Empfangsbereitschaft.

Dazu kommt, dass Information zwar meist unter Zuhilfenahme physikalischer oder chemischer Prinzipien übermittelt wird, selbst jedoch jenseits von Materie und Energie steht. So kann beispielsweise durch chemische oder physikalische Messmethoden ein Tonband mit Beethovens Neunter nicht von einem mit Rauschen unterschieden werden. Quantitativ gesehen sind die beiden Bänder identisch, obwohl mit dem richtigen Empfänger das bespielte Band beispielsweise über die Anlage eines Fussballstadions seine Information gleichzeitig an viele Tausende von Menschen übermitteln kann. Die Quantität spielt also für die Information keine Rolle. So enthält ein geflüstertes "Ja" genau dieselbe Information wie ein durch ein Megaphon in die Lande geschrieenes. Was dagegen eine erhebliche Rolle spielt, ist die Syntax, also die Reihenfolge und der Zusammenhang der einzelnen Elemente. So enthalten die Wörter "Riese", "Reise" und "Serie" alle jeweils dieselben Bausteine, doch beinhalten sie durch deren verschiedene Reihenfolge alle eine andere Information. Selbst bei identischer Syntax können jedoch für verschiedene Empfänger verschiedene Informationen herauskommen. So bedeutet das Wort "Gift" für einen Deutschen beispielsweise eine gesundheitsgefährliche Substanz, für einen Engländer jedoch ein Geschenk.

Es ist also für jede Art von Information ein Empfänger nötig, der mit dem Informationsüberträger so in Resonanz treten kann, wie der Sender der Information es vorgesehen hat. Besitzt er dann noch den richtigen Code, um die empfangene Information korrekt zu verstehen, so ist die Informationsübermittlung gelungen. Dabei müssen diese Prozesse keineswegs unbedingt über die Sprache erfolgen. Wenn beispielsweise jemand einen anderen Menschen auf eine bestimmte Weise stupst und dieser es merkt und versteht, so ist auch das eine Informationsübermittlung. Selbst physikalische Übertragungsmethoden sind jedoch nicht unbedingt nötig, wie in dem Fall, wo zwei sich nahestehende Menschen direkt ihre Gefühle austauschen. Wichtig festzuhalten ist jedenfalls, dass die Übermittlung von Information ein sehr vielschichtiger und subtiler Vorgang ist, der sich zwar physikalischer Prinzipien bedienen kann, dessen Inhalt jedoch weit über Materie und Energie hinausgeht.

In unserer modernen Gesellschaft hat der Informationsfluss heute enorme Ausmasse angenommen, und doch ist selbst dieser noch verschwindend gering verglichen mit unser Körper. So haben wir an dem Beispiel der Familienfahrt ins Grüne bereits gesehen, wie viele Aufgaben unser Geist gleichzeitig erledigt. Dabei beruht jede einzelne von ihnen jedoch ihrerseits auf unzähligen Einzelvorgängen in unüberschaubar vielen individuellen Zellen, die alle miteinander in perfekter Koordination stehen müssen. Dazu ist ständig die präzise Übermittlung von Information notwendig, was in unserem Körper über die Nervenzellen mittels elektrischer Impulse und chemischer Neurotransmitter geschieht oder über die Blutbahnen mittels Botenstoffen, Hormonen. Diese Hormone werden von den endokrinen Drüsen produziert und wandern dann mit dem Blut zu den Zellen, welche in ihrer Zellwand spezifische Rezeptoren besitzen, zu denen sie wie ein Schlüssel in sein Schloss passen und dadurch die gewünschten Reaktionen in der Zelle auslösen. Diese können etwa die Erhöhung der Produktion weiterer Hormone oder anderer Substanzen sein, oder aber auch ihre Verminderung. Als unser Autofahrer beispielsweise gewahr wurde, dass er das von der Seite kommende Auto erst viel zu spät bemerkt hatte, bekam er wahrscheinlich einen gewaltigen Schreck. In diesem Augenblick stiessen seine Nebennieren eine erhöhte Dosis Adrenalin aus, welches über das sympathische System dem Herz signalisierte, schneller zu schlagen und mehr Blut zu pumpen, den Blutgefässen, sich zu verengen und so den Blutdruck zu erhöhen, der Leber, ihre Glykogenreserven zu mobilisieren und mehr Glukose ins Blut abzugeben, an den Darm, die Verdauung zu reduzieren, damit die dafür benötigte Energie für den Rest des Körpers zur Verfügung steht, an die Augen, die Pupillen zu erweitern, sowie an den gesamten Körper, den Grundenergieumsatz zu steigern und vermehrt freie Fettsäuren in das Blut abzugeben. All diese Prozesse gehen in Bruchteilen von Sekunden vor sich und werden vom Gehirn gesteuert. Sobald er dann aber merkte, dass keine Gefahr bestand, dass er also Glück gehabt hatte, produzierte sein Körper Hormone, die das sympathische System wieder hemmten und so den Normalzustand im Körper wieder herstellten.

Um uns eine konkrete Vorstellung davon zu machen, welches gigantische Logistik- und Kommunikationsnetzwerk unser Körper eigentlich bildet, rechnen wir ihn einfach einmal auf uns vertraute alltägliche Dimensionen um. Stellen wir uns also vor, unser Körper sei ein Land, das von Zellen bewohnt ist, die durchschnittlich so gross sind wie Menschen. In diesem Massstab wäre unser Körper ca. 120 km lang. Wir haben somit einen "Staat" vor uns, der um einiges kleiner ist als Deutschland, der aber dennoch eine Bevölkerung von 50 Billionen Einwohnern besitzt. Diese werden alle zentral mit Nahrung versorgt, und ebenso zentral erfolgt die Abfallentsorgung. Dazu dient ein Verkehrssystem von etwa 7 Milliarden km Länge, auf dem ständig 30 Billionen Energietransporter, die roten Blutkörperchen, unterwegs sind. Sie versorgen jeden einzelnen Einwohner individuell, und dazu durchfährt jedes einzelne im Schnitt 2.500-mal täglich das gesamte Wegenetz. Im Vergleich dazu beträgt das Strassennetz Deutschlands nur ca. 650.000 km, zu dem zusätzlich etwa 50.000 km Bahnschienen hinzukommen, und die Anzahl der Fahrzeuge 50 Millionen.

Weiterhin laufen elektrochemische Telegraphenleitungen quer durch unser "Land" – unsere Nervenbahnen –, auf denen Meldungen an die Zentrale mit umgerechnet 150 - 3.500 km/s und Befehle von der Zentrale sogar mit 8.500 km/s verschickt werden. Auf den Strassen dieses Landes sind ausserdem noch viele Billionen Kuriere unterwegs, die Hormone, welche individuelle Informationen für bestimmte Bewohner überbringen, und nicht zu vergessen die 30 Milliarden Sicherheitsbeamten, von denen allerdings noch einmal mehr als die gleiche Anzahl auf Bereitschaft in den Kasernen sitzt. Allein dieses Sicherheitssystem ist ein Wunder für sich, das jeden Orwellschen Überwachungsstaat weit in den Schatten stellen würde, was jedoch angesichts der Raffinesse und der Gefährlichkeit der möglichen Anti-Kräfte auch unabdingbar ist. Und da die Staatsführung nicht nur intelligent, sondern weise ist, also im Einklang mit den Naturgesetzen steht und handelt und das Wohlergehen aller seiner Untertanen im Einklang mit der Gesamtheit anstrebt, ist kein Missbrauch dieser Staatsgewalt zu befürchten.

Irgendeine Art von individueller Freiheit gibt es in diesem Staat allerdings nicht, denn ein solcher freier Wille ist in der Natur allein dem Menschen vorbehalten. Ja, und eben dieser Mensch hat seit vielen Generationen offenbar nichts Besseres zu tun, als seinen freien Willen zu zerstörerischen Zwecken einzusetzen. Dadurch ist auch die Führung der meisten "Zellenstaaten" heute von ihrem naturgesetzorientierten Kurs abgerückt und zu einer tödlichen Gefahr für das gesamte Staatsgefüge geworden. Denn die Führung selbst hat begonnen, verderbliche Elemente in den Staat einzuschleusen, und lässt sich trotz der deutlichsten Warnungen von allen Seiten nicht davon abbringen. Ausserdem bringt sie noch durch andere Verhaltensweisen, sowie eine immer schlechter werdende Koordination und Steuerung zahlreiche System in Unordnung. Oftmals geraten die Sicherheitskräfte durch diese schizophrene Situation dermassen in Verwirrung, dass sie entweder schädliche Subjekte unbehelligt lassen oder unbescholtene Individuen aufgreifen, was sich in Form von allergischen Reaktionen bemerkbar macht.

Doch kehren wir von diesen "staatspolitischen" Betrachtungen wieder in die tatsächliche Dimension unseres Körpers zurück. Wir haben gesehen, dass der Tätigkeit des Geistes eine schier unendliche Zahl von chemischen Reaktionen entspricht, die in den verschiedensten Teilen des Körpers ablaufen. Und in der Tat hat ja jede Zelle ihr eigenes Kraftwerk und damit ihren eigenen Stoffwechsel, sowie sämtliche ihrer Funktion entsprechenden Mechanismen. Dazu besitzt sie in ihren Genen einen riesigen Informationspool, von dem sie allerdings nur einen winzigen Teil tatsächlich benützt. Und das Ganze findet in so enger Koordination und Übereinstimmung mit allen anderen Teilen des Körpers statt, dass der Vergleich mit der Logistik und Kommunikation eines modernen Staates geradezu plump ist. Stattdessen sollten wir lieber an ein gigantisches Orchester denken, in dem 50 Billionen Musiker in perfekter Harmonie die Symphonie der wahren Gesundheit spielen – könnten, wenn sie nicht immer wieder vom Dirigenten daran gehindert und geradezu darin sabotiert würden.

Wir kommen tatsächlich immer wieder auf den selben Punkt zurück. Denn alle Forschung, alle Einsichten und alle Erfahrungen mit dem menschlichen Körper zeigen, dass die Grundfunktionen so perfekt konstruiert und aufeinander abgestimmt sind, dass eine vollkommene Symphonie in fehlerloser Harmonie problemlos möglich wäre, wenn nicht immer wieder falsche Impulse für Durcheinander und Verwirrung sorgen würden. Dabei finden diese Störungen keineswegs stets auf der groben materiellen Ebene statt. Vielmehr geht es dabei meist "nur" um Information, derer man allerdings – wie wir gerade gesehen haben – physikalisch oder chemisch nicht habhaft werden kann. Dennoch kann sich jetzt sicherlich jeder leicht vorstellen, dass es bei der ungeheuren Vielfalt von Prozessen und Mechanismen zahlreiche Möglichkeiten der Fehlbeeinflussung gibt. So stellen für unseren Körper weitaus mehr Faktoren wichtige Informationen dar, als wir mit unserem Verstand bewusst wahrnehmen. Beispielsweise ist die Körperoberfläche mit unzähligen Temperaturfühlern besetzt, die ständig an jedem Körperteil die Aussentemperatur messen und dementsprechend die Durchblutung und die Schweissabsonderung so regulieren, dass im Körper bei den inneren Organen stets die für sie ideale Temperatur herrscht. Bei dieser Temperaturabstimmung spielen allerdings auch die Füsse eine wichtige Rolle, denn sie ermitteln natürlicherweise die Temperatur des Bodens, die von der Lufttemperatur deutlich verschieden sein kann. Damit spielen sie eine wichtige Rolle für die Temperaturregulierung von innen heraus durch Bewegung. Schliesst man sie nun aber fast die ganze Zeit in Schuhe und Socken ein, die den natürlichen Schweiss- und Wärmeaustausch erschweren oder gar unterbinden, so kann der gesamte Wärmehaushalt des Körpers durcheinander kommen. Aus diesem Grund ist es erfahrungsgemäss bei kalten Füssen oft besser, sich ganz der Schuhe und Socken zu entledigen, als noch eine zusätzliche Schicht darüber zu ziehen. Generell sollte die Temperatur der Füsse vorwiegend durch Bewegung reguliert werden, nicht so sehr durch Schuhwerk, denn sie ist von grosser Bedeutung für den gesamten Körper.

Weitere wichtige Informationen können Farben bilden, die oft Auskunft über den Zustand von Nahrungsmitteln geben, unsere Gefühlswelt beeinflussen oder noch weitergehende Bedeutung für unseren Körper haben. So zeigt uns die Farbe des Lichts beispielsweise die Tageszeit an. Obwohl dies meist unbewusst erfolgt, reagiert unser Körper doch unfehlbar darauf. So hat grünes und blaues, also kurzwelligeres Licht von grösserer Intensität, so wie es natürlicherweise zur Tageszeit vorherrscht, einen Einfluss auf die Zirbeldrüse, oder Epiphyse. Diese endokrine Drüse, die oftmals auch als das dritte Auge bezeichnet wird, steht in direkter Verbindung mit der Netzhaut der Augen und empfängt von dort über die Farbe und die Intensität des Lichtes die Information, wo wir uns im Tagesablauf gerade befinden. Dies gilt übrigens auch für die meisten Blinden, da andere Nerven als die Sehnerven dafür verantwortlich sind. Wenn nun kein Licht, oder nur schwaches oder langwelliges ins Auge gelangt, dann produziert die Epiphyse das Hormon Melatonin, das uns schläfrig macht, also die Energie reduziert, die Reaktionszeit verlängert und so den Körper für den Schlaf bereit macht. Scheint dagegen helles kürzerwelliges Licht in die Augen, so beendet die Zirbeldrüse die Melatonin-Produktion, und die Folge ist, dass wir aufwachen und wach bleiben. Dieser Mechanismus erklärt, warum sich die Menschen in nördlicheren Breitengraden während der langen dunklen und trüben Wintermonate ähnlich fühlen wie kurz vor dem Schlafengehen – woraus auf Dauer auch so manche Depression resultiert.

Doch die Epiphyse produziert nicht nur Melatonin, sondern auch einige Neurotransmitter und hat insgesamt eine wichtige Bedeutung für unseren gesamten Hormonhaushalt. Das bedeutet, dass Licht nicht nur zum Sehen da ist, sondern gleichzeitig auch unseren ganzen Körper beeinflusst. Diese Beeinflussung hängt jedoch entscheidend von der Art des Lichtes ab – also von der Information, die es enthält – und die beste natürlichste Information liefert Sonnenlicht, das uns ungefiltert und ungehindert erreicht. Bereits die Gläser einer Brille verändern diese Information in so entscheidenden Bereichen, dass dem Körper wichtige Impulse verloren gehen. Dies bemerkte Dr. John Ott, der Vater des Voll-Spektrum-Lichts, bereits in den 60er Jahren, als ihm eines Tages seine Brille kaputt ging. Zu dieser Zeit ging es ihm körperlich nicht gut, er hatte Arthritis in der Hüfte und konnte nur noch mit einem Stock gehen. Eine Operation schien unausweichlich. Ausserdem war er sehr infektionsanfällig. Da er gehört hatte, wie gut Sonne in solchen Fällen tut, verbrachte er einen Strandurlaub in Florida, der jedoch keine Besserung brachte. Wieder zu Hause geschah dann das Missgeschick mit seiner Brille. Und prompt bemerkte er zu seiner Überraschung innerhalb der nächsten Tage eine deutliche Verbesserung seines Gesundheitszustands. Er konnte sogar wieder ohne seinen Stock gehen. Da er als Fotograf und Produzent von Zeitrafferfilmen bereits viele Jahre zuvor die Wirkung von Licht verschiedenen Spektrums auf das Wachstum und die Entwicklung von Pflanzen und Tieren bemerkt und untersucht hatte und ihm dabei vor allem die negativen Wirkungen von Glas aufgefallen waren, das ja UV-Strahlen ausfiltert, kam er schnell auf die Vermutung, dass seine Brille etwas mit seiner gesundheitlichen Verbesserung zu tun haben könnte. Sofort buchte er daraufhin einen weiteren Kurzurlaub in Florida, den er jedoch dieses Mal strengstens ohne Brille oder Sonnenbrille verbrachte. Und tatsächlich fühlte er nach diesem Urlaub eine nennenswerte Verbesserung seines Zustandes. Als er seine Hüfte das nächste Mal untersuchen liess, war das Ergebnis wirklich überraschend, und von der eigentlich bereits anstehenden Hüftoperation war seit dem keine Rede mehr.

In der Folge machte Dr. Ott zahlreiche Untersuchungen über die Wirkung von Licht verschiedener Wellenlängen und veröffentlichte zu diesem Thema auch einige Bücher. So ist es heute unbestreitbar nachgewiesen, dass natürliches Sonnenlicht mit seinem vollen Spektrum ein wichtiger und unverzichtbarer Bestandteil unserer "Ernährung" ist. Wenngleich die Mechanismen zum Teil noch nicht völlig geklärt sind, so zeigen die Versuche doch eindeutig, dass regelmässige und ausreichende Sonnenbestrahlung die allgemeine Gesundheit, das Immunsystem, den Kreislauf, die Blutwerte, den Cholesterinspiegel, den Kalziumstoffwechsel, die Fitness und Ausdauer, das psychische Wohlbefinden, das soziale Verhalten, die Potenz und Fruchtbarkeit positiv beeinflusst, sowie bei Krankheiten wie Diabetes, Krebs, Gehirnarteriosklerose oder Hyperaktivität bei Kindern entscheidende Verbesserungen erbringt. Dabei ist es nicht auszuschliessen, dass die Wirkung der Sonnenstrahlen zum grossen Teil direkt auf das Blut erfolgt. Denn immerhin unterscheidet sich das Häm des roten Blutfarbstoffs im wesentlichen nur dadurch vom Chlorophyll, welches die Photosynthese in den Pflanzen vollführt, dass das erstere ein Eisenion und das zweite ein Magnesiumion enthält.

Dass es in diesem Zusammenhang noch viele weitere unverstandene Faktoren und Zusammenhänge gibt, zeigte Dr. Ott durch ein Experiment mit Mimosen. Diese empfindlichen Pflanzen haben tagsüber ihre

Stiele nach oben gerichtet und ihre Blätter ausgebreitet, falten sie jedoch bei Sonnenuntergang zusammen und beugen ihre Stiele nach unten. In dieser Stellung bleiben sie bis zum Sonnenaufgang, um sich dann wieder zu entfalten. Dr. Ott stellte nun zunächst fest, dass die Mimosen dieses Verhalten auch in dunklen Räumen unter völligem Abschluss vom Sonnenlicht unverändert aufrechterhalten, so dass es den Anschein hatte, dass sie eine Art von Gedächtnis für den Tagesverlauf besitzen. Doch dann brachte er einige Pflanzen in ein Kohlebergewerk 200 m unter Tage, und sofort gingen die Pflänzchen in ihre Nachtstellung über, ohne auf den Sonnenuntergang zu warten. So blieben sie auch, bis sie wieder an die Erdoberfläche gebracht wurden. Die im Bergwerk benützte künstliche Beleuchtung schien dabei keine Bedeutung für sie zu haben.

Aus dieser Beobachtung wird klar, dass die Mimosen auf eine andere Information von der Sonne reagieren als nur auf ihr Licht. Sicherlich ist das auch beim Menschen der Fall, wenngleich hierüber noch keine wissenschaftlichen Untersuchungen gemacht worden sind. Die spezielle Lage der Zirbeldrüse an der Basis des Gehirns lässt jedenfalls einigen Raum für Spekulationen in dieser Richtung. Gleichzeitig häufen sich in letzter Zeit die Hinweise dafür, dass die Zirbeldrüse auch auf elektromagnetische Strahlungen von Stromleitungen, Bildschirmen oder Mobilfunkgeräten reagiert, und zwar negativ für das hormonelle Gleichgewicht des Körpers und seine Funktion auf der Ebene der Zellen. Die möglichen Folgen reichen von Missgeburten über Geburtsfehler, nervliche Beeinträchtigungen, Kreislaufprobleme, Hyperaktivität bis hin zu Krebs und Leukämie. Auch hier spielte Dr. Ott eine Vorreiterrolle, als er bereits in den 80er Jahren ein Experiment veröffentlichte, in dem er eine Blutprobe direkt vor einen angeschalteten Bildschirm legte. Daraufhin entwickelte sich innerhalb von 5 Minuten eine sogenannte Geldrollenbildung, d. h. ein Zusammenklumpen der roten Blutkörperchen in Form einer Geldrolle. Als er dieselbe Blutprobe dann stattdessen schwachem UV-Licht aussetzte, war die Blutstruktur innerhalb von 5 Minuten wieder normal.

Insgesamt sehen wir an diesen Beispielen, welche Unmenge von Informationen unser Körper ständig erhält, meist ohne dass wir uns dessen bewusst sind. Viele davon sind nötig für sein reibungsloses Funktionieren, viele haben aber auch störende oder gar schädliche Wirkungen. Wenn wir uns allein aufgrund des letzten Experiments vergegenwärtigen, welch einer Vielzahl von Strahlungsquellen – elektrischen Leitungen, Steckdosen, Elektrogeräten, Fernseh- und Computerbildschirmen, Fernbedienungen, drahtlosen Telefonen oder Handies – wir permanent ausgesetzt sind, dann müsste uns in aller Deutlichkeit klar werden, dass dies nicht ohne Einfluss auf unseren Körper und unseren Geist bleiben kann. Denn selbst wenn sich die Wissenschaftler immer noch über die Einflüsse, Schwellenwerte, Grenzwerte, Wirkungsmechanismen u. ä. streiten, so wird unserem Körper doch zumindest ständig eine riesige Menge an Information übermittelt, die sicherlich nicht im Einklang mit seiner natürlichen Funktion steht. Und denken wir in diesem Zusammenhang gar an die Experimente von Prof. Grinberg über den Einfluss der Gehirnwellen einer meditierenden Person zurück, die von ihrer Feldstärke her ausserhalb des Körpers physikalisch nicht einmal messbar sind, so sollten wir uns auch hier die ernsthafte Frage stellen, was wir wollen und anstreben: die Entwicklung zu wahrer Gesundheit oder die zweifelhaften Vorzüge von permanentem Informationsfluss und ständiger Erreichbarkeit. Dabei haben die Informationen, mit denen wir uns ständig, meist ungefiltert über die Medien berieseln lassen, meist für unser Leben überhaupt keine direkte Relevanz. Dennoch nehmen wir sie aber auf und lassen sie in uns wirken, wobei sich jeder an drei Fingern abzählen kann, was Szenen von Gewalt, Verbrechen, Grausamkeit, Ungerechtigkeit u. ä. in uns anrichten. Wir wissen doch aus Erfahrung, dass für unseren Geist und unsere Gefühle eigentlich jeder Blick, jede Geste, jedes Wort und selbst wortlose Stille einen Schatz an Informationen beinhalten, auch wenn wir uns dessen nicht direkt bewusst sind. So können wir oftmals einer Person "an ihrer Nasenspitze" ansehen, wie sie sich fühlt, oder hören am blossen Tonfall, was jemand wirklich zum Ausdruck bringen will. Ebenso steckt gute oder schlechte Laune unwillkürlich an, auch wenn diesbezüglich gar keine konkreten Initiativen ergriffen werden. Was tun wir uns also an, indem wir jede beliebige Information in uns hineinlassen, die zudem nicht einmal von uns, sondern von irgendwelchen Redakteuren nach zweifelhaften Kriterien ausgewählt worden ist! Eine Schlagzeile gilt doch meist nur dann nur noch als interessant, wenn sie deutlich negativ ist. Positive Meldungen sind aus diesem Grund auch fast nie zu hören, obwohl selbst heute noch viel Positives und Erfreuliches auf der Welt geschieht. Freilich ist es wichtig, über gewisse grundlegende Dinge informiert zu sein, doch dazu würde auch eine Wochenzusammenfassung am Sonntag genügen, die zudem all diejenigen Nachrichten gar nicht mehr enthält, die am Tag darauf bereits überholt waren. Wäre es nicht endlich einmal angebracht, sich ernsthaft Gedanken darüber zu machen, was wirklich wichtige grundlegende Information ist, für die es sich lohnt, stets auf dem Laufenden zu sein?

Auch für unseren Körper ist die Berührung mit jeglicher Form von Materie oder Energie mit Informationen verknüpft, die im Organismus spezifische Reaktionen auslösen. So haben wir ja bereits gesehen, wie jeder Fusstritt mit unbeschuhten Füssen eine ganze Flut von reflektorischen Impulsen auf den gesamten Körper auslöst, was in ähnlicher Weise auch für jegliche Berührung der Haut gilt. Diese reagiert wiederum ebenso auf Lichteinflüsse der verschiedensten Art und auf Substanzen, die über die Luft, das Wasser oder die Kleidung auf sie einwirken. Besonders intensive Informationen erhalten wir über Gerüche und Geschmäcker. So hat alleine unsere Zunge mehr als 9.000 Geschmackszellen, von denen jede ihre Botschaften an das Gehirn und damit an den Rest des Körpers sendet.

Zieht man all dies in Betracht, so kann man nachvollziehen, dass ein Spaziergang über eine Wiese im Sommer, nur mit dem gesellschaftlich nötigen Minimum bekleidet, ein wahres Fortissimo für die Symphonie des Orchesters bewirkt, das unseren Körper bildet. Unsere Haut und unsere Haare jubilieren dabei bei jeder streichelnden Berührung durch den Wind, der neben Sauerstoff gleichzeitig eine Vielzahl von köstlichen Düften mit sich trägt. Die Sonne, die aus einem intensiv blauen Himmel strahlt und sich in den unzähligen Grüntönen der Gräser und Blätter sowie den Myriaden von Farbtupfern der verschiedensten Blüten in alle Nuancen des Spektrums bricht, durchflutet unseren gesamten Körper, nicht nur durch die Augen, sondern auch über die Haut und schenkt uns bis in unser tiefstes Inneres kostbare wohlige Wärme. Über unsere Ohren nehmen wir das Konzert der zwitschernden Vögel, sowie der summenden und brummenden Insekten auf, das vor dem mächtigen Hintergrundrauschen der Bäume im Rhythmus des Windes die Luft erfüllt und durch das glucksende Plätschern eines kleinen Baches eine spielerische Untermalung erhält. Diese Grundinstrumente werden noch durch zahlreiche kapriziöse und erdende, belebende und beruhigende Nebenpartien variiert, so dass eine ganzheitliche Wirkung auf Körper, Geist und Seele entsteht, die noch lange Zeit nach dem Spaziergang anhält.

Ebenso kann man aber wohl auch nachvollziehen, wie viel Disharmonie und Missklang in der Symphonie entstehen, wenn wir uns in unserem normalen Alltag in einem modernen Fabrik- oder Bürogebäude aufhalten. Dabei ist unsere Haut meist mit verklebenden und die Poren verstopfenden chemischen Substanzen eingerieben oder besprüht, deren giftige Lösungsmittel in den Körper eindringen und dort Immunreaktionen auslösen. Ihre Odeurs vermischen sich mit allerlei undefinierbaren synthetischen Gerüchen aus der Umgebung und der verbrauchten, abgestandenen Luft zu einem geradezu atemberaubenden Cocktail, dem unsere Nase am liebsten den Zugang versperren würde, da er für die Atemwege und die Lunge verheerende Wirkungen mit sich bringt. Gleichzeitig ist unsere Haut in synthetische Fasern eingehüllt, die ihren elektrostatischen Austausch, sowie die Temperatur- und Feuchtigkeitsregulierung stören und durch ihre Inhaltsstoffe selbst zu Irritationen führen. Unsere Augen müssen all ihre Kraft aufwenden, um in dem unnatürlichen flackernden Licht ihre Aufgaben erfüllen zu können, und unsere Ohren werden durch ein Durcheinander von befremdlichen, lauten und leisen Geräuschen der seltsamsten Frequenzlagen irritiert. Hier fehlen obendrein die zahlreichen wichtigen Nebenpartien, abgeschirmt durch den Faraday-Käfig eines Stahlbetonbaus und durch hermetisch schliessende Energiesparfenster. Stattdessen werden durch die Bausubstanz und die Baumaterialien, durch die einseitige unnatürliche Bewegung und Haltung sowie durch die zugrundeliegende Hektik noch weitere Störungen der Harmonie erzeugt. Das vollendete Meisterwerk der wahren Gesundheit jedenfalls ist bei solch einer Besetzung auch mit dem besten Dirigenten nicht zu realisieren. Da kann man sich jede Probe von vornherein sparen.

Der grösste Informationsfluss in unseren Körper findet zweifelsohne über unseren Mund statt. So haben wir ja bereits gesehen, wie gut allein unsere Zunge für die Geschmacksauswertung ausgerüstet ist, und in der

Tat können wir so viele unterschiedliche Geschmacksnuancen wahrnehmen, dass uns dafür meist das Vokabular fehlt. Allerdings ist der Geschmack nur ein kleiner Bestandteil der unendlich vielschichtigen Informationen, die unseren Mund passieren. Am deutlichsten sieht man das an Medikamenten oder Drogen, bei denen bereits wenige Tropfen ausreichen, um enorme und zum Teil dramatische Wirkungen im Körper hervorzurufen. Diese sind zum Teil biochemisch nachvollziehbar, gehen jedoch meist in ihrer Komplexität über das heutige wissenschaftliche Verständnis weit hinaus. Besonders deutlich wird das bei homöopathischen Präparaten, die von der quantitativen Wissenschaft lange Zeit als Humbug abgetan wurden, der nur durch Einbildung eine Wirkung haben könne. Und in der Tat ist es so, dass besonders bei hochpotenzierten Präparaten aufgrund ihrer hohen Verdünnung rein rechnerisch nur noch einige wenige oder sogar überhaupt keine Moleküle des Wirkstoffs mehr in dem Lösungsmittel vorhanden sind. Wie also soll dadurch eine Wirkung erzielt werden? Dem standen und stehen jedoch seit der Begründung der Homöopathie durch Samuel Hahnemann im Jahre 1796 zahlreiche eindeutige Erfolgsberichte von homöopathischen Behandlungen gegenüber. Ihre Wirksamkeit lässt sich somit nicht leugnen. Der Schlüssel liegt auch hier, wie in so vielen anderen Bereichen, in der Information. Wir haben ja bereits gesehen, dass Information jenseits von Physik und Chemie liegt, auch wenn sie sich entsprechender Naturgesetze bedient. So scheint es durch das komplizierte und aufwendige Herstellungsverfahren der homöopathischen Hochpotenzen zu gelingen, die Information des Wirkstoffes auf die Trägersubstanz zu übertragen, und das sogar in immer stärkerem Masse, je höher die Verdünnung wird.

Bei Wasser sind solche Effekte gut nachvollziehbar, da die Wassermoleküle aufgrund der räumlichen Anordnung ihrer Bestandteile und deren Ladungsverteilung spontan dazu neigen, sich zu grösseren Verbänden, sogenannten Clustern, zusammen zu lagern. Das erkennt man indirekt an der erstaunlichen Tatsache, dass Wasser nach dem Schmelzen von Eis sein Volumen bei weiterer Temperaturerhöhung zunächst verringert und erst ab 4°C beginnt sich auszudehnen. Diese Anomalie zeigt, dass auch im flüssigen Zustand noch grossräumige Strukturen im Wasser vorhanden sind, die bis 4°C aufbrechen und dadurch eine kompaktere, platzsparendere Verteilung der Wassermoleküle erlauben, wodurch das Volumen zunächst abnimmt. Doch auch bei höheren Temperaturen sind solche Cluster noch vorhanden, nur überwiegt dann die normale thermische Ausdehnung infolge der erhöhten Bewegung der Moleküle. Aufgrund dieser Eigenschaft hat Wasser mehr als jede andere Substanz die Fähigkeit, Informationen zu speichern. Denn jegliche Clusterkonfiguration bedeutet für einen Empfänger, der damit in Resonanz treten kann, eine spezifische Information, auch wenn – wie bei dem Tonband mit Beethovens Neunter – physikalisch nichts messbar ist.

Ohne von diesen Mechanismen zu wissen, ist es Hahnemann nun gelungen, ein Verfahren zu entwickeln, durch das er die Information der von ihm zugrunde gelegten Wirkstoffe auf das Lösungsmittel – also in diesem Fall meist Alkohol oder Rohrzucker – übertragen konnte. Ein hochpotenziertes homöopathisches Präparat wirkt somit nicht durch die in ihm enthaltenen Substanzen, sondern durch die in ihm enthaltenen Informationen. Gerade das macht die Homöopathie für viele zu einem Tummelplatz für Selbstmedikationen, da sie meinen, es könne ja eigentlich nichts passieren, und Nebenwirkungen gebe es auch nicht. Doch welch enorme Wirkung auch reine Information in einem bestimmten Kontext haben kann, das sieht man an der scheinbar belanglosen Botschaft "Y-3, Q-3, B-2, C-1", die Paul Tibbets, Pilot des B-29 Bombers Enola Gay, am 6. August 1945 um 7.30 Uhr Ortszeit erhielt. Sie bedeutete für ihn, dass die Witterungsbedingungen über der japanischen Stadt Hiroshima gut seien, wohin er daraufhin seinen Bomber steuerte und wo er dann um 8.15 Uhr die erste Atombombe der Welt abwarf. Wir dürfen Information in ihrer Bedeutung und ihrer potentiellen Wirkung nicht unterschätzen. Gerade dadurch, dass homöopathische Präparate gar nicht auf der stofflichen Ebene, sondern auf der der Information wirken, sind sie noch weniger überschaubar als allopathische Medikamente. So können sie unmittelbar auf den Geist und die Gefühlswelt Einfluss nehmen und dort schlimmere Nebenwirkungen hervorbringen als direkt in der Physiologie. Daher ist auch hier höchste Vorsicht angeraten, und wir sollten uns möglichst auf das verlassen, was die Natur uns an reinen und unveränderten Stoffen und Informationen für unseren Körper bietet.

Hippokrates lag da zweifelsohne richtiger, als er bereits vor 2.000 Jahren den Leitsatz prägte: "Eure Nahrungsmittel sollen eure Heilmittel sein, und eure Heilmittel eure Nahrungsmittel." Darin kommt das grundlegende Vertrauen zum Ausdruck, dass die Natur Gottes alles zur richtigen Zeit, in der richtigen Menge und in der richtigen Kombination bereit hält, was wir für unsere Gesundheit brauchen. Und in der Tat macht die pharmazeutische Medizin bis heute im Wesentlichen nichts anderes, als natürliche Wirkstoffe aus Pflanzen zu isolieren oder synthetisch nachzuahmen. Dass sie damit jedoch nie der natürlichen Wirkungsweise gleichkommen kann, scheint ihr nicht bewusst zu sein. Denn stofflich mag ihr vielleicht die Imitation glücken, doch den korrekten Informationsgehalt wird sie künstlich nie erreichen. Es ist nun einmal so, dass mit jeglicher Veränderung oder Bearbeitung gleichzeitig eine Veränderung der enthaltenen Information einhergeht – und zwar nie zum Positiven. Denn wie wir gesehen haben kommt es bei Information – anders als bei reiner Materie – nicht nur auf die enthaltenen Bausteine an, sondern ganz entscheidend auch auf deren Anordnung, auf ihre Syntax. Für diesen Aspekt fehlt den Verantwortlichen jedoch der nötige Überblick über die Zusammenhänge, davon abgesehen, dass sie sich überhaupt nicht bewusst sind, dass sie es hier mit einem komplexen Informationsgefüge zu tun haben. Das ist so, wie wenn jemand ein hexadezimal codiertes Computerprogramm bekommt, es aber nur als einen langen Text aus den Zeichen 0 - 9 und A - F betrachtet. Wenn er dann irgendwo darin das englische Wort "FACE" – "Gesicht" – findet, meint er nun, dass der Text etwas mit einem Gesicht zu tun habe, und die Zeilen davor und dahinter irgendeine nützliche Information zu diesem Thema beinhalten. "Isoliert" er dann diese Zeilen, so zerstört er das gesamte Programm – freilich ohne es zu wissen – und hat nicht einmal in Ansätzen das in Händen, was er glaubt, gefunden zu haben.

Obwohl diese Ausführungen sicherlich den meisten einleuchten, machen wir doch fast alle genau diese Fehler, und zwar mehrmals täglich bei der Nahrungszubereitung. Anstatt die Nahrung so zu nehmen und zu essen, wie die Natur sie uns zur Verfügung stellt, verarbeiten wir sie. Wir isolieren, mischen, gefrieren, erhitzen, verfeinern, würzen etc. und sind uns nicht im Geringsten bewusst, was wir da eigentlich anrichten. Dazu kommt noch all das, was wir nicht selbst tun, was aber von der

Nahrungsmittelindustrie meist ohne unser Wissen manipuliert wird, um die Nahrungsmittel zu konservieren, streich-, schmelz- oder rieselfähig zu erhalten, zu verflüssigen oder zu verfestigen, sie mischbar, luftig, locker, farbig, klebrig, crunchig, knackig, bissig etc. zu machen, oder sie am Klumpen, Flocken, Austrocknen, Hartwerden o. ä. zu hindern. Wir ernähren uns heute eigentlich nicht mehr von wirklichen Lebensmitteln, sondern von gut verpackten, marktwirksam gestylten Chemiecocktails, die mit allen Tricks die Illusion der traditionellen natürlichen Deftigkeit erzeugen. "Wie bei Grossmutter, frisch aus dem Garten!" Dabei müsste sich doch jeder klar denkende Mensch zumindest einmal fragen, woher in der Tütensuppe, die vor zwei Minuten noch ein reines Pulver war, plötzlich "echte" Gemüse-, Kartoffel- oder Fleischstückchen kommen. Ebenso verwunderlich ist es, dass der Instant-Braten auch in der Mikrowelle braun wird, obwohl dort überhaupt kein Grillvorgang stattfindet.

Wir haben an früherer Stelle bereits ausführlich über die Ernährung gesprochen, allerdings vorwiegend über ihren materiellen Aspekt. Die damit verbundene Informationsübermittlung haben wir dagegen nur im Zusammenhang mit Martha und ihren Depressionen erwähnt. Sie ist jedoch überall ein ganz wesentlicher Faktor. Denn so wie ein Tier kurz vor dem Schlachten mit jeder Faser seines Bewusstseins und jeder Zelle seines Körpers nur noch in panischer Todesangst bebt, so stellt sein Fleisch später – egal in welcher Form – codierte Angst, Aggression und Verzweiflung dar, und das ist die Information, die jeder seinem Körper und seinem Bewusstsein zuführt, wenn er Fleisch isst. Dabei macht es keinen wesentlichen Unterschied, ob das Fleisch aus glücklicher Weidehaltung oder aus einem Massentierbetrieb stammt. Denn der Zeitpunkt des Todes hat in beiden Fällen die gleiche Qualität – für das "glückliche" Tier sogar noch zusätzlich mit dem Beigeschmack der perfiden Hinterhältigkeit, während das Tier aus Massenhaltung eher erlöst wird.

In diesem Fall sind die Mechanismen einigermassen klar nachzuvollziehen, und dennoch machen sich nur relativ wenige Menschen Gedanken darüber. Wie steht es dann jedoch erst mit all den kleinen, aber wichtigen Informationselementen, die wir sonst mit der Nahrung verabreicht bekommen, ohne dass wir etwas davon ahnen und ohne dass wir weiter verfolgen können, was sie in der Symphonie unseres Körpers anrichten! Die Quantität spielt dabei ja keine Rolle, wie wir bereits gesehen haben, denn auch ein gehauchtes “Nein” ist ein “Nein”. Aber unser Körper empfängt all diese Information auf unfehlbare Weise und reagiert auch entsprechend darauf. So machte Rudolph Virchow, der Vater der modernen Pathologie, 1897 eine merkwürdige Entdeckung. Er hatte als erster erkannt, dass Krankheiten etwas mit den Zellen des Körpers zu tun haben und dass sich auf dieser Ebene auch die wesentlichen Stadien vom Ausbruch bis zur Heilung abspielen. Im Zusammenhang mit seinen diesbezüglichen Untersuchungen stellte er nun fest, dass sich kurz nach dem Essen die Anzahl der weissen Blutkörperchen im Blut immer deutlich erhöht. Dieses Phänomen, das auch heute noch unter dem Namen “Verdauungsleukozytose” bekannt ist, stellte ein Rätsel dar. Denn normalerweise bedeutet eine Leukozytose, also eine Erhöhung der Anzahl der weissen Blutkörperchen im Blut, dass der Körper mit Eindringlingen kämpft. Die Leukozyten bilden nämlich einen Hauptbestandteil unseres Immunabwehrsystems und haben die Aufgabe, für den Körper gefährliche Substanzen oder Zellen – auch körpereigene, wie beispielsweise beim Krebs – aufzufinden, zu markieren, unschädlich zu machen oder einfach aufzufressen. Diese Verdauungsleukozytose konnte sich also zwar niemand erklären, da aber der Befund eindeutig und leicht reproduzierbar war, wurde er als physiologisches Phänomen hingenommen und festgehalten – bis sich in den 20er Jahren der Schweizer Arzt Paul Kouchakoff aus Lausanne der Sache erneut annahm. Er führte mehrere Hundert Versuche durch, deren Resultate er 1930 in Paris auf dem ersten internationalen Mikrobiologie-Kongress und in erweiterter und detaillierterer Form 1937 in einer Veröffentlichung bei der Société vaudoise des sciences naturelles in Lausanne präsentierte. Darin stellte er fest, dass die Verdauungsleukozytose kein physiologisches, sondern ein pathologisches – also krankhaftes – Phänomen ist. Seine Untersuchungen hatten nämlich ergeben, dass sie nicht auftritt, wenn man ungekochte Nahrung zu sich nimmt, wobei er in seiner zweiten Veröffentlichung sogar eine sogenannte kritische Temperatur von verschiedenen Nahrungsmitteln angab, bis zu der man sie maximal erhitzen darf. Diese Temperatur liegt jedoch durchwegs unter 100°C. Weiterhin stellte er fest, dass die Leukozytose geringer ausfällt oder überhaupt nicht auftritt, wenn man bei jeder Mahlzeit von jedem Nahrungsmittel mindestens 10% roh zu sich nimmt.

Aufgrund dieses Befundes können wir also festhalten, dass unser Körper Probleme damit hat, wie wir unsere Nahrungsmittel vor dem Essen verarbeiten. Dabei spielten bei Kouchakoffs Versuchen die heutigen problematischen Zusatzstoffe der Industrienahrungsmittel sicherlich noch keine Rolle. Denn die gab es damals noch gar nicht. Das Entscheidende war laut seiner Feststellung die Temperatur. Und das ist auch nicht weiter erstaunlich, wie wir heute mit unseren viel grösseren ernährungsphysiologischen Kenntnissen nachvollziehen können. Mittlerweile wissen wir nämlich, dass Nahrungsmittel, wenn sie auf mehr als 48°C erhitzt werden, beginnen, sich chemisch zu verändern: Proteine gerinnen, Kohlenhydrate karamellisieren, Fettsäuren verändern ihre Struktur, bis zu der Hälfte der Vitamine werden zerstört, die Mineralien werden wieder in ihre anorganische, für den Körper unbrauchbare Form zurückgeführt, natürliche Faserstoffe brechen auf, so dass sie ihre für den Darm so wichtige Funktion einbüssen, und die Enzyme werden vollständig zerstört. Dabei beginnt die Denaturierung der Proteine bereits bei 42°C, was auch der Grund dafür ist, dass Fieber lebensgefährlich wird, wenn es in diesen Temperaturbereich kommt.

Hier ist es entscheidend zu verstehen, dass die Makromoleküle, die unseren Körper aufbauen und wichtige Funktionen in ihm ausüben, so komplex und spezialisiert sind, dass es bei ihnen nicht nur darauf ankommt, aus welchen Bestandteilen sie in welcher Anordnung zusammengesetzt sind. Ebenso wichtig ist vielmehr ihre räumliche Struktur. So gibt es beispielsweise zwei Formen der Milchsäure, die einander so ähnlich sind wie zwei Hände. D. h. sie bestehen aus exakt denselben Bestandteilen in derselben Anordnung, sind jedoch spiegelbildlich voneinander verschieden. Und dieser kleine räumliche Unterschied macht sich tatsächlich entscheidend bemerkbar. Denn der Körper produziert nur die sogenannte rechtsdrehende L(+)-Form und kann diese auch mit Leichtigkeit verdauen. Die linksdrehende D(–)-Form kommt dagegen normalerweise im Körper überhaupt nicht vor und kann in der Nahrung auch nur über Umwege verstoffwechselt werden. Somit haben wir hier wieder ein subtiles Informationselement vor uns, das für den Körper jedoch eine grosse Rolle spielt. Ein weiteres Beispiel bilden die Prionen, die für den Rinderwahnsinn und die Creutzfeldt-Jakob-Krankheit verantwortlich sind. Dabei handelt es sich nämlich eigentlich um körpereigene Proteinmoleküle, die jedoch eine andere räumliche Faltung aufweisen und dadurch schädlich werden. Diese Beispiele zeigen, dass die räumliche Struktur von Makromolekülen alles andere als zweitrangig ist. Und gerade sie ist es, die sich beim Erhitzen als erstes verändert, wodurch die Moleküle ihre biologische Wirksamkeit verlieren und sogar schädlich werden können, wenn der Körper sie dennoch benutzt. So verlieren beispielsweise die ungesättigten Fettsäuren in hochwertigen pflanzlichen Ölen beim Erhitzen ihre gekrümmte Struktur und werden gerade. Dadurch verhalten sie sich wie gesättigte Fettsäuren und beginnen ebenfalls, zu klumpen und Ablagerungen an den Arterienwänden zu bilden. Werden sie nun in dieser Form von einer Körperzelle in ihre Zellwand eingebaut, so können sie natürlich die von ihnen erwartete Funktion nicht erfüllen und bringen erhebliche Störungen in den gesamten Zellstoffwechsel.

Auch Enzyme verlieren bereits ab 42°C ihre räumliche Struktur und damit ihre biologische Funktion, die darin besteht, chemische Reaktionen im Körper zu erleichtern oder überhaupt erst zu ermöglichen. Dafür produziert das Verdauungssystem eine ganze Reihe von spezifischen Verdauungsenzymen, und jede Zelle benötigt solche Moleküle für ihre korrekte Funktion. Bisher wurden 5.000 verschiedene Enzyme entdeckt. Schätzungen zufolge sollen jedoch an die 100.000 nötig sein, um alle Funktionen des Körpers aufrecht zu erhalten. Pflanzliche Nahrungsmittel, insbesondere Früchte, aber in geringerem Masse auch andere Pflanzenteile, enthalten nun von Natur aus eine grosse Menge eigener Enzyme, welche die Pflanze für ihren eigenen Stoffwechsel benötigt. Sie sind beispielsweise dafür verantwortlich, dass eine Frucht reift und dann auch mit der Zeit überreif wird. Diese Pflanzenenzyme können für unser Verdauungssystem eine wertvolle Hilfe darstellen, da sie quasi dieselben Verdauungsprozesse bewirken, wie sie in unserem Magen und Darm stattfinden. Aus diesem Grund haben typische Pflanzenfresser im Tierreich – wie wir in Kapitel 4 gesehen haben – einen strukturierten Magen, der es den nahrungseigenen Enzymen für eine gewisse Zeit erlaubt, ihre Vorverdauung weiter durchzuführen, bevor die Verdauungssäfte des Körpers voll ins Spiel kommen. Ausserdem wurde durch radioaktive Markierungsversuche sogar festgestellt, dass die Enzyme in der Nahrung zu einem erstaunlich grossen Teil den Magen unbeschadet passieren, ihre Funktion im Dünndarm weiter ausführen und sogar über das Blut in die Körperzellen wandern, um dort weiterzuarbeiten. Das alles macht deutlich, welch grossen Wert Enzyme in der Nahrung haben – vorausgesetzt, sie werden durch Erhitzen nicht zerstört, was bereits ab 42°C der Fall ist. Bei gekochter Nahrung muss der Körper viel mehr Energie für die Verdauung aufwenden, da er zum einen sämtliche benötigten Enzyme selber produzieren muss und es zum anderen nur mit grösster Mühe oder sogar überhaupt nicht schafft, das geronnene Eiweiss und die karamellisierten Kohlenhydrate in ihre Einzelbestandteile zu zerlegen.

Selbst für die Mineralstoffe hat das Erhitzen eine negative Wirkung, obwohl sie selbst ja gegen Hitze unempfindlich sind. Sie sind nämlich für den Körper in ihrer elementaren Form nur schwer verwertbar und sollten deshalb in einen Molekülkomplex aus organischen Molekülen eingebunden sein. Wird dieser Komplex aber zerstört, dann liegen die Mineralstoffatome oder -ionen wieder in anorganischer Form vor, in der der Körper so wenig mit ihnen anfangen kann wie mit einem rostigen Nagel oder einem Stück Kupferdraht.

Mit diesem Verständnis ist es also nicht mehr erstaunlich, dass der Körper auf gekochte Nahrung in derselben Weise reagiert, als ob er sich gegen schädliche Fremdkörper verteidigen müsste. Er muss es ja tatsächlich auch! Denn die Hitzeanwendung hat die natürlichen Nährstoffe so verändert, dass der Körper sie kaum wieder erkennt und nur unter grossem Aufwand nutzen kann – wenn überhaupt. Nicht umsonst ist die Bauchspeicheldrüse, die ja die meisten dieser Enzyme produzieren muss, beim heutigen Menschen in Relation zum Körpergewicht doppelt so gross wie bei pflanzenfressenden Tieren. Und Experimente mit Ratten haben gezeigt, dass deren Bauchspeicheldrüse innerhalb von einem halben Jahr um etwa ein Viertel an Gewicht zunimmt, wenn sie nur mit gekochter Nahrung ohne eigenen Enzymgehalt gefüttert werden.

Wir haben es hier in der Tat mit einem sehr subtilen Problem zu tun, auf das selbst ernährungsbewusste Menschen bei den Inhaltsstoffangaben ihrer Nahrungsmittel keine Hinweise finden werden. Es ist ja in erster Linie auch kein stoffliches, materielles Problem, denn die meisten Bestandteile sind als solche sehr wohl da – nur eben in leicht veränderter Form. Diese veränderte Form bringt jedoch eine solch drastische

Änderung in der übermittelten Information mit sich, dass sich für den Körper die Situation geradezu auf den Kopf stellt. Dabei haben wir noch überhaupt nicht von all den Zusatzstoffen gesprochen, die uns heute – legal oder illegal – in den Nahrungsmitteln untergejubelt werden. So wurden von der Nahrungsmittelindustrie gerade in der jüngeren Vergangenheit die Enzyme als – nicht deklarationspflichtige – Wunderhelfer entdeckt, die beispielsweise das Aroma von Erbsen in der Dose verbessern, den milden Geschmack von Pulverkaffee bewerkstelligen, die Ausbeute bei der Herstellung von Fruchtsäften und auch von kaltgepresstem Olivenöl erhöhen oder Marmelade, Nudeln und Kräcker länger haltbar machen. Dabei stammen auch bei pflanzlichen Nahrungsmitteln die verwendeten Enzyme zum Teil aus tierischem Ursprung, zum Beispiel aus Hühnereiern. Welches Informationskauderwelsch für unseren Körper! Denn die Enzyme arbeiten auch in unserem Körper unaufhaltsam weiter. Und was sie dort anstellen, das weiss – und dafür interessiert sich auch – bisher keiner. Aber wir dürfen uns ohnehin keiner Illusion hingeben. Denn selbst wenn alle Inhaltsstoffe lückenlos aufgeführt werden müssten, würde das nur die stoffliche Transparenz erhöhen, nicht jedoch die informationelle. So ist es beispielsweise bereits üblich, Erdbeer- und Himbeeraroma oder auch Vanillin aus Holzspänen herzustellen. Solche Aromen dürfen sogar als natürlich bezeichnet werden, da Holz ja ein natürlicher Grundstoff ist. Das macht übrigens auch verständlich, wie es zu den medienträchtigen Lebensmittelskandalen kommen konnte, bei denen giftige Holzschutzmittelrückstände in Fruchtjoghurts gefunden wurden. Aber auch alle Arten von Industrieabfällen finden bei der Herstellung unserer Nahrung ihre kostenminimierende Verwendung. So stammt das "wertvolle" Jod, mit dem immer mehr Lebensmittel künstlich angereichert werden, oftmals aus Produktionsrückständen der chemischen Industrie, die Ballaststoffanreicherungen im Brot aus Resten aus Brauereien oder Margarinefabriken und die Gelatine im Joghurt aus Schlachtereiabfällen. Ferner werden aus Schlachtfetten Emulgatoren für viele – auch "rein pflanzliche" – Nahrungsmittel hergestellt und aus Schweineblut Zusätze für Schokolode oder Kekse. Zu all dem kommt eine nicht mehr überschaubare Liste synthetischer Zusatzstoffe, aus denen insgesamt ein Informationscocktail schlimmster Art zusammengebraut wird, der für die widersprüchlichsten unbekannten und unerwarteten Reaktionen in unserem Körper, aber auch in unserem Geist und unserer Seele verantwortlich ist. Dabei geht das allein gültige Prinzip der Profitmaximierung sogar bereits so weit, dass japanische Wissenschaftler ein Verfahren entwickelt haben, aus Klärschlamm einen Rohstoff für Fertiggerichte zu machen.

Dies mag nun sicherlich bei vielen zu ekelerfüllter Abwehr führen, doch bei genauerem Hinsehen versorgen wir unseren Körper durch unser Trinkwasser bereits seit Jahren mit aufbereiteten Abwässern aus industriellen Anlagen oder Klärwerken, die aus den grossen Flüssen über die zentrale Fernwasserversorgung in unsere Wasserleitungen gepumpt werden. Selbstverständlich werden sie vorher aufbereitet, gereinigt und strengstens auf ihre Inhaltsstoffe geprüft. Doch wenn wir uns das von Samuel Hahnemann im Zusammenhang mit der Homöopathie entdeckte Prinzip der Potenzierung und das oben beschriebene "Erinnerungsvermögen" des Wassers nochmals vor Augen halten, dann drängt sich unweigerlich der Vergleich unseres Leitungswassers mit einem hochpotenzierten Präparat auf, bei dem zwar die ursprüngliche Substanz sorgsam wegverdünnt wurde, seine Information dafür aber umso stärker und wirksamer enthalten ist. Alle chemischen Analysen, selbst mit den modernsten und empfindlichsten Apparaturen, werden hier keine weiteren Aufschlüsse liefern. Denn für sie ist das aufbereitete Wasser des Rheins von gleicher Qualität wie frisches Quellwasser aus den Alpen – und auf der Ebene der Inhaltsstoffe mögen sie auch Recht haben. Doch mit demselben Argument und auf der Grundlage derselben Apparaturen können wir statt homöopathischer Präparate auch gleich das reine Lösungsmittel verwenden. Wenn die Hochpotenzen jedoch eine tiefgreifende Wirkung auf den Körper haben, obwohl sie von den ursprünglichen Wirkstoffen nichts mehr enthalten, dann hat auch das Wasser – und mit ihm alle Nahrungsmittel – eine Wirkung, die auf sämtliche Stoffe und Bearbeitungsverfahren zurückgeht, mit denen es in Berührung gekommen ist. Und dann sollten wir uns schleunigst über diese Informationen Gedanken machen, mit denen wir uns ständig füttern. Die Natur – selbst die unbelebte anorganische – hat offensichtlich ein Gedächtnis und übermittelt uns Informationen, die für die analytische Forschung so unmessbar und unvorstellbar sind, wie Beethovens Neunte auf dem Tonband. Denn sie hat keinen Empfänger dafür und untersucht nur die stofflichen Eigenschaften des Bandes. Unser Körper jedoch ist ein Empfänger höchster Empfindlichkeit, und unser momentaner Zustand zeigt, dass er Daten empfängt, die ihn zugrunde richten.

Selbstverständlich ist es richtig, dass wir auf die Luft, die wir atmen, auf das Wasser, das wir trinken, und selbst auf die Nahrung, die wir essen, immer weniger Einfluss haben, doch müssen wir uns auch bewusst machen, dass wir alle Teil der Gesellschaft und des Systems sind, welches alles so weit hat kommen lassen. Wenn uns unsere Gesundheit und unsere Entwicklung wirklich am Herzen liegen, dann müssen wir Entscheidungen treffen und beginnen, unser Leben wieder selbst in die Hand zu nehmen. Und je mehr Menschen das tun, desto eher werden die schädlichen und krankmachenden Verirrungen aufhören. Wir haben es ja zum Glück einfach. Denn wir brauchen kein kompliziertes Verfahren zu entwickeln, um unseren Körper mit den richtigen Nährstoffen und der richtigen Information zu versorgen. Wir brauchen vielmehr nur das Wesentliche wieder der Natur und ihren Mechanismen zu überlassen. Dort funktioniert nämlich seit Anbeginn der Schöpfung alles in so perfekter Feinabstimmung, dass auch für uns die optimalen Voraussetzungen dabei herauskommen. So gibt es keine bessere Informierungsapparatur für die Luft als die wogenden Wipfel der Bäume und Sträucher mit ihren schwingenden Blättern, keine perfektere Informierungsapparatur für das Wasser als die Gesteins- und Mineralschichten in der Erde und keine vollkommenere Informierungsapparatur für unsere Nahrung als die Pflanzen, die jede für sich mit ihrer grandiosen Intelligenz in perfekter Abstimmung auf die Jahreszeit, Temperatur, Feuchtigkeit und das gesamte Ökosystem aus der Energie der Sonne und den Mineralien der Erde eine einzigartige Komposition aus Nährstoffen, Spurenelementen, Geschmacksstoffen, Enzymen und Informationen herstellt, wie sie für unseren Körper idealer nicht sein könnte.

Lassen wir doch einfach ab von der irrigen Vorstellung, wir könnten es besser machen als die unendliche Intelligenz, die uns selbst inklusive unserer Intelligenz hervorgebracht hat, und dazu noch in perfekter Abstimmung aufeinander all die anderen Teile der belebten und unbelebten Natur. In jeder einzelnen reifen Frucht und jedem Samen sind die kostbarsten Schätze verborgen, die selbst alle Chemielabors der Welt zusammen nicht einmal annähernd in dieser Vielfalt und Perfektion herstellen könnten. Sobald wir jedoch hergehen und versuchen, sie zu extrahieren, zu isolieren oder zu konzentrieren, gehen wertvolle Elemente ihrer Struktur und Zusammensetzung verloren. Licht, Sauerstoff oder Hitze verändern die Gestalt der komplexen Moleküle und machen sie für unseren Körper minderwertig oder gar wertlos. Diesen Verlust können alle Nahrungsergänzungsmittel der Welt niemals mehr wett machen. Dieser Verlust ist es aber auch, der uns ewig unzufrieden, unbefriedigt und ungesättigt lässt. Unser Körper hungert, obwohl der Magen bereits überfüllt und das Körpergewicht zu hoch ist. Dabei hungert er nicht nach den Grundbausteinen seiner Existenz, für die mehr als reichlich gesorgt ist, sondern nach der Information "zwischen den Zeilen", nach jenen subtilen Botschaften in Form von Molekülen oder von sich erinnernden Molekülstrukturen, die ihm die wirkliche Essenz des Lebens vermitteln und unabdingbar nötig dafür sind, dass aus Existieren Leben wird, aus Funktionieren Entwicklung, aus Klang Musik und aus Gesundheit wahre Gesundheit.

Allerdings sollten wir auch sehr darauf Acht geben, wann und in welcher Form wir unserem Körper Informationen zukommen lassen. Denn so wie die meisten von uns sich gegen die unaufgeforderte Zusendung von Post, Faxen oder eMails wehren, was ja gerade in neuerer Zeit als SPAM sehr verpönt ist, so muss sich auch unser Körper mit jeder Information auseinander setzen, ob er sie nun wollte, brauchen kann oder nicht. Solches Spamming, also die unaufgeforderte Eingabe von Information, betreiben wir nun aber mit jedem "kleinen Bissen" zwischendurch, mit jedem Gewürz und mit jedem "Gläschen" oder "Tässchen", ausser mit reinem Wasser. Auch Kräuter und Tees sind hochkonzentrierte Informationsträger und sollten dem Körper in diesem Bewusstsein verabreicht werden – wenn er es braucht, als Medizin, oder wenn er deutlich danach verlangt – nicht aus Gewohnheit, Langeweile oder sozialen Anlässen. Sonst verursachen auch sie Disharmonie.

Strikt vermeiden sollten wir auf jeden Fall die destruktiven Klänge des Todes, die heutzutage bei den meisten Menschen leider mindestens bei jedem zweiten Bissen mitschwingen. Denn sie übertönen alles und ersticken im Laufe der Zeit die gesamte Symphonie des Lebens. Ebenso ist alles zu meiden, was in unserem Körper die interne Informationsübermittlung und -verarbeitung stört. Dazu gehört in erster Linie Alkohol. Denn er behindert bekanntermassen nervale Prozesse und tötet sogar Nervenzellen ab. Es gibt zwar noch immer Vertreter der Meinung, Alkohol sei in geringen Mengen gesundheitsförderlich, doch steht das im Gegensatz zu allen physiologischen Befunden und ist wohl nur auf die eigene Verfangenheit dieser Personen zurückzuführen. Auch hier kann und muss sich jeder mit seinem freien Willen entscheiden, was ihm wichtig ist. Entscheidend ist dabei jedoch, sich darüber im Klaren zu sein, dass jedes noch so kleine "Gläschen in Ehren" den Geist in seinen Funktionen benebelt. Selbst wenn man das aus gewohnheitsbedingter Abstumpfung nicht mehr direkt wahrnimmt, so hat es doch irgendwo seine konkrete Auswirkung, indem beispielsweise eine Immunreaktion ausgelassen, ein Verdauungsschritt fehlerhaft ausgeführt oder bei der in Kapitel 3 besprochenen Erneuerung unseres Körpers ein Backstein falsch ausgetauscht wird. Die gleichen Fehler können auch durch andere Nervengifte oder Drogen, Stress sowie Schlafmangel verursacht werden. Es gehört eben eine grosse Portion Verantwortung dazu, ein solch komplexes System wie unseren Körper zur Verfügung zu haben. Doch gleichzeitig kann – und wird – er bei korrekter Handhabung Höhenflüge ermöglichen, die jeden Mondflug weit in den Schatten stellen.

Zum Abschluss der Diskussion über die Ernährung wollen wir nun noch auf eine Klasse von Nahrungsmitteln eingehen, die wir bisher nur am Rande erwähnt haben: Milch und Milchprodukte. Milch ist ein problematisches Nahrungsmittel, um das sich – wahrscheinlich aus unserer eigenen Kindheit – eine ganze Reihe von Mythen und starken Gefühlsassoziationen ranken. In allererster Linie ist sie aber bei allen Säugetieren die natürliche Nahrung für ein neugeborenes Baby bis zu dem Zeitpunkt, ab dem es selbst essen kann. Darauf sind ihre Zusammensetzung und ihr Informationsinhalt in absolut perfekter Weise abgestimmt und passen sich auch exakt dem Wachstum und den Bedürfnissen des Säuglings an. Also ist Kuhmilch nicht für den Menschen, sondern für ein Kuhbaby vorgesehen, das sein Gewicht nicht innerhalb eines halben Jahres wie beim Menschenbaby, sondern in 1½ Monaten verdoppelt und nach einem Jahr bereits 150 kg wiegt. Deshalb enthält sie auch – wie wir bereits in Kapitel 4 gesehen haben – mehr als dreimal soviel Eiweiss und mehr als viermal so viel Kalzium wie Muttermilch. Gerade deswegen wird Kuhmilch aber auch als ideales Nahrungsmittel angesehen, in Zeiten, in denen immer mehr Menschen unter Kalziummangel leiden und viele Frauen im Alter Osteoporose bekommen. Doch zum einen wird durch Pasteurisierung etwa die Hälfte des Kalziums in der Milch für den Menschen nutzlos, zum anderen verbraucht der Körper mehr Kalzium, um mit den hohen Proteinmengen fertig zu werden, als die Milch ihm liefert. Bei fettarmer Milch wird diese Bilanz noch negativer, da hier das für die Absorption des Kalziums nötige Fett weitgehend fehlt. Zudem werden durch das Pasteurisieren und vor allem durch das Ultrahocherhitzen die wertvollen Enzyme in der Milch vollständig denaturiert. Darüber hinaus wird auch noch ihre innere Struktur durch das Homogenisieren verändert, bei dem die Milch unter enormen Drücken durch feine Düsen gepresst wird, damit das Fett sich besser in kleinere Tröpfchen verteilt. Dieser Prozess setzt Stoffe aus den Membranen der Fetttröpfchen frei, die zu Unverträglichkeitsreaktionen führen können.

Gemäss unserer Klassifizierung aus Kapitel 4 sind Milch und Milchprodukte nicht zu den tierischen, sondern zu den pflanzlichen Nahrungsmitteln zu rechnen, da sie nicht von Fäulnisbakterien, sondern von Milchsäurebakterien befallen werden. Aus dieser Sicht ist also grundsätzlich nichts gegen sie einzuwenden, was allerdings nicht für H-Milch und die anderen stark veränderten Milchprodukte gilt, die heute auf dem Markt angeboten werden. Denn diese werden nur noch in den seltensten Fällen sauer, eher faulen oder schimmeln sie und sind daher für den Menschen schädlich. Allen, die nach diesen Betrachtungen und denen in Kapitel 4 noch immer meinen, nicht auf Milch verzichten zu können oder zu wollen, sei daher unbedingt zu roher und möglichst unbehandelter Milch von Weidekühen geraten. Denn alles andere ist stark denaturiert und dadurch gesundheitsgefährlich. So sind Milchunverträglichkeiten meist weniger auf die Milch selbst als auf die Verarbeitungsprozesse zurückzuführen, denen sie unterzogen wird. Eine Ausnahme bildet dabei die Verarbeitung zu Sauermilch oder Naturjoghurt, da diese die Milch nicht denaturiert, sondern eher aufwertet. Denn die Stoffwechselaktivität der Milchsäurebakterien belebt sie neu und macht sie leichter verdaulich.

Ein weiterer überaus wichtiger Faktor ist gerade im Zusammenhang mit Milchprodukten die Menge. Denn da es sich hier um äusserst hochkonzentrierte Nahrungsmittel handelt, sollten sie höchstens sporadisch und nur in kleinen Mengen verzehrt werden. Dies gilt umso mehr für die weiterverarbeiteten Produkte der Milch, da sich hier die Nährstoffkonzentration noch weiter beträchtlich erhöht. So wird beispielsweise für die Herstellung von Käse etwa die zehnfache Menge Milch benötigt. Das traditionelle Kleinbauerntum, so wie es in früheren Jahrhunderten üblich war und auch heute noch in manchen Teilen der Welt zu finden ist, kam diesen Mengen sicherlich sehr viel näher als die heutige industrielle Massenproduktion. Denn damals gab es nur Milch, solange eine Kuh ein Kalb hatte, und auch nur so viel, wie das Kalb übrig liess. Auf diese Weise war die Milch also immer wieder zeitweise ein Teil der Ernährung, bzw. wurde für die übrigen Zeiten in Form von kleinen Mengen Käse haltbar gemacht. Lange Zeit gab es aber auch immer wieder nichts. Die heute üblich gewordenen Produktions- und Konsummengen stellen jedoch einen Wahnsinn dar, der uns nicht nur gesundheitlich teuer zu stehen kommt, sondern auch für die Kühe ein brutales Los bedeutet. Aus diesem Grund schwingt heute auch bei jedem Milchprodukt unabwendbar der Beigeschmack und der Unterton der Misshandlung und des Todes mit, der sicherlich keinen positiven Beitrag für unsere Gesundheit und Entwicklung leistet.

Insgesamt ist und bleibt es einfach so – unabhängig von Verarbeitung und Menge –, dass Kuhmilch und die aus ihr hergestellten Produkte die Information der Kuh-Werdung in sich tragen und weitervermitteln. Daher muss sich, von allen geschmacklichen und physiologischen Gesichtspunkten abgesehen, jeder wiederum klar darüber werden, was er anstrebt und mit welcher Information er seinen Körper und seinen Geist füttern will.

Nun haben wir viel über Information gesprochen und in den bisherigen Kapiteln auch viele grundlegende und wichtige Informationen behandelt. Doch wie so oft nach der Lektüre eines aufschlussreichen Buches oder dem Besuch eines interessanten Vortrags stellt sich die Frage nach dem “Was nun?”. Diese Frage zeigt bereits in sich den begrenzten Wert von reiner Information. Denn allein dadurch, dass wir mit unserem Verstand Information aus einem Buch, einem Computer oder von einer Person aufgenommen haben, hat sich an dieser Information selbst nichts verändert. Sie ist sozusagen nur auf einen zusätzlichen Speicherplatz kopiert worden, wo sie nun weiter darauf warten kann, dass etwas mit ihr geschieht, so wie das Buch oder die Computerdisketten, die im Regal verstauben. Wir sind jedoch mehr als nur ein Informationsspeichermedium. Denn im Unterschied zu Büchern oder Computern haben wir die Möglichkeit, Information umzusetzen, anzuwenden, zu leben. Dadurch können wir aus der Information etwas machen, was ungleich viel wertvoller und komplexer ist. Wir können sie gewissermassen in eine andere Dimension transformieren. Wir können sie in Wissen verwandeln.

Das Wort "wissen" wird in unseren heutigen Sprachen leider meist mit "informiert sein" gleichgesetzt, so dass die soeben erwähnte Transformation von Information in Wissen nach nichts Besonderem aussieht. Doch das Wissen, von dem wir hier sprechen, ist etwas ganz anderes, weshalb wir dafür auch lieber das Sanskrit-Wort "Veda" verwenden wollen. Der Unterschied zwischen herkömmlichem sogenanntem Wissen und echtem Wissen – Veda – lässt sich vielleicht erahnen, wenn man den Binär-Code eines programmierten Computerspiels, also eine schier endlose Aneinanderreihung von '0' und '1', mit dem tatsächlich ablaufenden Programm mit all seinen Farb-, Sound- und Bewegungseffekten vergleicht. Oder noch besser: wenn man die Buchstabenfolge 'ICH LIEBE DICH' mit der Reaktion und dem Zustand der Person vergleicht, die diese Botschaft von dem richtigen Menschen in der richtigen Situation erhält. Wissen geht also weit über den Intellekt hinaus und bezieht Geist, Körper und Seele gleichermassen mit ein. Erst wenn wir etwas verstandesmässig begriffen haben, es gefühlsmässig glauben und es körperlich "in Fleisch und Blut übergegangen ist", wissen wir es. Dann jedoch erfüllt es jede Zelle unseres Körpers, jeden Winkel unserer Seele und jeden Sektor unseres Geistes. Wir werden es und leben es mit jeder Faser unseres Bewusstseins. Das mag sich nach sehr grossen Worten anhören, doch jedes frisch verliebte Paar, jede liebende Mutter oder jeder wirkliche Künstler wissen, was gemeint ist. Wenn eine bestimmte Information zu Wissen geworden ist, dann gibt es nicht mehr die geringste Spur von Zweifel, Vorbehalt oder Abwehr. Wir setzen sie dann in jeder Situation spontan und korrekt um. Bedroht uns beispielsweise jemand mit einem Messer, so nehmen wir das vielleicht zunächst nicht richtig ernst, selbst wenn uns die Klinge schon an der Kehle sitzt. Sobald uns jedoch klar wird, dass der Betreffende es wirklich ernst meint, reagieren Geist, Körper und Gefühlswelt in eindeutiger Weise. Rettet uns dann jemand aus dieser lebensbedrohlichen Situation, so braucht es keine Überlegung und keine äusseren Impulse, um ihm gegenüber dankbar zu sein. Vielmehr vibriert dann unsere gesamte Gefühlswelt, bebt jede Zelle unseres Körpers und überschlägt sich unser Geist förmlich in tiefst empfundener echter Dankbarkeit.

Die Frage, die sich nun also stellt – gerade angesichts der vielen in diesem Buch besprochenen Aspekte –, ist: Wie machen wir Information zu Wissen? Das ist diejenige Schwelle, die jeder überwinden muss, wenn er seine Ernährung umstellen, dauerhaft abnehmen, mit dem Rauchen aufhören oder irgendwelche andere Gewohnheiten ablegen will. So mag man vom Kopf her alle Informationen besitzen, was Zigarettenrauch im Körper anrichtet, oder sich vom Gefühl her mit seinen überschüssigen Pfunden fürchterlich unwohl fühlen, doch solange der Körper nicht mitspielt und sich diese Information nicht auch zueigen macht, kann man alle Bemühungen der Welt anwenden und wird es doch nicht schaffen, wirklich von den Problemen weg zu kommen. Denken wir zurück an den jungen Mann mit den Würstchen. Er ernährte sich bereits seit zwei Jahren voll vegetarisch und hatte auch sehr gute Erfahrungen damit, wie er selbst bestätigte. Und doch war in irgendeiner Ecke seines Bewusstseins der Groschen noch nicht ganz gefallen. Der Geruch der Würstchen löste in irgendwelchen Zellen seines Körpers Impulse aus altbekannten langjährigen Gewohnheiten aus, an die sich auch sein Geist in irgendeinem Sektor erinnerte, und die gleichzeitig irgendwelche längst vergessenen Gefühle wieder wachriefen. So entstand regelmässig ein Appetit, dem er nur mit starker Willensanstrengung Herr werden konnte und der ihn auf Dauer immer unfreier machte. Als er dann jedoch auf den Rat von Samuk Deda hin seine eigentlich berechtigten verstandesmässigen Vorbehalte einmal ausschaltete – was ihm keineswegs leicht fiel, wie er selbst schilderte –, geschah das Wunderbare. Sein Körper machte bis hin zur letzten Zelle die konkrete Erfahrung, was ein solches Würstchen physiologisch bewirkt. Dadurch wurde ihm verstandesmässig, gefühlsmässig und körperlich durch und durch bewusst, dass dieses Lustgefühl kein Bedürfnis, sondern nur eine ferne

Erinnerung war, die jeder wirklichen Grundlage entbehrte und zu seinem gegenwärtigen Zustand überhaupt nicht mehr passte. Diese Erinnerung wurde durch die neue aktuelle Erfahrung gelöscht und durch das neue Körpergefühl überschrieben. Auf diese Weise reagierte er fortan auf allen Ebenen mit Abwehr, und das ohne dass der Verstand andere Bereiche des Bewusstseins überordern musste. Aus der Information war Wissen geworden.

Hatte der junge Mann sich aber nicht selbst manipuliert, indem er zwei Jahre lang vom Kopf her eine gewisse Ernährungsweise durchzog, die ja geradezu unausweichlich zu der beschriebenen Szene führen musste? Ja und nein. Natürlich hatte er seinen Verstand benutzt, um seine tiefsitzenden Ernährungsgewohnheiten zu ändern. Dabei zeigten seine körperlichen Erfahrungen aber während der ganzen Zeit bereits eindeutig, dass es gut und richtig für ihn war. Denn ohne die Würstchenbude auf seinem Heimweg wären ihm ja überhaupt keine Bedenken gekommen, was bei einer echten Manipulation zum Negativen sicherlich nicht der Fall gewesen wäre. Zum anderen hätte die Erfahrung mit dem Würstchen einen ganz anderen Ausgang gehabt, wenn sein Körper tatsächlich von seinem Geist in seinen elementaren Bedürfnissen beschnitten worden wäre.

Um Information in wirkliches Wissen zu verwandeln, ist es also zu allererst einmal nötig, Erfahrungen zu machen. Denn ohne konkrete eigene Erfahrungen bleibt es bei der grauen Theorie, die in den Büchern verstaubt. Erst durch Umsetzen wird die Information mit Leben gefüllt, und die resultierenden Erfahrungen zeigen dann, ob die Theorie stimmt oder nicht. Um eine solche Entwicklung einzuleiten, ist in der überwiegenden Mehrzahl der Fälle der Geist der Initiator. Denn am einfachsten und direktesten lässt sich heutzutage nun einmal Information über den Intellekt vermitteln. Die Seele hat im allgemeinen am wenigsten Probleme mit Veränderungen in Richtung der Naturgesetze. Denn sie ist derjenige Teil von uns, der noch am meisten im Einklang mit der Schöpfung steht. Oftmals ist es sogar so, dass sie von sich aus gewisse Dinge ändern würde, wenn sie nicht von unserem mit wissenschaftlichen Informationen vollgestopften Geist und unserem durch falsche Angewohnheiten verzogenen Körper daran gehindert würde. Sie hält sich zwar auch gerne an schönen Gefühlen fest, wie beispielsweise an der rustikalen Atmosphäre beim Würstchenbraten am Lagerfeuer im engsten Freundeskreis unter freiem Himmel an einem klaren Sommerabend, oder dem wohligen heimeligen Gefühl bei einer heissen Hühnerbrühe am Tisch mit der Familie nach einer Schlittenfahrt im Schnee. Doch dabei geht es ihr nicht um die Nahrung, sondern vor allem um die Gefühle, die sich genauso beim Kartoffelgrillen oder bei einer heissen Bohnensuppe einstellen – vorausgesetzt, die Situation stimmt.

Schwerer hat es da unser Körper. Er ist zwar derjenige, der am unmittelbarsten unter unseren falschen Verhaltensweisen zu leiden hat, er wird jedoch auch am meisten durch deren Einseitigkeit und suchterzeugende Eigenschaften verzogen. Deshalb ist er bei einer Umstellung auch am stärksten gefordert, da er seine gesamte Biochemie umstellen muss. Dies wird ihm jedoch paradoxerweise ausgerechnet vom Geist noch zusätzlich erschwert, da dieser meist von gewissen Verhaltensmustern nicht loslassen kann und so durch spezielle Erinnerungen oder gezielt herbeigeführte Situationen den Körper immer wieder mit seinem alten Verhalten konfrontiert.

Insgesamt sehen wir wieder, dass Wissen ein ganzheitliches Phänomen ist. Reine Information reicht dafür genauso wenig wie reiner Glaube. Erst durch das Zusammenspiel und die wechselseitige Bestärkung von Körper, Geist und Seele entsteht Gewissheit, Sicherheit, wirkliches Leben. Also gilt es für die Umwandlung von Information in Wissen, bei Körper und Geist gleichermassen anzusetzen. Die Gefühle ergeben sich dann durch die resultierenden Erfahrungen fast wie von selbst. Dabei braucht der Geist vornehmlich die Information und die Motivation, sie umzusetzen, zumindest erst einmal versuchsweise. Gleichzeitig ist es für ihn wichtig, loszulassen und zuzulassen. Der Körper dagegen braucht zu allererst eine Reinigung, die ihn von den suchterzeugenden und irritierenden Substanzen befreit, welche ihn daran hindern, zu seiner ureigenen Funktionsweise zurückzufinden. Und dann braucht auch er Information und Erfahrung, die ihm den Weg zu neuen Funktionsmechanismen weist. Das sind die Elemente, die wir in den vorigen Kapiteln besprochen haben: Weglassen schädlicher und fehlinformierender Nahrungsbestandteile, regelmässige ausreichende Bewegung und vor allem Kultivierung des Hungers, des besten und natürlichsten körpereigenen Reinigungsmechanismus, bei gleichzeitiger regelmässiger Ritam-Samation, die den Geist wieder zum Loslassen bringt und ihm gleichzeitig aus der Ebene der Matrix wertvolle Impulse vermittelt.

Gebündelt werden all diese Massnahmen zu einer harmonischen und harmonisierenden Ganzheit im *Pancha Sama Ritam*, der intensivsten und tiefgreifendsten Hilfe, die von aussen möglich ist. In einer Pancha Sama Kur werden die fünf (Sanskrit: "pancha") Prinzipien *Samarina, Samaya, Sambodhana, Sambhojana* und *Samshodhana* in einer individuell abgestimmten Kombination zur Anwendung gebracht, wodurch sie einen Ausgleich, eine tiefgreifende Harmonisierung und Koordination (Sanskrit: "sama") in Körper, Geist und Seele bewirken.

Samarina und *Samaya* waren uns bereits im Zusammenhang mit der Ritam-Samation begegnet. Dabei ist Samarina ihr erster Teil, das Neu-Booten des Geistes, und Samaya ihr zweiter Teil, durch den gelöste Gift- und Schlackstoffe aus dem Körper ausgeschieden und Umstrukturierungen in der Physiologie vorgenommen werden. Tatsächlich ist die Ritam-Samation ein integraler Bestandteil einer Pancha Sama Kur und hilft dort in einer präzise auf den Patienten und den Fortgang der Kur abgestimmten Samationsroutine, den Geist zu reinigen und neu zu orientieren.

Sambodhana kommt von dem Sanskrit-Wort für "Einsicht" und "Erkenntnis" und bildet das wesentlichste Element der Unterstützung von aussen, das in der Kur zur Anwendung kommt. Dazu werden mindestens einmal täglich die sechs- oder teilweise sogar zehnhändigen Synchronmassagen *Sambodha Ritam* ausgeführt und ebenfalls präzise auf den Kurverlauf abgestimmt. Die Aufgabe von Sambodha Ritam besteht darin, dem gesamten Körper – jeder einzelnen Zelle – wieder die korrekte Information über ihre Funktion im Einklang mit dem Ganzen zu vermitteln. Dazu dienen spezielle Druck- und Streichtechniken, die von den Behandlern in einer spezifischen Abfolge synchron an den verschiedenen Körperteilen angewandt werden. Auf diese Weise werden direkt oder indirekt über die Aktivierung besonderer Reflexpunkte alle Zellen zunächst wieder erweckt und dann durch koordinierende Impulse in ihrer Funktion stimuliert. Es ist tatsächlich so, dass ein grosser Prozentsatz unserer Körperzellen durch unser langjähriges Fehlverhalten nicht nur unterversorgt und unterbeansprucht ist, sondern geradezu im "Koma" liegt – bewusstlos infolge fehlender Nährstoffversorgung und Anregung.

Dadurch dass durch Sambodha Ritam viele Schlackstoffablagerungen mobilisiert und somit die Versorgungswege wieder verfügbar gemacht werden, sowie die Zellen direkte Impulse erhalten, erwachen sie zu neuem Leben und machen sich ihrerseits im Körper – und im Geist – durch ihre Aktivität wieder bemerkbar. Deswegen geht mit Sambodha Ritam ein konkret spürbares Wachwerden auf allen Ebenen einher, das selbst bei einer einzigen Behandlung noch lange anhält. Durch die koordinierte Abfolge mehrerer Behandlungen während einer Pancha Sama Kur werden diese Wirkungen noch weiter intensiviert und zusätzlich durch die gezielte Aktivierung spezieller Kreislauf- und Stoffwechselmechanismen unterstützt. Dabei benutzen die Behandler während ihrer Tätigkeit spezifische Sambodha-Mantras, durch die sie ihr eigenes Denken und Fühlen harmonisieren und integrieren und somit auch von dieser Ebene aus förderliche Einflüsse auf den Patienten ausüben.

Das nächste Prinzip *Sambhojana* ist das Prinzip der Nahrung, und zwar auf allen Ebenen, von den Gefühlen über die Sinne und die Atmung bis zur Ernährung. Hier kommen in aller Präzision die Grundgesetze der Nahrungsaufnahme und Nahrungszusammenstellung zur Anwendung, die wir in den vorigen Kapiteln besprochen haben. Dabei ist die Grundlage immer und überall Freude und Erfüllung, woraufhin der gesamte Ablauf und die Struktur der Kur abzielen. In besonderen Fällen kann zum Sambhojana auch der vollständige Verzicht auf das Essen, also das Heilfasten gehören. Dadurch wird unser neu gewonnener Freund, der Hunger, unter der intensiven Betreuung des Kurleiters dazu benützt, tiefgreifende Reinigungs- und Aufräumungsarbeiten im Körper durchzuführen, die anders nur in sehr langen Zeiträumen möglich wären – wenn überhaupt. Nicht umsonst wird das richtig praktizierte Heilfasten auch als Operation ohne Messer bezeichnet, denn im Zustand der absoluten Nahrungsenthaltung holt sich der Körper seine Nährstoffe von innen und geht dazu an alles, was für seine Funktion nicht notwendig ist. Und das sind ja genau die Stoffwechselschlacken, Fremdsubstanzen, fehlgesteuerten Makromoleküle oder irritierten Körperzellen, die ihn im Normalzustand am gesunden Funktionieren hindern. Ansonsten wird der Patient durch Sambhojana auf allen Ebenen mit der Information versorgt, die er im jeweiligen Stadium der Kur für seine Genesung benötigt.

Samshodhana schliesslich, das Prinzip der Ausreinigung, ist ein weiterer zentraler Faktor der Kur, der auch am meisten ihren Ablauf bestimmt. Denn jede neue Reinigung ist erst dann sinnvoll, wenn die alten Gift- und Schlackstoffe den Körper verlassen haben. Die Ausreinigung erfolgt vorwiegend über Darm, Nieren und Haut und wird systematisch durch spezielle Massagen, Reinigungstechniken, gezieltes Schwitzen und dynamische Bewegung, sowie auch durch Elemente von Sambhojana unterstützt. Samaya gewährleistet schliesslich, dass alles leicht und sanft vonstatten geht, auf körperlicher wie auf seelischer Ebene.

Man kann sich nun richtiggehend vorstellen – und das empfindet man in der konkreten Situation auch tatsächlich so – wie durch eine solche Kur alle Zellen und körperlichen Systeme nach und nach aus ihrem dumpfen Dämmerzustand erwachen und geradezu wie im Frühling eine frische Brise von neuer Aktivität, neuer Dynamik und neuer Hoffnung spüren. Für jede Zelle wird im mühevollen alltäglichen Kampf mit der schlechten und unzulänglichen Nährstoffversorgung, die doch nur immer unbrauchbarere Substanzen heranschafft, plötzlich konkret eine Erleichterung spürbar, die Anlass zum Aufatmen gibt. Immer mehr kommen Moleküle, die genau zu ihrer Stoffwechselfunktion passen und ausserdem eine Freude und Leichtigkeit mit sich bringen, welche die bisherige lähmende Bedrücktheit auflöst wie Nebelschwaden in der Morgensonne. Gleichzeitig kommen regelmässig Impulse, Bewegungen, reflektorische Signale, die an den alten verkrusteten Ablagerungen rütteln und immer mehr Luft zum Durchatmen lassen. Diese neue Stimmung breitet sich wie ein Lauffeuer über den gesamten Körper aus, alles lebt auf, erblüht, spriesst, reckt sich und streckt sich. Es macht sich wieder Lebensfreude breit, wo zuvor nur dunkler Mief geherrscht hatte, und jede Zelle tut das Ihrige noch dazu, um das Grossreinemachen zu unterstützen. Auf diese Weise lichten sich die Müllhalden, der Blick wird klarer, der Horizont weiter, neue Lust am Leben ist allenthalben zu spüren. Die Verdauung wird leichter, da der Darm entschlackt wird und gleichzeitig viel leichtere Nahrung nachkommt. Der Kreislauf lebt auf, da das Blut dünner wird und gleichzeitig die Versorgungswege einen flüssigeren Transport erlauben, wobei die regelmässige dynamische Bewegung noch zusätzliche Vitalität bringt. Das Immunsystem arbeitet auf Hochtouren, da vieles entsorgt werden muss. Doch dafür fällt jetzt der regelmässige Grossalarm nach den Mahlzeiten weg, und da die äusseren Abwehrmechanismen endlich wieder gestärkt werden, ist insgesamt eine enorme Erleichterung abzusehen. Der Bewegungsapparat fühlt eine neue Leichtigkeit in sich aufkommen, da sich alles wieder problemloser schmieren lässt und insgesamt viel mehr Energie zur Verfügung steht. So breitet sich eine Welle der Freude über den gesamten Körper aus, und überall schwirren Glückshormone herum wie Schmetterlinge.

Dies alles hat natürlich auch seine Wirkung auf die Führungsspitze, welche ihrerseits durch eine andere Tagesroutine und regelmässige Tiefenentspannung zu neuen Kräften und Einsichten gelangt. Vorbei sind die Zeiten, wo jede kleine Koordinationsaufgabe zäh wie Kaugummi verlief. Jetzt geht alles so leicht und flott von der Hand, dass man richtig Lust auf mehr bekommt. Das längst überfällige Aufräumen in den Untergeschossen verschafft dabei zusätzliche Erleichterung. Ja, und das Highlight des Tages ist die halbe Stunde morgens und abends, wo der Geist endlich mal das machen darf, was er will, wo er kurzzeitig seiner sämtlichen Verpflichtungen enthoben ist. Was er da alles für Erfahrungen macht! Davon zehrt er für den gesamten Rest des Tages. Die Matrix, zu der er in dieser Zeit immer abtaucht, bietet ihm so viele interessante Informationen, so viele Antworten auf Fragen, die er sich schon sein Leben lang gestellt hat, und so viele Impulse, wie er seine alltäglichen Aufgaben besser und sinnvoller lösen kann. Eine wahre Fundgrube! Dafür lohnt es sich, alles ein bisschen umzustrukturieren, um noch mehr Freizeit für weitergehende Ausflüge zu bekommen. Eigentlich hätte er schon viel eher darauf kommen können! Aber irgendwie ist er immer zu vernagelt gewesen. Doch das ist jetzt vorbei – ein für allemal.

Die Seele ist angesichts dieser neuen Entwicklung sehr zufrieden. Sie fühlt ein fast vergessenes Glücksgefühl, da es nun wieder mehr um die wesentlichen Dinge im Leben geht. Denn endlich scheint der Geist aufzuwachen und sich zu besinnen, und auch der Körper kommt jetzt zu der Funktionsweise, nach der sie sich immer gesehnt hat. Endlich räumt er mit den schweren bedrückenden Hormonen auf, die ihr so oft die Luft zum Atmen genommen haben, und beginnt stattdessen die Leichtigkeit und Wendigkeit zu leben, die der Geist so dringend benötigt, um ihr zu Ausflügen in andere Sphären zu verhelfen. Wofür hatte sie die beiden denn schliesslich bekommen! Fast schon hatte sie die Hoffnung aufgegeben, dass es in diesem Leben nochmal etwas damit wird. Doch das scheint ja jetzt der Vergangenheit anzugehören, und sie wird auch alles ihr Mögliche tun, damit es in dieser Richtung weitergeht – wobei sie sich mit dem Geist und dem Körper in diesem Punkt völlig einig ist.

Ja, und das ist es! Wissen ist am Entstehen. Der Patient hat während seiner Pancha Sama Kur auf allen Ebenen solch tiefgreifende positive Erfahrungen gemacht, dass er von ihnen nicht mehr zu seinem bisherigen Zustand zurück will. Er hat jetzt nicht mehr nur die Information, was Gesundheit wirklich ist, er hat es erfahren und gefühlt – er weiss es. Und das ist die Grundlage dafür, dass er keine Schwierigkeiten mehr haben wird, bei dem neu eingeschlagenen Kurs zu bleiben und ihm weiter zu folgen – ohne Zwang, Entbehrung oder Mangel. Im Gegenteil: Wer einmal die Brise des Ozeans geschnuppert hat, und sei es auch nur für einen kurzen Augenblick, der wird nicht ablassen, bis er ihn erreicht hat und sich in seinen kühlenden Fluten erfrischen kann. Nur so ist wirkliche Veränderung möglich: durch Information gepaart mit Erfahrung. Alles andere bleibt auf der Ebene des Kopfes oder irgendwo dazwischen hängen, und so wird man bis in alle Ewigkeit über eine Würstchenbude nach der anderen stolpern – bis eben der Groschen doch irgendwann einmal fällt.

Eine solche Umwandlung von Information in Wissen bewirkt weit mehr als nur die Verbesserung körperlicher Symptome. Natürlich verschwinden die Kopfschmerzen und die Migräne, natürlich normalisieren sich Blutdruck, Kreislauf, Gewicht und Verdauung, natürlich verbessern sich Krampfadern, Zellulitis, Asthma und viele andere Krankheitsbilder, doch vor allem geht eine tiefgreifende Transformation auf allen Ebenen der Persönlichkeit vor sich. Die Gefühle, das Verhalten, die körperlichen Reaktionen, alles verändert sich. Es kommt gewissermassen ein neues Programmelement zu unserem Betriebssystem hinzu. Das war auch die Art und Weise, auf die Jesus von Nazareth geheilt hat. Er heilte durch das Wort, gab den Menschen also Information, vermittelte ihnen jedoch gleichzeitig durch seine Persönlichkeit solch starke Erfahrungen, dass die Information momentan zu Wissen wurde, und die gesamte Physiologie danach funktionierte. Dadurch war es aber nicht nur eine Heilung auf körperlicher Ebene, sondern gleichzeitig eine tiefgreifende Neu-Programmierung des Geistes und eine Befreiung der Seele. Von Glauben an Gott konnte dann bei den Betreffenden keine Rede mehr sein. Es war Wissen geworden, wirkliches, echtes Wissen – Veda.

Was bedeutet das nun für uns, hier und heute? Es bedeutet, dass Information wichtig ist, aber dann auch unbedingt ihre Umsetzung. Denn sonst kann sie sich nicht in Wissen verwandeln – oder aber als falsch entlarvt werden. Jede Umsetzung ist nämlich gleichzeitig auch die perfekte Überprüfung der Information, und letztlich kann uns nur die eigene individuelle Erfahrung zeigen, ob etwas stimmt oder nicht. Selbstverständlich kann der Verstand dafür bereits Vorarbeit leisten. Denn wenn er Ungereimtheiten oder gar logische Widersprüche entdeckt, dann lässt dies sofort begründete Zweifel an der Korrektheit der Information aufkommen.

Aber auch eine in sich stimmig erscheinende Information kann falsch sein. Dafür gibt es gerade im Zusammenhang mit unserem Thema ein deutliches und leider auch aktuelles Beispiel. Stellen wir uns dazu ein Gesundheitssystem vor, welches auf dem Grundsatz basiert, dass vom Ursprung her alles in der Natur richtig funktioniert, dass unser Körper also die optimalen Reparatur- und Regenerationsmechanismen besitzt, die im Falle einer Erkrankung höchstens angeregt und gefördert werden müssen, woraufhin er bei richtigem Verhalten im Einklang mit den Naturgesetzen die Erkrankung selbst heilt – und das sogar in schweren Fällen. Demgegenüber stellen wir uns noch ein zweites Gesundheitssystem vor, das davon ausgeht, dass der Körper zwar im Normalfall richtig funktioniert, dass er sich im Erkrankungsfall jedoch nicht selbst helfen kann, also unbedingt Unterstützung von aussen benötigt. Eine Reinigungs- und Regenerationskur würde nach dem ersten System darin bestehen, das Verhalten des Patienten möglichst optimal in Einklang mit den Naturgesetzen zu bringen und ansonsten durch äussere Massnahmen seine körpereigenen Funktionen auf ihr Maximum zu steigern. Nach dem zweiten System würden die Massnahmen allerdings darin bestehen, die körpereigenen Mechanismen möglichst auf Null zu reduzieren und stattdessen durch gezielte Eingriffe von aussen die Reinigung vorzunehmen.

Auf den ersten Blick sehen beide Systeme vernünftig und schlüssig aus, obwohl sie einander total entgegensetzt sind. Schauen wir uns also ihre jeweilige praktische Umsetzung an: Die Kur des ersten Systems ist die Pancha Sama Kur, die wir soeben ausführlich beschrieben haben, die Kur des zweiten Systems die Pancha Karma Kur des herkömmlichen Ayurveda, wie er vor allem in Indien, aber auch immer mehr hier im Westen praktiziert wird. In einer solchen Pancha Karma Kur wird in den ersten Tagen zunächst das Verdauungsfeuer in Magen und Darm auf ein Minimum reduziert, indem keine oder nur sehr leichte Nahrung verabreicht wird und jeden Morgen auf nüchternen Magen zunehmende Mengen gesättigten Fettes – meist Butterreinfett (Ghee) – getrunken wird. Danach werden über die Haut durch sanftes Streichen grosse Mengen Öl in den Körper eingeschleust, das vorher bei hohen Temperaturen denaturiert worden ist. Diese nun im Körper befindlichen gesättigten Fettsäuren lösen dann nach der Theorie überall die Giftstoffe und werden im nächsten Schritt durch gezielte Schwitzkuren zum Darm transportiert, von wo sie die Therapeuten schliesslich durch medizinische Einläufe entfernen. Unterstützt werden diese Massnahmen noch durch künstlich erzeugtes Erbrechen, bzw. Abführen, sowie durch das Einschniefen von speziellen Ölen oder Kräutermischungen durch die Nase.

Jeder, der einige physiologische Grundkenntnisse besitzt, wird bereits nach dieser Beschreibung wissen, dass das so nicht funktionieren kann und sogar ein Schuss nach hinten sein wird. Alle anderen meinen jedoch, es zuerst einmal ausprobieren zu müssen. Denn so merkwürdig und fremdartig die meisten Sachen dabei klingen, so denken doch viele, dass irgendetwas daran sein müsse, da dieses Verfahren immerhin einer sehr alten Tradition entstammt, und sich ja wohl nicht alle täuschen können. Genau das ist jedoch falsch gedacht. Denn wenn alle so denken – und vielleicht war das ja bisher wirklich der Fall! – dann werden diese Rosskur-Praktiken ewig so weiter ausgeführt und noch vielen weiteren gutgläubigen Menschen Schaden bringen. Tatsache ist, dass die eben beschriebenen Praktiken des Pancha Karma ein erhebliches gesundheitliches Risiko darstellen, vor dem sogar selbst die Verantwortlichen "bei schwachen Patienten" warnen. Denn nur allzu oft kommt es leider vor, dass das Verdauungsfeuer nach einer solchen Kur auch nach langer Zeit nicht wieder richtig anspringt, und dazuhin der Darm erhebliche Blessuren davonträgt. Die positiven Wirkungen sind dagegen meist verschwindend gering – abgesehen von zufälligen spontanen

Selbstreinigungen des Körpers, die durch die extremen Reizungen ausgelöst werden. Nicht umsonst wird eine Pancha Karma Kur mehrmals jährlich empfohlen.

Man denke nur im Zusammenhang mit dem Thema 'Information' daran, was es für den Körper bedeutet, wenn ihm beispielsweise unter gezieltem Austricksen seines natürlichen Brechreizes pures Butterreinfett auf nüchternen Magen verabreicht wird, oder wenn Öle, Salz, Honig oder abgekochte Pflanzensuds in den Darm eingeführt werden, wo sie von Natur absolut nichts zu suchen haben. Gesundheit wird dadurch auf keinen Fall erreicht, und schon gar nicht die wahre Gesundheit, die wir uns zum Ziel gesetzt haben. Gleichzeitig wird uns jedoch an diesem Beispiel auch klar, wie viel kostbare Information im herkömmlichen Ayurveda verloren gegangen ist, der sich ja auf dieselben Naturgesetze beruft wie AyurVeda Ritam. Der Unterschied besteht allerdings darin, dass sich der herkömmliche Ayurveda auf alte Schriften stützt und sie für die autoritative Wahrheit nimmt, nur weil sie alt sind. Dabei sind auch diese Texte erst viele Jahrtausende nach der Vedischen Hochkultur niedergeschrieben worden, und das wiederum von Menschen, die sich nicht auf ihr eigenes Bewusstsein stützten, sondern allein auf die Lehren ihres Meisters. Macht es denn beispielsweise nicht bereits stutzig, wenn die Samas, die grundlegenden Wirkmechanismen des Körpers, im herkömmlichen Ayurveda als "Doshas" – Sanskrit: "Fehler, Gesundheitsstörung" – bezeichnet werden und dort die Namen "Vata" – Sanskrit: "Wind, Luft" –, "Pitta" – Sanskrit: "Galle" – und "Kapha" – Sanskrit: "Schleim, Phlegma" – tragen? Welche Information wird denn hier auf der Ebene der Schwingung entlassen und verbreitet, wo es eigentlich um Gesundheit und die höchste Form der Existenz gehen sollte!

Ähnlich niederschmetternd ist die Bilanz eines Vergleichs mit der westlichen Medizin, die man hier als drittes System betrachten könnte, das nicht einmal mehr im Normalzustand davon ausgeht, dass der Körper alleine fehlerfrei funktionieren kann. So hat er nach dieser Theorie sogar einige funktionslose oder gar unnütze Organe, wie die Mandeln oder den Blinddarm, und ab einem gewissen Alter geht ohne die Zufuhr unterstützender Chemikalien von aussen nur noch alles schief.

Wir wollen uns bei diesen Systemen der offensichtlichen Unwissenheit aber nicht länger aufhalten, denn dort finden wir mit Sicherheit keine weiteren Anhaltspunkte für unsere Suche nach der wahren Gesundheit. Doch drängt sich immer deutlicher die Frage auf, wo wir überhaupt noch suchen können, wenn selbst die ältesten Traditionen mit solchen Fehlern behaftet sind und die neuesten wissenschaftlichen Erkenntnisse noch immer im tiefen Dunkel tappen. Warum aber machen wir es nicht einfach wie Samuk Deda? Er hatte genau dieselben Fragen und stand vor genau dem gleichen Problem. Doch anstatt aussen zu suchen, ging er nach innen in die Tiefe seines Bewusstseins, dorthin, wohin der Geist auch bei der Ritam-Samation strebt und wo er in Kontakt tritt zur Matrix, zu der Schwingungs-Blaupause der gesamten Schöpfung. Sie ist die erste Umsetzung des Grundwissens, des Veda, des Bauplans des Universums. Wie eine Gussform für die gesamte Existenz enthält sie sämtliche Information, sämtliche Daten und sämtliche Gesetze. Dort wurde er auch fündig, und von dort stammt AyurVeda Ritam – vorbei an allen fehlerhaften Überlieferungen, verirrten Traditionen oder voreingenommenen wissenschaftlichen Untersuchungen direkt von der Quelle.

Dies klingt nun nach sehr grossen Worten, nach erleuchtungsgleichen Eingebungen unter himmlischen Sphärenklängen und der Erscheinung aller möglichen Engel, Devas und guten Geister. Doch dem war und ist nicht so. Ich habe diese Frage einmal selbst an Samuk gestellt, und er antwortete mir in seiner einfachen natürlichen Art:

“Weisst du, die meisten Menschen haben irgendwelche hochgestochenen esoterischen Vorstellungen, wenn es um höheres oder ursprüngliches Wissen geht. Dabei tragen alle Tiere und Pflanzen dieses Wissen in sich, und es ist die normalste Sache der Welt. Nur wir Menschen machen uns grosse Gedanken darüber, weil wir es durch unser Fehlverhalten verloren haben. Sobald wir uns jedoch wieder richtig verhalten, so wie die Naturgesetze es uns vorgeben, dann kommt auch das Wissen wieder – genau so normal und natürlich wie bei jedem Gänseblümchen oder jeder Ameise. Ich habe nichts anderes gemacht, als einfach alles auf die Karte der Naturgesetze gesetzt. Dadurch erfuhren mein Körper und mein Geist eine tiefgreifende Reinigung, und immer öfter machte ich die Erfahrung, dass ich Fragen beantworten konnte, die ich mir eigentlich selbst auch stellte. Die Überprüfung zeigte dabei unmissverständlich, dass die Antworten stimmten. Woher kamen diese

Antworten aber, wenn ich selbst vorher nichts von ihnen gewusst hatte? Nun ganz offensichtlich aus der Ebene der Matrix. Durch die regelmässige Samation und die immer weiter voranschreitende Reinigung hatte mein Geist immer wieder Zugang zu dieser Ebene, auf der alle Antworten zu finden sind – selbst auf Fragen, die man noch gar nicht gestellt hat! Woher der Geist die Information hat, ist ja letztendlich auch egal. Wichtig ist, dass man sie umsetzt, überprüft und so in Wissen verwandelt – oder verwirft. Es ist ganz einfach. Das kann jeder."

Ja, das ist der Punkt, der für uns wichtig ist. "Das kann jeder" – wenn er sich richtig verhält. Also gehen wir ran!

Wir haben in diesem Buch alle grundlegenden Informationen bekommen, um die entscheidende Frage beantworten zu können, was für uns wichtig ist in diesem Leben, was Priorität hat. Wir haben auch gesehen, welche Bedeutung Information besitzt, ja, dass eigentlich alles in der Natur Information ist. Doch war gleichzeitig klar geworden, dass Information bei weitem nicht alles ist. Sie muss umgesetzt werden, gelebt werden, zu Wissen werden. Dann erst unterscheidet sie sich von verstaubten Büchern oder leblosen Computer-Disketten und erhält wirkliche Bedeutung für unser Leben, für das Dasein. Wissen ist alles, und ohne Wissen ist alles nichts. Das zeigen die Beispiele der Hunza, und von Thomas Parr, von denen wir in diesem Buch gesprochen haben. Denn sie fielen alle letztendlich ihrer Unwissenheit zum Opfer. Was aber hätte aus ihnen werden können – oder auch aus Linus Pauling –, wenn sie vollständiges Wissen gehabt hätten!? Machen wir uns also auf, das Wissen für uns selbst zu bekommen. Die grundlegenden Informationen haben wir dank AyurVeda Ritam bereits zur Verfügung. Nun müssen wir diese zunächst zu Wissen werden lassen, indem wir sie umsetzen und leben. Denn sie bilden die ersten Sprossen der Leiter. Was sich dann daraus auf den höheren Sprossen alles entwickeln wird, das werden wir selbst erfahren und dadurch auch beweisen. Träumen und theoretisieren wir also nicht von Quantensprüngen, Lebenserwartungen, besonderen Fähigkeiten oder wahrer Gesundheit, leben wir sie! Denn wenn Samuk Deda Zugang zu der Ebene der Matrix gefunden hat, dann können auch wir das, jeder einzelne von uns. Dazu müssen wir uns allerdings dementsprechend verhalten – wenn wir es wollen.

Wer jetzt noch zögert oder gar enttäuscht ist, dass dieses Buch – so wie alle Bücher der Welt – nicht mehr als Informationen übermitteln kann, der erinnere sich an Thomas, den jungen Studenten aus Kapitel 6. Er liess sich durch seine Enttäuschung nicht beirren und gab der Samation eine Chance in sich selbst. Und auch mit seiner Ernährung fackelte er nicht lange herum, sondern setzte die Information aus jedem einzelnen Absatz seines Buches sofort um, noch bevor er es ausgelesen hatte. Er hat dadurch gewonnen, auch wenn er das eine oder andere als nicht gut erkannte und wieder wegliess. Heute jedenfalls ist er dem Wissen vom Leben erheblich näher gekommen und gewinnt täglich neue Einsichten hinzu – und das von Dimensionen, deren Existenz er damals noch nicht einmal ahnte. Denn wenn der Zugang zur Matrix frei ist, dann geht es ja erst richtig los!

Index

(**Hinweis zur Benutzung**: Mit 'f' bzw. 'ff' bezeichnete Seitenangaben beziehen sich gleichzeitig auf die folgende, bzw. die fortfolgenden Seite(n) (also z. B. 15f = 15-16, bzw. 15ff = 15-17 oder 15-18). Solche Stellen enthalten somit meist ausführlichere Abhandlungen des betreffenden Stichworts.

Bei Stichworten mit mehr als 3 Seitenangaben sind die beiden Stellen mit der ausführlichsten Behandlung des Stichworts fett gedruckt.)

A

D

E

N

T

Zum Thema

Der Autor

Nach seinem Studium der Mathematik, Physik und anderer Naturwissenschaften in Deutschland und USA promovierte Dr. Thomas Hoffmann in angewandter Mathematik und beschäftigte sich seither intensiv mit konkreten Anwendungen der Naturgesetze auf das menschliche Leben. Auf dieser Grundlage entwickelte und praktizierte er in den letzten 15 Jahren zusammen mit Samuk Deda in verschiedenen Ländern Europas das grundlegende universelle Gesundheitssystem AyurVeda Ritam und das ursprüngliche astrologische System JyotirVeda Ritam.

Weiterführende Literatur

- Hoffmann, Dr. Thomas: ***Das Licht im Sturm***, Julia White Publishing, 2003, ISBN 3-934402-01-1
- Hoffmann, Dr. Thomas: ***AyurVeda Ritam*** – *Gesundheit aus erster Hand*, Julia White Publishing, 2003, ISBN 3-934402-11-9
- Pollmer, U. u. a.: ***Vorsicht Geschmack.*** *Was ist drin in Lebensmitteln?*, Rowohlt, 2000, ISBN 3-499-60790-5

Informationen über AyurVeda Ritam

Internet: **www.ritam.info**

Informationen über Behandlungen, Kuren, Kurse oder Fortbildungen erhalten Sie von:

Ayurveda Consulting International
Tel./Fax: +49 (0)700-700-74826 (= +49 (0)700-700-RITAM)
Internet: **www.ayurveda-consulting.com**
eMail: **info@ayurveda-consulting.com**

AyurVeda Ritam®

–

Gesundheit aus erster Hand

Dr. Thomas Hoffmann

Sachbuch
Paperback, ca. 200 S.
Julia White Publishing

ISBN 3-934402-11-9

Dieses Buch ist das vollständige Grundlagenbuch zu AyurVeda Ritam.
Es stellt eine umfassende Einführung und Beschreibung der Grundprinzipien, Herkunft, Theorie und Praxis von AyurVeda Ritam dar. Dabei liegt der Schwerpunkt auf der Anwendung für den Selbst-Gebrauch mit ausführlichen Kapiteln über Ernährung, Ritam-Samation, Schlaf, Atmung, allgemeine Lebensführung, Bewegung etc. Darüber hinaus werden auch die therapeutischen Massnahmen vorgestellt und erklärt. Den Abschluss bildet ein ausführliches Kapitel mit Selbsthilferatschlägen zu ca. 50 der am weitesten verbreiteten Krankheiten, Beschwerden und Probleme.

Somit liefert das Buch Information und Wissen "aus erster Hand" in mehrfacher Hinsicht: Es ist geschrieben von den Begründern von AyurVeda Ritam, bezieht sich in jedem Punkt direkt auf die grundlegenden Naturgesetze und liefert einen vollständigen Gesundheitsansatz, der unmittelbar auf dem Verhalten und Bewusstsein des einzelnen gründet.
Das alles geschieht in leicht verständlicher Sprache mit einer fundierten Vorstellung der wichtigsten Fachbegriffe, der Einordnung von AyurVeda Ritam in Bezug auf klassische Medizin, Naturheilkunde und herkömmlichem Ayurveda, sowie der ausführlichen Beschreibung der Methodik, die für den persönlichen wie auch für den fachlich-therapeutischen Gebrauch gleichermassen wertvoll und geeignet ist.

Das Licht im Sturm

–

Eine schicksalhafte Begegnung

Dr. Thomas Hoffmann

Roman
Paperback, ca. 150 S.
Julia White Publishing

ISBN 3-934402-01-1

Ein alles verschlingender Schneesturm mitten im Sommer, zwei unbedarfte Wanderer in den Alpen, eine Berghütte, in der ein geheimnisvoller Fremder wartet: Das sind die Rahmenbedingungen für eine schicksalhafte Begegnung dreier Menschen, wie sie unterschiedlicher kaum sein könnten: Ein junger Student auf der Suche, ein Professor mehrerer Fakultäten vor den Trümmern seines Lebens und ein Unbekannter, der über viel Wissen verfügt.
Vom Schicksal an die Hütte und aneinander gefesselt, entwickeln die drei eine von Neugier, Missmut und Hoffnung geprägte wechselseitige Beziehung voll subtiler Spannung und beginnen, "Gott und die Welt" zu hinterfragen. In der Diskussion mit dem Fremden ist kein Thema unantastbar, keine Frage unmöglich – und alles findet eine Antwort voll faszinierender Einfachheit und Schlüssigkeit.

Dieses Sachbuch in Romanform bietet nicht nur eine eingängige und unterhaltsame Einführung in AyurVeda Ritam, sondern auch eine praktische Darstellung des Wissens, die selbst Menschen anspricht, die sich bisher nicht so recht an solche Themen herangetraut haben.